Karla Schneider
Rückkehr nach Podgoritza

Roman

Schöffling & Co.

Für G. M. E.
das geduldigste Ohr zwischen Wupper und Ill

Erste Auflage 2001

Satz: Reinhard Amann, Aichstetten
Druck & Bindung: Pustet, Regensburg
ISBN 3-89561-082-8

Lange ging Tatjana,
in ihre Träumereien versunken. (. . .)
Sie geht und geht. Und plötzlich sieht sie
von einem Hügel aus ein herrschaftliches Haus vor sich,
eine Siedlung, ein Gehölz am Fuße des Hügels
und einen Garten über einem glänzenden Fluß –
und während sie schaut, beginnt ihr Herz
schneller und heftiger zu schlagen.
Zweifel verwirren sie:
»Soll ich weitergehen, soll ich umkehren . . .? (. . .)
Ich will einen Blick auf das Haus, auf jenen Garten werfen.«

Alexander Puschkin:
Eugen Onegin

1. KAPITEL

»Du fährst bis Châteauroux, dort hole ich dich ab. Ich rufe morgen nachmittag gegen fünf noch mal an, und du sagst mir, mit welchem Zug genau du ankommst.«

»Soll ich nicht lieber dich anrufen?« schlug ich vor und verschluckte, rechtzeitig noch, ein »du hast es ja auch nicht so dick«.

Das war angeblich nicht möglich. Der einstige Besitzer des Hauses hätte keinen Wert darauf gelegt, ans Telefonnetz angeschlossen zu werden, sagte Siemen. »Das macht ja den Charme aus. Eine echte alte *ferme*. Hat sogar einen Namen.« Und als zöge er ein Papierblumenbukett aus dem Zylinder: »*À menthe sauvage!*«

Da ich nichts dazu sagte (*menthe* kannte ich von Crème de menthe her, aber *sauvage*? Konnte mit sauve qui peut zu tun haben), wiederholte er den Namen, etwas nüchterner.

»*À menthe sauvage* ... Ich hab sie billig vom Neffen des verflossenen Eigentümers gemietet, auch ein Bauer. Gibt nicht mehr viele hier, das halbe Dorf steht leer. Soweit ich die Verwandten verstanden habe, war ihr Onkel ziemlich eigenbrötlerisch, lebte ausgesprochen autark, in jeder Hinsicht. Nie geheiratet. Hat bis vor paar Jahren noch hier gewirtschaftet und soll steinalt gewesen sein. Keine Bange, er ist nicht in einem von den Betten gestorben, sondern beim Versuch, sich eine Ente zu grapschen. Also dann bis morgen.«

Während ich schon auflegen wollte, um über diesem

ohne mich ausgeheckten Plan in Ruhe zu brüten, kam aus dem Departement Indre noch ein letzter Satz.

»Du ...? Und mach mir keinen Rückzieher.«

Da war ich mir nicht so sicher. Gründe, mich aus dieser Einladung herauszuwinden, hätte ich viele aufzählen können. Etwa: Ich steckte mitten in einer Arbeit. (Stimmte allerdings gerade nicht.) Die endlose Zugfahrt (ich hatte nie den Führerschein gemacht), zehn Stunden mindestens, mit krummen Knien (meine Arthrose!), bleich vom Abteilmief, und die Gewichtheberei beim Umsteigen (meine Bandscheiben, meine Schulter!). Die obligaten verpaßten Anschlüsse mit dem verhaßten Wau-wau-wau aus den Lautsprechern (wie in *Die Ferien des Monsieur Hulot*, da hatte sich sicher nichts geändert). Schaffner ohne Fremdsprachenehrgeiz und ich mit meinem Sammelsurium aus Filmen und Büchern hängengebliebener Floskeln; *revenons à nos moutons* und *changeons la musique* waren noch die verwendbarsten. Nicht zuletzt mein Widerwille gegen rustikale Unterkünfte. Gab es in dieser *ferme* warmes Wasser aus der Wand? Oder mußte man pumpen?

Am unbehaglichsten, aber auch am spannendsten war der Gedanke an das Zusammentreffen selbst. Was mochte Siemen mit diesem Wiedersehen nach achtundzwanzig Jahren bezwecken? Zwar telefonierten wir regelmäßig, wenn man einen Anruf alle Vierteljahre als regelmäßig bezeichnen will, aber dieses späte Auge in Auge mußte, eben weil es so spät gewünscht wurde, einen Pferdefuß haben. Ich ahnte, daß es sich zur Strapaze auswachsen würde. Eine täglich abzunehmende Parade der Geduldsproben käme auf mich zu, Marotten, die toleriert werden wollten. In alten Zeiten hatte ich Siemens Marotten angebetet, davon konnte jetzt keine Rede mehr sein, jetzt standen mir meine eigenen am nächsten; der Gedanke, auf eine einzige meiner Angewohnheiten verzichten zu müssen, wie wenige Tage auch immer, war mir unangenehm.

Warum wollte Siemen mich sehen? Und wieso hatte er bis heute gewartet? Nachdem ich geheiratet hatte, war Siemen auf alle Aufforderungen, uns zu besuchen, entweder mit Ausreden gekommen, oder er hatte sie schlicht weggelacht. Schon meinen ersten Freunden, meinen männlichen Bekannten überhaupt, hatte er reserviert gegenübergestanden, daran erinnerte ich mich. Von Anfang an hatte er sich gebärdet, als würden sie, einer wie der andere, zu überhöhtem Preis angeboten und müßten irgendwo faule Stellen haben. Natürlich hatte ich mich daraufhin erst recht mit ihnen abgegeben. Die Hartnäckigkeit, mit der er es umging, meinen Ehemann bei seinem Vornamen zu nennen, wenn wir telefonierten oder uns kurz sahen (was in der ersten Zeit manchmal noch stattfand): »Und der Herr Innenarchitekt? Wieder mal die gute Stube umgekrempelt?« – »Kommt ihr noch zurecht – du und dein fescher Blonder?«

Nach zweiundzwanzig Jahren hatten Bernhard und ich uns eingestanden, daß wir eigentlich das Zurechtkommen nur improvisiert, aber nie richtig hingekriegt hatten, erleichtert beide über die Einsicht des anderen, und hatten die notwendigen Schritte getan. Aber da fragte Siemen schon längst nicht mehr nach.

Solange Caspar klein war, hatte ich ab und zu Photos geschickt, muttereitel, Serien süßer Fratze, und Siemen hatte pflichtschuldig diese Kinderschönheit als außergewöhnlich bestätigt, ahnend möglicherweise (guter alter Siemen!), daß ich damals wenig Bestätigung sonst erfuhr. Von mir selbst legte ich niemals Bilder bei. Von Siemen welche zu erwarten wäre absurd gewesen.

Jetzt hätte ich ganz gerne eins gehabt, sozusagen als Spickzettel für den Augenblick der Wiederbegegnung, so daß ich mich schon eingerichtet hätte auf seine neue Erscheinung. Siemen als Mann von sechzig. Als »Greis im Silberhaar«. Wie die Dinge lagen, würde ich nach einem Dreißigjährigen auf dem Bahnsteig suchen und mein eigenes Alter, achtundfünfzig, Siemen als Schreck in der Abendstunde präsentieren. Wie in *Ginger und Fred*.

Noch eine reichliche Viertelstunde. Zerstreutes Stieren aus dem Abteilfenster: Wiesenflächen, Ligusterhecken, Weidenzäune, Herden. Gehöfte wie Trutzburgen. Kleine Flußläufe mit steilen Böschungen. Weißgestrichene Pfosten, Einfahrten markierend. Das Kegeldach eines grauen Rundturms dann und wann, Teil eines Schlosses, auftauchend für Sekunden zwischen Waldrändern. War das nicht auch die Gegend, in der *Le grand Meaulnes* sich verlaufen hatte, zumindest mußte es ganz in der Nähe gewesen sein, und ich erinnerte mich auf einmal wieder, nicht so sehr an die Handlung des Romans als an das beim Lesen empfundene Gefühl. Alles, was dort geschah, war mir seltsam bekannt vorgekommen, als sei es von mir schon einmal erlebt worden.

Jäh entschloß ich mich nun doch für die Ohrringe und begab mich, im Gang hin- und hertorkelnd, zur Toilette des Waggons. Um Balance bemüht, zielte ich mit den goldenen Häkchen auf die Ohrlöcher; der unsaubere Spiegel war keine große Hilfe. Katherine Mansfield war auf einem Photo mit beinah identischen Ohrringen abgebildet: längliche Korallen, bei denen man unwillkürlich an Berberitzen dachte. Sie schlenkerten und schlackerten, meine Empfangsglöckchen, während ich Koffer und Tasche bei den Halsbändern schnappte wie ein Paar widerspenstiger Köter und sie in Richtung Ausstieg zerrte. Fahriges Herumtupfen, schnell noch mal, auf dem gefärbten Gesicht und das Papiertaschentuch hinter den hochgeklappten Notsitz im Gang gestopft.

Bis jetzt hatten wir zehn Minuten Verspätung.

Angenommen, wir hätten das Suchen und Erkannthaben glücklich hinter uns – wie aber anschließend vorgehen? Große Akkolade à la russe? Indianertanz mit Jodeln und ausgestreckten Armen? Oder lieber nur ein verhaltener Händedruck, wobei ich, das wirkte herzlicher, die linke Hand hinzunehmen und Siemens Hand ganz umschließen würde? In unserer besten Zeit hatten wir uns nie begrüßt. Denn dem hätte eine Trennung vorausgehen müssen, ein eingestandenes Aus-dem-Sinne-Sein (kurz mal aus den Augen zählte nicht), aber wann wären wir uns aus dem Sinn gewesen in unserer besten Zeit?

Hatten wir uns überhaupt jemals die Hand gegeben? Das sollte mich wundern. Jedenfalls nicht zum Guten-Tag-Sagen.

Der Zug wurde langsamer. Ein Stellwerk kam in Sicht mit der Aufschrift Châteauroux. Gleisgewirr begleitete plötzlich rechts und links und rief die immer gleiche Assoziation an ein Schlachtfeld wach, an eine Walstatt, von der man erst kürzlich die Gefallenen und die Pferdeleichen weggeräumt hatte.

Meine Abneigung gegen Bahnhöfe verdanke ich den letzten Kriegsjahren und der Zeit kurz danach. Sie blieben für mich Orte, an denen ein Fluch klebte, von Unfrieden und schwebender Bedrohung gezeichnet. Umschlagplätze nomadisierender Rucksack-und-Bündel-Horden, die alle etwas Aufgelöstes, Irres an sich hatten und sich durch den ihnen eigentümlichen Geruch verrieten: nach Braunkohlenqualm und unappetitlichen Klappstullen. In Abständen befiel sie die Aufbruchswut. Worauf sie den nächstbesten einfahrenden Zug ansprangen, ihn enterten, zu bißlustigen Rudeln verkeilt, indes neue Massen, ebenso aufgelöst und ebenso ruhelos, aus den Zügen herausquollen.

Manchmal mischten wir uns unter sie, zwängten uns in Züge wie sie und verreisten.

Sommerreisen an die Ostsee begannen damit, daß wir zu ungewohnter Zeit aufbrachen, in die letzte Straßenbahn vor der Nachtpause stiegen und angespannt durch die Scheiben in die Finsternis glotzten, als ob es da außer Trümmern etwas der späten Stunde Angemessenes zu sehen gäbe. Dann folgte eine endlose Nacht, während der man auf einem Koffer im Wartesaal hockte, geduldig, stumpf, mit vor Durst borkigen Lippen. Bis einen die im Reisefieber zitternde Mutter ins Morgengrauen hinaustrieb, zum großen Run auf den Bahnsteig, wo eben der Zug in Richtung Mecklenburg freigegeben wurde. Man mußte darauf achten, in den Strudel hineinzugeraten, ohne daß die Rucksackschnallen der Erwachsenen blutige Striemen auf den Augenlidern hinterließen; sehen konnte man ohnehin nicht das geringste. Unmittelbar vor den Einstiegen verlangsamte sich die Sogwirkung, dafür nahm der Druck zu. Zwischen der untersten Stufe und dem ersten Fußbreit Waggon arbeitete eine Art Fleischwolf; die Rippen schoben sich einem zusammen und preßten die Atemluft heraus, und die Stimme der abgedrängten Mutter (die ja die Koffer schleppte) brüllte: »Geht rein! Geht rein! Geht irgendwo rein, verdammt noch mal!«, denn sie vermutete (zu Recht), daß wir, betäubte verstörte Tölpel, uns an den sich rasch füllenden Abteilen vorbeischieben ließen.

Das Abteil wurde unser Zuhause bis Pasewalk, wo umgestiegen werden mußte und sich alles noch einmal wiederholte, bis wir nach achtzehn Stunden an Ort und Stelle waren. Die Unmöglichkeit, das Abteil zu verlassen, denn die Gänge waren von den zu kurz Gekommenen verbarrikadiert, ließ Bunkerintimität aufkommen. Die vom Glück begünstigten Platzinhaber entwickelten allmählich Vertrauen zueinander, machten sich bekannt, ohne daß Namen genannt wurden. Und wie bei den klassischen Zufallsgemeinschaften der Luftschutzkeller, der Karawansereien und der Postkutschen ergriff bald die erste Mitreisende das Wort (wir hatten selten Männer im Abteil), was den Mitteilungsdrang auch der anderen zuverlässig entfesselte.

Die Erzählungen kreisten, offenbar einem ungeschriebenen Gesetz folgend, um Flucht und Vertreibung, Greueltaten der Besatzer (also russische) und Fliegerangriffe. Nur das Schlimmste und Haarsträubendste war es wert, den kleinen Zirkel zu unterhalten. Nicht selten waren echte Naturbegabungen darunter, die das dramatische Moment handhabten wie Strickmuster, hier Maschen abnehmend, da welche zugebend. Wem ein Bahnhof dazwischenkam, der hatte Pech, danach ließ sich die Spannung nicht mehr zurückholen.

Solange der Zug hielt, drängten sie sich mit gereckten Hälsen vorm Fenster, eine Familie von Erdmännchen: gucken. Sie starrten auf den Bahnsteig, auf das Kampfgetümmel. Laut weinende Kinder wurden von außen ans Fenster gehalten, Gepäckstücke auffordernd gegen die Scheibe geschlagen. Appelle, gegen die man sich besser taub stellte, mitleidend zwar und unter Gewissensbissen, aber man wollte ja auch nicht über den Kopf der anderen Abteilinsassen hinweg handeln und war erleichtert, wenn eine es auf sich nahm, allen Absolution zu erteilen: »Also hier kann jedenfalls keiner mehr rein«, und damit den anderen aus dem Herzen sprach.

Irgendwie brachten sie es fertig, nie aufs Klo zu müssen, voraussehend, daß sie auf dem Weg dahin steckenbleiben würden wie Dornröschens Prinzen in der Dornenhecke. Sie tranken sparsam, nippten nur aus den Schraubdeckeln ihrer Thermosflaschen. Für uns Kinder wanderte in Abständen eine leere Tasse im Gang von Hand zu Hand bis zum Klo und kam von dort, halbvoll mit lauem, ranzig schmeckendem Wasser, wieder zurück. Erst wenn ich kurz davorstand, in die Hosen zu machen, wenn der Drang, verdrückt und verleugnet, sich nicht länger verdrücken und verleugnen ließ, getraute ich mich, den laufenden Vortrag durch ein Flüstern ins Ohr meiner Mutter zu unterbrechen.

Das Bedürfnis, das ich so gern auf das stillste und privateste erledigt hätte, wurde sogleich zum Anliegen des gesamten Abteils. Die der Tür zunächst saßen, taten, als verhüllten sie mit ausgebreiteten Mänteln und Tüchern die Sicht zum Gang. Ich wurde genötigt, mich vor aller Augen meiner Schlüpfer zu entledigen. Ich hatte auf eins der beiden Klapptischchen zu klettern. Das Fenster wurde halb heruntergelassen, Rußkörnchen stiebten herein, der Fahrtwind peitschte um meinen blanken Hintern, der ins Freie hing, indes mich fremde Hände innen an Armen und Beinen gepackt hielten und ich vor tödlicher Beschämung die Augen zukniff.

Wie schnell und nebenbei, fast sportlich machte Siemen dagegen die Sache ab, zwar auch er wenigstens am Hosenboden festgehalten, aber doch ansonsten ohne mein weibliches Theater!

Einen Bahnhof gab es, den ich hätte lieben können. Daß er mit keiner Stadt, mit keiner noch so unbedeutenden Station in Verbindung stand, verriet schon sein Name: *La Gare forestière.*

Mitten im Wald ist eine Schneise ausgespart, breit genug, daß vier Schienenstränge nebeneinander Platz finden, doch so bemessen, daß die Wipfel rechts und links des Bahngeländes sich noch berühren und eine dämmrige Halle bilden. Meine Ansicht, ob es sich um Eichen oder eher um Linden handle, wechselt; die dichte säulenartige Anordnung der Stämme deutet mehr auf Eichen hin, zumal mir Linden, in solcher Undurchdringlichkeit beisammenstehend, noch nie vorgekommen sind. Nicht einmal die Masten mit den Isolatoren stören durch Fremdheit, sind diese Masten doch auch einmal Bäume gewesen. Fast haben sie es geschafft, sich wieder anzupassen, und treiben an den Außenseiten weiße schneeglöckchenartige Knospen.

Wo der Wald sich öffnet und die Gleise im Fluchtpunkt zusammentreffen, glimmt der Himmel schwefelgelb im Widerschein einer spät untergegangenen Sonne. Es ist die Stunde zwischen neun und zehn am Abend, einem Augustabend, wenn die Kinder noch immer auf sind und niemand sie hineinruft, weil die Erwachsenen sie vergessen haben. Leise schleichen sie sich davon und laufen zum Bahnhof, dessen Existenz den Großen unbekannt ist und wo schon die Gaslaternen brennen.

Nur die Kinder sehen die Züge ankommen und abfahren, sehen, wie sie vor dem kleinen weißen Bahnhofsgebäude halten, das so hohe, oben abgerundete Fenster hat, als sei es eine Orangerie gewesen und versehe diesen Dienst aus reiner Gefälligkeit, da ein Bahnhof nun mal ein Stationsgebäude braucht. Es herrscht makellose Leere auf den Quaderplatten der Bahnsteige, weil niemand aussteigt und nie jemand mitfährt in den Zügen, die allein zum eigenen Vergnügen verkehren. Die Fenster des Personenzugs sind sämtlich erleuchtet, jedes Abteil hat eine eigene Tür und jeder Waggon fünf Abteile. Die Lok des Güterzugs prustet aus purem Spaß eine Dampfwolke aus, die hängt eine Weile im Laub, bevor sie sich verzieht. Die Kinder sind in den Anblick versunken, nichts entgeht ihnen, nicht die glühroten Augen der Rücklichter, nicht die beiden Schornsteine auf dem Dach des Stationsgebäudes, mit ihren komischen rosa Nippeln an der Spitze, die wie Zitzen aussehen. Und die Trittbretter erst! Trittbretter in Waggonlänge, auf denen der Schaffner (angenommen, es gäbe einen) mit wehenden Rockschößen, ein Tausendsassa, während der Fahrt herumturnt, um von einem Abteil ins benachbarte zu gelangen. Lokomotiven und Wagen weisen das propere Schwarz chinesischer Lackmöbel auf. Und der Schornstein der Lokomotive auf dem mittleren Gleis ist von einem Mundstück gekrönt, trichterförmig gewölbt und aus gelbem Metall wie das einer Trompete.

Es ist möglich, daß *La Gare forestière* nur eine der unzähligen Bahnhofsvisionen von Paul Delvaux darstellt. Es ist aber auch nicht unmöglich, daß es irgendwo eine reale Entsprechung gibt.

»O vielen Dank! Äh, *merci beaucoup*!« Ein Mann in Windjacke und mit dem Frische-Luft-Gesicht der Angler, vor mir ausgestiegen, hatte sich meines Gepäcks erbarmt, es mit einer einzigen schwungvollen und fließenden Gebärde aus dem Waggon gehoben und fünf Meter entfernt abgesetzt. Ich stellte mich dazu.

Die Ohrringe waren eine große Hilfe, denn bei jeder Drehung des Kopfes brachten sie sich durch zarte Klöppelschläge in Erinnerung. Ich bin geschmückt. *Gebt mir meine*

Krone und laßt mich im Mondschein stehen. Schmuck rief bei mir gelegentlich diese Wirkung hervor. Besonders dann, wenn er mir im Grunde lästig war und ich mich, nur um Ängstlichkeiten zu bannen, damit behängt hatte. Besonders wirksam waren vor allem das vierreihige Gablonzer Glasperlenkollier gewesen oder die afrikanische Kette aus bunten Kugeln in der Größe von Kirschtomaten.

Auf meiner Reisetasche lag plötzlich ein schlaffes Bündelchen weißer Blumen. Ein paar Schneebeerenzweige, Leimnelken, Schafgarbe.

»Siemen?!« Er mußte schon eine Weile hinter mir gestanden haben.

»Tut mir leid, ich konnte nichts Hübscheres finden. Die Jahreszeit für Sträuße scheint vorbei zu sein.«

Seine hohe Stimme. An die mußte ich mich erst wieder gewöhnen. Es nützte nichts, daß ich mir schnell auf die Zunge biß, auf die Unterlippe, ich hätte vorher dran denken sollen und mich darauf einstellen. Nervöse Lachlust wurde unwiderstehlich wie Brechreiz. Verzweifelt versuchte ich ein Begrüßungslachen draus zu machen, etwas Heiteres, Glückliches, oder wenigstens alles auf das arme Sträußchen zu schieben, indem ich es trug wie eine Kommunionskerze.

Siemen griff nach Koffer und Tasche. »Komm weg hier, ich hab einen Leihwagen draußen.«

Er ging etwas gravitätisch, doch daran konnte auch das Gepäck schuld sein. Da ich nicht gleichzeitig Leuten ausweichen, Treppen steigen und Siemen anstarren konnte, versuchte ich bei jedem Seitenblick soviel wie möglich an Eindrücken zu erraffen. Billardgrünes Wollsakko. Aschgraues Leinenhemd. Und im offenen Kragen das obligate seidene »Tüchl«, gefällig zurechtgezupft in gleichmäßige

Falten. Unwillkürlich mußte man an jene aus der Mode gekommenen Geschenkpackungen denken, wo der Gegenstand auf steife, geleimte Wellen aus Kunstseide oder Satin gebettet lag (meist hellblau oder weiß), und alles in allem war Siemens Kehle ja auch ein Kunstgegenstand. Hochempfindlich. Leicht verderblich.

Die Haut unter Siemens Kinn war locker geworden, sackte auffällig: das war neu. Der Truthahnlappen. Auf der mir zugekehrten Wange zog sich außerdem eine scharfe Kerbe vom Jochbein herab bis zum Unterkiefer, wie ich sie so ausgeprägt sonst nur bei einem bestimmten Typus russischer Männer beobachtet hatte. Bei Modedichtern ebenso wie bei Paarläufern, die zum fünften Mal zur Weltmeisterschaft antraten, bei Filmregisseuren, Fabrikarbeitern und Taxifahrern, ja bei den *Chuligani* schon, hohlwangigen Jugendlichen mit nie ausgehender Zigarette, hatte ich diese grämlichen Furchen gesehen. (Lange Zeit hatte ich sie für eine Folgeerscheinung minderwertiger sowjetischer Rasierseife gehalten, für ein Zusammenwirken von extrem spröder Haut und der landesüblichen Angewohnheit, mit gepreßten Lippen maliziös zu grinsen. Letzteres hatte ich mir mit dem Bedürfnis erklärt, die Metallzähne verborgen zu halten.) Und nun fand ich das Zeichen auf Siemens Wange wieder.

Weiterhin fiel mir seine Hochbrüstigkeit auf, eine Hypertrophie der Brustdrüsen, die Siemen etwas von einem großen würdevollen Vogel gab.

Nichts auf dem Kopf. Früher – wenn ich »früher« sagte oder dachte, meinte ich immer unsere beste Zeit – hatte er eine Neigung zu ausgefallenen Kopfbedeckungen gezeigt. Der alte Hutstumpen beispielsweise, ein halbkugeliges Filzgebilde, marmorgrau. Oder, etwas später, dieses Kirgisenkäppchen, jeder Quadratzentimeter mit bunten Kurbelstickereien überzogen. Mehrere Winter war da auch eine Schapka gewesen, deren Ohrenschützer Siemen heruntergeklappt trug, die Bindebändchen bis auf die Brust hängend, wie langobardische Raufbolde ihre Zöpfe hängen ließen. Daß er diesmal so ohne alles erschienen war – ich hatte halb und halb erwartet, daß wenigstens auf dem Beifahrersitz etwas läge –, konnte man als Zeichen von »Reife« werten: keine Fimmel mehr, keine Kronen; Verzicht auf Embleme und Federn. Ich sah es mit Trauer und war unzufrieden. Das hatte nicht so sehr mit Enttäuschung zu tun als mit dem Gespür, daß da noch mehr aufgegeben worden war.

Auch das helle Haareschütteln fehlte mir, aber darauf war ich vorbereitet gewesen. Immerhin war Siemen noch nicht kahl, wenngleich kurz geschoren auf eine Art, die wir früher »Winckelmann wenn er den Turban abnimmt« genannt hatten.

Im Wagen machte er keine Anstalten loszufahren. Er legte den rechten Arm über die Sitzlehne und sah mich an. Ganz ohne Neugier, die doch nach achtundzwanzig Jahren normal gewesen wäre. Nichts in seinem Blick wollte alles an mir gehörig beleuchten, feststellen, wiedererkennen oder vermissen lernen. Er erbaute sich schlicht an der Tatsache meiner Anwesenheit.

Bis mir das stille Angeschautwerden zuviel wurde. »So sag schon endlich: wie sieht's aus?« Ich meinte selbstverständlich mich und meine Veränderung und wollte etwas Grundsätzliches hören, wenn auch nicht unbedingt das, was ich mir selbst gesagt hätte.

Ebenso selbstverständlich bezog Siemen meine Frage auf sich und seine eigene Gemütsverfassung.

»Wenn der Freude Tränen fließen.« Er hatte tatsächlich,

Lächeln hin, Lächeln her, Nasses in den Augen. Auch das war neu. Das vor allem. Ich hatte Siemen nur zweimal in Tränen erlebt, und beide Male hatten nichts mit Rührung zu tun gehabt. Es erschütterte mich, wie wenig er auf der Hut war. Nur hatte ich grundsätzlich was dagegen, mich erschüttern zu lassen, ausgenommen von Filmszenen und Stellen in Büchern.

Diese Schwierigkeit hatte mit der Entfremdung von Siemen angefangen, vor so langer Zeit also, daß sie ebenso den Verrohungen der Pubertät zugeschrieben werden konnte. Bis dahin war mir mein persönlicher Kummer als ein tragisches Ereignis erster Güte erschienen. Tragisch genug jedenfalls, breitesten Kreisen vorgeführt zu werden, denn damals kamen Schluchzen und Heulen wie Flutwellen über mich, durften sich austoben und hinterließen Erleichterung, Leere und eine befriedigende Erschöpfung wie nach schwerem Tagewerk. Jetzt reagierte ich mit Unwillen auf das Zuviel-auf-Einmal, das mir da aufgedrängt wurde und über meinen Kopf hinweg über Empfindungen entschied, die, hatte man sie erst einmal zugelassen, einem den Boden unter den Füßen wegzogen, bis man orientierungslos war und eine leichte Beute. Die einzig richtige Reaktion war, gar nichts dergleichen zu tun. Interessiert betrachtete ich die Autos durch die Seitenscheibe, verfolgte ein paar vorübergehende Französinnen.

Ich guckte noch immer aus dem Fenster, als Siemen endlich seine seitlich lümmelnde Haltung aufgab und sich nach vorn bückte, den Schlüssel umdrehte und wir vom Parkplatz wegfuhren, durch die Straßen von Châteauroux und dann auf Chausseen, deren Bäume als Schatten über mein Gesicht huschten zwischen blitzenden Lichthieben, da die Sonne, ziemlich tief stehend, mir genau in die Augen schien.

Nach einer knappen Stunde meinte Siemen, wir müßten auf eine Abzweigung achten, eine Art Feldweg, dummerweise ohne irgendein Kennzeichen, zu dem ein Ortsfremder eine Déjà-vu-Beziehung anknüpfen könnte.

»Sonst stößt man alle naselang auf handgemalte Schilder, Angebote von Marmeladen, Honig und dergleichen, aber dieser Weg verrät sich durch nichts, nicht mal durch einen markanten Busch.«

Womit er zugab, daß wir ihn verfehlt hatten, denn er wartete, bis die Gegenfahrbahn frei war, und fuhr wieder zurück, am äußersten Straßenrand und im Schleichtempo.

»Wer sagt's denn, da isser ja.«

Hecken, Obstbäume, Sträucher kratzten mit Nägeln und Klauen an der Karosserie, schabten mit Blätterbürsten über die Glasflächen, während Siemen den Wagen vorsichtig eindringen ließ, der auf die Bodenwellen mit zimperlichem Gehoppel reagierte. Etwa zweihundert Meter ging das so, ehe wir vor der gepriesenen *ferme* standen. *À menthe sauvage.*

Eine Handbreit über den Fensterrahmen begann das Dach, dessen Höhe die der Wohnräume beträchtlich übertraf. Grindig, mit dosensuppenfarbigen Ziegeln geschuppt (tomate, bihun, ochsenschwanz, blumenkohl, hummer), schlug das Dachgebirge Falten wie ein alter Lindwurm. Schräg über der Haustür ein Auswuchs aus dem Dach, ein Hausembryo, vermutlich dazu gedacht, das Heu bequemer auf den Boden zu bugsieren. Inmitten der Ziegel steckten die Enden dreier Metallröhren als Dachlukenersatz. Aus diesen drei Zielfernrohren äugte jetzt das Dach auf uns herunter über Tränenspuren aus schwärzlichem Moos, die aus den Luken bis zur Dachrinne hinabliefen.

Sonst war nichts, das ich hätte preisen mögen; der von

Siemen am Telefon erwähnte Charme hielt sich bedeckt. Die Fensterläden, einteilig und ungefüge, mußten nach dem Muster der Türen von Schweinekoben gefertigt sein, und die Außenwände, die in meiner Vorstellung aus Feldsteinen gewesen waren, »verwittert«, gemäuerhaft, platzten aus verschiedenen Schichten von graugelbem Verputz.

Ein ehemaliges Gartentor aus gußeisernen Krummstäben, mit Vorhängeschloß versehen, schützte, wie bei einem Juwelierladen, die eigentliche Haustür, die Siemen nun aufsperrte, als der Wagen unterm Dach des Holzschuppens abgestellt war. Er trat ein, zog aber die Haustür hinter sich zu und ließ mich draußen. Dann hakte er die obere verglaste Türhälfte auf und lehnte sich mit breit ausgelegten Ellenbogen über die Untertür.

»Wer seid ihr und was wollt ihr?« (im Ton einer erschrokkenen Frau)

»Hungrige, durchnäßte, müde, im Wald verirrte Kinder sind wir und möchten um Gottes willen um ein Stück Brot und ein Nachtlager gebeten haben«, leierte ich, das Klägliche übertreibend und über mich selbst erstaunt, daß ich den Text noch immer wortwörtlich hersagen konnte.

Und wieder Siemen, die Frau in der Tür, die nun die Kerze hochhielt und die aus der Nacht aufgetauchte Gesellschaft beleuchtete, entsetzt, voller Mitleid: »Ach, ihr armen Kinder, wohin hat es euch nur verschlagen? Wißt ihr denn nicht, daß dieses Haus einem Menschenfresser gehört, der kleine Kinder frißt?«

Bei mir haperte es jetzt, Siemen mußte mir einsagen: »Ach, liebe Dame ...«

»Ach, liebe Dame, was sollen wir tun? Im Wald werden uns ganz sicher die Wölfe heute nacht fressen, wenn Ihr uns nicht bei Euch aufnehmt. Da ist es uns doch lieber, wenn uns der gnädige Herr frißt; vielleicht hat er Mitleid mit uns, wenn Ihr ihn so recht darum bittet.«

»Na, dann komm mal«, sagte er, mit wieder normaler Stimme, die kaum tiefer war als die der Madame Oger.

Wir ließen die Tür offenstehen, nachdem das vorübergehende Zumachen die Küche augenblicklich verfinstert hatte und Siemen einen Satz über den Holzkorb vorm Kamin machte. Nach jeder Himmelsrichtung eine Tür, da blieb nicht viel Wand übrig. Der Eßtisch und die drei Stühle hatten das Sagen und ließen nur Platz für eine knappe Umrundung. Ein Büffet (nichts »Blankgescheuertes« oder aus gemaserter Eiche; das hatten sich sicher die Verwandten unter den Nagel gerissen; bloß Kiefernfurnier und die Fronten aus Sprelacart oder wie das hier heißen mochte), ein Spülbecken und am einzigen Fenster ein Gestell mit einem zweiflammigen Gasbrenner. Beim Anblick der dazugehörigen Flasche, ihres glatten kalten Bombenkörpers, meldete sich sofort meine alte Phobie.

»Das Ding da« – ich zeigte mit dem Finger darauf –, »das rühre ich nicht an. Nur zu deiner Information.«

»Is ja gut, is ja gut.« Er zuckte die Achseln, gluckste.

Im Zimmer genau gegenüber der Eingangstür, an der Rückseite des Hauses, sollte ich schlafen. Der staubgraue Mull vorm Doppelfenster wehte im Durchzug auf, als habe jemand durch den Spalt Reißaus genommen. Drei, vier Weberknechte zitterten über die gekalkte Decke.

»Das ist deins.« Siemen klopfte mir liebevoll auf die Schulter.

»Das Spukzimmer, schätze ich.«

»???« Er sah mich begriffsstutzig an, und ich klärte ihn auf: »Ungute Anwesenheiten verraten sich dadurch, daß die normale Raumtemperatur empfindlich sinkt, sag bloß, du wußtest das nicht. Ich wette mit dir, daß hier drinnen nicht mehr als zehn Grad sind.«

»Aber das Zimmer liegt nach Südwesten, auf die Wand knallt den ganzen Nachmittag die Sonne!« Er verteidigte sich, gekränkt beinahe. »Gestern hab ich auf dem Zementplateau da draußen gesessen und jede Menge Eidechsen beobachtet, süße kleine graue Dinger, die hatten eine ausgesprochene Vorliebe für die Wand.«

»Was nützt das, wenn das Fenster bloß eine Schießscharte ist? Nein, glaub's mir, dieser begehbare Gefrierschrank kann nur das Refugium eines dieser Geister sein, die ihre Bosheit an der Erde festhält.«

Er spielte nicht mit. Ich gab es auf. Hatte Siemen eigentlich Humor besessen, früher? Oder war das nur das Schnurrige gewesen, der Hang zum Ausgefallenen, der einen mitriß.

Wir könnten ja den Kamin nachher anheizen und die Tür (»deine Tür«) richtig aufmachen, damit es bis zum Schlafengehen wenigstens etwas überschlagen wäre, bot er an. Sein Bekümmertsein ging mir nahe. Mich reute bereits jedes Wort, das ich über die Eisgrotte verloren hatte. Am liebsten hätte ich noch einmal beginnen lassen: Siemen über die Untertür gelehnt als Frau des Menschenfressers. Er wirkte so enttäuscht, ganz gescholtenes Kind, sagte nur knapp: »Hier ist das Bad« und »Hier drüben schlafe ich«.

Rechts von der Haustür hatte sich bis zum Tod des alten Bauern der Stall befunden, ehe die Verwandten, im Hinblick auf mögliche Feriengäste, Wanne, Wasserklosett und Waschbecken installierten. Wie die Küche und mein Zimmer war auch das Bad mit düsterroten stumpfen Fliesen ausgelegt, direkt auf der Erde. Das Haus war nicht unterkellert, Siemen wies darauf hin, tonlos und trübe.

Sein eigenes, das Zimmer links von der Haustür, war das einzige mit Bretterfußboden und zugleich der hellste Raum der ganzen *ferme*, denn außer dem Fenster zur Vorderseite gab es noch eine Hintertür mit Glasscheiben, die auf das Zementplateau hinausging. Der dazugehörende Holzladen steckte im Hundertzwanzig-Grad-Winkel festgerammt im ungemähten Gras. Abendlicht von beiden Seiten hinterließ keine heißen Vierecke mehr auf dem Fußboden, war nichts als Stimmung. Siemen hatte eine Kaffeekanne in den Kamin gestellt und sie mit wolligen Dolden von Kunigundenkraut vollgestopft.

Das Bett ragte in seiner gesamten Länge in die Stube hinein, so daß man, aus der Küche kommend, einen Bogen um die Kanten des Fußteils schlagen mußte. Zwei nicht zusammenpassende wuchtige Kleiderschränke und ein Gebilde aus übereinandergestellten Kommoden bewirkten, daß man von dem ersten Eindruck, der freundlich gewesen war und etwas wie »fromme Armut« ergab, wieder Abstand nahm. Die Tür des einen Schranks klaffte auf, war wohl kaputt; auf seinem Grund stand eine von diesen Nähkommoden, die sich nach beiden Seiten terrassenförmig ausziehen lassen. Trauriger alter Geruch erfüllte das leere Innere der Schränke, nach Hosenböden und Naphthalin. Außen, an den Kopfleisten, hing ein Kleiderbügel am anderen: Burberrymantel, Frack, diverse Hosen und Hemden, ein wunderschönes Jackett, auch Westen waren dabei.

»Hübsche Sachen hast du.« Ich streichelte das Jackett. »Tust du mir einen Gefallen? Zieh doch eine von deinen Westen über.«

Er tat es, sehr bereitwillig, seine gute Laune kam wieder. Säuberlich hängte er erst das billardgrüne Sakko auf und fuhr dann in die Armlöcher einer Weste, die er jedoch offen ließ; es war nicht zu übersehen, daß sie ihm über der Brust zu eng war. Siemen hatte den Busen einer Konfirmandin, hochsitzend und hart, während bei mir sich das Fleisch in den letzten Jahren mehr und mehr zurückzog. Seit ich Siemen das erste Mal in einem Westenanzug gesehen hatte – mit zweiundzwanzig hatte er sich den nähen lassen –, hatte ich Westen für mich als Aphrodisiakum entdeckt. Ein schwärmerisches, verrücktes Hingezogensein, das, da es durchaus nicht auf Siemen beschränkt blieb, tieferreichende Wurzeln haben mußte und nur durch diesen Zufall ans Licht kam.

Besonders angetan war ich von den Rückseiten; der Satinglanz hatte so etwas Festgewandhaftes. Oh und das Riegelchen erst mit der schmucken kleinen Schnalle, das immer genau dort saß, wo so ein männliches Mieder seine delikateste Stelle hatte! Direkt unter der Schnalle nämlich, die natürlich stramm festgezurrt sein mußte, gab es zumeist einen Schlitz, einen ganz minimalen nur. Dessen beide Stoffzipfel traten in der Regel auf reizend vorwitzige Art auseinander und legten sich auf die dicht darunter beginnenden Ausläufer der Hinterbacken. Ich hatte mich sogar schon dabei ertappt, wie ich jungen Kellnern, sofern sie hemdsärmlig, also mit Weste, auftraten, aufs Hohlkreuz starrte, denn mein Leben war arm an Westenträgern, zumal an solchen mit den richtigen Taillen, biegsamen, ähnlich denen der Toreros. Handelte es sich nun vollends um Männer, an denen mir etwas lag, wobei ich nicht ausschließen möchte, daß mein Interesse in einzelnen Fällen überhaupt erst durch die von ihnen zufällig getragene Weste erregt wurde, dann übernahm die Weste die Rolle des Goldregens, der Wolke, des weißen Stiers und des Schwanengefieders.

Nach dem Abendbrot am Küchentisch (nun aber bei geschlossener Haustür, denn sobald die Sonne fort war, zogen Schwaden von Feuchtigkeit aus der Erde und vermischten sich mit den kühlen Duftnebeln von allem, was Blätter trug) spazierten wir durch den Flecken Bonavois.

»Das da steht auch leer. Und bei dem parkte vorgestern den ganzen Tag ein Wagen mit Pariser Kennzeichen im Garten; junge Leute, die innen im Haus scharwerkten. Vermutlich Wochenendklitsche geworden.«

Wir gingen Arm in Arm. Als Siemen den Ellenbogen anwinkelte, auffordernd, hatte ich mich bei ihm eingehakt. Wir hatten das noch nie zuvor gemacht. Eine kleine Distanz hatte es immer gegeben zwischen uns, wenn wir draußen nebeneinander liefen. Damals bildete ich mir ein, es müsse zu sehen sein, wie ich eigentlich mit Siemen ungeniert Hüfte an Hüfte ging, jeder den Arm um den Rücken des anderen gelegt, die Daumen jeweils in dessen Hosen- oder Rockbund, taumelnd gelegentlich, wenn die enge Schrittweise uns zu sehr zusammenflocht. So stark war die Vorstellung, daß sie bisweilen für Sekunden die Oberhand über die Realität gewann und ich herausfordernd die Blicke der Passanten ausforschte, die von unserer Provokation doch nichts sahen und ahnten.

Das behäbige Eingehängtgehen in der Dämmerung in einem Dorf in der französischen Provinz rief keinerlei Einbildungen mehr hervor. Ging es über steinigen Boden oder mußten hügelige Wiesenstücke überquert werden, drückte Siemen jedesmal sorglich meinen Arm, fast quetschte er ihn, und ich dachte, was das wohl helfen könnte, wenn ich wirklich stolperte und umknickte; wie ich dann, festhängend an seinem Arm, über Stock und Stein geschleift würde.

Fallobstgeruch hing in der Luft. Er kreuzte sich mit dem

Weidegeruch der Wiesen, auf denen weiße Kühe schläfrig durcheinandertrotteten, eine farblose Rasse mit fleischigen Leibern und auffallend kleinen lachsrosa Eutern. Noch später kam der Duft eines Waldstreifens hinzu. Er zog sich entlang der geteerten Straße zwischen den Ortsteilen hin und bestand hauptsächlich aus Eichen. Auch die auf den Kuhweiden verteilten Bäume waren Eichen. Der Gedanke an ein Reservat drängte sich auf. Während aber die alleinstehenden Eichen auf den Weiden etwas ruhig Stolzes an sich hatten mit ihren weit ausgreifenden Kronen, bestätigten die Eichen des Wäldchens den Niedergang, der letztlich alle Reservate beschleicht. Bricht das Laub aus, vereint sich erwartungsgemäß die Vielzahl der Blattbüschel eines jeden Zweiges zu einer überwältigenden Gesamterscheinung. Hier zerfiel fast jeder Wipfel in vereinzelte struppige Nester. Und ging man näher heran, schien ihr Laub nicht wirklich Teil des betreffenden Baumes zu sein, schien vielmehr ein bloßer krautiger Befall, etwas Ungemäßes, Abnormes.

Wir kehrten um, als wir die weißen Kühe nicht mehr voneinander unterscheiden konnten. Dorfköter kläfften, jedoch nie gleichzeitig, es hörte sich an wie ein Rundgesang.

Ich fragte: »Wie bist du eigentlich auf die Idee gekommen, ausgerechnet hier Urlaub zu machen?«

»Ja, hatte ich dir das denn nicht am Telefon gesagt?« Er brach in blödes, verlegenes Gackern aus: »Ich hab hier einen Auftritt.«

Natürlich nicht hier in Bonavois. Etwa eine knappe Autostunde entfernt. »Ich bin vorgestern schon mal vorbeigefahren und hab einen Blick darauf geworfen, nur so, ohne mich vorzustellen. Auto auf der Chaussee gelassen, zu Fuß durchs Parktor, Auffahrt hoch, Empfangskomitee zwei schwarze Doggen. Zum Glück stehe ich mit Bruder Tier außerordentlich gut, wie du vielleicht noch weißt.«

Ich wußte es noch.

»Sie ließen mich alles angucken, blieben aber immer bei Fuß. Siebzehntes Jahrhundert, mehr Landgut als Schloß, würde ich sagen; sympathischer Hauch von Vernachlässigung. Bice zufolge schwimmt die Familie nicht gerade im Geld, hat aber einen Hang zum Extravaganten. Oder sagte sie zum Exzentrischen?« (Signora Beatrice Orfei war Siemens Agentin, schon seit über zwanzig Jahren.) »Sie feiern irgendwas Besonderes, Bice hat es mir gesagt, aber ich kann mir so was nie merken. Goldene Hochzeit. Oder siebzigsten Geburtstag. Sie hat sie über meine speziellen Bedingungen informiert, und sie haben alles akzeptiert. Auch das Honorar!«

Schon wieder dieses Gackern. »Sie hat es erhöht, die gute Bice. Obwohl es mit der Gegenleistung rapide bergab geht.« Er vollführte mit der rechten Hand eine schräge Schlittenfahrt und produzierte mit den Lippen einen Laut wie kleine Jungen, wenn sie ein gedachtes Flugzeug abstürzen lassen.

Ihm auf der Stelle zu widersprechen, im Brustton der Überzeugung das Gegenteil zu beteuern konnte ich mir nicht erlauben; ich hatte Siemen seit Jahrzehnten nicht mehr singen hören. Und für Proteste aus bloßer Höflichkeit, im Stil eines »na komm, jetzt übertreibst du aber« standen wir uns zu nahe. Nicht verhindern aber konnte ich, daß sich das Gefühl, von einem eisigen Luftzug getroffen zu werden, einstellte. Onkel Taupalt pflegte das »die kalte Hand am Hinterkopf des Bahnwärters« zu nennen.

Am Telefon, manchmal, wenn ich nicht wußte, was ich sagen sollte, aber wollte, daß er sich mit mir unterhielte, hatte ich versucht, Siemen über die Art seiner Auftritte auszuholen, hatte neugierig nach den Leuten gefragt, die ihn zu sich kommen ließen, einige wieder und wieder, trotz der »speziellen Bedingungen«, die Entgegenkommen und Verständnis verlangten. Aber er war kaum jemals darauf eingegangen, nicht so, wie ich es mir gewünscht hätte. Und über seine Stimme zu reden, auch nur beiläufig, war tabu gewesen.

Jetzt war ich es, die Siemens Arm drückte; was konnte ich sonst schon tun. Wir setzten unseren Heimweg fort, beschleunigten jedoch nicht; das Trab-Trab der Schritte in die zunehmende Dunkelheit hinein klang unvermindert gemächlich und ziellos. Die Eichen, nunmehr rechts von uns, raschelten mit ihrem verunstalteten Laub. Siemen hielt sich den Jackenaufschlag als Schutz gegen die Abendluft vor Nase und Mund, während er weitersprach.

»Vor dreihundert Jahren brachten sie in solchen Häusern Pasteten auf die Tafel, aus denen als Clou für die Gäste ein Zwerg heraushüpfte und seine Kinkerlitzchen abzog: Hütchen schwenken, Kußhände werfen. Jetzt mieten sie sich einen männlichen Sopran. Ich sollte dankbar sein, daß sie sich nicht für einen Illusionisten oder einen Komiker entschieden haben. Wahrscheinlich werden sie das noch bereuen, so wie ich jetzt kreische.«

Ich fiel ihm ins Wort, munter, den Kopf interessiert vorgebeugt: »Und wann ist das? Ich meine, wann hast du diesen Auftritt?«

»Was? Ach so ... äh, morgen. Morgen gegen Abend. Ich werde also morgen den ganzen Tag möglichst nicht sprechen, nur damit du Bescheid weißt. Alte Angewohnheit von mir.«

Ich hoffte einige Sekunden lang, daß er mir anbieten würde, ihn zu begleiten. Als die Sekunden verstrichen, wartete ich auf einen Satz, der besagte, er *wünschte* sich, er *könnte* mich mitnehmen. Aber wahrscheinlich gestatteten das die Regeln nicht, sicher gab es da Regeln.

»Und was wirst du singen?«

Er machte eine wegwerfende Geste. »Ich hab schon lange nichts Neues mehr einstudiert. Drei meiner alten Kofferarien, *Ah, Fors' è lui, Sempre Libera* und so weiter. Begleitung vom Band. Meistens wird einer aus der Familie abkommandiert, der in meiner Nähe bleibt und mir diskret aufs Maul guckt. Wenn sie schon meine Fisimatenten akzeptieren müssen, wollen sie auch sichergehen, daß wenigstens der Gesang als Naturalie geliefert wird. Kann man verstehen. Ist auch schon vorgekommen, daß die Gastgeber mich in letzter Minute ins Gebet nehmen: Ob ich denn nicht mal eine Ausnahme machen könnte? Ein einziges Mal? Er wedelt mit einem kleinen Aufpreis, und sie versucht mich mit schrägem Bitte-bitte-Köpfchen und Breitwandlächeln umzustimmen. Alles nur, damit mich ihre geschätzten Gäste nicht bloß hören, sondern auch sehen. Damit ich mich von ihren Blicken abfingern lasse.«

Siemen vertrug kein Publikum. Er konnte nur singen, solange man ihm die Illusion ließ, allein zu sein. Zwei Personen duldete er, unbehaglich und schwitzend, drei waren das Alleräußerste. Aber falls der oder die Dritte etwas an sich hatte – etwas Undefinierbares selbstverständlich, nicht einmal Siemen selber war je imstande gewesen, sich in diesem Punkt vernünftig auszudrücken –, ging schon nichts mehr. Ich war bei jedem der Desaster dabeigewesen. Daß sie über vierzig Jahre zurücklagen, hatte mein Bild einer entsetzlichen Quälerei weder gemildert noch zur komischen Seite hin abgleiten lassen: Siemen im zu weiten Anzug (von ich weiß nicht mehr wem gestiftet, die Hosenaufschläge wogten nur so um seine Knöchel, als wären sie mit Bleiband behaftet), der ungestärkte Hemdkragen mit der Krawatte, deren Knoten, dick wie eine Hyazinthenzwiebel, meistens schief saß.

Anfangs wirkte er immer außerordentlich gefaßt und guten Mutes, was alle Beteiligten täuschte, ihn selbst eingeschlossen. Dazu kam: Hatte er nicht jahrelang verbissen auf Momente wie diesen hingearbeitet, der ihm in einer Viertelstunde, in zehn Minuten, in fünf Minuten geboten wurde, endlich? Es begann stets damit, daß aus seinem Gesicht alle Farbe wich und ein grünlicher Schein sich darauf ausbreitete. Schweiß glitzerte auf seiner Stirn, auf der Oberlippe, um die Nasenflügel, die klitschnassen Hände kneteten das Taschentuch. Sein Blutdruck pflegte dramatisch abzusinken, er mußte sich festhalten, Herzrasen stellte sich ein. Einmal war er sogar in Ohnmacht gefallen.

Gernot Heisterbach, Siemens »Entdecker« und Manager der ersten Jahre, hatte ihn, schulterpatschend und frohlockend, bis an die Bühne geleitet; so weit hatte Siemen es noch nie zuvor geschafft. Ich betete wie besessen im Hintergrund. Der Applaus schäumte auf, alles war gut. Gleich würden die Instrumente einsetzen. Gleich würde Siemen »das Haus« zu einem schweren gemeinsamen Seufzer veranlassen, zu einem Raunen der Überraschung und des Entzükkens. Doch dann gab es nur einen Krach, nicht sonderlich laut, und ein Brausen der Bestürzung, eine vielstimmige Klage.

Heisterbach ließ trotz der sich wiederholenden Reinfälle nicht locker; Siemen war nun mal seine fixe Idee. Er zwang Siemen, mit ihm zusammen den Reigen durch zahlreiche einschlägige Sprechzimmer zu absolvieren (was zu nichts führte), und wäre die einzige Erziehungsberechtigte, obgleich sie ihm sonst aus der Hand fraß, nicht vor solchen Methoden zurückgeschreckt – er hätte einen zweiten Svengali aufgetrieben, das zu beschwören bin ich noch heute bereit.

Irgendwann war Heisterbach auf die Sache mit den Exklusiv-Auftritten verfallen, auf das Vermieten einer Engelsstimme bei strikter Einhaltung gewisser Inszenierungen. Und Siemen hatte zu allem Ja und Amen gesagt. Auf mein wohlmeinendes und subversives Dremmeln – »Wieso machst du das mit? Jetzt, wo niemand mehr über dich bestimmen kann? So lern doch einfach was anderes, Mensch! Werde Klavierstimmer oder Musikalienhändler oder von mir aus Korrepetitor« – hatte er ewig die gleiche Antwort: »Du redest, wie du's verstehst. Ich will ja singen, begreif das doch endlich, dumme Trine. Nein, ich sehe schon, du wirst das nie begreifen.«

Mit dem Kaminfeuer, auf das ich mich gefreut hatte, wurde es nichts. Siemen entschuldigte sich wiederholt. Er hatte, als er mir das Feuer so leichtfertig versprach, nicht an die Rauchentwicklung gedacht. Nein, ganz unmöglich, ausgeschlossen, leider leider. Rauch war Gift für die Stimmbänder.

Hilflos suchte er nach etwas, womit er mir die Verweigerung versüßen konnte, und strich wiederholt über meinen Unterarm, inbrünstig, als bürste er den Pelz einer Katze.

»Was machen wir denn nun mit dir und dem kalten Raum. Gott, wie leid mir das tut.«

Dann fiel ihm etwas ein, und er verkündete erleichtert: »Ich zieh schon mal dein Sofa aus. Die Rezeaus – die Leute, von denen ich das Haus gemietet habe – waren so nett, eine Extradecke und ein Kopfkissen herüberzubringen, als ich ihnen sagte, daß du kommen würdest.«

Er schien einen Narren an dieser Familie gefressen zu haben und gewillt, dieselbe Sympathie auch in mir zu erzeugen, denn aus dem Kabuff schallten Details: »... er heißt Armand, sie Toinette, und ihre beiden Jungen heißen Jean-Lucas und Doudou ...«

Scharniere quietschten, dann das dumpfe Plumpsen, als die Rückenlehne in die Waagerechte fiel. Siemen erzählte weiter drauflos; er hielt sich gerade bei den Gesichtern der jungen Rezeaus auf, als ich hereinkam. Wie auffallend sie sich von denen anderer halbwüchsiger Bengel unterschieden, wie unverdorben sie doch waren. Keine Spur von Verschlagenheit. »Nicht dieses gnadenlose Abschätzen, dieses mürrische Stieren, die übliche Dumpfness, zusammengefaßt in dem gräßlichen Wort cool.«

Nein, die beiden Rezeau-Sprößlinge waren nicht cool, sondern erröteten, selbst der Ältere noch, wenn man sie ansprach, überhaupt hatte ihre Liebenswürdigkeit etwas Angeborenes, Selbstverständliches, ganz ohne jedes Kalkül. Natürlich waren sie sehr ärmlich angezogen, auch ließe sich das Bäuerische eben nicht verleugnen. Worauf er etwas unmotiviert schloß: »Du mußt mir bei Gelegenheit mal von Caspar berichten.«

(Da die beiden jungen Rezeaus gewissermaßen mir vorgestellt wurden, während in mir sich gerade Zorn zusammenbraute, behielt ich ihnen gegenüber ungerechte Vorbehalte, auch als ich sie kennenlernte und alles bestätigt fand.)

Die Beleuchtung hing dicht unter der Decke, höchstens vierzig Watt, eingemummt in eine korbgeflochtene Puppenkrinoline, außen mit Zwirnspitze verkleidet. Der Effekt war ein hohles Licht, das Gänsehaut erzeugte, so wie es hohle Rufe gibt, Schauerliches, widerhallend in Verliesen. Dieses

Licht diente nur einem Zweck: dem Sichtbarmachen der Dunkelheit außerhalb der Lampenschirmöffnung.

Stumm hievte ich meinen Koffer auf einen Hocker, ließ ihn aufschnalzen, schaufelte meine Sachen wild durcheinander, weil ich im Dustern nichts unterscheiden konnte und nichts fand und meine Beherrschung an ihre Grenze gestoßen war. Siemen, inzwischen fertig mit dem Beziehen, meinte, das Sofa sei leider doch etwas klamm, und schlug vor, seinen Bettvorleger, ein Ziegenfell, unterzulegen. »Wie bei der Prinzessin auf der Erbse.«

Das Nachthemd in der einen Hand, in der anderen aus einem lange zurückliegenden Taormina-Urlaub stammende Korkpantöffelchen, auf kindische Weise unglücklich und den Tränen nahe, schnauzte ich: »Und wie soll ich hier lesen? Ich kann nicht einschlafen, wenn ich nicht vorher noch eine Stunde lese.«

Eilfertig brachte er sein Nachttischlämpchen herüber. »Hier, nimm das, ich muß nicht unbedingt eins haben.« Vergebliches Abmühen dann, eine Steckdose in unmittelbarer Nähe des Sofas ausfindig zu machen. Und nirgendwo eine Verlängerungsschnur.

Ich wußte, daß ich im nächsten Augenblick entweder überschnappen oder aber brüllend lachen würde.

Beteuernd faßte Siemen mich bei den Schultern. (Ob er seine Einladung ebenso bereute wie ich, ihr gefolgt zu sein?) »Ich finde was. Ich laß mir was einfallen. Sei ganz ruhig.« Die Arme theatralisch aus- und langgestreckt, hielt er mich, rüttelte in aller Güte sachte an mir herum, und ich sagte: »Ich hab mal ein Theaterstück gesehen, wo gegen Ende ein Mann mit haargenau der gleichen Geste – oder sagt man da Gebärde? – etwas zu einer Frau sagt. Auch um sie über eine Misere hinwegzutrösten übrigens.«

»Ach ja?« Dankbar lachte er ein bißchen mit, das heißt, er beteiligte sich an meiner Heiterkeit aus reinem Kameradschaftssinn.

»Und was sagt er? Das würde mich interessieren.«

»Er sagt, daß er vor ihr knien möchte und daß er ihr Verzeihen erfleht. Und dann sagt er noch, wie er sich das Weitere denkt: So woll'n wir leben, beten und singen, Märchen uns erzählen und über gold'ne Schmetterlinge lachen.«

Daß er nicht nachfragte, aus welchem Theaterstück das war, enttäuschte mich. Selbst eine banale Bemerkung (»Muß aber ein schon ziemlich altes Stück sein«) hätte das Wieder-Anspinnen der Herzlichkeit gefördert. So kurz vorm Schlafengehen – hatte da nicht jeder das Bedürfnis nach dem Gut-Freund-Gefühl, nach Übereinstimmung?

Siemen aber war einfach von mir weg in die Küche gegangen. Und als ich mit Handtuch und Necessaire, im Satinkimono, zwei-und-zwei gestrickte Socken statt der Hetärenpantoffeln an den Füßen, über die kalten Fliesen mehr flitzte als auftrat, saß er seelenruhig am Tisch und löffelte Apfelkompott. Ich sollte anständigerweise sagen, daß er auch ein zweites Schälchen hingestellt hatte.

»Ganz frisch; selber aufgelesen, die Äpfel; heute vormittag gedünstet.« Weiche Äpfel seien gut für die Stimmbänder. Pflaumen auch; Madame Rezeau (»die gute Toinette«) hatte versprochen, ihm eine Schüssel zu bringen. Das erinnerte mich daran, daß ich vorm Abendbrot die halbe Flasche Mumm in den Eisschrank getan hatte.

»Die dürfte wohl inzwischen wieder zur Ruhe gekommen sein, nach dem Geschuckel auf der Fahrt. Wenn ich im Bad fertig bin, begießen wir unser Wiedersehen. Wenn's sein muß, aus Kaffeetassen.« Ich vergaß das Gruselkabinett hinter mir und sah mich an Siemen fest. An seinem grauen

Winckelmann-Kopf. Am noch immer halbwegs vertrauten Gesicht mit den scharfen Kerben, an dem vom Kompottsaft glänzenden Mund. An den Hemdsärmeln und der Westenbrust oberhalb der Tischkante. So versunken war ich, daß mir sein Zögern erst nach einer Weile bewußt wurde.

»Macht es dir was aus, wenn wir das auf morgen verschieben?«

»Etwa deswegen?« Ich tippte mir an die Kehle.

Er nickte, lächelte verquält und ritzte mit dem Löffelchen hastige Autogramme aufs Tischtuch. Alkohol trockne die Schleimhäute aus. Vor einem Auftritt trinke er niemals. »Du kannst das ja nicht wissen«, sagte er sanft.

Als ich aus dem Bad in mein Zimmer kam, hockte er auf dem Klappsofa, einen Stab oder Besenstiel zwischen die Knie geklemmt, und versuchte an dessen oberem Ende eine Taschenlampe zu befestigen. Mit Leukoplast.

»So, hier hast du deine Leselampe. Morgen, nein übermorgen kaufen wir dir ein Dutzend Batterien als Reserve. Eine oder zwei Nächte wird die hier hoffentlich durchhalten.«

Der Stab endete in einem glockenförmigen Aluminiumfuß und war vordem der Wäschestampfer von Onkel Rezeau, dem Verblichenen, gewesen. Ich widerstand dem Drang, Siemen um den Hals zu fallen. Es war einfach zu lange her; so lange, daß ich nicht mehr zuverlässig hätte sagen können, ob überhaupt und falls doch, bei welchem außerordentlichen Anlaß wir uns je umhalst hätten. An gemeinsame Freudentänze erinnerte ich mich, Siemen vor allem war ein großer Freudentänzer gewesen.

Ich gab ihm statt dessen einen jener unverfänglichen Schmatzküsse nach Caspars Art, die mit übermütigem, anschwellendem Summen eingeleitet wurden und kaum spürbar auf der Wange des Geküßten landeten, wenn sie nicht schon vorher in der Luft zerplatzt waren. Er stand merkwürdig hölzern da, höchst zufrieden, strebte jedoch weg von mir und sagte sein Gutenacht-Sprüchlein auf, verlängerte es bis zur Tür noch um dies und jenes, »morgen früh schlafen, so lange du willst«, äh, und er sei fast sicher, daß es hier Mäuse gebe, wenn es also in der Nacht mal ein bißchen knuspern würde, wüßte ich Bescheid – »fast wie früher in Podgoritza«, heimatlich sozusagen. Sein Kopf verschwand als letztes, wie das Lachen der Cheshire-Katze.

Bei der Klassenfahrt ins Westerzgebirge (das Heim lag auf der Spitze des Auersberges) hatte ich mich, vierzehn oder fünfzehn Jahre alt, während einer der verhaßten Tagestouren einmal der Länge nach in den Schnee geworfen, denn obwohl in Dresden, wo wir herkamen, bereits die Corneliuskirsche blühte, war hier, im Gebirge, noch Winter. Meine Füße steckten in klobigen vier Nummern zu großen Schnürstiefeln aus den Beständen des Heims, täglich frisch ausgestopft mit gelbem Wintergras (keiner aus der Klasse besaß wasserdichtes Schuhwerk). Ich hatte blutige Stellen an den Fersen und dampfte vor Überanstrengung und gab mich der Kühle der verharschten Schneewehe hin, gleichzeitig von einer begnadeten Schläfrigkeit erfüllt.

Daran mußte ich denken, als ich das Sofa trotz des Ziegenfells unterm Laken eisig an meinen Rücken spürte. Zwar hatte ich auch jetzt eine Tagestour hinter mir, die voraufgegangene Nacht nicht gerechnet, in der ich nicht zum Schlafen gekommen war, aber ich war nicht mehr fünfzehn und dampfte keineswegs. Damals, hätte man mich gewähren lassen, wäre ich mit Wonne auf dem Harsch eingeschlafen und selig erfroren. Jetzt aber bibberte ich und mußte aufstehen, zog noch eine Strickjacke über Kimono und Nachthemd und die Wollsocken an die Füße, ließ der schon geschluckten halben nochmals eine ganze Schlaftablette folgen, ehe ich mein Buch erneut aufblätterte.

Ich hatte keins der vielen noch ungelesenen mitgenommen, sondern ein altes, das mit dem Satz begann. »Ich war Schüler der obersten Klasse des Kiewer Gymnasiums, als ich ein Telegramm bekam: auf dem Gehöft Gorodischtsche bei Belaja Zerkow lag mein Vater im Sterben.« Ein vertrautes Buch im Gepäck zu wissen, zumal bei längerer Abwesenheit von zu Hause, war mir in den letzten Jahren zur Notwendigkeit geworden. Da ich es zwar kannte, indes lange nicht mehr gelesen hatte, erschien es mir mal als Ganzes, als ein Konzentrat aus vagen, doch positiven, ja angenehmen Erinnerungen, dann wieder als ein Stafettenlauf einzelner unvergessener Szenen. Das wichtigste aber blieb der Trost, den das jeweils ausgewählte Buch zu garantieren schien. Denn wie elend ich auch untergebracht wäre, zur Nacht würde ich zuverlässig abgeholt werden, würde nach kaum zwei Seiten beteiligt sein an einem wahrhaftigeren Leben, einem authentischeren Geschehen.

In Abständen wechselte ich das Buch aus der Rechten in die Linke und umgekehrt und wärmte die jeweils freie Hand unter der Achselhöhle, während ich unablässig weiterlas, versunken in die Schilderung schlechten Wetters: »Ein feiner Regen sprühte herab. Feoktistow erzählte mir, daß in der Nacht der Eisgang auf dem reißenden Fluß Rosj begonnen habe. Das Gehöft, auf dem mein Vater mit dem Tode rang, lag auf einer Insel mitten in diesem Fluß, zwanzig Werst von Belaja Zerkow entfernt. Vom Ufer des Flusses führte ein steinerner Damm zum Gehöft hinüber. Das Hochwasser der Rosj strömte mit Macht über den Damm, und daher würde sich niemand, auch der verwegenste Fuhrmann nicht, bereit finden, mich auf die Insel überzusetzen.«

Doch schon eine Seite weiter betritt »der tollkühnste Greis von Belaja Zerkow« die Posthalterei, ein »zwerghafter, stämmiger Jude mit schütterem Bärtchen« und »Bäckchen wie Paradiesäpfel« und veranschlagt sein Leben sowie das seiner beiden Pferde, die Pauschale zweimal erhöhend, zuletzt auf zehn Silberrubel, zuzüglich eines Jahresabonnements des Blättchens *Der russische Invalide*. Eine neue unerwartete Schwierigkeit: Keiner der orthodoxen Priester will sich der Wahnsinnsfuhre anvertrauen, im letzten Moment wird ein junger katholischer Geistlicher aufgetrieben, dessen Pflichtbewußtsein die Furcht überwiegt. Im offenen Zigeunerwägelchen fahren die drei sodann die zwanzig Werst durch den rauschenden Regen, indes ihre Kleidung sich voll Wasser saugt, vorbei an den berühmten Alexander-Gärten der Gräfin Branicka (größer als Versailles, von wilden Hirschen bevölkert und von Mickiewicz bedichtet).

Bei alledem hörte ich dennoch Siemen geschäftig hin und her gehen, fragte mich, was er wohl jetzt noch anstellen mochte, zu abgelenkt für echte Neugierde und nur ganz kurz von auftauchender Befürchtung irritiert, womöglich noch einmal aus dem Bett gerufen und zu irgendwelchen kuriosen Hilfeleistungen herangezogen zu werden. Ich haßte es, wenn man mich zurückholte, sobald der Schritt – über die Leiste des Bilderrahmens ins Bild hinein – einmal vollzogen und das Entfernen geglückt war. Als kleines Kind muß Caspar das gespürt haben, daß er, wenn er einen solchen Zustand unterbrach, statt der gewohnten Bezugsperson (statt seiner Miezie, seiner Mie, seiner Mammelitzi) ein sonderbar automatisches Wesen vorfand, das zwar antwortete und Verlangtes ausführte, zugleich aber entfremdet und sehr abwesend war und dem blöden Buch ganz offensichtlich verbundener als ihm. Eine Erkenntnis, die Groll und Eifersucht erzeugte und lebenslanges Nachtragen. Caspar las nicht.

Obgleich die Fahrt nach Gorodischtsche, um ihre Länge glaubhaft zu machen, von kleineren Rückblenden und Retardierungen gestreckt wurde, übersprang ich keinen einzigen Satz; so überaus aufmerksam, ja achtsam hatte ich seit meiner Kindheit nicht mehr gelesen. Nun noch den Hohlweg hinunter, unten hört man schon das gleichmäßige Rauschen des Hochwassers, der Kutscher: »Jetzt betet zu Gott, Passagiere!«, und der stille Priester fährt auf und packt ihn beim Gürtel, denn: »Das Wasser strömte dahin, eingeengt von granitnen Felsen. An dieser Stelle hatte sich der Fluß Rosj tobend durch die Awratynischen Berge hindurchgezwängt.« (Und ich verweilte bei dem Wort, dieser Perle kleinrussischer Geographie: Awratynische Berge. Awratynische Berge. Einzig Krementschug war noch schöner.)

»Das Wasser stürzte in einem durchsichtigen Schwall über das Wehr, fiel brausend nieder und sprühte uns kalten Wasserstaub ins Gesicht. Jenseits des Flusses, am anderen Ende des Dammes, standen riesige Pappeln und ein kleines weißes Haus. Ich erkannte das Gehöft auf der Insel, wo ich als Kind gewohnt hatte, die Waagebalken der Ziehbrunnen und die Uferfelsen, die von der Strömung umbraust wurden.«

Der Priester, entsetzt, sein Schweigegebot vergessend: »Jesus Maria! Wie sollen wir da hinüberkommen?«

Und weiter: »Die Braunen warfen die Köpfe in die Höhe, schnaubten und gingen in die Strömung hinein. Das Wasser toste und zog den leichten Wagen an die ungeschützte Kante des Dammes. Der Wagen neigte sich zur Seite, er lag schräg und knirschte mit den eisernen Reifen« ... »Mitten auf dem Damm, wo das Wasser am stärksten strömte und rauschte, blieben die Pferde stehen. Schaumige Strudel rauschten um ihre schlanken Fesseln. Bregman rief mit weinerlicher Stimme und begann unbarmherzig mit der Peitsche auf die Pferde einzuschlagen. Sie wichen zurück und schoben den Wagen an den äußersten Rand des Dammes. Da erblickte ich Onkel Ilko. Er sprengte auf einem grauen Pferd vom Gehöft her zum Damm, rief uns etwas zu und schwenkte ein zusammengerolltes Seil über dem Kopf.«

Der Vater des Erzählers stirbt im Morgengrauen, fünfzig Jahre alt, an Kehlkopfkrebs. In derselben Nacht »begann jemand am anderen Flußufer mit einer Laterne zu winken und laut zu rufen. Ich ging mit Onkel Ilko zum Ufer. Der Fluß toste. Er stürzte wie ein eisiger Wasserfall über den Damm. Es war spät in der Nacht, kein einziger Stern stand über uns. Ohne Unterlaß winkte dort drüben jemand mit der Laterne, und es ertönten langgezogene Rufe, doch gingen die Worte im Rauschen des Flusses unter. ›Das wird wohl Mama sein‹, sagte ich zu Onkel Ilko.«

Am Morgen wird der Vater bestattet, am Rande der Schlucht. »Als der Sarg auf breiten bestickten Handtüchern über die Haustreppe hinausgetragen wurde, sah ich am jenseitigen Ufer einen alten Wagen, die Pferde waren ausgespannt und an den Wagen gebunden. Daneben stand eine kleine Frau in Schwarz. Sie stand unbeweglich am Ufer. Von dort sah sie zu, wie man Vater hinaustrug. Dann fiel sie in die Knie und beugte den Kopf bis in den Sand. Es war meine Mutter.«

Ich setzte mich auf, um ans Taschentuch zu kommen, das Gesicht voller Tränen. Da auf dem Hocker mein Koffer thronte, hatte ich Armbanduhr, Taschentuch, Wasserglas, Tabletten, Notizheft, Stifte und meine streichholzschachtelgroße Billigtaschenlampe neben das Sofa auf den nackten Fußboden legen müssen, auf die rotbraunen Fliesen, von wo ich jetzt das Taschentuch mittels einer riskanten Beug- und Drehbewegung aufnahm, vielmehr darauf niederstieß wie Seevögel nach Fischen und laut schnaubend meine Nase hineinleerte.

Die folgenden Kapitel beschäftigten sich mit den Kindheitserinnerungen des Helden, seinen Ferienaufenthalten bei den Großeltern auf eben dieser Flußinsel: Bukolisches, Hochsommerliches, Mädchenrätsel und Orakelspiele und wutentbrannte ukrainische Gewitter. Meine Anwesenheit bei alledem wurde zunehmend flüchtiger und unwichtiger. Ein Bild nach dem anderen verschwamm, noch ehe es richtig Szene geworden war. Die Augen glitten nur mehr mechanisch an den Zeilen entlang. Trotzdem konnte ich mich nicht dazu durchringen, die Lampe am Wäschestampfer auszumachen, und blieb stur auf der äußersten Kante des Sofas liegen, wo ihr Schein mich erreichen konnte. Das mehr und mehr sich vernebelnde Bewußtsein war noch so weit auf dem Quivive, als es sich sträubte, mich der Dunkelheit des inferioren Raumes auszuliefern.

Normalerweise gab ich mein Einverständnis zum Einschlafen, indem ich mich auf die rechte Seite rollte, halb auf dem Bauch liegend. Beim Erwachen fand ich mich meist auf dem Rücken. Da ich, als ich jetzt aufwachte, jedoch nach links ausgerichtet war, hatte ich ein paar schreckliche Minuten lang keine Ahnung, wo ich war. Ich lag in schwärzester Finsternis, die Stirn an eine feuchtkalte Mauer gedrückt. Modergeruch stieg mir in die Nase. Das angezogene Knie stieß an Wand, die Zehen trafen auf Wand, und als ich, in instinktiver Abwehr, die Hand ausstreckte, schabte sie über Wand. Eine Wand eisiger als »das Grab« und mir so nahe, daß ich, mit der Logik halbklaren Bewußtwerdens, nur denken konnte: Grube und Pendel ... Grube und Pendel ...

Um Abstand zwischen mich und die ekelhafte Wand zu bringen, wollte ich mich auf den Rücken wälzen, was erst nach angstvollem Gezappel glückte, da die Matratze eine schiefe Ebene bildete und ich an ihrem tiefsten Punkt lag. Die nach rechts tastende Hand wurde komischerweise durch nichts aufgehalten; ich fuchtelte ins Leere; man hatte mich demnach nicht eingemauert, es schienen nur die Proportionen vertauscht. Schuld an der Verwirrung war, daß ich zu Hause die linke Bettseite als Einstieg benutzte.

Aufrecht sitzend, erkundete ich im Dunkeln mit den Zehen den Fußboden, berührte die brennend kalten Fliesen, streifte nacheinander unterschiedliche Gegenstände, alle mit Kälte überzogen, als kämen sie aus einem frostigen Galvanisierbad: den Rand des Wasserglases (das umstürzte und ein Stück wegtrudelte), meine Uhr (das Lederarmband beim Befühlen beinah widerwärtig wie ein Tierschwanz), das Wachstuchetui mit den Tabletten, zwei dünne Froststengelchen (die Stifte), eine Eisscholle (der Notizblock) und, ganz dicht beim Sofa, eine zweite Eisscholle, kompakter als die erste – Paustowskis *Ferne Jahre* als Taschenbuch.

Als ich die Taschenlampe endlich fand und sie mit den Zehen heranholte und ihr Licht über dem Sofa schwenkte, entdeckte ich den Grund für die abschüssige Richtung der Matratze: Das nach hinten gekippte Rückenteil des Sofas lief konisch aus, einem Keilkissen vergleichbar, nur daß in meinem Fall das dünne Ende der Polster zur Wand zeigte.

Daß ich nun doch die gruselige Deckenlampe anknipste, geschah aus einer großen Verzagtheit heraus. Morgen würde ich abreisen. Der Entschluß ließ mich ohne Trost. Es fehlte ihm die Hilfe einer grandiosen Empörung. Er war aus reinem Selbstmitleid entstanden. Der Gedanke, die beschwerliche Fahrt, die ich doch gerade erst hinter mir hatte, schon wieder vor mir zu haben, war niederschmetternd. Aber: Hatte ich denn nicht Mißhelligkeiten genau dieser Art von Anfang an befürchtet? Ich fror. Ich war übermüdet, und das Blut sang mit hohem Hundepfeifenton in meinen Ohren. Das Zittern wurde noch ärger, ein Schauer jagte den anderen, Schulter und Arme zuckten ohne mein Zutun.

Das Aufeinanderschlagen der Zähne hatte etwas vom Rhythmus einer Schreibmaschine; mal klapperte es zügig dahin, steigerte sich zum Stakkato, als müsse ein falsches Wort unkenntlich gemacht werden, dann wieder gab es Pausen, in denen es nur stockend vorwärts ging, sozusagen im Einfinger-System.

Die Armbanduhr zeigte auf kurz vor zwei. Schlotternd und gähnend setzte ich mich auf einen Stuhl in der Küche. Die Bettdecke nahm ich mit und hängte sie mir über die Schultern (ihrem Gewicht nach schien sie mit klumpigem gekochtem Reis gefüllt). Um nicht völlig im Dunkeln zu hocken, ließ ich meine Tür halb offen. Die Küchenlampe einzuschalten kam mir unverschämt vor; die Tür zu Siemens Zimmer besaß Glasscheiben. Nach einer Weile nahm ich einen zweiten Stuhl dazu, um die Füße hochzulegen und den Kontakt mit den kalten Fliesen zu vermeiden.

Unglücklich vor mich hin dösend, ging ich den Lauten außerhalb des Hauses nach, denn die Nacht von Bonavois war alles andere als totenstill. Diverse Nachtvögel riefen. Erwischte Beutetiere quiekten. Quarren und Schreie und heiseres Fuchsbellen. Dazu kam Rascheln, das bisweilen anschwoll und wieder erstarb und an gewaltige Mengen Seidenpapier denken ließ, die von eifriger Hand zerknüllt wurden.

»Wieso liegst du nicht im Bett? Geht's dir nicht gut?«

Er hatte kein Licht gemacht. Die Hand auf der Klinke, stand er auf der Schwelle seines Zimmers.

So schnell hatte ich noch nicht wieder alles parat, nicht die Sprache und erst recht nicht die Geistesgegenwart.

»Ich kann da nich ... das geht nich ... Ich rolle im Schlaf immerzu an die Wand ... und die riecht so modrig ...« Mein achtjähriges Ich, das beste, das ich je hatte, trat für mich ein, der Ton kläglich, aber sachlich.

»Moment, ich zieh mir nur was über.« Eine kleine Lichtblume ging hinter der Glastür an, und Siemen kehrte zurück in einem dunklen Morgenmantel, noch am Seidenschal knotend, während er mit geschwinden, zu allem entschlossenen Schritten auf mein Zimmer zusteuerte.

Dankbarkeit, wie ich sie schon ewig nicht mehr empfunden hatte, stieg auf, allein schon für diese anteilnehmenden Schritte, und wuchs vollends ins Kniefällige, als ich mir diese Situation mit Bernhard vorstellte. Wie er seine Füße absichtlich nachzog, ein um seine notwendige Ruhe Gebrachter, einer Lappalie wegen aus dem ersten Schlaf gerissen, hätte das nicht bis zum Morgen Zeit gehabt, worauf, je mehr seine Schläfrigkeit wich, die Erbitterung Worte fand, ausholte zur Tirade, die sich weder stoppen noch besänftigen ließ (jedenfalls nicht von mir), die auf Vernichtung der Schuldigen aus war und dies auch erreichte, erst dann gewichtig zum Ende kam. Befriedigtes, fast gutmütiges Dreinschauen nun, da wieder Zucht und Ordnung herrschten und die Fronten von Recht und Unrecht wieder mal geklärt waren; verlegenes Nachbrummen, das jedoch im Rahmen des Mißmuts blieb, nur mehr aus der Höhle heraus grollte, zweimal, dreimal, das Fafnermotiv, zur Warnung für mich, derartigen Unfug künftig zu unterlassen.

Siemen nahm in Augenschein. Siemen prüfte, legte sich probeweise auf das Klappsofa. Drehte sich nach links. Prallte an die Wand. Seufzte. Achselzuckend: »Mußt du eben mit zu mir.«

»Ja, aber du? Würde das dich denn nicht stören?« Er sollte vor allem an seinen Schlaf denken, wandte ich ein, in Anbetracht des Auftritts morgen. Ich als notorisch unruhiger Geist, und überhaupt, für jemanden, der Gesellschaft im Bett nicht gewöhnt sei (falls er protestieren sollte, würde ich behaupten, ich hätte mich selbst gemeint). »Nein, laß mich nur ruhig hier sitzen. Die eine Nacht geht schon irgendwie rum. Und morgen reise ich sowieso wieder ab.«

»Hör auf, solchen Schwachsinn zu reden. Brauchst du was von dem Zeug da?« In seinem schwarzen Mandaringewand bückte er sich über den Krimskrams auf dem Fußboden, hob das Wasserglas auf, angelte mit zwei heiklen Fingern mein Taschentuch, schnappte sich das Etui. »Gelesen wird aber nicht mehr, darauf muß ich bestehen.«

Ich nahm das Kopfkissen. Siemen schnickte mit dem Ellenbogen den Schalter aus.

Das Junggesellenlager des seligen Onkel Rezeau bot durchaus Platz für zwei Kopfkissen; Siemen führte es vor. Unerklärt ließ er das Phänomen eines zwischen Kamin und Bett über eine Wäscheleine gehängten Lakens, knittrig ausgewunden, mit gegen abtropfende Nässe untergelegten Scheuerhadern. Immerhin machte das sein Tun und Machen im Bad begreiflich, das Geprassel in der Wanne, das eilige Hin- und Herrennen, als ich auf dem Weg nach Gorodischtsche war. Da ich Siemens Stimme nicht zu langen Gesprächen verleiten wollte und in rücksichtsvoller Dankbarkeit das angekündigte Schweigen schon jetzt einhielt, fragte ich lediglich, mit einem Schlenker des Zeigefingers in Richtung Laken: »Wozu das?«

»Zusätzliche Luftfeuchtigkeit.«

Aha. Die Nachtluft schien dazu nicht geeignet, denn das Fenster war sorglich verrammelt. Der schwarze Mandarinmantel wurde abgelegt; unter der offenen Pyjamajacke trug Siemen ein weißes Baumwolltrikot, eine Sitte, die mir von französischen und italienischen Filmen her bekannt war. (Die Männer, mit denen ich liiert gewesen war, hatten ausnahmslos mit nackter Brust geschlafen.)

»Du klapperst ja noch immer so gottserbärmlich. Rück ran.« Nach einer Pause: »Was ist?« Und dann noch (genuschelt): »Dumme Trine.«

Ich schob also meine eiskalten Füße in Siemens Region hinüber, zentimeterweise, jeden Augenblick ein Zurückzucken einkalkulierend, falls ich auf seine Beine treffen sollte, die bestimmt warm waren, Männer hatten seltsamerweise immer warme Beine und warme Füße. Bernhard hatte es nie unterlassen, laut aufzuschreien. Es gehörte zu den ungetrübtesten Erinnerungen an meine Ehe, daß Bernhard, dem so vieles an mir Zumutung bedeutete, die Zumutung, meine Füße zwischen seinen Waden zu wärmen, sich niemals verbeten hatte.

Fast hätte ich Siemen aber doch noch einmal hochschrecken lassen, als mir ein Versäumnis einfiel; zu unserer Zeit hätte ich jedenfalls keinen Anstand genommen, ihn mit der Unverfrorenheit der Freudenbringerin wachzurütteln: Ich hab dir ja was mitgebracht! Willst du's gleich?

Die Märchen von Perrault lagen ganz unten in meinem Koffer, eine antiquarische Prachtausgabe mit Bildern von Doré. Am Tag vor der Abreise hatte ich ausgiebig darin geblättert, manches halb, anderes von vorn bis hinten wiedergelesen, den Kleinen Däumling vor allem (Siemens Lieblingsmärchen seit jeher), und zum ersten Mal war mir aufgefallen, daß in *Cendrillon* mit keiner Silbe auf die Tauben Bezug genommen wurde. Sie kamen überhaupt nicht vor. Keine servile Erbsenpickerei! Kein denunzierendes Ruckediguh! Alles pure Erfindung der Brüder Grimm also. Eine höchst überflüssige Zutat, diese Tauben, wenn man mich fragt, am deutschen Aschenputtel fortan klebend als ständige Begleiter, nicht mehr wegzudenken und auf Grund ihrer zweifelhaften Meriten vom Nimbus der »guten kleinen Helfer« umgeben. Meine Abneigung gegen Tauben ging weit zurück, war Feindschaft auf den ersten Blick gewesen. Daß bei Perrault ihrer nicht gedacht wurde, gab mir das triumphale Gefühl, im nachhinein einer gelungenen Ehrabschneidung beizuwohnen.

Siemen wälzte sich auf die Seite. Einer seiner Arme landete auf mir, streifte meine Hüfte und begann einen sanften Druck auszuüben. Zugleich schlängelte sich sein anderer Arm unter mir durch, und beide Hände zogen näher, was sie gepackt hielten, preßten es an die Brust des scheinbar oder auch wirklich Schlafenden. Komischerweise kam mir keineswegs das zärtliche Verschränken von Liebespaaren in den Sinn, vielmehr mußte ich an Caspar denken, der mit drei und auch mit vier Jahren noch, sobald das Licht gelöscht wurde, ein tomatenrotes Tier aus Kunstpelz und Sägespänen, sein »Füchsi«, mit den Armen fest umschloß und sein Kinn auf dessen samtigen Kopf legte.

Siemen atmete genau wie vorher, kaum hörbar und sehr gleichmäßig. Seine Körperwärme strömte zu mir herüber; weiter geschah nichts. Kein Grund für stolpernde Herzschläge. Sowieso erwiesen sich alle Spekulationen als überflüssig, denn Siemens Zugriff war kaum mehr zu spüren, weich und schlaff lösten sich seine Hände von mir und glitten beiseite, als ich mich regte.

In unserem ersten Jahr, bevor wir heirateten, in dem Untermieterzimmer über dem Milchladen, hatten Bernhard und ich einmal einen ganzen Sonntag im Bett verbracht. Wir waren erkältet, nicht schlimm, starker Schnupfen, ein bißchen Fieber. Ab und zu griff mal er, mal ich unters Kopfkissen, schnaubte und steckte den Fetzen wieder zurück. Auf dem Fußboden, in Reichweite, standen die gläsernen Teetassen mit eingetrockneten Teeresten. Wir hatten Durst, wollten aber nicht so viel trinken, weil wir dann in das kalte Treppenhaus mußten, eine halbe Treppe tiefer. Ich lag auf dem Bauch und las im *Satiricon*; was Bernhard las, weiß ich nicht mehr. Es war schön, ein bißchen krank zu sein und den ganzen Tag so eng beieinander in einem Bett zu liegen und zu lesen. Irgendwann hatte Bernhard dann sein Buch auf den Boden fallen lassen und sich über mich geschoben. Wir trugen nie Schlafanzughosen, wenn wir im Bett waren.

Eine meiner wiederholten Vorstellungen war die von Geschwistern, die in einem Bett schlafen müssen und durch die stundenlange Nähe ohne ein Wort ineinander geraten. Ich behielt mein Buch in der Hand und tat so, als ob ich weiterlesen würde. Ich tat, als müßte ich um jeden Preis die Fiktion aufrechterhalten, daß ich las, denn – noch so ein Phantasiespiel – unser Bett, das mitten im Zimmer stand, befand sich in Wirklichkeit auf einem öffentlichen Platz, allen Blicken ausgesetzt. Schweißtröpfchen brachen mir auf dem Rücken aus, auf dem Bauch, in der Leistenbeuge, trotzdem starrte ich weiterhin in das Buch. Es wurde nicht gesprochen. Ich lächelte auf die aufgeschlagenen Seiten nieder, bis die Buchstaben zu flackern begannen.

Der Duft des nassen Wäschestücks strich über mich hin,

das Hochwasser des reißenden Flusses Rosj strömte über den Damm, ich würde nicht mehr rechtzeitig hinüberkommen, es toste, rauschte, brauste, ich zog Schuhe und Strümpfe aus und begann hineinzugehen, schaumige Strudel brodelten mir um die Knöchel, und ich blickte mich noch einmal um, verwundert, daß ich so ganz allein war.

2. KAPITEL

Im April fünfundvierzig stieg die Elbe auf rätselhafte Weise, vor allem gegen Ende des Monats hin. Der Wasserspiegel hob sich jeden Tag um eine Handspanne, ohne daß ein Tropfen Regen gefallen wäre. Mittlerweile war der Treidelpfad überschwemmt, es wurde Mai, und die Fluten begannen bereits auf die Uferwiesen zu treten.

Obwohl wir die Antwort im voraus kannten, fragte Siemen immer aufs neue. Dürfen wir an die Elbe gehen? Entweder fragte er, um den Anschein von Botmäßigkeit zu erwecken, auf die unsere Mutter solchen Wert legte, oder vielleicht aus einem lauen Mitleid heraus, damit sie später, sollte sie uns brauchen und unsere Namen herumschreien, nicht völlig im Dunkeln tappte, sondern Schlüsse ziehen könnte zwischen dem Verbot und dem möglichen Aufenthalt. Er wartete ab, bis sie gesagt hatte: »Kommt gar nicht in Frage, du weißt doch, daß Hochwasser ist. Ich hab keine Zeit, euch rauszufischen.« (Als ob eine derartige Rettungsmaßnahme je möglich gewesen wäre; daß sie nicht schwimmen konnte, wußten wir längst.)

Er voraus, ich dicht hinter ihm, denn wir gingen nur selten nebeneinander, verfügen wir uns zunächst auf die Veranda, so daß die Macht glauben muß, wir wären im Garten; der Garten würde für uns gutsagen wie die mit Spucke präparierten Lappen im Märchen. Denn aus diesem Rest einstiger herrschaftlicher Anlagenpracht, in Form eines spiegelverkehrten L sich dem Nachbargarten anschmiegend, gab es scheinbar kein Entkommen; im Gehege zwischen Bruchsteinmauer einerseits und Maschendraht andererseits hielt man uns für aufgehoben wie Hühner in der Voliere. Sie gingen wohl davon aus, daß dort, wo einmal ein Trichter war, sich keine zweite Bombe hinverirren würde. Wir besaßen ihn noch nicht lange; seine Nähe zum Haus war nach der ersten Besichtigung, einem stummen Im-Kreis-Stehen aller Bewohner, abendelang Gegenstand des Gruselns und des Gottdankens gewesen. Onkel Taupalt, der den Frauen im Februar hatte einreden wollen, nun, da das Exempel statuiert sei, wäre die Stadt kein Zielgebiet mehr und Vororte wie Podgoritza bekämen höchstens mal einen Zufallstreffer ab, mußte zugeben, daß hier Logik und Wahrscheinlichkeit außer Kraft gesetzt waren, denn die Sirenen heulten nun erst recht. Fünfmal, sechsmal, siebenmal am Tag. »Was wollen die denn noch? Kann mir das vielleicht einer sagen? Aus den Ruinen endgültig eine Wüste Gobi machen?« Manchmal waren die Flieger eher da als die Warnung vor ihnen. Sie kamen nicht mehr ausschließlich in der Nacht, sondern erschienen bei grellstem Sonnenschein, was sämtliche Angstreflexe über den Haufen warf. Einzelne ließen sich, wie im Spaß, tief und noch tiefer herabgleiten und schossen dabei. Flach auf den Boden sollte man sich werfen, hatte es geheißen, aber wir waren doch lieber gerannt, hetzten wie die Kaninchen, warfen uns in den erstbesten Hauseingang: Anschlag! Eins-zwei-drei, erlöst! Bis die Schule endgültig zumachte und wir nur mehr zum Einholen aus dem Haus durften.

Aus irgendeinem Grund empfand ich die seit Februar in unserer Wohnung untergekrochenen fremden Leute, die sich als unsere Verwandten bezeichneten, als Bürgen für verminderte Gefahr. Hätten sie sonst ausgerechnet in unserem Haus Zuflucht gesucht, den Inhalt ihrer versengten Rucksäcke und Koffer in unseren Zimmern ausgeleert, wenn sie nicht von der Unzerstörbarkeit dieses Gemäuers überzeugt gewesen wären?

Seit kurzem schien eine Pause eingetreten. Tage begannen und gingen vorüber, ohne daß es Alarm gegeben hatte, und aus unseren Abstechern, anfänglich noch mit Milchkanne und Netz, im Rahmen des Erlaubten also, wurde Abwesenheit. Siemen mußte einfach überall hinrennen, alles sehen, nirgendwo war er enttäuscht, schon das Unterwegssein genügte. Die Überzeugung, uns heimlich fortzustehlen sei unser Recht, festigte sich, wußten wir doch, daß bei uns Verbote, auch längst verjährte, nie aufgehoben wurden, sondern einfach von neuen Angewohnheiten überrollt werden mußten.

Die dreigeteilten Sohlen unserer Holzsandalen, durch Lederflecken zusammengehalten, donnern auf den Verandabrettern. Das Getrampel, hörbar in jedem Winkel der Wohnung, verkündet unseren guten Willen, die Bannmeile des Hauses nicht zu verlassen. Das war wichtig, um den Argwohn der Macht einzuschläfern.

»Und von flinken Rossen vier scholl der Hufe Schlagen, die durchs blühende Revier trabten mit Behagen«: Onkel Taupalt, einer der erwähnten Verwandten – spreizbeinig im Rohrsessel auf der Veranda. Damit war zu rechnen gewesen, die Veranda war seit kurzem sein Stammplatz. Aber von ihm ist nichts zu befürchten. Er zählt nicht zur Macht. Strenggenommen lag sein Status noch unter dem unsrigen. Denn während Siemen und ich für mancherlei Hilfsdienste eingeteilt wurden – Käseglocken und Einmachgläser vom Keller in den zweiten Stock zu transportieren (nach dem Garten zu lag unsere Wohnung allerdings parterre, da das Haus in den Hang hinein gebaut war), vor entsprechenden Geschäften oder an deren Hintereingängen nach Wurstbrühe und Molke anzustehen –, hatte die Person Onkel Taupalts keinerlei Wert für die manische Geschäftigkeit der Frauen. Es kam mir manchmal vor, als werde er von ihnen regelrecht hinausgekehrt auf die Veranda oder, bei schlechtem Wetter, am Verlassen des Zimmers gehindert, um ihnen nicht vor die Füße zu kommen.

Sie waren zu fünft, denn neben der absoluten Macht (unserer Mutter und Oma Bertha) gab es noch Tante Gretjen Klengel, im Privatwortschatz der Macht nur »Klengel-Gretjen«, mit ihrer Tochter Armgart und Tante Taupalt, die Frau von Onkel Taupalt. Diese drei waren der Macht untergeordnet, aber dennoch zu Befehlen berechtigt und als Zuträger der Macht nicht zu unterschätzen. Männliche Macht kannten wir, Siemen und ich, nur als abstrakte Persönlichkeiten. Unseren verschollenen Vater etwa, den lieben Gott sowie einen gewissen Paulus, der Schuld daran trug, daß unser Vater nicht mehr rechtzeitig aus dem Kessel hatte herauskommen können (und ich dachte mir den photovertrauten schnurrbärtigen Vaterkopf mit dem häßlichen flachen Helm, gurgelnd und wasserschluckend, zum Untergehen verurteilt zwischen kochenden Bettüchern im Waschhauskessel). Alle fünf Frauen behandelten den einzigen Mann unseres Haushalts, des gesamten Hauses, um korrekt zu sein, denn auch in den drei anderen Familien herrschte Mangel an Männern, mit einer Mischung aus Bevormundung, Herablassung und Gereiztheit. Dieses Verhalten konnte jedoch aus heiterem Himmel umschlagen in herausforderndes Schäkern, an dem sich, hatte eine damit angefangen, auch die anderen vier beteiligten, sich geradezu hineinstürzten wie in ein erfrischendes Planschbecken. Und Onkel Taupalt planschte zurück, parierte frech und wortgewaltig vom anderen Ufer des Geschlechterteichs herüber. Sie gerieten dabei oft dermaßen außer sich, daß sie unsere Anwesenheit vergaßen. Die Frauen quiekten, gellten, kreischten (»Ich mach mich ein!«), wanden sich in mänadischen Krämpfen; Onkel Taupalt, der sie so weit gebracht hatte, grinste stolz: Sultan im Kreis seiner Odalisken.

»Hat mal wieder tüchtig die Sauglocke geläutet, der alte Knacker, ja, das kann er«, brummte Oma Bertha, einen Abglanz des Scharmützels noch in den Mundwinkeln. »Dongschuang bleibt Dongschuang.« Sie war damals selbst schon Mitte Sechzig, höchstens fünf Jahre jünger als der »alte Knacker«, das aufgesteckte Haar längst weiß mit einigen gelblichen Stellen. Aber sie war immerhin eine Frau, alterte somit annehmbarer, verlor ihre Züge nicht ans Monströse, wie es alten Männern geschah. Ihre Altersgenossinnen, Tante Gretjen und Tante Taupalt, dienten mir als Beweis für diese These. Onkel Taupalt dagegen, gleicht er nicht einer Kröte, die es bereits zur Hälfte geschafft hat, menschliche Gestalt anzunehmen? Und dieser Schopf hinterhaupts, der sich so überraschend aufstellen konnte! Handelte es sich hierbei nicht eher um das Rudiment einer anderen Tierrasse, irrtümlich in die Krötenmetamorphose hineingeraten, um die Krone einer Pfauentaube vielleicht oder die Haube eines Silberreihers? Auch besaß keine der alten Frauen solche mächtigen brotfarbenen Augenlider, immer herabgelassen und nur mit Mühe die Pupillen freigebend. Wollte Onkel Taupalt einen seiner amphibienhaften Glotzblicke losschießen, reckte er das Kinn in die Höhe, um die Starre seiner Nickhaut zu übertölpeln. Die ebenso brotfarbenen Hautsäcke unterhalb seiner Augen dagegen agierten höchst lebhaft; bald blähten sie sich auf, bald fielen sie, wie entleert, in sich zusammen.

Onkel Taupalt ist kein Hindernis, wofür auch immer. Er sitzt mit aufgelegten Armen am Verandatisch, spricht in Reimen, ein Zeichen, daß er aufgeräumt ist, und kratzt mit dem Taschenmesser Tabakkrümel aus Zigarettenstummeln. Die las Tante Taupalt für ihn von der Straße auf, wenn sie dachte, niemand sei in der Nähe.

»Na, ihr Spinnifexe?«

»Heilidder, Onkel Taupalt!«

Wir grüßten alle Hausbewohner bei jedem Zusammentreffen. Das war einfacher, als sich zu merken, wen wir an dem Tag bereits gegrüßt hatten und wen noch nicht. Wir verteilten unseren Grußtribut so schallend und gleichgültig, wie wir gewisse rhythmisierte Floskeln, die zweizeilige vom Mittag und die vierzeilige vom Abend, herunterbeteten, ohne daß man uns mahnen mußte. Einige Male allerdings hatte Siemen diese aus Neugier oder Mutwillen weggelassen. Er hatte einfach zu essen begonnen. Hatte sich provozierend stumm in den Kissen seines Reformbettes eingerichtet. Nichts war passiert. Keine Aufforderung, kein ungeduldiges Erinnern von der Seite der Macht war an ihn ergangen. Ohne auf unsere angespannten Mienen zu achten, hatte unsere Mutter gleichfalls ihren Löffel eingetaucht, war nach dem üblichen fahrigen Herumpatschen und -zupfen an unseren Bettdecken in die Küche zurückgegangen wie an jedem anderen Abend auch. Da ich alles nachmachte, was Siemen tat, hatte ich ebenfalls den Mund gehalten, schon deshalb, um ihm das Spiel nicht zu verderben. So wie ich jetzt mit ihm zum verbotenen Hochwasser schleiche.

»Kommt, setzt euch bißchen her. Setzt euch zu mir, ihr

kleines Gelichter.« Onkel Taupalt rückt ein Stück vom Tisch ab, als sei er willens, uns auf den Schoß zu nehmen, auf die weitgeöffneten Knie in der einzigen geretteten Hose, die ammoniakalischen Geruch verströmt. Wenn Siemen, in Prinzenlaune, hin und wieder der Einladung nachkam, ignorierten wir die auffordernd beklopften Schenkel und hockten uns statt dessen mit hochgezogenen Beinen auf die Bank an der Hauswand, für eine halbe Stunde zum Zuhören bereit. Zeit hatten wir im Überfluß.

Damals wußte ich nicht, daß es Mythen waren, mit denen Onkel Taupalt uns zu unterhalten versuchte, und daß bei den Helden seiner Geschichten von Göttern ausgestorbener Religionen die Rede war. Ich hielt das Erzählte für Märchen, und wir lachten aus vollem Halse über Namen wie Heitsi-Eibib, Mulullungu, Kukumatz. Das Aufrichtige unserer Erheiterung schmeichelte Onkel Taupalt. Er weidete sich daran und gönnte sich kleine Dakapos, indem er die betreffenden Namen wiederholte und damit neues Gelächter hervorrief. Doch muß man zu seiner Ehre sagen, daß er den billigen Erfolg nicht bevorzugte. Lieber beschwor er, um seine Zuhörerschaft bei der Stange zu halten, das grausige Moment. Der Einführung in die Genealogie der Kinder des Chaos folgte lang und breit die Zeugung der Ungeheuer durch die Geschwister Phorkys und Keto. Auch weihte er uns ein in das launische, zur Vorsicht gemahnende Wesen der Kappa, japanischer Wassergeister, die sich von Gurken und Blut ernährten, sowie der Kulshedra, eines dämonischen Riesenweibes mit baumelnden Brüsten, zu Hause in den Bergen Albaniens, das sich als Waffe seines Urins bediente. Und er warnte, während der Speichel der Begeisterung auf seiner Unterlippe glänzte, vor einer Sorte gräßlicher Vögel, den Stymphaliden, deren Klauen und Schnäbel aus Eisen waren und deren metallene Federn gleich heimtückischen Pfeilen aus ihrem Gefieder herausfahren konnten.

Es wurde viel erschlagen und verzaubert, verstümmelt und begattet in Onkel Taupalts Märchen (ein Wort, das er, als Siemen nachhakte, uns mit »befruchten« erklärte, wodurch sich für mich das Martialische, Blutdurstige auf nicht ganz verständliche Weise mit dem Bild eines schwertragenden Kornäpfelbaums vermischte, mit der Wonne der Kirschenzeit). Boreas, der Nordwind, mit wehendem Bart und Flügeln, war zum Beispiel ein großer Begatter gewesen, so erfuhren wir. Nach den zwölf Stuten des Königs Erichthonius nahm er sich die Erinnyen vor, die wir uns als eine Art Hexen mit schwarzen Greifenschwingen, schwarzer Haut, schwarzen Fetzenkleidern und fürchterlichem Mundgeruch zu denken hatten, Kreuzottern und Vipern bündelweise um die Schultern gehängt. Anschließend begattete er noch die Gräen, drei widerwärtige alte Schlumpen, die zusammen nur ein Auge und einen Zahn hatten, so daß aus den Kornäpfelgirlanden und Vielliebchenkirschen etwas wurde, worunter man sich eigentlich nur eine verbissene Schlägerei ausmalen konnte, Kratzen und Geifern und Haareausreißen, Geflatter und sausende Hiebe, dazu schauerliche Schreie wie von sich paarenden Eulen. Und dann – erschöpfte Stille, in die hinein, als Frucht der Begattung, die Stuten, die Hexen und die Ungeheuer sämtlich Fohlen gebaren, die ihren Müttern umgehend entliefen und auf den Spitzen der Halme über die Wiesen rannten, auf den Wellenkämmen über das Meer galoppierten, ihrem Vater, dem Nordwind hinterher.

An unseren Vater hatte ich keine Erinnerung. Im Wohnzimmer hingen zwei Photographien, von denen behauptet wurde, sie stellten ihn dar. Ich glaubte der Behauptung nur, weil Siemen sie bestätigte; er hatte den darauf Abgebildeten vor drei Jahren persönlich kennengelernt, wenngleich nur für die Dauer einer Woche. Mich habe er sogar ein paarmal auf dem Arm gehalten; unsere Mutter erwähnte dies. In einem Ton, als sei mir dadurch eine unverdiente Auszeichnung zuteil geworden. Aber ich wußte nicht das geringste mehr von jener Woche. Ich war damals gerade drei Jahre alt gewesen.

»Hab ich euch schon von Attis erzählt?« Die Einladung der gespreizten Schenkel gilt noch immer, hastig wird etwas in ihrer Mitte beiseite geschoben, verstohlen befühlt. »Sein Großvater war der Flußgott Sangarios, sein Vater ein Mandelbaum, und das kam so ...«

»Andermal, Onkel Taupalt.«

Um die Eile unseres Vorhabens zu unterstreichen, schlüpft Siemen zwischen den Eisenstangen des Verandageländers hindurch, macht einen Satz über das Beet mit der Einfassung aus Dachziegeltrümmern und landet auf dem Sand des Gartenweges. Eine dynamische, aber keineswegs zeitsparende Übung. Denn ich, währenddessen mit zwei Sprüngen die Steintreppe hinunter, da ich mir den Flug über die Tränenden Herzen nicht zutraue, könnte ihn ohne weiteres überholen. Aber das wäre nicht angegangen – vor Siemen am Tor zu sein.

Eigentlich hatte das Gartentor die Berechtigung, sich als solches zu bezeichnen, seit langem entzogen bekommen und war Teil des Zauns geworden. Knöterich wucherte ungehindert daran entlang. Die Drahtschlingen, die den hasendrahtbespannten Holzrahmen am Pfosten verankerten, waren von Rost wie mit uraltem Pflaumenmus verkrustet; Großpapa Scheuchzer schien nichts von Vorhängeschlössern gehalten zu haben. Und die Frauen hüteten die Tradition. Vielleicht hatten sie auch bloß vergessen, daß dort einmal ein Tor gewesen war. Betreten und Verlassen des Gartens war nur mehr über die Wohnung möglich und wurde von der Wohnung aus kontrolliert. Warum man auf die Benutzung des Tores verzichtete, sich mit der unbequemen Beschränkung abfand, konnte von uns nur vermutet werden. Es ging auf ein kleines Plateau hinaus, zwei Schritt im Quadrat; von hier aus stürzte sich ein Gang, eher ein Schacht zur Straße hinunter, zwischen der nordöstlichen Front unseres Hauses und einer abgesprengten Felswand hindurch, steil, finster und seiner abgeschliffenen Pflastersteine wegen so glitschig, daß auf der Felsenseite ein Handlauf Halt anbot. Dieser Gang aber – hier lag der Hund begraben – gehörte zum Nachbargrundstück. Zu der Villa im Schweizerhausstil.

Unsere Familie und die Schweizerhausleute nahmen einander nicht wahr. Man schaute mit betontem Desinteresse aneinander vorbei, nicht immer leicht, da die beiden Gärten in ihrer Länge und Breite aneinanderstießen und der Drahtzaun nichts verbarg. So sehr Siemen und ich auch horchten und Hinweise aufzuschnappen suchten, konnten wir doch nichts in Erfahrung bringen; unsere Mutter wie auch Oma Bertha hielten sich bedeckt. Abneigung, auch nur den Namen dieser Sippe in den Mund zu nehmen, waltete.

Es ist wegen der Tauben, mutmaßte ich, denn die da drüben hielten Haustauben, und uns war befohlen worden, sie zu vertreiben, sobald sie sich auf unserem Territorium niederließen. Quatsch, sagte Siemen, aber irgendwann krieg ich es raus, darauf kannst du dich verlassen.

Das Tor richtiggehend zu öffnen, die Drahtschlinge anzuheben, das Knöterichgeflecht auseinanderzutrennen, so weit gehen wir nicht; Siemen ist schlau. Nein, wir entern es lediglich, daß es in seiner Schwächlichkeit unter Griffen und Tritten nur so schwankt. Schon reitet Siemen oben auf dem Rahmen, während ich mich noch abkämpfe, auf dem Z der Stützlatten Halt zu finden, die Finger in die Gittermaschen gekrallt.

»Na, na, was ist mir denn das?« Onkel Taupalt hat was mitgekriegt. Der Rohrsessel ratscht, als er ihn mit dem Hintern verschiebt, um uns beim Ausbrechen zuzuschauen. »Warum geht ihr denn nicht normal durchs Haus, wenn ihr auf die Straße wollt? Komische Sitten. Laß das lieber, du wirst noch runterfallen und dir was aufschürfen, äh ...« Nie kann er sich meinen Namen merken. Sein Staunen ist ganz und gar verantwortungslos, wir wissen das zu schätzen. Sicher hatte er in seinem Krötenkopf sogleich einen analogen Fall parat, der die Außerordentlichkeit unseres Vorgehens entschuldigte. Entrinnen gehörte zum Repertoire seiner Helden. Flucht war schon immer notwendig gewesen, damit die Richtigen davonkamen.

Siemen prallt mit beiden Füßen zugleich auf und ist drüben. Ich wälze mich über den obersten Torbalken, die »Todesdrehung«, bei der man den Griff wechseln mußte. Siemen nimmt meine Beine in den Kniestrümpfen in Empfang (alte, deren Fersen grün sind vom Gras und sandbraun die Zehenpartie), umfaßt meine Schenkel, von denen sich durch das überhastete Abwärtsgleiten der Rock schält und hochstülpt bis zur Taille – »ich halt dich ja, laß endlich den Zaun los, du Dumme« –, und meine rosagrauen, immer zu groß gekauften Schlüpfer, straffgezogen jetzt über dem zappelnden Hinterteil, rutschen Siemens Bauch entlang, bis ich auf eigenen Füßen stehe.

Nun muß noch die Vorderseite des Hauses in ihrer ganzen Länge passiert werden, der Hof mit dem Lanzengitter. Selbst bei wahnsinnigstem Tempo brauchte man sieben Sekunden dafür und war während dieser Augenblicke einer Galerie von Fenstern ausgesetzt: achtundzwanzig Argusaugen, teils verglast, teils mit Pappe verkleidet. Auch Hausbewohner, Familienmitglieder, praktisch jeder konnte an einem solchen warmen Mainachmittag aus einer der beiden Haustüren treten, Einkaufsnetz in der Hand, sich im Hof zu schaffen machen, den Rollfix, das Fahrrad aus der Remise holen. Und konnte demnach das vom Echo der Gasse verstärkte Hufgeklapper unserer Flucht registrieren, die kolbengleich schwingenden Ellenbogen, Zeichen verdächtiger Eile, sich einprägen und unserer Mutter Meldung erstatten oder konnte, falls der Beobachter zur Macht gehörte, in berechtigtes Zetern ausbrechen: Siemen!! (ich zählte nicht) Wo wollt ihr denn um die Zeit noch hin, weiß das eure Mutter? Und wenn Alarm kommt?

Taub aus Vorsatz, prasseln wir an der Gefahrenstelle vorüber, das Gefälle der Gasse läßt die Schritte ausgreifender werden wie in Träumen, wo, im schwebenden Zeitlupengalopp, jede einzelne Bewegung genießerische Bedeutung erhält. Bis uns nach etwa hundert Metern, kurz vor dem Platz (Bäcker, Milchmann, Gasthof, Telefonzelle, Haltestelle der Straßenbahn) die Palisade zum Bremsen zwingt, von der noch immer Duft nach geschlachtetem Wald ausgeht. Denn eine Doppelreihe gigantischer nackter Spargel sperrte unsere Straße vom übrigen Ort ab. Die wie bei Bleistiften angespitzten Pfähle erinnerten an Illustrationen in Siemens Büchern: Zäune karolingischer Wehrburgen. Wie dort gab es auch in unserem Podgoritzer Burgzaun Schlitze und Scharten, hochgelegte Trittflächen für die Füße der Verteidiger sowie einen engen Durchlaß für Passanten.

Vom Tag seiner Entstehung an liebten wir dieses Schanzwerk, wie man unerwartete Geschenke liebt. Sich dort hindurchzuquetschen erhob einen zum Mitwirkenden eines großangelegten Spiels, dessen Regeln nicht verraten wurden und vielleicht gefährlich waren. Die sauren Mienen der unmittelbaren Anwohner konnten uns das Wohlgefallen an der Palisade nicht vermiesen und waren zudem unverständlich, denn würden sie aus ihren Fenstern nicht die beste Aussicht haben, falls die Russenpanzer kämen? In meiner Vorstellung näherten diese sich einzeln, limousinengroßen Hirschkäfern gleich, um angesichts des imposanten Pfahlbaus zu stutzen und sodann beschämt wieder rückwärts zu kriechen.

Mit dem Gefühl, einen fremden, nicht unbedingt legalen Sektor betreten zu haben, wetzen wir über den Platz, über die Straßenbahnschienen, in unseren Lungen ist Atemluft für einen Kilometer; Siemen späht im Laufen über die Schulter: ob ich auch nicht in der Weiche steckengeblieben bin. Das Kind, das sich den Fuß in der umschnappenden Weiche einklemmt, dem heranbrausenden Wagenzug der Linie 18 hilflos entgegensehend, war ein Lieblingsexempel unserer Mutter, Anhängerin der Schocktherapie nach Dr. Heinrich Hoffmann. Der Wechsel vom Kopfsteinpflaster zum Asphalt der Schanzstraße verändert das Klappergeräusch der Holzsohlen. Wir rennen, das Echo rennt mit, eine sich überstürzende Schallwelle aus Axthieben, Hammerschlägen, Teppichklopfen. Das letzte Haus auf der linken, zwei Häuser noch auf der rechten Seite, Tulpen in braven Zinnsoldatenreihen, Fliederdolden, kurz vorm Aufbrechen, schon blutergußbläulich, Apfelplantagen, kleine Äcker. Schließlich, wie Obelisken einsam in die Niederung gepflanzt, die vier italienischen Pappeln, populäres Wahrzeichen, da weithin sichtbar.

Hier pflegten wir uns immer kurz umzudrehen, uns eines bestimmten Punkts oben am Hang zu vergewissern: der helle Fleck des Schweizerhauses mit seinem roten Balkon über die ganze Südfront und den Holzschnitzereien am Giebeldach. Dahinter, unsichtbar, lag unser Haus. Und links daneben verriet sich unsere Aussichtsterrasse durch den Wipfel des Nußbaums. Wie fremd er wirkt von hier aus, zum dürren Sträußchen geschrumpft, irgendwie vorwurfsvoll, daß wir nicht dort sind, wo wir sein sollten. In den Pappeln tönt und schrillt es, als zwitscherten tausend ausgeleierte Matratzenfedern. Die Vögel der Flußebene schienen sich hier zu treffen, Lerchen, Drosseln, Spatzen, Stare.

»Wo bleibst du denn? Komm!«

Das Asphaltband der Straße zieht sich noch ein wenig, zwei sanfte Kurven, dann sind wir am Ziel, stehen angewurzelt, mit pumpendem Brustkorb am Rand des Hochwassers.

Fast wären wir mitten hinein gerannt, so schmeißfliegendusselig, wie wir um die letzte Biegung schossen. So weit oben schon! Das ging über alle Träume hinaus. Wir verharrten lange, stumm und fromm vor Ergriffensein. So also entstanden Meere! Hatte der Fluß vor zwei Tagen, als wir zum letzten Mal hier waren, gerade erst den Treidelpfad unter sich gebracht, die Uferwiesen nur eben beschwappt, spiegelte jetzt eine blanke Wasserfläche den Himmel wider. So viel großartige Ruhe kam da entlanggezogen, mit kleinen changierenden Wanderinseln der Ruhelosigkeit gesprenkelt, solch herrscherliche Masse Seidenblau, Atlasblau, runzlig wie ungeplätteter Crêpe de Chine, breitete sich anstatt der Elbe aus, daß man dem Ungeheuren sofort die ganze Ebene schenken mochte. Oder Gaben hineinwerfen zum gnädigen Mitnehmen, Kränze, Streublumen, Schiffchen mit brennenden Tellerlichtern.

Ein nicht abreißender Triumphzug, strömte es daher und vorbei, über Nacht konnte es die italienischen Pappeln erreicht haben. Ein Stück hatte das werdende Meer sich schon die Schanzstraße hinaufgewälzt, leckte an unseren Strumpfzehen, spielte stehendes Gewässer hier am Rande, wo nichts los war, kein Wirbel, kein Strudel. Geradezu gemütlich gab es sich. Die Anlegestelle der Fähre war fort, nicht mal das Geländer spießte mehr aus der Flut. Über der Stelle, die man nur mehr erahnen konnte, rauschte die Strömung mit D-Zuggeschwindigkeit; unwillkürlich mußte man mit dem Kopf pendeln wie beim Vorbeirasen der Waggons.

Linker Hand umspülte das Wasser die Biergartenterrasse mit den Linden, wo im Sommer die Tische und Stühle vom Gasthaus zur Schanze aufgebaut waren. Sich vorzustellen, man säße dort, an einem der vordersten Tische mit seinem Apfelsaftglas wie an der Reling eines Dampfers und spürte das Stoßen und Rucken des Wassers unter den Füßen, bis alles schließlich sich losriß! Samt Tischen und bretternen Stühlen, der Kellnerin und dem Gästevolk schwämme man auf und davon, und in der Mitte des schaukelnden Floßes posierte mit gegrätschten Beinen Frau Nacke-Sieboldt, das Bügelhorn hoch in die Luft gereckt: Muß i denn, muß i denn (für gewöhnlich spielte sie nur auf Begräbnissen), und die Linden, im Untergrund der Terrasse verankert, flirrten im Fahrtwind mit hunderttausend Wimpeln, denn sie hätten ihre Wurzeln im allerletzten Augenblick gerettet, kämen mit. Ach, es würde ein herrliches Leben sein auf dem Biergartenboot!

Fast war es zuviel auf einmal an Freude. Deshalb mußte Siemen denn auch tanzen. Als sei er mit einer Elektrisiermaschine verbunden, zappelte, stampfte und sprang er, schlenkerte wie verbrannt mit den Händen. Immer machte er das so, anders wurde er seiner Ekstasen nicht Herr. Er geriet bisweilen dermaßen in Wallung, daß er ohne diese Luftsprünge und das rasende Schleudern der Hände (mit einem Schnalzgeräusch wie beim Herunterschlagen eines Fieberthermometers) womöglich geplatzt wäre. Unsere Mutter, der Ausbrüche von Verzückung fremd waren, spöttelte dann – wenngleich sie nur schwache Proben davon miterlebte –: Na, hast du wieder deinen Veitstanz?

Wir liefen hinter dem verödeten Gasthaus flußaufwärts, um weiter oben ans Ufer zu gelangen, zu einer Stelle, wo Weiden grün aus dem Wasser ragten und wo sich vielleicht Treibgut anfände: Verunglücktes, Verletztes, vom Strom Überwältigtes.

In einer alten *Gartenlaube* hatte ich Bilder gesehen vom Hochwasser auf dem Inn, da schwammen Hüttendächer auf den Wellen, und daran geklammert hingen ganze Familien. Besonders eine Wiege hatte es mir angetan, in der ein Kind schlief, völlig ahnungslos; die trieb im Vordergrund des Bildes. Solche Tableaus unterhielten mich sehr. Die stockfleckigen Bücher auf dem Dachboden hatten mich auf den Geschmack gebracht, reich illustrierte Chroniken des Weltunheils: ausgewählte Szenen so manchen Schaden und Trauer bewirkenden Ereignisses, schlimmstmögliche Augenblicke, Wut der Elemente, dramatische Vernichtung von Menschenwerk, Explosionen, Eruptionen, Heimsuchungen von biblischem Ausmaß, und mitten darin – stürzend, knieend, preisgegeben, fliehend, flehend, darniedergestreckt, gar schon tot – die Akteure, die Rollenspieler: Junge, Alte, Kinder. Ich betrachtete diese Bilder mit Gier und Gründlichkeit. Sie ängstigten mich keineswegs, vielmehr gaben sie mir Gefühle stiller Lust: dabeizusein und doch nie ernstlich in Gefahr, auch Wohlgefallen am so schön bewegten Gebaren der Figuren. Ja, sie wirkten um so amüsanter, je verzweifelter sich die Betroffenen anstellten; fast wollte man ihnen applaudieren.

Dem konnte die Wirklichkeit nicht standhalten. Denn wie glanzlos war, im Vergleich dazu, die Ankunft der Taupalts abgelaufen, die doch behaupteten, Überlebende des Feuers zu sein! Sie hätten in den Hof wanken sollen, einer auf den anderen gestützt, oder – das mindeste! – erhobene Hände ringen, wie es ihrer Opferrolle zukam. Statt dessen hatten sie Arme und Köpfe einfach nur herunterhängen lassen, schlapp, baumelnd, alles so gleichgültig! Sie hätten sonstwo herkommen können, wäre nicht der Brandgeruch in ihren Kleidern gewesen und die kleinen Löcher vom Funkenflug, was man aber vom Korridorfenster aus weder sehen noch riechen konnte. Was sollte man von Heimgesuchten halten, die sich nicht entsprechend benahmen, ihr tragisches Los nicht ordentlich ausdrücken konnten, sondern am Nachmittag an der Haustür läuteten, neben sich einen schwarz-beigen Vulkanfiberkoffer, mit Baskenmütze und Filzhut (über den Tante Taupalt allerdings ein Kopftuch gebunden hatte): »Erinnerst du dich noch an uns, Bertha? Moritz und Elli Taupalt, Ammonstraße ...«

Auch der Auftritt Tante Gretjen/Armgart hatte enttäuscht. Beide waren wie Zwillinge angezogen gewesen: Skihosen unterm Rock, Turban von karierter Wolle, Fohlenmäntel. Und jede mit einem Rucksack bepackt, die Daumen rechts und links des Busens in die Tragriemen gehakt. Viel zu fesch, zu resolut, zu wanderburschenmäßig. Daß sie ihre Koffer auf halbem Weg hatten im Stich lassen müssen, erfuhren wir erst nach und nach, ein Schicksalsschlag, zweifellos, aber er ging nun mal dem Gesamteindruck ihres Notstands verloren, minderte, da man nichts davon wußte, gewissermaßen die Glorie des Unglücks.

In der einen Nacht allerdings (der Faschingsnacht, als das »Exempel statuiert« wurde, der Nacht, auf die jene Reihe rußflockiger Tage gefolgt war, an denen keine Sonne aufging und die Verschonten die Vororte erreichten, an Türen schellten und blieben), damals hatte sich Gelegenheit geboten, ein echtes Schicksalstableau mit eigenen Augen zu erleben. Lebendiges, gerade geschehendes Verhängnis! Die Gelegenheit war indessen vereitelt worden.

Bei Alarm zogen Siemen und ich uns immer unter den Stammtisch in der getäfelten Nische zurück, denn der Raum, der sich mit der unzutreffenden Bezeichnung »Keller« brüstete, war früher mal eine Kneipe oder Weinstube gewesen. Siemen hatte sich auch das mit der Decke ausgedacht, die wir über uns zogen, dieses leichte, wollige Zelt, von dem er in Abständen einen Zipfel aufhob, und wenn er ihn dann wieder fallen ließ, war das beinah wie das Schlagen eines Zauberkreises: wir drinnen, die anderen draußen; Orkan und Auge des Orkans. Bei jedem solchen Sich-Versichern und Kontakthalten – alle noch da? alles noch heil? – sah ich kurz sein Gesicht, denn es gab zwei Petroleumlampen mit gläsernen Zylindern im Raum. Seine Miene erschien mir starr, grimassenartig, der Blick war voll wilder Aufmerksamkeit. Alles an ihm war gesträubt. Mit den Fingern der Hand, die mich nicht losließ, drückte er unentwegt Falten auf meinem Mantelärmel. Dann kehrten wir zu unserer Schutzhaltung zurück, hielten wieder die Augen zu und preßten die Wangen aneinander, daß die Druckstellen heiß wurden, schwitzten und sich festsaugten. Eine Verzweiflungsinnigkeit, bei der durch die Haut so etwas wie Trost hinüber und herüber floß.

Von Zeit zu Zeit wagte sich Fräulein Zur Nieden auf einen Kontrollgang; als Luftschutzwart mußte sie das – in das Dröhnen und Krachen und Scheppern hinausgehen und bis auf den Dachboden steigen und anschließend im Versammlungsraum Rapport erstatten. Die Fensterscheiben sind alle hin. Oder: Das halbe Dach ist abgedeckt. Oder: In der Siedlung brennt jetzt auch die rote Villa. Irgendwann in jener Nacht aber platzte sie mit der Nachricht herein, »die« hätten Christbäume gesetzt, der ganze Himmel sei voll davon. Einer am anderen! Taghell erleuchtet alles!

So, wie sie von den Erwachsenen aufgenommen wurde, mußte die märchenhaft klingende Mitteilung etwas Bestimmtes nach sich ziehen, das alles bis dahin Vorgegangene abschwächte, bedeutungslos machte. Die Vokabel »Terrorangriff« ging halblaut herum (laut sprach sowieso niemand), »Terrorangriff«, und ich dachte an tollwütige kleine Hunde. Siemen schleuderte unsere Decke beiseite und wollte unbedingt in den Hof hinaus. Wie Schneewittchens Apfel hatte er eine blasse Gesichtshälfte und eine feuerrote – die, an der ich eben noch meine Angst gestillt hatte. Daß ich ihm nachlief, um mir die Himmelserscheinung nicht entgehen zu lassen, war eine Sache des Augenblicks. Ob wir verrückt geworden wären? wurde gezischt. Man packte uns an den Schultern, wirbelte uns herum und zeigte uns die Richtung, wo wir hingehörten. Und als Siemen zu verhandeln versuchte, setzte es zwei Ohrfeigen. Anders gebt ihr ja keine Ruhe, hieß es.

Die Erwachsenen dagegen nahmen sich die Freiheit, das Unheilvolle zu begutachten. Sie gingen schweigsam, nacheinander; einzeln, wie dazu aufgerufen; blieben eine Weile fort, kamen zurück. Ihre Reaktion war befremdlich. Kein Abglanz des Mirakels in ihren Mienen abzulesen. Frau Wetzel, kopfschüttelnd, sprach dumpf mit sich selber. Fräulein Grünwaldt, die Freundin von Fräulein Zur Nieden, stieß Wimmerlaute aus, eintönig wie ein Dompfaff. Frau Schlittich fing unter still laufenden Tränen an, ein nach Wurstersatz riechendes Brot auszuwickeln und zu essen. Oma Bertha blieb bei ihrem üblichen »Ei Gott, ei Gott, was wird denn nun«.

Dieses einhellige Entsetzen stand für Siemen und mich in keinem Verhältnis zu der Kunde, die Fräulein Zur Nieden gebracht hatte. Barmen und Weinen über einen Himmel voller Christbäume, wo sogar ein gewöhnlicher Sternenhimmel oft schwärmerischen Hinweis erfuhr! Die Ohrfeige kränkte nur kurze Zeit, aber ich dachte immer wieder daran, daß da draußen eins meiner theatralischen Bilder Wirklichkeit geworden war, unwiederholbar sicherlich, solche Katastrophen waren zu erlesen, sonst wären sie ja nicht in den Büchern aufgezeichnet worden für die Nachwelt. Nur ein paar Schritte trennten mich vom Augenschein, den man mir vorenthielt, denn daß das bloße Betrachten eine Gefahr darstellen könne, schloß ich aus. Je aussichtsloser die Chance wurde, einen auch nur flüchtigen Blick auf die Christbäume zu werfen, desto überzeugter war ich davon, daß dies die einzige meines Lebens gewesen war.

Das Hochwasser versprach ähnliche Erregung. Doch vorläufig blieb es bei der Verheißung, noch trat nichts Außergewöhnliches oder gar Verheerendes ein. Filzige Haarsträhnen hatten sich, von der Flut anderswo ausgerissen, in den Ästen der Weiden verfangen, Hexenskalpe, die sich frech an die dünnen Zweige krallten, die so wehrlos waren mit noch ganz kleinen schmalen Blättern, grün und langwehend wie offenes Haar.

Bisweilen kamen einzelne Gegenstände eilig den Fluß

heruntergeschwommen, aber sie vermochten nichts gegen die Strömung, die sie vom Ufer fernhielt. Man konnte noch nicht mal feststellen, worum genau es sich handelte. Meist trieben sie dicht unter der Wasseroberfläche dahin, halb untergegangen schon. Manchmal schaukelte die Flut sie ein wenig, dann tauchten sie noch einmal auf, und wir meinten Buchseiten zu erkennen, Pistolentaschen samt Halfter, schwarze Halbmonde lackierter Mützenschirme. Einmal näherte sich ein großes helles Viereck. Siemen angelte von der Böschung aus danach. »Das rette ich! Paß auf, das hol ich mir!« Ich sollte ihn hinten an den Hosenträgern festhalten, verlangte er. Mit der freien Hand umklammerte er ein paar Weidenseile.

Tatsächlich traf er mit der Gertenspitze eine Ecke der Pappe oder was immer es sein mochte und brachte das Ding für zwei Sekunden zum Anhalten, ehe es ihm wieder entglitt und seine Flucht elbabwärts fortsetzte. In bunten unverwischten Farben, nur durch den Aufenthalt im Nassen leicht plissiert, starrte das Gesicht von Heilidder abweisend, wie ertappt, aus dem Wasser zu uns herauf. Es erinnerte an ein aufgeweichtes, noch in der Untertasse schwimmendes Abziehbild.

Siemen konnte sich aus seiner beinah waagerechten Haltung nicht mehr allein auf die Böschung hinaufhelfen. Beide Arme wie zum Losfliegen ausgestreckt, hing er mit dem einen an der Weide, die ihre Zweige langsam aus seiner Hand herauszog, mit dem anderen, durch die Gerte verlängert, dirigierte und fuchtelte er über dem Wasser. Siemens Gewicht begann auch mich mehr und mehr nach dem Rand des Hochwassers hinzuziehen, und die Sohlen meiner Holzsandalen rutschten wie auf Butter übers Gras, bis ich auf mein Hinterteil knallte. Der jähe Ruck ließ auch Siemen hintenüberfallen, rechtzeitig genug, daß er beim Aufschlagen mit dem Rücken noch die trockene Wiese erwischte. Nur seine Beine tauchten ins Wasser, ein Spaß, über den wir lachten, obwohl eigentlich gar keine richtige Lust zu lachen da war.

Wir lümmelten eine Weile im Gras herum, als sei der Fall nur der Absicht, uns sowieso hinzulegen, zuvorgekommen. Siemen zog seine nassen Kniestrümpfe aus. »Bis wir gehen, sind die trocken.« Auf dem Spann seiner Füße war das Muster winziger Maschen dunkelrot eingegraben. Er war schon wieder obenauf und wippelte mit seiner Gerte bald im Wasser, bald auf der Böschung herum, untersuchte krabbelndes Viehzeug und wollte doch tatsächlich eine schwimmende Schlange gesehen haben und Wühlmäuse auf der Flucht, wenn ich aber schauen wollte, war nichts mehr da.

Jetzt, wo man sich der Erde soviel näher befand, stieg einem ihr intimer Duft in die Nase: Wintergras und Frühlingsgras, Saftblättchen und Saftstengel und vom Tiefen her durchfeuchtete Wiesenkrume. Stünde man auf, ginge man dennoch gänzlich unbeeindruckt fort, weil es so lieblich und harmlos roch, so vollkommen zahm. Am flauen Schlammgeruch des Flusses hingegen konnte man sich betäuben, bis er einen eingeschläfert hatte. Sein sanfter Fäulnisatem schuf eine warme, wabernde Lufthülle. Eine eigene, ganz ihm gehörende Atmosphäre war das, dem Körpergeruch eines großen nassen Hundes verwandt, aber auch pflanzenmodrig und schalentierhaft. Später, als wir alle längst aus Podgoritza weggezogen waren, vermißte ich die Nähe des Stromes. Manchmal bis zu Tränen. Ich brauchte mir bloß vorzustellen, am Ufer hin zu gehen, schon wußte meine Nase seine Ausdünstungen wieder. Welche Verachtung züchtete ich angesichts der schmächtigen Abwässergräben, Fadenwürmer der Landkarte, die sich dort, wo ich zu bleiben und zu wohnen mich zwang, als »Flüsse« aufspielten. Kam ich aber an ein Wasser, das der Elbe ebenbürtig war, auch ein großer Binnensee brachte die Ähnlichkeit hoch, dann stand ich an den fremden Ufern und war auf dumme Art selig, nur, weil sie rochen, wie sie rochen.

Wie jeder in Podgoritza hatten wir eine enge, nahezu familiäre Beziehung zum Fluß. Was wir aßen und tranken, war mit seinem Wasser zubereitet, Tag für Tag schluckten wir kleine Portionen seiner gewalttätigen Energie und seiner Unruhe. Wir tauchten Frotteelappen in auf Gasflammen angewärmte Pfützen, die kaum den Boden der Waschschüssel bedeckten, und fuhren uns damit am Morgen und am Abend über die Gesichter, mehr rituelles Benetzen als wirkliche Reinigung, wenn es nicht überhaupt etwas ganz anderes war, sagen wir eine Art Morgen- und Abendkuß, etwas Zärtliches, Feuchtes, das uns weckte und schlafen schickte im Namen des Flusses.

Einmal im Monat, wenn im Kessel der Waschküche sowieso größere Mengen Flußwasser erhitzt wurden, in Zinkwannen Kaltes und Kochendes aufeinandertraf, brachte man Siemen und mich am Abend in die vom Wrasen glitzernde Grotte hinunter. Erregt wie vor einer Festlichkeit, rissen wir uns die körperwarmen, halb schon angewachsenen Kleidungsstücke über den Kopf und von den Hüften, kletterten auf den Schemel, um das Wasser nicht warten zu lassen und über die schräge Gleitbahn am Kopfende der Wanne abwärts zu rutschen.

Wenn das Licht der nackten Glühbirne auf der noch immer ein wenig rauchenden Haut des Badewassers schwamm, saß man, bei völliger Regungslosigkeit, in unablässigem Gefunkel, in einem goldenen Zucken und Zwinkern, das auf den hochgestellten Knien phosphoreszierte und von vorsichtigen Händen hin und her gespielt wurde. Das Wohlgefühl verstärkte sich noch, wenn wir die Erregung des Anfangs ausgepritschelt hatten und ruhiger und träger, mit den Händen am Wannenrand hängend, uns vor- und zurückschweben ließen, immer näher aufeinander zu, bis die Zehen auf Land unter Wasser trafen, sich sacht zu treten trauten, bohrten, spazierten, mutwillig zarte Dinge hin und her bewegten. Bis die Macht, zumeist von allerlei abgelenkt – vergessenen Nachthemden, im Nassen schleifenden Handtüchern oder der unvermeidlichen Zugluft –, ihre Ungeduld äußerte. Denn meine Mutter und Oma Bertha pflegten nach uns zu baden, und die Wasserhitze im Kessel wurde von Stunde zu Stunde schwächer, wollte genutzt werden.

Sie drängten uns, fast neidisch, wie mir vorkam, aus dem Wasser heraus. Wir waren ganz und gar rosarot, wenn wir uns schließlich widerwillig zum Aufstehen entschlossen, Fondant bis in die Fingerspitzen, und stets hatte ich das Gefühl, etwas, das nur Siemen und mir gehörte, schwämme unter den Lichtflecken auf dem Grund der Wanne unerlöst hin und her wie ein scheuer Fisch.

Röhrend und strudelnd kam dieses Etwas dann, kaum daß wir mit den nassen Füßen in die Hausschuhe getaumelt waren, zusammen mit dem trüben Strom aus der Unterseite der Wanne geschossen und ergoß sich in die Schleuse im Fußboden, unter welchem augenscheinlich direkte Verbindungswege zur Elbe bestanden. Nachdem Oma Bertha die Hälfte unseres Bades abgelassen hatte, füllte sie es mit Eimergüssen aus dem Kessel nach, während meine Mutter, noch in unserer Gegenwart, bereits eilfertig ihre Kleider aufknöpfte, denn seltsamerweise verlief die sonst so strenge

Hierarchie in diesem einen Fall umgekehrt, das Alter kam zuletzt an die Reihe.

Mit jedem Teil, das sie ablegte, wurde die Mutter in ihren Gebärden mehr und mehr zum Kind, dessen Mutter ihm ein Bad bereitet hat, sie tänzelte und bog sich, hob den Unterrock hoch, um die langen braunen Strümpfe loszuwerden, den Hüftgürtel aufzuhaken. Die Hand schon auf dem Türdrücker, blieb ich bei der hohen Schwelle stehen. Erst Oma Berthas nachdrückliche Schubse scheuchten mich über die Schwelle und aus der Waschküche.

»Ab mit dir, huschhopp in die Falle. Na, wird's bald?« Und sie beschwor den angeblich überaus heiklen Zustand meiner »offenen Poren«, bis ich mir ganz gläsern und gefährdet vorkam und mich beeilte, meine offenen Poren unterm Federbett in Sicherheit zu bringen. Das Platschen hörte ich aber noch und das Stöhnen oder mehr Ächzen, das nach Schmerz klang und nach Wohltat zugleich.

Die Untergekrochenen kamen übrigens niemals in den Genuß eines monatlichen Bades. Für so viele reichte das heiße Wasser am Ende des Waschtages natürlich nicht, das mußten sie einsehen.

Ich lag mit in Siemens Bett, denn wenn wir so schön glühten und weich waren, gefielen wir uns besonders und tuschelten und krabbelten gern noch miteinander.

»Kannst du dir Onkel Taupalt und Tante Taupalt beim Baden vorstellen?« fragte ich Siemen, als wir beim Schein der Nachttischlampe zusammenlagen, die weit weg war, drüben beim Ehebett, und auf die Rückkehr unserer im Wasser ächzenden Mutter warteten.

»Hör auf, mir wird sonst schlecht«, war die Antwort.

Dann folgte Stille, in der wir es uns vorstellten. Ich hatte noch nie einen ausgezogenen Mann gesehen, und Onkel

Taupalts breitfließenden Krötenleib mit dem Geschlecht meines Bruders auszustatten widerstrebte meiner Loyalität.

Seit ich denken konnte, war Siemen auf Tiere versessen. Nicht, daß er sie übermäßig liebte. Eigentlich ging es ihm nur darum, sie anzufassen. Seine Handflächen und Fingerkuppen schreckten vor nichts zurück. Sie litten Vogelfedern, hielten das pelzige Gekitzel von Nachtfaltern aus, waren immun gegen das trockene Wuseln von Heuschrekken. Sah man ihm dabei zu, bekam man schon bei der bloßen Vorstellung – Federn! Flattern! Scharren und Kribbeln! haarige kleine Pelze! – einen Schauder über den Rükken. Gleichmütig wischte er den grünlichen und bräunlichen Angstkot an der Hose ab, wenn ihm wieder einer seiner Schützlinge auf die Hand gekleckst hatte. Laubfrösche, kalt und glatt wie Blutwurstpelle, lugten verdutzt aus dem Daumen- und Zeigefingerloch, das er ihnen gestattete. Den ganzen Nachmittag des Ostersonntags hatte Siemen darauf verwendet, kopulierende Franzosenkäfer wieder voneinander loszureißen, vorsichtig und ohne alle Bosheit; welcher der beiden Partner den Schleimpfropf der afterwärtigen Verbindung behielt, überließ er den Käfern selbst; er achtete auch darauf, daß keiner dabei zerdrückt wurde, so anfällig wie die Panzer waren.

Allerdings machte er Ausnahmen. Von Ratten zum Beispiel ließ er die Finger, weil ihm unsere Mutter erzählt hatte, sie übertrügen die Pest, und wenn er sie bekäme, bekämen wir anderen sie auch alle, ganz Podgoritza müßte dann draufgehen, Eiter, Geschwüre, schwarzes Blut und zuletzt der Tod, manchmal sogar binnen Stunden. Solche Seuchen, wenn sie einmal ausgebrochen seien, könnten jahrelang wüten und ganze Landstriche entvölkern. Sie geriet ordentlich in Fahrt, schwamm auf der eigenen Emphase davon, berauschte sich am Prophetendonner, vergaß wohl auch, weshalb sie davon angefangen hatte. Überhaupt konnte man nur staunen, woher sie das alles nahm, denn beim Umgang mit den schäbigen Themen des Alltags wußte sie nichts von der Begabung mehr, dann ging einem alles, was sie sagte, zum einen Ohr rein, zum anderen wieder raus. Einzig in diesem abgehobenen Zustand, wenn sich die Fabel ihrer Wahl in feurigen, suggestiven Spiralen drehte, zeigte sie eine Sinnlichkeit, die ihr sonst im Denken und Reden gänzlich abging.

Sie ließ uns Limonade mit hineinverirrten, noch lebenden Wespen trinken und dann qualvoll, mit zugeschwollenem Gaumen, ersticken. Unser von rostigen Nägeln vergiftetes Blut wanderte mit jedem Pulsschlag dem Herzen näher, die Vene schubweise schwärzlich färbend. Fratzen zu schneiden barg das Risiko, daß die Züge unvermittelt in solch widernatürlicher Verzerrung stehenbleiben konnten für ewig und immerdar. Humpelbeinchen, Hatscher, bucklichte Männlein – alles Opfer entweder ihres Ungestüms oder beharrlichen Krummsitzens, zu deren Leidensgenossen wir uns demnächst würden rechnen dürfen. Immerhin erreichte sie dadurch, daß Siemen wenigstens außer zu Ratten auch zu Hornissen und Wespen einen geziemenden Abstand wahrte. Nicht, daß er sie wirklich gemieden oder gar ihre Vernichtung betrieben hätte. Sein Benehmen ihnen gegenüber wäre mit Diplomatie der Höflichkeit am zutreffendsten umschrieben. Sie durften sich niederlassen und herumnaschen, an seinem Obst, seinem Marmeladenbrot, während er ihnen gebannt zusah und seine Hand sich verlangend krümmte oder neckende Finger ausstreckte nach den geringelten Spindelleibern, dem vitalen Gesummse.

Hornissen hatten wir Gottseidank nur einen Sommer lang gehabt. Wäre es nach mir gegangen, wäre ihnen der Gottesfrieden rund um die Uhr aberkannt worden, so sehr fürchtete ich diese fliegenden goldenen Geschosse. Aber wer wußte schon, auf wessen Seite Siemen sich dann gestellt hätte.

Wie die Eidechse wohl auf die Elbwiesen geraten war? Sicher hatte das steigende Wasser sie aus dem Kieselgeröll unten am Fluß vertrieben oder aus einem anderen nun überschwemmten Schlupfwinkel unter den Graswurzeln. Sie war vom Kopf bis zur Schwanzspitze grün, ein leuchtendes Frühlingsgrün, selbst ihre Zehen waren grün. Sie kam mir ziemlich groß vor. Ich kannte bislang nur die Eidechsen von den seidenpapierbelegten Farbtafeln in Oma Berthas Lexikonbänden.

Siemens Mund klaffte vor Glück. »Kuck! Kuck doch!« Immer brauchte er ein zweites Paar Augen, um das Herrlichste beglaubigen zu lassen. Dann gingen ihm die Worte aus, und sein Entzücken strömte als tonloses Stöhnen aus ihm hervor. Die Eidechse flitzte den Saum zwischen dem Wasser und der Böschung entlang, ein paralleles Hin- und Herwenden, Stutzen und abermals Umkehren, als hätte sie die Richtung vergessen. Immer öfter hob sie den zarten Kopf, drehte ihn, ruckte unentschlossen, flitzte wieder ein Stückchen.

»Sie weiß nicht, wohin«, sagte ich. Ich wagte nur zu flüstern, denn im Gegensatz zu der Ratte, die ähnlich hin und her gehuscht war, als die Kinder auf dem Nachbargrundstück sie eingekreist hatten, und die immer häßlicher und bestienartiger geworden war in ihrer Angst, wurde die Eidechse noch rührender und prinzessinnenhafter. Daß man ihr helfen mußte, verstand sich von selbst, bei soviel konfuser Anmut! Siemens Hand wölbte sich auf sie zu – »koomm ... koomm ...« – und schnappte nach dem Flüchtling, der, wie hatte das nur passieren können, plötzlich ohne seine lange grüne Schleppe war.

Eben noch schnellte diese in Rechts- und Linkskurven durchs Gras, die Bewegungen des Rumpfes durch tänzerische Übertreibungen hervorhebend, ein schwingendes Peitschchen war sie gewesen, und jetzt auf einmal nichts als ein toter Wurm, baumelnd zwischen Siemens Daumen und Zeigefinger. Siemen hatte noch niemals ein Tier beschädigt, so daß mir die Reaktion der Eidechse im ersten Moment wie infame Absicht scheinen wollte. Zu Fastnacht, der große Junge mit der Gummihand im Ärmel, die er einem hinhielt zum Gruß, und wenn man darauf hereinfiel und in jähem Schrecken aufkreischte, schwenkte er den leeren Ärmel und lachte. Überdies wußten wir als erfahrene Streichler aller Hunde und Katzen, was für zähe Muskeln Schwänze waren.

Die Eidechse verharrte am Fleck, wo die Amputation sie ereilt hatte. Die krummen Hinterbeine rührten sich nicht, die Spreizhaltung täuschte die Laufbereitschaft nur vor. Ab und zu zuckte eine der grünen Zehen. Es wäre mir lieber gewesen, wenn die Verletzte sich fortgeschleppt hätte, irgendwohin, nur fort aus unserem Gesichtskreis. Doch die Eidechse blieb und ließ uns den Anblick ihres Stummels. Sie drängte ihn uns auf. Das war, als würde sie fadendünn schreien oder wimmern. Eigentlich war es noch ärger, denn das Wimmern geschah in einem selbst, während man auf den Stummel starrte und starrte und starrte. Er blutete nicht. Es handelte sich also nicht um etwas so Ordinäres wie das abgehackte Fingerglied des alten Giebich aus der Tischlerei, der drei dicke Verbände durchgeblutet hatte, wie erzählt wurde. Der Schwanzstummel der Eidechse erinnerte eher an die Schnittfläche eines Rhabarberstengels, mit sehr viel kleinerem Durchmesser versteht sich, voller allerfeinster Kapillargefäße, nur eben nicht mit Saft, sondern mit Blut gefüllt, das zwar nicht auslief, nicht einmal tröpfelte, man sich aber gerade deshalb um so schuldiger fühlte, diesen delikaten Organismus auf rohe Weise zerstört zu haben. Denn da ich alles guthieß, was Siemen tat, ihm alles nachzumachen mich anstrengte, meinte ich, ich hätte die Eidechse ebenfalls fangen und »retten« wollen und die Verletzung sei ebenso auch mein Werk.

Wir brachten es nicht fertig, uns aufzurichten, sondern hockten weiter auf den Waden, mit demütigen Rücken, zwei Götzen des Jammers. Siemen war außer sich vor Reue. Er führte vor dem Opfer ruckartige Verneigungen aus, mit jedem Mal bückte er sich tiefer und verzweifelter, ein Kotau nach dem anderen. Seine halberhobenen Hände malten Gebärden von Taubstummen; sie streichelten die Luft über der Eidechse. »Es tut mir leid! Es tut mir so leid!«

Ohne ein Ende zu finden, bat Siemen die Eidechse um Verzeihung. Er legte den Schwanz so hin, daß sie ihn sehen mußte, glättete die Luft über ihrem Körper und fuhr zwischendurch mit dem Handrücken unter seiner schniefenden Nase hin, aus der Rotzblasen quollen. Da mußte auch ich mit Weinen anfangen, doch ging es mir nicht mehr um die Eidechse, die schon irgendwie mit dem Verlust ihres Schwanzes fertigwerden würde, und falls nicht, falls sie daran sterben würde, konnte ich das auch nicht ändern. Siemens tränenüberströmtes Gesicht war für mich ein Anblick, der erschreckte. Erbärmlichkeit war ich von ihm nicht gewohnt.

Eine Zeitlang hatte ich geglaubt, Tränen fließen zu lassen sei eine nur mir persönlich eigene Fertigkeit. Seit der Faschingsnacht aber wußte ich, daß alle es konnten und daß es, jedenfalls bei den Erwachsenen, ansteckend wirkte wie Gähnen. Sie weinten gesellig, oftmals nur auf bestimmte Reizworte hin, etwa Tante Taupalt auf das Wort »Ammonstraße« oder Armgart, wenn von »Bettchen« die Rede war. Noch nie aber hatte ich Siemen so winseln hören. Ich fühlte mich sicherer, wenn ich bewundern konnte, und ich hatte keinen außer Siemen, der meiner Bewunderung wert gewesen wäre. So sah ich mich jetzt der Schwäche gegenüber, wo ich sie nie erwartet hätte, war zudem Teilhaberin eines Kummers geworden, der nicht abnehmen wollte.

Ratlos sah ich mich um, aber nichts war wie vordem. Man hatte die Kulissen ausgetauscht, während wir uns der Trauer hingaben. Hatte es überhaupt einen Sonnenuntergang gegeben? War das Licht nicht vor der Zeit erstickt worden in diesen Wolkenbäuschen? Noch hüpften vereinzelte Mückenvölker an unsichtbaren Jojofäden auf und nieder, jedes ein Stück vom Nachmittag. Wenn es den geringsten Grund zu Ängsten gäbe, hätten sie ihre Tänze wohl eingestellt.

Als brauchten sie nicht länger freundlich zu sein, sonderten Fluß und Flußwiesen statt der gewohnten milden Düfte plötzlich aufdringliche Gerüche ab. Auch die Dämmerstunde, der man zu Hause, im Garten, so gern Gesellschaft leistete, im Bewußtsein, jeden Augenblick ins Reich der angezündeten Lampen ausweichen zu können, gab sich zu erkennen als Wesen Finsternis, kinderfresserisch, heimtückisch. Wenn man nicht hinsah, kroch es von allen Horizonten heran und war dann mit einemmal näher gerückt, als man es für möglich gehalten hatte. Kühle drang aus dem Boden, stieg aus der Elbe, zog vom Wasserwerksgelände her; dort qualmte und qualsterte es weißlich, dort wurde schon auf Teufel komm raus Nebel gebraut.

Jeder Laut machte mehr von sich her als bei Tag: das Hau-Hau-Hau der Kettenhunde, das man sonst kaum beachtete, Glucksen im Fluß und das strenge Rauschen der Strömung, auch fernes Wummern, zu dem allerdings das Wetterleuchten fehlte. Unerklärbar aber waren die Plumpsgeräusche, satte schwere Klatscher aus den unterschiedlichsten Richtungen, manche ziemlich nah, unterhalb des Schanzgasthauses, wo im Obergeschoß Licht anging und gleich darauf das Verdunklungsrollo herabsauste, andere wieder wurden, wie von Echowellen, vom jenseitigen Ufer herübergeweht.

Ich fand, wir sollten wieder zu reden anfangen, ehe es ganz und gar dunkel sein würde. »Glaubst du, da kommt was?«

»Was soll kommen?«

»Na, Gewitter.«

Siemen horchte eine Weile. Man konnte gleich spüren, wie alles in ihm wieder neugierig wurde und aufgeregt und vergnügt über sein besseres Informiertsein. »Quatsch, das ist Geschützfeuer. Kanonen. Und Panzer. Mensch, müssen die nah sein.«

Im Hellen waren wir so unter uns gewesen, daß wir die Personen am jenseitigen Ufer, auf dem Weg entlang der Häuser, nicht beachtet hatten. Sie glitten durchs Bild, um wieder zu verschwinden. Jetzt, wo alles sich verwandelte, hieß es achtgeben. Und so entgingen uns die Einzelgänger nicht, die aus gassenengen Spalten zwischen den Gebäuden hervortraten und am Saum des Wassers stehenblieben, um einen Blick auf das Anwachsen des Flusses zu werfen. Kaum, daß sie sich abhoben von der immer unkenntlicher werdenden Häuserzeile. Doch die Elbe bezog vom Himmel noch immer etwas Glanz und verriet durch ihren Bleischimmer die vorgeblichen Spaziergänger. Kein Auge ließen wir von den Verdächtigen, als wir zum Schanzgasthaus zurückschlurften. Reichlich schwappte der Tau um unsere Knöchel, der, so stellten wir fest, gar kein Tau war, sondern das abermals um eine Handbreit gestiegene Hochwasser.

Ab und zu rührte sich drüben eine der Salzsäulen, holte mit dem Arm aus oder schwang gar beide Arme über den Kopf – ein fetter Plumpser, ein helles Klatschen –, worauf sie für Sekunden in die alte Starre zurückfiel und sich dann rückwärts schob in das Gäßchen, den Zwischenraum, die Haustür, wo immer sie hergekommen war. Kaum war einer weg, löste ihn ein anderer ab. Das Manöver wiederholte sich, oft nur wenige Meter entfernt. Sie mußten einander doch sehen können, sich zwischen Auftritt und Rückzug begegnen, nicht zu reden von den Geräuschen, die die geworfenen Gegenstände beim Hineinplatschen ins Wasser verursachten.

Weil hinterm Schanzgasthaus der Wiesenweg eine Krümmung macht, war das Aufeinandertreffen, das seiner Lautlosigkeit halber nicht geahnt werden konnte, derart unverhofft, daß der erste Schreck uns und den Herrn zurückspringen ließ. Bei Tag wären wir grußlos an ihm vorbeigegangen; jetzt, im Schummer, schien es geraten, sich der Gewalt, die Erwachsene im Dunkeln gewannen, anzubiedern. Siemen rief ein forsches »Heilidder!«. Ich beeilte mich, das gleiche zu rufen. Der Herr jedoch gab nur mürrische Knurrlaute von sich.

Über der rechten Schulter trug er Schweres: Doppeltaschen aus Segeltuch, unsere Mutter besaß ähnliche; manchmal klemmte sie sie am Gepäckträger des Fahrrads fest. Und schon hatte der Herr für mich eine Rolle übernommen, ein von weither kommender Reiter sollte er sein, dessen Pferd in der Schlacht totgeschossen wurde und der sich nun mit dem Sattel abschleppt, und er müßte fragen: Ging hier nicht immer ein Weg? Ganz dicht an der Elbe entlang?, weil ihm nach all den Jahren, die er fort war, die Gegend fremd geworden ist.

Doch er wand sich stumm an uns vorbei zwischen Gasthofmauer und Gestrüppen. Der »Sattel« rutschte ihm von der Schulter, und aus der einen Tasche kollerte etwas zu Boden, mit dumpfem Aufprall, und ich wußte sogleich, was es war: der Goldklumpen für sieben Jahre treue Dienste. Dem Herrn das Heruntergefallene aufzuheben und höflich zu überreichen, wie man es uns eingedrillt hatte, hielt Scheu mich ab; sollte Siemen das machen. Der war schon in die Knie gegangen, hatte jedoch Schwierigkeiten, mit dem Gegenstand wieder hochzukommen. Der Herr stellte seine Satteltasche ins Gras. Vier Hände umklammerten nun den entsprungenen Goldklumpen. »Kannst du mal für'n Augenblick alleine?«

Mit beiden Armen hielt Siemen das anvertraute Wertstück, während der Herr die Taschenklappe zurückschlug, um den Lohn für treue Dienste wieder ordentlich bergen zu können. Ich drängte mich herzu, denn gesehen wenigstens sollte man sie haben, die Märchentrophäe. Was da indessen vorhin flüchtig geglänzt hatte, wollte nun auf einmal kein Gold mehr sein, waren bloß die speckigen Reflexe auf Scheitel, Nase und Kinn eines abweisenden, herrischen Männerkopfes aus schwarzem Stein gewesen, der, halslos, auf einem gleichfalls schwarzen Sockel montiert war.

Schon strebte der Herr mit seiner Last weiter, in die vernebelte Ungewißheit der Elbwiesen hinein. Patschen verriet, daß er das Hochwasser erreicht hatte. Ein falscher Schritt, und das Wasser schlüge über seinem Kopf zusammen, und ich dachte ihn mir auf dem Elbboden spazierend mit seinem Schatz, von dem zu trennen er sich nicht aufraffen konnte, lieber mit ihm zusammen unterging.

Auf der Schanzstraße drehten wir uns mehrfach um, gewärtig, uns auf den Fersen Ausläufer der Überschwemmung zu sehen, leckende Zungen des trotz der zahlreichen Opfergaben unbesänftigten Flußes. Ohne das kleinste Licht klebte die schwarze Masse Podgoritza am Hang; wußte man nicht von dessen Vorhandensein, man hätte glatt vorübergehen können wie an einem stillen Forst. Schwärze verschleierte auch die Unebenheiten des Bodens. Wir liefen, so schnell es ging, nicht in der Mitte der Straße wie sonst, sondern auf der rechten Sandspur. Wir mieden den hallenden Asphalt. Denn weithin zu hören auf dem sich schlängelnden Band der Straße, ohne den dämpfenden Schutz von Häusern um sich herum, näherten sich Schritte. Doch seltsamerweise erreichten sie uns nie. Bei einer bestimmten Stelle, noch vor den italienischen Pappeln, verstummten sie wie abgeschnitten. Wer immer da ging – es waren mehrere Personen, mit Abständen zwischen sich –, löste sich ab hier in Luft auf.

Bei den Pappeln blieben wir stehen. Vor uns zuckte Irrlichtgeflacker auf, erlosch, wiederholte sich nach einer Weile. Scheu und kurz huschte der gelbe Schein seitwärts und schwenkte hinüber auf den Acker. Zwei Frauen waren an der bewußten Stelle stehengeblieben und unterhielten sich halblaut. Sie schienen nicht im klaren darüber, wo genau sie die Straße verlassen wollten. Oder sollten. Die eine der beiden berief sich auf Anweisungen, wonach man ein Stück vor den Pappeln abzubiegen habe, »und dann einfach schräg über den Acker. Da kommt man in Mitscherlichs Johannisbeerplantage. Und von dort an die Elbe, ohne daß jemand einen sieht.«

Deutlich angewidert von dem Schnitzeljagdgetue sagte die andere: »Ich mach ja alles mit. Nur, bitte, entscheide dich endlich und halte uns nicht mit Palavern auf. Ich an deiner Stelle würde mal die Vio-Vio anknipsen; man sieht kaum noch die Hand vor Augen. Ich hab keine Lust, in einem Graben zu landen und mir den Knöchel zu verstauchen.«

Ich hatte die Stimmen sofort erkannt. Außerdem war Vio-Vio ein Wort aus unserem Familienargot. So hatte Siemen nämlich, ihr Sirr- und Schwirrgeräusch aufgreifend, die Akkutaschenlampe getauft. Unsere Mutter und Armgart hatten sich untergehakt wie Damen auf der Promenade, und sie ließen sich auch während des Disputs nicht los, offenbar fest entschlossen, die ausgedachte Rolle beizubehalten: zwei Cousinen beim Abendspaziergang, fehlende Straßenbeleuchtung und Geschützdonner tapfer ignorierend. Auch daß sie ihre komischen Bündel mit den angewinkelten Ellenbogen an sich drückten, als handle es sich um Unterarmtäschchen, gehörte ins Bild.

Das Bühnenflüstern ging weiter: »Verirren können wir uns hier kaum.« Und: »An die Elbe kommen wir allemal.« Und dann noch: »Das Zeug muß verschwinden, egal wie. Morgen sind sie vielleicht schon da.«

Siemen vibrierte geradezu. »Ich muß rauskriegen, was die vorhaben. Willst du hier auf dem Weg solange warten? Nicht? Na, dann paß auf, da sind sicher Karnickellöcher. Wehe, du gaukst!«

Bei dem Weg über das finstere Feld, den leise fluchenden Frauen hinterher, pappte sich schon nach den ersten Schritten die lehmige Ackerkrume in die Zwischenräume unserer dreigeteilten Holzsohlen. Ein unruhiges Durcheinander der Düfte und Gerüche war in der Luft, nach jungen

Blättern, begossener Erde, verfrühter Baumblut, und aus entfernten Gärten her Feineres, Mandelbäumchen vielleicht, Stiefmütterchenbeete, Hyazinthen.

Drei- oder viermal wurde es nötig, von einer Sekunde zur anderen zum Baumstamm zu erstarren. Heimkehrer einer ähnlich rätselhaften Wallfahrt strebten – einzeln, schreckhaft – wieder der Schanzstraße zu.

Auch unsere Mutter und Armgart mußten feststellen, daß die als unverfänglich beschriebene Stelle noch andere Einwohner Podgoritzas angelockt hatte. Ein eigentümlicher Energiestrom aus Furcht, Scham der Ertappten und augurenhafter Erheiterung flog, einem Gruß nicht unähnlich, spürbar hinüber und herüber, während jeder sich gleichzeitig duckte und kleiner zu machen trachtete, um ein Erkanntwerden zu erschweren.

Die hohen, ihres Mosts wegen berühmten Johannisbeersträucher Mitscherlichs empfingen uns beschützerisch. Ein Bruchsteinmäuerchen grenzte die Plantage gegen die Elbwiesen ab, vielmehr gegen das Hochwasser, das direkt unterhalb der Mauer stand. Nun, ohne Tageslicht, ohne den Anblick der Ufer, hörte sich das Rauschen der Strömung anmaßender an als vor ein paar Stunden. Die teerschwarze, vollgestopfte Elbe floh, aber sie floh mit Majestät.

Meine Mutter und Armgart entrollten ihre Bündel. Aufflatternd segelte die erste der Opfergaben durch die Luft und klatschte unmittelbar hinter der Mauer ins Wasser.

»Das kriegte man zur Hochzeit. Ich hab mal reingeguckt, aber das war mir zu hoch. So politisch. Hast du's gelesen?«

Armgart machte Mhmm und: »So, jetzt die Flagge.«

Bei dem Stichwort zeterte meine Mutter los. Um Gotteswillen – die hätte auf jeden Fall erst um was Schweres gewickelt werden müssen. »So schwimmt die doch oben wie'n

Bettuch und bleibt am erstbesten Busch hängen, der ihr in den Weg gerät. Wenn die Russen das entdecken, stellen die vor Wut den ganzen Ort an die Wand.« Wie solle man dann noch beweisen, daß es sich um ein Versehen gehandelt habe, keinesfalls um Provokation?

»Bleib ruhig, Valeska, deine Mutter hat an alles gedacht. Sie hat ein Nudelholz geopfert. Paß mal auf!« Und Armgart, in breitbeiniger Aufstellung, ließ den Arm kreisen, hüpfte dann auf dem vorgesprungenen Bein mehrmals nach, lauschte, wie das Nudelholz mit unserer Familienfahne im Wasser einschlug, torpedogleich, und eine Fontäne prasselnd niederging. »Was kommt nun noch?«

»Die Pistolen von Frerich.«

»Doch nicht etwa die alten? Auch das Museumsstück mit den Perlmuttintarsien? Das angeblich aus dem Siebenjährigen Krieg stammt?«

»Ja, was soll ich denn damit machen?«

»Zum Beispiel vergraben.«

Worauf unsere Mutter hitzig die allgegenwärtigen Augen der Schweizerhausleute ins Feld führte. »Die würden mich doch sofort anzeigen. Mit Kußhand!« So kostbar könne eine Waffe gar nicht sein, daß sie dafür nach Sibirien ginge. »Da hat Frerich ganz bestimmt Verständnis, wenn er wiederkommt.«

Fünfmal platschte es noch, aber es ging ohne das vorherige Engagement vor sich; sie schleuderten verhalten, pietätvoll fast. Ähnlich, sah ich später, warf man Toten Sand in die Grube nach.

»Ein Glück, daß wir wenigstens nie ein Führerbild in der Wohnung hatten. Aber ihr sicher, was? Tante Gretjen, die war doch ... Na, und du erst, Armgart – ich kann mich noch gut erinnern, wie ...«

»Laß mich zufrieden. Ist schließlich alles zu Schutt und Asche geworden.«

»Ach ja . . . Gott, ja . . .«

»Sei mal still, Valeska.« Sie werde das Gefühl nicht los, sagte Armgart, daß ihnen jemand gefolgt sei und wahrscheinlich die ganze Zeit in den Johannisbeersträuchern darauf lauere, daß sie endlich gingen. »Das raschelt andauernd. Komm lieber weg hier. Wo verstecken wir eigentlich den Schnaps?« Sie hätte gehört, raunte Armgart, bereits auf dem Rückweg, jetzt aber ohne Einhaken, sie hätte gehört, die Russen wären dermaßen verrückt auf Alkohol, daß sie selbst vor Kölnisch Wasser und Kampferessenz und Salmiakgeist nicht zurückschreckten.

Wir saßen noch eine Weile allein auf der niedrigen Feldsteinmauer und ließen die Beine über dem schwarzschillernden Strömen und Fließen baumeln. Siemen wollte ausschließlich über die versenkten Pistolen reden. Er schimpfte sich in eine wütende Sehnsucht hinein. Als habe man ihm, ihm ganz persönlich, heilige Dinge gestohlen, von deren Besitz er selbst noch nichts ahnte, die ihm aber gleichwohl zustanden als Sohn des abwesenden Häuptlings und die ihm nun ewig fehlen würden.

Ich meine, es war dort auf dem Steinwall, an jenem Maiabend dicht über dem rauschenden Hochwasser, daß unser Vater, bisher ein Schemen, bewiesen allein durch die gelegentlichen Erwähnungen der Frauen, für uns zur wirklichen Person erwachte. Ein Sammler altertümlicher Pistolen war er also. Die Vermutung, daß da noch mehr sein könnte, schlau verborgen, eingemauert eventuell oder getarnt als Souvenir dieser oder jener Länder, von ihm vor Jahren schon ins Haus gebracht, lag nahe und wurde geäußert. Als Halbwaisen gewissermaßen waren wir am

Nachmittag losgezogen, heim kehrten wir als die Kinder des Grafen von Monte Christo.

Oma Bertha stürzte sich auf uns: »Wie seht ihr bloß aus! Die einzigen Schuhe, die ihr habt!« Aber wir konnten spüren, daß sie nicht mit dem rechten Zorn bei der Sache war. Es drängte sie umgehend in die Küche zurück, aus der Stimmengewirr schallte. Die anderen vier Frauen und Onkel Taupalt stritten über etwas. Es ging, soviel bekam ich mit, um Rot oder Weiß.

Ich sagte laut »Schneeweißchen und Rosenrot«, um auch etwas beizutragen, denn das Thema gefiel mir. Doch niemand beachtete mich.

»Wenn ihr mich fragt«, übertönte Oma Bertha die einzelnen Plädoyers, »Rot ist Mumpitz. Da müssen wir erst die Federn aus einem Inlett rausschütteln.«

Und ich, begeistert, mischte mich wieder ein: »Ja, wie bei Frau Holle!« Schon wieder fiel mein Einwurf ins Leere.

»Nicht deswegen, Bertha«, Onkel Taupalt wechselte das Standbein und stützte sich schwer auf den zugeklappten Waschtisch, »sondern, weil Weiß die einzig richtige Farbe ist. Das klassische Zeichen der Kapitulation. Bei Rot denken die womöglich, wir wollten mit Hammer und Sichel fraternisieren.«

»Also, wir hängen ein Bettuch raus und damit basta.«

Ich drehte mich zu Siemen um. Er hielt die Handflächen ans Küchenfenster gepreßt: »Fühl mal.«

Wir gingen von Zimmer zu Zimmer, auch in das der Taupalts und das von Tante Gretjen und Armgart und fühlten nach den Scheiben. Überall erzitterte das Glas. Unablässiges, klirrendes Erschrecken hatte unser Haus gepackt. Das Wummern war schon sehr nah.

3. KAPITEL

Das feuchte Bettuch hing noch immer über der Wäscheleine. Siemen lag nicht mehr neben mir, aber der Anblick seiner Sakkos und Hemden, seiner Westen und von Klemmbügeln gehaltenen Hosen, dicht an dicht von den Kopfleisten der Schränke herabhängend (der Frack an einer Schmalseite für sich allein), genügte mir fürs erste.

Die Holzläden des Fensters und der Terrassentür waren noch geschlossen, doch an ihren Rändern vorbei flossen Lichtfäden in den schummrigen Raum. Auch hinterm Glas der Tür zur Küche war es unverhältnismäßig hell – die obere Hälfte der Haustür stand weit offen. Von Siemen war nichts zu sehen. Auch nichts zu hören.

Mit der Unbedenklichkeit früherer Jahre, die sich weder um Waschen noch Kämmen geschert hatte, vor allem an Sonntagmorgen, die mich im Nachthemd in den Garten hatte rennen lassen, um den Glanz abzusahnen, das Wehen und Flirren einzusammeln, mit dieser Unbedenklichkeit stieß ich auch noch die untere Türhälfte auf und hockte mich auf die hohe Schwelle. Ich beschloß, meine Abreise noch einen Tag hinauszuschieben.

Im vom Tau überschwemmten Gras zeichneten sich Reifenspuren ab. Sollte der Auftritt denn nicht erst gegen Abend stattfinden? Und hätte er dazu nicht die schwarzweiße Gala anlegen müssen, die drinnen am Schrank hing?

Von links, aus der Richtung unseres Abendspaziergangs,

näherte sich kindliches Geplapper, ab und zu unterbrochen von einer etwas rauhen, leicht kippenden Stimme. Sie traten aus den Hecken hervor wie im Märchen, von Lichtpfeilen umschwirrt, zwei Jungen in Gummistiefeln und muttergestrickten Pullovern. Die von Siemen so gelobten Brüder Rezeau zweifellos.

Der Ältere hatte etwas geschultert, eine Art Bohnenstange mit Netz oder Beutel am oberen Ende, und schlenkerte einen großen Korb. Auf seiner Oberlippe lag ein Schatten, als habe er mit einem angerußten Korken herumgefuhrwerkt. Caspar, erinnerte ich mich, hatte in dem Alter bedauernswert ausgesehen, mit aufgequollenen Nasenflügeln und bis aufs Blut gequetschten Pickeln; sein einziger Trost und Stolz war der schwarze Flaum unter seiner Nase gewesen, denn obgleich Caspar aschblond ist, war dieser wimpernzarte erste Bart rußschwarz gewesen.

Sie blieben stehen, »verhofften«, zwei neugierige junge Rehböcke.

»Bonjour, Madame.« »Bonjour, Madame.«

Ihr Haarschnitt war von seltsam archaischer Fasson; so hatten die Köpfe der Jungen in meiner Schulklasse ausgesehen, vor fünfzig Jahren. Dem Kleinen (ungefähr neun) war der Hinterkopf kurz rasiert worden, während das Deckhaar in schnurgeradem Pony bis an die Brauen reichte. Sein Bruder hatte kleine Seite und große Seite (rechts vom Scheitel, links vom Scheitel) straff nach hinten gebürstet.

Väterlich suchte jetzt der Ältere den Kleinen zu etwas zu bewegen, er deutete unmerklich mit dem Kopf auf mich, redete gedämpft auf ihn ein. Wahrscheinlich ging es um die Steingutschüssel, die der jüngere Rezeau an die Brust gedrückt hielt, sichtlich im Zweifel, ob er sie samt Inhalt der Fremden übergeben durfte.

»Monsieur Siemen?« erkundigte sich nun der Ältere, wobei ihm bei der zweiten, betonten Silbe des Namens die Stimme ins Krähen umkippte. Keiner von beiden kam auch nur einen Schritt näher.

»Non ici.« Ich bedauerte.

Abgebremstes Motorengeräusch von rechts; trockenes Schnorcheln der Räder, spritzende Steinchen: Siemen kehrte zurück. Ich machte, daß ich ins Haus kam.

Die Scheibengardine des Fensters im Bad beiseite ziehend, sah ich, wie er den Wagen unter das Dach des Holzschuppens fuhr. Sah ihn zu den Brüdern hingehen, unterm Arm ein Baguette, im anderen eine hohe Papiertüte. Einmütiges Freudestrahlen bei den beiden Rehböcken, unverstelltes Anhimmeln Monsieur Siemähns, den sie bestenfalls eine Woche kannten. Denn selbst der Ältere hatte den Mund in beglückter Verlegenheit ein wenig schief gezogen, in den Augen Verehrung, ja Zuneigung.

Caspar war mit fünfzehn solcher seraphischer Lächelblicke nicht mehr fähig gewesen. Ein einziges Mal allerdings war ich Zeuge einer Ausnahme gewesen. Unseren vorletzten Urlaub als »Familie« hatten wir in Südtirol verbracht, und ein Ausflug hatte in das Dorf Planeil geführt. Eiszapfen und Gassen aus meterhohem Schnee und keine Aussicht, in diesem Kaff an warmes Essen oder wenigstens einen Kaffee zu kommen. In einer Fensternische, vor einer zerbrochenen Scheibe, hatte diese riesige gesträubte Katze gesessen, mit dem häßlichsten Fell, das ich je gesehen habe. Bernhard, dessen Drastik meistens den Nagel auf den Kopf traf, verglich die Farbe mit in Kacke getretenem Turnschuhprofil, abgestrichen auf einer zehn Jahre alten Sisalmatte. Trotzdem (oder deshalb) hatte Caspar sie heruntergehoben.

Der Kragen seiner gefütterten Drillichjacke war hochgestellt, auch trug er gegen den starken Frost einen roten Stirn- und Ohrenschützer, über dem sich sein Haar, dieses pubertäre Farngestrüpp, nach allen Seiten bäumte. Binnen kurzem waren Kragen, Haare und Ohrenschützer vom überschwenglichen Herumwandern der Katze niedergetreten, durcheinandergebracht, denn sie begnügte sich nicht damit, in Caspars Arm zu bleiben, ratternd wie ein Generator, sondern strebte auf seine Schulter, stieg über seinen Nacken hinweg auf die andere, rieb ihren Leib mit Vehemenz an Caspars Wange, fuhr ihm mit dem Schwanz unter der Nase hin, bepflasterte ihn eifrig mit Küssen und stieß immer wieder ihren dicken Kopf unter sein Kinn, wußte einfach nicht, wohin mit der Liebe. Bernhard hatte sich gebogen vor Lachen und den Photoapparat gezückt. Caspar aber hatte gelächelt. Breit, zärtlich, hingebungsvoll.

Die Brüder Rezeau, auf einmal ohne jede Scheu, kamen zusammen mit Siemen ins Haus. Ich konnte sie nebenan in der Küche palavern hören, das heißt, Siemen radebrechte drauflos, und die Brüder verbesserten ihn. Es wurde gelacht und mit Möbeln gerückt. Als ich den triefenden Plastikvorhang der Badewanne beiseite geschleudert hatte und wieder ans Fenster trat, trollten sie sich gerade, beide kauend. Doudou winkte mehrmals.

Wir frühstückten auf der Grasfläche vorm Haus, denn die Rezeau-Jungen, die vortrefflichen, hatten Siemen geholfen, den Küchentisch hinauszubugsieren. In der Schüssel waren übrigens die versprochenen Pflaumen der »guten Toinette« gewesen, obenauf liegend ein halbes Dutzend Eier.

Da er hier im Ort keinen Laden hatte finden können, war Siemen in die nächste Kleinstadt gefahren, nach Cluis.

»Zu meinem Marocain; der führt alles: Artischocken, Wäscheklammern, Batterien, Duschhauben, Meerrettich, Nudelsiebe. Nachdem ich nun zum dritten Mal bei ihm eingekauft habe, wurde ich heute mit Handschlag begrüßt. Meinst du, die Butter ist zu weich geworden?«

Trotz der vielen Sträucher und Baumkronen kam das Vogelgezwitscher keineswegs aus der Nähe, sondern aus Kathedralenhöhe. Eine taubenlose Gegend, ich vermerkte es mit Genugtuung. Wahrscheinlich saß das Geschmeiß zur Zeit heckend, brütend und aufdringlich barmend in den Eichenwäldchen. Die Tauben brachten mich auf den Perrault. Ich stürzte ins Haus und legte das Monstrum in Großoktav neben Siemen auf eine Tischecke. »Hier, für dich.«

Bereits beim Titelblatt, beim Betrachten des Frontispizes, wurde er windelweich.

Ich ließ mir nichts entgehen, kassierte alles ein, jede Veränderung der Mundwinkel, das kurze Aufblicken, zu mir hin, das sanfte Hummelgebrumm als Ausdruck von Überwältigung und Entzücken, denn er mußte zwangsläufig überwältigt und entzückt sein, gab er doch schon beim Rotkäppchen ein schwaches »Ach ist das schön« von sich. Gleich danach, als zweites, kam der Kleine Däumling, mit elf Bildern das am üppigsten illustrierte Märchen, selbst Dornröschen hatte nur sechs.

Ich stand auf und stützte mich auf Siemens Stuhllehne. Ich wollte sehen, was er sah, im selben Moment, da er es sah: den *bûcheron* und die *bûcheronne* vorm qualmenden Feuer am Kamin, sie in Tränen, ausgemergelt, und unterm Schemel der Horcher, der Schnippchenschläger, der gewiefte Knirps, Siemens alter Liebling.

Oder der Wald, in den die Familie auf dem dritten Bild hineinzieht, im Gänsemarsch, der Vater voran, kenntlich am ragenden Beil, der Wald, dessen Düsternis hier schon zu ahnen ist am Abnehmen des Tageslichts, das nur mehr die beiden letzten Kinder heiter bescheint. Die Erkenntnis, daß Vater und Mutter sie im Stich gelassen haben, trifft die sieben Brüder auf dem vierten Bild. Ein anders gearteter Wald umgibt sie jetzt, nackte kahle Stämme, es könnten Buchen sein. Däumling sitzt etwas abseits, Hände in den Hosentaschen, mit der zierlichen Anmut eines Gliederpüppchens; unbeeindruckt vom Lamento der Geschwister, läßt er sie eine Weile zappeln, bevor er sich als Herr der Lage zu erkennen gibt.

Zwischen den Bildern vier und fünf muß man sich den Umschwung denken: Die wirtschaftliche Lage im Holzfällerhaushalt hat vorübergehend einen Auftrieb erfahren, und so wird die unerwartete Heimkehr der Ausgesetzten nicht bloß hingenommen, sondern gefeiert. Ein vergleichsweise flaches Bild, dieses fünfte; das Fehlen eines Hintergrundes unterstreicht die überstürzte Absicht des Zeichners, die Kinder auf schnellste Weise abzufüttern, die denn auch nicht etwa brav bei Tische sitzen, vielmehr Bank und Tischplatte erklettern und erklimmen, jedes seinen Napf in den emporgestreckten Armen.

Welcher Sprung von diesem Bild zum nächsten, nachdem die schon einmal bewährte Idee des Abschiebens erneut zur Durchführung kam, Haustür und Fenster jedoch sorgsam verschlossen blieben bis zum Aufbruch. Die statt Kiesel verwendeten Brotkrumen haben sich als Fehlinvestition erwiesen, das sechste Bild zeigt die Kinder wiederum im Wald, im schummrigen, bei Mondschein.

Auf dem siebten Bild, einem einzigartigen Nachtstück, haben die Brüder zum Haus des Menschenfressers gefunden. Der Türschmuck der Villa Oger! Zwei Auerochsenschädel flankieren die steinernen Zargen, und über dem Eingang spreizt eine Vampirfledermaus ihre Teufelsflügel. Vierzehn massige Quaderstufen führen zu dieser Tür hinauf, die angelehnt ist; über die Mauer des Beischlags beugt sich des Ogers Hausfrau mit der Blendlaterne. Der Lichtkegel – ein Wunder für sich, was für ein zartes, stäubendes Feengespinst! – erfaßt das Kinderhäuflein am Fuße der Treppe.

Auf Bild acht – innen, halbnah – wird das Ehepar Oger in scheinbar bestem Einvernehmen vorgeführt: Sie legt ihm den Arm um die Schulter, gütlich tuend, abwiegelnd (man weiß: sie hat ihre Protektionskinder vorläufig unterm Gästebett versteckt). Der breitbeinig hinter der Tischkante sitzende Oger – auf dem Tischtuch die Reste des Soupers: Gurgeln, Vogelhälse, Brustplatten, wohlerhaltene Gerippchen – befindet sich noch im Jagdhabit, einer anspruchslosen soldatischen Montur (sieht man von dem irgendwie rührenden Bommelpärchen am Hals ab). Obwohl er eben sein Abendbrot verschlungen hat, trägt er noch die ledernen Handschuhe und, wie sich auf dem folgenden Bild erweisen wird, sogar noch die berühmten Kanonenstiefel mit den Trichterstulpen. Er fließt nach allen Seiten, der Wüterich, quetscht seine Frau an den äußersten Rand, fast drängt er sie mit dem angewinkelten Ellenbogen aus dem Rahmen hinaus, das schnauzbärtige Gesicht glühend vom Fraß, der typische Apoplektiker, immer in Braß. Die Fleischsäcke der Doppelkinne, zum Kropf gebläht, verraten die mächtig angeschwollene Schilddrüse, ebenso wie das exophthalmische Glotzen der Augäpfel.

Der Hut am Haken, Wahrzeichen maskuliner Würde, überleitend zum Renommierhut mit der Straußenfeder sodann an der Wand der Gästestube, wo nunmehr, auf Bild neun, das Massaker unvermeidlich scheint, denn eben zerrt die kannibalische Bestie die letzten beiden Buben unterm Bett hervor, am Mäusebeinchen gepackt mit zwei Fingern, den Hirschfänger schon parat in der anderen Hand. Die leicht gebückte Haltung wird ihm sichtlich sauer, der Blutandrang zum Kopf ist fürchterlich.

Doch trotz der steinerweichenden Vorgänge auf der unteren Bildhälfte ist es des Unholds Frau, die den Blick auf sich zieht, Madame Oger, die man hier zum ersten Mal in voller Größe zu Gesicht bekommt und die sich als überraschend jung und gut gewachsen entpuppt, hübsch herausgeputzt (Goldstickerei an Käppchen und Mieder, Schlüsseltäschchen, Ohrringe) und mit dem weit geöffneten Schmerzensblick einer Mater dolorosa. Durch und durch gutmütiges Wesen und »in der Furcht des Herrn«, kann man ihr doch Indolenz nicht nachsagen; selbst siebenfache Mutter, wird sie die hereingeschneite Menschenbrut unter Aufbietung aller Ressourcen des Verstandes und der List noch einmal retten, indem sie ihren Gefährten auf die Verderblichkeit übereilt geschlachteter Ware hinweist und für Terminverschiebung plädiert.

Tue nichts Gutes, dann widerfährt dir nichts Böses, möchte man ihr entgegenschreien, da man die weiteren Vorkommnisse der Nacht kennt im Gegensatz zu ihr, der am nächsten Morgen angesichts der gräßlichen Bescherung die Sinne schwinden werden, denn auf Bild zehn (das viel zu ausgeleuchtet ist, um die Verwechslung glaubhaft zu machen, das nur ein Schattenriß sein dürfte, der Schatten des Vaters auf dem Bettvorhang seiner sieben Töchter und der Schatten des Messers in der erhobenen Hand), auf Bild zehn also ...

Doch Siemen wendete das entsprechende Blatt nicht um. Er klappte das Buch zu. »Wunderbar, ganz ganz wunderbar. Den Rest heb ich mir für später auf. Für morgen, wenn ich den Auftritt hinter mir habe.«

Ich sah auf meine Uhr: Es war kaum zwölf. So mittendrin abzubrechen, noch nicht mal den Däumling fertig anzugucken! Ich zog mir Schuhe an und machte mich davon. Ohne mich abzumelden.

In dem kleinen Zufahrtsweg stieg ich über ein niedergefahrenes Stück Zaun in fremdes Gelände ein. Schlehdornbüsche tschilpten und schrillten, in den fetten schwarzblauen Beeren hielten Sperlinge Fettlebe. Kaninchen wurden wie aufs Klingelzeichen lebendig, setzten die Hintern in Bewegung, ohne sich groß anzustrengen; drei, vier Hopser, schon ging die Mümmelei weiter. In der heiteren Wildnis konnte sich kein Groll lange halten, und so rang ich mich zu der Einsicht durch, daß womöglich ich mit meinem Geschenk schieflag und mir die Enttäuschung selbst zuzuschreiben hatte. Daß ich ganz einfach dreißig Jahre zu spät gekommen war. Aber hatte er nicht gestern, bei der Ankunft, von sich aus mit dem Aufwärmen des alten Gris-Gris angefangen?

Mit der Schuhspitze stieß ich an ein Hindernis. Eisenbahngleise. Demnach war der Erdwall, der uns beim Frühstück die Aussicht versperrt hatte, ein in Ruhestand versetzter Bahndamm. Robinien und Besenginster machten ein Vordringen auf den Schwellen in Richtung *À menthe sauvage* unmöglich. Nicht mal mit den Brombeeren hatte ich Glück; überreif und keiner Ernte mehr gewärtig, klebten sie in Klumpen zusammen, ähnelten Placken aus geronnenem Blut, hier und da schon von Schimmel überzogen. Seltsamerweise war die Strecke nach der anderen Seite hin frei begehbar. Im Schotter hatte sich Wegerich eingewurzelt, akkurate kleine Rosetten.

Dann trat das Unterholz beiseite, und die Gleise liefen ohne Krümmung in ein besonntes Rousseauwäldchen hinein, unterm schütteren Goldgeflirr hoher Akazien, bis zum

Fluchtpunkt des Blicks. In sorgfältig gewählten Abständen tröpfelten vergilbte Blättchen durchs Bild, die lange brauchten, bis sie den Boden erreichten. Eine märchenmilde Szenerie, der etwas sonderbar Unbenutztes, lange Aufgehobenes eigen war. Als sei ihr nur zu gewissen Zeitpunkten erlaubt, sichtbar zu werden.

Von Schwelle zu Schwelle springend, mußte ich nach einigen hundert Metern umkehren, da die Bahnstrecke durch große Äste und Steinbrocken verschüttet war.

Der Frühstückstisch im Freien war abgeräumt, die untere Haustür eingeklinkt. Im Kamin der Küche war Holz aufgeschichtet (aha, die Wiedergutmachung), auf dem Gasbrenner eine Pfanne bereitgestellt, daneben eine Schale mit den Rezeauschen Eiern. Das Auto? War da, war da. Wahrscheinlich ergötzte Siemen sich wieder hinterm Haus an den Eidechsen und schwieg sich beschaulich seinem Auftritt entgegen.

Ich trödelte um die Hausecke, wo auf einer Wäscheleine unser beider Handtücher trockneten. Siemen hatte sich umgezogen und steckte in einem labberigen Hausanzug, um den Hals ein weißes Handtuch wie ein Boxer in der Kampfpause. Wenn er die Arme hob, seitwärts, nach vorn oder in die Höhe, und sie dort anhielt, schwoll durch das Einatmen sein dreister Mädchenbusen unter der Anzugbluse. Solange die Arme in der eingenommenen Haltung verharrten, intonierte Siemen, während er den angestauten Atemstrom langsam entweichen ließ, mit halber Lautstärke Tonfolgen. Nu-no-nu-no. Ne-ni-nü-nö. La-mü-fe-la. Immer zwei Schritte hinauf, einen wieder runter, aufrückend um jeweils einen Halbton. Worauf die Arme sich senkten, der letzte Rest Luft ausgeatmet wurde und alles von vorn begann. Dann wurden die Armbewegungen sparsamer, zugleich graziöser, das Nachäffen eines in eine besonders schöne Stelle verliebten Dirigenten. Siemen ließ die Lautstärke nun vom Piano ins Crescendo anwachsen, abschwellen und wieder zunehmen, und das Ausströmen der Luft geschah noch gezügelter als vorher.

Bis etwas, das mir entgangen war, ihm alles verdarb, denn er brach unerwartet ab. Das Handtuch wurde mit beiden Händen über Stirn und Nacken gerieben und der Kopf wie in Verzweiflung geschüttelt.

Während der Anfänge seiner Laufbahn, als die ersten Desaster schon passiert waren, aber vorläufig noch als »Auftrittsscheu« und »übertriebene Nervosität« abgetan wurden, die in den Griff zu kriegen nur eine Frage der Zeit war, hatte Siemen manchmal, in fröhlicher Wichtigtuerei, mir die eine oder andere Mitteilung zukommen lassen über die Störanfälligkeit so eines Sängerdaseins. Was es mit der Kompliziertheit von Hals- und Rachenmuskulatur auf sich hatte, wie leicht sie sich verspannte. Worauf der Ton das Mühelose, Strahlende einbüße und beispielsweise in die Nase ginge oder in der Kehle steckenbliebe. Daß Stimmbänder sich mit Schleim bedeckten oder gar asymmetrisch werden konnten.

Solche Informationen wurden in der selbstverständlichen Gewißheit abgegeben, von den eigenen Stimmbändern, den eigenen Rachenmuskeln, dem eigenen Gaumensegel niemals und unter keinen Umständen je im Stich gelassen zu werden. Derartige Pannen zu erwähnen diente allein der Belustigung, dem Schocken aus Spaß, waren sie doch – hier kolportierte Siemen Kilian Hassebroek, seinen Lehrer – Zeichen der Mittelmäßigkeit, des Alters oder einer schlechten Ausbildung. Nichts von alledem traf auf ihn zu, damals. Er war *pico bello* und *primo uomo* (was Hassebroek ihm mit

Spitzenstar übersetzt hatte), er war neunzehn und von Gernot Heisterbach rechtzeitig dem Meister der Meister zugeführt worden (weswegen wir Podgoritza verlassen hatten, wohin es, nach Passieren der Zonengrenze, kein Zurück mehr gab).

Schon machte er weiter. Sein Mund ging auf, die Zunge fiel nach vorn, Einschnarchen der Luft zur Lockerung des Gaumensegels. Erneutes Herunterschnicken des Unterkiefers, erneut flatterndes Zäpfchen, abgewechselt mit Luftkauen und Lufttrinken, mit Gähnen bei geschlossenen Lippen, die Backen geplustert. Den Abschluß machten Vibrationsübungen, törichtes Lippengesprudel. Genauso pflegte sich der zweijährige Caspar der Motorgeräusche anzunehmen, ein bestimmtes blaues Autochen über den Fußboden führend mit energischer Hand, das er in schöner Verdrehung der Silben Polautozei nannte.

Etwas allerdings vermißte ich. Früher hatte es nie gefehlt, auch beim bloßen Tonleitersingen nicht. Eine Stimmung war das gewesen, aus Übermut und zugleich doch auch Andacht. Man hatte Siemens Kostümierung darüber vergessen, das hängende Trainingshosengesäß und die zu eng gewordenen Karohemden. Jetzt aber wurde durch die Latschen und den Frühsportcharakter des umgelegten Handtuchs alles zu einer Vorgartenposse.

Siemen schlurfte ins Haus. Durch die Terrassentür in sein privates Zimmer. Sollte ich mich dumm stellen? So tun, als sei ich eben erst vom Spaziergang zurück? Ich kam dazu, wie er sich das Oberteil des Anzugs über den Kopf zerrte, dann das klitschnasse Baumwolleibchen. In Taillenhöhe zeichnete sich ein Fettwulst ab, aber der Rücken war noch überraschend glatt und gerade, ohne Andeutung eines Sitzbuckels wie bei mir.

»Hast du mich etwa beobachtet?« Schamhaft hielt er sich das Handtuch vor die Brust.

»Wenn du das meinst« – ich imitierte das Motorgesprudel des »Polautozei«, ließ ihn glauben, was er wollte, und stürzte mich – »Hör mal, weißt du, was ich herausgefunden hab?« – auf die Entdeckung der Eisenbahngleise. Ob er wüßte, daß die komische Böschung neben dem Weg in Wahrheit ein Bahndamm sei.

Er nickte und frottierte sich unter den Achseln.

»Hast du auch das Akazienwäldchen gesehen?«

Nein, hatte er nicht. »Wo soll das denn sein?« Die Rezeaus hatten ihm von der einstigen Bahnlinie erzählt. Sie war schon seit Jahren eingestellt. Die Dorfbewohner hatten inzwischen sämtlich Autos, und auf der Landstraße verkehrte überdies ein Bus. All das kam in Stichworten heraus. Schonungsvoll gehaucht.

»Du redest wie ein Rundfunkreporter, der sich in eine fürstliche Hochzeitssuite eingeschmuggelt hat und von dort eine Live-Übertragung macht.«

»Du weißt doch, warum.« Mit betonter Engelsgeduld (hätte wenigstens mal grinsen können). Obwohl ich eigentlich über die aufgegebene Eisenbahn so nah am Haus hatte reden wollen, löste dieses wehleidige Du-weißt-doch-warum jähe Streitlust aus, die schon eine Weile in mir gebrodelt haben mußte.

»Dann solltest du aber keine Ausnahmen machen. Bei den Rezeau-Bengeln jedenfalls hast du dich ziemlich ins Zeug gelegt. Regelrecht gebalzt. Mit vollem Stimmeinsatz. Sogar glockenhelles Lachen hast du dir geleistet. War das nicht riskant? Ich meine nur.«

Er erstarrte. Dann ein Geräusch wie von einer würgenden hustenden Katze. Siemen lachte. Immerhin ließ er sich nicht so weit fortreißen, dazu die Stimmbänder zu benutzen. Er arbeitete mit Kunstgriffen und Verteidigungstricks, um das zu umgehen, fauchte, spielte Blasebalg, pumpte mit den angewinkelten Ellenbogen. Er betupfte sich sogar die Augen mit den Handtuchzipfeln. »Du bist ja eifersüchtig! Gott, ist das herrlich. Auf zwei fremde Kinder!«

»Quatsch!«

Siemen kam auf mich zu, er brauchte nur zwei Schritte zu machen, und griff nach meiner Hand, die ihm eben den Vogel gezeigt hatte, zog sie hoch und berührte meinen Handrücken mit seinem Mund.

Darauf war ich nicht vorbereitet. Als ich noch Hände hatte wie die Jungfrauen auf den Bildern von Burne-Jones und Rosetti, mit Fingern, die nicht aufzuhören schienen (einmal, in der Straßenbahn, gerade von der Ostsee zurück, als ich auf dem überfüllten Perron Halt suchend nach dem Griff angelte, hatte eine Gruppe von Studenten sogar ein Gesprächsthema daraus gemacht: »Die Hand, kuckt doch, die Hand!«, es war die rechte gewesen, an der ich den Amethystring von der Konfirmation trug, und ich hatte meine sandelholzbraune Hand nun auch betrachtet, unbeteiligt, wie ein Ausstellungsstück, und an Pharaos Tochter denken müssen und an »Anitras Tanz«), damals wäre es Siemen im Traum nicht eingefallen, mir (oder sonst jemandem) Handküsse zu verabreichen. Vielleicht war doch was dran an der These, daß sich ein Mensch alle sieben Jahre vollkommen verändert. Bedeutete das nun, daß von der Person, der man einmal sehr nahegestanden hatte, absolut nichts geblieben war? Hieß das, wenn zwei Leuten über eine lange Zeitspanne keine Gelegenheit gegeben wurde, das ursprüngliche Liebespotential regelmäßig anhand des Objekts zu erneuern oder zu revidieren, daß man eigentlich nur mehr ein Phantom im Herzen hätschelte?

Auch ich selber war nicht ohne Wandlungen davongekommen, sah ich mich doch imstande, meine Verblüffung für mich zu behalten. Mein altes Ich wäre auf der Stelle mit der Erkundigung herausgeplatzt, was das für neue Mätzchen seien, bei wem hast du dir das denn abgeguckt. Jetzt hingegen spürte ich nicht unangenehme Fremdheitsschauer. Insgeheime Bewunderung für meinen so weltmännischen Bruder erfüllte mich. Nein, durchrieselte mich. Auch Stolz. Der Stolz des Hühnerhofs über die Schwimmkünste eines von Hühnern ausgebrüteten Exemplars einer anderen Geflügelgattung.

»Komm, hör auf zu tückschen«, sagte Siemen, gar nicht mal übermäßig leise. »Hast du schon wieder Appetit? Fein, dann ran an die Omletten.«

Omletten. Das war Oma Berthas Plural gewesen, schon am Vortag heiligmäßig durch die Gespräche geisternd. Zwei Eier für vier Personen, gestreckt mit grauem Mehl und einer Tasse Magermilch. Hauchdünn und kittfarben erhob so eine Plinse sich aus dem vom Kränzchen der Gasflammen aufspringenden Tiegel, vollführte einen Looping, lappte mit den weichen Rändern wie eine der Uhren Dalís und wurde, nach leichter Bräunung auch dieses Zifferblatts, von Oma Bertha gerollt. Man spießte die Teigzigarre mit der Gabel genau in der Mitte an, stippte sie in einen Klecks Melasse, biß ab, ohne das Messer einzusetzen, und drehte, war man bei der Gabel angelangt, das Ganze um und fraß vom anderen Ende auf die Gabel zu.

Angesichts unserer Omeletts aux fines herbes mit den sechs Eiern für nur zwei Leute hätten sie, Oma Bertha und meine Mutter, die Etüde »Stummer Schrei« abgezogen, bei der die Hand entsetzt vor den Mund geworfen wurde. Sie konnten sich die ärmlichen Dosierungen auch später nicht mehr abgewöhnen; bis zum Ende ihrer Selbständigkeit halbierten sie automatisch in Rezepten angegebenen Zucker, Sahne, Rosinen, kratzten mit der Butter und warteten dafür mit Trögen gekochter Kartoffeln und schlieriger Nudeln auf.

Wir deckten wieder im Freien, obwohl der Tisch längst im Schatten lag und die Sonne nur mehr die Rückseite des Hauses wärmte. Siemen präsentierte sich – »extra für dich« – in einer Weste, die von weitem hechtgrau wirkte, jedoch Rot- und Blaufäden fischgrätig ganz fein eingewebt hatte auf jene Art, die Fräulein Kessler, eine Schneiderin aus Podgoritza, »Müsterchen« zu nennen pflegte. Ich ließ einen Aufreißerpfiff los, und Siemen gnuckste: »Dumme Trine«. Das einzige, was er zur Verfügung hatte, wenn er am Rand einer zärtlichen Anwandlung stand; anscheinend hatte er in den vergangenen achtundzwanzig Jahren keinen besseren Ausdruck gefunden.

Von meinem Platz aus hatte ich den Bahndamm im Visier. Die Vorstellung, es müsse jeden Augenblick der Mittagszug durchkommen, wurde zur fixen Idee. Zuerst pfeift es, weit weg noch (ein trauriger Zweitonpfiff – tühüüt! – wie von einem Dompfaff), dann aber Stuckern und Tuckern, fleißigfleißig, näher und näher, Rasseln, als ob eine Kavalkade von Rollschuhfahrern heranprescht, gleichzeitig macht sich Schnaufen bemerkbar, denn natürlich wird der Zug von einer Dampflok gezogen, die schlohweiße Wattebäusche ausstößt.

Eine alte Dame, flüchtig mit uns bekannt, die an Caspar einen Narren gefressen hatte, schenkte ihm einmal ohne besonderen Anlaß einen ziemlich großen Holzzug; wie betont wurde, das einstige Lieblingsspielzeug ihres im Krieg gefallenen Sohnes. Bernhard fand sofort heraus, daß es sich dabei um ein museumsreifes Stück erzgebirgischer Schnitz- und Drechselarbeit handelte, mindestens achtzig Jahre alt. Beide Waggons waren mit Tausendschönchen bemalt und auf der Brust der Lokomotive, in verblaßtem Gold, ein Name: Ernestine. Als Räder bloße Holzscheiben, aber das wurde wettgemacht durch die roten Speichenkränze, die sich, sobald der Zug zu rollen begann, in zinnoberne Blumen verwandelten.

Noch eine Erinnerung, die mit Eisenbahnen zu tun hat und vor allem mit Caspar: Als junge Frau besuchte ich eine Zeitlang einen bestimmten Kosmetiksalon, das heißt, eigentlich handelte es sich um die Hinterräume einer Bahnhofsdrogerie, fensterlose Nischen, wo die Verkäuferinnen einem mit dampfenden Handtüchern das Gesicht aufweichten, Mitesser ausquetschten und anschließend irgendwelche Packungen auftrugen, alles zu erstaunlich billigen Preisen. Beide Verkäuferinnen hatten versprochen, ein Auge auf Caspar zu haben, um den sie viel Gewese machten, seiner Locken wegen vielleicht und weil er so schön und possierlich war in seinem roten Fuhrmannskittel.

Unter meinem feuchten Handtuch über der Kräutermaske schläfrig werdend, denn die Ruhe auf der Campingliege mitten am Tag, dazu das nahe Getöse des Bahnhofsbetriebs, wirkten zusammen wie ein Sedativum, stieß ich undeutliche Rufe aus, um mich Caspars Anwesenheit zu versichern. Verlegenes Gewisper der Frauen ließ mich hochfahren und den grünen Brei vor der Zeit abwischen. Während die eine in der Nachbarzelle Hornhaut von Fußsohlen abschälte und die andere Kunden bedient hatte, mußte Caspar, gedeckt von der Verkaufstheke, durch die offene Ladentür in die Bahnhofshalle hinausgelaufen sein. Er war erst zwei Jahre alt.

Eine gräßliche Viertelstunde lang suchte ich nach ihm. Ich hielt wildfremde Leute an und beschrieb seine Locken und den roten Kittel, raste zum einen Portal hinaus, zum anderen wieder herein, vorbei an Stehbiertischen und Fahrkartenschaltern, und horchte angestrengt auf die Kakophonie der Lautsprecher: Rief man ihn aus? Wieder zur Drogerie: Ob er zurückgekehrt war? (Er besaß einen stark ausgeprägten Ortssinn. Er verlief sich nie.) Bedauerndes Kopfwiegen.

Bis mich eine Ahnung zum Tunnel hetzen ließ, wo die Treppen zu den Fernzügen abgingen. Zwei Stufen auf einmal, das Gefühl, noch nie so langsam vorangekommen zu sein, außer in Alpträumen.

Dann entdeckte ich ihn. Auf einem anderen Bahnsteig, durch zwei Gleise von mir getrennt. Bei der Lokomotive stand er, ganz für sich, Hänschenklein und purpurrotes Männlein im Walde, die Hände auf dem Rücken. Der Lokführer lehnte heraus und schien sich mit ihm zu unterhalten.

Mit watteweichen Knien war ich die Treppe abwärts gestakst, die nächste hinauf, den Impuls abwürgend, einer Furie gleich über den fast leeren Bahnsteig zu fegen, die Zähne in das schwitzige Schlafittchen zu schlagen und mein Junges abzuschleppen, ungeachtet seines Protests. Eher langsam näherte ich mich jener Stelle, näherte mich meinem verlorenen und wiedergefundenen Kind, dem zuliebe der Lokführer gerade irgendein Ventil öffnete. Es zischte. Die Maschine schnaubte heiße Schwaden aus ihren Nasenlöchern, allein Caspar zum Spaß, und Caspar lachte das aus dem Herzen herausplatzende Freudengelächter kleiner Kinder. Ein Stromstoß höchsten Entzückens durchlief seinen Körper. Die Finger spreizten sich, alles an ihm zitterte und zuckte wie im Starrkrampf. Eine Aura aus Glück umstrahlte ihn. Das Glück der auf eigene Faust losziehenden Bilderbuchhelden, die einem Stern folgen und Himmelsgeschenke einheimsen.

Ich war etwas außerhalb stehengeblieben, schwach vor Dankbarkeit, und spürte, wie der übermäßige Schrecken mich verließ. Wie er sich in Sanftheit wandelte. Ich mußte gähnen und stellte mir vor, mit dem Lokführer verheiratet zu sein und so, über die Hintertreppe, dazuzugehören, eine heilige Familie zu bilden mit einem Eisenbahner und unserem Kind. Wir blieben, bis der Lokführer genug von Caspar hatte und ins Maschinengehäuse, seine Götterwohnung, zurücktauchte.

Willig ließ Caspar sich davonführen, die Locken gesträubter denn je, eingekapselt in eine Ekstase, für die er keine Worte hatte. Anbiederisch versuchte ich das Erlebnis zu einem gemeinsamen zu machen: »Na, war das nicht fein?« und: »Da haben wir dem Papi aber was zu erzählen heute abend.« Doch seine ganze Reaktion bestand in tiefem Atemholen, etwas schnurksend wie nach heftigem Weinen, und seine Nasenflügel, die winzigen Kringel seiner winzigen platten Katernase, blähten sich, zuckten und arbeiteten.

Ich bot Siemen an, ihn zu der alten Bahnstrecke zu führen. »Du kannst Bonavois nicht verlassen, ohne das Rousseauwäldchen gesehen zu haben. Glaub mir, es entgeht dir was.«

Aber er wollte nicht. Er wollte überhaupt nirgends hingehen.

»Ich hätte heute nichts davon. Morgen. Morgen machen wir alles, was du möchtest.«

Sich ihm zu widersetzen war eine neue Erfahrung. »Was,

wenn morgen die Sonne weg ist? Ohne Beleuchtung kannst du das Ganze vergessen. Es sind wirklich keine zehn Minuten bis dahin. Ich denke, du fährst erst gegen Abend zu diesen Leuten?«

Es war nichts zu machen. Wir landeten schließlich hinterm Haus, wo er bereits zwei Liegestühle aufgestellt hatte. Jemand, die Rezeaus vermutlich, hatte den etwas höher gelegenen Wiesenplan neben der Terrasse gemäht. Als habe hier eine gigantische Haarschneideaktion stattgefunden, bedeckten störrige gelbe Strähnen den Boden und dünsteten Winterstallgeruch aus. Die stehengebliebenen Stoppeln spießten bösartig hindurch. Wo waren denn die angeblich so sonnenhungrigen Eidechsen? Bis jetzt hatte ich noch keine auf der Hauswand ausmachen können.

Siemen langte herüber und legte die Hand auf meine Armlehne. Zu nervös, um mich auf Gorodischtsche und die ländlichen Zustände einzulassen, kratzte ich nur mit dem Daumennagel am Buchblock. Das Flattern der gepiesackten Seiten erzeugte ein Geräusch wie weit entferntes Froschequaken. Siemen fabrizierte ebenfalls Geräusche. Er wetzte einen Sockenfuß am anderen, unablässig, inbrünstig.

»Bernhard hatte auch dauernd Fußpilz«, bemerkte ich.

Das Wetzen hörte auf. Dafür begann die Hand auf das plastikumwickelte Gestell meiner Armstütze zu klopfen, bis ich das Getrommel mit meiner Hand bremste. Siemens Atem ging in kurzen Stößen.

Vorsichtig erkundigte ich mich: »Ist es nur das Übliche? Der Auftritt als solcher?«

Stummes, leidendes Kopfschütteln. Dann Tippen an die geheiligte Kehle. Gehauchte Wortfetzen, ich meinte »Angst« und »Alter« herausgehört zu haben. Schließlich, kaum verständlich: Ob ich nicht was aufsagen könnte.

»Du meinst, ich soll *Gedichte* aufsagen??«

»Nur bißchen Ablenkung. Irgendwas. Hauptsache, ich hör deine Stimme.«

Vielleicht hatte er auch nur »eine Stimme« gesagt.

Zum eigenen Erstaunen geriet ich in Fahrt. Zwar verzuppelte ich mich in der dritten Strophe von *Willkommen und Abschied*, schlug jedoch rechtzeitig eine Volte hinüber zur vierten und wechselte dann abrupt zum spanischen Romanzenschritt: támm ta támmta (und ich nahm sie), támm ta támmta (mit zum Flusse). Diese letzte Rezitation mußte Siemen an etwas ganz Bestimmtes erinnert haben. Vielmehr an eine bestimmte Person. Denn ein Seitenblick ergab, daß er sich in einer Phase zeitweiliger Besserung befand. Er grinste sogar. Eindeutig Grinsen war das, keins der matten Lächeln wie bisher. Besser hätte man diesen Typus nicht wiedergeben können, meinte er.

»Schon nach den ersten Sätzen riechst du das Haaröl und die heißen Achselhöhlen. Von vorn bis hinten eine einzige Rodomontade!«

Ich nickte begeistert. Ich hätte zu allem genickt, solange es nur sein Interesse zu wecken imstande war.

»... Fingerspitzenküssen, Gott, wie ich das kenne! Blumige Apropos! Alles bloß Akkorde auf der eigenen Harfe, Orden und Ehrenzeichen für die eigene Brust. Oder das Prahlen mit der eigenen Generosität, immer in der Überzeugung, daß man im Grunde viel zuviel aufgewendet hat.« Und als sei er nicht eben noch ein vor Lampenfieber elendes Nervenbündel gewesen, zog er mich mit einem Ruck aus dem Liegestuhl hoch. »Andiamo, du Repetierkanone, komm Kaffeetrinken. Ich hab heute morgen Kuchenteilchen aus Cluis mitgebracht.«

Nach einem einzigen Törtchen (wie in einer Kindersandform gebacken, die Oberfläche mit Makronenmasse verziert), das er hinunterschlang, als habe er seit Tagen nichts zu sich genommen, verließ Siemen jedoch den Tisch überstürzt und ohne Erklärung. Gleich darauf wurde im Bad das Fenster zugeworfen.

Er blieb ziemlich lange drin. Anschließend begab er sich direkt in sein Zimmer. Permanentes Hin- und Hergehen setzte ein, während ich draußen saß, mir eine Tasse nach der anderen einschenkte, obwohl ich lauwarm gewordenen Kaffee eigentlich nicht ausstehen kann. Aber es geht mir nun mal gegen den Strich, Kaffee wegzugießen. Die traurigen Geister der Erwachsenen, mit denen ich aufwuchs, ringen dann aus dem Fegefeuer herüber die Hände und bieten an, Jahre ihres Lebens einzutauschen gegen nur eine einzige Tasse voll. Etwa Oma Bertha, die ich dabei antraf , wie sie ihre Nase in die kleine Lade der Kaffeemühle versenkte, um das mögliche Echo eines Duftes herauszuschnüffeln, und wie sie weinend an einer bis auf den letzten Tropfen geleerten Kanne roch, die meine Mutter während einer Nacht mit einem geheimnisvollen Besucher genossen hatte, ohne sonst wem etwas davon zu sagen, geschweige denn etwas übrigzulassen.

Um Siemen bei seinem Zurechtmachen (die Spülung rauschte schon zum zweitenmal innerhalb kurzer Zeit) nicht mit »Kannst du mal 'n Moment rausgehen« vollends verrückt zu machen, zog ich es vor, als der Kaffee zu drükken begann, mir in den hohen Brennesseln neben Onkel Rezeaus Backofen einen Lokus freizutrampeln.

Langsam frischte die Luft auf. Aprikosenfarbig unterfütterte Wolkenstreifen glühten, vom sinkenden Licht getroffen, über den halben Himmel hin. Mit in den Strickjackenärmeln vergrabenen Händen streunte ich rund um die *ferme*, voller Hemmungen, einfach hineinzugehen. Ich würde ja doch nur im Weg sein.

Irgendwann raffte ich mich auf, stapelte das Kaffeegeschirr und drückte die Haustürklinke mit dem Ellenbogen nieder. Drinnen brannten überall die Lampen.

»Ich hab mich schon gefragt, was in aller Welt du da draußen treibst«, wurde ich empfangen. Siemen rief es (tatsächlich – er rief) aus seinem Zimmer.

»Ich wollte dich nicht bei deiner Toilette stören.«

Im Bad schwebte tröpfchenschwere Treibhausfeuchtigkeit. Ein hinterlassenes Gemisch aus kindlichem Sauberkeitsduft, beinah wie Caspars Babybad früher, aus schwachem Fäkaliengeruch und salpetrigem Mauerwerk. Jetzt wurde mein Name gerufen, von einer aufgemöbelt wirkenden Stimme. Von einer übertrieben gut gelaunten Stimme.

»Kannst du eine Frackschleife binden?«

»Du bist gut! Wo hätte ich das wohl lernen sollen. Ich meine, an wem?«

»Nicht so schlimm, ich kann's auch alleine. Mach's ja immer alleine. Wenn du mir vielleicht den kleinen Spiegel halten könntest? Ich will jetzt nicht ins Bad gehen; erstens ist der Spiegel dort beschlagen, und zweitens versaut mir der Waschküchenmief womöglich die Stärke.«

Die schneefrischen Falten des steifen Hemdes raschelten bei Siemens Bewegungen. Keineswegs fahrige, unbeholfene Ogottogott-Bewegungen. Gemessene, zielgerichtete, lockere, ja fröhliche Bewegungen. Mühelose Handgriffe. Der oberste Knopf wurde geschlossen, ohne die Truthahnfalte einzuklemmen. Die Weste, spiegelnd vor Stärke, kaschierte mit straffem Harnischgeknister, was das Trikot des Hausanzugs so ungeniert herausgestrichen hatte. Dazu das Schwarz der Hose, von tänzelnden italienischen Maßschuhen bald hierhin, bald dahin getragen, denn Siemen schien einfach nicht ruhig stehen zu können, umgetrieben von euphorischen Energien. Er kam mir wie ausgewechselt vor. Woher auf einmal diese Rendezvousstimmung, konnte man sich fragen und fragte besser nicht.

Abgesehen davon waren es vor allem die kleinen Unfertigkeiten, von denen geradezu erotische Macht ausging. Die noch unverschlossenen Manschetten zum Beispiel, halb die Hände bedeckend nach uralter Kavaliersmode. Die um den Hals gehängte Schleife mit den lose baumelnden Enden. Überhaupt der gefiederweiße Eindruck eines noblen Negligés, nicht zuletzt durch den ausgesparten Westenrücken nahegelegt, eigentlich mehr ein waghalsiger Ausschnitt mit nur einer kleinen Schnalle genau auf dem Rückgrat, die die Verantwortung trug.

Mit dem Überziehen des Frackjacketts wurde Siemen mit einem Schlag unnahbar. An seiner aufgekratzten Laune änderte sich freilich nichts, er plinkerte mir im Gegenteil verschwörerisch zu, als müßte ich den Grund seiner mühsam gezügelten Hochstimmung kennen. Er setzte die Füße auf den Bettrand und polierte die Schuhe nach, mit dem erstbesten Wäschestück; es sah aus wie eine Unterhose.

»Also, ich komm zurück, sobald ich kann. Glaube kaum, daß ich mit an die Tafel gebeten werde.«

Ich zeigte meine gehaltenen Daumen. Siemen schien eine zeremonielle Umarmung im Sinn zu haben: *Malbrouck s'en va-t-en guerre, ne sait, quand reviendra,* die Arme halb erhoben wie ein Leuchterengel. Sofort retirierte ich mit abwehrenden Händen, in panischer Furcht, auf der weißen Pracht Spuren von Clair mat-Tönung zu hinterlassen.

»Vorsicht! Nicht! Ich färbe ab!«

Nachdem er die Ledertasche mit den Konserven (Mozart,

Verdi) auf den Beifahrersitz gestellt und einen Kaschmirschal bis zum Mund gewickelt hatte, zögerte er einzusteigen, druckste verlangend herum. »Sag mir noch was.«

Ich sagte: »Denk dran, daß Schlag Mitternacht dein Leihwagen wieder zum Kürbis wird. Daß die Pferde sich in Mäuse, die Lakaien in Eidechsen und dein Frack sich in einen unmöglichen Freizeitanzug zurückverwandeln.« Und als er drin saß, klopfte ich Alleswirdgut an die Scheibe, brüllte Toi-toi-toi und schwenkte, hinter den Rücklichtern herlaufend, die Arme über dem Kopf.

Eine Stunde später sah ich mich genötigt, die Haustür sperrangelweit aufzureißen. Entweder war das Holz nicht trocken genug, oder es steckte etwas im Kamin, das den Rauchabzug behinderte. Mit verschränkten Armen wanderte ich auf dem tautriefenden Gras des Vorplatzes auf und ab, bis die Gefahr einer Qualmvergiftung vorbei wäre. Schließlich setzte ich mich auf den Küchentisch, der noch immer draußen stand, und baumelte mit den Beinen.

Die Finsternis wirkte ausgewaschen, die Färbung der Nacht zerlaufen, und das Licht kam von ungehöriger Stelle; Mond war keiner zu sehen. Sterne auch nicht. Ich hatte schon ziemlich lange keine Sternbilder mehr beobachtet. Sie schienen verschollen. Oder verkauft. Wie berühmte Gemälde, von denen man eines Tages feststellt, daß sie nicht mehr in ihrem angestammten Saal hängen.

Aus lauter Langeweile machte ich mich daran, den im Dunkel liegenden Bahndamm durch einen Nachtzug aufleben zu lassen. Durch eine Silhouette aus plumpen, aneinandergekoppelten Umrissen. Ein schattenhaftes Defilee, mit leuchtenden Vierecken gemustert. Zuletzt schaukelte ich mit hochgezogenen Knien bloß noch vor und zurück.

Das erste, was mir auffiel, als er sich aus dem Auto wurstelte: Er hatte den Schal nicht um. Es gab auch keine Begrüßung, kein Zuplinkern, kein Funkensprühen. Andererseits wirkte er auch nicht unbedingt gramzerfurcht. Eher wie Oma Bertha es genannt hätte: gedeige (das sie gedeeje aussprach, das j wie bei Jalousie).

»Was ist denn hier passiert?« Lahme Erkundigung, als wir in die Selchstube traten. Es als Interesse zu bezeichnen wäre ein Euphemismus gewesen. Wie sich zeigte, existierte da eine Klappe, zu betätigen durch einen Hebel, rechts am Kaminmantel, getarnt vom gekreuzten Gestänge diverser Besen.

Eine Viertelstunde später lagen wir im Bett.

Da Tabletts nicht zur Ausstattung der *ferme* gehörten, hatte ich ein Nudelbrett nehmen müssen und alles, was ich finden konnte, darauf versammelt: die übriggebliebenen Törtchen aus Cluis, compote de prunes de la maison Rezeau, Baguettereste (an denen man sich blutige Mundwinkel holen konnte), bepflastert mit fromage d'ici und großen Schinkenlappen. Ich rechnete mit unwilligem Kopfschütteln, Abwenden, einem tonlosen »Lieb gemeint, aber mir ist beim besten Willen nicht etc. etc.«. Nun, das war ein Trugschluß. Nicht, daß Siemen große Begeisterung gezeigt hätte. Aber auf diese Weise – still und lustlos – aß er genau die Hälfte. Das letzte Törtchen zerteilte er mit dem Messer akkurat in der Mitte.

Wir sprachen nicht miteinander, solange wir aßen. Es herrschte eine gottergebene Wortlosigkeit zwischen uns. Mir war das nur recht. Gewöhnt an jahrelange einsame Mahlzeiten, leide ich darunter, wenn ich beim Essen in Gespräche verwickelt werde.

Wir waren beim Kompott, als draußen, jenseits der vorgelegten Fensterläden, ein Schnurren wie von einem schwachen Motor sich auf unserem Privatweg vorbeispulte. Sofort hob Siemen den Kopf.

»Das kann nur Jean-Luc sein. Er hat eine Motorcyclette.«

»Ach? Was du alles weißt ...«

»Jaha.« Er nickte und spuckte den Pflaumenkern in die Löffelmulde. »Die Eltern haben sie ihm geschenkt, damit er nicht auf den Bus angewiesen ist. Toinette verlangt nämlich, daß er Punkt elf zu Hause ist.« Zustimmend, ganz Glucke: »Er ist schließlich erst fünfzehn.«

Wie einfach das hier, in Bonavois, zu sein schien: Madame Rezeau ordnete an. Und ihr Sohn gehorchte. Eine simple Autoritätsfrage, die offenbar ohne Hinzuziehen Monsieur Rezeaus funktionierte.

Mein Versuch, Bernhard »hinzuzuziehen«, allerletzte Maßnahme, für die ich mich höchst ungern und erst im Zustand hysterischer Sorge entschieden hatte, war ausgegangen wie das Hornberger Schießen. Bernhards üblicher Theaterdonner (ich in deinem Alter ... guck dich doch mal an ... wie Braunbier und Spucke ... ab sofort bist du Punkt neun usw. usw.), hingeschwallt über den noch schlaftrunkenen Caspar, der den gesamten Nachmittag zu verpennen pflegte, über dieses langdünne, käsige, furunkelblühende Urbild des mißratenen Sohnes, der mürrisch Abstand wahrte (einmal hatte Bernhard, im Jähzorn überschnappend, ihn mit dem Hausschuh verprügelt), immer mit einem Auge auf der Küchenuhr: Ob er wohl noch zu seiner privaten Abendmahlzeit käme (vier Pflaumenmusbutterbrote) und zum Frisurherrichten, ehe er sich erneut aus dem Staub machte.

Hatte Bernhards cholerischer Ausbruch immerhin so viel Wirkung auf Caspar, daß er tatsächlich zwei, drei Nächte kurz vor Mitternacht zu Hause eintraf, überhörte er alles, was von mir an ihn herangetragen wurde, in freundlicher Nichtachtung. Ich glaube fast, daß Caspar damals so etwas wie eine treue Hausangestellte in mir sah – schön blöd und eigentlich zu bemitleiden (er hatte Bernhards Fremdgehen lange vor mir herausgefunden), obendrein der rührenden Ansicht, Stimmrecht zu besitzen in einer Sache, die letzten Endes nur ihn und Bernhard etwas anging: dem Machtkampf von Mann zu Mann.

Er war durchaus nicht unehrerbietig. Gelegentlich zeigte er sich etwas streng, wenn er »das« Hemd und »die« Hose – sein jeweiliges festes Ausgehkostüm –, die er nach der Schule eigenhändig durch die Waschmaschine gejagt hatte, am Abend noch ungebügelt vorfand. Worauf er ein vehementes Schaubügeln in meiner unmittelbaren Nähe abzog.

Wenn ich ihn geradeheraus fragte, ob die Gesellschaft der vermutlich immer gleichen Leute denn so zwingend auf seine Anwesenheit pochte und ob der Unterhaltungsgewinn für ihn wirklich so überaus etc. etc., wurde ich mit einem gönnerhaften »Das verstehst du nicht« abgespeist. Es mußte eine Sache des Blutes und der Instinkte sein, so ähnlich wie bei den Geschwistern im Märchen, von denen das eine verwunschen ist: Fieber und Unruhe, sobald es draußen losgeht mit Jagd und Trara; läßt man es nicht hinaus, ist es imstande und klettert aus dem Fenster oder verschwindet vorsichtshalber bereits nach dem Mittagessen. Und das andere hockt zu Hause und leidet wie ein Hund.

Daß dieses Leiden meine eigene Schuld gewesen sein sollte und nicht das weitverbreitete Problem aller Eltern, wurde mir nun von einer Bäuerin aus der französischen Provinz unter die Nase gerieben. Denn hätte nicht, was ihr gelungen war, auch mir glücken müssen? Freilich hatte ich unter erschwerten Bedingungen gestanden, das sollte man vielleicht berücksichtigen.

Vortreffliche Toinette (ich stellte sie mir als füllige Brünette vor, ein bißchen wie Nora Joyce, mit einem Schuß Frau Matušková aus einem der ganz frühen Miloš-Forman-Filme, entweder *Der Schwarze Peter* oder *Der Feuerwehrball*) – wie sie wohl zu Rande gekommen wäre mit der Anarchie der ausgehenden Ära Bernhard? Unter ihrer Schutzherrschaft wäre Caspar bestimmt nicht zweimal sitzengeblieben. Statt ihn aus der elterlichen Entzweiung alle Vorteile untergegangener Autorität ziehen zu lassen, wäre sie nun erst recht als Königinmutter aufgetreten, als Fels im Strudel der sich auflösenden Familie. Nora-gleich und in der Hand den immerbereiten Buchtelteller der Frau Matušková.

Die Gerechtigkeit schrie danach, ihr all die Nächte an den Hals zu wünschen, in denen ich gewartet hatte. Auf ihren wohlgeratenen Ältesten sollte sie warten, Nacht für Nacht. Bis drei. Ach was, bis halb fünf! Betend, er möge ihr ungesotten und ungebraten zurückgegeben werden. Auf das verstohlene Schlüssel-ins-Schloß-und-Umdreh-Geräusch sollte sie lauschen müssen. Lauschen und lauschen, bis sie imstande wäre, sämtliche hörbaren Luftschwingungen im Umkreis eines Kilometers wahrzunehmen.

Aber auch das Zusammenfallen in Erleichterung gönnte ich ihr, für diese eine Nacht wieder mal erlöst zu sein. Die Dankbarkeit, die aus dem sachten, springlebendigen Schritt auf das Wichtigste schloß: keine Verletzungen, nicht betrunken, bloß bekifft.

Hin und wieder wollte ich nicht allein dem Gehör trauen, mußte unbedingt mit eigenen Augen sehen und stieg aus dem Bett, das ausgetrunkene Wasserglas zum Vorwand dorthin mitnehmend, wo dem Scheppern und Klirren, Schmatzen und Toasterknallen nach die Party im *yellow submarine* stattfand. In einem Film über Lappland war mal gezeigt worden, wie ein größeres Tier, ein Vielfraß oder Bär, in eine von Fischern oder Jägern benutzte Hütte eingedrungen war und auf der Suche nach Eßbarem das Unterste zuoberst gekehrt hatte. Daran wurde ich unwillkürlich erinnert. Denn der da stöberte, sich kein Licht machte, sich mit dem Schein aus dem weit geöffneten Eisschrank begnügte, der mit den Fingern in Schüsseln grapschte, ganze Tomaten in den Mund quetschte, mit einem einzigen Messer für Konfitüre, Roquefort, Butter und Kaviarcreme auskam, der aus Milchflaschen schlürfte und, während ihm noch die Tropfen übers Kinn liefen, einen Marmorkuchenrest aus dem Goldpapier fetzte, der, als er eine fremde Gegenwart witterte, im hastigen Tierschrecken herumfuhr, beidhändig den Kuchenbrocken mit Stumpf und Stiel hineinstopfend zwischen die bis zum Anschlag aufgerissenen Kinnbacken, hatte wenig Ähnlichkeit mehr mit jenem Fünfzehn- oder Sechzehnjährigen, der sich kurz vor Beginn der Nachrichten verabschiedet hatte.

An die Stelle des Gesichts war nun eine Fuchsvisage getreten, spitz, mager, auffallend klein geworden, in den Augen flackerte grünes Auf-der-Hut-Sein, war das Weiße blutunterlaufen. Lockige Fellbüschel zottelten in die Stirn oder gerieten nicht selten zwischen Mund und Fraßportion. Dazu kam: Der, welchen ich hatte fortgehen sehen, war angenehm zu riechen gewesen. Geduschte Haut, Haarcreme, reichliche Gaben von Irish Moos (Bernhards Toilettenwasser damals) sowie der schwach sengeriche Geruch der stets mit höchster Bügelstufe bearbeiteten Kleidungsstücke. Das räuberische, äußerst aktive Wesen hinter der Küchendurchreiche hingegen verbreitete wölfischen Gestank.

»Was willst du'n hier?«

Manchmal leistete ich mir den Luxus einer ehrlichen Antwort. Nicht zu oft, denn ich wollte nicht abnützen, was anschließend folgte. Wollte keinesfalls riskieren, daß es ersetzt würde durch Ratschläge, hinweisend auf das reichhaltige Schlafmittelangebot. Ob ihn nun mein schmales Herumstehen im Nachthemd, die abgeschminkte, übernächtigte Jämmerlichkeit erbarmte oder ob es die Zufriedenheit nach der Kalorienzufuhr war, der ich diese Aufwallung an Bedauern verdankte, war letztlich egal; worauf ich aus war, wonach ich hungerte, war ein bestimmtes warmes Brummen, ein Ach, gekoppelt mit einem der Kosenamen, vom kleinen Caspar für mich erfunden und nun schon lange abgelegt. Daß eine leichte Geniertheit seinerseits darin mitschwang, mußte in Kauf genommen werden. Hatte ich bekommen, was ich wollte, ging ich wieder. Ging brav und ohne Sperenzien zu machen ins Bett zurück.

Siemen hatte das Nudelbrett in die Küche gebracht und lag nun rechts neben mir, die Arme hinter dem Kopf verschränkt. »Möchtest du noch lesen? Oder gleich schlafen?«

»Wie war's denn überhaupt? Komm, berichte mal.«

Erst mal Licht aus. Im Dunkeln wurde gestöhnt. Ob ich ihm das nicht ersparen könnte.

»Es sitzt mir noch so in den Knochen. Willst du nicht lieber was von dir ... Was macht eigentlich Caspar, siehst du ihn oft, jetzt auch schon dreißig, du hast mir seit Jahren keine Photos mehr geschickt. Nach wem kommt er eigentlich? Le beau blond? Oder mehr nach dir?«

»Nichts da, lenk nicht ab. Ich hab zuerst gefragt.«

Wir hegten unsere Lindenblätter voreinander, die empfindliche Stelle mit dem aufgestickten Kreuz, zum Brustaufreißen noch nicht wieder vertraut genug. Ich bot einen

Kompromiß an: Jeder sollte einen Satz sagen oder sich auf einen einzigen Aspekt beschränken dürfen. So wäre doch die gröbste Neugier des anderen gestillt. Um es hinter mir zu haben, legte ich gleich los.

Als Kleinkind, ja da war Caspar ein getreues Abbild seines Vaters gewesen; Bernhards Schwester, sehr viel älter als er, hatte das bestätigt. Den kannst du nicht verleugnen, wiederholte sie bei jedem Besuch, als sei solches Bernhard zuzutrauen. Dann war die Botticelliengel-Phase gekommen, die nach Caspars dreizehntem Jahr einen so rapiden Verfall erfuhr. In dieser Zeit zog er Menschen an wie der Honig die Wespen. Es wurden ihm Geschenke gemacht von völlig unbekannter Seite (der erzgebirgische Zug). Ein sechs Jahre älterer Junge würdigte ihn seiner Freundschaft. Schamlose Bevorzugung (der Kinderärztin, bei der wir nie warten mußten und die ihm, unter zarten Komplimenten, die Wange zu streicheln pflegte), verblümte Huldigungen, offene Hymnen, zumeist von Damen und sehr jungen Frauen, ob in der Straßenbahn oder in Ausflugslokalen, waren an der Tagesordnung. Spontane Küsse gar eines jungen Bulgaren während eines Urlaubs in Sozopol, als der Achtjährige sich spätabends, auf einer Tanzdiele im Freien, zwischen die Paare gedrängt und jenem die Partnerin weggetanzt hatte. Die Kellner dort lagen ihm regelrecht zu Füßen und vernachlässigten, sobald wir kamen, ihre anderen Tische. Das alles war nach dem dreizehnten Jahr verloren. Caspar ertrug die Verhäßlichung seines Gesichts, das Aufschießen seiner Gliedmaßen, die eiterköpfigen Pusteln, indem er sich mit einem Trüppchen ähnlich grotesker, ebenso stimmbrüchiger Kumpane abschirmte, denn er brauchte seine Korona, brauchte ihre Zuneigung. Die Rückkehr der Schönheit geschah so plötzlich wie ihr Verschwinden, etwa um seinen achtzehnten Geburtstag herum, obgleich sein Teint auch weiterhin unrein blieb. Kurioserweise hatte er nun alles Bernhardmäßige hinter sich gelassen und glich seitdem auf frappierende Weise den Jugendphotos seines Großvaters.

»Du mußt dich doch an das eine Bild erinnern, Siemen. Das, auf dem unser Vater diesen Bauchladen umhängen hat. In Hemdsärmeln, kleine adrette Fliege, und im Kasten lauter Zeiss-IKON-Filme. Ein Reklamephoto seiner Firma. Er kann darauf nicht älter sein als zwanzig.«

»Hat also das Reuthersche doch noch die Oberhand gewonnen.« Beifällig wurde das gesagt, fast triumphierend, ein Sieg nach Punkten über Bernhard, dessen Namen auszusprechen Siemen konsequent umging.

»Und jetzt will ich wissen, wie's bei dir gelaufen ist.«

»Aber nur einen Satz, wie ausgemacht.«

Er brauchte ziemlich lange, um die Essenz seines Abends zu finden. Endlich sagte er: »Es wäre an der Zeit, daß sie aufhörten, mich den Leuten vorzustellen. Daß vielmehr die Leute mir vorgestellt würden.«

Etliche Engel rauschten über uns hinweg, denn auf solche Bekenntnisse, mit kleiner, bitterer Stimme vorgebracht, konnte man nicht frischweg beipflichten: Mal ehrlich du – das find ich aber auch! Oder: Also wirklich, das ist ja die Höhe, kannst du da nicht protestieren?

Nachdem mir schien, die Pause am offenen Grab habe nun lange genug gedauert, begann ich ihn über seine Wohnung auszuholen. Und merkwürdigerweise gab Siemen hier, im Dunkeln, ohne weiteres Einzelheiten preis, während er früher, bei unseren Telefonaten, stets ausgewichen war. Das lohne sich nicht, hieß es jedesmal. Was natürlich zu den absurdesten Spekulationen verführte.

Bernhard, dem Siemen allein schon durch seine Gabe zutiefst suspekt war – ein Sopran singender Mann, und dann noch dieses pathologische Lampenfieber, wenn du mich fragst, verdient der doch kaum die Butter aufs Brot –, Bernhard sah ihn in einer ehemaligen Kutschenremise hausen, zwischen Rauhputz und Spinnweben, mit erstklassiger Hi-Fi-Anlage, eiserner Bettstelle und Lehmfußboden, winters Hände überm Kohlenbecken wärmend, denn »da unten« waren Öfen nicht Mode, das wußte man ja, von Ölheizung gar nicht zu reden. »Sonst hätte er uns doch längst mal eingeladen, bei ihm Urlaub zu machen. Ich bitte dich – da wohnt der eigene Schwager auf Ischia, und man hat nichts davon! Nee du, der schämt sich, das ist der Grund.«

Der Gedanke, er könne recht haben, was Siemens Lebensumstände betraf, war ein ständiger Stachel und mußte, notfalls mit falschen Behauptungen und indem ich mich auf das andere Extrem versteifte, ins Reich der Fabel verwiesen werden. Wie die Figur eines Papiertheaters hatte ich meinen Bruder in gelegentlich wechselnde, doch ausnahmslos noble Kulissen gestellt. Ich ließ ihn das obere Stockwerk einer neoklassischen Villa bewohnen, einsam in Weinterrassen gelegen, dann wieder einen historischen Turm mit Rundbogenfenstern. Besonders gern sah ich ihn in dem modernen weißen Flachbau, so weiß, daß einem die Augen übergingen, wenn man ihn zur Mittagszeit vom Garten aus betrachtete, einem Garten, in dem Zwergpalmen, Agaven, Kakteen in der heißen Windstille wie unter einem Glassturz schmorten. Und da die Figuren von Papiertheatern vom ersten bis zum letzten Akt in ein und demselben Kostüm auftreten, in gleichbleibender Gebärde verharren, behielt auch der in die subtropischen Postkarten versetzte Siemen das unverändert jugendliche Aussehen eines Dreißigjährigen. Das Alter, in dem ich ihn zuletzt vor Augen gehabt hatte.

Die Wahrheit entsprach weder Bernhards Unkenrufen noch meinen Oblatenbildchen. Siemen bewohnte, so erfuhr ich, ein möbliertes Zimmer in einer Pension. Er konnte sich nach Lust und Laune in dem parkartigen, allerdings auf ungünstigem Steilhang gelegenen Garten aufhalten und aß mit am Familientisch, zusammen mit der Signora (»eine wirkliche Signora, nie ohne Dienstmädchen gewesen, sie würde niemals eine Einkaufstasche tragen«) und ihrem unverheirateten Sohn.

»Du mußt dir riesige, stark gewölbte Augäpfel vorstellen, auf denen eine drohende schwarze Iris schwimmt; hat irgendwie mit einer Krankheit zu tun, dieser Eumeniden-Look, und wird durch Kunst noch gehöht. Ihre Ansichten über damenhafte Schminktechnik rühren von den ausgehenden Fünfzigern her. Das bedeutet: Der Augenbrauenstift hat kohlschwarz und der Lippenstift kirschrot zu sein. Nicht daß es noch viel an Lippen auszumalen gäbe; sie ist Anfang Siebzig. Aber ohne den brennend roten Mundstrich und ohne die diabolischen Balken, ohne ihren seidenen Turban und die Perlenkette tut sie's nicht. Ihre Freundinnen, mit denen sie in ihrem caffé prediletto sitzt, immer am gleichen Tisch, sind ähnlich aufgemacht.«

Der Name des Sohnes war Arturo.

»... nun auch schon ein guter Vierziger. Ein *vitellone*, wie er im Buche steht. So ab März verbringt er ganze Wochen damit, Lautsprecher in den Pinien und Tamarisken entlang des Gartenwegs zu arrangieren, das heißt, er steht unten und erteilt Anweisungen. Und freut sich wie ein Kind, sobald er jemanden das Grundstück betreten sieht, den Ankömmling mit feenhafter Musik aus den Zweigen herab zu empfangen.

Nach dem Abendbrot zieht er helle Hosen an, Maßhosen selbstverständlich. Nie würde er Jeans tragen, in der Hinsicht hat er genauso starre Ansichten wie seine Mutter, was einem Signor ansteht und was nicht. Er wechselt die Socken (hier ist ihm keine Sonnenuntergangsfarbe zu laut, alles, nur nicht Schwarz, Weiß oder gar Braun). Dann wählt er die Schuhe aus, sämtlich mit hohen Absätzen, denn er ist nur einsdreiundsechzig, steigt in seinen Wagen und braust den Katzensprung nach Porto, um in den teuren Hotels, wo Abendunterhaltung geboten wird, sich unter die Gäste zu mischen. Diskotheken meidet er. Abgesehen davon, daß man dort Musik bevorzugt, mit der sein heiteres Temperament nichts anfangen kann, legt dort niemand Wert darauf, mit ihm ein Paar zu bilden; ein Umstand, der ihn stark verunsichern würde. Nein, an Orten, wo das Charmieren abgeschafft wurde, wäre er fehl am Platz. Dort käme einer wie er nicht zur Geltung, denn er ist ausschließlich auf Gesellschaftstänze spezialisiert. In jüngeren Jahren hat er sich sogar an Turnieren beteiligt.

Er muß sich nicht erst warm tanzen, mit dem ersten Schritt schon ist er in Hochform, wirbelt und dreht sich in seinen wie angegossenen Schuhen. Daß er eigentlich recht stämmig ist oder zumindest untersetzt, spielt von einem Augenblick zum anderen keine Rolle mehr; fast wirkt er leichtgewichtig, während man ihm zusieht und teilhat an seinem königlichen Vergnügen. Seine Hüften arbeiten auf Hochtouren. Eine lahme Partnerin, mag sie noch so vielversprechend aussehen, wird von ihm kein zweites Mal aufgefordert. Besonders beim Tango kennt er keine Gnade und schnappt sich auch ältere, unauffälligere Wesen, deren Befähigung und Flinkheit er vorher aus den Augenwinkeln registriert hat. Nach und nach tanzt er sich in Schweiß und legt das Jackett ab. Meist hat er ein weißes T-Shirt drunter oder auch ein schwarzes.

Die Signora hält ihn knapp mit Bargeld, daher leistet er sich pro Abend nur ein, zwei Biere. Da bleibt sie unerbittlich, obwohl es ihr andererseits nicht darauf ankommt, ihm zwei komplette Reihen Zähne zu bezahlen oder ein halbes Dutzend Absatzschuhe anmessen zu lassen. Ist er sehr abgebrannt und der Durst sehr groß, sucht er eine der herrenlosen Damen zu einer kleinen Fahrt zu überreden – ›nur fimf Minutt‹ (er hat ein Faible für deutsche Urlauberinnen) – und bringt sie, die ihn meist um einen halben Kopf überragt, in ein Lokal, das sie ohne ihn nie kennengelernt hätte, wo die Einheimischen unter sich sind, Steinofenpizza mit verkohlten Rändern essen und wo zwei junge Burschen zur Gitarre *Aummo, aummo* und *'O surdato 'nnammurato* singen.

Er ruft die Sänger an den Tisch und vereinbart mit ihnen eine seiner persönlichen Lieblingsnummern, die er seiner Begleiterin als *di me* (Schlag aufs Herz) – *per te*, firr disch, ankündigt. Das macht sie kirre, ehe er die augenblickliche Verlegenheit, den ›versäumten Gang zum Geldautomaten‹, ins Spiel bringt. Er hält – unterm Tisch, die anderen brauchen das ja nicht zu sehen – seine Hand zu ihr hinüber, herrisch vor Verlegenheit, und sie legt, was bleibt ihr übrig, ihr Portemonnaie hinein, damit er bezahlt. Dann fahren sie die ›fimf Minutt‹ zum Hotel zurück.«

»Jetzt«, erklärte Siemen, »kommt die Küsserei auf dem finsteren Parkplatz. Aber er ist ein lausiger Küsser. Er preßt ihr, ehe sie sichs versieht, den Mund platt, bis ihr die Luft ausgeht, saugt sich fest wie eine Zecke, gibt ihr nicht die kleinste Chance, die Lippen einzusetzen. Seine Zunge wagt allenfalls kleine schreckhafte Vorstöße und fährt sofort wieder zurück, wenn sie auf etwas Bewegliches trifft. Was das

Handgreifliche angeht, gibt er sich rücksichtsvoll. Im Grunde hat er am weiblichen Körper nur beiläufiges Interesse. Die heiße Nähe durch die Kleider hindurch reicht ihm völlig. Dagegen findet er nichts dabei, sich selbst die Hose zu öffnen und seine Gefährtin (falls sie keine Neigung zeigt, das für ihn zu übernehmen) am Erlebnis seiner Selbstbefriedigung teilhaben zu lassen, indem er ihren Namen stammelt und sich auf ihre *attrazione fisicale* beruft und kurz vorm Finale nach einem Papiertaschentuch ächzt, denn er hat ja nur sein batistenes Kavalierstuch, das unweigerlich der Signora in die Hände fiele.«

»Anschließend«, sagte Siemen, »begeben sie sich wieder in die Hotelhalle oder auf die Hotelterrasse, wo die Musik, ausnahmslos gottvergessene Ohrwürmer, von neuem die Tanzlust in ihm erregt. Mittlerweile ist seine eigene *attrazione fisicale* allen anwesenden Damen aufgefallen, er könnte nun haben, wen er wollte, aber er beschränkt sich auf die besten Tänzerinnen und läßt seine *bella di notte* fast ein wenig links liegen. Punkt zwei klappt der Pianospieler den Deckel zu. Finito la commedia.

Dann begleitet ihn ein ganzer Schwarm Verehrerinnen noch zum Auto, und nicht selten dauert der Abschied bis zu einer halben Stunde. Er kann sich nicht trennen, seine Beliebtheit soll noch nicht abreißen. Alle sollen sie mitkommen, fordert er, er kennt noch das eine oder andere Lokal, wo bis vier der Laden läuft. Er bettelt wie ein Kind, versteht nicht, warum nie etwas daraus wird, und muß erleben, wie eine nach der anderen abspringt, denn plötzlich fällt ihnen ein, daß sie ja in aller Frühe im Thermalbad oder im Fangobecken antreten müssen.«

»Bisweilen«, fuhr Siemen fort, »packt ihn dann eine solche Furcht vor der Verlassenheit, daß er die eine, die treu bis zuletzt ausgeharrt hat – denn immerhin hat sie die Rechnung im *Giardino d' Orange* übernommen und eindeutige Beweise des Begehrens empfangen –, daß er dieser Übriggebliebenen zusetzt, ihn mit aufs Zimmer und in ihr Bett zu nehmen. Mit der Penetranz eines verwöhnten kleinen Jungen bedrängt er sie, geschulter Ertrotzer seiner Wünsche wie jeder einzige Sohn. Er läßt nicht locker, richtig kindisch kann er werden, und fegt ihre Vorbehalte, ihr Nein mit bockigem Ja! Ja! beiseite. Was er ihr nicht alles verspricht: Er sei ein Signor, wird sie belehrt, sie hat nichts zu befürchten, nur beieinander liegen werden sie, *come fratello e sorella.*

Entschlossen hat er jetzt den Arm um sie gelegt, und im Gleichschritt steuern sie den Hoteleingang an, die Halle mit der Rezeption, wo der Nachtportier beim Schein seines Lämpchens ein eindeutig privates Telefongespräch führt. Noch einmal zögert sie, es ist ihr doch irgendwie peinlich, was macht das denn für einen Eindruck und außerdem: Man kennt sich ja kaum! Soll man sich nicht lieber für morgen verabreden?

Das ist der Augenblick für den Vulkanausbruch. Für die Wunderwaffe. Für den Satz der außer sich geratenen Leidenschaft. Er würde übersetzt um jegliche Glut und Glaubwürdigkeit gebracht. Glücklicherweise sind die wenigen Worte, bei aller Wucht, doch so schlicht und international verständlich, daß sich ein Nachfragen erübrigt.

Wir, die Signora und ich«, sagte Siemen, »bekommen ihn erst am Vormittag wieder zu Gesicht. Sie schweigt. Und wie sie schweigt! Wirft ihm allenfalls Blicke zu. Dramatisch umränderte Blicke; sie muß sich diese Blutergußfarben extra aufgetragen haben, denke ich manchmal. Er hat dann schon geduscht, erscheint, Bademantel offen bis zum Sonnengeflecht, mit nassem Brustpelz in der Loggia und macht als erstes das Frühstück im Hotel lächerlich (das auf der Liste zusätzlicher Ausgaben seiner Quartiergeberin auftauchen wird). Komischerweise kommt er nie auf die Idee, sich ohne Frühstück zu verabschieden. Er aalt sich zu gern in den süffisanten Seitenblicken der Angestellten und überläßt es ihnen, sich die verflossene Nacht auszumalen.

Mit Inbrunst küßt er seine Mamma und verlangt Kaffee – ihren Kaffee –, um den Geschmack des Hotelgebräus loszuwerden. Er riecht an den Blumen in seiner Reichweite, er stellt seine Freilandlautsprecher an, und der Garten antwortet ihm mit süßen Weisen. Es vivaldit, es boccherinit aus allen Zweigen, ihm zur Feier. Er ist wie neuvergoldet an solchen Morgen. Er nimmt mir das Brötchen aus der Hand und beißt ein Stück ab, kokette Augen werfend, haut sich auf einen Stuhl und räkelt sich wie ein Dackel, dem man den Bauch krault. Während die Signora in der Küche ist, kommt er mit dem Kopf zu mir herüber, bruderselig, drauf und dran, mir kleine Indiskretionen mitzuteilen, aber es wird nur ein glückseliges Kichern draus. Schon ist sie wieder da mit seinem Kaffee – ihrem Kaffee, dem Mutterkaffee –, stumm und grollend. Am liebsten möchte sie, obwohl er doch geduscht hat, mit ihrem großen alten Schwamm einmal gründlich über ihn hingehen, so wie früher. Er weiß das alles recht gut und packt sie, die neben ihm stehengeblieben ist, um die Hüfte, oder er langt nach ihrer Hand mit den eingewachsenen Ringen, streichelt und schmeichelt daran herum, wobei er, was sie nicht sehen kann, über den Tisch hinweg für mich ein Kußschippchen macht, als hätten wir wer weiß was für eine Affäre. Tja. So ist das.«

»Bist du seinetwegen all die Jahre da unten hocken geblieben?« Was auch immer ich selbst anstellte und mit wem

– Siemens Glücksverlangen, so hatte ich immer gedacht, würde sich auf weniger profanen, weniger animalischen Ebenen erfüllen, und was man seine Dinge des Herzens nennen könnte, bliebe ein nie anzugreifendes, aber doch vor langer Zeit einzig mir überschriebenes Kapital.

So einfach sei das nicht zu beantworten, sagte Siemen. Nicht mit einem bündigen Ja oder Nein.

Bice Orfei, seine Agentin, hatte ihn vor ungefähr achtzehn Jahren nach Ischia gelotst, das sie aus Kurgründen mehrmals im Jahr aufsuchte. Da zu wohnen sei für Siemen in vielerlei Hinsicht günstig, hatte sie gemeint, vor allem, weil das Quartier mit Vollpension in der altmodischen Pension billiger war als die möblierten Appartements, die Siemen bis dahin dauernd gewechselt hatte wie auch die Städte. Er hatte schon mit dem Gedanken gespielt, wieder nach Deutschland zurückzugehen, aber Bice hatte ihm davon abgeraten, denn schließlich saßen Siemens treueste Verehrer in Italien, nicht zu reden von Bice selbst und seinem Korrepetitor.

»Arturo war nicht anwesend, als ich einzog. Schon damals brachte er einen beträchtlichen Teil des Jahres mit ausgedehnten Bekanntenbesuchen herum; er ist ein Virtuose darin, sich selbst einzuladen. Ich wohnte bereits einen Monat bei der Signora, ohne überhaupt zu wissen, daß sie einen Sohn besaß. Die zahlenden Gäste, drei Ehepaare, ältere Leute, hätten nie die Musik derart laut aufgedreht, wie sie mir entgegendröhnte, als ich eines Nachmittags eintrudelte. Die Musik kam aus den Privaträumen der Signora, Adriano Celentano, *Mondo in mi 7A*, schon damals nicht mehr ganz neu.

Und draußen, auf der Terrasse, tanzte jemand. Granatrotes Satinhemd. Krokodilledergürtel; diese Hosen, wo der

Gürtel knapp über den Hüftknochen saß. Haare bis tief in die Stirn, auch die Ohren bedeckt. Wie Coco Chanel. Solche Pagenfrisuren trugen seinerzeit, Ende der Siebziger, eigentlich bloß noch Halbwüchsige. Und da er, wie ich schon sagte, ziemlich klein ist, schätzte ich ihn nicht älter als neunzehn. Tatsächlich war er siebenundzwanzig.

Unermüdlich, selbstvergessen schwenkte er, so mein erster Eindruck, eine eingebildete Tanzpartnerin herum, den linken Arm entsprechend angewinkelt, den rechten im lockeren Halbkreis gekrümmt. Nachdem ich ihm eine Weile zugesehen hatte, ging mir auf, daß dieser losgelassene Narziß niemand anderen im Arm hielt als sich selber. Sein Wohlgefallen an sich, und wie er es von Kopf bis Fuß zu erkennen gab, konnte unverfrorener und ausgelassener nicht sein. *Mondo in mi 7A*. Für mich war es seitdem so was wie ›unser Lied‹.

Unterhalten kann man sich mit ihm fast über nichts. Unsere einzigen Berührungspunkte sind Gespräche über die Wandelbarkeit von Revers und über farbliche Konfidenzen von Sakkos und Hemden. Selbstverständlich geht er keinem Beruf nach, obgleich er dauernd mit irgendwas beschäftigt ist – großen Rosinen, Plänen, Umbauten, Installationen, Werbekampagnen, um den Glanz des Hauses Andreini anzukurbeln.

In der ersten Zeit war er ganz verrückt danach, daß ich bei seinen Auftritten den zweiten Mann abgeben sollte. Dachte wohl, er täte mir was Gutes, wenn er mich ›unter Menschen‹ brachte. Daß ich mich schon nach dem dritten Mal zu Tode langweilte, merkte er nicht. Er jedenfalls unterhielt sich gottvoll. Es war nicht bloß die Langeweile, die mir diese Schwofereien zur Qual machte. Auch daß ich, wenn er wieder mal seiner fixen Idee vom Lebemann aufgesessen war, zu Fuß heimgehen mußte, immerhin etliche Kilometer, weil er den Wagen auf dem Parkplatz des Hotels stehenließ bis zum Morgen, war höchstens ärgerlich. Manchmal gefiel mir das sogar – das einsame Latschen durch die Nacht; ich sang dann meistens vor mich hin. Die Signora zankte mich aus, wenn ich ohne ihren Goldsohn ankam; ich glaube, was ich durchmachte, war von ihren Gefühlen nicht sehr weit entfernt. Einmal, ganz am Anfang noch, bin ich ihr um den Hals gefallen und hab geheult wie ein betrogener Bräutigam. Aber dann rührte er mich doch immer wieder durch Beweise naiver Gutherzigkeit – eine Stelle, wo ich sterblich bin.«

Ich fragte: »Zum Beispiel?«

Zum Beispiel als er, Siemen, diesen Unfall gehabt hatte, wäre er, unfähig, sich Essen oder Trinken zuzuführen, zum Skelett abgemagert ohne Arturos Pflege. Dreimal am Tag hatte Arturo ihn gefüttert. Alles mundgerecht kleingeschnitten, Suppe eingelöffelt, Tassen an den Mund gehalten, Apfelsinenstückchen zwischen die Lippen geschoben.

»Wie süß. Ich sehe sie direkt vor mir, eure Schäkerei zwischen Fingerchen und Beißerchen. *Un pezzo per la mamma … un pezzo per il buon Arturo …* Und wie stand's mit dem Gegenteil? Ich meine, hat er dir auch nach erfolgter Verdauung hilfreich beigestanden, dein kleiner Samariter?«

»Jetzt wirst du dümmlich«, sagte Siemen. »Ich gestehe, daß du nicht ganz unrecht hast, was die bloßen Tatsachen angeht, aber ich wehre mich dagegen, daß du mir eine hübsche Erinnerung mies machst. So sehr ich deine Eifersucht auch genieße.«

Warum ich derartig schäumte, war mir selbst unbegreiflich. Noch dazu in solch zickig hoher Stimmlage, mit der man Schwule in Schwulenwitzen reden läßt, süß mit drei ü, jeder Diminutiv ein Biß mit dem Giftzahn. Kleinlaut erkundigte ich mich nach dem Unfall.

»Du hast nie was erwähnt. Du weißt, daß ich alles hätte stehen- und liegenlassen. Ich wäre doch sofort ... mit der nächsten Maschine wäre ich ...«

Eben deshalb, um mich nicht in Panik zu versetzen, habe er mich nicht benachrichtigt, sagte Siemen.

»Mir fehlte absolut nichts, außer daß ich meine Hände nicht zum Mund bringen konnte. Ich hatte mir beide Unterarme gebrochen. Etwas zu jung aufgeführt bei schlechter Beleuchtung. Es hätte ein lässiger Sprung von einer Mauer herunter werden sollen, blödes Wetteifern, wer zuerst beim Wagen wäre, nachts natürlich. Ungeschickt abgekommen, versucht, mich beim Hinfallen abzustützen – Pech gehabt. Wochenlang eingegipst; wie ein Segelflieger sah ich aus.«

Er lachte als erster, ich brauchte bloß noch einzufallen. Mit gutem Gewissen; der Unfall hatte ihm scheint's eine glückliche Zeit beschert.

»Und wie lautet denn nun dieser berühmte Satz, du weißt schon – Arturos ›Liebesformel‹?«

Er tat, als hätte er es nicht gehört.

Um meine Frage von vorhin zu beantworten: Daß er nun schon achtzehn Jahre dort festsaß, unter der majestätischen Fuchtel der Signora, konfrontiert mit dem Absatzgeklapper des *vitellone* Arturo, kurz gesagt: im Schoße der Andreini, sei mehr oder weniger eine Form von spät entdeckter Liebe zu gewissen Äußerlichkeiten. Wo sonst noch als im Hause der Signora lag man in einer Wanne auf Löwenfüßen, über zwei Stufen erreichbar, umgeben vom Rankenwerk eines Kachelmusters aus der Zeit der Bourbonen, und empfing das Wasser aus einem angegilbten schwanenhalsigen Speier!

Freundschaften entspannen sich mit wunderlichen Stuhllehnen, mit ledernen Sitzpolstern, deren Oberhaut abschilferte wie Grind. Solange die Signora das Sagen hatte, würde es auch die graziösen und bombastischen Lüster an jedem Plafond geben: den mit den weißen geriffelten Kompottschüsselchen aus Alabasterglas, die Gelbgußkronen im maurischen Geschmack, die Glastropfengehänge, die Ringelreihen angeschmutzter Seidenschirmchen.

Er habe gemerkt, sagte Siemen, daß das alte Gemöbel, teils Museumsschätze, teils Plunder, an seinem inneren Gleichgewicht beteiligt war. »Ob du es glaubst oder nicht, der Gesamteindruck, dieses gediegen Vertrottelte, erinnert mich entfernt an Oma Berthas Wohnung. Der Anblick der vorgelegten hölzernen Jalousieläden während der Siestastunden, das Hochofenprasseln der Mittagsglut gegen das sich schlafend stellende Haus ist für mich ein ständiges Vorgaukeln bestimmter Juli- und Augusttage in Podgoritza.

Was dagegen die Andreini angeht, Mutter und Sohn, zerren sie manchmal ganz schön an meinen Nerven. Tag für Tag führen sie dasselbe Stück auf. Je nach Stimmung kann das einen beruhigen, wie alles Verläßliche einen beruhigt, kann sogar amüsieren, da sie nie in Routine verfallen, jeder seinem Part gemäß ständig neue Extemporés einbringt. Doch es gibt Stunden, da könnte ich sie ermorden. Aufeinander fixiert, wie sie sind, dringt ihnen meine Gereiztheit aber kaum ins Bewußtsein. Und wenn doch, sehen sie darin, möchte ich wetten, höchstens Launenhaftigkeit. Für Launen aber haben sie, das wiederum ist ein liebenswerter Zug, ein geradezu applaudierendes Verständnis. Launen sind in ihren Augen das Vorrecht wahrer Künstler.

Kurz und gut: Nach jeder Reise will ich nichts als zurück zur Jelängerjeliebertapete in meinem Zimmer. Will den gehäkelten Bettüberwurf mit seinen fünfundneunzig Bommeln wiederhaben, die geborstenen Stuhlrahmen und das Bajaderengefühl im Bad.«

Ein Geräusch lenkte uns ab. Ein Rieseln im Kamin, als regne es Sand durch den Schlot. Dann war es wieder still. Ich bildete mir jedoch ein, etwas gehört zu haben, das durchs Schlafzimmer huschte. Das Galoppieren eines sehr leichten Körpers. Und ich wollte schwören, es habe sich auf jene Ecke zubewegt, wo der Turmbau aus Schränkchen und Schubfächern sich selbst im Stockdunklen noch bemerkbar machte als vor sich hin pestende Masse.

Ob er das ebenfalls gehört hätte, erkundigte ich mich und vermied es, konkret zu werden, beließ das Undeutliche, das im Zimmer so gut Bescheid zu wissen schien, lieber im Vagen, Halluzinierten. Siemen räumte ein, daß man vielleicht mal eine Razzia in den Fächern veranstalten sollte.

»Es ist keine Ratte, damit du beruhigt bist.« (Für mich kamen Ratten gleich nach den Tauben.) »Nur eine Maus. Ich hab sie am Tag mal die Hauswand hinaufrennen sehen und dann den Dachfirst entlang, von wo sie vermutlich in den Kamin einstieg. Eine eigentümliche Spezies. Hat eine gelbe Brust. Der Leib ist etwas kürzer als der einer Ratte, doch auffallend athletisch. Fahr jetzt nicht aus der Haut, aber ich glaube, sie hat ihr Wochenbett in einer der Schubladen.«

»Du meinst, sie stillt jetzt ihre ... ihre ... ein paar Schritte von unserem Bett entfernt?! Ein Nest voll neugeborener Mäuse? Morgen reise ich ab! Unwiderruflich.«

»Ja doch. Gewiß doch.« Natürlich würden wir abreisen, sagte Siemen. Ganz wie ich wollte. Sobald ich wollte. In seinen Armen hin und her gerollt, gingen mir nach und nach alle Entschlüsse flöten. Nach einer Weile hatte Siemen die Maus auf das Haben-Konto der *ferme* hinübergeredet. Waren ihr doch unerwartet Fürsprecher entstanden.

In der warmen Jahreszeit hatten wir sie nur in Ausnahmefällen zu Gesicht bekommen, etwa wenn man leichtsinnig ein Kuchenblech mit angebackener Kruste in Bodennähe abstellte. Daß unser zwar mächtiges, doch, mehr als wir ahnten, gebrechliches und bis auf den Grund erschüttertes Haus von ihnen wimmelte, wurde uns so richtig erst im Winter bewußt. In jenen alten und grimmigen Wintern muß ihr Leben unter den Dielenbrettern noch schwieriger als unseres gewesen sein, wenngleich sie versuchten, sich unseren Vorkehrungen anzupassen, etwa durch das Anlegen neuer Gänge, die sämtlich unter Oma Berthas Wohnzimmer, dem einzigen halbwegs geheizten Raum der Wohnung, zusammentrafen. Manchmal schien mir das Nagen und Knabbern so dicht an der Oberfläche, daß das endliche Splittern der Dielen nur mehr eine Sache von Minuten sein konnte. Dann wieder, da dies niemals je geschah, hielt ich ihre Galoppaden für reinen Zeitvertreib, für ein entschlossenes In-Gang-Halten der Lebensgeister, um nicht der Kälte zu erliegen.

Ich kann mich nicht erinnern, daß jemals eine Falle aufgestellt worden wäre, zu schweigen von ausgelegten Giftködern. Diese – vogelbeerartige Körner, leuchtend rot – waren allein den Ratten vorbehalten, die im Hof bei den Schleusendeckeln oder im nicht unterkellerten Erdgeschoß ihre lichtscheue Welt hatten.

Nein, die Mausvölker unseres Hauses waren Nutznießer des dumpfen, auf vordringliche Sorgen eingependelten, sich solidarisch gebenden Leben-und-leben-lassen-Prinzips jener von Null an gezählten Jahre, geduldet wie Onkel Taupalt und Tante Taupalt, wie Klengel-Gretjen und Armgart.

Mit Maus also hatten wir es hier fast wie in Podgoritza. Meinte Siemen.

4. KAPITEL

Im Winter von sechsundvierzig auf siebenundvierzig fror die Elbe zu. Im unteren Ortsteil von Podgoritza konnte man dort, wo für gewöhnlich die kleine Motorfähre verkehrte, auf einem mit Stöckchen markierten Weg den Fluß überqueren. Jeder Schritt war angeblich völlig gefahrlos. Solange es hell war, wimmelte es dort von Passanten, die mit zur Schau getragener Selbstverständlichkeit im gestreuten Sand herumschurrten, ängstliche kleine Kinder an der Hand mit sich ziehend, denen das Ganze nicht geheuer war. Auch bei bedecktem Himmel strahlte die Eisdecke so viel blendend weißes Licht ab, daß man es nur mit zu Schlitzen verengten Augen aushalten konnte. In der Mitte angelangt, glaubte man blind werden zu müssen, und die vor Kälte herausspringenden Tränen verschoben den Blick wie im Spiegelkabinett.

Jeden Nachmittag zog es uns dahin. An sich konnte man weiter nichts Großes tun als von einem Ufer zum anderen stiefeln und wieder zurück, umgeben von zwitschernder Liliputanerfröhlichkeit, die sich was darauf zugute tat, auf dem gefesselten Riesen herumzuturnen. Ich achtete auf Siemens rote Teufelsmütze; er hatte in meiner Nähe zu bleiben und ich in seiner, so war es uns von der Macht aufgetragen worden, und ausnahmsweise stimmten ihre und meine Wünsche überein. Doch unter der roten Stirnzacke wurde mit Abstechern geliebäugelt. Seit Tagen schon plagte Siemen die Lust, den vorgeschriebenen Weg zu verlassen, loszurennen und sich rutschend, Aufsehen erregend, das Verbotene, Unbetretene unter den Nagel zu reißen. Je mürber das Eis, je gefährdeter die Stelle, um so willkommener: Siemen der Verrückte würde es heißen; bewundernd.

Angefangen hatte das schon im Sommer. So was wie ein Ruf sollte das wohl werden, was er anstrebte, ein Renommee, von dem er sich vorstellte, es könnte zu den versenkten Pistolen unseres Vaters passen. Wenn sein Drachen aus Zeitungspapier und abgeschälten Ästen schon nicht das raffinierteste Gerüst aufwies, so mußte er wenigstens die längste Schnur von allen haben, zusammengeknotet aus hunderterlei verschiedenen Bindfäden, und noch immer weiter steigen, wenn die übrigen bereits das Ende ihres Stricks erreicht hatten. Davor waren es die Rennwagen gewesen.

Was für ein Aufwand an Geduld und Ungeduld, welche Weißglut, die den Einsatz äußerster Mittel nicht scheute, alles wegen einer Konstruktion aus vier Kinderwagenrädern, wenigen Brettern, eventuell einem fünften Rad zum Steuern samt Lenksäule (aber das brachte kaum einer zustande), ansonsten bar jeder Karosserie. Die Karreten waren bei den Jungen von Podgoritza in Mode gekommen, und zu den Rennen auf unserer abschüssigen Straße wurde nur zugelassen, wer nachweisen konnte, seine »Maschine« eigenhändig gebaut zu haben. Den Schraubenschlüssel im Hosenbund, war Siemen rastlos umhergestrichen, die Schutthalden des Ortes fleddernd, natürlich vergeblich; Kinderwagen waren begehrte Transportmittel. Besonders alte Leute bedienten sich ihrer und schoben ihr Holz, ihre Kohlen, ihre Kartoffelsäcke darauf durch die Gegend. In seinem vernagelten Zustand hätte Siemen selbst den Hort der Nibelungen daraufhin untersucht, ob er passende Räder enthielte.

Das schlechte Gewissen, mit dem er am Abend eines schmachtend heißen Ferientages seine Beute ins Haus brachte und gleich in den Garten schleppte, war mit Händen zu greifen, doch zuletzt überwog der Gaunerstolz. In der Gärtnerei König hatte er ein Sportwägelchen ausbaldowert, zwischen den hintersten Beeten, beladen mit Blumentöpfen und Stiegen, gedeckt zudem durch eine Zeile hochragender Stangenbohnen-Tipis. »Weit und breit kein Mensch, die alte König verkaufte irgendwas am Haus; das war die Gelegenheit.«

Ich durfte beim Zusammenbauen helfen, stützte hier, hielt da fest, ließ mir die Finger einklemmen, reichte die verlangten Nägel zu. Ich war Teil der anfeuernden Menge, als die Cracks, Siemen mitten unter ihnen, zum Start antraten. Enttäuscht darüber, nur beinah einer der Schnellsten zu sein, drang Siemen auf das Ausprobieren einer riskanteren Strecke und war dann – dann endlich! – der einzige, der heimlich in der halsbrecherischen Waldschlucht oberhalb Podgoritzas vorführte, was die anderen Jungen als »verrückt« bezeichneten.

Weil aber seine Einfälle und Inszenierungen und possenhaften Siege stets zur allgemeinen Unterhaltung beitrugen, weil ihm die Rolle des bunten Vogels genügte und er keinesfalls auf einen Anführerposten aus war, weil nicht zuletzt seine breit lachende Vergnügtheit, wenn wieder mal eine Runde an ihn ging, niemanden gedemütigt zurückließ, sondern im Gegenteil das Spiel, den Wettbewerb vor der Gefahr verbissener Gegnerschaft rettete, wußten die Kinder unseres Viertels nicht recht, was sie eigentlich von ihm halten sollten, und behandelten ihn teils mit Respekt, teils mit leicht spöttisch gefärbter Herablassung (Siemen der Verrückte).

Daß ihm nichts an dicken Freundschaften lag und er sich keinem Jungen für länger als einen Nachmittag anschloß, schadete ihm. Besonders bei denen, die von seiner Art fasziniert waren. Mir waren mindestens drei aufgefallen, die sich meinem Bruder angetragen hatten, je nach Veranlagung aufdringlich, tölpisch oder gehemmt, und die sein Desinteresse, das Herauskehren der prinzlichen Aura, persönlich nahmen.

In einer größeren Schar kam es mir manchmal vor, als ob meine Gegenwart Siemen daran hindere, so richtig loszulegen. Als sei da, sobald er wußte, daß ich ihm zusah, ein Hemmschuh in seinem Gemüt. Als stünde zu befürchten, ich könnte später, wenn wir allein sein würden, laut aussprechen, was er nicht hören wollte: Das ist doch alles bloß Kasperei. Tatsächlich begriff ich nicht, auf wessen Bewunderung er es mit all den Husarenstückchen, dem Auf-dem-Mist-Krähen, den ausfallenen Triumphen abgesehen hatte, wo er doch das erhitzte Eisen spontaner Beliebtheit, statt es zu schmieden und entsprechend zu benutzen, regelmäßig wieder abkühlen ließ.

Nicht an den Drachenolympiaden und Wagenrennen, wo sie nur zuschauen durften, wohl aber an den über Stunden ausgedehnten Völkerballorgien in unserem Hof (er war der größte der Nachbarschaft, zudem der einzige gepflasterte) nahmen auch Mädchen teil. Obgleich die Mannschaften gemischt waren, spielten doch in Wahrheit die Mädchen nur für die Augen der Jungen und umgekehrt.

Es schien Siemen Spaß zu machen, wenn er der Werfer war, mit Vorliebe auf die Mädchen zu zielen, aber wohl mehr deswegen, weil es nun einmal so üblich war und er es von den anderen Jungen abgeguckt hatte, denn sein Feuereifer galt allen nacheinander, nicht einer einzelnen, und er zeichnete auch keine vorher mit Blicken und Angrinsen aus, veranstaltete keine privaten Techtelmechtel, wobei die Würfe immer wieder angetäuscht wurden. Mich, war ich zufällig in der gegnerischen Mannschaft, übersah oder verschonte er und verlängerte so die Zeit, in der ich mich halten konnte.

Manchmal hatte Siemen keine Lust mitzumachen; beim Völkerball konnte nur eine Mannschaft gewinnen, kein einzelner, der dann hinterher auf den Schild gehoben würde. Fand die Partie dennoch statt, auch ohne ihn, ließ er sich darüber aus, wie langweilig das Spiel war, der ganze Nachmittag verplempert mit Abschießen und Sichducken, mit Ausweichen und Bolzerei, und dann noch das unmögliche Weib, diese Hedwig!

Hedwig, älter als wir alle, vierzehn oder fünfzehn, wohnte oben am Waldrand und war mit einem Mädchen aus unserem Haus befreundet. Unschön, mit kleinen schmutzigen Zähnen und einer zu Stroh ausgedörrten Dauerwelle, stürzte sie, sobald sie kam, kreischend auf eins der Spielfelder, welches war ihr egal, und absolvierte dort ihre Clownsnummer. Sie galoppierte unter witzigen und provozierenden Zurufen von einer Ecke in die andere oder hüpfte, zum Abschuß einladend, breitbeinig auf der Stelle, wobei wir auf ihre Spezialität warteten, die sie nie ausließ, nachdem sie herausgefunden hatte, daß sie damit den Geschmack der größeren Jungen traf. Als ich, viele Jahre später, einen Film über Cancantänzerinnen sah, wurde ich an Hedwig erinnert, denn die hatte genau die gleiche Art gehabt, mit beiden Händen den Rock zu raffen und damit zu wedeln, als sei ihr zu heiß darunter.

Es machte ihr nicht das geringste aus, daß alle sich ihretwegen vor Lachen bogen; sie sollten ja lachen, sie wollte es so. Und als jemand von zu Hause, denn Hedwigs Popularität zog weite Kreise, ein altes Polkalied mitbrachte, fingen sogleich ein paar Stimmen an: Ach Hedwig, ach Hedwig, die Nähmaschine geht nich. Doch was als Hänselei gedacht war, wurde umgehend zu Hedwigs ureigenem Besitz. Fortan war es »ihr Lied«, ihre Erkennungsmelodie, sie schwenkte dazu den Hintern im Takt und den Rock hoch und runter, daß die Schlüpfer blitzten, und wurde es einmal vergessen, fand sie nichts dabei, selber Ach Hedwig, ach Hedwig zu intonieren und ihren Namen unter die Leute zu werfen, Star des Hofes, der sie war. Neben Hedwig hatte keiner eine Chance.

Jetzt stürmte ein Rudel großer Mädchen, Trainingshosen unter den Röcken und mit fraulichen Hexenkopftüchern, vom Podgoritzer Ufer aus auf den zugefrorenen Fluß. Obwohl ihr Quieken über der weißen Landschaft zerflatterte, ihre Lachschreie und Juchzer, Signale zum Anlocken aller in Hörweite befindlichen männlichen Wesen, piepsig und fern klangen, bildeten sie auch so eine Aufmerksamkeit fordernde Gruppierung. In gespieltem Ungeschick taten sie, als könnten sie jeden Augenblick ausgleiten, so daß sie einander fortwährend an Gürteln, Ärmeln und Mantelschößen reißen mußten. Und so bewegten sie sich, wacklig und unter Gelächter, in immerzu wechselnder Formation vorwärts, plänkelbereit, aber zur Wahrung des Scheins mit selbsterzeugtem Gaudi mehr als genug eingedeckt. Zwei oder drei kannte ich; sie gingen nicht mehr zur Schule. Eine, Rosel Päßler, hatte sogar schon ein uneheliches Kind, das von ihrer Mutter versorgt wurde.

Einigen stand der Frost sehr hübsch zu Gesicht; »Winterschönheit« nannte Tante Gretjen solche wie vor Scham brennenden Wangen und glitzernden Augen. Siemen und ich beobachteten das Näherkommen der Gruppe. Eine schwankte und taumelte besonders auffällig und kreischte besonders schrill. An der unbändigen Art, sich zu verausgaben, erkannten wir Hedwig, mehr aber noch daran, wie sie sich als Mittelpunkt gebärdete, nein Mittelpunkt war, und den sie umgebenden Freundinnen, die Hübschen eingeschlossen, die Rolle bloßer Gefolgschaft zuwies.

Der Eiswind hatte ihr eine rote Nase gemacht. Unaufhörlich dampften Atemwölkchen aus ihrem Mund, und ein paar kehrbesenfarbene Haarsträhnen über der Stirn (es gehörte sich, das Kopftuch, ungeachtet der Kälte, so weit wie möglich nach hinten zu schieben) wurden in alle Richtungen zerblasen. Als sie die Flußmitte beinah erreicht hatten, löste sich Hedwig aus dem Haufen ihrer Kumpaninnen. Zwei junge Männer mit Ohrenschützern, Aktentaschen auf der Hüfte, vom jenseitigen Ufer nach Podgoritza unterwegs, waren ihr wohl eine Sondervorstellung wert. Diesen Herren würde sie es zeigen, denn es waren eindeutig Herren, sie trugen Filzhüte, keine gesäuberten Arbeitsdienstmützen.

Mit ausgebreiteten Armen rudernd oder eher flügelschlagend, wagte Hedwig sich unterm beifälligen Gejuchze der anderen von der Markierung weg. Hinaus in die Leere des gefrorenen Stromes schinderte sie in ihren Männerschnürstiefeln. Ihr Johlen stieg die Tonleiter hinauf und endete in spitzem Schrei und dem vorauszusehenden Plumps, setzte wieder ein beim Aufstehgekrabbel und erneuten Herumrudern und Schlittern. Sang sie nicht, der frostigen Luft zum Trotz: Ach Hedwig, ach Hedwig.

Nun schauten alle Leute nach ihr hin. Die meisten schüttelten die Köpfe, lachten aber doch. Manchen spannte sich der Blick, die hofften wohl darauf, daß sie einbrach, daß es etwas zu sehen gab, spektakuläre Rettung oder erschütterndes Ende: Da ist nichts mehr zu machen, die ist unter die Eisdecke geraten.

Siemen wirkte verdrießlich. Hedwig hatte mit ihrer Dummer-August-Darbietung das Eis entweiht, das schon so gut wie sein Eis gewesen war. Obwohl insgeheim froh, daß es so gekommen war, daß die rote Teufelsmütze neben mir auf dem abgesteckten Weg blieb, tat er mir leid. Welches Publikum wäre noch bereit, verwegenes Dahinsausen zu bestaunen, wo Hedwig eine Manege daraus gemacht hatte.

»Los, gehen wir nach Hause, ich hab kalte Füße.« Mit der gespielten Unbekümmertheit des Übertrumpften schlitterte Siemen an Hedwigs Hofstaat vorbei. Der scherte sich nicht um ihn; zehn war ihnen denn doch zu jung. Außerdem: Hedwig hatte es tatsächlich geschafft – einer der beiden Mappenträger war stehengeblieben und gaffte.

Solange Winter war, bestand die Zeit nicht mehr aus einer Reihe von dreigeteilten Tagen, jeder Tag ein Altärchen mit den Flügelbildern »Schulmorgen« und »Familienabend« und der prangenden großformatigen Tafel dazwischen, sondern es wurde eine neue Ordnung ausgegeben. Für die Dauer des Winters galt, daß die Jahreszeit selbst sich die Dreiteilung anmaßte. So gab es einen einzigen Vormittag, der sich über Monate hinzog, nur schwer aus der Dunkelheit herausfand und als Arrest verbracht werden mußte. Parallel dazu existierte ein einziger, viel zu knapper Nachmittag, in den alles hineingepfercht wurde, was nur im Freien stattfinden konnte. Und, schließlich, gab es den Abend, als ununterbrochene Nachtwache zelebriert, während der die Erwachsenen willig ihren Schlaf zu opfern schienen, so sehr zog es sie zueinander. Gern hätte ich gewußt, weshalb unsere Mutter und Oma Bertha, die Klengels und Taupalts diesem geheimnisvollen Diktum gehorchten und so lange zusammen aufblieben, dort in Oma Berthas Wohnzimmer.

Bis zum ersten Morgenlicht oder dem Ende des Winters würden sie am Tisch sitzen, rundherum auf sechs Stühlen, endlos palavern, endlos das Vergangene beschwören, endlos einander ins Wort fallen, beschienen von der Petroleum- oder Karbidlampe. Ab und zu blakte der Docht, dann stockte das Gespräch augenblicklich. Dann wurde gedreht und geschraubt und mit Ratschlägen um sich geworfen. Wer auf den Abort mußte, zündete sich die auf dem Serviertischchen bereitstehende Kerze an. Und wenn er zurückkam, war eine passende Bemerkung fällig.

»Das reinste Sibirien; wieder drei Wölfe abgewehrt« (meine Mutter) oder: »Das kommt ja schon als Eiszapfen unten in der Grube an« (Armgart) oder, denn er sagte so gern Reime auf, Onkel Taupalt: »Allmählich schneit's schon wieder bissel, der kalten Hand entfällt der« – hier legte er eine Kunstpause ein – »Schlüssel«. Jeder von ihnen hatte seine ganz spezielle Floskel, die nie variiert oder durch eine neue ersetzt wurde, aber erstaunlicherweise dennoch jedesmal wieder verständnisinniges Grinsen hervorrief, ja die anderen schienen den jeweiligen Ausspruch, obschon hundertmal gehört, zu erwarten wie den ihnen zustehenden Refrain eines komischen Intermezzos, und das Weglassen hätte besorgte Fragen herausgefordert, ob etwas los sei.

Einige Male passierte es, daß der elektrische Strom hereinbrach, während Siemen und ich noch auf waren. Nichts konnte einen ärger ernüchtern. Die doch eigentlich trübe Glühbirne der Hängelampe erschreckte Menschen, Möbel und Wände mit gnadenlosem Blenden, unwillkürlich fuhren die Hände vor die Augen. Wie man sich, auch wenn man die Rückkehr zum Normalen mit lautem Aah! begrüßte, doch insgeheim nach dem Ausnahmezustand zurücksehnte, nach dem weichgoldenen Licht in der Tischmitte und dem Schummer drumherum. Aber nun war es aus damit, auch mit dem Reden und Erzählen, niemand hatte mehr Lust, jeder sah plötzlich müde aus und zerknittert und kreidig, Gähnen ging los und Stühlerücken, und wir wurden ausgeschimpft, weil wir noch immer da waren, mucksmäuschenstill im Hintergrund, zu zweit im ziegenledernen Ohrensessel sitzend, mit hochgezogenen Knien.

Die Zeitspanne zwischen dem ranzenbepackten Hinausrammeln aus der Haustür und dem Moment, wenn wir in ein anderes Haustor von braunem Anstrich hineinrammelten und die Sogwirkung des Herdenstrudels kein Umdrehen mehr zuließ, bedeutete eine täglich neu und frisch hergerichtete Versuchung. Sie fand uns ohne Widerstand. Die Lust des Trödelns brachte den Zweck des Unterwegsseins ins Hintertreffen. Die Gehzeit von fünf Minuten wurde durch Allmählichkeit hinausgeschoben zu einer Viertelstunde. Bis uns jähe Besinnung und Reue überkamen und wir wortlos das steile Wegstück zur Schule hinunterhetzten, vor der es schon still und ausgestorben war, wie auch im Treppenhaus zwischen den bereits geschlossenen Klassentüren. Bei mir saß Frau Dünkers kramend auf dem Katheder, selber noch erhitzt, selber noch außer Atem. »Die am nächsten wohnen, kommen immer zuletzt. Was war's denn diesmal? Erzähl mir nichts, ich will's gar nicht wissen.«

In der Winterfrühe reichte die Viertelstunde erst recht nicht aus. Sobald nämlich das Treppenhauslicht ausgeknipst war und die metallene Haustürklinke, klebrig vor Frost, in ihre waagerechte Stellung zurückgeschnappt, als halber Magyarenschnurrbart über dem Schlüsselloch stand, befand man sich inmitten schwärzester Nacht.

»So müßte es jeden Morgen sein, auch im Sommer«, sagte Siemen inbrünstig. Er wiederholte den Wunsch mehrfach im Laufe des Winters. Denn der altbekannte, beinah langweilige Ort Podgoritza erhielt durch die Dunkelheit etwas Doppelbödiges. Angstlos sehnte man sich nach Geschehnissen, wäre nur zu gern Zeuge und Zuschauer von etwas gewesen, fühlte sich frech und allem gewachsen. Nicht genug einatmen konnte man den Geruch nach Feuersbrünsten, der bei Tageslicht von ordinärem Ofenrauch aus ordinären Schloten herrührte, die nächtliche Vorortbühne jedoch mit höllischen Dünsten eindeckte. Auch die phosphorblau glimmende Farbe des Schnees trug Hinterhältiges bei, der doch sonst, im Hellen, derlei ausschloß, weil er alles verschönte und überhaupt jeder heiter und gut zu sein hatte im heiteren guten Weiß.

Auf die große Lautlosigkeit reagierte man mit verstärkter Aufmerksamkeit, spannte auf das Knirschen entfernter, zur Straßenbahn stapfender Personen und empfand das Schnurpsen unter den eigenen Schuhsohlen als wichtig und bedeutend. Viel zu schnell trafen wir auf dem Platz ein, wo im Rauhreifgestänge des Leitungsmastes das rubinrote Auge glühte. Bis die Straßenbahn um die Kurve kroch, weiß bepelzt, ein erstaunliches Fabelwesen. Im fremdartigen Schmuck ihrer Frostkristalle kam sie nur schwerfällig voran. Der Fahrer, bis an die Augen vermummt, wälzte sich aus dem offenen Perron, und jemand rief ihm nach: »Du mußt auf die Weiche pinkeln, dann wird sie schon auftauen!«

Solange die Bahn hielt und das Innere golden durch die Kratzer auf den vereisten Fenstern blitzte, hatte das Stehenbleiben der drei Wagen nichts mit Fahrplänen zu tun, sondern war ein Angebot, ein rätselhafter Glücksfall, und eigentlich gab es nur eine Entscheidung: einsteigen und mitfahren, ohne nachzudenken, wie Kai in den Schlitten der Schneekönigin eingestiegen war. Sobald die Scheiben abgetaut waren und man wieder in die Waggons hineinschauen konnte, verstand man derartige Gelüste nicht mehr. Denn da drinnen standen sie so eng zusammengedrängt, nicht nur in den Gängen, auch zwischen den Knien der Sitzenden, daß man in einen Kleiderschrank voller Mäntel zu blicken meinte; die gegenüberliegende Fensterfront blieb unsichtbar. Die Mäntel wogten unwillig und schwankten an ihren Lederschlaufen, wenn jemand sich den Weg zur Tür bahnte. Wurde sie aufgestoßen, hörte man das Husten aus dem Innern bis auf die Straße. Es wurde viel gehustet, überall. Auch in der Schule.

Siemen sprach davon, wie es wäre, am Polarkreis zu wohnen, die Finsternis demnach nicht bloß am Morgen, auf dem Schulweg, zur Verfügung zu haben, sondern auch später noch. Mittag und Nachmittag würden den nicht richtig ausgenützten Morgen verlängern zu einer einzigen langen Nacht. Manchmal kam es mir vor, als sei das möglich: eine Verlagerung Podgoritzas (unter Mitnahme der Elbe selbstverständlich) in die dunkle Welt. Furcht vor einer mystischen Verordnung hielte die Leute davon ab, ihre Behausungen zu verlassen, und nur Kinder, nicht älter als zwölf Jahre, durften sich draußen frei bewegen. Man träfe sich zu langen ausschweifenden Spielen, von der Nachtatmosphäre aufgepeitscht, mahnende Rufe aus den Fenstern verhallten unbeachtet. Auf der anderen Seite wäre man wichtig, denn jedermann war ja auf unsere Hilfe angewiesen. Betraut mit vielerlei Aufgaben zöge man herum, Tag und Nacht zu trennen gelänge den Uhren nicht mehr, und ab und zu gäbe es Schneefälle, stille, schläfrige, aber auch unmäßiges tagelanges Schütten.

Ein Stück von Siemen mußte im Utopia der immerwährenden schwarzen Frühe zurückgeblieben sein, denn Jahrzehnte nach diesem Winter begann ich hin und wieder von ihm zu träumen, und in diesen Träumen sah ich meinen Bruder, wie er, zehnjährig, durch die Polarnacht Podgoritzas schinderte, wie er den Rotz hochzog oder ihn mit schneeverklebtem Fäustling breitschmierte. Ganz deutlich sah ich seine rote, schon etwas verfilzte Teufelsmütze, die er im Winter drauf dann nicht mehr tragen wollte.

In den milden und sommerlichen Monaten unterhielten die Schulstunden mehr oder weniger Verbindung mit dem Draußen. Offene Fenster, auf dem Katheder Sträuße, Kirschkerne in den Tintenfässern, ausgetauschte Erkenntnisse botanischer Natur: Wolfsmilchsaft verursachte Blasen, Springkrautsamen sollte nußähnlich schmecken. Einmal ein Heupferd von nie zuvor gesehener Größe, das mit ausgespannten grasgrünen Flügeln zwischen den Bänken graziöse Sprünge vollführte, während die ganze Klasse an den Rand der Hysterie geriet. Im Winter hingegen ...

Im Winter nun ging es uns wie zu vielen Maikäfern in zu enger Schachtel. Zusätzliche Stühle mußten vom Hausmeister gebracht werden, da die Bänke mit einemmal nicht mehr ausreichten, jeder Gang war vollgestellt, und Frau Dünkers sagte, halb verzweifelt: Wie beim Furtwänglerkonzert! Man saß im anbehaltenen Mantel und hauchte auf die Finger, arbeitete den Schmerz ab, schon fast an ihn gewöhnt. In den zwei Lampenglocken summte ein bekümmertes Licht, das nicht für alle reichte.

Frau Dünkers, die im Stockfinstern über die zugefrorene Elbe gejagt war, heldenhaft gerötet, rieb sich die

Handrücken, als erwarte sie, Funken aufstieben zu sehen. Und alle Morgen leitete sie den Unterricht ein, indem sie in einem dampfenden Atemzug die Beleuchtung heruntermachte, den Frost beklagte und das Fehlen von Heizungsmaterial anprangerte. Dadurch gab sie sich das Air eines Armenanwalts, der für unsere miserable Lage einzutreten bereit schien. Doch wie alle Armen erhofften wir uns nichts davon. In einem so großzügigen Fatalismus waren wir befangen, daß wir sogar einander akzeptierten: die, die immer so merkwürdig verpupt rochen, und die mit den Eiternasen, die ohne Hefte und mit nur einem Tintenstift in der Manteltasche. Manche kamen nur zwei oder drei Wochen und ließen noch für eine Weile die Erinnerung da an das Vergnügen, das das Aufrufen ihrer Namen bereitet hatte: Pospichil, Tippetanzl, Jermoleit, Maslonga, Kaczmarek.

Wie waren unsere Haare im Winter so stumpf und struppig, niemand wusch seine Haare in solcher Kälte, und doch mußten wir uns ausziehen, sogar das Hemd über den Kopf, eine Reihe bleicher, gebuckelter Rücken und flügelig hin und her gehender Schulterblätter, von Gänsehaut gezeichnet. Auf dem Katheder wurde gegen Typhus geimpft. Und eine Krankenschwester stand am Fenster, wo sie unsere Unterhemden auf links drehte und mit dem Daumennagel die Nähte entlangkratzte.

An diesem Tag begann Frau Dünkers mit dem Vorlesen von *Zäpfel Kerns Abenteuer*. Jeden Tag, kurz vor Schluß, ein Kapitel.

Daß die beiden Taupalts keinerlei Anstalten machten, sich um sonstige Verwandte oder um eine andere Bleibe zu bemühen, bildete ein immer häufiger angesprochenes

Thema der Macht. Siemen und ich hatten unsere Mutter und Oma Bertha dabei belauscht, wie sie sich über das »Sitzfleisch« aufhielten, das »die zwei Alten da drüben« hätten. Daß man sie aufnahm, damals, nach dem schrecklichen Angriff im Februar, sei ja wohl selbstverständlich gewesen. Aber das war nun bald zwei Jahre her.

»Die werden wir nie mehr los, darauf gebe ich dir Brief und Siegel«, sagte meine Mutter. In einem Tonfall, der eindeutig schimpflich für die Kritisierten war. »Und wenn wir das Zimmer nun selber brauchen? Nimm mal an, Frerich kommt irgendwann wieder – die Kinder werden langsam zu groß, um mit einem Ehepaar im selben Raum zu schlafen.«

Oma Bertha preßte, beipflichtend, die Lippen zusammen und hob so, durch die grämlich nach unten gelenkten Mundwinkel, ihre Ähnlichkeit mit der Totenmaske Beethovens über unserer Kredenz noch stärker hervor. »Die haben wir so lange auf dem Hals, bis sie sterben.«

Soviel Oma Bertha wußte, existierte da noch ein jüngerer Bruder von Onkel Taupalt, in der Altmark oder der Niederlausitz. Hatte der nicht Kinder gehabt? Zwei Söhne, jetzt fiel es ihr wieder ein. Alles Blutsverwandte. Wieso wandten sie sich nicht an die? Man kam überein, daß es mit diesem Zweig wohl mal Krach gegeben haben mußte, andernfalls hätten sie die Angehörigen längst irgendwann erwähnt. Elli Taupalt konnte sich doch sonst nicht genugtun, all ihren verbrannten Besitz herauszustreichen, und dazu gehörten, neben der Einrichtung der Vierzimmerwohnung, auch der Kreis ihrer umgekommenen oder heillos zerstreuten Bekannten und Verwandten. Bei passender und unpassender Gelegenheit, auf Abruf sozusagen, führte sie ihren Status als Dame Taupalt im Munde: »In der Ammonstraße war so etwas nicht üblich« oder: »Wenn ich da an die Ammonstraße denke ...«. Die Fenster waren ihr geputzt, die Teppiche geklopft worden, so wundervolle Schallplatten, Schlusnus und Gigli, Speiseservice »Meißner Rose«, die riesige Wanne mit dem Badeofen darüber: kochend heißes Wasser direkt aus dem Hahn!

Jede lobende Erwähnung diente gleichsam dem Aufpolieren, Haltbarmachen. Hörte man sie, konnte man glauben, die beiden hätten das gutsituierte Leben dort nur vorübergehend aufgegeben, halb aus mißlichen Umständen heraus, halb aber auch, um Oma Bertha und unserer Mutter eine Ehre zu erweisen dadurch, daß die Wahl der Unterkunft auf ihr Heim gefallen war. Zu gegebener Zeit aber würden sie zurückkehren und alles in alter Gediegenheit vorfinden, würden wieder eingesetzt in Behaglichkeit und Würde, wie es ihnen zukam.

Aber offenbar brachte der Anblick ihres Ehemannes den schönen Zukunftstraum Tante Taupalts immer wieder zum Einstürzen. Öffnete sie die Tür, lag ein schlauchartiger Raum vor ihr, ein Tunnel, an dessen Eintrittsloch sie sich befand, mit einem Fenster am anderen Ende. Den größten Teil des Jahres herrschte hier drinnen modrige Dämmerung; der Nußbaum stand viel zu nah am Haus (der vordere, denn wir besaßen zwei; der andere flankierte die Aussichtsterrasse).

Aber eher hätte man in unserer Familie das gesamte Zimmer zugemauert und sein Vorhandensein geleugnet, als dem Nußbaum, den Taupalts zu Gefallen, auch nur ein Ästchen zu kupieren. Denn anders als sie, die in seinem Schatten hausen mußten, waren er und sein Bruder überaus geschätzte Persönlichkeiten, und bis heute kann ich das Wort Nußbaum nicht anders aussprechen als mit respektvoller Zärtlichkeit. Alles an ihnen spielte sich um einige Grade exzentrischer ab als bei den Obstbäumen und den beiden Linden. Es waren ausgesprochen männliche Bäume: keinerlei Zäckchen an den Blattsäumen, nur schmucklose glatte Ränder, die Beschaffenheit des Laubes derb, zähledern, dessen Duftstoffe unbeherrscht, um nicht zu sagen großmäulig. Entledigten sie sich der Kätzchen, bedeckten, so weit die Krone reichte, ihre Abfälle knöchelhoch den Boden, und man watete durch Haufen raupenähnlicher Posamenten.

Kam die Zeit des Welkens, ging ihr Saftgrün ohne Zwischenstufe in Häßlichkeit über, und die Blätter verwandelten sich noch am Stiel zu schwarzfauligen Einlegesohlen. Um zu den Früchten zu kommen, auf die wir alle solchen Wert legten und die stückweise verteilt wurden wie Kleinodien – hier nun traten die Nußbäume, ihrer Rolle als exotische Gottheiten entsprechend, stets generös auf. Pünktlich und reichlich zahlten sie für ihren Nimbus, wenn wir ihnen im Oktober mit Wäschestützen in die Zweige fuhren. Aus dem grünen, straff sitzenden Fruchtfleisch der Sommerzeit war brauner, breiig vergehender Matsch geworden und aus den unreifen Eierchen jene magischen harten Hüllen, in denen die Märchenerzähler Ballkleider versteckten, wir aber knackten sie und fanden Besseres, nämlich Kerne: milchweiße, nahrhafte, süße.

Im Winter, am Nachmittag, konnte es jedoch geschehen, daß die tief stehende Sonne den Nußbaum unterlief und, am Schweizerhaus vorbei, für eine Stunde in das Fenster der Taupalts hineinschien. Dann sah Tante Taupalt ihren Mann am anderen Ende des Tunnels. Vor der Scheibe ohne Vorhänge (denn es gab nur einen Volant weit oben, fast unter der Decke) saß Onkel Taupalt auf dem runden Gobelinhocker, wie gewohnt mit weit auseinander gestellten Beinen, und las. Hätte er nicht etwas Nützliches tun können? In den Wald gehen und Holz stehlen zum Beispiel? (Zu ihrer Verzweiflung hatte sich damals herausgestellt, daß von den vier Koffern Notgepäck ausgerechnet jener eine gerettet worden war, in den Onkel Taupalt zwei Dutzend Bücher geschmuggelt hatte. Nicht der mit den Anzügen und Kostümen! Nicht der mit dem Silber und den Schmucketuis! Nicht der mit ihren Füchsen und den Schuhen!) Er trug die kamelfarbene Strickjacke, die einmal Großpapa Scheuchzer gehört hatte. Photos zufolge war unser Großvater ein hochgewachsener, sich sportlich gebender, ausgesprochen hagerer Mann gewesen, mit langem dürrem Hals und langen, schlenkernden Armen. Onkel Taupalts Statur dagegen tendierte zum genauen Gegenteil, war breit, kurz, untersetzt. Ich bin stellvertretender Vorsitzender im Club der Halslosen, sagte er gern von sich.

Tante Taupalt sah also ihren Mann in einem Kleidungsstück, das sich nicht zuknöpfen ließ, über dem Rücken spannte und unter den Achseln einschnitt. Sah seine speckige Weste über dem kragenlosen Hemd, um dessen Halspartie ein alter Chiffonschal Oma Berthas gewunden war, sah auch die zwei gestrickten Gürtelschwänzchen rechts und links an seiner Hüfte herabbaumeln, als Accessoires völlig überflüssig. Und, um das Maß ihres Mißvergnügens voll zu machen, mußte sie diesen in den Zwanzigern modisch gewesenen Strickjackenkragen im Patentmuster ertragen, der Onkel Taupalts Krötenkopf umgab wie eine aufgeworfene Sandburg.

Vielleicht machte ihr Blick schnell noch einen kleinen Rundflug über die beiden grundverschiedenen Bettstellen, das Kanonenöfchen, Schrank und Sitzgelegenheiten und kehrte dann zum einzigen zurück, an das sie sich halten konnte: den Zeugen ihres Wohlstands, Moritz Taupalt. Zu ihrem Mann, der sich in jener unseligen Nacht und dem Tag danach auf dem langen Marsch an seinem verdammten Bücherkoffer überhoben hatte und seitdem bloß noch herumhatschte, nirgends mit Hand anlegte, weder zu den Behörden lief noch imstande war, die Zutaten für eine Suppe aufzutreiben: Sauerampfer, Brennessel, Kerbel! Eicheln, Eckern, Pilze!

Falls sie in einem solchen Moment an die Ammonstraße zurückdachte, wurde ihr der Unterschied so schmerzlich bewußt, auch nach fast zwei Jahren noch, daß sie loskeifen mußte auf ihren Sündenbock, der am Fenster seelenruhig las. Dann kannte sie sich selbst nicht mehr, dann gab sie sich aus der Hand und verschleuderte alle Kontenance in einem kreischenden, überschnappenden Wortschwall voller Beschimpfungen.

Der solcherart Angegriffene baute daraufhin mit dem aufgeschlagenen Buch eine kleine Bastion vor seinem Schoß, ehe er gleichfalls die Stimme erhob. (Einmal, auf der Veranda, hatte er Siemen und mich darauf hingewiesen; man nenne das »die Redouten maskieren« oder habe es zumindest in seiner Jugend beim Fechten so genannt.) Er war zwar willens, peinlichste Einschränkungen klaglos zu ertragen, nicht aber, sich auf seinem Gebiet, der Rhetorik, ohne Gegenwehr niedermachen zu lassen, und eröffnete daher ein Sperrfeuer, Ziel: Tante Taupalt. Hatten die zufälligen Mithörer des Spektakels anfänglich noch vor der Taupaltschen Tür eine Traube gebildet, gefaßt auf ein eklatantes Ereignis – verlorene Lebensmittelkarten, besudelte Bettwäsche (Oma Berthas Eigentum), Frevel an der täglichen Brotration –, lernten wir mit der Zeit das Aufeinander-Einschelten der beiden alten Eheleute als etwas Notwendiges, Unvermeidbares zu dulden.

Nur meine Mutter konnte es nicht gänzlich hinnehmen, das wäre über ihre Kräfte gegangen. Andere zurechtzuweisen war ihr ein Hochgenuß. Indem sie Siemen und mich vorschob – »was sollen denn die Kinder von euch denken« –, erinnerte sie, in der Rolle der Hüterin, an das Vorbild, das Erwachsene zu sein hätten. »In eurem Alter wird man sich doch wohl zusammennehmen können.« Und: »Wir haben es schließlich alle schwer.«

Aber in Tante Taupalt war noch immer etwas Verve übriggeblieben, ein Haruspex erkannte den anderen. Mit gefährlich gerötetem Gesicht, die Ammonstraße hinter sich, zitierte sie das Gleichnis vom Glashausbewohner.

»Gerade du, mit deinem aufbrausenden Temperament, mußt einem Vorhaltungen machen! Hörst du das, Moritz?« (Jetzt gehörte er wieder zu ihr.) »Du predigst anderen Beherrschung, daß ich nicht lache! Wirklich, Valeska, du müßtest dir mal selber dabei zusehen, wenn du auf deine Kinder einprügelst, ein Drescherquartett ist nichts dagegen.« Worauf sie sich unmittelbar an Siemen und mich wandte: Das bißchen Krakeel mache uns doch nicht etwa angst? Nein, was? Durch verstohlene Ellenbogenpüffe gab sie dem anderen Angeklagten sein Stichwort, und Onkel Taupalt rief dann meist die Mythologie zu Hilfe.

»Ja, wißt ihr, meine Elli und ich, wir führen nun mal eine Ehe nach antikem Vorbild. Früher glichen wir Hera und Zeus: Der eine riskierte schon mal ein Auge nach einer Irdischen, und die andere brachte sich fast um vor Eifersucht. Heute leben wir mehr wie Prometheus und sein Geier: Mir sind die Hände gebunden, und sie frißt täglich an meiner Leber.« Er straffte das Kinn und legte den Kopf in den

Nacken. Anders wäre es ihm nicht gelungen, einen schalkhaften Glotzblick in die Runde zu schicken. Aber es lachte niemand.

Der Vater von Tante Gretjen Klengel und Oma Berthas Mutter waren Cousin und Cousine dritten Grades gewesen. Wir lernten folgendes: Anders als beim Thermometer bedeutete die ansteigende Gradzahl keineswegs auch ansteigende Zugehörigkeit und Familienwärme, vielmehr ein Sich-Entfernen ins Verschwommene. Fand sich kein anderes Thema, unterhielten beide sich damit, die Nähe ihres Blutes zu besprechen oder aber, wenn es zuvor gerade ein Renkontre gegeben hatte, ihre Versipptheit ins verwandtschaftliche Aus zu verweisen. Sie kamen zu keinem gültigen Ergebnis, sosehr sie auch rechneten. Konnte man dieses Interesse noch begreifen, war ihre Pingeligkeit, die Jahre, die zwischen dem Alter der einen und dem der anderen lagen, bei läppischen Anlässen zu betonen, für Siemen und mich unverständlich. Was machte es aus, ob einer sechzig oder fünfundsechzig war oder siebenundsechzig wie Tante Taupalt! Für uns waren sie alle gleich alt.

Gleich auch in ihrer Art, abends am Tisch in Oma Berthas Wohnzimmer zu sitzen wie die drei Spinnerinnen aus Grimms Märchen, gezeichnet von lebenslanger eintöniger Tätigkeit. Beständig war irgendwelches Weißzeug auszubessern, waren Strümpfe zu stopfen. Sie kokettierten mit ihren Brillen, gaben sie reihum, fanden sie unzureichend, auch die eigene, speichelten den Faden ein, schielten durchs Nadelöhr, zielten, zielten auch dann noch, wenn Nadel oder Faden schon den ungelenken Fingern abhanden gekommen waren. Letzten Endes waren es dann Siemen oder ich, die ihnen den Stopftwist einfädeln mußten.

Längst war Tante Gretjen das Flotte, Schneidige ihrer ersten Zeit bei uns abhanden gekommen; auch der Fohlenmantel gehörte ihr nicht mehr. Aber als Trümmerfrau hatte sie Anspruch auf Schwerarbeiterkarte, eine Tatsache, die meine Mutter zu langem, eingehendem Vergleichen der so verschiedenen Zuteilungen anregte.

»Wie schnell man sich daran gewöhnt, wie schnell man sich egal wird«, bemerkte Tante Gretjen, wenn sie mit dem Ausklopfer den Ziegelstaub aus der Wattejacke herausschlug, in der sie jeden Tag zum Enttrümmern fuhr. »Niemand würde mich wiedererkennen, wenn er mich in dem Ding sähe, das ist das einzig Gute daran. So adrett, wie ich immer war. Immer weiße Schürzen angehabt zu Hause, stimmt's, Armgart?«

Armgart nickte dann bloß. Sie sprach, so schien es, ungern von früher. Tante Gretjens Hang zum Weiß im Alltag bestand indessen ungebrochen fort. Wäre sie sonst darauf verfallen, ihr Haar, vom karierten Schalturban abgesehen, für die Arbeit ganz und gar in einen von Oma Berthas alten Leintuchfetzen zu hüllen? Nicht die kleinste Strähne war mehr sichtbar, wenn Tante Gretjen ihr Gebände angelegt hatte. Keinesfalls durfte die Knotendrapierung des Wollschals die nonnenhafte Gesichtsumrahmung verdecken, darauf achtete sie; ein Streifen Weiß mußte vorgucken. Onkel Taupalts Frotzeln: »Schwester! Ach, Schwester, könnten Sie bitte mal kommen und mein Kopfkissen umdrehen?« wurde von ihr mit Lächeln quittiert.

Sie konnten von Glück sagen, daß sie damals erst nach den Taupalts aufgekreuzt waren. Denn nachdem diese das einzige freie Zimmer der Wohnung belegt hatten, war Oma Bertha nichts anderes übriggeblieben, als ihr Lager in der Stube aufzuschlagen und Mutter und Tochter Klengel ihr

Schlafzimmer zu überlassen. Doppelt so groß wie das Nußbaumkämmerchen! Ockerbraune Vogeltrittschablone auf gelber Tünche; Mullgardinen, Wehendes, Weißes, an Ringen aufgehängt, die bei Wind leise klingelten. Zwei Außenwände zwar, aber jede mit Fenster. Das hellste Zimmer der ganzen Wohnung. Erst gegen Abend erhielt es etwas Trauriges, in sich Hineinsinkendes, verstärkt noch durch die beiden Nachttischlämpchen, die ihre Glaskelche am gebogenen Messingstiel so blumenmatt hängen ließen. Der kleine Ofen freilich rauchte niederträchtig, war er doch bis dahin nie benutzt worden. An manchen Morgen, wenn es die Nacht über tüchtig gestiebt hatte, fand Tante Gretjen verirrten Schnee zwischen den Doppelfenstern.

Jetzt redete niemand mehr von »einstweilen« oder »vorläufig«; das Provisorium war, indem die Jahreszeiten kamen und gingen, nahezu unerschütterbar geworden. Daß man in der Küche nie mehr unter sich war, wurde immer mal wieder mürrisch bis boshaft vermerkt. Denn obwohl Tante Gretjen und Armgart ihren eigenen Kocher (Modell »Hexe«, mit Holz zu heizen) bei sich im Schlafzimmer aufgestellt hatten, blieb doch das ewige Wasserholen und Wasserauskippen. Ständig fuhrwerkte jemand anders im Spülbecken herum, überall Eimer mit eingeweichter Handwäsche. Und natürlich war da »eure verdammte Schmurgelei«, wie meine Mutter öfter Tante Taupalts Essen titulierte, worauf sie von Tante Taupalt die Entgegnung bekam, ob sie vielleicht annehme, ihr zuliebe werde man sich in Ziegen verwandeln. »Einen Butterblumenstrauß gleich von der Wiese wegfressen, was? Das hättest du wohl gerne, Valeska!«

Es dauerte eben alles schon viel zu lange.

Tante Gretjen und Armgart hatten sich allerdings einen Toleranzbonus erobert. Sie hatten nicht bloß große Reden geschwungen, sich bald ein anderes Unterkommen zu suchen, sie waren tatsächlich über vier Monate fortgewesen. Armgart hatte sich einer Sangesschwester aus dem Bach-Chor entsonnen, die sie während des Krieges mehrfach eingeladen hatte, mit ihr zusammen für ein Wochenende zu ihren Eltern aufs Land zu fahren, in ein Dorf bei Oederan. »Mal so richtig ohne Marken essen, du!« Es hatte sich zwar nie ergeben, doch war der Gedanke an das Angebot in Armgarts Vorstellungswelt nie ganz untergegangen, wenn sie mittlerweile auch nicht mehr wußte, ob es sich um eine Häuslerstelle oder um ein Erbhofbauerngut gehandelt hatte. Nun, sie hatte es einfach mal riskiert, hatte einen Brief aufs Geratewohl aufgegeben: Familie Gäbler in Soundso bei Oederan, vormals Baldur-von-Schirach-Straße (die Post würde ja wohl wissen, wie die jetzt hieß).

Und Wunder über Wunder ereigneten sich. Konnte man soviel Glück fassen: Die Sangesschwester Gäbler hatte den Angriff gleichfalls überlebt, wohnte tatsächlich wieder bei ihren Eltern und schrieb zurück, Armgart und ihre Mutter sollten nur kommen, eine Bleibe fände sich, Arbeit auch: »Wir können jede Hand gebrauchen, Du!« Das zutunliche Du war es gewesen, das den Ausschlag gegeben hatte. Alles war besser als Steineklopfen. Denn in dem halben Jahr vor ihrem Auszug war auch Armgart Trümmerfrau gewesen. Doch anders als ihre Mutter erlöste sie sich beim Nachhausekommen nicht durch Stöhnen und Ächzen, durch laute Jeremiaden und Mitteilungen über das heute geschaffte Pensum, worauf dann sogar eine gewisse stumpfe Stillzufriedenheit eintreten konnte wie nach dem Ablegen eines Panzers. Das Kochen der Abendsuppe – »Haben die Kinder mir die Molke mitgebracht?« – und das anschließende Auslöffeln halfen Tante Gretjen dann vollends, wieder zum Einklang mit sich selbst zu kommen. War auch der kleinste Rest mit dem Zeigefinger aus dem Topf herausgeholt worden, fand sie sich drüben im Wohnzimmer ein zum »gemütlichen Teil«.

Armgart verbiß sich alles. Stumm wütete sie über der Waschschüssel gegen ihre Hände. Mit der zerfransten Bürste hieb sie auf die Schrunden ein, scheuerte die spröde, wie verbrühte Haut, malträtierte die schwarzen Rillen, umkrampfte den grauen Schwimmseifenquader und stieß damit gegen ihre Nagelbetten. Ihr Schmerzempfinden, wenn die Frostbeulen sich bemerkbar machten, verriet sich lediglich in haßverzerrten Grimassen. Wurde es unerträglich, legte sie für Sekunden den Kopf in den Nacken, mit fest geschlossenen Augen.

Manchmal gab Tante Gretjen, stellvertretend, einen Teil von Armgarts verschluckter Klage preis, wenn sie lamentierte, zwar sei es auch ihr nicht gesungen worden, so schwere Arbeit in ihrem Alter noch, aber sie habe leider zu früh geheiratet, nichts gelernt, da konnte man heutzutage nicht wählerisch sein. Armgart jedoch – »Was glaubst du, Bertha, wie mir das Herz blutet, wenn ich sie an so einem Ziegelstein kratzen sehe«. Gelernte Apothekerin. Eine wunderbare Lebensstellung in der Lindwurmapotheke verloren. Hände wie eine Geigenspielerin, so fein, so empfindlich.

»Richtig eigen war sie immer mit ihren Händen. Jeden Abend Glyzerinbäder und die Nägel mit Hirschleder poliert. Sie ging ja regelmäßig zum Bach-Chor, und wenn sie dann bei den Aufführungen die Notenblätter hielt, in der weißen Seidenbluse und die Innenrolle so schön, rechts und links auf den Schultern aufliegend ... Gretjen, dachte ich da manches Mal bei mir, das ist deine Tochter! Und sie hatte auch immer so eine Art, den Männern die Hand hinzuhalten, daß die gar nicht anders konnten, als ihr einen Handkuß zu geben. Deshalb kamen bei ihr eigentlich nur Flieger in Betracht; die stammten meist aus guter Familie.«

Dem Gesichtsausdruck der Tante war abzulesen, daß sie an einen ganz Bestimmten dachte. Sie rechnete etwas nach, flüsterte für sich Monatsnamen, bog die Finger nacheinander um und sagte in urplötzlich sachlichem Ton: »Das Kind wäre im Dezember drei Jahre geworden.«

»Zu neuen Ufern!« Armgart rief es, als sie und Tante Gretjen uns verließen. Mit nichts als ihren Rucksäcken, kein Gepäck sonst. In Sommerkleidern aus der Volksspendenaktion, die nackten Waden über heruntergerollten Männersocken sonnenverbrannt von der Trümmerarbeit. Ein Wanderlied, fand ich, hätte gut dazu gepaßt, vielleicht »Wohlauf, die Luft geht frisch und rein, wer lange sitzt, muß rosten«. Gerade in der Apfelblüte gingen sie weg. Duftwolken von frischwaschener Süße wehten über ganz Podgoritza hin, mindestens eine Woche lang würde das so sein. Aus dem Ostfenster des Schlafzimmers, das nun wieder leer stand, sah man auf mehrere dieser Brautsträuße; zwar gehörten sie den Nachbarn, Duft und Anblick aber kamen zu denen, die aus diesem Fenster sahen.

Oma Bertha verschob das Wiedereinziehen von Woche zu Woche. Ihr Bettzeug blieb nach wie vor auf der Couch im Wohnzimmer und wurde tagsüber mit einer Fransendecke getarnt. Tante Taupalt zeigte durch beredte Blicke in Richtung der stillen Region, und immer unverblümtere Anspielungen den Wunsch an, den Tunnel im Nußbaumschatten mit dem so viel größeren, so viel helleren Zimmer zu vertauschen – Oma Bertha aber stellte sich taub. Siemen und ich hätten Tante Taupalt aufklären können, daß sie es genau falsch anfing. Man durfte überhaupt kein Interesse bekunden. Die Denkanstöße, die man Oma Bertha zukommen ließ, durfte allein vorgebliche Unschuld diktieren.

Auch Siemen lag während jener Frühsommerwochen an dem Raum. Bevor es mit den Rennwagen losging, war er davon besessen, um jeden Preis diesen Apparat zu basteln. Eine im Grunde furchtbar einfache Konstruktion, denn wie er mir erläuterte, benötigte man dafür nichts weiter als zwei Kartons, einen Rasierspiegel, zwei Linsen (er hatte vorsorglich die beiden Lupen unseres Vaters aus dem Bücherschrank entwendet) sowie eine Lichtquelle, die in den größeren Karton hineinmußte.

Mir fiel es zu, mit sieben Fläschchen Tusche auf kleinen Rechtecken, durchsichtig, jedoch trüber und weicher als Glas, Gemälde zu schaffen, die, wenn alles klappte, ins Phänomenale vergrößert auf einer weißen Fläche aufscheinen sollten. Siemen konnte nicht zeichnen, nicht mal richtig durchpausen. Die Kreuzblütler und Landkarten in seinen Heften waren alle von mir gemalt worden.

Diesmal aber erwartete er Unerfüllbares. Ganze Szenen auf Plättchen, nicht größer als eine Zigarettenschachtel, zu malen! Durch wiederholtes Befingern war zudem auf der Oberfläche der Plättchen ein Fettfilm entstanden, so daß die Farben sich widersetzten, sich nicht flächig verteilen lassen wollten. Ich kritzelte, tupfte und schmierte und wischte mit einem feuchten Lumpen alles wieder fort, nahe am Heulen. Was nützte es, daß ich die Bilder vor mir sah, eigens eine Geschichte erfunden hatte, wenn das Ergebnis nur aus Klecksen bestand.

Nebenan, in der Küche, unterhielt sich Siemen inzwischen mit Oma Bertha über seine Erfindung. Er verhaspelte sich vor Feurigkeit, stellte das Simple der technischen

Zusammensetzung dem Effekt gegenüber. Beinah wie Kino wäre das.

»Na, dann probier's doch mal«, kam es ermunternd.

Nun wieder Siemens Stimme, die betrübt mitteilte, daß unsere Mutter ihm keine Nachttischlampe dafür leihen wollte; sie hatte was gegen Experimente, da konnte man nichts machen. »Du weißt doch, wie sie ist.«

Nichts weiter. Kein Gebettel, keinerlei Anspielungen. Das war es, was Tante Taupalt nie begreifen würde. Siemen stand nur so herum, hütete sich vor härteren Beschuldigungen gegen die andere Hälfte der Macht. Zu dieser Jahreszeit bereits weißblond gebleicht bis an die Brauen, konnte Siemen ganz hell und geläutert aussehen, vor allem, wenn er günstig im Licht stand und die Augen strahlend aufriß, wasserklare, leicht vortretende Augen mit schnell flatternden Wimpern. Es dauerte denn auch nicht lange, bis ihm das erhoffte Angebot von Oma Bertha auf einem Silbertablett überreicht wurde: beide Nachttischlampen im leerstehenden Schlafzimmer zur freien Verfügung.

»Du kannst sie uns ja mal vorführen, deine Laterna magica, wenn sie fertig ist.« Die einzige Bedingung war, daß wir nichts verschleppen durften, nichts aus dem Raum entfernen. Das stellte jedoch keine Einschränkung dar, sondern eine weitere Vergünstigung, denn damit erhielten wir das Zimmer als Draufgabe, solange wir wollten.

Den »Apparat« aus aneinandergeklebten Kartons zwischen uns, machten wir es uns auf dem Ehebett gemütlich. Wir hatten uns quer gelegt und die Vorhänge zugezogen und rutschten auf den glattgestrichenen Damaststeppdecken herum, ein lotterhaftes Gefühl auf der bloßen Haut, vorerst nur der von Armen und Beinen. Siemen richtete die ausgeschnittene Mündung des Kastens gegen die Tür. Die

Pappe war eingerissen, denn wir hatten die Glasglocke des Lämpchens mit Gewalt in den Karton hineinzwängen müssen. Das Licht aus dem Loch überglänzte die Türfüllung. Fordernd streckte Siemen die Hand aus: »Gib mal eins rüber.« Bis jetzt hatte er noch keinen Blick auf meine Bilder geworfen.

Er schob das erste Plättchen in den seitlichen Schlitz. Und was auf den kleinen Vierecken aus Plexiglas so stümperhaft ausgesehen hatte, kaum mehr als Andeutung gewesen war, schwamm nun als Impression leicht unscharf und riesengroß auf der Flügeltür. Siemen begann mit den Beinen zu stoßen, er tanzte im Liegen, auf dem Bauch, und trommelte auf den Karton ein.

Nach jedem Wechsel der Plättchen flammte auf der weiß lackierten Tür eine andere Ikone, flammten Pracht und Herrlichkeit. Blau und Rot behielten sich die Hauptrollen vor. Keine Szene kam ohne sie aus. Sie besaßen die Gunst des Publikums, denn ich muß zugeben, daß wir parteiisch waren. Blau hatte es ein kleines bißchen schwerer, trat es doch gegen gleich zwei Rot an: *Karmin* und *Zinnober* hatte auf den Fläschchen gestanden.

Hier das Erkennungskleid der Prinzessin, der Nachthimmel, die Imagination von Meer und Meeresstrand, auftrumpfend dagegen aber Feuer und schöne Wangen, Rosenstrauch und Purpurmantel. Das Gelb schmiegte sich überall dazwischen; es fiel als Haar bis an den Rocksaum, und Gold imitierend übernahm es das Komma des Mondes, die geviertelte Aster der Sonne und die Sterne (immer zu dritt, wie zahme Kolibris). Grün und Braun zeichneten sich durch Biederkeit aus, besonders das Grün hatte seine smaragdenen Auftritte, als Tanne etwa oder Hut eines Jägers. Sparsam eingesetzt das *Mauvais sujet*, Schwarz: Element des

Unguten, selbst als Stiefel oder Schnurrbart die böse Absicht verratend.

Als wir mit den zehn Plättchen durch waren, fingen wir von vorne an. Schon hatten wir Lieblinge, so daß sich bald ein Rhythmus herausbildete aus kürzeren Schautakten – der Gerechtigkeit halber wurde kein Bild übergangen – und solchen, die endlos ausdehnt wurden in schamloser Bevorzugung des Knalligen, Prunkenden, Lohenden. Denn obgleich keine einzige Tafel nur leidlich oder mittelmäßig war, irgend etwas Vorzügliches gab es überall, lagen wir mit aufgestützten Ellenbogen (die Unterschenkel angewinkelt, über dem Hinterteil pendelnd, so daß unsere bloßen Füße einander gelegentlich in der Luft trafen) vor immer denselben Favoriten, konzentriert und vor Glück so gut wie stumm.

Ohne darüber ein Wort zu verlieren, waren Siemen und ich uns einig, daß die Kräfte des Kartons keinesfalls der Macht vorgeführt werden durften (»Guckt nur mal – ist das nicht gediegen?« – »Wer hat dir erlaubt, ohne zu fragen die Lupen aus dem Bücherschrank zu nehmen?« etc. etc.) Er bastle noch daran, hatte Siemen gesagt, als Oma Bertha sich nach dem Fortschreiten der Laterna magica erkundigte. Es stand wohl kein echtes Interesse hinter ihrer Frage, nur das Wohlwollen der Mäzenin, denn sie hörte kaum hin und gab sich mit den Ausreden zufrieden. Sie nannte uns brave, gute Kinder und hatte nichts dagegen, daß wir auch weiterhin, solange der Sommer dauerte, das Zimmer als unseres betrachteten. (Wer weiß, wie sie unser undurchsichtiges Tun da drinnen gegen die Dame Taupalt ausspielte.) Meine Mutter, hätte sie davon gewußt, wäre mißtrauischer gewesen. Sie hätte keine Hemmungen gehabt, ohne Vorwarnung hereinzustürmen: »Ihr seid so verdächtig ruhig, was treibt ihr da eigentlich? Dürft ihr auf den guten Steppdecken fläzen, hat Oma Bertha euch das erlaubt?«

Doch glücklicherweise war sie seit Anfang des Jahres für sechs bis acht Stunden im Büro einer kleinen neu aufgemachten Firma auf der anderen Elbseite beschäftigt, die, wenn sie davon erzählte, nur »meine Gummibude« hieß, sich auf die Produktion von Igelittschuhen und Igelittschnürsenkeln vorbereitete, aber auch Vulkanisierarbeiten übernahm. Bißchen buchhaltern mußte sie ebenfalls, das war neu für sie, aber, wie sie sich ausdrückte, »keine Leistung für 'n Dummen. Da arbeite ich mich schon ein.«

Daß ihre Lebensmittelkarte nicht so bestückt war wie die von Armgart und Tante Gretjen, galt in ihren Augen als ungerecht, schließlich besaß sie Kenntnisse in Schreibmaschine, wußte, wie man eine Rechnung aufsetzt, einen Geschäftsbrief formuliert. Mehr als einmal hatte sie Anspielungen fallenlassen, wie hinderlich einem heutzutage eine reine Spezialausbildung sein könne. »Du siehst es ja – ist die Apotheke futsch, sitzt du da mit deinem Pharmaziestudium.«

Vielleicht hatte Armgart deshalb fortgewollt, aufs Land, mitten hinein in die freie Natur, die von Heilkräutern nur so wimmelte, wo sie auf Schritt und Tritt von Salbei und Taubnesseln, Tollkirsche und Fingerhut umgeben wäre. Vielleicht machte sie ja dort eine eigene kleine Privatapotheke auf, Verkauf übers Fensterbrett, mutmaßte Siemen, als wir einmal über die einstigen Bewohner unseres Zimmers sprachen. Die Bauern würden Armgart dann mit den Besteckkästen, den Blaufuchskolliers, den Perserbrücken der Hamsterer bezahlen, die sie selbst in Zahlung genommen hatten; ganz verrückt würden sie in Soundso bei Oederan sein auf Armgarts Hustensäfte und Salben, auf Abführtee und Pulver gegen Würmer und von weither, aus den entferntesten Dörfern, zu ihr kommen. Wir malten uns aus, wie die Klengels in sagenhaftem Reichtum schwammen. »Paß auf, irgendwann kommt hier ein Auto an, und wer sitzt drin? Klengel-Gretjen und Armgart!« Fest stand – wären sie nicht ausgezogen, wären wir niemals in den Genuß der Nachmittage auf dem Doppelbett gekommen.

Je weiter der Sommer fortschritt, desto weniger hatten wir an. Ich nur mehr einen Luftanzug aus rosa Mull, Siemen eine blauwollene Badehose, zu Türkis verwaschen (im letzten Jahr noch mit zwei breiten Trägern an großen Perlmuttknöpfen befestigt).

Das Vorziehen der weißen Gardinen gehörte zum Ritual; dann hatten wir diese sonnige Dämmerung im Zimmer, als sei man zur Strafe am hellichten Tag ins Bett geschickt worden. Die Fensterflügel standen weit in den Raum hinein. Nachdem die Apfelblüte vorbei war, herrschte das frisch geschnittene Gras vor. Dann das getrocknete. Zwischen den Wänden schwelgte es süß nach Heu und sonnenheißen Trockendüften. Auch der Rosenstrauch am Zaun zum Schweizerhausgarten hatte seine große Zeit, in der er mächtig war, dem geringsten Lufthauch Proben mitgab und die zugezogenen Gardinen durchdrang. Hier, im Zimmer, läuterte sich, was draußen im Garten so marktschreierisch, deftig und sengend auftrat, schon lange vor dem Abend. Hier war alles dezent, gedämpft, verströmte Ermattung, und lag man auf dem Ehebett, meinte man das sachte Dümpeln eine Boots zu spüren, das schwindlig machende Schaukeln heimlich sich regender Kufen.

Oma Bertha saß mit den Taupalts auf der Veranda, gleich neben unserem Südfenster. Ihr Brabbeln hinter den Bohnenranken gab dem, was wir taten, eine extra Würze. Sich vorzustellen, einer stünde unverhofft auf und öffnete auf dem Weg in die Küche in heiterer Neugier die Tür zum Schlafzimmer: »Na, ihr zwei beiden, spielt ihr schön?«

Erschallte allerdings die Stimme meiner Mutter, die von ihrer Gummibude nach Hause kam, zogen wir alles Heruntergestreifte hastig wieder hoch. Die gegenseitige Anteilnahme erlosch auf der Stelle. Der Karton war inzwischen bedenklich heiß geworden. Die Plättchen flogen durcheinander in eine Zigarrenkiste, das ganze Zaubergerät wurde unterm Bett versteckt, die in Unordnung geratenen Steppdecken glattgestrichen.

Mittlerweile war unser Verhältnis zu den Projektionen der Laterna magica sehr intim geworden. Während der Anbetungsphase hatte es uns die Sprache verschlagen. Schweigend zugunsten der Sinne und – wenn man von dem Fußkontakt absah – so gut wie regungslos, hatten wir zu beiden Seiten des Kartons auf dem Bauch gelegen und uns in die Vorspiegelung von Meeresbläue versenkt, hatten Karmin, Gold und Zinnober Blick um Blick von der weißen Tür abgesaugt.

Bald aber schlich sich etwas Überhebliches in unsere Empfindungen ein. Denn im Innern des Pappkartons fabrizierten sich Spiegelreflexe und bündelten sich gefärbte Lichtstrahlen dem Wunder zuliebe, das nach Belieben hervorzurufen und launisch wieder zu entfernen allein in unserem Ermessen lag, so daß wir vielleicht so etwas wie Götter waren, zumindest auf dem besten Wege, welche zu werden. Im Bewußtsein unserer Exklusivität wechselten wir die Altarbilder je nach Lust und rollten dann träge auf den damastenen Steppdecken hin und her. So ähnlich hatte ich Hunde sich auf der Straße wälzen sehen und sie lächerlich gefunden, eben wie blöde Hunde. Wir taten es hinter verhängten Fenstern, ungelenk, hastig zu Anfang, dann zunehmend genüßlicher. Ich könnte nicht mehr sagen, wer von uns zuerst sein Zeug herunterzog, wenn überhaupt einer der erste gewesen war. Wir hatten oft den gleichen Gedanken zur gleichen Zeit.

Wir vollführen Beinbewegungen wie beim Trockenschwimmen, stoßen uns mit den Zehenspitzen ab, wieder und wieder. Kommen wir an der Bettkante an, wird langsam rückwärts geglitten, dem anderen Ende zu; öffnet man die Beine dabei, steigert sich das schöne Gefühl. Ab und zu tauschen wir das Plättchen vor der Lampe gegen ein anderes, gönnen großmütig auch Grün und Braun eine Chance, lassen sie Waldeinsamkeit vorgaukeln, denn liegen wir nicht längst auf Moos. Das Zwielicht hebt uns aus der Zeit heraus; was man auch täte, es hätte nichts mit der Wirklichkeit zu tun. Es bliebe in diesem Zimmer zurück, an die Bilder auf der weißen Tür gebunden.

Nach dem Gardinenzuziehen und dem Anknipsen des Lämpchens und nachdem das erste Plättchen eingeführt war, warteten wir noch ein paar Minuten, bis die Stimmung sich einstellte, denn manchmal brauchte es noch etwas Zusätzliches, daß ein Vorhangschal flatterte oder die Schweizerhaustauben besonders intensiv taten mit ihrem Rugrúhgruh-gr-gr. Danach war es dann ganz leicht und selbstverständlich, das rosa und das blaue Stoffhäufchen irgendwohin, an den Bettrand, zu werfen. Auf dem Bauch zu schleifen war die bevorzugtere Art. Auf dem Rücken wiederum konnte man sich, die Knie angewinkelt, mit den Fersen viel kräftiger abstoßen. Bisweilen blieb einer ruhig liegen und sah dem anderen zu, mit auf die Wange gelegtem Kopf, und beobachtete dessen Vorrücken und Rückwärtsschieben auf dem gelben Untergrund.

Im übrigen verhielten wir uns zurückhaltend; das Gerangel nach den Wannenbädern in der Waschküche gehörte nicht hierher. Dafür brauchte man die Höhlenatmosphäre der Federbetten, die Sicherheit des Nachthemdes, dabei durfte gequiekt werden und gekitzelt, Beine umklammert und ins Ohr gepustet. Auf Oma Berthas Ehebett und späterem Doppellager von Mutter und Tochter Klengel scheuten wir vor solchen Kindereien zurück. Höchstens, daß wir füreinander Vergleiche fanden, über die gekichert wurde.

Auf halblaute Fragen wurde stockend erklärt, gezeigt, vorgeführt. Einmal regnete es. Wir hörten es rauschen, ein lotrecht fallender, reichlicher Sommerregen. Das Licht wurde plötzlich fahl, beinah düster, ein jäher Sprung vom Nachmittag in den Abend hinein. Im Gegensatz dazu erfuhr unser Altarbild auf der Verbindungstür eine diabolische Zunahme an Leuchtkraft. So glitten auch wir hitziger, wie im Wettstreit, unsere Bahnen auf und ab, ohne wie sonst dem anderen in aller Ruhe zuzuschauen oder sich selbst in dessen gutgesinnter Neugier zu sonnen. Jeder kämpfte für sich auf der Bettdecke. Damals wären wir um ein Haar überrascht worden. Wir hatten die Ankunft unserer Mutter nicht mitbekommen. Sie stand bereits in der Küche und schrie nach Siemen, die zweite Silbe seines Namens in gellendem Frageton.

Nach dem Ende der großen Ferien verbrachte Siemen die meiste Zeit damit, seinen Rennwagen auszuprobieren. Höchstens noch einmal die Woche kam es zum Bilder-an-die-Tür-Werfen und dem anderen, das sich daraus ergab. Es hatte mit einemmal etwas Absichtsvolles, Mechanisches erhalten. Die listige Vergnügtheit, das Federleichte der langen hellen Tage war nicht mehr da, es fehlte die Vorfreude, mit der wir uns für alles Zeit gelassen hatten, bis eins von selbst aus dem anderen erwuchs. Möglich, daß es ja bloß eine Frage der Temperatur war und der Unbequemlichkeit, daß das Einbüßen der arkadischen Kleiderordnung schuld war, an deren Stelle nun die Notwendigkeit von Auf- und Zuknöpfen und Über-den-Kopf-Ziehen trat. Die »Schwimmübungen« auf der Steppdecke mit anbehaltenen Söckchen und bis zu den Achseln gerolltem Unterhemd, den Wulst einer hochgeschlagenen Bluse im Nacken, äfften nur mehr nach, was die Attraktion des Sommers gewesen war. Nachdem dann noch ein unsteter, bald von Westen, bald von Süden ans Haus schlagender Regen einmal die Fensterbretter und die Region darunter unter Wasser gesetzt hatte, wurde die Sache aufgegeben.

Die Kartoffelferien waren noch nicht vorbei, als während des Abendbrots unsere Klingel schellte. Die Haustür war schon für die Nacht verschlossen worden.

»Wer will denn um die Zeit noch was?« Meine Mutter räsonierte kauend, verfehlte ihre Pantoffeln vor Eile und Neugier. »Sollen gefälligst bei Tage kommen.« Mit zwei Fingern schob sie die Gardine beiseite und spähte in den Hof hinunter. »O Gott, die kommen wieder!«

Oma Bertha fielen sogleich Messer und Gabel aus den Händen; sie hatte sich gerade Fiederchen geschnitten. »Die Russen?!« (Unser Haus war im Sommer des Vorjahres einmal kurz von Quartiermachern der Besatzungsmacht durchwandert worden, wahrscheinlich seiner äußerlich imposanten Größe wegen. Nachdem sie jedoch die Aborttüren aufgemacht hatten, zogen sie wieder ab. Die verlangten Wasserspülung; Aborte konnten sie bei sich zu Hause auch haben.)

»Unsinn! Was sollten die denn hier wollen? Nein, Klengel-Gretjen und Armgart.«

Meine Mutter beeilte sich keinesfalls, sprang nicht zum Schlüsselbrett, jagte nicht im Begrüßungsjubel holterdiepolter die Stufen des Treppenhauses abwärts, der Haustür zu, dabei singend: »Jaahaa ... ich komme ... ich komme ...!«, wie im Frühling, als, ebenfalls zur Abendbrotzeit, ein junger Mann unterm Portikusdach gewartet hatte. Welche Ungeduld damals! Keine Zeit genommen, den Leuchter zu schnappen. Wie von der Tarantel gestochen losgesaust, die Pantoffeln auf der Treppe verloren, in Söckchen weitergerannt! In der Finsternis des Vestibüls hatte sie den Hausschlüssel (groß wie ein Hundeknochen) mehrmals danebengestoßen, aber permanent weiterjubiliert: »Jaa ... gleich ... gleich ...«

Wir waren hinter ihr hergestürzt, Siemen und ich, die gleiche Hoffnung im Kopf und im Herzen, das klopfte, und hatten auf dem letzten Treppenabsatz Posten bezogen. War er's? War er's?

Endlich riß sie die Tür auf und warf sich dem Mann an den Hals.

»Menno!«

»Valeska!« Küsse schmatzten.

Wir erfuhren, daß es sich bei Onkel Menno um einen Halbbruder unseres Vaters handelte. Woher er kam und wohin er wollte, blieb Geheimnis. Onkel Menno tätschelte uns freundlich die Köpfe. »Die Kleine ist der ganze Frerich. Aber nach wem kommt der Junge? Wahrscheinlich ein echter Scheuchzer, was?«

Sonst wurde er niemandem vorgestellt. Weder Tante Taupalt, die in der Küche Wasser für ihren Mohrrübentee aufbrühte, noch Tante Gretjen, die, von der männlichen Stimme herbeigelockt, im Türrahmen aufkreuzte und vor Neugier platzte, die Hand schon ausgestreckt: »Ei guten Tag! Ich bin Gretjen Klengel, eine Verwandte.« Nein, Onkel Menno gehörte allein unserer Familie. Sein Geruch und seine herrlichen Baßtöne, seine männlichen Trampelschritte – eifersüchtig gehütet wurde das, als Beute in unser Wohnzimmer geschafft und den Tanten kurzerhand die Tür vor der Nase zugemacht. Wir sollten nun gute Nacht sagen und schon mal im Bett verschwinden. »Ihr dürft noch bißchen lesen, ausnahmsweise.« (Es war kaum halb acht.)

»Der kommt aus Gefangenschaft, wetten?« sagte Siemen, der mit dem Ohr an der Tür zur Stube klebte; aber man verstand kein Wort, als bediene sich der Onkel eines absichtlich verstellten Idioms. »Jetzt haben sie Oma Bertha auch abgeschoben.«

Stunden später (wir lasen noch immer, das mußte ausgenützt werden. Siemen war mit in meine Ehebetthälfte gekrochen, für sein Reformbett gab es keine eigene Lampe; er steckte damals mitten in *Robert des Schiffsjungen Fahrten und Abenteuer*, das ich anschließend haben wollte. Ich las ebenfalls ein geborgtes Buch, einen Band mit Geschichten, die eine nun schon zum dritten Mal: *Undine*; ach wie ich Berthalda haßte!), mitten in der Nacht demnach, drang Zigarettenrauch durch Türritzen und Schlüsselloch. Oder nein, ein anderer Geruch, aromatisch und brenzlig, eigentlich nicht zu verwechseln mit glimmendem Tabak. Die Stimme meiner Mutter tönte aufgekratzt aus der Küche herüber; Onkel Menno gab tiefbrummende Antworten.

»Blöder Dialekt«, bemerkte Siemen verärgert, »kann der nicht reden wie wir?«

Dann war die Mutter wieder in der Stube, ganz nah, und in ihr leisetuerisches Geschnatter hinein rackerte ein kleines Geräusch, das mit ihr verbunden schien, denn es kam aus derselben Richtung, als hielte sie es im Schoß. Es veränderte sich nach kürzester Zeit, mehr zum Rasseln hin, wurde schneller und schneller und hörte auf. Die Büffetscheiben gongten, Porzellan klirrte, die Uhr auf dem Bücherschrank brach in Glockenschläge aus, die nicht enden wollten, und meine Mutter vergaß ihren mitternächtlichen Zurückhalteton: »Was denn – Kondensmilch hast du auch?«

Irgendwann klopfte sie an unsere Tür: »Licht aus, jetzt.«

»Hast du dir so gedacht.« Siemen gähnte und blätterte um. »Oder willst du etwa schlafen?« Ohne sich nach mir umzudrehen – er betrachtete eingehend eine der Bildtafeln –, holte er mich mit dem Arm zu sich, bis mein Kopf an seinem Schlüsselbein lag. Als meine Mutter uns weckte, brannte die Lampe noch immer. Nacht und Morgen waren durcheinandergeraten. Und auch sonst ging es drunter und drüber. Wutschreie wechselten mit sachlichen Anweisungen.

»Das schlägt doch dem Faß den Boden aus! Gießt euch das Waschwasser selber ein. Her mit den Büchern, die seht ihr so schnell nicht wieder! Brote liegen in der Küche, ich bin schon spät dran. Heute abend wird abgerechnet, da könnt ihr euch drauf verlassen.«

Keine Spur mehr von Onkel Menno. Vielleicht war er bloß ein Traum gewesen. Aber es sprach zuviel dagegen. Die rosa Wolldecke, sonst Ecke auf Ecke gefaltet am Fußende der Couch, war offensichtlich als Zudecke verwendet worden. Auch wiesen zwei der Sofakissen, dem zipfligen Arrangement entlang der Couchrückwand entnommen, nunmehr flachgedrückt, je eine unübersehbare Delle auf. Über der noppigen Tischdecke lag ein weißes Damasttuch, wie bei Geburtstagen, und als sei in der Nacht tatsächlich Geburtstag gefeiert worden, standen noch immer zwei Tassen vom guten Service mit den Weinlaubranken beieinander, ein Stück davon ab die sperberbrüstige Kanne und, umgestülpt daneben, die rotgefütterte wattierte Mitra, zwei Teller nicht zu vergessen, verschmiert von gallertartigen Krümeln, wie Sülzereste.

Oma Bertha, im Schlafrock, das Zöpfchen lose über dem Rücken, inspizierte den Ort. Sie rümpfte die Nase, stoßweise Luft einsaugend, als imitiere sie im Spaß einen Hund, der eine Fährte aufnimmt. Von ihrer Nase zum Tisch gelenkt, ergriff sie eine der beiden Tassen und roch hinein. Mit den Tellern verfuhr sie ähnlich, tupfte sogar mit den Fingerspitzen die Gallertbätzchen auf und leckte sie ab. Plötzlich hob sie den Deckel von der Kanne und brachte diese ans Auge.

»Ausgetrunken.« Sie sagte es mehr für sich, denn was hatten Siemen und ich damit zu tun. Wir plünderten am Küchentisch, ohne Aufsicht, die Vierfruchtmarmelade.

Wir hatten schon die Ranzen aufgehuckt, befanden uns im Treppenhaus, als Siemen es sich anders überlegte und noch einmal umkehrte. An Oma Bertha vorbei marschierte er geradewegs zur Kredenz unseres Wohnzimmers und schloß die Tür auf. Ohne den Ranzen abzunehmen, ging er in die Knie, angelte mit der Hand, fuhr hinter Serviettenstöße und Tischtücher und förderte schließlich die Kaffeemühle zutage, die normalerweise in den Küchenschrank gehörte: »Hab ich mir doch gedacht.«

Seine Wimpern flatterten (man mußte dabei stets an Mottenflügel denken), als er die kleine Lade herauszog und Oma Bertha hinhielt: »Hier. Da hast 'n.« Ein bißchen Allüre war sicher auch dabei: Rächer der Enterbten. In Anbetracht des bevorstehenden Strafgerichts wegen der nicht ausgemachten Nachttischlampe (Ohrfeigen? Oder Teppichklopfer?) kam es auf ein Verbrechen mehr oder weniger nun nicht mehr an. Voller Unbehagen, denn ich schätzte Gefühlsausbrüche bei Erwachsenen nicht, sah ich zu, wie Oma Bertha den angefeuchteten Zeigefinger hineinstippte in das Schublädchen, wie sie ihn, bepudert mit schwarzbraunem Pulver, wieder herauszog, daran leckte und wie ihre Augen von einer Sekunde zur anderen rot wurden und Tränen absonderten.

»Was die an dem Zeug finden?« fragte ich Siemen, als wir endlich losrannten. »Stellen sich an, als wär es heilig.«

Nein, Wiedersehensfreude wie Onkel Menno durften die heimkehrenden verlorenen Töchter nicht beanspruchen. Und sie würden auch nicht nur für eine Nacht dableiben, das konnte man sich ausrechnen, noch weniger ein Tischleindeckdich herzaubern, bestückt mit grünen Kaffeebohnen, Kondensmilch und Cornedbeef. Natürlich ging es nicht an, sie draußen stehenzulassen (klingelten schon zum zweitenmal, statt bescheiden abzuwarten), aber ein bißchen schmoren war ganz gesund. So zeigte man ihnen gleich, was man davon hielt: erst großartig ausziehen (»Zu neuen Ufern!«) und dann, ohne Vorankündigung, gescheitert wiederkommen, denn was sollte sonst der Grund sein. Als wären sie von Rechts wegen hier zu Hause.

Immerhin spielten sie jetzt die Heimatlosen, die gerupften Hühner bis in die letzte Geste hinein perfekt. Waren sie vor anderthalb Jahren, an jenem Februartag, noch mit viel zuviel Überlebensdankbarkeit und Selbstbewußtsein aufgetreten, so fohlenmantelig und überhaupt nicht ihrer hoffnungslosen Lage gemäß, holten sie nun alles nach. Flehende Arme wurden um die Schultern meiner Mutter geworfen, nachdem diese sich, Schritt für Schritt abwärts schlurfend, zum Aufschließen bequemt hatte.

»Ach Valeska, wenn du wüßtest … wenn du wüßtest, wie

es uns dort ergangen ist. Ausgebeutet bis aufs Blut ... den Hühnerstall haben sie uns gegeben ...«

Da diesmal keine falsche Erwartung uns auf dem untersten Treppenabsatz zurückhielt, erlebten Siemen und ich den Zusammenbruch Tante Gretjens aus nächster Nähe mit. Und Armgart, die wir auf den ersten Blick gar nicht erkannten. Aber sie mußte es sein, trotz dieses sonderbar aufgeschwemmten Körpers, denn sie trug ja das gleiche Kleid, in dem sie weggegangen war, mit dem Glockenrock (Dirndlblümchen, zichorienblau, vorne kurz, hinten länger); die Männerjacke allerdings war eine Neuerwerbung. Komisch klein geworden schien mir Armgarts Kopf, das Haar dicht an den Schädel gepappt und das Gesicht zum Fürchten. Höhlen unter den Backenknochen. Höhlen darüber, in denen die Augen lagen. Kaum, daß sie zwinkerten; sie beachteten nichts, und nichts durchdrang ihre stiere Erschöpfung. Selbst die dunkelgebeizte Sommerhaut wirkte in dem Auszehrungsgesicht eher wie ein Krankheitssymptom und hatte nichts gemein mit dem Sonnenbrand der Erwachsenen auf den Decken an der Elbe. Und dieser fransige Mund!

Siemen lächelte zu ihr hin. Er ließ sich nichts anmerken. Ich hingegen konnte nur entgeistert glotzen. Kurz kam mir die Vermutung, die da stand in Armgarts Kleid und ihr entfernt ähnlich sah, könne vielleicht ein Wechselbalg sein, ausgetauscht, als Tante Gretjen einmal den Rücken gekehrt hatte.

Als wollte sie davon ablenken, trug diese dafür um so dicker auf. Kaum hatte sie den Rucksack im Schlafzimmer abgestellt (»Ein Palast ist das, Bertha, ein Refuschium, ich werde es dir vergelten, das schwöre ich!«), faßte Tante Gretjen Oma Bertha unter und begann, wie unter einem Zwang stehend, auf dem Weg zur Küche schon mit weinerlichem Gesprudel. Bevor sie wieder ins rechte Lot kam, mußte sie erst alles Erfahrene und Erduldete loswerden, es aller Welt kundtun; das war schon immer so gewesen.

Wenn sie nur auf das Geflenne hätte verzichten können. Alle naselang, an den spannendsten Stellen, quollen diese störenden Tränen. Bis bei mir der Verdacht aufkeimte, sie würden nur als Begleitmusik eingesetzt, bald anschwellend, bald tröpfelnd, um den rhapsodischen Vortrag zu untermalen und dem vollversammelten Zuhörerkreis (die Taupalts, zur Begrüßung herübergekommen, waren natürlich hängengeblieben) auch die kleinste Demütigung und Schikane gehörig einzuhämmern: »Da sagte der doch glatt zu uns ...« (was er sagte, erstickte in Weinen), »was sollten wir machen, uns waren ja die Hände gebunden« (Weinen), oder: »... jeder Sack seinen guten Zentner schwer. Knechtsarbeit. Früher haben da die Fremdarbeiter und Kriegsgefangenen rangemußt. Ich hab sie noch gewarnt, ich sage: Armgart, das ist nichts für Frauen. Sind wir denn noch welche, fragt sie mich ...« (Weinen, Weinen).

Meine Mutter war aufgestanden und, fast auf Zehenspitzen, zum Lichtschalter getappt, hatte erfolglos geklickt und stellte nun ein Tellerlicht, flach und rund wie eine Schuhcremedose, zwischen die unabgeräumten Reste unseres Abendbrots. Mit dem Flämmchen kam die alte Rundenstimmung wieder auf: Menschen, ums Feuer geschart, und wenn es bloß Kerzengeflacker war; vielleicht bestand da noch ein Urinstinkt, der einen unwillkürlich zusammenschweißte gegen das Nächtliche, Kalte außerhalb der Höhle.

Tante Gretjen kam von dort, hatte die Kälte erfahren und berichtete vom Ringen mit den Wölfen. Je näher sie sich an den Punkt heranerzählte, von dem ab es nicht mehr weitergegangen war mit dem Leben auf dem Bauernhof, desto höher hinauf winselte sie. Kein Unglücksmonolog später auf der Bühne traf jemals entfernt Tante Gretjens bitterliche, hemmungslose Tonlage. Und wie sie, nach dem Naseputzen, wild über den Tisch hinweglangend, mal dem einen, mal dem anderen die Hand mit der eigenen Hand auf dem Wachstuch festnagelte! Ach so manches Mal hatten sie und Armgart davon geschwärmt, wie schön sie es doch hier gehabt hatten, bei der guten Bertha und der guten Valeska. Drei Schritte bis zum Abort, alles unter Dach und Fach. Selbst das Enttrümmern hatte nach feststehender Arbeitszeit stattgefunden, danach war man sein eigener Herr gewesen. In unvergleichlichen Betten geschlafen wie in Abrahams Schoß!

Wenn sie nur wieder hierbleiben durften. Dann wollte Tante Gretjen, so schwor sie (und drückte Oma Berthas Hand dabei: »Du gute Seele, du«), nie mehr mit ihrem Gott hadern. »Wißt ihr was? Ich freue mich direkt auf den Winter. Wenn wir wieder alle so gemütlich drüben bei Bertha um den Tisch sitzen, jeder bringt seine Schaufel Kohlengrus mit ...« Es war nicht mitanzusehen, wie ihr eingefallenes Gesicht zu strahlen versuchte. Immer weiter sang sie das Loblied auf den Zirkel, die geselligen Reden, blickte von einem zum anderen, als animiere sie die Anwesenden, endlich in den Kehrreim der Vorfreude auf geplatzte Wasserrohre, Glatteis, zwanzig Grad unter Null einzustimmen, auch wenn es momentan erst Oktober war.

Uns wurde es langweilig. Siemen gab mir ein Zeichen. Unbeachtet, vom Lichtkreis der Kerze nicht erfaßt, schlichen wir aus der Küche, über den Flur. Das geräuschlose Aufklinken der Tür hatten wir lange genug praktiziert. »Unser« Zimmer. Bei Nacht hatten wir es nie gesehen. Ein kleiner Unwille wollte sich regen, auf einmal um alles gebracht zu sein. Die Fensterläden waren noch nicht vorgelegt worden. Falscher Schein wie von einem Theatermond machte die Vorhänge durchsichtig. Nachdem die Augen sich angepaßt hatten, unterschied ich ungefüge Klumpen: die Rucksäcke, mitten im Zimmer abgestellt.

Siemen hockte sich hin und fummelte unter dem vordersten Bett herum. Die Nachttischlampe steckte ja noch immer in der Laterna magica; sie mußte wieder an ihren Platz. Er pulte auch gleich die beiden Lupen und den Rasierspiegel aus dem Pappgehäuse. Das dumpfe Einreißen des Kartons, der nun nicht mehr geschont werden mußte; mit einem Fußtritt stieß Siemen ihn tiefer unter das Bett. Auch die Zigarrenkiste mit den Bildplättchen bekam ihren Tritt und schurrte hinterher. Vor drei Tagen erst hatte alles noch einmal stattgefunden und war bereits Erinnerung, ein »Fimmel, den wir damals im Sommer hatten«.

Im Bett am Fenster wölbte sich unter der Steppdecke der dickliche Körper des Wechselbalgs, der anstelle von Armgart zurückgekommen war. Nur wenn man genau danach horchte, hörte man ihn atmen, mit sehr langen Pausen zwischen den Atemzügen. Siemen wisperte: »Die hat sich nicht mal ausgezogen. Nur die Jacke über den Stuhl gehängt. Die schläft in Kleidern.«

Warum standen wir eigentlich noch wie die Ölgötzen in dem finsteren Raum. Hier hatten wir nichts mehr verloren. Es roch auch schon so merkwürdig hier, so schweißig und fleischern. Das Zimmer ging uns nichts mehr an. Das endgültige Fremdheitsgefühl gab dann eins jener Geräusche, von denen man während des Tags keine Notiz nimmt. Durch das spaltweit geöffnete Fenster vernahmen wir deutlich das Schlagen einer Uhr: zehnmal. Es pingelte so dünn und einsam, ganz für sich allein in der Nacht, die Schuluhr wahrscheinlich. Wie wir uns hereingestohlen hatten, stahlen wir uns wieder hinaus.

Der Wechselbalg verschlief das gesamte Wochenende. Zweimal, so war beobachtet worden, sei sie auf dem Abort gewesen und gleich wieder zurück unter die Decke und weitergeschlafen. Nichts gegessen, nur getrunken, kalten Malzkaffee, direkt aus der Kannentülle.

»Sechsunddreißig Stunden!« Onkel Taupalt hatte mitgezählt. Das sei das Beste, was sie tun könne, verkündete er. »So holt die Jugend sich ihre vergeudeten Kräfte zurück. Schön ist, Mutter Natur, deiner Erfindung Pracht.«

Tante Gretjen wusch währenddessen alles mal wieder gründlich. »Dort mußten wir jeden Eimer heißes Wasser über den Hof schleppen, in unserem Hühnerstall gab's keine Leitung.« Rücksichtsvoll stieg sie dann auf den Boden und hängte die Wäsche auf die Winterleinen; die wurden nie abgenommen. Denn Sonntags wollte die Macht keine Schlüpfer und Unterröcke im Garten vor der Nase haben, das wurde unmißverständlich betont. »Ist doch klar, Valeska. Natürlich. Dort oben trocknet es genauso.«

Als Mitbringsel hatte Tante Gretjen der Macht ein Päckchen überreicht, in Ölpapier eingewickelt, vorher sich vergewissert, daß Tante Taupalt nicht zufällig in der Küche rumorte. »Nur für euch.«

Was das sein konnte, das dieses plötzliche erschütterte Stillsein bewirkte (denn es war hinter der immer offenen Küchentür zu einem ungewöhnlichen Schweigen gekommen, einer Andacht fast, nur das Papier knisterte), hätte ich zu gern gewußt und machte einen langen Hals. Im aufgeschlagenen Ölpapier dieser Brocken – fettig schimmernd, durchsichtig blaß oder eher weiß –, mein erster Gedanke war: Menschenfleisch. Denn genauso sahen die Leiber der Erwachsenen im Winter aus. Die Schenkel meiner Mutter beispielsweise, wenn sie sich die Strümpfe festklammerte.

Oma Bertha winkte mich näher, so freudig, so lachend: Ich sollte mal kommen und daran riechen. Doch meine Mutter übertrumpfte das Angebot. Hast-du-nicht-gesehen hatte sie das kleine scharfe Messer aus der Besteckschublade gewühlt und säbelte ein Scheibchen von dem Weißen herunter. So zart von Konsistenz, daß das Licht hindurchschien. Das stopfte sie mir in den Mund. »Hast du noch nie gekostet, was? Speck ist das!«

Tante Gretjen sah mir gespannt ins kauende Gesicht. Sie leuchtete über und über in dieser ihrer großen Minute, denn hatte nicht sie uns diesen nie gekannten Luxus ins Haus gebracht. Schon auf dem Sprung nach draußen, stoppte ich und hielt verlangend die Hand hin: »Siemen muß auch eins kriegen.«

Siemen saß bei Onkel Taupalt auf der Veranda; es ging wieder mal um irgendwelche Götter, um Wassergötter genau gesagt und um deren Eigenschaften und Befugnisse.

»Dann wären da noch Harun und Haruna, marokkanische Wassergeister«, erzählte Onkel Taupalt gerade, »sie nehmen gern die Gestalt von Schlangen an. Um sie günstig zu stimmen, wirft man am besten etwas Brot oder Kuskus in den Fluß.«

»Speck! Speck!« schrie ich, außerstande, mich zu beherrschen, das lappige weiße Scheibchen zwischen Daumen und Zeigefinger, »Mund auf, Augen zu!«

Beider Köpfe fielen nach hinten. Beide reckten das Kinn und kniffen die Lider zusammen. (Onkel Taupalt, der alte Spaßmacher!) Ich kümmerte mich nur um Siemen, der mit aufgesperrtem Schnabel wartete. Unversehens schnappte er zu, ich hatte die Finger noch in seinem Mund, spürte Zähne und Zunge.

Ohne unserem Gealber Beachtung zu schenken, setzte Onkel Taupalt (er hatte die Augen längst wieder aufgemacht) sein Dozieren fort, doch war aus seiner Stimme jetzt das Behagliche, Mitteilfreudige geschwunden. »Ein Huhn dagegen opferte man in Polen dem Wasserdämon Wodnik, der auch in anderen slawischen Überlieferungen lebt«, um sich dann zu unterbrechen: »Beug dich mal zu mir, Junge, ehe du hinunterschluckst, und hauch mich an. Ist das wirklich Speck?«

Siemen tat ihm den Gefallen. Und ich fand nichts dabei, auf die Frage, ob dieser Speck etwa von Gretjen stamme, vom Bauern mitgebracht, wahrheitsgemäß zu nicken. »Aber nur für uns. Hat sie extra betont.«

Onkel Taupalt wurde still. An diesem Mittag erzählte er nichts weiter, obwohl es noch eine ganze Weile dauerte, bis man uns hineinrief. Die Nickhaut halb über den Augäpfeln, stierte er leer vor sich hin und flötete auf jene tonlose Art, die er manchmal den ganzen Tag durchhielt. Wir aber, durch den ungewohnten Fleischgenuß zu rohen Taten gestimmt, stoben los, um die Schweizerhaustauben zu ärgern. Sobald sich in der Krone eines unserer Bäume das typische trockene Flügelklatschen hören ließ, fegten wir herzu. »Husch! Weg da, du Mistviech!« Siemen begnügte sich damit, in die Hände zu schlagen. Ich scheute auch vor Steinwürfen nicht zurück; leider traf ich nie.

Ich hatte sie zu meinem persönlichen Erbfeind gemacht und verfolgte sie mit dem Abscheu des Urinstinkts, dessen Leidenschaft keinen Grund nötig hat. Der Anblick ihrer wie fettig schimmernden Körper mit den abnorm kleinen Köpfen widerte mich an. Ich spürte etwas Unanständiges, Gemeines an ihnen, das zu bekämpfen einem Heiligen Krieg gleichkam. Erinnerten sie nicht an mißlungene Experimente, die eine obszöne Sorte von Wesen hervorgebracht hatten, organische Verkörperungen der Niedertracht? Sie verständigten sich mit hohlen Zurufen, und nicht selten war die Luft von ihrem Heulen und Schluchzen erfüllt, sie kreisten über den Gärten und führten sich auf wie die Geier, die ein Opfer entdeckt haben, oder wie ein blutrünstiges Auditorium, das hysterisch jammernd einem Schauspiel applaudiert. Das Selbstgefällige, Impertinente, hirnlos Dreiste ihres Benehmens war durch nichts gerechtfertigt und verdiente gnadenlosen Haß.

Die Familienächtung der Taubenbesitzer hingegen berührte mich seltsamerweise kaum. Mittlerweile hatte Siemen durch geduldiges Aushorchen und Kombinieren die Ursache für diese Feindschaft herausgefunden. Über fünfundzwanzig Jahre lag sie zurück. Damals waren unser Garten und der benachbarte eins gewesen, auch die Grundstücke rechts und links von uns, das mit der Blockhütte und das mit der Villa Dornröschen, hatten dazugehört, ein richtiger Park; meine Mutter und ihre Schwester hatten noch darin gespielt. Bis ein bestimmter Onkel, ein jüngerer Bruder von Großpapa Scheuchzer, seinen Anteil am Besitz verspekulierte. Sein Name wurde totgeschwiegen, obschon er noch lebte. Falls der Träger dieses Namens doch mal Erwähnung fand, wurde er einzig durch seine Verfehlung charakterisiert: Dieser Windhund! Jagd pachten und Séparée mieten – das hatte er gekonnt! Großpapa war nichts weiter übriggeblieben, als den Park zu parzellieren und alles zu verkaufen. Nur das Haus und das Stück L-förmiger Garten dahinter hatten das Debakel überlebt. Einer der Gläubiger war so taktlos gewesen, im Schweizerhaus tatsächlich einzuziehen.

Manchmal stellten Siemen und ich den Status quo wieder her. Wir verbannten sämtliche Nachbarn rundherum für eine Viertelstunde aus unseren angestammten Latifundien und planten Veränderungen: ein Eßkastanienwäldchen, einen Gondelteich mit exotischen Enten, Wasserkünste, ein Aussichtsturm, zu dem nur wir den Schlüssel hätten. Dennoch: Nie liebten wir unseren eigenen, so überschaubaren Garten mehr, als wenn wir von einer solchen Landnahme zurückkehrten. Die runden Treppen, die Sandsteinbänke! Die Nußbäume! Die Linde vor allem, von der man wußte, daß sie die bessere war, die sich im Sommer mit goldener Krausköpfigkeit aufzäumte, ein pompöses Festzelt, dröhnend vor Bienen vom Morgen bis zum Abend. Duft, der einem schon an der Straßenbahn entgegenkam. Ein um so glühenderer Genuß an Eigentum, als die da drüben, jenseits des Drahtzauns, nur die männliche Linde bekommen hatten, unverändert blütenlos, gut genug für die Tauben, um darin ihrem dummen Getue nachzugehen.

Ab November nahm Armgart wieder teil. Zwar wurde ihr Körper das Schwammige, Schwerfällige nicht mehr los (es hieß, da seien die Drüsen schuld, und ich trug das Bild dieser fraulichen Plage mit mir herum: Die Drüsen, mit Saugnäpfen versehene Parasiten, molluskenartig, wanderten und tasteten sich durch Armgarts Fleisch, taten sich an ihrem Blut und ihrer Lymphe gütlich, gediehen sichtlich davon, so daß Armgart deren zunehmendes Gewicht als ihr vermeintlich eigenes akzeptieren mußte), dafür hatte sie das Selbstquälerische ihrer früheren Zeit fallenlassen. Eigentlich war ihr neues saloppes Wesen ein Gewinn. Sie kam einmal vom Zahnarzt und riß den ganzen Abend Witze über die nun fehlenden zwei Eckzähne. Ausgerechnet nebeneinanderstehende hatten es sein müssen.

»Kopftuch ist vorhanden, ’ne picobello Zahnlücke auch, jetzt brauch ich bloß noch ’nen stabilen Besen.«

»Wie kannst du so was sagen!« Tante Gretjen, das merkte ein Blinder, traute dieser Lustigkeit nicht über den Weg. Man konnte meinen, nun sei sie es, die ihre Tochter für einen Wechselbalg hielt, und sie hätte lieber wieder die zu Feinerem berufene Armgart zurückgehabt. Verschlossenheit, Brüten, Bitternis – das stand dem armen Kind schließlich zu nach einem solchen gesellschaftlichen Niedergang, dafür hatte man es auch aus vollem Herzen bemitleidet, wenn man sah, was aus den vormals so schönen, gepflegten Händen geworden war. »Wie kannst du nur so etwas sagen und dich zur Hexe stempeln, mit noch nicht einunddreißig. Irgendwann haben wir das Geld für eine Brücke zusammen, dann merkt kein Mensch, daß da was fehlt.«

Armgart überging den Einwurf. Das Hexendasein war wohl schon immer ein geheimer Wunsch von ihr gewesen, denn während sie einen von der Volkssolidarität gespendeten Strickrock aufrebbelte, berichtete sie von der Blumenzwiebel. Im Winter davor hatte sie niemals etwas von sich und ihrem alten Leben erzählt.

Meine Mutter kam schnaufend und rot vor Kälte von draußen, sie hatte noch einmal Asche gestreut, zum drittenmal heute, denn es schneite doch weiß Gott schon wieder, aber das wollte niemand wissen. »Setz dich hin, Valeska, Armgart erzählt gerade was.«

Sie habe, wie von der alten Gärtnerin angeraten, die Aronstabknolle also jeden Tag mit einem doppelten Klaren begossen, fuhr Armgart fort. »Und ob ihr’s glaubt oder nicht – über Nacht schien der Keim noch mal so schnell zu wachsen, nachdem ich dem Ding jetzt auch abends noch ein Gläschen gab.« Nach wenigen Wochen hätte der Keim das Format einer übermäßig fetten Blindschleiche erreicht gehabt, aufrechtstehend zwar, aber sonst genau so: die graubraune Haut, der feuchte Glanz, das schmierige Berührungsgefühl. »Dabei ungemein elastisch; das Ding wippte hin und her, fast wie ein ...« , Armgart stockte; sie guckte kurz über die Schulter dahin, wo Siemen und ich uns im halbdunklen Hintergrund hielten, aneinandergequetscht im Ohrensessel, und fuhr dann fort: »Manchmal, wenn ich ihn anfaßte, den unheimlichen Schwengel, Gott, warum nicht, war ja bloß eine Pflanze, hätte ich schwören können, daß er sich in meiner Hand erwärmte und pulsierte.«

Sie suchte den Blick meiner Mutter, der Altersgenossin, und beide schnitten sich eine kecke Grimasse mit hübschem Zucken der Mundwinkel. Daß das nicht ewig so weitergehen konnte mit dem Anschwellen, war klar. Das Platzen stand unmittelbar bevor. Eines Morgens sei ihr denn auch fürchterlicher Aasgeruch entgegengeschlagen. Das ganze Zimmer verpestet. Heruntergeklappt lag die Blindschleichenhaut, quer über das Usambaraveilchen gesunken, und der überreife Kolben, nun entblößt, das fötide Zepter, reckte seinen Kopf, dick besetzt mit gelblich weißen Warzen.

Jedenfalls war der Versuch, eine echte Hexenpflanze zu ziehen, entgegen ihren Erwartungen ausgefallen. »Nicht mal das ist mir geglückt«, sagte sie und wickelte den gewellten Wollfaden auf das anwachsende Knäuel.

Onkel Taupalt erkundigte sich, womit sie denn gerechnet hätte.

Na, mit etwas Ausgefallenem, was sonst? Bizarr! Barbarisch! Und es hätte sie verlocken sollen mit seiner Schönheit, so daß schon das Anschauen allein Benommenheit verursachte. Onkel Taupalt straffte das Kinn; Räuspern folgte, das eine Rezitation ankündigte: »Im Nebelgeriesel, im tiefen Schnee, im wilden Wald, in der Winternacht, ich hörte der Wölfe Hungergeheul, ich hörte der Eulen Geschrei. Wille wau wau wau! Wille wo wo wo! Wito hu! Ich schoß einmal eine Katz am Zaun, der Anne, der Hex, ihre schwarze liebe Katz. Da kamen des Nachts sieben Werwölf zu mir...«, als ohne vorherige Anzeichen der Docht in der Petroleumlampe zu rußen begann; schwarzer Blak qualmte aus der engen Röhre des Zylinders. Oma Bertha riß ihren Schürzenzipfel hoch, um sich nicht die Finger am Glas zu verbrennen, schraubte am Rädchen, wie gewöhnlich zuerst falsch herum. »Nach links, Bertha, nach links!«

Armgart hatte mit dem Wolleaufwickeln innegehalten. Aber als das Durcheinander um die Lampe sich legte, wollte Onkel Taupalt nicht noch einmal anfangen, auch ihr zuliebe nicht.

Er saß nicht sehr kommod, der Ärmste, trotz des untergelegten Kissens. Unser Ohrensessel mit seiner nachgiebigen Polsterung wäre das richtige für ihn gewesen. Dort hätte er seine Spreizhaltung viel behaglicher ausrichten und die seit letztem Sommer nicht mehr zu kaschierende Schwellung im Schritt immer mal wieder mit der Hand zurechtrücken können, denn augenscheinlich vertrug sie keinerlei Druck. Aber dann wäre ja sein Stuhl in der Sechserrunde leer geblieben, im Kreis der beleuchteten Frauengesichter. Der am Tisch fließende Strom von Rede und Erwiderung, Erinnerungskrämerei und Meinungsabgabe war wohl doch dem Platz im Außerhalb, wie komfortabel auch immer, vorzuziehen. Denn jetzt, im Winter, wo er nicht mehr auf der Veranda sitzen konnte, den Tätigkeiten Tante Taupalts aus dem Weg geräumt, und in der Sonne dösen, das Gänseblümchengesprenkel des Rasens vor Augen, Nußbaum und Linde friedlich in der Nähe wie gute Verwandte, jetzt, nach dem öden Tag im Tunnelzimmer, unterbrochen nur vom Gang zur Aschentonne im Hof, lebte Onkel Taupalt auf die Abende hin. Und nicht nur er.

Daß ihnen das Anpochen so wichtig war. Daß sie sich das Bittstellerische nicht abgewöhnen konnten. Es handelte sich schließlich nicht um eine Störung, um keinen Einbruch in die Ruhe Oma Berthas, sondern jeder wurde erwartet, hatte im Zirkel Sitz und Stimmrecht. Bei aller Selbstverständlichkeit, mit der die beiden Taupalts, Tante Gretjen und Armgart sich einstellten – nie ohne den Pflichtbeitrag, ein paar Scheite oder eine Schaufel voll Kohlebröckchen –, geschah der erste Schritt über die Schwelle immer mit einem winzigen Zögern. Auch das entwaffnende Lächeln gehörte dazu, beibehalten, bis der Betreffende seinen Platz eingenommen hatte. Immer auf demselben Stuhl.

Es muß um Weihnachten herum gewesen sein, daß Tante Taupalt das Stichwort *Süßigkeiten* ins Gespräch warf und sich daraufhin alle gebärdeten, als habe sie an die ureigensten Herzensangelegenheiten jedes einzelnen gerührt. Denn an diesem Abend sprachen sie über nichts anderes. Dermaßen eifrig waren sie an ihrem Erinnerungswerk, ihrer Beschwörungsfeierlichkeit so fanatisch hingegeben, daß nicht einmal die Wiederkehr des elektrischen Stroms unser eigenmächtiges Bleiben entlarvte, da Tante Gretjen, die auf den Abort wollte und sowieso an der Tür stand, einfach den Schalter wieder auf Aus kippte. (Von Rechts wegen sollten wir uns um neun Uhr zurückziehen, sollten selbst daran denken, denn wie rasch und vollkommen vergaß man uns, sobald die Unterhaltung erst auf dem Siedepunkt war.)

Wie begeisterte Kinder liefen sie durch Geisterstraßen, errichteten mit einem Zuruf ganze Häuserblocks wieder, huschten von Geschäft zu Geschäft.

»Schokoladen-Hering – wo war der noch gewesen?«

»Ach, der hatte doch überall in der Stadt seine Filialen. Nein, aber könnt ihr euch noch auf den ›Süßen Bruno‹ besinnen? Seine Spezialität waren die Nappos, eigentlich hieß es ja Neapolitaner, aber wir sagten immer Nappos, rhombenförmig, außen mit Schokolade überzogen, das Innere bestand aus einer zähen weißen Masse, Marke Plombenzieher.«

In mir regte sich die törichte Hoffnung, daß diese Straßen, diese Läden, dieses Schleckermaulparadies irgendwo noch existierten, denn vielleicht hatte der Feuersturm seinerzeit einen Bogen darum gemacht, und es wären nur die Zugänge verschüttet. Und wüßte einer die Stelle und würde sich zuversichtlich durch die Schuttberge graben, stünde er in eben jenem Schlaraffenland. Er sähe vor sich Ladentür an Ladentür, Schaufenster an Schaufenster, goldene Schriftzüge darüber, Namen, die alle mit dem Wort Schokolade gekoppelt waren: *Wächters Schokoladengeschäft, Schokoladen-Clauß* ...

Und der Duft: Keiner unterließ es, auf ihn ganz besonders hinzuweisen. Worauf der Chor einfiel zum seligen Summ-Refrain, die Augen dabei halb geschlossen. Ich wollte ihn gern in meine Imagination einbauen, denn natürlich würde er über den wiederentdeckten Gassen und Häuserzeilen liegen. Und ging man gar hinein in einen solchen Laden, wäre die Luft zum Ohnmächtigwerden, und taumelnd vom Duft hielte man sich an der Ladentafel fest.

Siemen war mir keine Hilfe. Er räumte ein, daß er zweifelsohne als kleines Kind Schokolade gegessen hatte, aber alles, was er noch wußte, war, daß es sich dabei um braunes Zeug handelte, das in der Hand zerschmolz und Flecken auf den Kleidern hinterließ. Ich bohrte nach, ich verlangte nach einem vertrauten Wie, einem faßbaren Vergleich. »Ungefähr. Ungefähr wirst du es doch sagen können.«

»Das geht nicht zu beschreiben.«

Die am Tisch prahlten unermüdlich, und unermüdlich holte ihr Gedächtnis Neues, noch Ausschweifenderes hervor. Benennungen, denen augenblicklich die Details folgten: Zutaten, Bestandteile, deren Klang allein sich einprägte als sirupsüß, erdbeerfeuchtsüß, rosenundliliensüß, weißbraun, süßgolden und zähweißsüß. Und wie typisch geformt, gegossen, gewickelt, gedreht dies und das gewesen war, zu Reliefs und Kugeln, zu Laiben und Stangen oder der Natur nachgebildet von Künstlerhand. Nicht zu vergessen die Verpackungen: wattiertes Seidenpapier! Blaue Schleifen aus Tüll oder Kunstseide! Rote Rosetten! Goldpapier und Papier von Silber!

Sie mußten, jeder einzelne, Zentner von diesen Dingen gekauft und gegessen haben. Ich kannte nur Himbeerbonbons aus rotgefärbtem Zucker und Fondant. Nichts davon gehörte offenbar in den Süßwarenhimmel, denn niemand erwähnte beides auch nur nebenbei. Es war schon so viel und wurde immer noch mehr, und dauernd redeten zwei zugleich, wie sollte ich da nachkommen, denn nichts durfte mir entgehen, nicht die *Allgäuer Kugeln* und die *Markla-Bissen* (mit Schichten von Nougat und Marzipan gefüllt, und ich bewegte die Lippen, lernend: Nougat ... Marzipan ...), nicht die *Katzenzungen* und die *Aschenputtelpantoffeln* aus Milchschokolade mit Goldstanniol umkleidet, auch nicht die *Telläpfel*, der *kandierte Ingwer* und die *Weinbrandkirschen*.

Bei *Marzipan* mußte es sich um eine Art göttlichen Lehm

handeln, aus dem schlechthin alles nachgeformt werden konnte, Erdbeeren, Kartoffeln, Ferkel, Glückspilze und Brote mehrerer Größen. Armgart war von einer Sangesschwester mal ein Hyazinthentöpfchen verehrt worden mit marzipanener Blüte – ein Gipfel der Modellierkunst –, sogar richtige »Erde« war drin gewesen, aus Schokoraspel.

Wenn ich mich sehr anstrengte, war ich fast sicher, über gewisse unbewußte Zentren des Hirns eine Ahnung möglichen Geschmacks zu erhalten, der jedoch an die Gewalt des Duftes nicht heranreichte. Wie bei Fliederblüten und Veilchen, die der Zunge nur ein bißchen aromatische Süße zu schmecken gaben, während das Köstlichste draußen blieb und bei der Berührung mit dem Speichel umgehend dahin war.

Noch nach Tagen und Wochen, unvermittelt, ohne jeden Anlaß, brachen aus uns Gedanken hervor, die wir jenem Abend verdankten. So vertraute mir Siemen an, wie er sich die Nacht der Vernichtung vorstellte. Die Nacht, als der Feuersturm die Schokolade in sämtlichen Süßwarengeschäften der Stadt Dresden zum Schmelzen brachte. Die Flammen hatten die Glastüren und Schaufenster zerspringen lassen, und in der nun eindringenden gewaltigen Backofenglut geschah überall, in jedem Schokoladenladen, ohne Ausnahme, ein großes Weichwerden der Ware. In ihren goldenen und silbernen Umhüllungen sackten die Tafeln und Kugeln, die Stangen und Reliefbildchen, die Telläpfel und Pralinen zusammen, jäh, mit einemmal, wie die hohlen Bleifiguren im Löffel über dem Gasbrenner zu Silvester. Alles zerging und wurde flüssig, suppte in den Schachteln, lief aus, tropfte von Regalen, floß über Ladentische, kochte gar und schlug Blasen und schäumte als Lava unter den Türen hindurch ins Freie. Dort traf und mischte es sich mit dem klebrigen braunen Strom aus anderen, benachbarten Läden wie der Brei aus dem Wunschtöpfchen, der auch eine ganze Stadt überschwemmt hatte. Irgendwann aber, nach zwei oder drei Tagen, mußte das alles doch einmal wieder erkaltet und fest geworden sein.

»Sicher liegen da unter den Trümmern noch ganze Schokoladenschollen. Wenn man wüßte, wo genau diese Geschäfte gewesen sind. Das ist doch nicht schlecht geworden, das ist doch keine Blutwurst.«

Er verrannte sich immer mehr in das Hirngespinst der verschütteten, gleichwohl erhaltenen Schokolade, und wir erwogen, Armgart in diesen Plan einzubeziehen. Man würde ohne einen Ortskundigen nicht auskommen können. Onkel Taupalt stand uns zwar näher, schied aber aus, da man ihm Kraxeleien über Schuttberge und das Buddeln von Stollen nicht mehr zumuten konnte.

Seit die Winterverpuppung eingesetzt hatte (hohe Schuhe, lange Strümpfe, Trainingshosen), die Notwendigkeit allabendlicher exzessiver Reinigung von Fußsohlen und Knien somit fortfiel, schickte man uns immer häufiger unbegleitet schlafen. Meine Mutter beschränkte ihre Mühewaltung, was das Ende des Tages anging, nur mehr auf das rechtzeitige Einsetzen von Wärmflaschen.

Wir hatten nichts dagegen, konnten wir so doch das unumgängliche Zähneputzen nach eigenem Gutdünken handhaben. Mit brachialem Hochmut bissen wir Nüsse auf, zerkauten Bindfäden, zogen lockere Nägel; etwas von Mardern oder spielenden Hunden hatten wir uns abgeguckt, das gleiche bedenkenlose Vertrauen in die Reißkraft unseres Gebisses beim Wettzerren zwischen Hand und Schneidezähnen um ein steinhartes Ränftchen. Daß diese Dienstbarkeit einmal nachlassen, ja versagen könnte, mochte auf andere zutreffen; wir, Siemen und ich, lebten im Glück unserer Überheblichkeit, vollkommen zu sein und es demzufolge auch zu bleiben. Morgens, wenn das Wasser angewärmt worden war, ließ man sich herab, zu gurgeln und zimperlich mit der Bürste auf dem Pulverstein herumzuschaben. Nachts jedoch, leicht tranig schon vor Schläfrigkeit, wer hätte da dieser von der Macht ausgedachten Dummheit nachgegeben und mit dem Gletscherwasser aus dem Hahn freiwillig die Zufriedenheit des Kauapparats gestört.

Bisweilen bot Armgart sich an, uns ins Bett zu bringen. Sobald die Gelegenheit da war, begann Siemen Armgart das Anliegen vorzutragen.

»Und du zeigst uns, wo überall so ein Laden war. Du und ich würden schaufeln, und Nona steht Schmiere.«

Armgarts Gesicht zerfurchte sich in schwer zu deutende Grimassen. Die schmerzgerunzelten Augenbrauen paßten nicht zum heiteren Mund mit der Hexenlücke. Auch ihr Lachen war mehr ein klägliches Greinen.

»Gott, was ihr euch so alles ausdenkt. Nein, nein, das ist alles futsch, restlos. Da ist nichts mehr zu machen.«

Wir sollten ihr getrost glauben, versicherte sie. Hatte sie nicht monatelang dort drinnen, in den Ruinen, geräumt? Aber was für ein drolliger Gedanke an sich. »Laßt es mal gut sein, Schokolade macht sowieso bloß hartleibig.«

Über solchen Nachteil war an jenem Abend kein Wort gefallen. Offensichtlich schwindelte Armgart in der Absicht, uns den Verzicht zu erleichtern. Doch selbst, wenn es stimmte – wie konnte eine solche Bagatelle das stundenlange Preislied erschüttern.

Armgart wartete, bis wir lagen – ich in meiner Ehebetthälfte, Siemen in seinem weißen Reformbett an der Wand –

und setzte sich dann genau zwischen uns, das heißt an mein Fußende. Sie ließ sich nieder, als ginge es um eine längere Krankenwache, bereit, uns ihre Zeit zu opfern, im Gegensatz zu meiner Mutter, die aus ihrer Eile, wieder fortzukommen, keinen Hehl machte, die sich niemals setzte und uns am liebsten in den Schlaf geknipst hätte, wie man es mit Lampen tat. Ihre Fürsorge hatte ganz bestimmte Schwerpunkte: Nachttöpfe griffbereit? Ihr Boden mit einem Fingerbreit Wasser bedeckt? Und ja nicht vergessen sollte ich, meine Wärmflasche später in ihr Bett hinüberzuschieben. Sie verlor meist noch ein paar Worte über das Wetter, zu dem sie eine enge Beziehung hatte, murmelte etwas Ehrfürchtiges über die Kraft des Ostwinds, der an den Fensterläden rüttelte, teilte die Gradzahl des noch mehr gesunkenen Thermometers mit und erließ Mahnungen, nicht unnütz die Arme ins Freie zu strecken.

»Denkt an die Lungenspitzen! Wie schnell sind die verkühlt!« (Wir bekamen nie heraus, ob sie wirklich wußte, was Lungenspitzen waren und wo genau sie ihren Sitz hatten; ihr Talent, gezielten Fragen auszuweichen, hatte viel Scharlatanhaftes. Und so dachte ich sie mir als ein Paar winziger Hellebarden, angesiedelt ungefähr zwischen Schulter und Nackenwirbel.)

Armgart war das absolute Gegenteil. Ich spürte ihr Gewicht, das die Matratze leicht abschüssig machte, und das sachte, taktmäßige Wiegen ihres Körpers, sobald sie angefangen hatte zu singen. Sie selbst hatte diese Schlafliedermode eingeführt, als sie und Tante Gretjen erst kurz bei uns wohnten.

Es überkam sie in unregelmäßigen Abständen. Man konnte nicht sagen, daß es aus Vorliebe für Siemen und mich geschah, denn sie hätschelte uns nie, wollte weder

Gutenachtküsse verteilen noch eigenhändig uns in die Dekken einmummeln. Sie wollte, das war uns bald klar, nur singen, sonst nichts. Offenbar benötigte sie dafür einen Grund, einen Anlaß, der ihr das erlaubte. Ich kann mich nicht erinnern, daß sie uns gefragt hätte, ob wir damit einverstanden seien; mir kam es eher vor, daß sie uns oft gar nicht wahrnahm. Ja, sie war geradezu verdutzt, als ich den Wunsch äußerte, ein ganz bestimmtes Lied, das sie vor längerer Zeit gesungen hatte, wieder zu hören.

»Ach was – das hast du dir gemerkt? Und es gefiel dir? Sag bloß.«

Ich glaube, damit rückten wir bei ihr langsam in die Position des ernstzunehmenden Publikums auf. Ab und zu ließ sie sich sogar zu Erläuterungen herab: »Das haben wir damals im Mütterkurs gelernt« oder: »Das war mal streng verboten. Dafür konnte man hinter Gitter kommen.«

Wenigstens kehrten die peinlichen Schwierigkeiten der allerersten Versuche, uns einzusingen, nicht wieder, nachdem Armgart sie ein für allemal überwunden hatte. Anfangs nämlich, zu Kriegsende und kurz danach, hatte sie uns nicht mehr bieten können als einige Zeilen. Gelangte sie zu Worten wie »Hündchen« oder »Häschen« (das Lied – es war das aus dem Mütterkurs – war voll davon), brach sie unvermittelt ab. Der zweite Anlauf, nach einer Weile des Sammelns, nach krampfhaftem Schlucken und stöhnendem Geatme, verlief nicht besser. Wir hätten ihr gern vorgeschlagen, sie solle es doch lieber lassen. Dem stummen Weinen beiwohnen zu müssen machte, daß man sich schuldig glaubte an dieser Quälerei. Einen ganzen Sommer lang hatte sie uns mit demselben Wiegenlied zugesetzt.

Viel später erst kam mir der Gedanke, daß es Armgart mit der Wiederholung des kindischen Gesangstücks womöglich darum gegangen war, etwas Unerträgliches loszuwerden, das nun mal mit dem Lied vom Hündchen, das den Bettler biß, indes ein Regen niederging, und von den Täubchen, deren Mutter so lange ausblieb, verknüpft schien.

Als sie mit der Trümmerfrauenarbeit begann, wurden die Liederabende seltener. Nur dann und wann, an Sonntagen, wenn es noch nicht gar zu spät war, sagte sie überraschend: »Heute spielt Tante Armgart mal wieder das Sandmännchen.« Damals muß es gewesen sein, daß Siemen maulte, ob sie denn gar nichts anderes vorzusingen hätte.

Ob die Kritik Armgart traf oder ob sie sich bloß wunderte, daß wir, als Unmündige, so etwas wie einen persönlichen Geschmack besaßen, war nicht herauszubekommen. Bereitwillig wechselte sie aus der Kinderstube in den Konzertsaal hinüber. Am deutlichsten war die Niveauverschiebung daran erkennbar, daß die Melodien sich jetzt nicht mehr nachsingen ließen, wenn man sie für sich allein trällern wollte, und ich fand mich damit ab, daß die neuen Abendlieder Armgarts Eigentum blieben und ohne sie nicht zu haben waren.

Während der langen Sommerpause – an eine Rückkehr der beiden Klengels glaubte niemand –, als wir, sobald wir im Bett lagen, die Läden eigenmächtig wieder aufstießen und, in angenehmer Maulfaulheit, mit immer satter und stiller werdenden Augen dem Eindunkeln des Himmels hinterm Fensterkreuz zusahen, auf das Rascheln in der Linde und auf die Lokomotivenpfiffe von jenseits der Elbe horchten, kamen, wie Heimweh, zusammenhanglose Fetzen von Armgarts Liedern mir ins Gedächtnis. Wenn ein Jagdhorn schallt aus dem grünen Wald. Wirf mir herein dein Tüchlein fein. Und die Englein schneiden die Flügel sich ab. Will suchen einen Zypressenhain, eine Heide voll grünem Rosmarein. Besonders mochte ich das Bild vom »blauen kristallenen Kämmerlein«. Und bei den häufig erwähnten blauen Blümlein, die mir nachgingen, weil es von ihnen so rätselhaft und anklägerisch hieß: Ihr macht meinem Schläfer die Träume so schwer, hatte ich unseren Rasen vor Augen mit seinen Inseln aus Ehrenpreis.

Dieses Ich übrigens, hinter das ich nie kam, mit seiner aufgebrachten und befehlenden Sorglichkeit für den schlafenden Knaben, das »sausen und brausen« konnte und doch, aller Betriebsamkeit zum Hohn, sich in einem untröstlichen Kummer erging, erschien mir mitunter in meinen Träumen. Als etwas Verschleiertes, undefinierbar Weibliches, obzwar ohne feste Konturen, mehr wie der Rauch über einem Wasserfall, verwandt den Geistern aus Onkel Taupalts Pandämonium: Quandisha, die aus Quellen und Flußläufen heraus jungen Männern nachstellte, Rusalka, die Menschen durch ihr Lachen zu Tode brachte, oder Ran, die alle Ertrunkenen auffischte mit ihrem Totennetz.

Ihrer heiklen Drüsen wegen sollte Armgart keine Trümmerarbeit mehr verrichten. Hat der Doktor gesagt, hieß es.

Beim Wurstbrühe-Anstehen im November hatte jemand von einer »Bude« berichtet, die in einem weit entfernten Stadtteil aufgemacht hatte. Kerzen und Notlichter sollten dort hergestellt werden. »Die brauchen dringend Leute.« Derlei »Buden« schossen wie Pilze aus dem Boden, Seifenbude und Kartonagenbude, kleine Betriebe in Kellern und Erdgeschoßräumen halbzerstörter Gebäude. Tante Gretjen sprach von Fingerzeig und Gottes Fügung, als Armgart tatsächlich dort unterkam. Immerhin anderthalb Stunden Straßenbahn jeweils für Hin- und Rückweg, aber vor die Nase wurde einem nichts gesetzt. Als sie erfuhr, daß dort bei der Arbeit weiße Mäntel getragen wurden, klatschte sie in die Hände: »Fast wie früher, wie in der Lindwurmapotheke, was Armgart?«

Armgart sagte bloß: »Na . . .!! Weißt du . . .!«

Der Stromausfall erwischte sie jeden Abend in der überfüllten Straßenbahn. Alles aussteigen, wurde gerufen. Worauf der Heerwurm der entlassenen Fahrgäste in der Mitte der Schienen weitertrottete, schimpfend, nach wenigen Schritten schon ergeben und stumpf, zwischen Schneewällen, die zu überklettern, um auf den Fußweg zu gelangen, keiner sich die Mühe machte. Man trabte – so Armgart – durch die totale Finsternis, orientierte sich am Geräusch der Schritte und an Umrissen, wußte sich von Ruinen umgeben, Kilometer auf Kilometer. Bloß nicht in falsche Straßen geraten, dann war man geliefert.

Dieses Schwarze, Tote, Schweigende hielten manche nicht aus, sagte Armgart. Die hängten sich dann an Wildfremde und verwickelten sie in Gespräche, bis sich die Wege trennten. Unter einer Stunde Marschieren kam sie selten davon, je nachdem, wo die Bahn stehengeblieben war.

In manchen Winternächten glaubte ich auf den Wänden des Schlafzimmers ein Glitzern zu bemerken. Vielleicht hatten die Eisblumen der Fenster ausgeschlagen und griffen nun auf die Tapete über, kandisweiße Triebe, die an der Innenwand entlang zweigten: Farnästchen, Stechpalmenblätter, Rhabarberflossen.

Auf unseren Deckbetten lagen zusätzlich schwere Kleidungsstücke; bei mir der Paletot eines Urgroßvaters. Armgart pflegte ihn um die Schultern zu nehmen, wenn das Singen wieder einmal über sie gekommen war. Mit schnatternden Zähnen richtete sie sich darin ein. Als schöbe sie sich rückwärts in ein zu kleines Schilderhaus.

Begann Armgart mit dem ersten Lied und gleichzeitig mit dem sachten Schwanken ihres Körpers im Paletot, pendelte auch die mächtige Trauerfigur des Schattens, den ich, bis an die Nase vergraben, fasziniert beobachtete. Überhaupt bedeuteten die zufälligen Begleiterscheinungen für mich eine starke Ablenkung. Etwa die Hauchwolken, die der singenden Armgart aus Mund und Nasenlöchern stoben und mich an eine fauchende, heftig arbeitende kleine Lokomotive denken ließen. Je mehr Armgart sich ins Todernste, Innige hineinsteigerte, zu Leidenschaften und Klagen aufrief und dennoch die Attitüde einer Puff-Puff-Bahn nicht aufgab, desto peinvoller wurde für mich der Kampf mit meinem Lachreiz. Oft beutelte es mich schon vorm ersten Ton. Das Bewußtsein des Ungehörigen, Respektlosen solcher Heiterkeit machte alles nur noch schlimmer. Ich half mir schlecht und recht damit, daß ich die Zungenspitze zwischen die Vorderzähne klemmte und zubiß, ein altes Mittel auch gegen Niesreiz.

Nach meiner persönlichen Ansicht waren wir, bedachte man die lange Unterbrechung von Mai bis Dezember, inzwischen zu alt, um noch in Schlaf gesungen zu werden. Siemen sah die Sache toleranter. »Laß sie doch singen, wenn's ihr solchen Spaß macht.«

Sie eröffnete eintönig, schwermütig, die Stimme bebte nicht, immerhin ein Fortschritt. Auch als sie kurz aussetzte, geschah das nicht aus übergroßer Rührung, sondern um eine Erläuterung einzuschieben: »Das war früher mal streng verboten.«

Schon ging es weiter, stieg unvermutet in die Höhe, silberweich: *allerliebster Platz . . . Leid und Grämen.*

Spekulierte sie mit dem hingeworfenen Brocken auf unsere Wißbegierde? Wartete sie darauf, gefragt zu werden, um endlich reden zu dürfen? Früher mal streng verboten – pah! Was war früher nicht alles streng verboten gewesen: Licht, das nach Einbruch der Dunkelheit nach draußen drang, bei Alarm in der Wohnung bleiben, Feindsender hören. Dann war es von einem Tag auf den anderen verboten, mit Heilidder zu grüßen. Neuerdings war es verboten, Russenwitze zu erzählen oder Uhri-Uhri, dawai-dawai und Frau-komm-mit zu brüllen. Und nun gar Lieder. Von denen standen doch dauernd irgendwelche unter Tabu.

In der Familie mahnten sie einander, wenngleich mit Nachsicht, sobald jemand aus alter Gewohnheit in eine verpönte Melodie verfiel: »Wenn dich einer hört.« Ohne diese Appelle zur Vorsicht wäre einem an den betreffenden Liedstücken nicht das geringste aufgefallen. Mal reimte sich Kaserne auf Laterne; ein affiger Frauenname, der immer wieder beschworen wurde. Dann wieder war in burschikos abgehacktem Übermut von einem kleinen Fink-Fink-Fink die Rede, der unter einer grünen Lia-Lind' saß. Der behauptete Nimbus des Strafbaren, an nichts festzumachen, so hartnäckig man auch spannte und aufpaßte, ließ einem nun erst recht keine Ruhe. Die Auskunft Oma Berthas, mit gesenkter Stimme erteilt: »Na, das haben doch die Soldaten immer gesungen«, machte einen auch nicht klüger. Ich dachte mir unseren Vater, den verschollenen, somit nicht demobilisierten, den ewigen Soldaten also, beim Singen dieser unerlaubten Lieder, ganz ahnungslos, der Ärmste, und hätte ihm gern eine Warnung zukommen lassen für den Fall seiner Heimkehr.

Ich bin ausgegangen in stiller Nacht, in stiller Nacht wohl über die dunkle Heide, hieß es nun. *Hat mir niemand Ade gesagt.* Und mit einemmal war Befreiung eingetreten. Es wehte eine andere Luft im Raum. Keine Quertreibereien des Kopfes zwangen mehr, Lächerlichkeiten wahrnehmen zu müssen. Der Blick, nicht länger auf zusätzliches Theater erpicht, suchte sich eine ruhige Stelle. Ich lag nur so da und dachte an unseren Garten im Sommer. *Auf der Straße steht ein Lindenbaum, da hab ich zum ersten Mal im Schlaf geruht. Unter dem Lindenbaum. Der hat seine Blüten über mich geschneit.*

Beinah vergaß man, wo man sich befand. Vergaß die Zugehörigkeit zum Gesicht mit der eiskalten Nasenspitze und den Füßen auf der Wärmflasche. Unter der Gänsefederlast atmete man sehnsüchtig weiter und wußte nichts davon. *War alles wieder gut*, beteuerte das Lied, und man löste sich wohlig auf im Glauben daran: *Alles!* Und noch einmal: *Alles! Alles!* Wie leicht das doch war. Hatte man je daran zweifeln können? Langsam und dunkel strich das Lied einem zum Schluß über die zugehenden Augenlider und zählte das *Alles*, als sei man nicht schon genug getröstet, noch eigens auf: *Lieb und Leid und Welt und Traum.* An jeden war gedacht worden.

Gleich wollte ich, daß es wieder von vorn beginnen sollte. So selbstverständlich schien mir die Wiederholung, daß ich es nicht für nötig hielt, die Bitte laut auszusprechen, sondern die Stille nach dem Verhauchen der letzten Note als Bestandteil des Liedes ansah. Jede Schweigesekunde geschah ja aus Schonung, weil *Leid* und *Grämen* nun endlich schliefen, *unter dem Lindenbaum.* Sie bedeutete gleichsam einen Schritt auf Zehenspitzen aus dem Bild heraus, zurück zum Anfang, zur dunklen Heide, dem schleppenden Fürbaßwandern und der schönstimmigen Klage.

Siemen aber, der trampelte mitten hinein in die lautlose Rücksichtnahme und mußte ausgerechnet jetzt mit Fragen lästig fallen. »Wenn das Lied so streng verboten war, woher kennst du's dann überhaupt? Hast du heimlich Feindsender gehört, damals, früher?«

»Nein, nie.« Wie aus der Pistole geschossen kam das. Jede Silbe in ein weißes Dampfwölkchen gehüllt. Gleich schwächte Armgart das Barsche wieder etwas ab, indem sie Tante Gretjens Anfechtbarkeit einräumte: »Mutti, die hätte wohl gerne. Vor allem im letzten Jahr, als es mit der Front nur noch rückwärts ging. Sie wußte aber, daß ich das nicht gutgeheißen hätte. Ich war damals sehr ...« Nach kurzem Suchen schien sie das richtige Wort gefunden zu haben: »Ich war damals eben sehr rigoros«, um es gleich darauf auszutauschen gegen »sehr unnachsichtig«.

Das Lied nun, um Siemens Frage zu beantworten, sei ihr »untergejubelt« worden. Die Notenblätter hatten auf dem Flügel gelegen.

»Wahrscheinlich aus einem gebundenen Album herausgetrennt. Dieses Lied und noch drei andere, jedes mit einer Büroklammer zusammengeheftet. Kein Name drauf, weder der des Komponisten noch der des Textdichters. Nur Nummer eins, Nummer zwei und so weiter, und unter der Nummer der jeweilige Titel. Ganz unverfängliche Titel, im Volksliedton: *Wenn mein Schatz Hochzeit macht, Ging heut morgen übers Feld, Die zwei blauen Augen von meinem Schatz.*« Keinen blassen Schimmer hatte sie gehabt, worum es sich dabei in Wirklichkeit handelte. Wer hätte Heimdall auch solche Unverfrorenheit zugetraut. Einem Mann in seiner Position. Chorleiter! Wie einen Gott fast hatten sie ihn verehrt, alle, jeden Satz von ihm wie das Evangelium aufgenommen.

Gelegentlich pflegte er ein paar Chormitglieder zu sich nach Hause einzuladen, nie mehr als zwei, am Sonntagnachmittag, zu Tee vom Samowar und Haferflockenkeksen. Eine Ehre war das, von Christoph Heimdall ausgewählt zu werden.

An jenem Nachmittag nun diese Lieder, offen herumliegend; ob sie das vielleicht mal probieren möchte? hatte Christoph Heimdall sie gefragt. Und der Blick war so eindringlich gewesen, so erwartungsvoll.

»Jedesmal, wenn ich mir das vergegenwärtigte, später, drehte sich mir der Magen um vor Empörung und nachträglicher Angst.«

Ihre Stimme wurde kieksend, Armgart mußte sich räuspern und in die hohle Hand husten. Meine Matratze wogte unter ihrer Sitzfläche, der Paletot wurde bis ans Kinn gezerrt. »Niemand kann mir einreden, daß er nicht wußte, worauf er sich einließ. Wie konnte er nur riskieren, mich und Vera Sauer da hineinzuziehen!«

Nie vorher hatte sie beim Singen eine solche Verzauberung gespürt, solches Anderswerden durch den eigenen Gesang. Wenn mein Schatz Hochzeit macht, fröhliche Hochzeit macht, ist für mich ein trauriger Tag. Ich trag ein glühend Messer, ein Messer in meiner Brust. »Jeder Satz, jeder Ton wie für mich geschrieben.« Schon im Chor war ihr aufgefallen, daß der Umgang mit dem Schönen, Erhebenden, indem man es zugleich genoß und hervorbrachte, eine Masseneuphorie erstehen ließ, eine große Seelenfreude. Hier nun, in Heimdalls Musikzimmer mit den Sonnenkeilen auf dem Parkett, nur zu viert, hatte der intime Personenkreis das Gefühl noch gesteigert. Wir müßten uns das vorstellen wie eine Art Blutsbrüderschaft auf höherer Ebene, sagte Armgart.

»Es kam nicht darauf an, ob einer sang, begleitete oder zuhörte. Solange wir die gemeinsame Anbetung vollzogen, wußte jeder alles vom anderen. Ein Erkenntnisrausch. Ein Grüßen.« Heimdall am Flügel (»Fast scheute man sich, beim Singen zu ihm hinzusehen. So direkt schien das, beinah unanständig«), Frau Heimdall, die ihren Mann nicht aus den Augen ließ, sich an ihm weidete und doch mittendrin die Terrassentür zum Garten leise zumachte, was eigentlich Verdacht hätte erregen sollen an einem so schönen Tag, die Rinnsteine weiß vor abgefallenen Kastanienblüten, daran erinnerte sie sich noch, auch sie selbst hatte Weiß getragen an dem Tag, ein weißes Hütchen aus Reisstroh, schräg aufgesetzt, und ein weißes Voilekleid mit Punkten in Dunkelblau, »und wir beiden Eingeladenen, Vera Sauer und ich, fassungslos, daß solche Musik möglich war und wir an ihr bisher vorbeigelebt hatten. Damals hätte ich vor Heimdall knien können.«

Armgart fand und fand kein Ende. Das lief ab wie eine Grammophonplatte, ein im stillen auswendig gelernter Monolog mit Hebungen und Senken, Tonlosigkeit und Gellen. Es störte sie nicht, daß von Siemen schon lange kein Mucks mehr kam. Ihr Redeschwall brauchte kein zweites Stichwort, sie beichtete ins Leere.

Nach und nach verlor ich den Faden, schlief für Sekunden ein und riß mich wieder ins Wachsein herüber, denn ich wollte auf jeden Fall das Lied noch einmal gesungen haben. Erwachsenen ins Wort zu fallen aber galt bei uns als Todsünde. Mit dem schwärmerischen Ton war es übrigens vorbei; der Wechsel mußte während einer meiner Schlafphasen passiert sein. Jetzt schien das »sehr Rigorose«, das »sehr Unnachsichtige« an der Reihe.

»... und da sagt doch Herr Eginhard, das war unser Provisor: Ist Ihnen bewußt, was Sie da trällern, Fräulein Klengel? Sie werden mir doch nicht weismachen wollen, daß Sie solche entarteten Machwerke im Bach-Chor einstudieren? So so, bei Professor Heimdall zu Hause. Das wäre ja interessant. Und daß es nötig sei, dessen Gesinnung mal ordentlich unter die Lupe zu nehmen, meinte er noch. Ich war wie vor den Kopf geschlagen. Wollte es einfach nicht glauben. Auf der nächsten Probe habe ich Heimdall dann zur Rede gestellt. Vor dem versammelten Chor. Ob das stimmt? Ob er sich tatsächlich nicht entblödet hätte, uns, Vera Sauer und mir, so etwas zuzumuten? Auf diese perfide, leisetreterische Tour, unter Verschweigen des Komponisten, solche Musik zu verbreiten – wie das mit seiner Stellung zu vereinbaren ginge? Und ich würde auf seine Rechtfertigung gespannt sein.«

Das Maß war voll. Da Siemen offenbar längst schlief, blieb es an mir hängen, Armgart zu stoppen und loszuwerden. Durch die endlose Laberei war mir außerdem die musikalische Erinnerung an das Lied von der dunklen Heide und dem Schlafen unterm Lindenbaum abhanden gekommen. Nichts hatte ich behalten als einen vagen Gesamteindruck von Schmerzlichkeit und Einsamsein und wunderbarer Tröstung zum Schluß.

»Sing das noch mal. Noch mal, los!« Im Vertrauen darauf, daß einklagbar sei, was einem von Rechts wegen zustand, maunzte und quarrte ich. Armgart aber, in ihrem steifen Schilderhaus steckend, ließ sich durch nichts stören. Es kümmerte sie weder, daß die Kerzenflamme qualmte, noch ob der elektrische Strom wieder da war. Seit Stunden, wie mir schien, wackelte ihr Schattenungetüm an der Wand über Siemens Bett hin und her, ein unentwegt angeschubstes Stehaufmännchen. Hielte einer den Schatten an, erlöste er womöglich auch Armgart vom Erzählenmüssen.

»Einmal bin ich doch tatsächlich«, sagte sie gerade, »während meiner Trümmerfrauzeit bis in die Gegend gelaufen und habe das Haus gesucht. Weiß selber nicht, was ich dort wollte. Hatten ja schon jahrelang andere Leute in der Villa gewohnt. Nichts stand mehr. In der gesamten Straße gab es nur noch zwei halbwegs bewohnbare Häuser. Davongekommen war keins. Ich bin über das umgesunkene Gartengitter gestiegen und durch das Gras gewatet, vorbei an Sträuchern. Das grünte und gedieh, als wäre überhaupt nichts passiert. Dabei war der Angriff erst ein halbes Jahr her. Ich hab mich um den Ziegelberg herumgearbeitet zur Rückseite, wo früher die Terrasse war und das Musikzimmer.

In dem Raum hatten sie gemeinsam das Gift genommen. Wenigstens wurde es so erzählt, denn dort waren sie gefunden worden, als man sie abholen wollte. Kaliumcyanid. Im Chor ging das Gerücht um, ich hätte Heimdall die Kapseln besorgt. Ausgerechnet ich. Ich blieb eine ganze Weile dort und starrte die Zerstörung an. Ich dachte: Niemand außer dir weiß mehr, wie es hier einmal gewesen ist. Wie die weißen Stühle auf der Terrasse standen, rund um den gelbgestreiften Sonnenschirm. Und daß es rechts und links von der Terrassentür zwei Lorbeerbäumchen in grünen Kübeln gab. Wie einem zumute war, wenn man das Musikzimmer betrat: der honiggelbe hölzerne Boden vom einen Ende des Saals zum anderen und darauf die Sonne, wie mit vollen Eimern durch die Fenster hereingeschüttet. Ihr könnt mich auslachen, aber als ich mir das alles wieder ins Gedächtnis rief und zugleich vor Augen hatte, was davon übriggeblieben war, fiel mir, bei aller Erschütterung, ein Stein von der Seele. Als stünde man vor dem Leichnam eines geheimen Erpressers. Oder als sei ein wichtiges Indiz, ein belastender Gegenstand beiseite geschafft worden.«

Während sie sich den Mund fusselig redete über Vergangenes und Verbranntes, erlosch in mir die letzte Hoffnung auf eine Wiederholung des Liedes, das ich inzwischen mein Lieblingslied nannte. Zusammengekrümmt rollte ich mich aus dem Bett, plumpste als Knäuel auf den Bettvorleger und zog blitzschnell den Nachttopf unter mich. Knie an die Brust gedrückt und Arme um die Knie geschlungen. Nur so kühlte man nicht sofort aus. Der Ton war unerwartet laut, fast lärmend, wie im Sommer, wenn man den Gartenschlauch in die Gießkanne hielt.

Das Geräusch, direkt neben ihrer Wade, verschlug Armgart die Sprache. Endlich. Noch las ich in ihrem Blick zu mir herunter ein leichtes Verwirrtsein; das Gegenwartsgefühl war so plötzlich nicht von der Musikzimmeridylle in die abgestandene Luft eines Schlafzimmers zu überführen, in dem der Atem rauchte, die Wände glitzerten, eine niedergebrannte Kerze sich quälte und zwei Kinder in ihre Nachttöpfe pullerten. Denn auch Siemen war meinem Beispiel gefolgt. Er hatte es nicht so gut wie ich, er mußte aufrecht stehen, der frostigen Luft ausgesetzt und zitterte denn auch wie im Krampf, während er das Nachthemd mit dem Kinn festhielt und den breiten Glasrand des Gefäßes an seine Schenkel führte. War er gerade erst aufgewacht? Auf seinem Gesicht lag ganz und gar nicht die typische dösende Miene, die weiterschläft, indes man rasch einer Notwendigkeit nachkommt. Er vergewisserte sich, daß nichts danebenlief, dann drehte er den Kopf seitwärts. Dahin, wo Armgart, nun verstummt, noch immer saß.

»Und? Hatten sie's von dir?«

»Wer hatte was? Wovon redest du?« Indem sie ihre Ausflüchte durch Gähnen verlallte, machte Armgart eine Posse daraus. (Ich stellte mir vor, daß wilde Tiere, könnten sie sich zum Sprechen entschließen, genau auf diese Weise reden müßten.)

»Na, vom Gift natürlich.« Siemen tauchte ab, um den Nachttopf unters Bett zu schieben, und schleuderte sich in wildem Forellensprung zurück in die Kissen, den Blick beharrlich auf Armgart gerichtet. »Was ich nicht kapiere: Wieso mußten sie das denn unbedingt nehmen? Wenn das Lied doch so schön war, weshalb war es dann verboten?«

»Schluß jetzt mit den ollen Kamellen. Woher soll ich das alles noch wissen, das ist sieben Jahre oder noch länger her. Ich und Gift! Verrückte Idee!« Sie wuchtete sich hoch, verwendete aber keine Mühe darauf, den Paletot wieder ordentlich über mein Bett zu breiten. Sie schüttelte ihn vielmehr ab, als handle es sich um die Hülle eines nun ausgestandenen Verwunschenseins. Schlotternd rieb sie sich die Oberarme. Wir sollten jetzt lieber ganz schnell einschlafen, empfahl sie uns. Unsere Mutter würde sicherlich bald kommen, und wenn wir dann noch wach wären, bekäme sie ihr Fett ab.

»Jaja, meinetwegen. Soviel du willst« (als ich noch mal wegen des Liedes lästig fiel). »Aber heute nicht mehr, das mußt du einsehen. Sei brav.« Der Docht der Kerze ertrank nun endgültig in dem braunen Talgsee. Armgart tastete sich im Finstern hinaus. Der häufige Entzug des elektrischen Stroms machte, daß man sein Vorhandensein oft einfach vergaß.

Wir konnten hören, wie sie in der Stille der Nacht durch die Wohnung tappte, wie sie eine Tür nach der anderen aufklinkte und hinter sich zuzog. Dann quiekendes Gelächter wie aus einem fernen Radio. Es dauerte kaum den Bruchteil einer Sekunde. Nur so lange, wie Armgart brauchte, um die Tür zu Oma Berthas Wohnzimmer zu öffnen und zu schließen. Wahrscheinlich läutete Onkel Taupalt mal wieder die »Sauglocke«.

5. KAPITEL

Novembre las ich auf dem elektronischen Kalender im Schalterraum der Bank in La Châtre, während ich darauf wartete, daß man mir mein Geld auszahlen würde. Ich nahm es zur Kenntnis, aber mehr nebenbei, dauerte doch das Milde, Altweibersommerliche an. Viele Bäume blieben weiterhin grün und verloren vorerst nur wenig Laub.

Wir saßen beinah immer im Freien, wenn wir unterwegs einkehrten, nur für die Hauptmahlzeiten begaben wir uns nach drinnen. Alles andere – einen schnellen Kaffee, Eisbecher, *pâtisseries*, ein Glas Wein – brachte man uns hinaus, ob in Gargilesse, in La Châtre, St. Benoît, Neuvy St. Sépulchre. Jeden Tag fuhren wir irgendwohin, nach Argenton, nach Chauvigny, Orte, deren Namen mir nichts sagten, bis auf Nohant natürlich, wo bezauberndes Porzellan aufgedeckt war, eine große Tafel nach einer Tischordnung aus der Zeit der Baronin Dudevant.

In der *ferme* krochen die Fliegen saumselig das Fensterglas auf und ab und verharrten mittendrin, als sei ihnen die Orientierung abhanden gekommen; nichts schien sie mehr zu alarmieren, wenn man sich ihnen mit dem Geschirrlappen näherte. Auch Wespen verirrten sich jetzt häufiger ins Hausinnere. Sie hatten alle Vitalität eingebüßt; ohne sich durch Sirren und Summen anzukündigen, kraxelten sie vorwärts, da, wo sie gelandet waren, so daß man sie meist zu spät bemerkte, wenn sie einem schon unters Hosenbein gekrabbelt waren oder in Handtuchfalten klebten, sich von der Schulter in den Ausschnitt fallen ließen. Die allerletzte Kraft pumpten sie dann in den Todesstich hinein. Im Gegensatz zu den Fliegen starben sie äußerst schwer, man mußte sie von der Haut abpflücken, und die Stiche entzündeten sich trotz Spucke, Seife und Zwiebelsaft.

Nach der zweiten Nacht in Onkel Rezeaus Bett schoß die alte Vertrautheit wieder tüchtig ins Kraut. Siemen kam auf die Altherrengeste des ersten Abends – das Einhenkeln, steif und sittig – nicht mehr zurück, und wenn wir durch die Berry-Städtchen spazierten oder nach Sonnenuntergang uns mit Bonavois begnügten, »einmal ums Ringel gingen«, boten wir den Anblick angejahrter Liebesleute: männlicher Arm um Frauenschulter, taktmäßiges Gehen (ich hakte dabei den Daumen in Siemens Hosenbund).

Einmal, an einem gleißenden Tag, ohne Sonnenbrille fast nicht zu ertragen, ein Lüftchen flederte und wehte wie vom Sommer übriggeblieben, einem Tag, den wir *la Creuse pittoresque* gewidmet hatten, hielten wir vor einer Wirtschaft. Der ausgeblichene Eiswimpel über der Tür war das einzige Zeichen, daß mit Gästen gerechnet wurde.

Die Gaststube mußte während der Ära Coty eine Totalrenovierung erfahren haben und war seitdem ins Museale hinübergeschlumpt, die Schaufront des Tresens mit goldenen Kordeln bespannt wie eine Landsknechtstrommel, an den Wänden auf den Putz gemalte Skizzen: Akkordeonspieler mit Baskenmütze und Schifferleibchen, tanzende Paare, junge Frauen mit Petticoats, an den Strohhalmen ihrer Milchshakes nuckelnd.

Der Betrieb schien in Kinderhand übergegangen, denn an einem der Tische machten zwei kleine Mädchen Schularbeiten, und ein *jeune homme* von höchstens vierzehn, weiße Schürze um die schmale Unterpartie gewickelt, begab sich eilends auf den Platz des Wirtes. Hinter ihm, über dem Gläserregal, hingen Großphotos von Katherine Hepburn, Bette Davis, der Garbo, Anna Magnani, Joan Crawford und weiteren Imposanten, reife, entrüstet blickende Gesichter in reifen, zur Entrüstung verpflichtenden Rollen.

Der Junge reichte uns zwei uralte Karten, die am Falz bereits eingerissen waren. Die Auswahl an Eisbechern, an Flips und Splits ergoß sich über mehrere Seiten, dazwischen neckische Zeichnungen. Der Gedanke, in ein Spiel hineingeraten zu sein, kam mir: Man mußte sich etwas auf der Karte aussuchen, bekam dann irgendeine Attrappe vorgesetzt, durfte mit Spielgeld bezahlen und tat so, als ob man von dem Servierten äße, hob leere Gläser zum Mund mit genußvollem Ffft, Ffft.

Siemens Bestellung, Pastis und Perrier, wurde aufgenommen. Die Eisbecher jedoch, die Flips und Shakes, hatte ich es nicht geahnt, waren Geschichte. Das Präsentieren des ungültig gewordenen Angebots war, scheint's, eine den Kindern auferlegte Bedingung, ein Ritual ohne daraus folgende Verpflichtung. Kein Eis also?

»*Mais oui, Madame!*«

Unter der Glasscheibe der Theke lagerten zwei Haushaltspackungen Halbgefrorenes.

»Nimm weißes und kipp dir einen doppelten Crème Cassis drüber«, schlug Siemen vor. »Verdirb dem Kleinen nicht den Spaß. Ist er nicht entzückend? Und wenn er nichts anzubieten hätte außer Leitungswasser, ich würde glatt einen Liter bestellen. Allein schon wegen des Spaliers der abgedankten Königinnen da oben. Nie, das schwöre ich dir, finden die schnieken Geschäftsfrauen, die heute durch die

Filme hampeln, die Lippen mit Schenkelfett gespritzt, jemals Einlaß in diesen Olymp! Ohne Flachs: Könntest du dir Sharon Stone als *Mamma Roma* vorstellen? Oder Ornella Muti als *Ninotschka*? Andie Mac Dowell in *Gilda*? Julia Roberts als *Königin Christine*?«

Die ungeschickt mit dem Messer aus dem Karton herausgestochenen Schollen Halbgefrorenes ragten über die flache eloxierte Schale hinaus, ein Miniaturmodell von sich türmendem Packeis. Der doppelte Crème Cassis war eher ein dreifacher; etwas kleckerte über den Rand des Glases auf die Hand des Jungen; sie zitterte leicht beim Hinstellen. Wir sahen ihm aufmerksam zu, sahen auf die Handgelenke, wie zu kräftig geschrubbt wirkende, aufgeraute knabenhafte Handgelenke mit hervortretenden Knöcheln.

Bevor der Junge sich entfernen konnte, faßte Siemen nach diesem Handgelenk und deutete ein Ausgießen an. »Ein bißchen Show möchte ich schon haben.«

Der Junge (die Augen so tief gesenkt, daß es aussah, als hielte er sie geschlossen) kippte den Likör vorsichtig über das Halbgefrorene. Gewissenhaft träufelte er den blutroten Saftfaden in kleinste Falten hinein und über alle Nebengipfel, legte kindlich den Kopf schief, während er die letzten Tropfen herausrinnen ließ. Blitzschnelles vergewisserndes Augenaufschlagen dann, zu mir hin, zu Siemen. Wolkiges Rosa im Gesicht wie nach einer Anstrengung. Siemen ließ sich denn auch nicht lumpen, geizte nicht mit *très* dies und *très* das.

Er hätte ihm stundenlang dabei zugucken können, sagte er. »So zierlich, wie er schwenkte und machte. Du nicht? Ach, ich hätte einen Sohn haben sollen! Einen Sohn, so weiß wie Sahneeis und so rot wie Crème Cassis. Die Haarfarbe wäre von minderer Bedeutung gewesen.«

»Was hast du gegen Töchter?« fragte ich rehabilitationssüchtig, denn die kleinen Mädchen waren so drollig und handfest, so brennend an uns interessiert und schwatzten hinter vorgehaltener Hand mit Augen, die immer leuchtender wurden, daß ich ihre Partei nahm gegen ihren überbewerteten Bruder. »Ich hab mir immer eine Tochter gewünscht.«

»Ich hätte jede mögliche Tochter automatisch mit dem einzigen kleinen Mädchen verglichen, das ich kannte«, sagte Siemen. »Hätte kein Bein zur Erde gekriegt, die Ärmste. Wie niedlich, wie intelligent, wie gutartig auch immer.«

Er betrachtete wieder die Photographien über der Bar. Liebesszenen in Filmen – ob ich mich an eine besondere erinnern könnte? Eine, wo es mir durch und durch gegangen sei?

Behindert von der eng gewickelten Schürze, mit kurzen Trippelschritten, brachte der Junge auf Siemens Zeichen einen zweiten Pastis und zwei weitere Wasser. Das Gastzimmer wurde von Minute zu Minute düsterer. Die Gesichter der Stars glichen Lemuren: nur Augenhöhlen und Wangen.

»Du bist dran«, wurde ich gemahnt.

Aber ich konnte mich auf keine Liebesszene besinnen, deren dargestellte Gefühle Nachhaltiges bei mir hinterlassen hätten.

Drüben bei der Theke trugen die Kinder eine Meinungsverschiedenheit aus. Es mußte mit dem Nachlassen der Helligkeit zu tun haben. Denn als plötzlich eine Reihe lilaroter Lämpchen unter der Porträtgalerie ansprang, unmittelbar darauf unter der Decke Summen und Flackern losging und Neonröhren alles mit grellem Licht überschwemmten, bewirkte der Protest der kleinen Mädchen, daß die Illumination so abrupt erlosch, wie sie ausgebrochen war. Die beiden Schwestern zogen den Bruder mit sich fort, um im Nebenzimmer etwas Geheimes auszuhecken.

Vielleicht hätten wir jetzt gehen sollen. Man hätte uns daran erinnern müssen, uns einen diskreten Hinweis geben. Doch den Kindern fehlte offensichtlich die Erfahrung, wie man Erwachsene an die Luft setzt. So hingen wir weiter in dem dämmrigen Lokal herum wie Leute, die nicht nach Hause wollen.

»Ich warte.« Siemen kippte den Pastis und trank in langen Zügen Wasser hinterher. »Ich warte gespannt.«

Ich begann mit Entschuldigungen. Von vornherein verurteilte ich meine Wahl als Mißgriff und Notnagel, bis ich hoffen durfte, Siemens Erwartung so herabgestimmt zu haben, daß selbst das erbärmlichste Gestammel nur noch angenehm enttäuschen konnte.

»Kennst du Fellinis Casanova?«

»Dreimal gesehen. Hör schon endlich auf mit dieser japanischen Höflichkeitsmasche, alles in den Staub zu treten, und komm zur Sache.«

Ich sagte: »Was der Film einem als Casanova vorführt, ist nichts weiter als ein Android, der mit Kopulationen hausieren geht. Als Persönlichkeit eine Null. Niemand liebt ihn. Er liebt auch niemanden. Das Interesse, mit dem man seine Auftritte verfolgt, hat nichts mit Sympathie zu tun; es ist kalt, voyeuristisch, nicht selten hämisch. Zum Zeitpunkt der Szene, auf die ich gleich komme, ist er auf einem existentiellen Tiefpunkt angelangt. Erinnerst du dich an das Geburtstagsfest am Hofe irgendeines Herzogs?

Also, er hat gerade diesen schauderhaften Abend durchgestanden. Ein Hexensabbat volltrunkener Offiziere, Fässer neben der Tafel, ein halbes Dutzend Orgeln, gleichzeitig bearbeitet, alles ziemlich schwerblütig und teutonisch, mit einem Stich ins Paranoide. Das weibliche Element, die schwesterlich-freundlichen, mütterlich-generösen Schöße, vertreten nur durch eine Greisin, die Schwester des Herzogs.

Doch dann wird, dem Hokuspokus der Männergesellschaft ausgeliefert, die automatische Puppe hereingebracht, lebensgroß, in Gestalt einer herausgeputzten Dame mit entrücktem, melancholischem Gesichtsausdruck. Ein Geschöpf unmittelbarer Gefälligkeiten, einem beschränkten Programm gehorchend. Er muß die Verwandtschaft sofort gespürt haben. Tief in der Nacht kehrt er in den verwüsteten Festsaal zurück, wo die schöne Automate noch immer an der Tafel hockt.«

Als er sie – und davon hatte ich erzählen wollen – in seinem Zimmer hat, auf dem Rücken liegend in den Kissen seines Bettes, und auf das Übliche hinarbeitet, da nun begibt sich das Wunder: Die mechanische Gefährtin spricht auf die Mechanik seiner Verführungsmethode an. Auf jede Leistung von ihm antwortet sie mit einer Gegenleistung. Überrascht, ängstlich (die Vollkommenheit der Apparatur scheint ungeheuerlich), dankbar dann, fast schon demütig erlebt er, indem er Betörung liefert, die eigene Betörung, vielleicht zum erstenmal. Als die mechanischen Arme sich tatsächlich ausbreiten. Als sie ihn umschließen. Als die starren Beine in Seidenstrümpfen im spitzen Winkel auseinander schnellen.

»Rings um mich, mußt du dir vorstellen, brüllten sie vor Lachen. Dieses aufragende V machte sie fertig. Und er dazwischen: einen Liegestütz nach dem anderen, dabei ständig das unbeteiligte, wie trüben Gedanken nachhängende Gesicht der Automate unter sich, dessen Firnis im Kerzenschein glänzt, als sei ihr echter Schweiß ausgebrochen.«

Sie hatten sich förmlich ausgeschüttet, die Zuschauer, hatten getobt und gejuchzt, die weiblichen vor allem. Quietschen wie beim Betriebsfest, wenn die Zoten dran sind. Zuletzt waren sie nur mehr abgerissener spitzer Schreie mächtig, lagen in den Sesseln flach.

»Im ganzen voll besetzten Kinosaal muß ich die einzige gewesen sein, die nicht lachte. Todtraurig hing ich in meinem Sitz. Ich hätte um jeden einzelnen Menschen auf der Welt weinen können. Zwei Jahre drauf haben wir uns dann getrennt.«

Er hätte nie gewagt, von sich aus die Rede darauf zu bringen, sagte Siemen, »aber die Frage beschäftigt mich, wenn ich aufrichtig sein soll, immer noch: Was war an ihm so Besonderes? Ich gebe zu, er machte Aufsehen, das heißt, wenn man für siegfriedhaftes Lümmeltum was übrig hat. Aber sonst?«

Ich sagte: »Bernhard hatte ein wahnsinniges Gespür, was Einrichtungen anging. Zum Beispiel diese Salome von hinten, die so auf ihre Pfauenschleppe zurückschaut: Beardsley; du weißt, welche ich meine? Ob du es glaubst oder nicht, die hatten wir schon zehn Jahre über unseren Betten hängen, bevor sie über Alvy Singers Bett hing. Oder Adam und Eva in Lebensgröße, jeder für sich auf zwölf Wandteller portioniert, persönliches Geschenk von Fornasetti – die hättest du nirgends sonst gefunden!«

»Schon gut«, sagte Siemen und tätschelte meine Hand, »schon gut. Ich bin ein Arschloch.«

Eine Prozession der Lichter, aus dem Hinterzimmer kommend, zog zwischen den Tischen heran, eins hinter dem anderen. Die Kinder trugen bunte Windlämpchen mit Plastikzylindern, Tiffanyglas imitierend. Sie gingen vorsichtig, mit frommer Feierlichkeit. Vor allem die Mädchen, von denen der Einfall höchstwahrscheinlich stammte, hatten für den Augenblick alle Verschmitztheit abgelegt. Leises Singen hätte hübsch dazu gepaßt, *nous étions trois bergerettes* (immerhin war in wenigen Wochen Weihnachten).

Der Bruder scherte vorzeitig aus; seine beiden Lampen waren für die Theke bestimmt, während die kleinen Mädchen weiterwandelten und ihre Aladinlaternen zu uns brachten, Gaben austeilende Unterfeen, mindestens, in ihrem seligen Stolz. Die Frage nach ihren Namen wurde fällig. Sibon und Frédie hießen sie. Der Name ihres Bruders war Colas.

Der Bruder drückte jetzt auf einen Knopf rechts neben der Eingangstür. Ratternd senkte sich ein eiserner Rollladen und schnappte ein, sobald er die Schwelle erreicht hatte. Das Lokal schloß. Die Kinder schienen fest mit unserem Dableiben zu rechnen, denn schon entfernten die kleinen Mädchen die Stühle vom Nachbartisch, schoben ihn mit vereinten Kräften, bis er an den unsrigen stieß.

Sibon, die Ältere, teilte uns etwas mit; sie dampfte vor Wohlwollen und blies geschäftig Haarsträhnen aus der Stirn.

»Konntest du sie verstehen?« erkundigte ich mich bei Siemen.

»Nur soviel, daß es gleich *souper* gibt.«

»Findest du es nicht auch merkwürdig, daß da keine Erwachsenen sind, die sich um sie kümmern?«

»Nein, wieso?« Siemen zuckte die Achseln. »Man könnte alle möglichen Gründe für ihre Abwesenheit geltend machen: familiäre, gesellschaftliche, wirtschaftliche, kommunalpolitische. Außerdem ist der *jeune homme* alt genug, um das Heft in der Hand zu behalten. Ich habe den Eindruck, sie sind es gewöhnt.«

Wir aßen nur wenig von dem Sieben-Zwerge-Souper der

Tellerchen und Schüsselchen und Untertäßchen, kauten umständlich an Brotstücken und Salatblättern, eine Zurückhaltung, die bei der Glühwürmchenbeleuchtung nicht weiter auffiel. Sie hatten ein Büffet aus Resten aufgetragen – Kompott, Marmeladenkleckse, ein Einmachglas Honig, in dem nur mehr der Boden bedeckt war, Wurstzipfel, zwei geplatzte Eier, Rinden mit noch etwas Käse dran. An Brot jedoch war kein Mangel, und für den Salat, der vor Essig triefte und vor Zucker knirschte (wenn es denn nur der Zucker war), mußten wenigstens zwei Endivienhäupter hergehalten haben.

Die Frage, ob und wie wir uns dafür revanchieren sollten, ging mir nach. Er könne sich nicht vorstellen, daß sie auf Geld aus wären, meinte Siemen. »Ich kenne Bakschisch-Zecken, die gebärden sich anders. Sag doch selber: Hätte Caspar sich in dem Alter über schnödes Geld gefreut?«

»Na, aber immer!« Gnadenlos hatte Caspar Belohnungen eingetrieben, sich jede Dienstleistung vergüten lassen. Nicht daß er habgierig gewesen wäre; wenn es um seine Freunde ging, übertraf er sogar den Heiligen Martin, teilte nicht erst, sondern schenkte im Ganzen. Oder er ließ sich anpumpen und vergaß, was auf dasselbe hinauslief.

Bernhard, im Alltag ein Pfennigfuchser – jahrelang wußte ich nicht, was er wirklich verdiente, bekam das Wirtschaftsgeld in die Hand gezählt –, Bernhard verwandte viel Energie auf Predigten, wenn Caspar ihn wieder mal um vorzeitige Auszahlung des Taschengelds ersuchte (»Ich muß schließlich auch haushalten!«), murrte jedoch nur gewohnheitsmäßig, wenn jener sich von uns Gefälligkeiten honorieren ließ. Kam er aber dahinter, daß dieses vorfristig verpulverte Geld zum Freihalten gedient hatte, dahingeborgt war ohne solide Aussicht auf Rückzahlung, wurde Bernhard zum Berserker, lief rot an und nannte Caspar Dämlack und Trottel, den jeder Schnorrer nach Strich und Faden ausnehmen könnte.

»Wir sollten vielleicht mit ihnen was spielen«, schlug Siemen vor. »Es wäre nicht nett, ausgerechnet jetzt zu verschwinden, nachdem sie uns gerade bewirtet haben. Außerdem hab ich mindestens drei Gläser Wein getrunken. Dumm von mir, diese etikettlosen Flaschen können ziemlich heimtückisch sein, aber er trank sich wie Wasser.«

»Soll das heißen, du kannst heute nicht mehr fahren? Und wie kommen wir nach Bonavois?«

»Natürlich kann ich fahren. Bloß nicht sofort.«

Steif standen die Kinder in einigem Abstand, als sei ihnen die Petersilie verhagelt. Colas, jetzt ohne seine professionelle Schürze, warf den Bann als erster ab. Er flutete den Gastraum mit Hochbetriebslicht.

»Monsieur!« Der Ruf lockte Siemen in den hintersten Winkel. »Monsieur, *pourriez-vous venir ici*!« Was es da wohl zu bekucken gab?

Unvermittelt kehrte quirliges Leben auch in die Schwestern zurück. Sie klinkten ihre Hände in meine, und ab ging's in die Wohnküche, das Zimmer neben der Theke. Übergekochtes hatte schwarze Krusten auf der emaillierten Platte des Gasherds hinterlassen. Auf das Kanapee genötigt, in die Mulde zwischen den Sprungfedern einsinkend, die Tischkante vor der Brust, vergewisserte ich mich der Uhrzeit: kurz vor neun. Wenn Siemen, sagen wir mal, eine Stunde brauchte, um wieder fahrtüchtig zu werden, könnten wir, falls wir uns im Dunkeln nicht verfuhren, halb zwölf in Onkel Rezeaus Bett und wieder unter uns sein.

Sibon präsentierte mir ihr Liebstes: eine jener Wachsbüsten, die vor fünfzig, sechzig Jahren die Fenster der Friseurläden schmückten, mit echtem Haar und Krummdolchwimpern. Frédie kam mir auf den Schoß und richtete sich dort mit der Selbstverständlichkeit einer Hauskatze ein. Lange schon hatte ich kein Kind mehr auf dem Schoß gehabt. Die intensive Wärme. Das unruhevolle kleine Gesäß. Fersen, die einem an die Schienbeine stoßen. Vor Mund und Nase lockeres Gewölle feiner und feinster Härchen. Allerdings lange nicht mehr gewaschener Härchen, der strenge Liebstöckelgeruch deutete darauf hin.

Sibon kämmte währenddessen die Wachsbüste. Manchen Frauen muß solche zofenhafte Geduld im Blut liegen, zusammen mit der manischen Lust am Herrichten, Verhübschen. Und weil sie sich so eingekämmt hatte, machte sie sich anschließend über mein Haar her, mit derselben sanften und einschläfernden Unablässigkeit, Partie für Partie, bis ich mir vorkam wie ein von seiner Tiermutter gelecktes Junges.

Im Gastraum war es bis jetzt still geblieben. Was zum Henker trieben die da? Auf einmal lautes Lachen, befriedigt, einig, siegesfroh, das von Siemen in den höchsten Tönen; fast männlich dagegen das Lachen des Vierzehnjährigen. Ich mußte die beiden Mädchen mit Gewalt abschütteln, sie hingen an mir wie Sindbads Meergreis, ehe ich nebenan mal nach dem Rechten sehen konnte. Aber sie kamen mit, rankten sich um mich, schmiegten sich unter meine herabhängenden Arme, beschwerten mich mit dem zärtlichen Ballast ihrer Anhänglichkeit.

»Was ist denn nun? Können wir endlich fahren?«

Siemen ging nicht darauf ein. Der kleine Colas und er hatten, wie sich herausstellte, eine alte Musicbox wieder hingekriegt und sie ihrem Schlaf unter der Plane entrissen.

Leider, leider gebe es nur mehr eine einzige Scheibe, die beim Ausräumen seinerzeit vergessen worden sei.

Auf der flachen Hand hielt er dem Jungen Münzen aus seiner Hosentasche hin. Und Colas fuhr ungeniert mit dem Finger auf Siemens Handteller umher, sortierte beiseite und pickte auf, was er gebrauchen konnte. Großes Atemanhalten der Kinder, auch Siemens (ich sah auffällig nach meiner Uhr: schon nach zehn), während das erste Geldstück fiel, der Schwenkarm griff. Hartes Zirpen metallener Gitarrensaiten; die walzernde Melodie; der Text wie ins Blaue hinein gesungen, von einem kleinen Liebespech, über das gelacht werden darf.

Daß Siemen die Gören nun noch zum Tanzen animieren mußte! Das Jackett flog über eine Stuhllehne, die Manschetten wurden umgeschlagen, die Weste verbarg das Gehoppel der Brust. Kämen jetzt die Eltern heim, was würden sie aus solcher Ausgelassenheit schließen müssen, das Haus verrammelt, ihre Kinder im Arm fremder Leute, mitten in der Nacht!

Siemen schwofte mit der glücklichen Sibon. Sie machte es gar nicht ungeschickt. Beim zweiten Durchgang holte er Frédie; die stand schon auf dem Quivive und hatte vor Aufregung ihren Kleidersaum hoch und höher gezogen, dabei große häßliche Schlüpfer entblößend. Anklagend hielt ich mein Handgelenk so, daß Siemen es sehen konnte und pochte aufs Zifferblatt.

»Es ist halb elf! Meinst du nicht, daß die Kinder ins Bett gehören?« Hätte ich mich zum Grund meiner wachsenden Verstimmung äußern müssen, wäre das legendäre »De janze Richtung paßt ma nich« angebracht gewesen.

Doch Siemen (der mit seiner sechsjährigen Partnerin wie beim Ringel-Rangel-Rosenkranz im Kreis sprang), von aller

Vernunft verlassen, hatte ganz andere Sorgen. Verlangte er doch von mir, ich solle den »armen Colas« nicht so allein Trübsal blasen lassen.

»Mach schon, tanz mit ihm. Einmal wenigstens.« Wenn nicht, würde er es – »ich meine das ernst« – selbst übernehmen.

I once had a girl or should I say, she once had me: Das Kreuz durchgedrückt, glänzend vor Vergnügungssucht, ließ der Junge sich anfassen, langte mir auf den Rücken (ziemlich weit unten; wahrscheinlich hatte er sich das auf dörflichen Festen abgeschaut), und als ich ihn ein bißchen näher zu mir holte – ohne Nähe hatte ich noch nie Takt halten können –, gehorchte er augenblicklich. Glücklicherweise gehörte er nicht zu diesen jungen Riesen mit den Spargelköpfen. Ich hatte, wenn ich denn ums Tanzen nicht drum herumkam, am liebsten mit kleinen Männern getanzt. Sie waren einfach handlicher, das Ohr befand sich in Reichweite, auch die minimale Distanz zur fremden Wange hatte nicht wenig für sich. Trotzdem klappte es erst gar nicht zwischen mir und dem kleinen Colas. Vermutlich eine Sache des Temperaments. Er brachte einfach zuviel Ehrgeiz mit, abgesehen von seiner vorgefaßten Meinung über Schmiß, den er sich schuldig zu sein glaubte. Bis ich den Einfall hatte, ihm kritisch auf den Popo zu klopfen, nur ganz sacht, ich wollte ihm bloß das allzu Forsche austreiben, die Mackerallüre, mit dem Unterleib zu dirigieren. Jetzt aber erschrak er und gab sich, schüchtern mit einemmal, als federleichtes Rührmichnichtan.

Als ich mit Caspar schwanger ging, hatte ich ein Erlebnis gehabt, in einem Personenzug, einem jener halbleeren, dessen wenige Fahrgäste einander absichtlich zu meiden scheinen. Ich wußte es noch nicht lange, ungefähr seit zwei

Monaten, fühlte mich aber, seit ich es wußte, als gütige Matrone, die angebotene Stühle und allseitige Ehrerbietung erwarten darf, sah in Männern nur mehr Väter – realexistierende und künftige – oder Söhne und nestelte jeden Morgen die große Sicherheitsnadel etwas mühsamer zu, die das Knopfloch meiner Pepitahose mit dem Ende verband, wo der Knopf saß.

Dort, wo ich herkam, hatte ich hausgebackenen Käsekuchen mitbekommen, drei Stück oder sogar vier, noch so frisch, daß die feuchte Quarkschicht bei jedem Bissen batzenweise aufs Papier zurückkrümelte, das ich offen im Schoß liegen hatte. Die Füße auf dem gegenüberliegenden Sitz, stopfte ich in meiner Gier schon nach, bevor ich hintergekaut hatte.

In dieses private Idyll nun platzte ein junger Mann, ein Kerlchen, vielleicht achtzehn Jahre. Die blöde Artigkeitsfloskel von wegen »noch frei«, und ich, den Mund bis zum Gaumen mit Kuchen verklebt, deutete ein meinetwegen an (konnte der sich denn nicht anderswo reinsetzen?). Schmal und klein saß er da und sah mir zu: wie ich las und wie ich das Buch immer häufiger sinken ließ. Wie ich Brachäcker und nasse Wiesen und entlaubte Waldstücke mit vorgegebenem Interesse bedachte.

Hätte er nicht auch was lesen können? Oder sich müde in die Ecke lehnen, seine Jacke vorm Gesicht. Hätte er nicht nach einer Zigarette kramen und mir so einen Grund liefern können, ihn vor die Abteiltür zu weisen! Die Unscheinbarkeit selbst, störte er doch meine Mutterträume. Das Unverwandte seines Blicks. Sein Wunsch, angeredet zu werden. Manchmal gab es laute Atemzüge, Anläufe für Kühnes, Keckes, das dann doch nicht über die Schwelle fand und nur in Gedanken angestellt wurde. Faßte ich ihn meinerseits ins Auge, hielt er das nur sekundenlang aus und sah dann schnell und scheu aus dem Fenster. So ging das zwei oder drei Stunden.

Über uns hatte ein trübes Lämpchen seine Schicht angetreten. Draußen konnte man mittlerweile nichts mehr erkennen, dafür spiegelte die Scheibe jetzt unsere Gesichter wider. Ein zweites Abteil war entstanden, in dem gelächelt werden durfte. Dennoch blieben wir, jeder für sich, in das Dunkle draußen vertieft mit sonderbarer Hartnäckigkeit.

»Ihr Schuh ist aufgegangen.«

Ernüchtert bückte ich mich. Nicht einen Augenblick lang glaubte ich an eine Finte, kein Mann hätte sich in solcher Situation um einen offenen Schnürsenkel geschert, Kinder ja; mit ihrem Blick für Kleinigkeiten meinen sie, einem mit derlei Nebensachen einen Dienst zu erweisen.

An keinem der Schuhe war etwas zu beanstanden.

Daß ich, beim ärgerlichen Wiederaufrichten, auf sein Gesicht treffen würde, mir in den Weg gehalten, wild entschlossen, alles auf eine Karte gesetzt, so berechnet, daß ein Mund den anderen zwangsläufig streifen mußte, da er stillhielt, ich aber von unten käme in heftiger Bewegung – wie hätte ich das vorauswissen sollen.

Mein erster Impuls war nicht auf Wehren aus, was mich später gewundert hat. Zuviel ging durcheinander: kindische Lust, laut zu lachen, aber auch so was wie Rührung, und natürlich war es eine unerhörte Frechheit, eine Entgleisung, die den mir zustehenden Respekt einfach in den Wind pfiff. Eine Ohrfeige wäre die einzig passende Antwort gewesen. Über gerade diese Reaktion aber verfügte ich nicht, waren Ohrfeigen doch ein Erziehungsmittel meiner Mutter gewesen und schon deshalb abzulehnen.

Die anschließenden Sekunden des Films fehlen. An einen Wortwechsel könnte ich mich bestimmt erinnern. So hat es wohl keinen gegeben. Kein Abkanzeln. Kein kleinlautes Reu'-und-Leid-Machen. Was ich wieder weiß, ist sein plötzliches Nebenmirsitzen und daß sein Arm um meine Schultern gelegt ist. Der Arm zittert bis in die Fingerspitzen, nicht zu reden von der Herztätigkeit, hart wummernden Paukenschlägen, gewaltigen Erschütterungen. Was, wenn er mir hier umkippt, hatte ich gedacht, weil es gar nicht aufhören wollte, das Zittern nicht und auch nicht das rabiate Pochen und Dröhnen hinter seinen Rippen. Schon riß er sich aber wieder hoch aus der kurzen Benommenheit und dem unbeherrschten Luftholen, stieß seinen Mund auf meinen, ein einziges Stürzen, ein blindwütiges Stürmen. Und dabei keine Ahnung von nichts. Verkrampft geschlossene Lippen. Zusammengebissene Zähne.

Jäh sackte er zusammen, schlagartig leicht und schwach geworden, mit matten Muskeln, aus der fürchterlichen Anspannung entlassen. Aus seinen Kleidern (die Erinnerung will sie ärmlich sehen, unauffällig, grau und schwarz wie ein Rabenvogel) war mir ein Schulgeruch in die Nase gestiegen nach nasser Schiefertafel und stockigem Schwämmchen.

Ich war von ihm abgerückt. Es genierte mich, das Objekt solch unwillkommenen Echauffierens gewesen zu sein. Davon abgesehen konnte ich nur über mich selbst staunen, daß ich nicht entrüsteter war. Daß ich nicht kochte vor Empörung. Das mußte meinem neuen Zustand zu danken sein. Eine gewisse Belustigung schwang mit, eine Art Hurenmitleid, ja es fehlte nicht viel, und ich hätte mich drangemacht, ihn abzuputzen wie einen Dreijährigen, der Schokolade gegessen hat.

Ich rechnete damit, daß der Junge, sobald er zur Besinnung käme, sich umgehend und wortlos, mit betretenem Abschiedsnicken, davonmachen würde, um in einem anderen Abteil unterzukriechen. Aber nichts dergleichen geschah. Man konnte meinen, er sei vielmehr zur genau entgegengesetzten Schlußfolgerung gekommen. Möglich, daß er an der Einbildung von erlebtem Glück und Triumph litt; in seinem Alter bekam man das alles noch billiger. Daß er in dem verwahrlosten Coupé mit der Luftschutzkellerfunzel so was wie eine Liebeslaube sah. Mußte dann ich nicht gleichfalls berauscht und bewegt sein (mochte er denken), ihm nach »alledem« halbwegs in die Hand gegeben? Ließen die Ereignisse ihm andere Konsequenzen?

Heranrutschend machte er den von mir geschaffenen Abstand wieder zunichte, und die Selbstverständlichkeit (dabei immer noch zitternd, immer noch wilder Herzschlag), mit der er mir den Arm, anders als zuvor, nicht um die Schultern legte, sondern oberhalb der Taille herumgriff, was intimer und zugleich für ihn bequemer war, hatte nunmehr den Beigeschmack des Rechtmäßigen, ehrlich Erworbenen.

Erleuchtete einsame Bahnsteige fegten jetzt immer häufiger am Fenster vorbei, die Ortsschilder kleiner Stationen, kaum zu lesen auf die schnelle; Vorstädte, bei denen durchgefahren wurde. Vielleicht könnte man, überlegte ich und malte es mir aus, nur so als Erwägung, vielleicht könnte man ihm zeigen, was aus einem Kuß alles zu machen war. Daß ich damit anfinge, käme natürlich nicht in Frage, und so wurde nichts draus. Eng an mich gedrückt oder eher gekuschelt, wollte er sonst nichts weiter als im Arm haben. Ab und zu lief ein Schauern durch seinen Körper, wie es nach übermäßigem Verausgaben vorkommt. Worauf er wieder, jedesmal etwas tiefer, in den Zustand großer, weicher Friedlichkeit einsank.

Obwohl ich doch in Fleisch und Blut neben ihm saß, mit meiner Louise-Brooks-Frisur und meiner rostroten Strickjacke aus Mohairgarn, war ich bereits zur Figur eines Wachtraums aufgerückt und wohl schon fleißig dabei, für verklärende Wiederholungen herzuhalten. Ich hätte ihn anbrüllen mögen, um ihn aus diesem innigen Dösen aufzuschrecken, aus seiner lächerlichen Erschöpftheit.

An ihm vorbei reckte ich mich zum Fenster und spannte auf den Namen des nächsten Stadtbahnhofs. Vom weiß vorüberwischenden Schild schnappte ich zwei Silben auf, genug, um daraus die entsprechende Station zu ergänzen. Zehn Minuten noch, dachte ich ohne Bedauern, höchstens zwölf, dann war Schluß. Weiter fuhr der Zug nicht.

Der Klaps auf seine Hinterbacken hatte den kleinen Colas scheuen lassen wie ein Pferd, das zum ersten Mal die Peitsche spürt. Er wich nun selbst der harmlosesten Fühlungnahme aus, indem er die Partie unter seinem Gürtel auffallend nach hinten wegbog, als dürfe sie um keinen Preis irgendwo anstoßen.

Die fünfte Wiederholung schrammte aus. Die letzten Saitenhiebe, energisch und endgültig. *So I lit a fire, isn't it good Norwegian wood?* Die Kinder wollten es nicht wahrhaben, daß die Münzen aufgebraucht waren. Alle drei taten sie untröstlich. Kannten diese Bälger gar keine Müdigkeit?

»Komm jetzt, es reicht, ich will heim.« Ich hielt Siemen das Jackett hin. Meine Jacke hatte ich schon angezogen, die Handtasche übergehängt. »*Bonne nuit, les enfants, et merci pour*... was heißt netter Abend?«

Voll Entsetzen standen die drei mitten in der Gebärde erlahmt. Die Einsicht in die Notwendigkeit des Trennenmüssens fehlte, das war auffällig. Etwas merkwürdig Reserviertes lag in ihren Mienen. Als sei ihnen soeben eine schwere, ganz und gar unverdiente Kränkung angetan worden.

»Ja, was haben die denn erwartet? Daß wir sie adoptieren? Komisches Benehmen, muß ich schon sagen.«

Siemen, die gute Seele, parierte umgehend mit einer Entschuldigung: »Kinder haben halt eine andere Logik.«

Er trat auf die stumme Gruppe zu, hob Frédie hoch und schmatzte sie auf die puppendrallen Wangen. »Ihr müßt jetzt schlafen, *maintenant dormir, mes jolies*«, beugte sich dann zu Sibon herab: »*Tu es une danseuse formidable, ma chèrie*«, küßte auch sie rechts und links. Ebenso gut hätte er zwei hölzerne Pfosten herzen und küssen können. Sie gönnten ihm nicht mal einen Blick. Ihre Trostlosigkeit grenzte schon ans Theatralische, mit gramverzogenen Unterlippen. Siemen brach das Herz. Daß wir von einem Augenblick zum anderen ihre Gunst verloren hatten, wollte nicht in seinen Kopf.

»Colas, *mon vieux* ...«, er hielt ihm erst die Hand hin (sie wurde übersehen) und nahm ihn dann bei den Schultern. »*C'est tard*, wir müssen, *nous voulons à la maison.* Wir können doch nicht, äh ... *nous ne pas dormir ici.*« Den *jeune homme* im Arm, zog Siemen aus der Situation seinen Honig. Wie eine hellenistische Plastik sah er aus – Niobe mit dem letzten ihrer Kinder.

»Gott, Nona, was sollen wir machen?«

»Na, den Lieferantenausgang suchen, was denn sonst? Ich laß mich doch nicht von diesen Gören am Verlassen des Lokals hindern.«

Ich mußte noch einmal rufen, vom Korridor her, nachdem ich das Ganglicht angeknipst hatte – »Siemen!! Du bist nicht ihr Vater, und ich bin nicht ihre Mutter, kannst du das nicht kapieren?« –, ehe er sich endlich losriß und mir nachkam.

Neben dem Gästeabort gab es eine zweite, ganz gleiche Tür, auf der *Privé* stand. Rechts führte ein Treppenaufgang in den ersten Stock sowie eine gewundene Kellerstiege nach unten. Während ich mit harten Schritten auf die allerletzte, allerhinterste Tür zusteuerte, traf mich der den Mauern entströmende Mief wie ein Geheimzeichen. So hatte es im Treppenhaus von Podgoritza gerochen. Nach festsitzender Kälte, Verwohntheit, nach ungelüftetem Alter. Als sei der Geruch, heimatlos geworden nach dem Abriß des Hauses vor fünfzehn Jahren, ein in der Atmosphäre herumirrendes Ektoplasma, nun hier untergekrochen.

Die Tür war nicht verriegelt. Aber anstatt auf der beleuchteten Straße zu stehen, fand man sich lauernder Finsternis gegenüber. Siemen ertastete schließlich den Schalter für die Außenbeleuchtung. Vor uns lag das langgestreckte Rechteck eines Gemüsegartens. Im Sommer bestimmt ein Fleck glücklicher *pois de neiges* und *carottes*, aromatischer *groseilles cassis* und gedeihender *rhubarbe*-Stauden, gegenwärtig bloß ein moroser Anblick, auf allen drei Seiten von Mauern eingeschlossen. Quer über die Beete stiefelten wir auf die Mauer zu und blieben auch dann noch stehen, als wir wußten, daß die Mauer mit Scherben gespickt war. Standen einfach nur da, zwischen Krautstrünken und Kohlköpfen, die sich zu apoplektischen Parodien der Rose ausgewachsen hatten.

Ich beharrte darauf, es müsse einen zweiten Ausgang geben. »Bei Tageslicht hätten wir ihn garantiert auf Anhieb gefunden.«

Dann müßten wir uns eben bis zum Hellwerden gedulden, meinte Siemen. So wie er es sagte, schien er das für die einfachere Lösung zu halten.

Also wieder reingehen. Er würde versuchen, den Rollladen hochzukriegen, versprach er mir. Ziemlich halbherzig, wie ich fand.

Sie erwarteten uns im Rahmen der Hintertür. Wichen auseinander, um uns eintreten zu lassen und schlossen dann einen losen Kreis um uns. Sie trugen uns nichts nach. Ich konnte sie nicht beim kleinsten Anflug der Schadenfreude ertappen.

Wieder im Gastraum, ging Siemen rasch auf die Eingangstür zu und hantierte mit dem Knopf oder Schalter herum. Der Rolladen hob sich nicht um einen Zentimeter. Siemen plumpste auf die Knie und versuchte die Sache von unten her zu bewerkstelligen. Er keuchte und schwitzte. Eine Naht platzte mit scharfem Brutzelgeräusch. Colas malte etwas auf den Bestellblock: eine Uhr, deren Zeiger auf sieben standen. Er deutete zwischen seiner gemalten Uhr und der verrammelten Tür hin und her. Siemen hörte augenblicklich auf, sich abzuschinden. Er schaute auf mich. Gab mir das letzte Wort.

»Eins möchte ich von vornherein klarstellen«, sagte ich. »Ich krieche weder zu Sibon noch zu Frédie in die Buntkarierten. Entweder ein Einzelbett oder mit dir zusammen. Und auch keine Verlängerung der rauschenden Ballnacht.«

Die Kinder reimten sich meine Kapitulation zusammen; Frédie hopste und klatschte in die Hände. Was sie nur an uns fanden? Colas wurde von Siemen ins Gebet genommen; es ging um *vos parents* und *ou sont*? Doch wir wurden nicht recht schlau aus der Antwort. Von *pompe funèbres* war darin die Rede. Aber ob die Eltern nun die zu Bestattenden waren oder Teilnehmer eines Leichenbegängnisses, konnte nicht ermittelt werden. Siemen seufzte nach seinem Wörterbuch; das lag im Handschuhfach.

Ich sagte: »*Allons, enfants*« (*allons* war immer gut), »*les jeux sont faits, rien ne vas plus.*« Die scheuchenden Armbewegungen begriffen sie auf jeden Fall. Bereit für den nächsten Spaß, zogen und schoben sie uns auf den Gang, zur Treppe ins Obergeschoß, selbst der große Junge völlig überdreht. Ich mußte ihn an der Schulter packen und zurückschicken: »Licht aus! Äh ... *lumière finie*!«

In fremden Badezimmern überkommen mich regelmäßig Waisenkindgefühle. Unüberhörbar ist der Appell, daß man mir den Zutritt nur ausnahmsweise gewährt, nur aus Nettigkeit das Allerheiligste geöffnet hat. Jeder Gegenstand, der intimhäßlichste, der wegwerfwürdigste, hält mir vor, daß er nicht angefaßt zu werden wünscht, daß ich höchstens geduldet bin, daß hier eine andere Herrschaft regiert, eine abgehärtete Spezies, die sich im Gegensatz zu mir von der Grottentemperatur nicht entmutigen läßt. Man benutzt die Unerfahrenheit des Eindringlings, um ihn, der keinen Schimmer von den Sonderregelungen und Camouflagen hat, durch Widerspenstigkeit und vorgespiegeltes Versagen zu schikanieren (besonders altgediente Duschen sind höchst einfallsreich darin). Klein gemacht stehe ich dann vorm laufenden Wasserhahn, dessen Strahl etwas Barsches hat, und meine Habseligkeiten wurrlen in heilloser Konfusion im Necessaire durcheinander, spüren sie doch die Feindseligkeit ebenso wie ich. Unzureichend gereinigt entferne ich mich fluchtartig und melde meinen Gastgebern: Bin fertig ... ihr könnt ...

Und jetzt hatte ich nicht mal das Allernötigste bei mir. Aber wenigstens die Hände wollte ich mir waschen (und war, kaum eingetreten, auch schon umzingelt von Kleidungsstücken; Haken neben Haken, wie in einer Schulgarderobe, daran schlaffe Trauben: Nachthemd über blauem Overall, Kittelschürze unter Schlafanzughose, Büstenhalter, Unterwäsche, ich wollte eigentlich gar nicht hinsehen).

Es gab tatsächlich ein verfügbares Bett in einem Extrazimmer, aber die dazugehörende Ausstattung schien zu fehlen, oder die Kinder wußten nicht, wo sie aufbewahrt wurde, so daß sie für uns ihre eigenen Betten plünderten.

Offensichtlich suchten sie den Zirkus, den sie damit veranstalteten, in die Länge zu ziehen, denn schrille Befehle und vogelzeigende Kritik sabotierten immer wieder die Zurüstung der Matratze zum bettfertigen Lager.

Das einzige Fenster ging auf den Garten hinaus. Als ich es aufmachte und mich hinausbeugte, sah ich direkt unter mir eine Schürze aus Licht liegen – die vergessene Außenbeleuchtung. Wie um das auszugleichen, gab es keine Nachttischlampen. Ich hatte ja auch nichts zu lesen bei mir. Als mir die Tragweite aufging, schien das Überstehen der vor uns liegenden Stunden vollends zweifelhaft. War ich doch abhängig von gedruckten Zeilen, irgendwelchen, sobald ich mich niederlegte. Erst dadurch wurde ein Bett zum Bett. Einmal, zu Silvester, als wegen Glatteis das Taxi nicht kam und ich dort, wo ich war, übernachten mußte, hatte ich mich aus dem Bücherbrett der kleinen Töchter bedient und Malots *Heimatlos* bis zum Neujahrsmorgen ausgelesen.

Siemen gab sich einem anderen Bekümmernis hin: unter der nackten Glühbirne begutachtete er seine geplatzte Weste.

Jetzt bugsierten Sibon und ihr Bruder etwas Teppichähnliches vom Flur ins Zimmer. Etwas, das nichts anderes sein konnte als die Zudecke des Ehebetts ihrer Eltern.

»Wenn sie das Ding auch wieder hinaustragen, spring ich aus dem Fenster«, sagte ich. »Tu was. Mach, daß sie uns endlich in Ruhe lassen. Falls du annimmst, die würden freiwillig ihre Betten aufsuchen, unterschätzt du die Energie von Kindern gewaltig, ich weiß, wovon ich rede.«

Auf den Gartenfesten an sommerlichen Wochenenden, zu denen Bernhard und ich, einschließlich Caspar, nicht selten eingeladen worden waren, hatten sich die mitgebrachten Kinder, sobald die Dämmerung einfiel, regelmäßig zu einer Horde zusammengetan. Man hörte nur ihr Vorüberhecheln, wenn sie, ohne jemanden einzuweihen, plötzlich verschwanden, um in nachts verrufenen Stadtparks zu streunen oder zum Fluß hinunter zu laufen, bis zum Delirium aufgeputscht vom Größenwahn gemeinsamer Renitenz. Erst gegen Mitternacht trudelten sie wieder ein. Dann kam ein Moment der Stille und des Stillstehens, in welchem sie tranken und tranken und Limonade und Cola in sich hineingolkten, Kamele nach Durchquerung der Wüste. In wiedererlangter Frische wälzten sie sich auf den taufeuchten Rasenflächen, uninteressiert am Grillfeuer, an hätschelnden Mutterarmen, an schaukelnden Lampions. Beleidigt protestierten sie gegen das Ansinnen, sich im Haus auf fremde Betten legen zu lassen, ganz und gar entsetzlich in ihrer Unverwüstlichkeit. Erst auf der Heimfahrt (meist gegen zwei) war Caspar dann von einem Augenblick zum anderen umgesunken, gefällt bereits beim Starten des Motors, um später von Bernhard und mir vom Rücksitz gehoben und hinaufgetragen zu werden wie ein vom Kreuz Abgenommener.

Auch unsere *enfants* lärmten und giggelten jenseits der von Siemen geschlossenen Tür fröhlich weiter, Mitternacht hin, Mitternacht her.

Kalte, erdig riechende Luft strich durch das geöffnete Fenster. Wir hängten die Jacketts über die Lehne des einzigen Stuhls. Weiter zogen wir nichts aus, außer den Schuhen natürlich. Wir machten uns lang. »Sich lang machen« hieß im Jargon von Podgoritza eine Siesta halten, bedeutete eine Zeitspanne befristeter Ruhe, etwas Einstweiliges, das auf keinen Fall mit Schlafengehen assoziiert werden durfte. Denn es stand fest, daß unter diesen Umständen – quasi in Gefangenschaft – Schlaf undenkbar war. Beinah schon eine Geschmacklosigkeit.

Eine Freundin, die viel reiste, hatte mich mit Schilderungen der Eigentümlichkeit französischer Matratzen unterhalten, zum Beispiel über den Versuch zweier Personen, auf herkömmliche Weise nebeneinander zu liegen. Beim ersten Umdrehen, sobald schläfrige Gelöstheit die Wachsamkeit vermindere, setze der Sog des Trichters ein, hatte es geheißen, und beide Körper landeten in der Kuhle, zusammengeworfen auf engstem Platz. Man könne nichts dagegen tun als sich einigermaßen arrangieren.

Unsere Matratze in *À menthe sauvage* hatte keine Mulde; die Vermieter der *ferme* mußten in eine nagelneue investiert haben. Außerdem hatte dort jeder seine eigene Zudecke.

Ich mußte den Hosenknopf in der Taille aufmachen, abends spannte der Bund immer. Und weil ich schon mal dabei war, wurstelte ich mit Hilfe der großen Zehen die stramm sitzenden Bündchen der Kniestrümpfe etwas tiefer.

»Was murkst du denn da?«

Siemens Erkundigung hatte wohl ein Zu-mir-Hinwenden eingeschlossen, ein Verlagern der Körpermasse, denn ich spürte, wie die Unterlage nachgab und ich den Halt verlor. Aufeinandergepurzelt, Wange an Wange, fauchten wir uns den Atem ins Gesicht aus einer Nähe, die denn doch zu nah war. »Radiergummikampf« – so hatten wir ein Nase-an-Nase-Reiben genannt, das andauerte, bis einer um Gnade flehte, eins unserer Bettvergnügen nach dem gemeinschaftlichen Baden im Waschhaus, wenn ich zu Siemen unter die Decke kam und die ganze Nacht über dort blieb, da meine Mutter nach ihrem eigenen Bad nicht mehr die Energie aufbrachte, uns wachzurütteln und zu trennen.

Als meine Nase jetzt im Dunkeln berührt wurde, ohne den alten Sportsgeist, bei dem die Funken flogen, ganz zahm nur, eine Parodie eher, da drehte ich den Kopf weg. »Komm, laß das.«

Würde nicht alles, was nach Podgoritza gehörte, war es erst einmal aus dem Zusammenhang gerissen, hinterher nie mehr richtig eingepaßt werden können? Ich dachte an Bologneser Tränen, an jene Glasgefäße, die infolge eines besonders brutalen Abkühlungsverfahrens jedem von außen geführten Hammerschlag widerstehen, jedoch in Millionen Teile zerspringen, sobald man auch nur das winzigste Bißchen hineinfallen läßt, einen Wassertropfen etwa.

Auf der anderen Seite des Flurs wurde eine Tür geschlossen oder geöffnet, die Klinke schnalzte ins Leere, als bliebe die Türe angelehnt. Dann Tuscheln, Wispern, Kichern. Ich hätte schwören mögen, daß die Kinder sich vor unserem Zimmer aufhielten.

Dreiviertel eins erst. Warum haben nächtlich schlagende Turmuhren immer diesen billigen flachen Ton, bei dem man sich das Rappeln eines Blechlöffels in einem blechernen Topf vorstellt, ein Geräusch von schrecklicher Gleichgültigkeit, Gewöhnlichkeit! Wo doch ein melodischer Doppelhall, sagen wir eine große Terz, mütterlich, kuhwarm, die Einsamkeit der finstersten Stunden verwandeln könnte in ein ruhiges Abwarten dieses schönen Klanges. Man würde sich förmlich danach sehnen, von einer Viertelstunde zur anderen betreut und begleitet, bis der Schlaf doch noch käme oder der Morgen.

»Erzähl was über dein neuestes Buch«, sagte Siemen. »Ist es schon im Handel? Oder sitzt du gerade an was?«

An meine Existenzgrundlage erinnert zu werden war das letzte, was ich mir gewünscht hätte. Saß ich an etwas, wie er sich ausdrückte? Konnte man Monate, in denen nichts als abgewürgte Anfänge zustande kamen, auf die Ebene des Arbeitsrausches heben?

»Siemen«, sagte ich (und befreite den rechten Fuß aus der Zange seiner Schienbeine), »du hast nicht vergessen, daß es sich um Bücher für Kinder handelt, nein?« Ich hatte ihm nie eins geschickt. Als das erste herauskam, war ich bereits fünfzig gewesen. »Also, ich kann dir auch nicht viel sagen. Das Manuskript befindet sich schon über ein Jahr beim Verlag. Es sind kaum dreißig Seiten. Es geht um einen Zaun. Einen Zaun zwischen zwei Gärten und zwei Kinder in diesen Gärten. Es soll illustriert werden.«

»Hört sich an, als würdest du ziemlich tief fliegen.«

Ich sagte: »Es wäre sinnlos, das zu leugnen.«

In einem alten Schwarzweißfilm läutet der Schauspieler Oskar Sima an einer Wohnungstür. Er kommt, wie er immer kommt: höchst ungelegen. Sein Auftauchen in diesem Augenblick könnte fataler nicht sein. »Ach, Sie sind das«, entfährt es dem armen Würstchen – ich glaube, es ist Hans Moser –, das ihm öffnet, das »Sie« langgezogen in heuchlerischer Begrüßungsfreude. Darauf Sima, das Bewußtsein seiner Unpopularität auskostend, bräsig, schneidend: »Es wäre sinnlos, das zu leugnen.« Wir hatten diesen Satz zu unserem gemacht, über Jahre hin, wobei es wichtig war, die genaue phonetische Wiedergabe beizubehalten, also »leignen« zu sagen und das r in »wäre« zu rollen.

Er ließ das Thema denn auch gleich fallen. Ein anderes wollte sich nicht ergeben. Denn auch die Zeit, die nach unserer bald bevorstehenden Trennung käme, war bis jetzt weder von Siemen noch von mir gestreift worden, nicht mal nebenbei. Wochen waren verstrichen, und noch immer vermieden wir es, ein Ende ins Auge zu fassen, eine Frist zu setzen. Bedenkenlos brauchten wir einen kurzen Tag nach dem anderen auf. Nicht gerührt wurde an sinkende Kontostände oder an die zwingende Notwendigkeit – zumindest was mich betraf –, zwei vor Monaten ausgemachte Lesungen einzuhalten.

Wenn man mal davon absah, daß wir, wie Klengel-Gretjen das früher bezeichnete, »jenseits von Gut und Böse« waren, haftete diesen Ferien etwas von Flitterwochen an. Wir waren wenig am Umgang mit anderen interessiert. Wir reichten uns beständig die Hände: zum Aufstehen, beim Übersteigen von Hindernissen. Wir gingen, oft leicht umschlungen, automatisch im gleichen Takt. Es schien Blumen und Reiskörner zu regnen, wo wir auch hinkamen. Selbst das Tageslicht erhielt persönliche Bedeutung, als würde es allein uns zuliebe gewechselt. Alles und jedes geschah, als stünde es uns von Rechts wegen zu als das gute Ende des Märchens nach Überwinden sämtlicher auferlegter Prüfungen. Ich dachte kaum über die nächste Stunde hinaus.

Wir lagen da wie die Kinder Eduards IV. von England auf dem Bild von Friedrich Theodor Hildebrandt. Ich hatte den Arm um Siemens Kopf herumgeführt, und Siemen rutschte gefällig im ganzen etwas tiefer. Den anderen Arm sollte ich einstweilen auf seine Brust legen. »Wenn es dir unbequem wird, tauschen wir dann.«

Die Gardine am offenen Fenster bauschte sich wie ein Theatervorhang, hinter dem es gleich losgeht, und wehte mit Wellenbewegungen ins Zimmer hinein. Von der Nachtluft war mir die Hand kalt geworden. Ich machte zwei Knöpfe an Siemens Weste auf und schob meine Hand zwischen Stoff und Brust. Er nuschelte was von Kälteschock und Herz stehenbleiben. Doch als ich die Hand wieder fortnehmen wollte, sagte er nein nein und hielt sie fest.

Ich hätte jetzt von unserer Mutter erzählen können, die kalte Hand brachte mich drauf. Daß sie mich vor anderthalb Jahren noch bis zur Eingangstür des Altersheims zu bringen pflegte, drei Treppen hinunter, flink wie ein Wiesel, mir dicht auf den Fersen bleibend und von der Schwelle aus noch lange gewinkt; sie war seit jeher eine große Winkerin gewesen. Ein halbes Jahr später kam sie nur noch bis zum Treppenabsatz ihres Stockwerks mit. Die Stufen selbst waren bereits fremdes Land geworden. Vor zwei Monaten, als ich sie das letzte Mal besucht hatte, war sie nicht mal mehr vom Sofa aufgestanden. Zwar hatte sie den Blick (einen sonderbar trüben, stieren Blick) vom Fernseher gelöst, hatte meinen Wangenkuß empfangen, meinen Namen genannt wie ein unversehens aus dem Winterschlaf gewecktes Wesen, das noch nicht recht bei sich ist. Als ich jedoch meine Mitbringsel auspackte (Mozartkugeln, ein halbes Dutzend Schlüpfer) und zu ihr hinsah, ihrer freudig interessierten Miene gewiß, da hing ihr Blick schon wieder an der Mattscheibe. Klebte am stupiden Plopp-Plopp eines Tennismatchs mit dem Ausdruck tiefen Sinnierens, wie ihn Leute haben, die seit Stunden in ein Kaminfeuer starren. Kein Gedanke, wie sonst mit mir auf den Balkon zu gehen, um den Besuch vor den anderen Alten in Sicherheit zu bringen.

Ich setzte mich schließlich aufs Sofa zwischen sie und eine Alte, die nach nassen Windeln roch, und sie wandte mir das Gesicht zu, angenehm überrascht, begrüßte mich zum zweitenmal und hielt mir zum zweitenmal begierig die Wange hin. Aber ihre Aufmerksamkeit driftete wieder ab. Der Kopf nickte wie eine schwere Blume im Regenguß. Ab und zu riß sie sich los, widerstand dem Sog des Plopp-Plopp, kämpfte den schlaftrunkenen Gesichtsmuskeln eine Grimasse ab, die einem Lächeln nahekam, und verlor es wieder. Die Hände grabeskalt. Wie beim Wäscheaufhängen in den Wintermonaten in Podgoritza, wenn die großen Stücke steifgefroren waren, kaum daß sie auf der Leine hingen. Ich hatte ihre Hände genommen, sie abwechselnd gerubbelt, mit dem einzigen Ergebnis, daß die Kälte auf meine Finger übergriff. Nach einer Viertelstunde war ich gegangen.

Ich nahm an, daß Siemen gelegentlich mit dem Heim telefonierte. Beim zweiten Omlettenbacken waren wir, in sehnsüchtigem Grusel, der Zusammensetzung der alten Podgoritzer Rezeptur nachgegangen. Hatte nicht jede Zutat den Stempel des Mesquinen quasi schon im Beiwort gehabt: grau, mager, Ersatz, Pulver. Und daß man daraus Wonnen gezogen hatte, daß man das fast nach Nichts Schmekkende zum Lieblingsessen hinaufgelobt hatte – war das vielleicht schon Beweis für das eigene magere graue Mindersein gewesen?

Zuletzt hatte ich hinzugesetzt: »Sie ißt jetzt kaum noch was. Andere in ihrem Alter essen ununterbrochen, mästen sich mit Endorphinen, setzen Fettpolster an, aber bei ihr überlegt man, sie demnächst mit Kosmonautennahrung zu päppeln.«

»Ich weiß«, hatte Siemen gesagt, »ich weiß.«

Aber weshalb eigentlich sollten wir ihrer gedenken, unserer auf die Knochen heruntergekommenen Mutter Valeska Reuther, einstiger Spitzname »die Macht«, Prestige, das wir, geblendet vom drakonischen Donner, vom Tamtam der Willkür, so ernst nahmen, daß uns das Fahrige, Unzuständige dieser Machtausübung entging.

Störend in magische Zirkel fahren, allerheimlichstes Knistern austreten war ihre Spezialität gewesen. Denn obschon sie nie etwas anderes zu sehen bekam als zwei Kinder, die »schön spielten«, besaß sie doch eine geradezu pfäffische Witterung, wenn es darum ging, den schwachen Schwefeldunst verlassener Schicklichkeit zu riechen. Der Mutter von damals hätte ich einen Blick auf uns gewünscht! Am besten von oben gesehen in einer das ganze Bett erfassenden Draufschau: mein angewinkeltes Knie quer über Siemens Schoß, sein Kopf (Winckelmann, wenn er den Turban abnimmt) mir im Arm, eine Hand von mir in seiner Weste. Und jemand müßte ihr sagen, daß der Mann Siemen ist, für den Fall, daß sie ihn nicht gleich erkennt.

Ihre Wutanfälle waren nie trivial. Sie hatten die Beleuchtung der Ballade, den »blut'gen Nordlichtschein«; es wurde mit Messern gefuchtelt und mit Teppichklopfern ausgeholt, die Stimme überschlug sich und traf im Affekt die dreigestrichene Höhe von Walkürenschreien. Ihre Hände, schon in friedsamem Zustand wenig Vertrauen erweckend (die Innenflächen der Verholzung nah, die Haut der Fingerkuppen übersät mit kleinen blutigen Schlitzen, die nie zuzuheilen schienen wie die Wunde des Amfortas), ihre Hände nun erreichten beim Prügeln die Härte eines Keramiktellers. Kopfnüsse von diesen Händen brachten einen zum Torkeln, Ohrfeigen hinterließen im Schädel die Resonanz angezupfter Saiten.

Es gelang ihr allerdings nur selten, uns zu überrumpeln. Bei den ersten Anzeichen schon flutschten wir ihr davon, waren vom Tisch weg und aus dem Zimmer, so daß ihre nun erst recht auflodernde Tobsucht im Verlangen nach einem Opfer sich bisweilen gegen die eigene Person wandte. Wir rannten nie sehr weit; durch die halboffene Wohnungstür, mit einem Bein im Treppenhaus, beobachteten Siemen und ich, wie sie entweder an ihren kräftigen Haaren riß oder mit dem Kopf gegen die Küchentür schlug, nicht sehr ausdauernd freilich, Schmerz war ihr zuwider. Wir warteten auf den »umgedrehten Käfer«. Denn zu guter Letzt, war die Wut noch immer nicht verraucht, wälzte sie sich am Boden, strampelte mit den Beinen und purgierte ihre bis zum Platzen verstopften Gemütskanäle durch das tränenlose Geheul eines kleinen Kindes: Iiiii ... iiiii ...

Wir prusteten hinter der vorgehaltenen Hand.

Daß das Weiblein vor dem Fernseher des Altersheims als Widerpart ausgedient hatte, daran gewöhnte ich mich nur schwer. Einfach so sich abgesetzt, nicht mehr satisfaktionsfähig mit einemmal. Fast kam man sich übertölpelt vor.

Vor ungefähr zehn Jahren hatte sie sich die Einbildung zu eigen gemacht, sie würde geliebt. Die Wangenküsse waren eingeführt worden (sie mußte die Sitte irgendwo gesehen haben, im Fernsehen wahrscheinlich; aus Podgoritza stammte sie jedenfalls nicht), dazu die Marotte, mich, volltönend und chargierend, nur noch »das gute Kind« oder »das arme Kind« zu nennen, das Prädikat in der dritten Person wie in alten Romanen aus Schweden oder Norwegen: Will Karin sich nicht näher ans Feuer setzen, so in der Art. Ich muß sagen, daß ich nie auf den Gedanken kam, sie mit sogenannten Luftküssen abzuspeisen. Manchmal ließ ich den Rougeabdruck stehen, manchmal rieb ich ihn mit dem Daumen breit, und sie lächelte, den Kopf bereitwillig schief haltend wie ein Kind, das gereinigt wird.

Danach sauste sie, hektisch heiter, in der Wohnung herum, eigentlich nur ein Appartement, das gute Kind hat sich so abgeschleppt, das arme Kind hat sicher Kaffeedurst. Obligatorisch waren die Plastiksets auf dem Kaffeetisch, groß wie Fußabtreter, die hatte sie von der Nordsee mitgebracht. Fischerkaten waren darauf abgebildet mit Reetdach, Volksgewimmel in Friesentracht, ringsherum eine Kante aus Bastfransen.

Ich mußte aber erst noch, ehe ich mich setzte, die in der äußersten Tischecke aufgebauten Medikamente zusammenraffen, Röhrchen mit Dragees, aus den Schachteln herausgenommene Tablettenfolien, alles mit wütendem Griff packen und fortschaufeln an den erstbesten Ort, wo ich es nicht vor Augen hatte, ins Bücherregal oder auf den Deckel des Plattenspielers. Jedesmal gab es deswegen Knatsch. Sie nannte mich etepetete.

»Wirst schon nicht gleich blind werden davon.«

»Aber das sieht so hunnisch aus!«

Meistens entfernte ich in einem Aufwasch gleich noch die hunnische Zuckerdose, abgedeckt mit einem hunnischen Bastuntersetzer, in der nackte und eingewickelte Zuckerstückchen, irgendwann aus Kaffeehäusern mitgenommen, im Treibsand uralten Zuckers halb versunken waren. Am liebsten hätte ich auch den Hunderterstapel eingestaubter Papierservietten aus meinem Gesichtskreis befördert, aber etwas mußte ich ihr lassen; ein gar zu radikales Abräumen hätte als Bevormundung ausgelegt werden können und die mit dem Eingießen des Kaffees angesagte Gemütlichkeit gefährdet. Ergänzen war erlaubt, aufstehen und Kuchengabeln holen zum Beispiel war sogar der Gemütlichkeit förderlich: Das gute Kind denkt an alles.

Sie hatte etwas seltsam Unterirdisches, diese Gemütlichkeit. Eine Mauselochgemütlichkeit; die lauliche Abgestandenheit des Wohnschlafzimmers, wir so weit weg vom Fenster wie möglich, hinterm Kleiderschrank geduckt, unter der auch bei Tag brennenden Hängelampe. Eine Ausgebombtengemütlichkeit, bei der es nicht auf ästhetische Werte ankommt, sondern man froh ist um das bloße Vorhandensein eines Tisches, einer Lampe, daß Kaffee gekocht werden kann und man ihn mit heiler Haut trinkt und die Köpfe zusammensteckt zum bekömmlichen Tratschen. Ein Abklatsch der einstigen Abendrunde kam da zustande mit geschrumpftem Personal (ich ersetzte ihr Oma Bertha, die Taupalts, Tante Gretjen und Armgart). Daß jetzt und heute der Kaffee in Strömen floß – es wurde ungefragt nachgeschenkt –: machte das nicht vieles wett?

Mitten im Gespräch, völlig unmotiviert, konnte sie sich dann vorbeugen, um ihre Hand über Tassen und Kuchenteller hinweg auf mich zufliegen zu lassen, Handrücken voran, die Finger etwas windflüchtig abgebogen, die alte Ausholgebärde. Instinktiv zuckte ich zurück, brachte mich außer Reichweite und ärgerte mich zugleich über das Lächerliche meines Gebarens. Auch das inständige Wangestreicheln oder eher Wangeschaben war einer der neu eingeführten Spleens.

Half ich ihr anfangs nur beim wöchentlichen Einkauf, übernahm ich ihn in den letzten beiden Jahren ihres Alleinlebens auf eigene Faust. Ihr selbst gelang der Überblick nicht mehr, fragte ich nach, war »alles noch da«. Einige wenige Artikel immerhin gab es, deren sie sich regelmäßig entsann und mir auf die Einkaufsliste diktierte: Appelkoorn (den trank sie abends zum Fernsehen), eine Assiette mit Streuselkuchen und eine besondere Sorte Dessert: zwei zusammenhängende Näpfchen, von denen das eine Vanillepudding enthielt, das andere rote Grütze.

Während der Monate, als ich einsah, sie würde ums Altersheim nicht herumkommen, polkte sie nur mehr die Streusel vom Kuchen herunter und schien sich ansonsten ausschließlich von Appelkoorn zu ernähren. Die wöchentliche Flasche, nicht länger bloß stamperlweise geschluckt, reichte nicht mehr. Im Supermarkt traute sie sich allenfalls noch in den Vorraum, dort aber bekam man nur Kaffee im Stehen, keine Spirituosen. Für die hätte sie sich ins Innere wagen müssen, zwischen die labyrinthischen Gänge.

Die unterm Couchtisch angehäuften Tageszeitungen, noch eingerollt, mit Gummischnürchen drum, brachten mich schließlich darauf, daß sie sich ihr tägliches Quantum Appelkoorn in dem winzigen, immer einladend offenen Zeitungsladen besorgte, der auch Miniflaschen mit Alkohol führte. Der Kauf eines Generalanzeigers, so mochten Reste ihres Reputationsgewissens argumentieren, deckte als bürgerbewußte Handlung das Apropos des zusätzlich verlangten Schnapses.

Betrat ich ihre Wohnung, glaubte ich die erste Zeit noch, der Vogel sei ausgeflogen, und freute mich, daß sie so beharrlich an die Luft ging. Doch dann entdeckte ich sie im Alkoven, wo sie schnarchend auf dem ungemachten Bett lag, oft noch in der Daunenjacke, auch an Hundstagen. Auf dem Nachttisch in bunter Reihe Bowlengläser, Römer, Sektflöten, allesamt mit klebrigen Neigen oder halb ausgetrunken und dann vergessen. Einmal, als ich zwei Wochen hintereinander nicht kommen konnte, war sie auf Kaffeetassen ausgewichen. Ihr gesamter Bestand an Gläsern türmte sich im Ausguß der Küche, es sah aus wie ein Stilleben von Sebastian Stosskopf. Überraschenderweise hatte sie nie eine

Fahne. Ihr Atem war rein, der Atem eines Kindes, das vor einer Stunde seinen Brei gegessen hat.

Bevor ich sie aufweckte, schnappte ich mir eine Plastiktüte, um das Leergut einzusammeln. Sie deponierte die ausgetrunkenen Fläschchen nie an einem bestimmten Ort; ich fand sie unter der Heizung, hinter der Gardine, holte sie aus der Backröhre, hob ein ganzes Nest unter der Schmutzwäsche in der Badewanne aus, schüttelte sie aus webpelzgefütterten Winterstiefeln.

Zuletzt kniete ich mich neben die röchelnde Gestalt auf dem Bett und zog die Nachttischschublade auf, warf Klirrendes auf Klirrendes, nicht entrüstet, nicht zu Boden gedrückt vor Kummer, etwas angeekelt zwar, aber alles in allem voll von giftiger, ingrimmiger Erheiterung. Jede neue Überraschung als Streich anzusehen, den auszubügeln und halbwegs im Rahmen zu halten ich nicht drum herum kam, war der einzige Ausweg.

Ein paar Monate zuvor allerdings hatte sich etwas ereignet, das mir immer noch in den Knochen saß. Nicht einmal als durch Zufall die Ursache der ewigen Laufmaschen ans Licht gekommen war (und somit gleichzeitig auch der Grund für ihr Bevorzugen der weißen Mickeymausturnschuhe) und ich angesichts der fünf Zentimeter langen Zehennägel, gekrümmt wie Widderhörner und miteinander verhakt, nicht für wahr halten wollte, was ich sah, nicht einmal da hatte ich das Gefühl einer schrecklichen Bescherung gespürt, wie ich es an jenem Nachmittag empfand.

Da ihr Staubsauger schon lange kaputt war und sie sich gegen die Anschaffung eines neuen mit Ausflüchten zur Wehr setzte, versuchte ich, während sie in der Küche sich dem Kaffeekochen widmete, mit einer Scheuerbürste das Gröbste vom Teppichboden zu entfernen.

Sie blieb unnatürlich lange in der Küche.

Endlich kommt sie. Doch sie trägt nicht, wie sonst, den Glaskolben der Kaffeemaschine, den heiligen Gegenstand, dessen Inhalt nicht kalt werden darf. Sie hat eine einzelne, zum Überschwappen volle Tasse in beiden Händen und setzt sie auf dem Tisch ab. Irgendwohin. Nicht auf meinen Platz, nicht auf ihren. Es gibt überhaupt keine »Plätze«; sie hat, wie mir jetzt erst auffällt, die friesischen Plastiksets vergessen. Sie bringt die zweite Tasse, genauso vollgeschenkt wie die erste, und stellt sie ebenso beliebig hin. Untertassen fehlen. Weder Löffelchen noch Sahnekännchen. Sie hat gar nicht gedeckt.

Ich weise drauf hin, daß ich Kuchen mitgebracht habe, denn ich befinde mich in einem absurden Theaterstück, mit dem mir angst gemacht werden soll, und obwohl der Zweck erreicht ist, darf man das um Himmels willen nicht zeigen und nicht zugeben. Dann wird alles noch schlimmer.

»Wie?« Begriffsstutzig starrt sie mich an.

Ich wiederhole meinen Satz. Die »kalte Hand am Hinterkopf des Bahnwärters« macht sich bemerkbar, Onkel Taupalts alter Witz, aber es gibt keine treffendere Umschreibung.

»Ach Gott ...!« (mit mürrischer Stirn, wie von einer Zumutung, einer Belästigung gerunzelt; von Rechts wegen hätte das Ach Gott spaßhaft klingen müssen, gefolgt von einem eiligen kleinen Verlegenheitslacher). Sie flitzt noch mal in die Küche, Kuchen holen. Für Kuchen gehen wir durchs Feuer. Ich warte auf die schwelgerischen Laute und Halbsätze. Auf das platitüdelnde Feiern des Vorgeschmacks. Auf das Ausrufen der Gemütlichkeit. Alles, was ich höre, sind die trotz der Schluffen irritierend jugendlichen Schritte ihrer »Tanzbeine« in der kleinen Diele. Die Stubentür wird mit einem Tritt (!) aufgestoßen. »Hier! Hier hast 'n.«

Auf einem blind aus dem Hängeschrank herausgegriffenen derben Steingutteller, einem Suppenteller: die beiden Erdbeertörtchen. Jedes für sich ein Schmuckstück, rot glänzende Höckerchen, eingepaßt in ein Mürbeteigrondell, kristallschalenwürdig eigentlich, eigens ihr zuliebe gekauft. Behandelt wie Graupeneintopf, eins gerade, eins schief den Tellerrand hinauf; der steilen Wölbung wegen passen sie nicht nebeneinander.

In den Tassen schaukeln unaufgelöste Häufchen Kaffeepulver oben auf der dunklen Brühe. Ich gehe (ein geprügelter Hund kann nicht dienstfertiger sein) und hole die Sahne. Als ich abtrinke, um Platz zu schaffen zum Zugießen, bleiben mir Partikel von dem schwarzen Grus an den Lippen haften und geraten zwischen die Zähne. Nach dem Umrühren wird es noch ärger (das Verhältnis von gemahlenem Kaffee und Wasser muß sich auf eins zu eins belaufen).

Als ich die Sahne holte, hatte ich die Kaffeemaschine gesehen. Unberührt. Stecker rausgezogen wie immer. Ich hatte sie kurz untersucht. Sie war in Ordnung. Auch Filtertüten noch genügend vorhanden. Auf dem Abtropfbrett stand die wie mit Zähnen und Klauen aufgefetzte goldene Pfundpackung, verstreutes Kaffeemehl rings um sie herum, ein Vorlegelöffel dabei, mit dem sie vermutlich das Pulver in unsere Tassen geschaufelt hatte. Aufs Geratewohl.

Ich mußte erst vierzehn werden, bevor sie mich alt genug fand, in die Mysterien des Kaffeekochens eingeweiht zu werden. Damals, Ende zweiundfünfzig, hatte keiner bei uns eine Kaffeemaschine auch nur gesehen. Die Kanne – Kaffee schmeckt nur aus Porzellan, merk dir das – mit heißem

Wasser vorgewärmt, es durfte nur rauchen, beileibe nicht sprudeln. Dann auskippen nach fünf Minuten, Melittafilter aufsetzen, nicht zu voll machen, lieber zwei Tüten nehmen. Genau abzählen: wieviel Tassen es werden sollen, soviel Maßlöffel Kaffee müssen es sein, an Wasser jedoch eine Tasse mehr, denn eine wird immer verdunsten. Peu à peu kochendes Wasser in den Filter gießen, nie so viel, daß die Krümel über den Tütenrand steigen, wer so vollplumpt, hat hinterher den ganzen Dreck in der Kanne. Wasser währenddessen schön am Kochen halten und einen Papierstöpsel in die Kannentülle, damit das Aroma nicht verfleucht. Die Anzahl der bereits zugegebenen Tassen Wasser laut aufsagen, nicht irremachen lassen, durch nichts und niemanden, guter Kaffee ist in erster Linie eine Wasserfrage. Sie sang vor: drei! und ich, als Echo, sang nach: drei! Es hatte etwas Zünftiges, ähnlich dem Messen der Fadentiefe zur Zeit der Segelschiffe. Vier! – Vier! Finessen wie das prisenweise Einstreuen von Zucker-Salz-Kakao kamen erst in der zweiten Lektion dran.

Als alles durchgelaufen war, durfte ich mein Gesellenstück hineintragen zu den Geburtstagsgästen, sechs jungen Dingern aus meiner Klasse, die nichts begriffen von dem Unerhörten, die wahrscheinlich lieber was ganz anderes getrunken hätten. Daß ich nach den Podgoritzer Regeln nunmehr endgültig zu den Erwachsenen aufgerückt war, ab jetzt mitzählte, das Hexeneinmaleins beherrschte, wäre ihnen sowieso nur als böhmische Dörfer erschienen; keine von ihnen wohnte in Podgoritza. Still für mich aber trug ich das Gütesiegel wissender Weiblichkeit.

Später, mit Bernhard, benutzte ich die neuangeschaffte Apparatur – halb Kunststoff, halb Glas, wie sollte das schon schmecken! –, die das ganze Zeremoniell in Null Komma nichts erledigte, jahrelang nur für den Hausgebrauch. Hatten wir Gäste, zelebrierte ich nach wie vor das Große Arkanum, wie ich es gelernt hatte: stufenweise, mit allen Umständen und Rücksichten, mit Vorwärmen, Abzählen und Ausrufen. Bis auch hier Gleichgültigkeit einriß und Trägheit und nur mehr das schnell fertige Ergebnis zählte.

Daß sie, als wir ihr die erste Kaffeemaschine schenkten (Bernhards Vorschlag), sich mit fliegenden Fahnen zum Proselyten machen ließ, hatte mich insgeheim enttäuscht. Geradezu enthusiastisch hatte sie sich auf das Versimpeln des einstigen priesterlichen Vorgangs gestürzt.

Und nun also auch dieses schnöde Bedienungswissen gelöscht. Unwiderruflich.

»Ich beschwere mich ungern«, sagte Siemen, »aber du bohrst dein Kinn dermaßen in meine Schläfe, du bist überhaupt angespannt wie ein Flitzbogen. Außerdem knetest du die ganze Zeit an meinem Bauch.« Im Prinzip sei dagegen ja nichts einzuwenden, aber dann doch bitte etwas mehr con amore.

Eine Lageveränderung mußte her. Die Matratzenfedern gerieten in Aufruhr. Als zersäge jemand etwas Metallisches, überstürzt und heftig. Ich hatte jetzt die Tür im Blickfeld. Sie schloß nicht besonders gut; ein heller Strich markierte die Längsseite, wo die Klinke saß, und einen Teil der Fußleiste. Lauerten die Kinder etwa noch immer auf dem Korridor? Aber vielleicht hatten sie nur das Flurlicht nicht ausgeknipst, wie sie auch den Garten lichtgebadet hatten liegenlassen und wie das Lokal, mit grellem Neon ausgeleuchtet bis in den letzten Winkel, die ganze Nacht lang illuminiert geblieben wäre, hätte ich nicht eingegriffen. Wahrscheinlich hielten sie es in allen Nächten so, in denen sie sich selbst überlassen waren.

Direkt hinterm Ohr blies mir Siemens Atem einen warmen Fleck. Ich lag in seinem Windschutz, der Annehmlichkeit ausgesetzt, eine imposante Wärmflasche im Kreuz zu haben.

Ich habe die Annäherung über den Rücken immer als die erotischste empfunden. Es gab Zeiten, da brauchte jemand nur dicht hinter mir zu stehen, schon flackerten entlang sämtlicher Nervenenden die Elmsfeuer auf. So verschoß ich mich Hals über Kopf in einen Freund Bernhards, obgleich ich bis zu dem Moment für ihn, den seit Jahren Gekannten, nicht das geringste gefühlt hatte. Nur weil er, während ich am Rand einer Tanzfläche stand inmitten anderer, die wie ich nur zuschauten (Bernhard tanzte), hinter mich trat und, angetrunken, meine Schultern mit seinen Händen umfaßte und seine Daumen kleine Streichelkreise auf meinem Nacken vollführten. Das solcherart ausgelöste Interesse an jenem Freund hielt sich immerhin einige Monate, eine rätselhafte, fast schon abartige Neigung, wenn man bedachte, daß mir an seiner Person nach wie vor nicht das mindeste lag (ein haariger Typ mit ewig gefurchter Stirn und starken Augengläsern, dreifacher Vater). Wenn man sich traf, zuckte es mir wie Schwachstrom durchs Rückgrat, und ich spürte die Hitze der fremden Hände, einem Phantomschmerz ähnlich, auf den Schulterblättern bis zum Haaransatz hinauf.

Einmal hatte er mich sogar zu Hause aufgesucht, als Bernhard nicht da war, was ihm, der mit Bernhard zusammenarbeitete, bekannt sein mußte. Er hatte am Türrahmen der Küche gelehnt, »schmokend«, während ich weiter Käse rieb, Fragen nach Caspars Fortkommen beantwortete und ansonsten darauf wartete, daß er die Katze aus dem Sack ließ. Mit dem Befangenwerden in seiner Nähe war es längst vorbei. Überhaupt hatte er in den Jahren seitdem tüchtig eingebüßt, auch der einstige Spitzname Jean le Grand war tot und vergessen.

Seine Kinderliebe hatte etwas Überströmendes, Zärtelndes. Verabschiedeten die Gäste sich in den Morgenstunden, war er der einzige, der unbedingt noch ins Kinderzimmer wollte, bei wem auch immer die Fete stattgefunden hatte. Caspar erinnert sich dieser nächtlichen Überfälle noch heute. Erinnert sich der nach ausgedrückten Filterlosen riechenden Hand, die ihm übers Haar, übers Gesicht gar fuhr, erinnert sich an die verzückte Lallerei des neben sein Bett Gekauerten, die ihn aus dem besten Schlaf riß, vor allem aber an die scharfe Fahne – Wein, Cognac, Irish Coffee –, die aus der Kehle des Kettenrauchers über ihn hinfächelte. Ich nahm sie noch wahr, wenn ich später den allerletzten Gutenachtblick hineinwarf.

Also: Er sei hier, weil jemand es mir endlich mal sagen müsse. Das mit Bernhard und seinen – ich glaube, er gebrauchte die Vokabel »Weibern«. Er zumindest könne das nicht mehr mit seinem Gewissen vereinbaren ... hielte es für seine Pflicht als Freund ... Schritte unternehmen ... mir behilflich sein. Von »Beweisen« war die Rede, von Photos, die in Bernhards Schreibtisch lägen, »ganz offen läßt er die rumliegen«, Photos von »so einer Brünetten«. Und er beschrieb sie genau.

Viel später kam mir die Idee, Jean le Grand habe sich dort, in meiner Küche, möglicherweise als eine Art Brakkenburg andienen wollen, als Schulter zum Ausweinen, »im Sturme treu«. Denn: Hatte er nicht rechtzeitig die Zigarette ausgemacht, um die Hände frei zu haben für den Fall, es würde Trost benötigt. Wenn das stimmt, dann muß ich ihn enttäuscht haben; es traf mich so unvorbereitet nicht, wie er geglaubt haben mochte, obschon die Bestätigung eines Verdachts einen immer erst mal in die Knie zwingt.

Ähnliche Beschuldigungen oder warnende Hinweise waren mir schon Monate davor von der Mieterin der Einliegerwohnung unseres Ferienhauses unter die Nase gerieben worden. Nicht um ihren Hausherrn anzuschwärzen; Lilo war durchaus loyal. Ihre Einmischung geschah als Sachwalterin Caspars, dessen häuslichen Frieden sie in Gefahr sah. Denn Lilo, selbst nie verheiratet gewesen, irgendwo zwischen siebenundvierzig und vierundfünfzig stehengeblieben, schmächtig und unter Mittelgröße, Kellnerin im größten Beherbergungsbetrieb am Ort, Lilo war Caspar verfallen von Anfang an.

Nicht nur in den Stöpseljahren, als er noch freiwillig Morgenküsse anbot, auch später, als Schulkind, begann jeder seiner Tage dort mit Lilo. Ein kurioses Pärchen, das voneinander nahm und einander gab in vogelhafter Geschwätzigkeit, im Verhalten weniger an Mutter und Kind, auch an Großmutter mit Enkel nicht erinnernd als vielmehr an eins jener Gespanne aus Märchen, Brüderchen und Schwesterchen vielleicht, denn Lilos Ermahnen, Erziehen und Lobspenden geschah im Kinderton. Wie auch Caspar ihr gegenüber eine fast intime Kameraderie an den Tag legte, respektlos war im Sinne höchsten Vertrauens, bieder sein konnte nach ihrer Art, mit ihr umging wie von gleich zu gleich.

In ihrer eisernen Loyalität darauf bedacht, mir als Mutter nichts wegzunehmen, wusch sie ihm lediglich das Gesicht (mit einem eigens für den Liebling gekauften Waschlappen), pflegte ihn jedoch um so ausgiebiger zu kämmen. Und Caspars Haar legte sich unter Lilos Kammstrichen, wie sie es wollte, verwandelte sich in gesponnene Seide, sie mußte es mir einfach immer wieder zeigen. Selbstverständlich teilte sie ihr Frühstück mit dem zugelaufenen Herzbinkerl, auch hier achthabend, daß ihm noch Appetit übrigbliebe für die Bäckersemmeln mit uns.

Als er älter wurde, neun, zehn, kam es immer häufiger vor, daß Caspar die arme Lilo versetzte. Daß er ungewaschen, nüchtern, die Haare unter eine abgelegte Seglermütze Bernhards gestopft, ihr nur den Hinterherblick ließ aus dem blumentopfverbauten Fenster, während er über die vom Frühtau spinnwebgrauen Wiesen rannte, zum Nachbarhaus, einem Bauern, mit dessen jüngstem Sohn ihn eine dicke Tunichtgutfreundschaft verband und wo man ihn bewirten würde, ohne nach Morgentoilette zu fragen.

Da sie nie mit einem Mann zusammengelebt hatte, stellte Lilo sich meine Pflicht und Schuldigkeit entsprechend einfach vor. Energisch sollte ich sein, Bernhard kurz und bündig die Fremdgeherei verbieten, die womöglich dazu führte, daß das Kind dann zwischen Vater und Mutter hin und her gezerrt würde.

Lilos Anklage stützte sich auf ihre Beobachtung während jenes Herrenwochenendes, das auch Jean le Grand erwähnt hatte. Am hellen Mittag sei eine Brünette »im rosanen Kimono« aus Bernhards, das heißt unserem Schlafzimmer gekommen.

»Ich bin ja manches gewöhnt in meinem Beruf, aber so was gehört sich nicht für einen, der Kinder hat.«

Natürlich stritt Bernhard alles ab, machte für die Anwesenheit der Brünetten einen anderen verantwortlich, sah sich als niederträchtig Verleumdeten. Lilo (ich hatte meine Informantin nicht verheimlichen können, die Details konnten nur von einem Dabeigewesenen stammen), Lilo erlebte bei unserem nächsten Aufenthalt im Ferienhaus eine Abreibung, vor der ihr Mundwerk verstummte. Von »Rufmord« war die Rede.

Ich fand Lilo hinterher in ihrer winzigen Küche, wo sie auf der Kiepe mit den Tannenzapfen hockte und in ein Geschirrtuch flennte, jedoch keineswegs eines Besseren belehrt.

»Mit eigenen Augen gesehen, das laß ich mir nicht ausreden.« Sie machte mir verworrene Vorschläge: Wenn es denn »zum Klappen« käme, könnte ich Caspar jederzeit bei ihr unterbringen. Er würde zusammen mit seinem Spezi in die Dorfschule gehen und bei dessen Eltern zu Mittag essen. »Am frühen Abend wäre ich dann immer da.« Notfalls könne man sein Bett mit in ihre Kammer stellen.

Es wurde dann aber doch nichts draus.

Weil Szenen der Eifersucht, Demütigungsgroll und fließende Tränen durch fortgesetzte Verletzungen sich erschöpft hatten, weil also auch diese Affäre, ohne weiter groß Aufhebens zu machen, zu den vorausgegangenen geworfen und auf Beweise, daß sie ein Ende hatte, gar nicht mehr gedrungen wurde, blieb Caspar die gewohnte Konstellation seiner Welt erhalten bis über die Kindheit hinaus. Wenn auch Lilo nichts mehr davon erfuhr, da wir, an einem geschäftlichen Tiefpunkt Bernhards, unseren Anteil am Ferienhaus verkauften, als Caspar zwölf war. Sie bemühte sich durch Postkarten, die sie für lustig hielt, die Verbindung zu ihrem Liebling aufrechtzuerhalten. Caspar schrieb niemals zurück.

Trotz der Aufforderung von Jean le Grand war ich den Photos in Bernhards Schreibtisch nicht nachgegangen. So wie ich, hätte man mir die Wahl gelassen, auch auf die Photographien vom Abriß unseres Hauses in Podgoritza lieber verzichtet hätte – ein Stapel großformatiger Abzüge, in Weihnachtspapier eingepackt und mit Goldfaden umschnürt von Freunden, die ganz persönliche Geschenke liebten.

Das Entsetzen brauchte seine Zeit, auch trauern konnte ich nicht sofort. In Gedanken die verschwundenen Wände, Stuben, Fensterfronten wieder aufzurichten beanspruchte mich zu sehr. Der Schmerz brach erst später los, als die Lichter am Baum nur mehr aus letzten Lebenszeichen der Dochtreste bestanden, als Bernhard, der sich langweilte (»Hattest du nicht was von Eis mit heißen Himbeeren gesagt?«), in der Fernsehzeitung zu suchen anfing und Caspar sich verkrümelte, um in seinem Zimmer zu telefonieren. Während ich das Mitternachtsdessert zurechtmachte, drehte ich vorsichtshalber beide Wasserhähne auf und heulte wie ein Köter. Niemand hörte was. Niemand sah mich hinterher prüfend an. Irgendein Film lief, das Zimmer, ohne Kerzengeflamm' nun, lag nahezu im Finstern. Bernhard hatte blind die Hand ausgestreckt, und ich hatte ihm seine Schale mit dem Eis und den Himbeeren hineingegeben.

Obwohl die Bilder der Brünetten von mir nicht durch Augenschein bestätigt wurden, fügten sie sich doch mit Lilos Bericht, mit Bernhards gegen mich gestemmtem Ellenbogen (wenn wir mal nebeneinandersaßen, vor allem im Kino), mit seinem nicht länger heimlichen Betasten fremder Brüste auf Parties zusammen zu einem Freibrief. Langsam, so langsam, wie es mir zu Bewußtsein kam, begann ich mich aus der Ehrpusseligkeit zu entlassen, in trüber Entschlossenheit, zwar nichts zu forcieren, aber, sollte sich was ergeben, in aller Geneigtheit darauf einzugehen.

Im Bekanntenkreis hatte es Fälle gegeben, bei denen die Betrogenen binnen kürzester Frist mit einem funkelnagelneuen Partner angerückt waren. Der Zweck dieser Kundgebungen bestand mehr oder weniger im Fahnenschwingen.

Alle diese Überraschungsmänner und Überraschungsfrauen erinnerten an hastig aus dem Boden gezogene Rüben, noch mit Stumpf und Stiel behaftet. Irgendwann wurden sie dann nicht mehr mitgebracht, und war jemand taktlos genug nachzufragen, hieß es: Ach, hör mir bloß auf.

Von solchen Extempores für die Galerie versprach ich mir nichts. Statt dessen jonglierte ich mit günstigen Zeiten, nahm Abwesenheiten wahr, ging am späten Nachmittag »noch mal weg«. Womit ich gerechnet hatte – der Reichtum wilder Glücksgefühle, unter dem ich hatte neu aufblühen wollen als Begehrte und vielleicht sogar Geliebte –, blieb jedoch aus. Erst auf dem Heimweg gelang es mir, etwas halbwegs Bedeutsames aus der hinter mir liegenden Betätigung zu machen, das Gefühl von Einmaligkeit in mir zu erzeugen, das mit dem Eintreffen daheim seine höchste Blüte erreichte und sofort vor Bernhards Augen geschwenkt werden mußte, denn die Leuchtkraft ließ mit jeder Viertelstunde nach. Es waren übrigens nur zwei gewesen, mit einer Zeitspanne von vier Jahren dazwischen.

»He, warte mal, sei mal still.« Siemen stemmte sich auf die Ellbogen hoch. »Horch doch mal ...«

Auf der Straße hatte ein Auto angehalten. Der Motor lief, das Radio plärrte, wahrscheinlich standen alle vier Türen offen. Die Insassen schienen vollzählig ausgestiegen zu sein, denn unbekümmert um Nachtruhe brüllten mehrere Männer- und Frauenstimmen gegen die Musik an. Was immer dort unten vor sich ging – Verabschiedung oder Nachfeier –, stand nicht unter Zeitdruck. Mit quietschenden Bremsen stoppte ein zweiter Wagen. Kreischen und Zurufe erhielten Verstärkung, Gelächter platzte auf. Abrupt erstarben beide Motoren. Die Wagentüren wurden zugeworfen, eine Salve gedämpfter Schüsse.

Sie schienen durch die Wand zu kommen, nacheinander, als gäbe es da eine durchlässige Stelle, denn noch hörte man einzelne draußen auf der Straße lachen, als die ersten bereits unten auf dem Korridor laut wurden, im Gang mit den Klosetts und der Wendeltreppe. Ihr Ziel war die Gaststube, die sich alsbald mit ausgelassenem Stimmengewirr füllte. Und mit dem guten Gewissen, das erlaubt weiß, was gefällt, wurde nun die Musik erst recht aufgedreht.

Schon bei den ersten Zeichen fremder Anwesenheit im Haus waren übrigens die leuchtenden Ritzen unserer Zimmertür verschwunden. Siemen wälzte sich über mich hinweg, tappte zur Tür und schloß uns ein. »Besser ist besser.«

Ob unser illegaler Aufenthalt unter Hausfriedensbruch fiel? Gab es dafür eigentlich ein Wort auf französisch? Rupture de paix de la maison? »Denk dir schon mal eine plausible Erklärung aus für unser Hiersein. Denn daß wir den Hinterausgang nicht gefunden haben, kauft uns keiner ab«, sagte ich.

»Ph! Wenn es hart auf hart kommt, bezahlen wir eben für die Übernachtung. Was kann das schon kosten.«

Als eine Viertelstunde nach der anderen verstrich, ohne daß wir uns rechtfertigen konnten, ließ der Adrenalinschub spürbar nach. Wir machten uns wieder lang.

»Vielleicht sollten wir die Zudecke wieder dahin bringen, wo die Kinder sie hergeholt haben«, schlug ich vor. »Dann fänden die *patrons* nichts zu beanstanden, und uns könnte es egal sein, wann sie ins Bett gehen. Oder glaubst du etwa, daß die jedes einzelne Zimmer inspizieren auf mögliche Einquartierung hin?« Und sobald es einigermaßen hell wäre, würden wir uns dünnmachen. »Ich denke, ich weiß jetzt, wo sich der zweite Ausgang befindet.«

»*Privé?*«

»Applaus, Applaus. Das angebliche Privatklo. Die einzige Tür, hinter die wir nicht geguckt haben. Also – was ist jetzt mit der Decke?«

»Zu spät«, sagte Siemen.

Sie müssen absichtlich schonungsvoll heraufgeschlichen sein. Zwei, die sich gegenseitig zum Leisesein zischen. Im Tuscheln und Prusten schwingt Erregtsein mit. Auch die Gehweise deutet auf eine aparte Verfassung hin; Stolpern, als behindere zu dichte Nähe das Aufsetzen der Füße; einmal taumeln sie hart gegen die Wand. Sie lassen das Kinderzimmer links liegen, und bald gibt es keinen Zweifel mehr: Sie wollen zu uns hinein. Ungläubiges Palaver, als die Tür nicht aufgeht. Mehrfaches Nachklinken, verbunden mit Schulterstößen aus kurzer Distanz in der Hoffnung, sie sei nur verklemmt. Endlich stecken sie es auf.

Beim nächsten Klinkentest, auf der gegenüberliegenden Seite des Flurs, hatten sie mehr Glück: das Schlafzimmer der Eltern. Die fehlende Zudecke schien das Pärchen nicht weiter zu stören, nicht mal mit dem Schließen der Tür hielten sie sich auf, machten kein Licht, kamen im Dunkeln bestens zu Rande.

Siemen fand das alles abstoßend. »Daß du darüber lachen kannst!« Und: »Die brüllt uns noch die ganze Trauergemeinde da unten auf den Hals. Lieber Gott, wie lange brauchen die denn ... dauert das immer so lange? Widerlich ist das.«

Er hatte, fand ich, etwas von einem verstörten Kind, das zum ersten Mal mit der Geisterbahn fährt und, obwohl von Freunden eingehend informiert über die Schauerlichkeiten, sein Bescheidwissen als nutzlos begreift.

Mein Arm wird gepackt: Schon wieder stapfen welche die Wendeltreppe herauf, die Stimmen rücksichtslos munter. Auf der anderen Seite des Ganges haben sie es auch mitgekriegt und das affirmative Gackern eingestellt. Unwillkürlich muß ich sie mir vorstellen: horchend, die Nacken aufgebäumt, zwei Raupen in Schockhaltung angesichts des natürlichen Feindes.

Das zweite Paar schien jedoch weder auf eine schnelle Nummer aus noch in der Absicht gekommen, jemanden in flagranti zu erwischen. Die Tür, auf die sie es abgesehen hatten, war die des Kinderzimmers. Einer von beiden rüttelte an der Klinke und verhandelte mit rührseligem Baß. »*Mes petits trésors ... un seulement, un petit bise pour papa ...*« Bis eine Frauenstimme dazwischenfuhr und verlangte, daß mit dem Unsinn aufgehört werde, aber hurtig *(allons, arrêtez votre cirque! Ouvre la porte, dépêche-toi!)*, dabei an Colas persönlich appellierend *(maudit garçon)*. Sie hatte sich den Gutenachtbesuch drei Uhr früh nun mal in den Kopf gesetzt, die Dame, und betätigte den Drücker jetzt in rasender Attacke. Colas wurde beschuldigt, sie nicht mehr alle zu haben (*t'en pas un peu dérangé, non?*), sie wandte sich ab sofort nur mehr an ihre ältere Tochter: »*Sibon, ouvré la porte! Tout de suite!*« Während der Vaterbaß es weiter auf seine Weise versuchte und den Verschanzten von einer innigen Schmuserei vorschwärmte.

Von den Kindern kein Mucks. Sie erlebten das Theater wohl nicht zum erstenmal. Und sie zogen Ungnade und Fäustegetrommel sichtlich der unmittelbaren Begegnung mit ihren Eltern vor. Die Belagerung wurde abgebrochen, als unten gemeinschaftliche Rufe erschallten: Ma-ré-chal! Ma-ré-chal! (Marie-Jeanne?) und I-wó, I-wó! (Yvon?)

Nach ein paar Anstandsminuten wurde auch das Liebeslager geräumt, auf Strümpfen, in völligem Schweigen; man trennte sich noch oben auf dem Gang; einer schlüpfte ins Badezimmer. Unmittelbar darauf rumpelte die Spülung.

Die ersten Hähne meldeten sich, bekümmerte chromatische Rufe. Wäre eins der Autos fortgefahren, hätten wir das hören müssen. Es wurde nun nicht mehr so laut gelacht im Saal unten. Das Radio war leiser gestellt worden. Immer mehr Stimmen fielen aus.

Unterhaltungen während gewisser Notsituationen gehorchen dem Bedürfnis nach Zerstreuung. So kommt es, daß wir plötzlich von Podgoritza reden. Es hat kein Vorfühlen stattgefunden, kein vorsichtiges Antippen des seit Jahren gemiedenen Themas. Wie in unserer besten Zeit haben wir gleichzeitig reagiert. Wir überschütten uns nicht. Jetzt, da der erste Schritt gemacht ist, soll es für lange reichen.

Sogar die Entscheidung kommt zur Sprache (für sich allein von jedem immer mal wieder erwogen). Und ohne ausdrückliches Jasagen darf als ausgemacht gelten, daß man sich vielleicht zusammentut, sich zu zweit auf das Unternehmen einläßt wie auf ein gut vorbereitetes Fest.

Eine Hand im Kreuz, wo es weh tat von der allzu weichen Matratze, *schief und lädsch*, blinzelte ich aus dem Fenster, die Augen trocken, als hätte ich Sandkörnchen unter den Lidern. Was ich von mir in der Scheibe gespiegelt sah, entsprach noch dem gestrigen Tag: das Gesicht einer sichtlich mitgenommenen älteren Frau. Komisch, daß so gar nichts von dem, was das Beschwören und Beschließen in den letzten Stunden angerichtet hatte in mir, sich nach außen verriet. Kein Hüpfen und Funkeln. Nicht der kleinste Schimmer von *young and easy under the apple boughs*! Und dabei war alles da draußen einzigartig, je eingehender man es betrachtete: der borstige Garten im Frühlicht, der alte Fabrikschuppen jenseits der Gartenmauer, sicher hatten sie dort früher Schnaps gebrannt.

»Mich schmeißt's«, sagte ich, weil ich so klapperte und zitterte vor Übermüdung und weil man den Hauch vorm Mund sehen konnte. Aber ich lachte dabei und übertrieb es noch, als Siemen mir die Jacke hinhielt und »so, jetzt kommt's« sagte, »die Flucht aus den Bleikammern«.

Im Hochgefühl des alles überstrahlenden Beschlusses wurden wir übermütig wie Kinder auf einer Klingeltour und warfen dreiste Blicke in das halboffene Schlafzimmer. Doch das Bett war leer. Siemen hielt das Ohr an die Kinderzimmertür.

»Ob wir sie nicht wecken sollten? Die müssen doch sicher in die Schule.«

Ich zuckte die Achseln. Es würde aufhalten, aber was hätte ich ihm nicht alles zugestanden, jetzt, wie auf Wolken, vallera-selig, als ginge mir Restalkohol im Blut herum.

Anpochen: »Colas?« Niederdrücken der Klinke.

»Sie sind weg.« Er starrte mich an, vorwurfsvoll, als sei ich schuld. »Verstehst du das? Ohne uns wenigstens ... nicht das kleinste Zeichen ...«

An ihm vorbei überflog ich den Raum. Die Luft roch abgestanden: kindlicher Angstschweiß, klumpige Plumeaus, das Fenster fest geschlossen. Sibon und Frédie schienen im selben Bett übernachtet zu haben, der fehlenden Kissen wegen, die sie uns abgetreten hatten. Auf einer Schleiflackkommode die Wachsbüste aus dem Friseurladen.

Das *Privé* war nicht abgeschlossen. Unverputzte Mauern, ein schlauchartiger Gang, Kloakengeruch (rechts, in einer Nische, das landesübliche Loch im Fußboden mit den Trittflächen). Kein Schalter zu finden. Der Weg nach draußen wand sich um mehrere Ecken, wir gingen mit vorgestreckten Händen. Jedes Wort, das man sagte, wurde zum Donnerhall aufgebauscht. Wenn sie das nicht hörten, nebenan, mußten sie tot sein. Vorhin, als wir uns in das *Privé* hineingestohlen hatten, kaum sechs Schritte entfernt von der Saaltür, hatte ich sie dahinter zu spüren gemeint. Über die Tische gesunken, Köpfe auf den Armen, der Patron bäuchlings auf dem Tresen wie auf einem Glassarg, die Frauen auf zusammengeschobenen Stühlen, samt und sonders mit Leblosigkeit geschlagen, halb Kyffhäuser, halb Gespensterschiff. Wieso war es so still in der Gaststube gewesen? Hätte man nicht Schnarchen hören sollen, wenn so viele Personen ihren Rausch ausschliefen, das Abhusten der Raucher am Morgen, das Gähnen Erwachender. Auch daß keinen die volle Blase drückte, war unnatürlich, das vor allem, obwohl – so eine Begegnung hätte uns gerade noch gefehlt.

Mit einem Miauen der Türangel entließ uns das Haus direkt auf die Straße. Unter den Bäumen stand der Leihwagen; es hatte in der Nacht dürres Laub an die Windschutzscheibe geweht. Von den beiden anderen Wagen nichts zu sehen. Bevor ich einstieg, zerrte ich Siemen zum Panoramafenster des Gastraums. »Heb mich mal hoch.«

»Dumme Trine.« (Aber er tat's.) »Na? Zufrieden?«

Als keine Antwort kam, ließ er sich zu etlichen Sprüngen hinreißen, wollte nun selber gucken.

»Da biste baff, was?« sagte ich, aber da fuhren wir schon.

Die Landschaft hatte noch geschlossen. Außer der Chaussee und dem, was sie unmittelbar säumte, gab es kaum etwas zu sehen, man glitt wie zwischen Schonbezügen dahin, nur manchmal verriet sich ein ungeduldiges Aufglühen an bestimmter Stelle. Mit ein bißchen Glück konnte der Hochnebel in zwei Stunden gesunken sein. Das gäbe noch einen schönen Tag für Bonavois. Den letzten.

Siemen stellte das Autoradio an. »Such uns mal was Hübsches, damit ich wach bleibe.«

Vorgebückt fummelte ich am Skalenknopf, bekam indes nur Stimmen zu fassen; toute la France quasselte, trotz der frühen Stunde putzmunter, schnatternd, wichtigtuerisch. Man kam sich vor wie im Fernmeldeamt.

»Kannst du dich noch an den einen Sender erinnern? Den wir dann nie wieder gefunden haben? Wann war das man noch?«

Ich überlegte, rechnete nach ... Onkel Taupalt war auf jeden Fall dabeigewesen ... sagen wir mal März. »März siebenundvierzig.«

Über die vollkommen leere, die unberührte Gaststube sich noch länger zu wundern wäre reine Zeitverschwendung; was zählten solche Rätsel einer stumpfsinnigen Gegenwart vor dem alles beiseite fegenden Verlangen, Vergangenheit wiederherzustellen aus Einzelteilen, jeweils doppelt vorhanden mit geringfügig verschobener Perspektive wie bei photographischen Stereoaufnahmen des 19. Jahrhunderts. Legte man sie aufeinander, traten überraschende Nebendinge ans Licht, die auf der einen Aufnahme zu kurz gekommen waren und nun, sprühende Büschelentladungen, ins Bild sprangen, wo sie hingehörten.

Rund um diesen Sender zum Beispiel ließ sich auf die schnelle ein Diorama errichten – aus Vorstadthäusern, rußigen Schneewächten, Zitaten (»Woanders blühen um die Zeit die Pfirsichbäume!«) und Personen (acht; wie ärmlich, wie durchgefroren!) in einem Wohnzimmer mit drei Meter fünfzig hoher Decke, Radiopublikum, das sich auf Ambitionen beruft (Du lieber Mond so silberklar, bei dem die Frauen, schönheitsdurstig, mitsingen) und seine Freude verlangt von der Kunst, denn wozu sonst wäre sie da. Dann das Phantombild Onkel Taupalts, ein Gemeinschaftswerk; mühelos schob es die Frauen an den Rand. (»Na, ihr kleines

Gelichter?«) Im Handumdrehen war er aufgefrischt, erntete, während wir noch an ihm arbeiteten, Lacher auf Lacher. Nicht, daß wir ihn nachträglich zum Pojaz ausriefen. Er hatte es ja immer eigens drauf angelegt gehabt, man konnte ihm keinen größeren Gefallen tun, als sich vor Lachen zu krümmen, zu kreischen (»Ich mach mich ein!«) und jetzt seine Schoten zu wiederholen. Die sowieso rotgeränderten Augen schwollen beinah zu, zuletzt wußte keiner mehr, ob das noch Lachtränen waren.

Vor *À menthe sauvage*, beim Aufschließen des Juweliergitters, sagte Siemen: »Woher nahm man damals bloß den Trost über alles. Wieso, verdammt noch mal, waren wir so fröhlich.«

Waren wir das?

6. KAPITEL

Wir wohnten schon lange nicht mehr in Podgoritza, da schlug ich einmal ein Photoalbum auf, in das meine Mutter Sechsmalneun-Bilder eingeklebt hatte, in Chamois und mit Mäusezähnchenrand, alles Aufnahmen aus den vierziger Jahren, besonders aus der zweiten Hälfte. Die Box, das simpelste Modell der gesamten Zeiss-IKON-Produktion, war ihr von meinem Vater geschenkt worden, und sie holte sie zwei-, dreimal pro Sommer aus dem Bücherschrank, als käme sie einer Verpflichtung nach. Als wollte sie eine Sammlung von Beweisstücken anlegen für den Fall, der Obergefreite Frerich Reuther hätte wider Erwarten den »Kessel« überlebt, werde in Sibirien festgehalten und nähme zu gegebener Zeit seine Rolle als Familienvorstand wieder auf. Und würde sie dann zur Rechenschaft gezogen, brauchte sie bloß das Album aufklappen, mit dessen Hilfe sich die ohne ihn verbrachten Jahre nachweisen ließen.

Sie selbst konnte mit der Kamera nie richtig umgehen, wußte das aber geschickt zu vertuschen, indem sie stets anderen Personen das Knipsen antrug. Daher denn auch ihre Anwesenheit auf den meisten Bildern: bereitwilligst, wie im Glück thronend, Hintergrundpositionen meidend. Für sich genommen waren die Einzelpartien ihres Gesichts – Augen, Nase (dieser Kurfürstenzinken!), schmaler Mund, hagere Wangen – nichts Besonderes. In der Zusammenwirkung jedoch möbelte ihr selbstbewußtes Anlachen des Betrachters die Züge mit Vitalität auf. Auch machte ihr Haar viel her, dickes, robustes Haar, das Dauerwellen und Blondierungen unbeschadet überstand. Auf Gruppenbildern blieb man zuerst an ihr hängen. Immer saß sie in Positur, wurde nie mit niedergeschlagenem oder Beiseiteblick erwischt. Das hatte sie noch aus ihrer Ballhauszeit, als sie, wie sie behauptete, aus einem Arm in den anderen geflogen war: dieses »Eintauchen« in das Auge des Gegenübers, mit Verheißung aufgeladen.

Die frühen Huldigungen (von denen sie sprach, als könnten sie sich jederzeit wiederholen) hoben sie vor sich selbst aus der vorhandenen Frauenmasse heraus – im Ort, in der Straßenbahn, bei Behördenbesuchen. Auf den Photos im Album jedenfalls verdonnerte das Nimmermüde ihrer Eitelkeitsenergie alle sonst noch am Kaffeetisch Sitzenden zum lahmen Haufen, keinen zweiten Blick wert, zur Statisterie bestimmt. Ihr unberechenbares Vorneigen in letzter Sekunde brachte zudem die Hälfte der Runde in Gefahr, verdeckt zu werden.

Angewiesen auf die Helligkeit im Freien, wurden ausschließlich Pleinairszenen geknipst. Man konnte den Eindruck gewinnen, wir hätten, in einem permanenten Sommer lebend, den ewig geschirrbedeckten Tisch der Abwechslung halber von einer Dschungelecke in die andere geschleppt, eine Robinsonfamilie ohne Dach und Fach, Siemen und ich als eingefangene Affen, fratzenschneidend, nur vorübergehend am Tisch festzuhalten. Auch wenn man wußte, wie klein der Garten gewesen war, ließ man sich doch von den Ausschnitten irreführen. Dieses Laubgebrodel hinter den Stuhllehnen, hinter der Gartenbank, das die Nacken der Kaffeegesellschaft kitzelte, Blätterpfötchen auf die Schultern legte, Ehrenpforten und Tunnelgänge simulierte, mußte es ja einmal wirklich gegeben haben, auch wenn man es anders in Erinnerung hatte, domestizierter, als bloßes Forsythiendickicht, als Jungfernrebenspalier.

Und was war mit diesen mannshoch ins Bild züngelnden Federrispen, die sich alles mögliche herausnahmen, Tante Taupalt einen befiederten Stengel quer vor den Mund legten (als hielte sie ihn zwischen den Lippen, übermütig und mänadisch), Pfauenfederfächer über Oma Berthas Kopf schwenkten wie über einer Sultanin, der Kaffeekanne einen Helmbusch aufsetzten und einmal sogar Tante Gretjens Kittelschürzentorso in eine halbfertige, überall sprießende Daphne auflösten. Hatten wir tatsächlich in solcher Goldrutenwildnis gehaust?

Es gab, und das war das Beste daran, keinerlei Buntheit auf den Photos. Keine wie verbrühten Rosagesichter, nicht die üblichen zwei giftigen Grüntöne, nicht das Harlekingewürfel verschiedenfarbiger Kleider; einzig Schwarz und Weiß, Schatten und Licht, so daß die Schnappschüsse mir nun im Glanz der Legende erschienen, beinah wie alte Holzschnitte. Ich studierte die Kinder auf den Photos. Einer bewachten Geisel ähnlich, sitzt Siemen auf jedem Bild zwischen zwei ihn überragende Frauengestalten eingeklemmt, mit seiner nackten Brust und nackten Schultern und nirgends ohne die Filzkappe – ein alter Hutstumpen, zur Halbkugel ausgebeult. Zum freien Oberkörper hätte das eigentlich albern aussehen müssen, tat es aber nicht.

Ich hatte es fertiggebracht, mich aus fast allen Photos zu eliminieren. Immer hocke ich im ungünstigsten Winkel, von Kannen, Oberarmen, Rücken, ja sogar von Tassen halb oder ganz in die Unsichtbarkeit abgeschoben. Als verwackelter Schemen oder als Haartolle geistere ich durch die Aufnahmen, zu identifizieren nur von denen, die dabeigewesen waren. Ein einziges Mal war ich in den Vordergrund geraten, ganz sicher ohne meinen Willen. Auf den Knien meiner Mutter, einem ungewohnten Platz, sitzend, geknipst in dem Moment, da ich das Sträuben gegen soviel Heuchelei aufgesteckt habe und mit krummem Rücken klein beigebe, war es mir dennoch geglückt, der ausgerichteten Blickharmonie einen Streich zu spielen. Ich habe nämlich den Kopf in den Nacken gelegt und scheine etwas über mir, jenseits des oberen Bildrandes, zu verfolgen. Nie würde der Betrachter des Bildes je in Erfahrung bringen, was da oben vor sich gegangen war, aber genau das wurde sogleich sein lebhaftester Wunsch. Nicht einmal ich konnte mich mehr entsinnen. Das ärgerte mich. Dann aber, als ich wieder eine der Pappseiten umgewendet hatte, auf denen sich das ewig gleiche Phäakenvolk in seinem beständigen Sommer aalte, zog ich das im Herabsinken begriffene dünne Zwischenpapier wieder beiseite. Armgarts wegen.

Merkwürdig: Obgleich meine Mutter auf jeder Aufnahme ihre Paraderolle abzieht, die Zähne entblößt und mit leicht geneigtem Kopf einen vielsagenden Gruß zum Betrachter hin andeutet, ist es dennoch Armgart, die sich, auf ihre unscheinbare Weise, im Brennpunkt der Bildkomposition befindet. Ob das helle Oval der Kanne das Oval von Armgarts Gesicht nachahmt, schiefe Winkel in ihrem Schoß zusammentreffen oder die Raute ihrer im Ellbogen abgeknickten Arme wiederholen – alles folgt einer strengen Symmetrie, einem Frontalitätsgesetz. Und war man erst einmal warm geworden mit den sich mehr oder weniger ähnelnden Schnappschüssen, erkannte man Armgart als die Zentralfigur all dieser Fäden und Linien, erkannte, daß sie den Platz der Königin im Exil einnimmt, deren Entourage sich zwar bequem anlehnen oder dreist mit der Kamera flirten darf, eine Freiheit, die ihr selbst nie im Traum einfallen würde. Ihre Stirn scheint zu spiegeln wie ein unter den Haaransatz geschobenes gläsernes Diadem.

Daß meine Mutter und Armgart sich je berührten, gar Arm in Arm spazierten, könnte, glaubte man allein den Photographien, schlichtweg geleugnet werden. Doch gab es Situationen, wo eine den Halt der anderen zu brauchen schien, wo sie, wohl mehr im dekorativen Sinn, sich in Jungmädchenpose verflochten und der eine Arm meiner Mutter um Armgarts Taille geschlungen war, während Armgart, die etwas größer war, ihr den Arm um den Rücken gelegt hatte.

An einem Abend kurz vor Fastnacht (Siemen und ich fabrizierten auf Teufel komm raus Konfetti und hackten mit dem Locher Schneisen durch alte Tageszeitungen) blieben die Stühle der Taupalts leer. Was ist denn mit Moritz und Elli, wurde gefragt, hatte es tagsüber Knatsch gegeben? Oma Bertha zuckte die Achseln: »Nicht daß ich wüßte. Wer sagt's denn – da sind sie ja.« Aber es war nur Tante Taupalt.

»Wir brauchen mal eure Lampe, Bertha. Die Kerze reicht nicht, das muß richtig ausgeleuchtet werden. Er selber kann ja nicht sehen, wo es hin muß, und ich hab auch keine Ahnung. Er sitzt schon bald über der Kerze, trotzdem ist alles völlig verschattet.«

Wie der tapfere Zinnsoldat stand sie da, bis an die Zähne mit eisernem Willen bewaffnet. Sie bat selten um etwas, aber wenn, dann gleich um Unerhörtes, wie im Sommer, als sie auf Oma Berthas Schlafzimmer aus gewesen war. Jetzt nun hatte sie es auf die Entführung der Petroleumlampe abgesehen, auf unser heiliges Feuer.

Oma Bertha faltete die Zeitung zusammen, schob ihren Stuhl zurück und hob die Lampe vom Tisch. Statt sie zu übergeben, feierlich, schritt sie vielmehr mitsamt der

Lampe auf die Tür zu, die Tante Taupalt ihr offenhielt. Das sehen, aufspringen und hinterher war für Tante Gretjen eins. Auch die beiden anderen folgten dem entschwindenden Licht, von niemandem dazu aufgefordert. Dachten sie uns etwa im Finstern zu lassen? Armgart und meine Mutter benutzten die Kälte des Korridors, um einander unterzuhaken, Schaulustige, die nach dem zweiten Klingeln ihre Loge im hauseigenen Privattheater aufsuchen. Sie tuschelten, lachten dabei und erstickten es sofort wieder hinter der vorgehaltenen Hand.

Auch Siemen und ich ließen Konfetti Konfetti sein. Zwar hatte man uns nicht untersagt mitzukommen, aber wohl nur deshalb, weil man uns vergessen hatte bei unserer stillen Wurstelei. Vorsichtshalber hielten wir einen kleinen Abstand ein. Bloß nicht auffallen. Dicht hinter Siemen quetschte ich mich durch den Türspalt ins Taupaltzimmer.

Der räumlichen Enge wegen konnte man keinen halboffenen Kreis bilden, die Aufstellung folgte daher einer hierarchischen Gruppierung. Am dichtesten dran Tante Taupalt, knieend oder gebückt, sie verdeckend die Nächstälteren, mehr am Vorgang als am Anblick interessiert. Dahinter, über die Schultern der alten Damen gereckt, die beiden jungen Frauen, noch immer lose umschlungen und mit einem hysterischen Lachreiz kämpfend. Wenn wir was sehen wollten, mußten wir uns selbst kümmern. Mit den Schuhen sprangen wir auf Tante Taupalts Schlafdiwan, an den sich die stabilere Bettlade des Onkels anschloß. Schonungslos zertraten wir das dünne Kopfkissen der Tante.

»Gebt mal den kleinen Kacheltisch rüber«, befahl Oma Bertha. Und die Hintersten reichten ihn (einen ehemaligen Blumenhocker) hoch über die Köpfe hinweg ins Zentrum des Lichts hinein, wo er, an einen günstigen Ort gerückt, die Lampe aufnehmen sollte. Deren Tiefersetzen erzeugte Gemäldeeffekt: Honigschimmer überglänzte die untere Hälfte der Wände, goldene Säume liefen an verlorenen Profilen entlang und zeichneten Haarnester, durchsichtig wie Eulengewölle. Nasen verlängerten sich zu Schnäbeln und Pavianschnauzen, und eine Hand, die hochfuhr, um sich an eine Wange zu legen (Tante Gretjen; dazu: »Ogottogott!«), wurde zur feuerrot durchleuchteten Tulpe.

Onkel Taupalt saß, grell angestrahlt, auf dem runden Taburettchen, dem Thron seiner Lesestunden. Ohne Buch allerdings. Seine Hände klammerten sich statt an Buchdeckel an die Schöße seiner Strickjacke und hielten sie von seinem Leib fern. Alles sollte oder mußte offenbar freigelegt sein, denn auch sein graues Unterhemd war bis zum Brustbein hochgeschoben. Die Hose fehlte überhaupt.

Wir alle starrten auf die weißen Ziehharmonikafalten von Onkel Taupalts Bauch. Auf die Säckchen seiner Buddhabrüste. Auf die blauroten Fleischklöße zwischen seinen (wie immer weit gespreizten) klapperdürren Schenkeln.

Ich wunderte mich, daß der Onkel sich so unverteidigt zur Schau stellte. Hatte er nicht vor Siemen und mir auf der Veranda mehr als einmal demonstriert, daß und wie ein Mann seine »Redouten maskieren« müsse? Warum also baute er sich nicht mit einem rechtwinklig aufgeklappten Buch eine nette kleine Bastion vor dem Schoß und schützte die auf engstem Platz zusammengepreßten faustgroßen Geschwulste samt dem obenauf liegenden runzligen Geschlecht vor den Blicken und dem, wie es aussah, drohenden Absturz vom Hocker? Tante Taupalt, eifrig beschäftigt mit Hin- und Herwenden eines Zaumzeugs aus ledernen Riemen und lederbezogenen Reifen, von dem Zwischengurte baumelten, endend in schmalen Lederzungen, die

Zungen mit Lochreihen besetzt und mit metallenen Knöpfchen, hob nun den Kopf.

»Steh mal auf, Moritz. Ich glaub, ich hab's raus, wie das angelegt werden muß.«

Ob es nicht auch im Sitzen gehe, fragte der Onkel und führte Beschwerden an; ein bestimmtes unverzichtbares Hilfsmittel fehlte – offenbar war es zusammen mit der Hose entfernt worden –, das ihm sonst das Aufstehen erleichterte. Aber da waren die drei alten Frauen sich einig: Es mußte aufgestanden sein. Wie sollte sonst die Stelle gekennzeichnet werden.

»Na dann, ihr wißt ja immer alles besser.« Süffisant sollte das klingen. Ein paar Reserven der alten Schwerenöterei wurden mobil gemacht, als er hinwarf: »Ihr wollt mich doch bloß in voller Schönheit bewundern, gebt's zu« – nichts als pure Kläglichkeit. Denn er verzichtete darauf, die Reaktion seines Publikums mit vielsagendem Rundumblick abzukassieren. Zerrte nur an den zu kleinen Vorderteilen seiner Strickjacke, senkte zuletzt die Stirn, ergab sich und verlangte ein Buch.

»Was soll das denn nun wieder heißen! Du willst doch nicht etwa lesen, während wir dir dein Bruchband anpassen? Reicht es nicht, daß du tagsüber ständig an irgendeiner Schwarte klebst?«

Tante Taupalts Geduld war am Ende. Und Tante Gretjen sprach zu ihm wie zu einem bockigen Kind: »Je schneller du aufstehst, desto schneller hast du es hinter dir.«

Ohne jemanden anzusehen, sagte der Onkel, als rede er leise mit seinem Bauch: »Ich will nicht lesen, ihr dummen Gänse. Ich brauch das zum Abstützen.«

Ach so! Es wurde nervös gelacht und herumgeguckt – ah da, auf dem Fensterbrett waren sie aufgestapelt; sehr praktisch; hielten gleichzeitig die Zugluft ab. Oma Bertha langte hinüber und griff sich das erstbeste. »Geht das?«

Das Mißverständnis hatte entspannend gewirkt. Von der ursprünglichen Befangenheit der Besucherinnen war nichts mehr zu spüren. Meine Mutter und Armgart lockerten die Umschlingung und wisperten, wobei eine der anderen das Kinn auf die Schulter legte, als wollten sie anfangen zu schnäbeln. Es fehlte nicht viel, schien mir, bis ein gemeinsames freundliches Müttergelächter ausbrechen würde über das alte Kind auf seinem Hocker, das so geschamig tat mit seiner Nacktheit und sich womöglich einbildete, daß man ihm was abgucken könnte.

Endlich hatten sie den Onkel so weit, daß er aufrecht dastand. Daß er mit der Linken unbedingt das Buch unter sich halten wollte, es gleichsam als Tablett benutzen, störte weiter nicht. Hauptsache, die rechte Seite, auf der eine eiförmige Beule aus der Leiste heraustrat, wurde nicht verdeckt. Als sei ein unsichtbarer Anzug anzuprobieren, verlangten die drei Alten von ihrem Mannequin geringfügige Drehungen, dirigierten ihn noch näher zur Lampe, herrschten ihn an, sich doch gefälligst geradezuhalten.

»Straffer, straffer! Laß dich nicht so hängen. Wie soll man sonst auf deinem Bauch eine Markierung anbringen?«

Oma Bertha, die stets eine Schachtel Streichhölzer in der Schürzentasche hatte, strich eilfertig gleich ein ganzes Bündel an.

Und Tante Taupalt, vor ihrem Mann kniend, nahm ein Hölzchen nach dem anderen in Empfang und malte mit der verkohlten Spitze, Strich für Strich, die Beule nach.

»So, jetzt wissen wir genau, wo die Pelotte draufdrücken muß. Jetzt kannst du dich aufs Bett legen, und wir schnallen dir dein Geschirr um.«

Einen Augenblick lang dachte ich, sie würden wirklich alle miteinander zufassen und eine lustige Veranstaltung draus machen, ein Handgemenge aus herzhaften Griffen wie beim Wäschelegen mit den großen Stücken. Die Last der monströsen Kugeln vorsichtig balancierend, das Buch nunmehr in beiden Händen, tappelte der Onkel zum Bett hinüber. Genauso unsicher wackelte man bei Kindergeburtstagen mit einem Rührlöffel, auf dem ein kleiner Apfel oder eine Reineclaude lag, auf das Ziel zu. Ich konnte den Onkel atmen hören, schweres, stoßweises Schnaufen, und bildete mir ein, er würde gleich zu weinen anfangen, noch bevor sie ihn in dieses Zaumzeug eingeschnürt hatten. Daß er sich so herumkujonieren ließ – geh dahin, dreh dich so und so, steh auf, leg dich nieder –, brachte mich selber an den Rand der Tränen. Um nichts mehr zu sehen, kauerte ich mich hin und drückte das Gesicht auf die vorgehaltenen Arme.

Siemen klopfte an meinen Rücken: Los, hauen wir ab. Die Frauen merkten nichts. Irgendwann würden sie natürlich das zertrampelte Bettzeug entdecken, vorläufig jedoch waren sie noch viel zu beschäftigt. Die drei Älteren unterhielten sich angeregt und bugsierten Lampe und Kacheltisch näher zum Bett. Sie sprachen von »Wasser abziehen«, was dringend nötig sei, so gehe es jedenfalls nicht weiter. Eine Ahnung sagte mir, daß sie keine Haushaltsbelange erörterten. Onkel Taupalts ausgeprägte Vorliebe für Wassergötter, sein Bescheidwissen über deren Eigentümlichkeiten und daß ihm ihre Namen so geläufig waren wie die Namen guter Bekannter – wie Schuppen fiel es mir von den Augen. Er wußte, was mit ihm vorging, beginnend bei den geheimsten Körperteilen, durch das Anpassen des Bruchbandes jedoch war alles vorzeitig ans Licht gekommen, und die schleichende Verwandlung Onkel Taupalts in ein halbamphibisches Wesen würde also unterbunden werden, notfalls mit Gewalt.

»Er kommt um die Operation nicht herum, wie sehr er sich auch dagegen sperrt. Und wer weiß, ob das dann nicht zu spät ist. Aber auf mich hört er ja nicht, das wird er noch bitter bereuen«, sagte Tante Taupalt grämlich.

Ohne das kleinste Licht, längst vertraut mit der Dunkelheit geschlossener Räume, fanden wir uns zurecht, bis wir unter Siemens Deckbett in Sicherheit waren. Lange redeten wir nichts und lagen steif wie Holzpuppen, die Arme neben dem Körper. Auf der Wärmflasche gerieten wir uns mit den Füßen ins Gehege, bis wir den Takt heraushatten und ein gleichmäßiges Treten sich einspielte. Das heiße glatte kupferne Ei bewegte sich unter unseren Fußsohlen, drehte sich sacht um sich selber, als stünden wir zusammen auf einer Kugel und rollten mit ihr davon, aus dieser Gegenwart in eine andere.

Unvermittelt fragte Siemen: »Was meinst du – ob alle das kriegen? So groß? Das sah ja scheußlich aus.« Sein Ton bettelte um einen Hoffnungsschimmer. Es schien ihm viel daran zu liegen, daß ich ein einziges Mal etwas besser wußte als er. Und ich sagte denn auch: Quatsch! Ich erfand einen erwachsenen Mann, den ich im Sommer an der Elbe gesehen haben wollte und dem beim Umziehen, nach dem Schwimmen, das umgeknotete Handtuch aufgegangen war.

»Höchstens wie Kastanien.« Ich zog noch mehr Vergleiche herbei und überschlug, ehe ich sie nannte, rasch, ob sie auch nicht größer als die Kastanien waren. »Oder wie Mirabellen. Kleine Boviste. Taubeneier.« Um Siemen zu beruhigen, wäre ich bereit gewesen, das mit der Hand auf der Bibel zu beschwören.

Trotzdem fing er wieder von Onkel Taupalt an, schließlich widersprach meine Behauptung dem mit eigenen Augen Gesehenen zu sehr. Mir fiel nichts Besseres ein, als Onkel Taupalts absurde Gewächse seinem Alter anzulasten. War nicht alles andere an ihm ebenfalls entartet und ins Unnatürliche ausgedehnt? Die brotfarbenen Augenlider, die Tränentaschen unter den Augen, der Truthahnlappen anstelle der Kehle. Oder die Ohren, doppelt so groß wie die unsrigen und flaumüberzogen, als wären sie aus einem Filzhut gefertigt.

»Ja«, sagte Siemen, und ich spürte am Kopfkissen, wie er nickte, es guthieß, ja das würde es wohl sein, siebzig, schon uralt, klar, das erklärte alles. Seine Stimme klang vor Erleichterung immer höher, fast glücklich. Daß ihm eine so auf der Hand liegende Lösung nicht selber eingefallen war, darüber wollte er beinah lachen und rieb seine Nase an meiner. Der Radiergummikampf. Bis ich, weil er gar nicht mehr aufhörte, die Zunge herausschnellen ließ und ihm quer über den Mund leckte. Worauf Siemen zurückleckte und wir am Ende unsere nassen Gesichter am Kopfkissen abputzten wie zwei milchbeschmierte Katzen. Wir würden niemals alt werden. Irgendwie würden wir es schaffen.

Von den Beweisen unserer Zuneigung erschöpft, gaben wir uns der Schlafwilligkeit hin, nun wieder auf dem Rükken liegend, während aus den bis zum Brennen geschundenen Wangen und der malträtierten Nase die Hitze langsam wich. In den Lippen hielt sich das Gefühl von Feuer am längsten.

Rund ums Haus tobte die *wilde Jagd*. Oma Bertha hatte schon vorgewarnt: Das Barometer war gefallen. Im Bett hörte man das gern, das Tosen und Brausen und über Wipfel und Dächer Hinwegreiten, und freute sich auf die Überraschung am Morgen, auf Verwüstungen und außerordentliche Veränderungen. In den Kaminen fuhren Taifune ein und aus. Schornsteinbrocken polterten abwärts wie in Brunnenschächte. Es krachte im Garten; wahrscheinlich brachen dort Äste mitsamt ihren verharschten Schneelasten.

Im Hof entdeckten wir früh einen halben Meter Dachrinne, mitgerissen von den gewaltigen Eiszapfen, die in tausend Stücke zerschellt waren. Wir suchten uns zwei Kuppen und nahmen sie mit auf den Schulweg. Aber sie schmeckten nach nichts, und zuletzt verbrannte das Zeug einem Zunge und Gaumen. Im Schulhof warfen wir sie weg, doch sie fanden sogleich Liebhaber, die an unserer Statt weiterlutschten.

Den ganzen Tag hatten wir den Tauwind in der Nase, dieses laue Wehen und Stürmen bei trübem Himmel, überall fand man zerknautschte Mützen, ausgezogene Handschuhe und abgebundene Schals herumliegen, nach denen bei Einbruch der Dunkelheit, bekümmert und ausgescholten, verzweifelt geforscht wurde. Wie sehr hätten sie schon am nächsten Tag gefehlt, als der Winter noch einmal so richtig von vorn anfing und die alten Leute sich nicht aus den Häusern trauten, so spiegelten die Straßen, sonderbar verödet plötzlich wie nach einem großen Aussterben. Das Schaben und Kratzen von Schaufeln in Ascheneimern hing über dem Ort von morgens bis abends, ein mißtönender Lärm, als sei die Pest über Podgoritza hereingebrochen und müsse verscheucht werden.

Auf dem Klavier installiert, neben Photorähmchen, Meißner Amphoren und der gelblich polierten Gipsbüste eines Mannes mit schiefgezogenem Barett, selbst den Rang eines Schaustücks beanspruchend, erschien das Radio in Oma

Berthas Wohnzimmer mir als Burg auf dem Felsen. Ihr Name war SABA. Sobald in ihr die Lichter angingen, wünschte ich mich hinein, wollte sie aber gleichzeitig auch weiter von außen beobachten und meinen Vorstellungen vom Leben hinter den glimmenden Fensterzeilen nachhängen. Woher kamen das Bestiengebrüll und die Papageienpfiffe, wenn der Zeiger ganz bestimmte Frequenzen streifte?

Das Radio wurde übrigens nur noch selten angedreht, seit man nicht mehr auf die Luftlagemeldungen lauern mußte. Die Nachrichten interessierten kaum, was sollte sich schon groß ändern; Lokales erfuhr man aus der Zeitung, Lebensmittelaufrufe und Sonderzuteilungen schrie man sich auf der Straße zu. Dazu kam: Der Empfang war miserabel. Weltmeere rauschten dazwischen, Nebelhörner tuteten in Sinfonien hinein, Geschaukel der Sphären verzerrte Rezitationen und Vorträge und schuf neue synthetische Sprachen. Manchmal allerdings (wenn der Strom wieder da war, selten vor zehn Uhr in der Nacht) quirlte jemand am Skalenknopf herum und probierte, ob nicht auf irgendeiner Welle »was Schönes« hereinzubekommen wäre, *Lebewohl mein flandrisch Mädchen* oder *Vater, Mutter, Schwestern, Brüder hab ich auf der Welt nicht mehr.* Hatten sie was gefunden – »Laß das mal!« – und es fünf Minuten lang angehört, waren sie einmütig wieder für Ausschalten. *Du lieber Mond so silberklar* wie auf dem Kamm geblasen – nein, also nein! Das wollten sie sich nicht antun. Da unterhielt man sich doch lieber.

Mit Vorliebe übers Essen. Lippen wurde beleckt, die Zungen klöppelten genüßlich. Ein Jahr seines Lebens für ein Kännchen Bohnenkaffee wollte jeder opfern. Dazu ein Stück Schwarzwälder Kirschtorte oder was auch immer, Hauptsache Buttercreme. Es würde einem doch bloß übel wer-den davon, der Magen sei nach so vielen fettlosen Jahren nicht mehr an Völlereien gewöhnt, versuchten sie einander das Gelüst auszureden. Ganz ernsthaft, als könnte der Fall tatsächlich in nächster Zeit eintreten. Nur in ihrer aller Sehnsucht nach Kaffee herrschte Eintracht. *Bohnen*kaffee wohlgemerkt, das wurde herausgestrichen, da sich jenes Ersatzgebräu aus körnigem schwarzem Grus inzwischen den Namen »Kaffee« durch Gewohnheitsrecht erschlichen hatte. Waren sie schlechter Laune, bezeichneten sie es als Plörre; es wurde auch nicht annehmbarer durch die Erklärung Onkel Taupalts, das sei eine gewissermaßen historische Benennung, noch von den Jahren der französischen Einquartierung herrührend, Napoleonzeit also, abgeleitet von dem französischen Wort *pleurer* – beweinen, um etwas trauern. Surrogatbrühe – damals hätten sie überwiegend Zichorie genommen, daher der Ausdruck »Blümchen« – mit dem heiligen Namen Kaffee zu belegen – was konnte man da anderes tun als weinen, nicht wahr!

Meine Mutter aber geriet durch das Stichwort in ihre ganz spezielle französische Stimmung. Sie markierte mehr, als sie sang, zumindest sang sie nie den ganzen Schlager, wiederholte nur ein paarmal die darin vorkommende französische Wendung, meist die erste Zeile des Refrains, und ließ den Rest dann in Summen verebben. Der Akzent lag auf der halblaut, möglichst dunkel angesetzten Tonlage; mit deren Hilfe brachte sie sich von uns allen fort, nun eine einsame Diseuse, die im selbsterzeugten Zustand des Schmachtens ihre geheimsten Wünsche bloßlegt. Zu unerfüllbarer Leidenschaft verdammt, verzichtete sie dennoch nicht auf das Zugeständnis ans Tingeltangel; ein bißchen verrucht durfte es schon sein, wozu waren die Nasallaute da und die von ihr besonders geliebten stimmhaften »J«, auf denen sie, sich selbst verführend, schwamm: »*J'attendrai* . . .«

Soweit wir verfolgen konnten, verdankte sie ihr Frankreichbild Operetten, Filmen und den Feldpostbriefen unseres Vaters, hatte, das war nicht auszuschließen, vielleicht auch Murgers *Bohème, Madame Bovary* und Maupassants Novellen gelesen (im Bücherschrank immerhin vorhanden). Fügte man ihre Äußerungen und Vorstellungen zusammen, ergab sich eine Mischung aus normannischen Apfelgärten und Café Chantant, Mansarden und Parfumläden, bevölkert von Midinetten und von Männern. Männern, denen Verehrung der Frauen (worunter sie Frauen ihrer Altersklasse und ihres Aussehens verstand) im Blut lag.

Aus diesem Frankreich, das sie sich nicht nehmen ließ, waren im Jahre neunzehnhundertvierzig Sachen gekommen, von unserem Vater geschickt, nur dieses eine Mal, später nie wieder, denn er hatte nicht zu den Glücklichen gehört, die dort bleiben durften, Sachen, die, solange sie lebte, herhalten mußten, um den Ruf französischer Unnachahmlichkeit zu rechtfertigen. Diese *objets de France* umgab der Erinnerungswert einer atmosphärischen Erscheinung. Alles im Gespräch erneut auszupacken und schwärmerisch hochzuhalten, als habe sie es erst kürzlich empfangen, wurde meine Mutter nicht müde. Ich glaube, ihre Begabung zur Dankbarkeit war das einzig Noble an ihr.

Die Kaninchenfellmäntel für Siemen und mich, silbergrau der eine, semmelgelb der andere! (inzwischen bei den Bauern gelandet, verhökert gegen Dreipfundbrote) Die rosa Wolldecke! (unser Zweierzelt, unser Malepartus vom Luftschutzraum) Das Bracelet – zehn Miniaturen mit Ansichten berühmter Schlösser auf Emailleplättchen in Veilchenviolett! Es würde irgendwann verloren werden, laut beklagt und nie verschmerzt. Der Sommermantel aus schwarzem durchbrochenen Stoff, mit Bündchenärmeln und einer Allee stoffbezogener Knöpfe vom Kragen zum Saum! (Wenn sie ihn trug, dann nur über ihrem besten Kleid, dessen Azaleenrot durch die Löcher des Musters leuchtete.)

Es sei eine Wunschvorstellung Frerichs gewesen, wenn alles vorbei wäre, noch einmal nach Frankreich zu fahren, mit ihr zusammen; nie unterließ sie, das abschließend aufs Tapet zu bringen. Als sei diese Reise zu zweit nur aufgeschoben für unbestimmte Zeit, steckte im Brockhaus-Atlas zwischen den Karten Frankreichs ein Lesezeichen, das nie entfernt wurde. Nein, so leicht gab sie ihre Träume nicht auf. Hörte man nicht, daß bei den Russen Zehntausende in den Gefangenenlagern säßen?

Das Motorrad wurde erwähnt, eine Puch mit Beiwagen, kurz vorm Eingezogenwerden noch gekauft. Seitdem stand es ganz hinten in der Remise, mit Planen getarnt. Mitgenommen hatte er wohlweislich die alte Maschine, die ihm dann, so hatte er nach Hause geschrieben, »unterm Hintern zerschossen« worden war, der Tank zerlöchert bei einer Melderfahrt im Winter zweiundvierzig, kurz vor der Wolga. Er selbst war mit Streifschüssen davongekommen; daraus leitete meine Mutter das Recht ab, auf weitere Wunder zu hoffen.

Während der Verlobungsjahre und in den ersten Monaten der Ehe waren sie mit dem Motorrad kreuz und quer herumgefahren, Schutzbrillen auf, Lederkappen übergestülpt, vorerst nur im eigenen Land: Lausitz, Koblenz, Misdroy. Das andere, Ferne hatte noch Zeit gehabt. Ja, von wegen – ein halbes Jahr nach der Hochzeit war es losgegangen mit der Kotzerei am frühen Morgen. Schluß, aus, keine einzige Tour mehr von da an. Tränen bitterster Enttäuschung geweint; aus allen Himmeln gefallen. »Und kaum war das eine halbwegs aus den Windeln raus, kam schon das nächste nach. Ich brachte es nicht fertig, mir auch noch Namen auszudenken, das mußte Frerich machen. Hat sich dann auf seine nordfriesischen Wurzeln besonnen, na mir war's sowieso egal.«

Sie hatte im Paradies gelebt, daran ließ sie keinen Zweifel, bis Siemen und ich sie daraus vertrieben. War an dem betreffenden Abend die Zuversicht besonders stark, plante sie für das wiedervereinte Paar Frerich/Valeska den Anfang des neuen Lebens. Ob ihr bewußt war, daß sie ihn dort ansiedelte, wo Märchen gewöhnlich ihr Ende nehmen? Nachdem sie ihrem jungen, schönen, erlösten Ehemann seine sämtlichen Lieblingsspeisen aufgetischt hätte (sie tat, als stünde es in ihrer Macht, all diese Makronen, Milchschokoladen, Schnapspralinen und Butterkekse aus dem Boden zu stampfen), ihm unten in der Waschküche Badewasser heißgemacht und nachdem er erst mal ein paar Nächte so richtig Schlaf nachgeholt hatte im eigenen Bett (in dem ich vorübergehend eingelagert war), würden sie, so jedenfalls meinte ich es zu verstehen, unverzüglich aufbrechen in Richtung Frankreich. Sie stehen im Hof, in der Morgenkühle eines sommerlichen Tages, die Sonne eben erst aufgegangen, und holen das Motorrad aus der Remise, beide in der skurrilen Reiseuniform ihrer ersten gemeinsamen Zeit. Meine Mutter klettert in den Überschuh des Beiwagens. Mein Vater wirft die Zigarette fort und schwingt sich auf den Sattel. Freudiges Händereiben. Dann hinein in die Handschuhe, die bis zum Ellenbogen reichen, bevor er mit ausgebreiteten Armen nach vorn schnappt und die Griffe des Lenkers in Besitz nimmt. Falls sie jemanden ansehen, dann nur einander. Auch die Worte, die sie vielleicht noch sagen, sind nur an den anderen gerichtete übermütige Anspielungen. Schon knattern sie aus dem Hoftor, die Gasse hinunter, Richtung Frankreich.

Ich sah Siemen und mich winkend hinterherrennen. Aber sie scherten sich so wenig um irgendwelche Zurückbleibende wie alle Hochzeitsreisenden. Wir kamen in diesem Traum nicht vor. Wir waren unserem heimgekehrten Vater nicht einmal vorgestellt worden.

Neuerdings mischte sich, sooft die Erwachsenen über die Kälte herzogen, die Zeitung zerknüllten, um nasse Schuhe auszustopfen, oder sich bibbernd die Arme rubbelten, ein Unterton von Aufsässigkeit in die Jammerlitanei. Im Schuljargon hieß diese Stimmung schwelender Meuterei mooben. Bei uns zu Hause nun moobten sie plötzlich über die Schneefladen auf den Dächern, über die porösen bimssteingrauen Wälle entlang der Straßenränder, über die Quecksilbersäule des Außenthermometers am Korridorfenster, die aus ihrem arktischen Tiefstand nicht herausfand. Sie riefen sich den gegenwärtigen Monat ins Gedächtnis – März!! –, bis es nach einer erbitterten Beschuldigung klang. Ein Blick auf den Kalender genügte ihnen, um festzustellen, ob die Jahreszeit sich so verhielt, wie ein mysteriöses Zeremoniell es ihr vorschrieb, oder davon abwich. Endlich mal wieder was Grünes wollten sie sehen. Und das verdammte Frieren loswerden. »Woanders blühen um diese Zeit die Pfirsichbäume!«

Aufgehetzt von solchen Bemerkungen, bekam man wahnsinnige Lust, anderswo zu sein, statt hier am rinnenden Fensterglas zu lecken und die juckenden Frostbeulen an der Ferse mit der Filzschuhkappe zu bearbeiten. Was, wenn die Zuteilung an Frühling nur für dieses Anderswo reichte? Wenn sie dort den ganzen Frühling fröhlich verwirtschafteten, so daß wir in den Mond guckten wie beim Brot, das auch oft genug alle war, ehe man drankam?

Schneematsch, laufende Nase und doppelt übereinandergezogene Fausthandschuhe aus Bindfadengarn für den Rest des Lebens??

Ich nahm mir Bilderbücher vor, die sich mit dem Ablauf des Jahres beschäftigten. In diesen Bilderbüchern (samt und sonders lädierte Exemplare mit zerbröselnden, gebrochenen Rücken, aus dritter Hand an uns gekommen) suchte ich nach Frühlingsglück.

Zuerst *Die zwölf Monate* (auf dem stockfleckigen Vorsatzpapier steht mit lila Tinte in steilen Krakeln *Dorpat 1860* und *Ottinka Taube*): Jedes Monatsbild ist in mehrere Ebenen unterteilt, doch trotz dieses Kunstgriffs scheint der Platz für die Betriebsamkeiten, den Reigen der Feste, das aufs innigste mit der Natur verbundene Leben nicht auszureichen. So teilen sich zum Beispiel Hirschjagd und Manöver dasselbe Gelände, das strenggenommen das Parkett vom Hundetheater ist. Hausiererbengel dringen, ihre Ratschen schwingend, in die Weihnachtsbescherung ein, während den drei eine riesige Schneekugel wälzenden Knaben das Schicksal droht, in nächster Sekunde von den Hufen heranfliegender Schlittenpferde zertrampelt zu werden. Die alte Spinnerin vom Januar wiederum hat man in so unbequeme Nähe zum Sargtischler gesetzt, daß Spinnrad und Hobelbank eine Einheit bilden, eine wunderliche Maschinerie, ähnlich den hölzernen Räderwerken spinnerter Erfinder.

Ich zögerte, das Märzblatt aufzuschlagen. Ich dachte mir einen Kompromiß aus: Fänden sich darauf wenigstens ein paar Schneereste, wollte ich an eine geringfügige Verschiebung der natürlichen Ordnung glauben. Doch das ländliche Haus mit den gekreuzten Giebelbalken, über denen verschnörkelte Buchstaben schweben wie ein Rauchsignal: *März,* badet in Sonne. Der blaßblonde Grundton des Steindrucks imitiert das Grelle des Frühlingslichts. Bestätigt wird diese Sonnenüberflutung durch entsprechende Schattenlinien, Schattenwölkchen, mit Kreide oder Bleistift hingestrichelt, denn alles und jedes hat seinen ganz privaten Schatten, der Vogelkäfig am Spalier, die Windeln auf der Leine, die Tiere im Geflügelhof und der Besucher mit dem zusammengerollten roten Parapluie unter der Achsel.

Verglich man unsere Abschottung, die Zeitungspapierlagen in den Doppelfenstern, die geizige Hast, mit der wir die Türen nur zum Durchschlüpfen öffneten, mit diesen weit aufgestoßenen Läden und Türen, der trällernden, gackernden, zwitschernden Kommunikation zwischen Drinnen und Draußen, stand fest: Der Unterschied zum gegenwärtigen März konnte vernichtender nicht vorgeführt werden.

Knapp unter der Haus-und-Garten-Welt bestellen vier Herren mit Pfeifen im Mund und Zylindern auf den Köpfen ein Feld. Zwei pflügen, einer läßt den Gaul die Egge über die Furchen schleifen, der vierte, das weiße Sätuch umgebunden, verstreut Körner (die feierlichen Kopfbedeckungen legen die Vermutung nahe, daß es sich um Mitglieder eines honorablen Clubs handeln muß, die diese Tätigkeiten nur zum Spaß ausführen, etwa um eine Wette zu erfüllen). Ohne sich die weißen Strümpfe zu beschmutzen, schreitet eine junge Bauernmagd über den Acker in schläppchenartigen Schuhen, die Bänder kreuzweise die Waden hinauf geschnürt und eine dreizinkige Gabel über der Schulter. Was mich am meisten für sie einnahm, waren ihre bloßen Arme, der anmutig ganshaft vorgereckte nackte Hals, das Fehlen von Schal oder Haube und daß dennoch kein Härchen vom Wind gesträubt wurde. So mild, so sonnig ging es also zu in einem rechtmäßigen März.

Blieb noch *Des Jahres Freuden* (in der rechten unteren Ecke jeder Lithographie die Zahl 95).

Hielt man die Bilder des ersten Buches daneben, ließ sich der Unterschied nicht übersehen. Sämtliche Monate hatten in der dazwischenliegenden Zeit eine auffallende Entvölkerung erfahren. Das vordem so üppige Angebot an Geschehnissen, die Vielfalt übereinander und nebeneinander, ja oft durcheinander angeordneter Tableaus scheint verkümmert zur Beschaulichkeit eines Personenkreises, dessen Zahl die Fünf kaum je überschreitet. Es sind überwiegend Kinder mit meist einer Aufsichtsperson im Hintergrund. Sie pflücken Sträuße, essen Zwillingskirschen, flechten Kränze, hocken auf steinernen Stufen, nicht mehr ganz im Garten, aber auch nicht auf der Straße. Ihr Verhalten erinnert an die kränkliche Temperamentlosigkeit gerade Genesener, die noch keine Lust haben, zu rennen, zu klettern, außer Atem zu geraten. Ein autoritäres Pst! macht sich überall breit, als befänden die dargestellten Kinder sich besuchsweise auf fremdem Grund. Die Mädchen haben Schürzen vorgebunden und enorme beutelige Ärmel an den Kleidern, und alle, auch die Jungen, tragen selbst auf den August- und Julitafeln schwarze lange Strümpfe.

Es juckte mir in den Fingern, einen Fliegerangriff an den Schönwetterhimmel zu malen, um ihnen eine Gefahr zu schenken und sie einmal außer Rand und Band zu bringen. Sie saßen und standen so friedlich herum, sie waren so leise in der schönen Schwermut ihrer Gartenzaunwelt! Wie um sie in ihrer Zahmheit zu verhöhnen, wird der Blick weit fortgelockt, auf ferne Dörfer und Waldränder zu, bis bläuliche Hügelketten ihn anhalten. Überhaupt ist das Buch gar nicht ängstlich, seinen Personen, denen zwar keine eigenen

Freiheiten zugestanden werden, diese immerhin in symbolischer Gestalt vor die Nase zu halten.

Die Hauptattraktion auf der Tafel *März* etwa ist ein Storchenpaar. Der eine Storch hat das auf der Spitze einer trichterförmigen Turmhaube weithin sichtbare Nest soeben in Besitz genommen. Der andere bietet am oberen Bildrand zwischen Blau und aufziehenden Wolken das Schauspiel ruhigen Schwebens. Mußte ihr Auftauchen nicht bei den ewig Daheimhockenden Bilder in Gang setzen, Bilder von Papyrussümpfen, Katarakten, Stromschnellen und flimmernder Hitze über schlammigem Stromland! Die Störche, fand ich, adelten den März des Buches durch ihre Mitwirkung, sie stempelten ihn geradezu zum Mustermärz.

Das Publikum (drei Kinder plus Amme) – barhäuptig! mantellos! – genießt die Ankunft der Zugvögel von einem kleinen Altan aus, eingeengt und geschützt von Brettern und Mauern, dafür hat ihnen der Künstler Sträuße reifer gelber Weidenkätzchen aufgedrängt. Zwischen Daumen und Zeigefinger, die ich aneinander rieb, erzeugte ich das Kätzchengefühl. Sie von den Weidenruten abzupulen steckte in einem als großes Verlangen. Als würde dadurch ein im Körper vorhandener Mangel gestillt, rollten wir während der Frühlingswochen, wo wir gingen und standen, Kätzchen zwischen den Fingerkuppen. Unwillkürlich drückte man stärker und zärtlicher, preßte süchtiger und ersetzte das weich und schlaff gewordene Ding umgehend durch ein frisches. Denn nur so – prall, pelzig, fett, wie gelecktes Fell glänzend – hatten sie die Wirkung einer Droge und gaben den zappligen Händen zu tun, mit Vorliebe während der Unterrichtsstunden. Wer Kätzchen befummelte, schuf sich seine eigene Windstille.

»Woanders gibt's um diese Zeit schon Kätzchen«, äußerte

ich Siemen gegenüber. Ich sagte es auf dieselbe verbitterte Art, mit der die Großen die blühenden Pfirsichbäume erwähnt hatten. Ich suchte einen Verbündeten, der mit mir moobte, weil die Abfolge der Jahreszeiten steckengeblieben war wie eine alte Grammophonplatte. Eine Katastrophe von diesem Ausmaß überstieg die Darstellbarkeit, zumal sie sich nicht angekündigt hatte, eintrat und irgendwann zu Ende war wie Erdbeben, Überflutungen und Terrorangriffe.

»Gott...! Die kommen schon noch, deine Kätzchen. Wart noch paar Wochen. Wenn der Schnee erst mal weg ist, drei, vier Tage richtig Sonne, und alles ist draußen«, wurde ich vertröstet.

Aber genau das wollte ich eben nicht. Es sollte nicht *alles* draußen sein und in einem einzigen botanischen Aufwasch, einem großen simultanen Wettblühen das Versäumte nachholen. Um auf meine Kosten zu kommen, brauchte ich blättchen- und zipfelweise Entdeckung. Die Stare durften nicht zugleich mit den Schwalben wieder da sein, ich wollte Zeit für die Märzenbecher und Zeit für die Hyazinthen. Kam es nicht gerade zu Anfang von etwas auf die kleinen und kleinsten Schritte an?

»Wieso bist du so mieser Laune? Ich kann mir doch deine Kätzchen nicht aus den Rippen schneiden! Manchmal bist du richtig kindisch.«

Ich verzog mich in die Küche, obwohl dort niemand war, mit dem ich gerne zusammensein wollte. Vorher schmetterte ich noch die Tür mit einem abgefeimten Ausholen zu, haargenau vor Siemens Nase. Wer mit Türen schmiß, absichtlich noch dazu, mußte mit Konsequenzen rechnen. Ich hielt meine dröhnende Schläfe. Mein Ohr schrie Feuer; irgendwann würde ich vermutlich taub sein oder nicht mehr auf dem Schwebebalken gehen können.

»Immer mit Karacho«, sagte Tante Gretjen, die ihren Emailleeimer an der Wasserleitung füllte. Wen von uns beiden sie meinte, die Alte oder die Junge, blieb unklar. »Was macht denn eure berühmte Hirse, Bertha? Noch nicht weich?« Sie hob unseren Topfdeckel hoch und äugte in die Kasserolle. »Wie lange kocht die nun schon? Drei Stunden? Das darf nicht sein, da stimmt doch was nicht.«

Natürlich lag ihrer Unkerei nichts als purer Neid zugrunde. Weder Tante Gretjen noch Armgart waren zur Stelle gewesen, als am Vortag im Laden von Frau Nacke-Sieboldt aus heiterem Himmel diese unaufgerufene Hirse abgegeben wurde. Vormittags einzukaufen konnten sich nur jene leisten, die nicht arbeiten gehen mußten. Oma Bertha war mit unseren vier Lebensmittelkarten in der Tasche losgezogen, um die aufgerufenen hundert Gramm Fleischschmalz pro Kopf abzuholen, und hatte, denn in solchen Fällen mußte man spontan reagieren, einen Großteil unserer gesamten Nährmittelabschnitte für Hirse geopfert. Ihr Zufallsglück zog weite Kreise durch die Wohnung. Unser Küchenzettel war auf längere Zeit abgesichert; mal was anderes als Bratkartoffeln (die in dem mit Bienenwachskerze ausgeriebenen Tiegel ständig anhingen und verkohlten).

Eigentlich sei Hirse früher eher ein Armeleuteessen gewesen, sagten alle; die Begünstigten, um ihr Glück nicht zu beschreien, die zu kurz Gekommenen, um sich das Nachsehen etwas zu versüßen. Ein archaisches Getreide, in Gallien sehr geschätzt, im Mittelalter *die* Volksnahrung, wie Onkel Taupalt informierte, mit einem sagenhaften Sättigungseffekt; ein einziger Teller halte den ganzen Tag vor. War in Märchen je von Grütze die Rede – hier wandte er sich an mich –, handelte es sich garantiert um einen Brei aus geschrotener Hirse. Die slawischen Völker hätten übrigens noch immer einen Narren an der Hirse gefressen, und er zählte sie auf: die rumänische Hirse, die polnische, südrussische und böhmisch-mährische Hirse, die schlesische und pannonische Hirse, und wenn ihn seine Erinnerung nicht im Stich ließ, mußte es auch bei den Indern und Chinesen noch beträchtliche Hirsekulturen geben. Die Verproviantierung der Schiffe habe, sah man von dem unvermeidlichen Zwieback und Pökelfleisch ab, bis ins letzte Jahrhundert hinein weitgehend auf Hirse zurückgegriffen. »Wäre auf der Potemkin ein ordentlicher Vorrat an Hirse vorhanden gewesen, hätte sich die Meuterei sicherlich vermeiden lassen.«

»Du brauchst dich gar nicht so ins Zeug zu legen, Moritz. Wenn du denkst, du kriegst dafür hinterher was ab, bist du auf dem Holzweg«, unterbrach Tante Taupalt den Vortrag ihres Mannes. Grollend, denn sie hatte es am härtesten getroffen. Wenn man bedachte, wie knapp sie am Glück der unverhofften Hirsezuteilung vorbeigeschlittert war! Wäre Oma Bertha umgehend nach Hause geeilt, hätte rechtzeitig Bescheid gegeben, statt erst noch den Stellmacher aufzusuchen wegen des Tafelwagens. Diese vertrödelte Stunde hatte zwischen Haben und Nichthaben entschieden.

Gegen neun, als die Runde sich zusammenfand (die Taupalts besaßen seit kurzem kein Heizmaterial mehr; obgleich weder meine Mutter noch Oma Bertha mit einem Wort darauf anspielten und gedehnt »Kommt schon ... kommt ruhig rein« sagten, wenn die beiden Alten nach dem Anpochen mit leeren Händen auf der Schwelle zögerten, zeigten diese keineswegs überströmende Dankbarkeit. Sie wirkten eher, als müßten sie eine Beleidigung verdauen, während ein Verwehren des Eintritts, ein Ausschluß von Tisch, Lampe und Geselligkeit, ihnen Haltung und Stolz hätte wiedergeben können), gegen neun Uhr abends, ich muß es wiederholen, hatten wir noch immer nicht gegessen. Siemen und mir war ein Margarinebrot zugestanden worden. Meine Mutter und Oma Bertha aber wollten um nichts in der Welt sich den Appetit verderben, das betonten sie mehrmals. Nur ein paar Schlucke Malzkaffee gönnten sie ihrem Magen. Abwechselnd schob eine von beiden ihren Stuhl nach hinten, um in der Küche mit dem Rührlöffel durch die Hirse zu fahren wie mit einem ausgedienten Zauberstab, der vielleicht noch was hergab, und um das verkochte Wasser zu ergänzen. Kam sie zurück, suchte die andere ihren Blick, als ringe da draußen einer mit einer schweren Krankheit und dies sei die Nacht der Krisis: ???

Keiner dieser Blicke entging der Klengelschen und Taupaltschen Aufmerksamkeit. Wieder und wieder erkundigte man sich. Erzwang das Lautaussprechen des sich abzeichnenden Debakels. Nicht genug konnten sie davon bekommen, schließlich hatten sie sich ihre Schadenfreude hart erkauft.

»Wie sieht's aus an der Hirsefront, Valeska? Ergibt sie sich endlich? Wird sie weich?« Worauf es keine andere Antwort gab als Hinhaltendes, Abwiegelndes: »Das Gas ist so schwach, das kann ja nichts werden« oder: »Gut Ding will Weile haben. Dafür lohnt sich das Warten allemal.«

Oma Bertha raschelte mit den Zeitungsblättern, las bereits Gelesenes zum drittenmal und bewegte dazu die Lippen wie ein Erstkläßler. Meine Mutter, von anderem Kaliber, hielt nicht durch. Bei ihr schlugen Zuversicht und Langmut kurz vor zehn um in Aufbrausen und Zischen. Immer öfter stach sie sich beim Ausbessern in den Finger, um ein Alibi zu haben für die Zornesschreie. Das nächste war ein Ausfall gegen Oma Bertha.

»Wer weiß, was du dir da für Mist hast andrehen lassen!

Diese verdammten gelben Stecknadelköpfe kochen jetzt seit fast sechs Stunden und sind noch immer hart. Vierhundert Gramm Nährmittelabschnitte für den alten Fritzen. Vierhundert Gramm!«

Steil richtete Oma Bertha sich auf. Wollte keiner ihr freiwillig beispringen, mußte sie jemanden ernennen.

»Armgart, du hast doch studiert. Pharmazie hat doch auch mit Pflanzen zu tun, nicht? Würdest du dir zutrauen, Hirse zu erkennen, wenn du sie siehst?« Ehe Armgart noch den Mund aufmachen konnte, folgte der Befehl: »Dann tu mir die Liebe, geh raus und stelle fest, was in drei Teufels Namen das ist.«

Sie selbst blieb sitzen, wollte nicht dabeisein. Dieser Versuch, ihre Ehre zu retten, wurde von keiner Hoffnung mehr begleitet, nur von der Anspannung, ruhig zu erscheinen. Das Zittern war trotzdem stärker; zuviel stand auf dem Spiel.

Armgart begab sich also hinaus, von meiner Mutter eskortiert. Solange sie draußen waren, blieb es mucksmäuschenstill. Selbst Tante Gretjen und Onkel Taupalt bewahrten Schweigen. Wozu die Bonmots schon vorher verpulvern.

Wir hörten, wie in der Küche Gelächter losging. Also war alles gut. Nur, daß es so aus der vollkommenen Stille aufschoß und gleich so gellend und schneidend war, Schiffschaukelkreischen, eine gewaltige Verhöhnung. Armgart hatte sich wieder gefangen, als sie erschien, nur die breite Zahnlücke war noch entblößt. Meine Mutter jedoch, deren Haltung schon immer leicht zu erschüttern war, stand für kein vernünftiges Wort zur Verfügung. Einer Besessenen gleich juchzte sie aus voller Kehle, warf sich im Gehen vor und zurück, wischte sich die Lachtränen aus den Augen. Bald wurde ihr der Atem zu knapp, um die Lachanfälle mit Luft zu versorgen.

»Na?!« (Oma Bertha; ohne sich umzudrehen)

Es sei tatsächlich Hirse, erklärte Armgart. Allerdings Vogelhirse. Für den menschlichen Verzehr kaum geeignet.

Es verstrichen einige Sekunden, bis das Gutachten in seiner ganzen Tragweite erfaßt wurde. Unversehens hatte das Blatt sich gewendet. Nicht länger Bevorzugte des Glücks, fanden wir uns auf einmal ganz unten wieder, unter den vermeintlich Benachteiligten noch, die jetzt aufgerückt waren zu glücklich Davongekommenen, wohingegen wir als die Geprellten dastanden, die armen Schweine, die zu bemitleiden waren. Abschnitte für vierhundert Gramm Nährmittel zum Fenster rausgeworfen. Für Wellensittichfutter.

Das Vertauschen der Waagschalen veränderte das Klima der Gefühle füreinander. Die so plötzlich Erhöhten verziehen und vergaßen augenblicklich. Ein Platzwechsel wurde notwendig. Klengel-Gretjen und Tante Taupalt setzten sich rechts und links von Oma Bertha und versuchten sie, die in ihre vorgehaltenen Hände schluchzte, von Schuld freizusprechen. Sie fuhren ihr über den Rücken, tätschelten ihr die Schultern, der Unglückseligen.

Meine Mutter hatte sich nach Verebben des Lachkrampfs auf die Ofenbank fallen lassen und war dort hocken geblieben, gähnend, entnervt, wie zerschlagen.

»Nimm's philosophisch, Valeska«, sagte Onkel Taupalt. »Sei ehrlich: Wann hast du das letzte Mal so gelacht? Lange her, was?«

»Mindestens acht Jahre.« Sie biß und knibbelte an einem ihrer Niednägel herum. Bis Blut kam; vorher hörte sie nie auf. Ein Mal ums andere gähnend, stierte sie vor sich hin.

Armgart, der Trostworte nicht lagen, schaltete das Radio an: »Mal sehen, ob der Strom wieder da ist.«

Er ist da. Lag, wer weiß, wie lange schon, auf der Lauer.

Und bricht nun in unser Trauerhaus ein mit Leuchten und Lärmen. Armgart dreht den Skalenknopf, läßt das Stäbchen weitergleiten in minimalen Schritten, lenkt es durch Schnarren und Fietschen, passiert die Bandbreite des hymnischen Pausenzeichens *Schiroka stranna moja rodnaja*, bringt es unbeschadet durch Störgewitter und fädelt es an den Fangarmen eines Hörspiels vorbei (zarte Frauenstimme, ängstlich, atemlos: »... nein, lassen Sie mich, ich bin schon viel zu lange geblieben, man wird mich vermissen ...« Dazu läuten Kirchenglocken).

Siemen und ich haben den günstigsten Sichtwinkel. Nur wir beide sehen, daß das Stäbchen links angekommen ist, ohne die Ausläufer eines Konzerts gestreift zu haben. Nur wir merken, daß Armgart, den Mißerfolg für sich behaltend, schon wieder rückwärts dreht, dem Ausgangspunkt zu. Gleich wird sie erneut in die Frequenz des Hörspiels eintauchen. Vorerst jedoch, das Ohr am stoffbespannten Lautsprecher, tut sie, als horche sie den Apparat ab nach Herz- und Lungengeräuschen, und bewegt außerdem mit der anderen Hand, mit zwei Pinzettenfingern, den Lautstärkeregler. Was sie auch aufgespürt haben mag an ätherischer Dudelei, sie zwingt es, ihr entgegenzukommen auf Wellen, die uns normalerweise nie erreichen.

Und da ist es, quillt ins Zimmer wie der süße Brei, mit süßem Tremolo, eine Stimme, ein Stimmchen, kindlich, leicht näselnd, dem nichts weiter einfällt als immer nur ein einziger Name: Aliii Baba, Aliii Baba, Ali Baaaba ... Auch die Musik klingt wie von Kindern gemacht. Klappern und Klimpern auf Holzbrettchen, das Rasseln geschwenkter Blechbüchsen, mit Erbsen oder sonstwas gefüllt. Nie hätte man Armgart Geschmack an derlei zugetraut. Doch Armgart, dem Radio jetzt den Rücken zuwendend, treibt die Albernheit auf die Spitze, wiegt sie sich doch aufreizend in ihren schweren Überfallhosen mit Rock drüber und schnickt dazu mit den Fingern.

Auf der Ofenbank erblüht zur gleichen Zeit »die Königin der Blumensäle« (von Watzkes Tanzpalast, vom Eldorado, vom Orpheum); wir haben von ihr gehört und wissen, daß sich die besten Tänzer um sie rissen. Sie federt auf ihrem Sitzkissen und läßt keinen Zweifel daran, daß sie im nächsten Augenblick geholt werden wird. Ihre Augen haben schon das Gewährende angenommen, das aufzufangen sich jedoch kein Partner meldet.

Als nun die Kleinmädchenstimme, noch zärtlicher, einen fremdländischen Text herunterleiert und das Lied zu einem mehr und mehr ermattenden Lockruf wird, ist es mit dem Hinterngewackel auf der Ofenbank nicht mehr getan. Keiner hat mitgekriegt, wie sie auf einmal dahin geraten ist, so gedankenschnell steht meine Mutter auf dem bißchen Freifläche zwischen Eßtisch und Klavier: »Komm, Armgart!«

Ohne daß vorher eine Übung stattfand, fahren beider Arme genau auf den richtigen Platz am Körper der anderen, geht ein Rucken und Zucken los, geschmeidiges Drehen mit durchgedrücktem Rücken, Wenden und Schwungholen. Die Filzsohlen der Hausschuhe beweisen sich in Panthersprüngen und eleganter Wildheit.

Das Ende ist zu plötzlich da, als daß sie es gleich gewahr werden. Hoch atmend, halten sie sich noch immer umfaßt. Solange ich sie kenne, haben weder Armgart noch meine Mutter jemals ähnlich lächelndes Glühen im Gesicht gehabt. Schon macht die Kapelle weiter, läßt sich nicht lumpen. Nach und nach erfaßt es auch die anderen. Onkel Taupalt pfeift nach Amselart, spitz und gefühlvoll. Klengel-

Gretjen nimmt keinen Anstand daran, laut mitzusingen, und patscht den Takt (»Jetzt denk nicht mehr dran, Bertha!«) auf Oma Berthas Hand, als wollte sie mit einem Kind Neckspielchen treiben. *Gitarren, spielt auf! Spielt das Lied meiner Sehnsucht für mich, in der sternklaren Nacht, wenn die Liebe erwacht nach der Frau meiner Träume.*

Der freie Platz vor dem Klavier setzte ihnen zu sehr Grenzen. Sie brauchten Raum zum Wirbeln und Austoben, meine Mutter und Armgart; unvermittelt begannen sie den Tisch zu umrunden. Anfangs verhedderten sie sich noch an den Stuhllehnen und fauchten ärgerlich, in ihrer Hingabe gestört. Sie sprachen kein Wort miteinander, summten lediglich, hoch und schmelzend, als sollte die Melodie über die Kehle in jeden, auch den kleinsten Muskel fließen. Und obwohl sie sich nichts mitteilten, schienen sie dennoch miteinander zu kommunizieren. Das Entscheiden über eine jähe Drehung, die komplizierte Folge der Schritte, das Vorführen einer neuen Figur mußte als spirituelles Sprühen zwischen ihnen hin und her gehen.

Sie schwebten inmitten einer Aura aus lauem Wind, selig gerötet. Mittlerweile mußten sie nicht mal mehr hinschauen, um den Armlehnen unseres Sessels oder des Sofas auszuweichen. Sie bauten rechtzeitig Hüftschwünge ein. Überhaupt war es zum Staunen, was sie alles mit ihren Hüften anstellten, wie sie, während die Oberkörper einander zugewandt blieben, ihre Lendenpartie schwenkten und bogen, damit stießen und bockten und doch alles ein einziges Gleiten war.

Als hinge von der halben Minute ihr Weiterleben ab, scheuchten sie, solange der Ansager plauderte, die Alten von ihren Stühlen und nötigten sie aufs Sofa und die Ofenbank. Ruckzuck packten sie zu und schoben den großen

Tisch, heiliges Requisit der Tafelrunde, als Barrikade vor eine der Türen, stapelten die Stühle wie beim Durchwischen. Aufzurollende Teppiche gab es nicht.

Hörst du mein heimliches Rufen? Öffne dein Herzkämmerlein, das ging als inniger Ruck durch alle Gesichter

»Oh, Armgart ... langsamer Walzer! Den mußt du mit mir tanzen!« Tante Gretjen sprang auf, in die nun leergefegte Mitte hinein, wo Armgart und meine Mutter schon wieder aufeinander zugeflogen waren mit Mienen, die »Jetzt aber!« sagten, und der erste ungestüme Schritt den Schenkel Armgarts zwischen die Schenkel meiner Mutter drängte. Seufzer; Entsagungssekunde, noch in Position; dann Gehorchen. Mutter blieb Mutter.

»Wenn du mit mir vorliebnehmen willst, Valeska? Früher war ich unersättlich, Elli kann dir das bestätigen.«

Hände in die Hüften gestemmt, sah meine Mutter dem Aufstehmanöver Onkel Taupalts zu. Sie kam ihm keinen Fußbreit entgegen, der, kaum daß er stand, mit ritterlich geöffneten Armen zu ihr watschelte. Siemen stieß mich an: »Wollen wir auch?«

»Meinetwegen. Nee, warte noch.«

Oma Bertha und Tante Taupalt steckten ebenfalls die Köpfe zusammen. Bis auf einmal, mit verschämtem Lachen, eine die andere hochzog. Tante Gretjen wurde von Armgart ziemlich hergenommen (wohl mit der Absicht, ihr weitere Ansinnen, betanzt zu werden, auszutreiben). »Mußt du denn so toll drehen? Da wird einem ja schwindlig.«

Die Königin der Blumensäle machte ebenfalls keinen Hehl daraus, daß ihr Partner für sie der falsche war. Sie zahlte ihm seine Kühnheit, sich ihr anzutragen, nachdem er ihre Klasse gesehen hatte, heim, indem sie sich seinem gravitätischen Schreiten, den breitbeinigen Drehversuchen auf herausfordernd lethargische Weise anpaßte. Er sollte es ruhig merken. Und er merkte es auch. Denn als wollte er mit aller Gewalt noch irgendwas retten, als könnte noch etwas Annehmbares dabei herauskommen, trieb der Onkel großen Aufwand mit Kinn und Schultern, arbeitete mit den Armen in herrischem Herumgekasper. Es ließ sich freilich nicht darüber hinwegsehen, daß er Schwierigkeiten mit dem Zusammenführen der Schenkel hatte. Daß er es einfach nicht fertigbrachte, seine Partnerin auf Nähe zu halten und zugleich schmissig herumzureißen.

Nach dem letzten Akkord ließ sie ihn stehen und stürzte – erlöst, befreit – dahin, wo Armgart ungeduldig rief: »Valeska, Tango, schnell!« So von seiner Tänzerin abgefertigt, grabbelte der Onkel sich eine von den abgezählten Zigaretten aus dem Etui (drei pro Abend), rauchte indes ohne das Pipapo genüßlicher Vorbereitungen, rauchte unachtsam, ja wegwerfend, vergriff sich, denn er rauchte eine nach der anderen, bereits am Pensum des nächsten Tages, als würde er den sowieso nicht mehr erleben, wozu rechnen und aufsparen.

Armgart und meine Mutter kümmerten sich nur mehr um sich selbst. Lodern und Knistern umgab sie, ein elektrisches Kraftfeld, dem jetzt Schweißgeruch beigemischt war. *Es muß was Wunderbares sein, von dir geliebt zu werden, denn meine Liebe, die ist dein, solang ich leb' auf Erden.*

Wir brannten auf Beteiligung, Siemen und ich, hatten Haltung und Schritte nun ausreichend studiert. Alles übrige ergäbe sich von selbst. Doch das Uneinssein über Vor- oder Zurücktreten stürzte uns in überraschende Verlegenheit. Siemen guckte nach unten, ohne mich loszulassen, und verfolgte das Tun unserer Füße. Ich machte es ebenso. Unsere Scheitel berührten sich. Die vier löwengelben Filzschuhe fanden über eine äußerst schlichte Schrittkombination nicht hinaus. Um genau zu sein: Es war kaum mehr als ein taktmäßiges Heben und Senken der Fußsohlen, das sich nach oben fortpflanzte in einem ebenso lahmen Hin- und Herpendeln.

Offenbar mußte man sich in einen gewissen Schleuderrhythmus hineinsteigern (wir schielten zu dem Paar der alten Frauen hinüber), und je gründlicher einer sich dem Kreiseln verschrieb, desto zuverlässiger erlangte er das Aufheben des Schweregefühls. Anders war es nicht zu erklären, daß selbst Personen wie Tante Taupalt und Klengel-Gretjen solches Wiegen und Wogen zustande brachten, dabei mitsingend, als kriegten sie es bezahlt. Gewillt, es von jetzt an auf Tempo anzulegen, die Unsicherheit im Wohinsetzen der Füße zu überlisten durch die Raserei der Virtuosen, warteten wir den nächsten Tanz ab. Wir legten Schnelligkeit vor und bewegten die abgespreizten Arme gleich Pumpenschwengeln. Statt jedoch die ersehnte Übereinstimmung mit der Musik zu finden, brausten wir mit Volldampf an ihr vorbei.

»Doucement, doucement, ihr kleines Gelichter«, mahnte Onkel Taupalt, als wir in seine Nähe gerieten, »das ist keine Springprozession. Ihr werdet noch irgendwo anecken und euch weh tun.«

Auch Oma Bertha wurde aufmerksam: »Paßt ja auf! Wehe, ihr schmeißt mir was von dem Porzellan runter! Müßt ihr nicht längst im Bett sein?«

Doch auch wenn wir gewollt hätten, wäre ein Befolgen der Ratschläge nicht möglich gewesen. Die Gewalt der selbsterzeugten Zentrifugalkraft trieb uns spiralisch durch den Raum. Stolpernd, hopsend, rangen wir jetzt nur noch um Gleichgewicht. Wir landeten, nach einem harten Anprall gegen die Tür, draußen auf dem Korridor. Selbst im

Sturz waren wir umschlungen geblieben und lagen nun im Finstern auf dem eisigen Linoleum, Siemen auf dem Rükken, ich über ihm, mit in Tanzgebärde verflochtenen Fingern. Daß die Tür so leicht nachgegeben haben sollte, wollte mir nicht in den Kopf. Eher kam es mir vor, als habe das Zimmer uns hinausgeworfen zur Strafe für irgendeinen mysteriösen Frevel.

Als man sah, daß wir uns nichts getan hatten, daß es weder Heulerei gab noch blutende Wunden, auch Tür und Schloß noch intakt waren, machte die Erleichterung die Macht großzügig. Sie verzichtete auf Kopfnüsse, auf Tachteln, auf »ein paar hinter die Kumtleisten« und beließ es bei einem Abkanzeln nach Art von Paulinchens Katzen: Man drohte mit den Pfoten und keifte ein wenig. Niemand war in der Laune, uns am Schlafittchen zu packen und ins Bett zu schleifen. Hätte er doch dann das Zimmer verlassen müssen. Schamvoll grinsend verzogen wir uns wieder in unseren Ohrensessel.

Bis jetzt hatte ich den Erwachsenen noch nie etwas geneidet, weder Vorrechte noch Fertigkeiten. Ich pochte vielmehr auf Unterschiede, fast puritanisch in meiner Einhaltung dieser Apartheid. Und auch jetzt war im Grunde ja nichts geschehen als das Klarstellen jener Grenzen, ganz in meinem Sinne. Sie hatten uns nicht zu sich hinüber gelassen, behielten ihren Spaß für sich, hatten vertrackte Schrittklauseln eingebaut und geheime Regeln für Eskapaden. Keine Leistung für die Eingeweihten. Nicht mal für die alten Frauen, deren Tanzerei so kinderleicht, geradezu simpel anmutete.

Armgart und meine Mutter knöpfen die Strickjacken auf und entledigen sich der Halstücher und Müffchen, als sei es unversehens Frühling geworden. Armgarts Hitze äußert sich in zunehmender Blässe. Keine Rücksicht auf die Drüsen. Heute nicht. Nicht jetzt.

Roter Mohn, warum welkst du denn schon, eindringlich pocht es dazu aus dem Radio. Dumpf leise heranrollende Wellen des Schmachtens. Meine Mutter und Armgart haben an Tempo verloren, sie schleichen nur mehr. Als seien sie in vollem Lauf aufeinander zugestürzt wie heiß Ersehnte, so halten sie sich umschlungen. Armgarts Wange lehnt an der Wange meiner Mutter, eine nie vorher passierte Intimität. Die Finger ihrer verschränkten Hände (ihre häßlichen, schrundigen, rot verquollenen Finger) spielen kosende Spiele, strecken sich und krümmen sich dann wieder. Handfläche reibt sich an Handfläche.

»... aber bald, über Nacht, iss deine Schennheit verblieht ...« Hämisch äffe ich das Kinderstimmchen nach, denn Frauengesang in solch zärtelnder Höhe, noch dazu mit Akzent, reizt seit jeher unseren Spott. Außerdem sticht mich der Hafer. Ich will stören und mich rächen und sowieso niemals tanzen lernen. »... nun iss alles so läärr, nun iss alles so schwäärr ...«

Armgart hat den Mund in einem eingetrockneten Lächeln halb geöffnet. Träumerisch, fast glasig hängt ihr Blick an einem unsichtbaren Gesicht hinter der Schulter meiner Mutter. Bis ihre Haltung auf einmal das Federnde und Schmiegsame einbüßt; etwas stimmt nicht mehr zwischen ihr und meiner Mutter. Zwei, drei taumelige Schritte gelingen ihr noch, bevor ihr Körper sich neigt und eine Auswärtsdrehung beschreibt, die damit endet, daß er – plumps – auf den Boden hinschlägt.

Zu siebt standen wir um sie herum, die in einen delikaten Zustand Entrückte mit dem weißen Gesicht, weiß bis in die Lippen, eine schlaffe Locke unterm Turbanknoten quer über der Stirn. Noch ehe Oma Bertha den Kampferspiritus geholt hatte, kam Armgart schon wieder zu sich. Ihre Augen schienen von allem Wissen geleert und rückten langsam von einem Gesicht zum anderen vor.

Auf einmal sei ihr eine schwarze Wolke entgegengekommen, sagte sie. Mit sonderbar zögernder Zunge formte sie Sätze. Sie fuhr erst am übernächsten Tag wieder in ihre Kerzenbude zu den weißen Mänteln.

Irgendeiner fand sich immer, der spätnachts, sobald der Strom zurückgekehrt war, den Bereich jenes Senders absuchte, millimeterweise. Obwohl nie etwas anderes zu hören war als Brausen und Zischen. Das Rauschen eines Wehrs, aus ziemlicher Entfernung.

Das Tauwetter setzte genau am 26. März ein. Das Datum blieb uns unvergeßlich. Es hatte in den Gesprächen seinen festen Platz: »Heute vor einem Jahr« (vor vier Jahren, vor elf Jahren) »war der Tag, als ...«. Wenngleich wir eigentlich nicht den Tag meinten, sondern die Nacht davor. Die Nacht zum 26. März siebenundvierzig. Am Abend war zum erstenmal seit Weihnachten wieder ein Bad inszeniert worden. Das Waschhaus bei der gegenwärtigen Außentemperatur ohne Kohlen zu befeuern wurde gar nicht erst erwogen. Statt dessen schleppte die Macht die kleinste der Zinkwannen in die Küche. Im Herd, im Feuerloch, verbrannten uns wohlbekannte hölzerne Beinchen und zopfartig gedrehte Stäbe. Obwohl wir nun schon jahrelang ohne die Kleinkindermöbel ausgekommen waren, existierte da noch eine Zugeneigtheit, eine Herzlichkeit, die erst jetzt wieder erwachte und sich nachträglich in stürmischer Trauer äußerte, wo doch nichts mehr zu retten war. »Unsere alten Stühlchen! Unser Tisch!«

Die Runde im Wohnzimmer war abgesagt worden. »Wir werden uns doch nicht in die kaum überschlagene Bude setzen, wo es hier endlich mal wieder richtig mollig ist!« Solange das Baden andauerte, sei die Küche natürlich nicht zugänglich, wurde außerdem betont. Die Tür ging nicht abzuschließen. Die Sperrfrist galt auch für unser Kindergeplätscher; das war neu. Siemen hatte es zur Bedingung gemacht. »Ich laß mich doch nicht von denen allen begaffen.« Die Macht war bester Laune, schürte ihr Höllenfeuer, das im Herdloch krachte, und verteilte Badetücher und anzuwärmende Nachthemden über sämtliche Stuhllehnen und hielt nicht damit hinterm Berge, wie sehr ihr daran lag, uns endlich loszuwerden (es ging schon los mit dem Schürzeabbinden und dem Strümpfeherunterrollen), um in der Warmwasserpfütze nach Herzenslust zu stöhnen und sich den Rücken abseifen zu lassen.

Ich war mit in Siemens Bett gekommen, wie immer nach einem Bad. An jenem Abend ratterten die Fensterläden unter den Überfällen von Sturm und Regen. In kurzen Abständen prasselten Würfe ans Holz, als schütte jemand Kies dagegen. Die Linden, die hörbarsten und mächtigsten Bäume beider Gärten, verteidigten sich mit Knüppelhieben gegen die Sturmgeister, die ohne Pause ihr Feldgeschrei herausheulten, ein auf dem letzten Loch pfeifendes schrilles Jiii, Jiii wie angreifende Indianer. Regen brachte Tauwetter, brachte somit den Frühling; alle hatten oft genug davon geredet in den vergangenen Wochen. Dieses wahnsinnige Pladdern aber hörte sich eher an, als sei im Himmel ein Staudamm geborsten und es käme nun alles auf einmal herunter, Aprilschauer, Nieseln, Gewittergüsse und die alles in Grund und Boden klatschenden Herbstunwetter, berechnet für hundert Jahre. Wolkenbruch – das sagte genug.

Des Hauses Unzerstörbarkeit, bewiesen während der Fliegerangriffe, schien mir mehr und mehr bezweifelbar. Nicht länger konnten wir uns darüber hinwegtäuschen, daß es klapprig geworden war und auf die Stöße gelegentlicher Orkanböen mit fühlbarem Wanken und Nachgeben ansprach. Beständig verlor es Fladen von seinem kürbisfarbenen Verputz, und das nicht nur an der Wetterseite. Noch war das Ende hoffentlich fern und unbestimmt, gewalttätigen Nächten wie dieser aber hatte es nichts entgegenzusetzen als die in zweihundert Jahren abgebrauchte Gewohnheit, auf seinem Fleck zu beharren.

»Hast du etwa Angst?« fragte Siemen. Er holte die Vio-Vio unterm Kopfkissen hervor und ließ sie eine Weile schnurren und den Lichtschweif über die gefährdete Außenwand und die mit Läden verwehrten Fenster gleiten. Auf dem Fußboden, genau unter dem einen Fensterbrett, bemerkten wir etwas Lebendiges. Es schwänzelte bald im Licht, bald im Dunkeln, hielt sekundenlang an, als sei es noch fremd im Zimmer und müsse sich erst orientieren. Dann wieder, als habe es von hinten einen Schubs erhalten, kroch es in neugierigen Windungen über die Dielenbretter vorwärts, tiefer ins Zimmer hinein, auf unseren Bettvorleger zu. Der Regen drang auf den geheimen Wegen der Ameisen ins Haus ein.

»Morgen früh gondeln alle Möbel im Wasser!« Siemen war sogleich erfüllt von der ganz neuen, herrlichen Perspektive. Eine Blütezeit für Waghalsige tat sich ihm auf, und »Siemen der Verrückte« fand in einen jähen, glücklichen Schlaf, lange vor mir.

Manchmal kam es vor, daß einer für sich allein plötzlich ohne allen Schlaf dalag. In solchen Nachtaugenblicken, hochgeschreckt und aus Erfahrung erst auf Ungutes gefaßt, wollte keiner auf den anderen verzichten. Ohne Licht anzuknipsen, tapste der einsam Schlaflose zum Bett des anderen. Oder er langte einfach übers Kopfkissen, wenn der andere bei ihm lag. Wir riefen uns nicht, auch nicht im Flüsterton. Mit dem gekrümmten Zeigefinger fuhr der Wache dem zu Weckenden über die Wange, bettelte um Zusichkommen, und die Behutsamkeit, die er vorlegte, war Teil der Entschuldigung.

Mit einem unartikulierten Laut gab ich zu erkennen, daß ich wach war, und Siemen ließ von mir ab.

»Kuck« – er blendete mit der Taschenlampe zum Ehebett hinüber.

Die Seite meiner Mutter war leer, so leer wie die andere Hälfte, in der normalerweise ich schlafen sollte. Doch schien sie bis vor kurzem dringelegen zu haben. Auch war das Federbett nicht zurückgeschlagen, wie sie es frühmorgens machte. Auf dem Abort sei sie bestimmt nicht, mutmaßte Siemen. Dann wäre sie längst wieder da. Außerdem: Wozu hatten wir die Nachttöpfe! Wer würde sich freiwillig den eisigen Zug aus der Grube unters Nachthemd blasen lassen.

»Da ist irgendwas los.«

In entfernten Regionen der Wohnung weinte eine weibliche Stimme. Vielleicht war Armgart wieder ohnmächtig geworden? Oder gar tot, Opfer ihrer Drüsen? Leise tauschten wir Möglichkeiten aus. Sturm und Regen konnten drüben, im anderen Flügel, Fensterläden abgerissen haben (ich sah sie durch die Nacht trudeln, riesigen fliegenden Pfefferkuchen gleich). Daraufhin war es für den Sturm ein Klacks gewesen, die Scheiben einzudrücken, die Fensterkreuze zu entwurzeln, und nun jagte er eine Wasserhose nach der anderen durch die Öffnung, wirbelnde Säulen aus geballtem

Naß, Bettstücke, Menschen, Kommoden vor sich herschwemmend.

Nur bei wem?

Unvermittelt fuhr Siemen hoch: »Da sind Russen, du!«

Wieder lauschten wir, ohne zu atmen, bis auch ich neben dem Flennen tatsächlich eine fremde Männerstimme unterschied. Das so oft aus Spaß nachgeahmte Belfern (grutschka, bratschka, kagda, schtoi) erscholl nun im Ernst, und zwar in unserer eigenen Wohnung.

Jemand flitzte auf Zehenspitzen durch die Küche. Durchquerte das Wohnzimmer. Huschte ins Schlafzimmer: meine Mutter. Ihr eigenes Bett beachtete sie jedoch nicht, sondern sie sprang, hastig die Pantoffeln abschüttelnd, mit einem großen Schritt auf unser, das heißt auf Siemens Bett und wühlte sich neben uns unters Deckbett. Hinten an der Wand wollte sie liegen. Sie flog am ganzen Körper und zerrte das Kissen bis ans Kinn. Die einzige Erklärung, die wir von ihr erhielten, bestand in dem Satz: »Kindern tun sie nichts.«

Als wenig später feste Stiefeltritte denselben Weg nahmen, in jedem Raum das Licht anging und zuletzt auch über uns, an der Zimmerdecke, die bernsteingelbe Ampel aufflammte, da erwarteten Siemen und ich die Eindringlinge aufrecht sitzend. Wir distanzierten uns von dem dritten »Kind«. Wir zeigten uns. Wir wollten alles sehen und uns merken. (Siemen hielt die Wärmflasche, eine schwere Kupferbombe, auf dem Schoß, die Finger im ovalen Drehverschluß verkrallt; für Notfälle; man wußte ja nie.)

Nur der eine der beiden war Russe. Ein Offizier, das erkannte man an der Deckelmütze und am Mantel aus Wolldeckenstoff. Neugierig ließ er den Blick über die Einrichtung wandern. Der andere Mann, in Zivilkleidung, zog den Kopf mit dem vor Nässe triefenden Hut zwischen die Schultern, als sei es ihm darum zu tun, die Linie des russischen Mützendeckels nicht zu überragen. Ich kannte ihn vom Sehen. Er war der neue Bürgermeister von Podgoritza.

Der Russe deutete auf den dreitürigen Kleiderschrank und verlangte etwas. Wollte er etwa den kompletten Schrank mitnehmen? Aber der Bürgermeister verstand, drehte an den Schlüsselchen und fuhr mit dem Arm zwischen die Kleider. Wenn er nun den französischen Mantel herausnahm, der immer über dem azaleenroten Sommerkleid hing, und der Russe käme auf die Idee, beides zu beschlagnahmen – würde meine Mutter, überlegte ich, auch dann noch die Rolle des dritten Kindes aufrechterhalten, die Augen so fromm zugedrückt im falschen Schlaf? Ihr Gesicht befand sich direkt unter meinem Ellbogen. Von Zeit zu Zeit blinzelte sie mit einem Auge. Obschon sie halb auf der Seite lag, nahm sie ziemlich viel Platz weg.

Nach dem Hineingrapschen in die nachgiebige Masse der Kleider hatte der Russe eine neue Aufgabe für den Bürgermeister. Auf den Bauch sollte dieser sich legen und unter das Ehebett schauen. Die Schaftstiefel schrappten über die Dielen, als er sich auf alle viere niederließ und sich dann lang ausstreckte, die Wange an den Bettvorleger gepreßt.

Ich hoffte, er würde an den Nachttopf stoßen und dessen Inhalt herausschwappen, ihm über die tastende Hand. Noch viel mehr aber hoffte ich, es geschehe nichts dergleichen, um nur ja keine Wut zu erregen. Dann ließen sie womöglich die Nachttischschubladen in Frieden. In ihrem Nachttisch nämlich bewahrte meine Mutter die Reutherschen Reliquien auf. Im untersten Fach die Motorradhandschuhe mit den Stulpen, die Lederkappen und die beiden Brillen. Im mittleren Stapel von Briefen, denn unser Vater hatte ihr, sie erwähnte es mit der immer gleichen Tonmischung von Verklärtheit und Stolz, mindestens einmal pro Woche geschrieben. Im obersten Fach gab es nur kleine Etuis, in denen Ringe steckten, die Porzellandose mit dem französischen Armband sowie Manschettenknöpfe, Ärmelraffer mit Nickelschnalle, Haarnetze, die süß und ranzig rochen und die, einem Piratenkopftuch gleich, unser Vater während der Nacht getragen hatte. Ich wußte: Vergriffen sie sich an den Vatersachen, würde Siemen die Wärmflaschenbombe werfen. Und das bedeutete: ab nach Sibirien.

Der Russe hatte nun genug von unserem Schlafzimmer. Von hier aus ging es nicht weiter. Der Bürgermeister beeilte sich, ihm die Tür, obwohl sie ohnehin offenstand, wenigstens durch symbolische Gesten zum Hindurchschreiten anzubieten. Weder machten sie das Licht aus, noch hielten sie sich damit auf, die Türen hinter sich zu schließen. Der Wecker auf dem Nachttisch tickte laut hinter ihnen her. Es war zehn Minuten vor fünf. Henkerszeit nannte Oma Bertha solche frühen, frösteligen Stunden. Ab fünf verkehrten die ersten Straßenbahnen.

»Du kannst wieder vorkommen, die sind weg«, sagte Siemen.

Meine Mutter rappelte sich unterm Deckbett vor, zögernd, ungelenk, als kröche sie aus einem tiefen Erdloch. Durch kreisrundes Aufreißen ihrer kleinen Augen etwas wie durchlebte Tragik auszudrücken glückte ihr nicht. Und dieser Atemtumult wie nach einem glorios bestandenen Ringkampf, was sollte das jetzt noch.

Siemen wunderte sich: »Ich kapier das nicht – wieso haben die nicht das kleinste Ding eingesackt? Kein einziges Schubfach aufgezogen ... bloß rumgeschnüffelt ... Dachten die, wir haben ein Klavier unterm Bett versteckt oder einen Koffer mit Armbanduhren?«

Vom Lichtschalter her sagte meine Mutter: »Die sind nicht hier, um zu plündern. Drüben ist übrigens noch 'n Russe. Irgendein Neffe von den Taupalts hat was verbrochen, so jedenfalls hab ich das verstanden. Und jetzt holen sie alle Männer seiner Familie ab, weil sie denken, die hängen mit drin. Der arme Alte. Noch dazu bei solchem Unwetter!«

»Aber wieso hast *du* dich dann versteckt? Du bist doch kein Mann.«

Das könne er noch nicht verstehen, war die Antwort. Dann wurde sie laut: »He, was soll das denn? Seid ihr verrückt geworden? Zurück ins Bett, und wehe, ihr muckst euch, solange die noch in der Wohnung sind!«

Sie zeterte. Sie drohte und nannte die erstbesten Strafen, während wir schweigend, flink (wie früher bei Alarm), die bereitliegenden Trainingsanzüge über die Nachthemden zerrten. Ihr letztes Druckmittel war der Griff zum Lichtschalter, der Schock völliger Dunkelheit. Dabei hätte sie wissen müssen, daß der Umgang mit Finsternis für uns so alltäglich war wie Essen und Schlafen.

Im Taupaltschen Zimmer brannte Licht, es war jedoch niemand drin. Auf Onkel Taupalts Bett lagen hingeworfen sein Nachthemd und die alte Strickjacke, die er wegen der Kälte auch nachts anbehielt. Zu meinem Erstaunen befanden sich auch seine Pantoffeln hier, und ich dachte, ob er am Ende barfuß wäre, barfuß und splitternackt wie die Armsünder auf den Bildern vom Jüngsten Gericht. Sachte drückte Siemen die Klinke zu Oma Berthas Wohnzimmer nieder. Wie bei einer gewöhnlichen Abendrunde waren alle anwesend, ungeachtet der Henkerszeit, Wintermäntel und Trümmerjacken über den Nachthemden, mit bloßen Füßen in Hausschuhen und Pantoffeln. Nur meine Mutter fehlte.

Der zweite Russe, mit Käppi, sah mehr nach Ordonnanz aus, ohne Wolldeckenmantel, dafür mit Regenpelerine. Da die Russen und der Bürgermeister es ablehnten, sich zu setzen, standen auch alle anderen. Ausgenommen Onkel Taupalt.

Einer der Stühle war mit der Lehne zum Tisch gedreht worden, und darauf hockte er, ungewohnt seriös, wie ein zu Feiernder, in der Hose zwar, die er seit zwei Jahren täglich anhatte, abgewetzt bis zum Spiegeln, ansonsten aber mit Weste und Anzugjackett herausgeputzt. Sogar die Fliege fehlte nicht, weiße Pünktchen auf Weinrot. In diesen Sachen war er damals dem Feuersturm entronnen; seitdem schonte er sie aus Gründen, die niemand einsah, zwängte sich lieber in Großpapa Scheuchzers hinterlassene Hemden, trug dessen Strickjacke sommers wie winters und im Kragenausschnitt einen Chiffonschal von Oma Bertha. Nur eine ihm passende Hose war nirgends aufzutreiben gewesen.

Nun aber, da seine Minuten als Ehrenmann gezählt waren und man ihn gleich abführen würde, verlangte es ihn plötzlich nach der einstigen Untadeligkeit. Als ein Herr war er in dieses Haus eingezogen, und als ein Herr würde er es verlassen, unter welchen Umständen auch immer. Blickte man allerdings genauer hin und nahm die Parade dieser wiederhergestellten Gravität ab, ließ sich die Unzulänglichkeit der Ausführung nicht übersehen. Der Kragen war dem Knöpfchen an der Kehle entschlüpft, oder ihn zu schließen war gar nicht erst versucht worden. Bei der Weste hatte er mit dem falschen Knopf begonnen, so daß nun unten einer zuwenig war. Er mußte sogar daran gedacht haben, sich die Haare zu bürsten, denn einzelne ausgegangene hingen über den Schulterpolstern und auf dem Rücken; sie erinnerten an die Lamettareste auf einem abgeräumten Weihnachtsbaum. Die Schnürsenkel schleiften neben den Halbschuhen, die weit voneinander standen, dem breit geöffneten Winkel seiner Beine entsprechend. Die Hände mit den Schildpattflecken hatte er auf den Schenkeln liegen. Geistesabwesend, mit der Bedächtigkeit einer alten Bauersfrau, schob er sie vor bis zum Knie, zurück und abermals vor. So wie man sich eine wehe Stelle reibt.

Was es zu sagen gab von seiner Seite, mußte anscheinend bereits gesagt worden sein. Denn im Gegensatz zu Tante Taupalt, die abwechselnd schluchzte und weinend Beteuerungen ausstieß, zwischendurch in ihren kleinen Taschentuchklumpen schnaubte, hatte Onkel Taupalt sich gänzlich aufs Schweigen verlegt. Ob erschöpft oder geständig oder bloß verstockt – er hatte es ersichtlich aufgegeben, die Besucher von irgend etwas überzeugen zu wollen. Er saß, eine Vergünstigung immerhin, und würde sitzen bleiben, solange man es zuließ. Ansonsten verschanzte er sich hinter seiner alten Attitüde: einem Vortäuschen vollkommener Teilnahmslosigkeit. Armgart hatte ihr sogar einen Namen gegeben: Moritz macht wieder auf blinder Seher.

Der Russe mit der Deckelmütze klatschte ungeduldig in die Hände und stapfte zur Tür. Der Bürgermeister übersetzte das als »Ziehen Sie jetzt ihren Mantel an, Herr Taupalt. Wir müssen«.

Die Erwähnung des Mantels löste in Tante Taupalt alle Ängstlichkeit und gab ihr die Kraft für eine wilde Tat: hinzurennen zum Wolldeckenmantel, sich in seinen Ärmel zu verkrallen und ihm die Umstände von Onkel Taupalts Krankheit auseinanderzusetzen. Aus dem Stegreif wußte sie, welcher Choreographie sie zu folgen hatte, Kniefall, gerungene Hände, dazu die passende Mimik, entgleist, wie von Sinnen.

Als sei ein Bann gebrochen, trauten sich nun auch die anderen aus ihrer Starre heraus, taten und sagten das Nächstliegende. Oma Bertha holte von der Flurgarderobe Onkel Taupalts Überzieher herein, und Klengel-Gretjen suchte Tante Taupalt von dem Offizier abzubringen: »Elli ... Elli, das nützt doch nichts, der versteht dich ja gar nicht. Der wird höchstens noch wütend. Nimm dich zusammen, Moritz kommt sicher bald wieder.«

Onkel Taupalt reagierte endlich und bequemte sich zum Aufstehen. Oma Bertha hielt ihm den Mantel hin, viel zu hoch, er fuhr erst etliche Male daneben. Daß er niemandes Blick suchte! Nicht einmal mit Siemen und mir, seinen Zuhörern, den Empfängern seines kuriosen Wissens, seinen Spinnifexen, seinem kleinen Gelichter, wollte er Kontakt aufnehmen. Dabei waren wir nie zuvor so sehr die Seinigen gewesen, er hätte es in unseren Augen lesen können, wenn er gewollt hätte.

Zwei Schritte, schon stand er wieder. Grub in der Manteltasche und förderte seine Baskenmütze zutage. Durch das Seitwärtsziehen des dunkelblauen Baretts, durch die Kopfbedeckung überhaupt, gewann er sehr. Eine bohemehafte, fast schicke Note zeichnete ihn aus.

Da der Offizier schon im Korridor war (Tante Taupalts Zudringlichkeiten waren ihm wohl zuviel geworden), verlor der mit dem Käppi keine Zeit mehr mit Abwarten *(paschli, djeduschka, paidjom)* und faßte Onkel Taupalt nunmehr am Arm. Doch es gab, nach drei schlurfenden Schrittchen, einen neuerlichen Aufenthalt. Was den Onkel dazu brachte, aus seiner Verkapselung noch einmal herauszutreten, war indes keineswegs der Wunsch nach einem letzten Herz-an-Herz mit Tante Taupalt. Es auf eine derart aufhaltsame Geste ankommen zu lassen glaubte er sich wohl nicht mehr berechtigt. Daß er den Kopf hob und uns der Reihe nach überflog, nur kurz und gequält bei seiner Elli verweilte, hatte eine andere Ursache.

Sein Blick blieb an mir hängen. Ich war gemeint. Jeder Zweifel ausgeschlossen.

»Sei so gut, äh ... Kind, bindest du mir die Schuhe zu?« Nie fiel ihm mein Name ein.

Ich kauerte mich hin, schlang Schleifen, knüpfte Knoten und roch den Ammoniakgeruch seiner Hose aus nächster Nähe. Die Gasse mußte mittlerweile ein einziger Gießbach sein, eine breiige Mure aus tauendem Schnee, und darin verborgen, Tretminen gleich, uralte Eisfladen. Vorsichtshalber machte ich Doppelknoten in die Schnürsenkel. Ich sah unseren Krötenalten mit seinem grotesken Watschelgang, wie er bestrebt wäre, in dem Tohuwabohu vorwärts zu kommen. Wie er sich gegen die peitschenden Regenschwaden stemmte. Ich sah, wie er eierte und schlingerte, mit der einen Hand die Mütze bewahrte und Worten wie »wacker« und »fürbaß« und »tapfer« ihre Bedeutung zurückgab. Ich sagte: »Nimm mal lieber einen von den Spazierstöcken mit, Onkel Taupalt.«

Der Onkel sagte weder ja noch nein dazu, tätschelte mir nur den Kopf, als ich aufstand.

Aus dem einen Fenster unseres Wohnzimmers hatte man den besten Blick, um hinterherzugucken. Die Straßenbeleuchtung gab freilich nicht viel her, aber viel her gab sie nicht mal in ruhigen Nächten. Oben am Mast der Teller schwankte in dem verrückten Brausen und Tosen. Die Birne, ohne schützendes Gehäuse, erlosch für Sekunden und ging wieder an. Onkel Taupalt hatte meinen Rat befolgt. Ich sah es mit Genugtuung, als hätte ich ihm heimlich eine Waffe zugesteckt, ohne die er sonst verloren gewesen wäre.

So, von oben herab gesehen, erschienen alle vier zwangsläufig verkürzt. Weil aber Offiziersmütze, Hut und Käppi das Maß angaben, ihre Träger zudem durch unerschütterbares Ausschreiten in festen Stiefeln eine Zusammengehörigkeit der Stattlichen demonstrierten, wurde Onkel Taupalt, den sie in die Mitte genommen hatten, neben ihnen zum zwischen Erwachsenen einherhüpfenden Kind. Zu einem Kind, das versucht, sich dem Schrittempo der Großen anzupassen.

Die Stürme und Regenfälle hielten noch tagelang an. An der Oder, las Oma Bertha uns aus der Zeitung vor, hatte man Zehntausende evakuieren müssen, und in Bremen waren sämtliche Brücken über die Weser eingestürzt. Dreihunderttausend Rohrbrüche allein in Berlin!

Meine Mutter ging jeden dritten Tag mit Tante Taupalt auf die Kommandantur. An der Auskunft änderte sich nie etwas: Ein Fall Taupalt war dort nicht bekannt. Tante Taupalt versuchte es ein paarmal »auf die dumme Tour«: »Hier, würden Sie ihm das bitte aushändigen?« (sein Nachtzeug, seine Lieblingsbücher, seine Strickjacke, seine vergessenen Zigaretten) Aber die fielen nicht darauf rein. Sie brachte es immer wieder mit.

»Der ist längst in Sibirien«, mutmaßte Klengel-Gretjen, wenn Tante Taupalt nicht in Hörweite war. »Spionageverdacht – den sehen wir nie wieder.«

7. KAPITEL

In Châteauroux lieferten wir den Leihwagen ab und schickten die Koffer an unsere jeweiligen Wohnorte. Alles Entbehrliche wurde abgeworfen. Nur mit der Tasche bei Fuß, stellte sich umgehend angenehme Wurstigkeit ein. Ein Zuwachs von Jugend auch, Max-und-Moritz-Stimmung, keine reservierten Plätze im Zug, keine Hotelbuchung, knapp achtzehn Stunden Fahrt. Gut möglich, daß ich bei der Ankunft mit Zöpfen aus dem Zug stieg, in der grünen Liftboyjacke, die ich im letzten Winter dort, wo wir hinfuhren, getragen hatte (Marschreihen metallener Knöpfe; von vorne hatte ich ausgesehen wie ein Bandoneon).

Auf der Gare d'Austerlitz, weil wir über drei Stunden Aufenthalt hatten, ehe es von der Gare de l'Est aus nach Frankfurt ging – erst mal jedenfalls, es folgten noch zwei Etappen –, wollte Siemen unbedingt eine Telefonkarte kaufen. Das Ende vom Lied war, daß wir unser französisches Restgeld zusammenlegten und er auf Kosten unseres Kaffees und der allerletzten *gâteaus* und *barquettes* mindestens eine Viertelstunde telefonierte. Hörer schmusig am Ohr. Amüsiertes Kopfschütteln. Hohes Lachen, intim und gefallsüchtig. Bis sich seine Miene übergangslos verfinsterte und er heftig und ungehalten wurde. Diskantkreischen: *»Perché?«* Immer wieder: *»Perché?«* Eine längere schrille Tirade folgte, von der ich vor allem *idiota* verstand und etwas wie *senza saper' niente di niente*, das wohl »keinen blassen Schimmer« heißen sollte. Zuletzt, wieder gefaßter, verweisend: *»Non c'entra.«* Und noch mal: *»Non c'entra.«*

»Hat il buon Arturo ein Hörproblem?« fragte ich, als er endlich Schluß gemacht hatte.

Siemen guckte (wie Eichel-Daus, wenn's gestochen wird, nannte Klengel-Gretjen solchen Blick): ???

»Na, weil du ihm fast jeden Satz wiederholt hast. Was heißt *perché*?«

Er hätte keine Lust, jetzt das ganze Gespräch zu übersetzen, sagte Siemen. Es sei um eine von Arturos beliebten Schnapsideen gegangen. »Ich hab versucht, sie ihm auszureden. Das war alles. *Perché* heißt warum. Nun zufrieden?«

In finsterer Morgenstunde stiegen wir ein letztes Mal um, in einer Stadt, die schon an der Elbe lag. Ab jetzt ging es nur mehr flußauf.

Die Nähe des Ziels wirkte sich aus. Alles machte uns rappelig, die bloß noch nach Minuten zu zählende Entfernung bis zum Hauptbahnhof von Dresden, der übergangene Schlaf. Quirlige Schabernacklust, kindische Foppereien, keiner verdachte es dem anderen, wie sonst wäre die festliche Unruhe zu bändigen gewesen. Zuletzt nahmen wir das Abteilfenster in Angriff, malten und schrieben auf die beschlagene Scheibe. Die Röhren heizten auf Teufel komm raus. Demnach schien es draußen recht kalt zu sein, kälter jedenfalls als dort, wo wir herkamen. Neunhundert oder auch tausend Kilometer in Richtung Osten – ich konnte mir vorstellen, daß Leute wie die Rezeaus eine Stadt wie Dresden schon fast in Sibirien vermuteten.

Eigentlich war Dresden für Siemen und mich nie etwas anderes gewesen als das Anhängsel zu Podgoritza. Die Stadt um ihrer selbst willen aufzusuchen, eine Stunde Straßenbahnfahrt auf uns zu nehmen, nur um »in der Stadt« zu sein, wäre uns absurd vorgekommen. Unser Interesse an Dresden beschränkte sich auf eine Handvoll bestimmter Adressen. Die wichtigste war die Wohnung von Els Beilager, Siemens Gesanglehrerin, erst lange danach folgten diverse Lichtspielhäuser.

Wir kannten Dresden so, wie wir die Küchen von Leuten aus dem Haus kannten, bei denen man hin und wieder etwas ausrichten oder abholen mußte. Gleichgültigkeit wäre der richtige Ausdruck gewesen für dieses oberflächliche Bekanntsein-Gefühl gegenüber den birkenbewimpelten Ruinen und gewaltigen zugigen Leerflächen, die zu überqueren, von einer hohläugigen Fassade zur anderen, nach und nach ersetzt durch Neubauten, einem an manchen Tagen das Empfinden gab, der angesteuerte Ort sei nur eine Fata Morgana, man liefe und liefe, ohne ihn je zu erreichen. Mit jener Stadt der Tanzpaläste aber, diesen Stätten des Triumphs meiner Mutter, mit den in Orgien des Erinnerns angerufenen Theatern und Cafés, den Flanierstrichen, den wie Losungen weitergereichten Namen vorgeblich berühmter Geschäfte, mit der Stadt »vorm Angriff«, wurde allenfalls eine Phantasmagorie an die Wand gemalt, der so was wie Liebespflicht entgegenzubringen man von uns nicht erwarten durfte. Auch die Kalenderblätter in Tiefdruck, all diese Motive in Sepia- und Kaviartönen, die ein verführendes, südlich sich gebendes einstiges Dresden glauben machen wollten, hätten ebensogut Simulationen sein können; weder verzückten sie uns, noch sielten wir uns bei ihrem Anblick in Wehmut. Wir hielten uns an das Vorhandene.

Als wir Podgoritza verließen, Siemen siebzehn, ich noch nicht fünfzehn, wäre es uns nie eingefallen zu sagen, wir hätten Dresden verlassen, obschon Podgoritza seit einigen Jahren eingemeindet und somit ein Teil der Stadt geworden war.

Dresden empfing uns in Hermelin eingepackt wie ein alter wettinischer Kurfürst, der sich malen lassen will. Das Taxi zum Hotel schlingerte im seifigen Brei, man konnte hören, wie die Räder schmatzten. Kaum sechs Uhr, tiefste Nacht, die Straßenbeleuchtung brannte noch. Ich saß hinten, atmete krampfhaft und übermäßig ein und hyperventilierte wieder mal. Die überdrehte Erwartungsenergie der letzten Stunden hatte plötzlicher Schwäche Platz gemacht, fast schon Apathie.

Siemen wischte mit dem Handrücken über sein Seitenfenster, aber das nützte nicht viel; eine Schicht weißer grieseliger Körnchen verkleisterte es von außen.

»Ich glaube, wir sollten uns irgendwas für den Kopf kaufen, Mützen oder so. Hast du Handschuhe mit? Ich auch nicht. Handschuhe! Lieber Gott. Weißt du, daß ich seit ewigen Zeiten keinen Winter mehr mitgemacht hab, jedenfalls nichts, was wir als Winter bezeichnen würden. Da unten fällt die Temperatur selten unter zwölf Grad, und da wird schon gejammert.« Ob ich wenigstens meinen Schirm dabeihätte, erkundigte er sich noch, nicht etwa im alleinreisenden Koffer verstaut?

Minus sechs Grad, sagte der Taxifahrer, es klang stolz und grimmig zugleich, und prophezeite einen Tag voller Unfälle. Seine Sprache war die eines Mannes aus Dresden, wir vertrauten ihm blind, sogar die Wahl des Hotels hatten wir ihm überlassen, nur ein paar kleine Einschränkungen und Bedingungen angebracht, Preisklasse und Lage betreffend.

»Wenn Sie sich bitte erst eintragen würden . . .?«

Ich tat nichts dergleichen, machte auf Lots Weib und fixierte die vergoldete Kerze mit den grünspangefärbten

Mohnkapseln und dem weiß besprühten Tanne-Lebensbaum-Gesteck drum herum am Rand des Tresens. Als Siemen den Stift weglegte, schielte ich aber doch schnell aufs Formular (mein Name stand in der Rubrik »Ehefrau«).

Ein Doppelzimmer im dritten Stock; ja, die Zimmer zum Innenhof hin seien ruhig. Nein, Frühstück erst ab sieben.

Fenster ankippen, Heizung voll aufdrehen; Verdunklung zuziehen, Licht aus und in Unterwäsche ins Bett. Decke hoch bis ans Kinn. »Heute noch nicht«, sagte ich, halb Bitte, halb Beschluß. Siemen stimmte sofort zu: nein, heute noch nicht. Langsam angehen. Innerlich vorbereiten. Äußerlich natürlich auch; erst mal winterfest machen.

Als ich drei Stunden später die schweren Blaumustervorhänge aufzog, war ich noch vollkommen durcheinander von allerlei Träumen. In dem Halbwachzustand so kurz danach gehörte Siemen mir noch nicht wieder, auch der Blick in den Innenhof aus der Höhe des dritten Stocks wurde noch im Bewußtsein geworfen, kein Teil irgendeiner Gemeinschaft zu sein.

Es schneite. Sobald die Flocken in den Windschutz des Innenhofes gerieten, sanken sie aufreizend langsam, erst weiter unten, wo der Luftzug eines Durchgangs zur Straße sie erfaßte, wurde wildes Zickzacktreiben draus. Auf dem Grund des Schachtes war bereits jeder Fußbreit Boden unter weißflaumigem Belag verschwunden. Eine Kirche, ziemlich nahe, brach in Zehnuhrschläge aus, voreilig, denn nach meiner Uhr fehlten noch mindestens zwölf Minuten.

Als das Rauschen der Toilettenspülung sich beruhigt hatte, hörte ich, wie Siemen nebenan vom Bett aus telefonierte. Ich ließ das Zahnputzglas vollaufen, brüllte: Sag, die sollen uns noch Kaffee aufheben! Oder Tee! Sag, daß wir noch kommen!, spuckte Schaum ins Becken, die Ohren voll vom Geräusch des laufenden Wassers; was laberte er bloß so lange mit der Rezeption? Dann aber kriegte ich mit, daß er italienisch plapperte. Das Gewieher riß nicht ab, offensichtlich war man einander wieder sehr gewogen.

»Das hat überhaupt nichts zu bedeuten«, tat er bieder, hinterher, weil ich mir ein schmelzendes Wiederholen des *Ciao, bello* nicht verkneifen konnte. Das sei nichts weiter als eine Floskel.

Obwohl kurz nach zehn, saßen noch etliche Personen im Frühstücksraum, einer Art Lounge, offen zum Entree hin und zur Rezeption. Alle anderen Tische waren bereits entrümpelt und entkrümelt und wieder für den nächsten Morgen eingedeckt, die Tassen umgedreht, als halte man darunter ein Insekt gefangen, das als Überraschung gedacht war. Der Rührmichnichtan-Zustand machte, daß wir uns vom Übriggebliebenen des Büffets nur wenig nahmen, schnell und wie in Heimlichkeit, uns auch sonst verstohlen betrugen, nur das Nötigste miteinander tuschelten, halb in Tran gelullt von den Sphärenklängen des Dudelfunks.

Kauf zweier Straßenbahn-Wochenkarten im Kiosk auf einem Platz, der seinen ehemaligen plump prätentiösen Nachkriegsnamen nun schon seit Jahren abgelegt hatte. Wir gingen herum wie in der Fremde, wir wußten nichts mehr. Man belehrte uns stolzfreundlich oder freundlichstolz. Denn – und im Verlauf des Tages vertiefte sich der Eindruck – jede Auskunft oder Antwort, verbindlich, mürrisch, eifrig, herablassend, hatte eine Zuwaage von Stolz im angeschlagenen Ton. Dresden hatte sich gemacht. War besser, wenn wir aufhörten, uns beim Orientieren auf die alten Namen festzulegen. Lieber, wollte man etwas erfahren, allgemein bleiben, Altstadt und Neustadt sagen oder Kirchen als Fixpunkte vorschieben, Stadtteile als Richtung angeben.

Siemen, in seinem Burberry mit kariertem Wollfutter, war besser dran als ich, wenngleich ich alles übereinandergezogen hatte, was in den französischen Herbst mitzunehmen mir ratsam erschienen war: Rollkragenpullover, Tweedsakko, dünnes Regenmäntelchen. Noch nicht mal so sehr die Kälte war das Übelste, es lag am Wind, daß einem alle Lust verging zum Herumstreuseln. Die Schneeflocken wurden von groben Böen beinah waagerecht durch die Luft gepfeffert. So winzig, wie sie waren, erkannte man sie nur aus nächster Nähe als Flocken. Durch die Scheiben der Hoteltür und des Fahrkartenhäuschens gesehen, hatte das Schneetreiben etwas Mildes gehabt. Ein wehender Schleier, der alle Farbigkeit duftig verdunstete. Jede Kontur verschwand leise im Hintergrund, die kahlen Zweignester einiger Großstadtplatanen flossen ineinander wie auf nassem Wasserfarbenpapier. Aber sowie man sich hineintraute in das Nebulöse, weich Zergehende, prasselten einem Würfe von Reis ins Gesicht.

Drüben in der Altstadt statteten wir uns als erstes mit Mützen und Handschuhen aus. Aber während Siemen – ein Blick, ein Griff – sich ein Barett angelte, bei dem man unwillkürlich *Spaniens Himmel* summen wollte, mit lederner Einfassung und mehreren kleinen Metallösen als Schmuckelement seitlich (dort, wo Robin Hood seine Feder stecken hatte oder wo in umstürzlerischen Zeiten die Kokarde hinkam), so instinktsicher wie eh und je, wenn es um seine Kopfbedeckungen ging, blieb mir bei jedem neuen Stück, das ich aufprobierte, nur die Flucht ins Gelächter.

Sieger wurde dann eine keksfarbene Baskenmütze (obwohl sie sich nicht mit meinem Mantel und schon gar nicht mit dem bleistiftminengrauen Rollkragen vertrug), nur weil sie, da kleiner als die anderen, als einzige nicht den

Eindruck erweckte, ich wollte zum Maskenball und ginge als Richard Wagner. Dazu keksfarbene gestrickte Fingerhandschuhe. Beides Billigartikel. Siemen, aber das sah ich erst, als ich schon bezahlt hatte, hatte lederne genommen. Konnte es sein, daß die Entscheidung fürs Gewöhnliche, Ärmliche in mir drinsteckte als Vermächtnis meiner Mutter?

Im Frühling siebenundvierzig, als sie uns Gernot Heisterbach ins Haus brachte und ihre Kinder daraufhin mit jener pathetischen Vater-Recherche begannen, seine persönliche Hinterlassenschaft zu Reliquien erklärten – im Zuge dieser Kollationierung ging uns auf, daß die Einrichtung der zwei uns gehörenden Räume häßlich war. Klobige Möbelbrokken, untereinander versippt durch Palisanderfurnier, ohne das Auflockernde, sympathisch Danebengetretene wenigstens eines stilistischen Kuckuckseis. Oder nahm man zum Beispiel die Polstermöbel: In welcher anders als gottverlassenen Stunde hatten sich zwei junge Brautleute beim Aussuchen ihrer Möbel-fürs-Leben auf die knochenharte Chaiselongue und den steifen Rauchsessel geeinigt, bezogen mit einer Textilie, in Farbe und Struktur einem Schwall Linseneintopf nachempfunden! Anders die Wände; dort war nach dem Prinzip des Horror vacui vorgegangen worden. An Nägeln und Patenthaken hingen Ölfarbenmatterhorn neben Verlobungsphoto, Keramikfüllhörner mit Heidekraut neben deutschen Burgen, radierten und stahlgestochenen, dazwischen reichlich Lückenfüller: Kastagnetten, auf Kacheln gemalte Alpenblumen, Abgüsse »letzter Gesichter«.

Wir mußten Gewißheit haben, was von unserer Einrichtung auf das Konto Frerich und was auf das Konto Valeska ging.

Die Idee mit den Tests war von Siemen. Es ging darum, daß wir die Testperson Valeska Reuther unter jeweils drei Sachen im Multiple-choice-Verfahren wählen ließen. Eine theoretische Wahl selbstverständlich. Die Testperson sollte damit eine Chance erhalten, ihre Rolle beim Aussuchen der Einrichtung klarzustellen. Bei einem der Fragepunkte mußte es sich um etwas Untadeliges, Nobles, richtig Schönes handeln. Beim zweiten um etwas durchaus Annehmbares, Solides, mittelmäßig, aber doch noch gut. Beim letzten hingegen um etwas auffällig Schäbiges, schreiend Drittklassiges, so ordinär wie nur möglich.

Mit Ausnahme der Modebilder, wo die Königin der Blumensäle für einen Moment wieder auflebte und, ganz Instinkt, ganz gewiefter Herzensdieb, sich zwischen dem Schönen und dem Guten bewegte, deutete sie bei allen sonstigen Wahldurchgängen auf das Gemeine, erkor das Schnöde, wollte ausgerechnet das Charakterlose, das durch nichts Bestechende. Wo sie sich, sagen wir, für Schwertlilien oder den rot blühenden Kamelienbaum im Pillnitzer Park hätte entscheiden können, wollte sie die eingetopfte Fuchsie mit der rosa Kreppmanschette. Nur weil, sie gab es zu, die Fuchsie sie an ihren Geburtstag erinnerte. Zu jedem zwanzigsten Juli bekam sie die von Oma Bertha überreicht, Jahr um Jahr, ein Tribut, ohne den die Bedeutung des Tages nicht garantiert war.

Wie denn jedes c, dem sie den Vorzug gab, einen unmittelbaren Bezug zu Vorkommnissen in ihrem Lebenslauf hatte. Verstrickt in private Rücksichten, ausgeliefert ihren Vorurteilen, war von ihr, wir mußten es einsehen, keine souveräne Meinung in Geschmacksdingen zu erwarten. Ihre Begabung zur Dankbarkeit vor allem war ein Handikap, das jede freie Entfaltung eines ästhetischen Urteils im Keim erstickte. Alle Hochzeitsgeschenke etwa umgab der Nimbus bewiesener Liebe und Hochachtung, das stattete sie mit Immunität aus, an der zu mäkeln einer Schändung des »schönsten Tages im Leben einer Frau« gleichgekommen wäre.

Wir taten unser Bestes, die Pietät zu unterlaufen, brüskierten, machten lächerlich, hetzten. Wir parodierten die wie Faladas Kopf an der Wand hängenden Totenmasken (Mundwinkel nach unten – Beethoven, nach oben – Unbekannte aus der Seine). Wir kühlten unser Mütchen am Matterhorn über der Couch, traten im Vorbeigehen gegen »die guten Möbel«. Sie brauchte praktisch nur die Katze aus dem Sack zu lassen à la mir hat's auch nie so richtig gefallen, jetzt kann ich's ja zugeben. Aber sie ließ sich nicht aus der Reserve locken. Sie gab kein einziges Stück preis. Eins gehörte nun mal zum anderen, und alles zusammen diente ihrem Status einer komplett eingerichteten Person gegenüber solchen Leuten wie Klengel-Gretjen, Armgart und den beiden Taupalts, diesen von Gott Gestraften.

Bis heute ist mir unbegreiflich, wie Gernot Heisterbach es fertiggebracht hat, daß sie sechs Jahre drauf all das im Stich ließ. Daß sie mit fünfundvierzig Jahren, zwei halbwüchsige Kinder am Hals, ihren Besitz auf sechs tragbare Gepäckstücke reduzierte. Daß sie sich bereitfand, Flüchtling zu werden, über die Grenze zu gehen, freiwillig, denn weder waren wir in Lebensgefahr noch ausgebombt, mithin vorentwurzelt. Daß sie Podgoritza aufgeben konnte (und damit ihr Wohnrecht im Familienhaus verlor wie das Recht auf die dort stehengebliebenen Möbel), nur um bei wildfremden Leuten unterzukriechen, zur Untermiete im Herrenzimmer inklusive einer Durchgangskammer, Küchenbenutzung nach Absprache.

Nicht mal die Illusion, daß Gernot Heisterbach sie zum

Dank für das Opfer vielleicht doch noch heiraten würde, dürfte mehr vorhanden gewesen sein, nicht nach sechs Jahren.

Hatten wir uns in der Zeit davor über ihren Hang zu Kategorie drei mokiert, um so schärfer und höhnischer, je älter wir wurden, mußten wir jetzt, in der Fremde, einsehen, daß die Skala noch mehr Striche aufwies. Vor allem nach unten.

In Podgoritza war Siemens und meinen Spinnereien von Großartigkeit und Luxus etwas Weltfremdes eigen gewesen. Ohne reale Beispiele und Maßstäbe durften wir uns ganz auf jenes utopische Schweifen einlassen, das sein Gefühl für Weite aus der Enge bezieht. Wenn die Täglichkeiten schon nichts zu bieten hatten, so vermochten sie doch auch nicht zu schrecken oder zu demütigen. Und was den kleinlichen Zuschnitt, das Poplige unseres Lebensstils anging, wurde das mehr als wettgemacht durch die Umgebung; man mußte nur aus der Tür treten und hatte die Verheißung schon halbwegs im Blut. Nur von diesem einen Ort der Erde aus lohnte es sich, das Verrückte, das Enorme, das Glanzvolle zu wünschen.

Vordem hatten wir stets im Singular geträumt, das erhielt die Kostbarkeit. In der fremden Stadt hinter der Grenze, wo alles mit hundert und tausend multipliziert war, so daß meine Mutter und ich in den ersten Tagen vor Erschöpfung durchdrehten, den Tränen nahe vor soviel Üppigkeit, hörte ich auf, mich auf einzelne Wunschobjekte zu kaprizieren. Überhaupt nichts zu wollen war der beste Ausweg, mit sich im reinen zu bleiben. Von einem Tag auf den anderen hineingeworfen ins Schlaraffenland, verschlossen wir uns alle drei wie die Austern, jeder auf seine Art. Wie sonst sollte einer damit fertigwerden, daß er das seit langem inständig

Begehrte, das Rare, Besondere quasi auf der Straße liegen fand. Daß er Spießruten lief durch Gassen unverschämter Düfte – Duft der Pralinenberge und Duft der Tankstellen, Duft der Seifen und der Kaffeeröstereien, Duft in Stoffetagen und in Läden mit Schnittblumen, Duft von Bücherstapeln und von holzfreiem Papier, Duft lederner Schuhe, lederner Koffer, lederner Taschen.

Soviel aufdringliche Verfügbarkeit ließ sich nur aushalten, indem man sich dagegen sperrte. Darauf spuckte. Nie würde ich je so tief sinken, meine Nase an irgendwelchen Schaufenstern plattzudrücken. Womöglich mein Herz an Badeanzüge mit Schößchen hängen, an rüschenbesetzte Tutu-Unterröcke oder Dufflecoats, das fehlte noch! Ich machte in Bedürfnislosigkeit, bis ich vom Anrüchigen der schönen Güter zutiefst überzeugt war. Die Arroganz meiner Verzichtswut blähte mich auf.

Manchmal mußte ich mir auf die Lippen beißen, um ein Grinsen zu unterdrücken. Ein schiefes, unbekömmliches Grinsen darüber, wie leicht die Täuschung meiner Umwelt aufging und ich als »brav« und »so bescheiden« hingestellt wurde, zum Beispiel von Frau Schevenröder, unserer Hauptmieterin, die in ihrem Mütterkreis für uns die Wohltätigkeitstrommel rührte und knittrige Dirndlblusen mit heimbrachte, brettsteife verfilzte Pullover, Männerhosen für Siemen mit wie poliert glänzender Sitzfläche. Und als es richtig kalt wurde und sie meine Liftboyjacke sah, trieb die Gute sogar einen Anorak auf, tipptopp bis auf die Doppelreihe der Einstichlöcher dort, wo die Vorbesitzerin den zu eng gewordenen Taillengummi herausgetrennt hatte.

Nach den ersten Wochen, in denen ich einer Untoten ähnlich herumschlurfte, nur redete, wenn man mich ausdrücklich ansprach, nachts mit weit offenen trockenen Augen dalag und den Füßen meiner Mutter auswich (wir lagen seitenverkehrt in der Bettstelle des Durchgangszimmers), begann so was wie ein Notaggregat in mir zu arbeiten. Da das natürliche Ventil versagte – lauthals zu weinen im Schutz aufgedrehter Wasserhähne, etwa am Sonntagnachmittag, wenn Schevenröders spazieren waren –, rettete ich mich in eine maßlos übertriebene Aufwertung meines Vorlebens, von dem anderen einen Begriff zu geben gar nicht erst unternommen wurde. Bloßer Trostversuch anfangs, entwuchs die hypertrophe Erinnerung bald meiner Kontrolle. Daß niemand ahnte, welches Kleinod ich mit mir herumtrug, tat nichts zur Sache, im Gegenteil. Ich wollte stumm und unerkannt bleiben, nun gerade.

Es wundert mich, daß meine Attitüde der verschleppten, an gebrochenem Herzen dahinsiechenden Königstochter von keiner der Personen durchschaut wurde, die mich doch tagtäglich vor Augen hatten. Keinem fiel auf, wie sehr ich nur mehr von mir selbst lebte, aus mir selbst zehrte, obwohl es Anzeichen genug gab, die sich nicht verbergen ließen. Ich dachte auch gar nicht daran, sie verbergen zu wollen. Tat ich mir doch nicht wenig darauf zugute, eine totale Entäußerung meiner Existenz eingeleitet zu haben. Und wenn ich auf dem Rand der Badewanne saß (in der niemand je baden durfte, angeblich war der Badeofen defekt), weidete ich mich an meinen zaundürr gewordenen Schenkeln, den auffallend hervorspießenden Hüftknochen, dem kaum mehr sichtbaren Busen. Denn je ätherischer ich wurde, desto glühender funktionierte die Magie des Erinnerns.

Um mich darauf zu konzentrieren, brauchte ich nicht mehr die Nacht abzuwarten. Mittlerweile brachte ich es fertig, den Verkehrslärm und die Gegenwart der menschlichen Ameisen an den Rand der Wahrnehmung zu drükken. Und während ich wie ein Schlafwandler Fuß vor Fuß setzte, von der Kunstlederschultasche schief nach unten gezogen, trat ich in Wirklichkeit aus einer weitoffenen Vorsaaltür ins Freie, auf die oberste von drei halbrunden Stufen aus Sandstein hinaus.

Sonnenschein blendet; alles, was vor mir liegt, wird von ungetrübtem Mittagslicht bestrahlt. Das Holz des an der Hauswand festgehakten Türladens brät seit Stunden vor sich hin, auch Gartenbank und Gartentisch, Fensterbretter, Schwellen und Türrahmen, die Strecke der aufgeschlagenen Fensterläden entlang der Hausfront verströmen diesen Geruch nach dorrendem, verwittertem Holz. Backofenwarmer, uralter Geruch bretterner Lusthäuschen und abschilfernder Farbe. Jetzt ist alles gut, und es kann weitergehen. Die Hauptsache war nämlich, sich auf Anhieb an den jeweils richtigen Geruch zu erinnern. Der Rest, die Imagination von Ort und Jahreszeit, war dann bloß noch ein Kinderspiel.

Von den heißen Stufen hinüber zu den Rasenparterren, verkrautet wie eh und je. Frisch gefirnist funkeln die Halme, Wiesenblumen haben sich breitgemacht, Sternchen, Glöckchen, Tellerchen; sie unterwandern das Gras, stacheln unter der nackten Fußsohle. Derbe Süßgräser spießen ihre Ähren und Spelzen zwischen den Zehen hindurch. Der Weg zum hintersten Gartenwinkel erfordert Langsamkeit. Trödeln zwischen Obst und Gemüse ist erlaubt, auch leichtes momentanes Irresein in der Prallsonne. Wieder kommen Duftschwaden auf Schritt und Tritt zu Hilfe: Johannisbeerlaub, süßer Schmauch der Baumblüte.

Am Fuß der Treppe zur Aussichtsterrasse wird kurz gezögert, nicht etwa hinaufgestürmt. Die Grabeskälte der Stufen im Schatten der Mauer. Überhaupt ist in dieser Ecke am heißesten Tag noch ein nie ganz einschlafendes Säuseln und Frösteln zugange. Der Flieder hier hat Dolden, die glatt ein Pfund auf die Waage bringen und die Zweige niederziehen, den Mondviolen und der Wolfsmilch entgegen.

Während der Gartensaison zog es jeden aus der Familie mehrmals am Tag die Stufen hinauf, um, die Hand über den Augen, auf Podgoritza hinunterzuschauen, über die Elbauen hin, zwischen denen der Fluß glitzerte, an dessen jenseitigem Ufer das Land flach sich hinstreckte bis an den Horizont, wo lächerlich kleine Berge eine sanftblaue Schlußkante bildeten und die Luft vor Hitze gallertartig zitterte.

Die steinerne Bank: jeder benutzte sie automatisch als Postament, selbst die alten Frauen, Oma Bertha und Tante Taupalt. An den gewonnenen sechzig Zentimetern konnte es kaum liegen, daß sie die kipplige Position riskierten, ohne den geringsten Halt in greifbarer Nähe, denn es gab von der Bank aus auch nicht mehr zu sehen. Es mußte ein ganz bestimmtes Gefühl sein, eine Abart des Rausches, der Leute auf Berge zwingt, und offenbar überkam es jeden an diesem Platz.

Als Kind hatte ich drei Träume, die sich in Abständen wiederholten. Einer hatte mit panischer Angst zu tun, der andere mit Blamage und Scham. Im dritten befand ich mich allein auf der Aussichtsterrasse. Es begann immer damit, daß ich lange stand und nur schaute und das doch hinlänglich Bekannte in mich aufnahm, als bekäme ich im Wachzustand nicht genug davon. Manchmal ließ ich es dabei bewenden. Meistens aber trieb mich der Zustand überwallenden Glücksempfindens dazu, auf das Geländer zu steigen und mich, die Arme weit ausgebreitet, abzustoßen, ins Leere hinein. Im ruhigen Gleitflug schwebte ich über

Ziegeldächer und Hausgärten, ab und zu mit den Armen rudernd, um wieder etwas Höhe zu gewinnen. Es dauerte nie sehr lange. Kam ich den Rauchfahnen der Schornsteine zu nahe, war das das Zeichen abzudrehen, um die Flußwiesen zu erreichen und ungesehen zu landen. Nie überflog ich die Elbe.

Jetzt, mit fünfzehn, war es nicht bloß mit den kurz bemessenen Flügen ein für allemal vorbei, ich fand, wenn ich träumte, nicht einmal mehr in unseren Garten zurück. Die Heimkehrversuche durch Wille und Vorstellung waren nur unzureichender Ersatz. Meiner Mutter und Siemen eine dreistimmige Erinnerung des Verlorenen vorzuschlagen wäre mir absurd vorgekommen. Zu offensichtlich lebte jeder von uns auf sein eigenes Ziel hin.

Für Siemen jedenfalls war es die Hauptsache, daß wir ab sofort in derselben Stadt wohnten wie der große Kilian Hasebroek. Diesen Floh hatte ihm Gernot Heisterbach ins Ohr gesetzt und meiner Mutter gleich mit. (Wollte sie sich später vorhalten lassen, daß sie dem Jungen, nur weil sie sich aus Sentimentalität nicht von der Bruchbude trennen mochte, eine sichere Weltkarriere zerstörte? Wollte sie das? Ob sie denn nicht fähig sei einzusehen, daß dieser sogenannte Arbeiterundbauernstaat, diese selbsternannte Diktaturdesproletariats viel zu spießig war, um einem männlichen Sopran zu huldigen? Davon abgesehen war K. H. der einzige, der Siemens Stimme den letzten entscheidenden Schliff geben konnte. Und K. H. war alt, konnte praktisch jeden Tag sterben, ohne Siemen je gehört zu haben.)

Gernot Heisterbach, um das Objekt seines Ehrgeizes nicht aus den Augen und der Gewalt zu verlieren, war, wie verabredet, kurz nach uns über die Grenze gewechselt. Aber es war hier das gleiche wie zu Hause – er dachte nicht daran, mit meiner Mutter zusammenzuwohnen. Dieser gefinkelte Kerl hatte es tatsächlich fertiggebracht, einen Mäzen ausfindig zu machen, dem er das Stimmwunder vorführte oder besser vorritt wie ein zum Verkauf stehendes Rassepferd. Ich hatte einen Blick auf die Noten geworfen, als er Siemen abholen kam an jenem entscheidenden Nachmittag; sie wollten den big spender mit Arien aus *La vera constanza* (Dramma giocoso) und *Armida* (Dramma eroico) betören, beides von Joseph Haydn. Die Kalkulation war aufgegangen. Nicht nur, daß besagter Gönner, nach einer Rücksprache mit K.H., sich bereit fand, das Honorar für dessen Meisterstunden zu bezahlen, wie Heisterbach sich ausdrückte, leckte er sich überdies alle zehn Finger nach Siemen.

Für Siemen, wie gesagt, ging alles nach Wunsch. Seine gute Laune hatte nichts mehr mit mir zu tun. Sie steckte nicht an. Die Zeit der Desaster lag noch vor ihm, vorläufig gab es nur Fortschrittsmeldungen: »Stellung« und »Decrescendo bis zur Kopfstimme«, »Fermatetriller« und »messa di voce«. Ansonsten bestritten wir alles wie gehabt vom Verdienst meiner Mutter. Auch sie war vom Glück begünstigt, hatte beinah auf Anhieb Arbeit gefunden. In einem städtischen Krankenhaus half sie beim Ausrechnen der Gehälter; Rechnen, das lag ihr, das konnte sie gut. Außerdem durfte sie im Dienst einen weißen Mantel tragen, Klengel-Gretjens Kriterium für einen gehobenen Posten.

Frau Schevenröder, nur wenige Jahre älter als meine Mutter, hatte zuerst ziemlich reserviert getan, ehe sie zugab – »Sie werden mir ein offenes Wort nicht übelnehmen« –, daß sie von uns »angenehm enttäuscht« war. Aus der Zone geflohen – das brachte so ein Air von schwarzem Schaf und Abgerissenheit mit – »Man hat ja keine Ahnung, aus welchen Verhältnissen die Leute weggelaufen sind« –, und oft kam man mit solchen Menschen einfach nicht ins Geschick. Die Untermieter vor uns hätten sich leider überhaupt nicht einfügen können in die Regeln des Zusammenlebens, ohne die es unter den gegebenen Umständen nun mal nicht ging, hatten sich anmaßend, beinah frech aufgeführt. Mit uns war das Gott sei Dank ein anderer Schnack. »Ich bin ja so froh, das hab ich auch zu meinem Mann gesagt.« Und die Kinder würden sicher schnell lernen, daß mit dem Wasser nicht so gespritzt werden durfte, »wenn sie mal ins Bad müssen«.

Wir lernten in der Tat schnell; sie erwähnte das lobend.

Siemen war ohnehin den ganzen Tag fort, wenn nicht beim Maestro K.H., dann beim Gönner (zu dem weder meine Mutter noch ich je eingeladen wurden). Dort durfte er Klavier üben und Platten hören, vielleicht putzte er ihm zum Dank dafür die Fenster, was weiß ich. Er teilte mir kaum noch was mit, das auf irgendeine Form von Privatleben hätte schließen lassen, erzählte allenfalls lang und breit von seinem Vorankommen und warf mit seinem nagelneuen Italienisch um sich. »Herr Grendel bringt mir das bei. Er meint, das ist wichtig für mich.« Herr Grendel war der Gönner.

Erkundigte ich mich etwas eingehender, ergaben sich Dialoge nach folgendem Muster:

»Wie ist er denn so?« (betont beiläufig)

»Na reich eben. Scharen von Sklaven, goldene Teller, parfümierte Springbrunnen.«

»Quatsch, ich meine, wie ist er zu dir?« (auf alles gefaßt, schon in den Startlöchern, gemeinsam mit Siemen über den Zuchtmeister/den alten Griesgram/den Graf Koks herzuziehen)

»Zu mir?« (Achselzucken, geschürzte Lippen) »Nett.«

»Nett, nett ... Nett wie ein Schuhverkäufer? Nett wie Aga Khan zu seiner Lieblingsfrau? Nett wie 'n Patenonkel? Oder wie?«

»Manchmal darf ich mit ihm zusammen essen. Er unterhält sich viel mit mir. Er war schon überall.«

»Und wie sieht er aus ? Alt? Fett? Glatze?«

»Ätsch, alles falsch. Er ist schlank. Na ja, die Haare sind schon ziemlich grau, aber sonst ...« (konnte ich mich täuschen, oder war da ein Anflug von Verlegensein, eine schnell weggesteckte innere Beteiligung, ein rosa Husch?)

»Und seine Frau?«

»Er ist nicht verheiratet!« (als hätte ich nach einer häßlichen Erbkrankheit gefragt)

»Kann ich mal mitkommen? Frag ihn, ob du mich mitbringen darfst. Ich würde auch keinen Ärger machen, nur ganz still im Garten sitzen und euch zuhören, wie ihr redet.«

Tiefes Atmen. An die Decke Blicken. »Bambina, du weißt, daß das nicht geht.« Er hatte sich angewöhnt, mich bambina zu nennen.

»Ich kann ihn mit so was nicht belästigen, das mußt du verstehen.« Hinterher folgte meist noch irgendeine Süßholzraspelei der Art: »Weißt du übrigens, was dein Name auf italienisch bedeutet? Die Neunte.« Als ich keine Miene verzog: »Und wenn man es kurz ausspricht, mit zwei nn in der Mitte, bist du die Oma. Die Nonna.«

»Ihr könnt mich alle beide am Arsch lecken, du und dein Herr Grendel. Ihr könnt euch am besten gegenseitig am Arsch lecken.« Das wurde ohne Zorn gesagt, fast gutmütig war es gemeint. Ich hatte resigniert.

Jedenfalls war ich diejenige, die das Herrenzimmer am intensivsten abwohnte. War ich aus der Schule zurück – ich hatte noch zwei Jahre vor mir, ohne Mittlere Reife kriegt sie keine Lehrstelle, beteuerte Frau Schevenröder –, schmierte ich mir zwei Marmeladenbrote (vier davon waren mein Tagespensum) und pflanzte mich auf Siemens Schlafsofa, wo ich, noch nicht erholt von den Versuchen, wieder zurückzugelangen, mich in die nächste Abwesenheit stürzte. Denn auch ich hatte meine Gönner gefunden.

Am Tag nach unserem Einzug waren wir im Wohnzimmer der Schevenröders gewesen. Meine Mutter durfte sitzen. Siemen hatte die Hand auf ihre Stuhllehne gelegt, als sollten sie zusammen photographiert werden. Ich stand kopfhängerisch herum. Das einzige, was ich halbwegs klar wahrnahm, war der schwarze Schnitzwerkschrank mit den Glastüren, dahinter Buchrücken an Buchrücken. Der Schrank hatte mir unmißverständlich Signale zugehen lassen. Lockfäden waren von dort nach mir ausgeworfen worden, die sich, als die Wochen der ärgsten Trauer vorbei waren, in Erinnerung brachten.

Von Anfang an wandte ich mich an Frau Schevenröder, nicht an ihren Mann. Im Umgang mit der Macht zur Genüge erfahren, witterte ich sofort heraus, auf welcher Seite sie zu finden war.

Bücher ausleihen? Das Ansinnen mußte sie erst verdauen. Aber dann zahlte sie sich aus, unsere Gefügigkeit. Nicht umsonst hatte ich meine Reverenzen abgeleistet, gut für eine regierende Fürstin. Bei jedem Zusammentreffen entwaffnend gelächelt, wie uns von meiner Mutter eingeschärft worden war, möglichst oft Hilfe angeboten, aber irgendwie trotzdem merken lassen, daß man sehr wohl von Hause aus auch was darstellte (»ihr müßt ja nicht unbedingt vor ihr kriechen«). Das Handzahme, Anständige, mit allem einverstanden, auch als den grundsätzlichen Direktiven noch so manches Apropos hinterherkleckerte – jetzt trug es Früchte.

Nachdem sie uns einmal als Schützlinge adoptiert hatte, machte Frau Schevenröder unsere Bedürftigkeit zum Anliegen breitester Kreise und schonte weder sich noch die Bedürftigen. Wen sie zu fassen kriegte, der geriet ins Kreuzfeuer barscher Fürsorge und herzlicher Kritik. Obzwar nur gebraucht gekaufte Familienmitglieder und als solche ohne das Recht, ausfallend und renitent zu werden, unterlagen wir in nahezu allem ihrer Billigung, um nicht zu sagen ihrer Gütekontrolle. Ihr Tadel wurde unleugbar vom pädagogischen Eros regiert und der Lust, abzugeben von ihrem Erfahrungsschatz.

Andererseits geizte sie auch nicht mit anerkennenden, ja rühmenden Worten. Hatte einer von uns dreien einen guten Schnitt gemacht, Vigilanz bewiesen, durfte er ihres Beifalls sicher sein: Na, das war doch ein schöner, ein vielversprechender Anfang, da durfte, da sollte man sich ruhig was drauf einbilden! Jetzt aber dranbleiben und nicht nachlassen! Sie schlug ihre Tschinellen zusammen wie ein Blechaffe, den man aufgezogen hat. Selbst meine Mutter bekam ihr Quantum Lob und entsprechende Zukunftsprognose ab. Frau Schevenröder hatte immer alle Mann an Deck und schien ihre Aufgabe als unser Schutzengel durchaus nicht als Last zu empfinden.

Meine Zumutung erwischte sie aus einer völlig anderen Ecke. Da wollte ich, Schulmädchen, das ich war, also Hand an ihre Bibliothek legen? Das mußte sie erst mit ihrem Mann abstimmen. Das war sein Ressort. Schließlich lief das Buchclub-Abonnement auf seinen Namen. So auszuweichen war sonst nicht ihre Art. Wäre ich etwas erfahrener gewesen, hätte ich gewußt, daß sie, wie die meisten uneingestandenen Nichtleser, glaubte die Abneigung gegen kontemplative Beschäftigung wettmachen zu müssen durch übersteigerte Andacht vor Büchern schlechthin.

Ich hatte also guten Grund zu frohlocken, denn falls er nicht bloß den Buhmann abgeben sollte, bedeutete das die Zulassung; Herrn Schevenröder hatte ich in der Tasche. Ohne daß wir länger miteinander reden mußten, hatte doch ein Hyperventilierer den anderen auf Anhieb erkannt. (An jedem Sonnabend fand ich eine Tafel Blockschokolade zu fünfzig Pfennig in meiner Jacke, die im Vorsaal an der Gemeinschaftsgarderobe hing. Ich bedankte mich nie.)

Während der letzten großen Ferien hatte ich, beide Ellbogen auf den Verandatisch gelümmelt (über mir tintenrote Ramblerrosen, Feuerbohnen um mich herum) oder im Liegestuhl auf dem Rasen, versteckt von Kühle ausdünstenden großen Wäschestücken, erstmals Verse gelesen. Aus einem heftpflasterfarbenen Reclamheft. Innen, auf dem Deckblatt, mit Bleistift ein gut leserliches Frerich Reuther.

An die Inflation der Rosen und Veilchen, der Tränen und weißen Hände wie auch an die Vorliebe für Eigenschaftswörter – kaum mal ein Substantiv, das ungeschmückt davonkam – hatte ich mich schnell gewöhnt, reichlich Diminutive auch, die meisten aber doch ironisch, man mußte sich demnach nicht schämen, daß man drauf reinfiel, wie hier einer seinen Charme heraushängen ließ: *Mein Liebchen, mein Lamm, meine Sonne und Wonne.* So angeflirtet zu werden drehte einen wie wild um die eigene Achse. Ich hatte Pausen gebraucht, in denen ich weich, ganz Liebchen, ganz Lamm, vor mich hindöste, den Daumen im Buch.

Es gab aber auch Nebeneffekte autodidaktischer Art, kleine vegetative Explosionen eher, weil, während ich las, diese Verse las, weder Verstand noch Anstrengung im Spiel waren. Der Zauber der Wiederholungen! Auf den ersten Blick simpel, geradezu einfallslos anmutend, entfaltete sich ihre Kraft gewissermaßen per Rückstoß, man mußte es wieder und wieder lesen, beinah lachend vor Bewunderung. Oder wenn ich unverhofft Anspielungen begriff! (etwa bei: *Man weinte und jammerte: Goethe sei tot und Eckermann sei noch am Leben*) Als hätte man sich die Aufnahme in den Kreis der Auguren verdient, weil man mitnicken konnte in ebenbürtiger Häme, wenn man auch keine rechte Ahnung hatte, wer genau dieser Eckermann denn nun gewesen war. Doch die Häutung, die sich an den langen, faulen heißen Nachmittagen angebahnt hatte, wurde wieder abgeblasen.

Als sie mich einweihten, drei Tage, ehe es Ernst wurde, durfte ich in einen meiner beiden Koffer Privates einpacken, Habseligkeiten und Kleidung. Vor Kummer ratlos, griff ich nach Bilderbüchern. Das Reclamheft wie auch alle anderen Bücher unseres Vaters blieben zurück. Wir sahen keins davon je wieder.

(Zwischen den Seiten von Meyrinks *Golem* steckte übrigens noch ein in der Mitte gefaltetes Stück Zeichenkarton mit einer Aquarellskizze von mir, in eben jenem Sommer entstanden. Ich erinnere mich, daß ich während dieser Ferien ziemlich viel gemalt habe, Illustrationen zu meiner jeweiligen Lektüre vorgeblich, aber alles hatte auch mit mir zu tun. Das Bild im *Golem* stellte Rosina Wassertrum dar, rothaarige Tochter des Trödlers Aaron Wassertrum, laut Buch vierzehn Jahre alt, also genauso alt wie ich, und, ebenfalls laut Buch, »zudringlich und lüstern«. Ich hatte sie im Moment ihres Auftritts im Salon Loisitschek gemalt. Die betreffende Stelle im Roman lautete: »Sie schwankt vor Trunkenheit und hält die Augen geschlossen. Der große kostbare

Hut sitzt ihr schief, und sie hat nichts an als lange rosa Strümpfe und einen Herrenfrack auf dem bloßen Körper.« Da ich kein Rosa im Tuschkasten hatte und auch keins mischen konnte – das Weiß war so gut wie aufgebraucht –, hatte ich sie schwarze Strümpfe tragen lassen. Durch die zu lang geratenen Arme und Beine und den im Verhältnis dazu winzigen Kopf hatte Rosina Wassertrum etwas von einer Fangheuschrecke. Doch wurde das reichlich wettgemacht durch das möhrenrote Haar, in der Schamgegend mehr orange und mit Hilfe eines nassen Pinsels raffiniert zerlaufen. Die meisten Schwierigkeiten hatte ich mit dem »großen kostbaren Hut« gehabt.)

Der Inhalt des Schevenröderschen Bücherschranks ging also durch meine Hände. Freie Wahl. Sooft ich wollte. *Amber* und *Rebecca. Im Dutzend billiger* und *Via Mala. Der Ruf der Wildgänse* und *Marjorie Morningstar.* Nicht im Traum fiel mir ein, Vergleiche zu ziehen zu dem, was ich noch im letzten Sommer gelesen hatte, empfohlen durch den Namenseintrag unseres Vaters. *Aus einem Totenhause. Gösta Berling. Pan. Der moskowitische Eros. Briefe aus meiner Mühle.* Kurzes von Tschechow. (»Ich war soeben mit dem Popensohn ...« Und die Ahnung, was das bedeutete. Der unwiderstehliche Zwang, es sich vorzustellen.)

Auch meine Mutter war scharf auf die geliehenen Schmöker. Hatte ich ein Buch beendet, nahm sie es sich vor. Was von vornherein sich als heiter zu erkennen gab, legte sie gleich wieder beiseite. Sie wollte Pedal hören. *La Forza del destino* sollte wüten, wenn der durch drei geteilte Rettich aufgegessen war. Schon früher, in Podgoritza noch, war ihr Hang aufgefallen, im Ort umgehende Berichte über Schicksalsschläge direkt von der Quelle an sich zu bringen und sie anschließend mit tief in die Kehle gedrückter

Stimme zu kolportieren, als Zaungast des Unglücks. Dreifach lebendig und davongekommen, gewann sie dann dreifachen Appetit, sonst eine mäßige Esserin, und behielt bis zum Zubettgehen, besonders emphatischem und dankbarem Hinlegen und Zudecken diesmal, die aufgerissenen Augen bei.

In diesen zwei ersten Jahren in der Fremde, bis ich die Schule abgeschlossen hatte und als Lehrling in eine große Buchhandlung eintrat und fast von heut auf morgen mich ihr zu entziehen begann, kam ich meiner Mutter so nah wie nie zuvor. Gemeinsame Kinobesuche fanden statt *(Nana, Das Reismädchen)*, denen freilich das durch Gegenwart des anderen gesteigerte Vergnügen abging, etwa das Hin- und Herreichen von Extrabissen danach, das Schwärmen und Imitieren.

Mit Gernhaben oder gar Innigkeit hatte diese Annäherung allerdings nicht das mindeste zu tun. Wir trafen uns einfach auf halber Strecke, das war alles. Ich lebte weiter mein kindisches Programm, nach dem ich mir alles versagte, aalte mich in meinem Versehrtenhochmut und frettete mich so durch, vom Tag zur Nacht und umgekehrt, gerade so am Stumpfsinn vorbei. Blieb ich mit meiner Mutter nach dem Kino oder beim Spazierengehen, sonntags, vor Schaufenstern stehen, wo sie sich, Armut hin, Armut her, eifrig an der Mode orientierte, Phantasiekäufe tätigte, regte ich mich nicht mal mehr auf über ihre Vorschläge, was sie kaufen würde, »wenn wir plötzlich ein Portemonnaie mit tausend Mark fänden«. Von keinem materiellen Wunsch mehr angespornt, verlor ich nach und nach selber jegliches Empfinden für die einstigen »guten« Kategorien a und b.

Die tomatenroten Falten des gespendeten Dirndlrocks und das auftragende Parallelo-Gestrick des knallblauen Boleros täuschten über mein Untergewicht hinweg. Dank der unverwüstlichen Pausbacken glaubte meine Mutter mich in alter Podgoritzer Stämmigkeit zu sehen. Wenn ich mich, wie meistens, am Abendbrot nicht beteiligte, kam von ihr nur ein friedliches, kauendes »Selber schuld« oder »Wer nicht will, der hat schon«. Nie hinterfragte sie die beiden stehenden Ausreden, nach denen ich entweder schon gegessen hatte, ehe sie heimkam, oder mich auf fehlenden Appetit herausredete. Was ich ablehnte, wurde zwischen ihr und Siemen geteilt. Das heißt, falls er anwesend war.

Irgendwann im Winter bekam ich keine Periode mehr. Von Bestürzung konnte keine Rede sein; ich registrierte es eher mit Genugtuung. Es vervollständigte den Schwund aller fraulichen Merkmale. Immerhin glaubte ich es melden zu müssen; konnte ja sein, es handelte sich um das Symptom einer gräßlichen Krankheit, und vielleicht war per Hörensagen Näheres darüber in das medizinische Wissen meiner Mutter eingeflossen (das, um es gleich zu sagen, von jeder Puppenmutter in den Schatten gestellt wurde). Sie war nie krank. Mal eine Erkältung, damit hatte es sich. Ernstliche Störungen, Unfälle gar, wurde sie en famille damit konfrontiert, schienen bei ihr unüberwindliche Idiosynkrasien in Gang zu setzen.

Ihre Antwort jetzt war: »Freu dich doch«, was natürlich gern gehört wurde, aber eben doch mehr nach einem Vorschlag klang als nach einer auf wirklicher Kenntnis beruhenden Auskunft. Sie spürte es wohl selber, denn sie fügte noch ein lasches »Das kommt schon wieder« hinzu. Unregelmäßigkeiten seien durchaus normal. Meine dauerte zwei Jahre. Bis dahin machte ich, als zurückgestuftes Kind, alles mit, einverstanden mit der Valeska-Reuther-Verwaltung meines täglichen Lebens, nach kurzer Zeit der vollkommenen Willenlosigkeit selbst nun dem Obskuren, Hunnischen zugetan. Zwei nicht mehr loszuwerdende Jahre lang.

Genau so eine keksfarbene Baskenmütze samt Handschuhen in Strickware hatte sie, auf einmal wußte ich es wieder, als alte Frau getragen.

8. KAPITEL

Siemen hielt meinen Knirps über uns gegen den Schneefall; nicht daß das viel genützt hätte. Außerdem sah man dadurch fast nichts. Ich hatte mir Déjà-vu-Schauer vorgestellt gehabt und wie alles, was ich wiedersehen würde, mich in die Arme schloß, gerührt über mein Auftauchen. Die wuchtige schwarze Kirche. Der plötzlich sich auftuende weite Platz davor, bei dem sie damals bereits an zwei Seiten die Häuserfronten wieder hochgezogen hatten und den nach Süden hin nun endlich zu schließen sie gerade dabei waren; der Rohbau stand schon. Plastikplanen schlugen im Nordostwind.

Budengassen hielten den Platz bis in die letzte Ecke besetzt, Reihen schmucker verschneiter Häuschen, jedes von einem Giebelaufsatz mit Schriftzug gekrönt und mit Tannengirlanden umwunden, das Innere überquellend von Anisbonbons und Pflaumentoffeln, blauer Töpferware, Lebkuchenherzen und mundgeblasenen Kugeln aus Glas. Ein Wochenmarkt konnte das nicht sein, eher schon der Bühnenjahrmarkt einer russischen Oper deutscher Ausstattung. In den Gängen jede Menge »Volk«, das »fröhliches Markttreiben« probte. Auch das Schneien hatte die Regie inzwischen im Griff; was jetzt vom Schnürboden herunterkam, war beste Qualität, große und schwere Flocken, wirbelnd bewegt. Als zusätzlicher Effekt gingen nun noch die Lämpchenketten an und hoben die Umrisse der Buden glimmernd und schimmernd hervor.

Es wurde fleißig gekauft und verhandelt. Aber trotzdem, obwohl von zwei entgegengesetzten Ecken des Marktes Musik scholl, im Klang leicht beschädigt vom fallenden Schnee, fehlte mir etwas. Vielleicht vermißte ich ja nur das Hasten und die Späherblicke von einst, auf der Jagd nach Extrahappen und Mangelwaren, die rigorose Entschlossenheit, sich zu amüsieren und nichts übrigzulassen. Daß alles so satt und botmäßig zuging, störte mich.

Am Ende der ersten Gasse lief man beinah in ein Karussell für kleine Kinder hinein. In vorsichtigem Tempo drehten sich Dumbo der fliegende Elefant, Schweinchen Dick, Bambi (die Audrey-Hepburn-Augen staunend zur Seite verdreht) und ähnliche Lieblinge zu uralten Country-Beat-Klängen: *I'm burning in a ring of fire.* Wir blieben gleichzeitig stehen. Daß mein Lächeln Geringschätzung ausdrückte, merkte ich erst nach einem zufälligen Blick ins Siemens Gesicht; er zog eine ähnliche Grimasse. Süffisant. Herablassend. Und auch, wie wenn man an verpaßte Gelegenheiten erinnert wird.

»Wie fandest du das?« wollte er wissen, als wir uns wieder zwischen den Buden entlangschoben. Der Ton der Frage ließ nichts Besonderes erkennen, trotzdem kam sie mir listig vor. Daß er überhaupt gefragt hatte.

»Du meinst das Karussell?« (dummstellen) »Na ja ...« Dann, sprudelnd, »unbefangen«: »Caspar hätte gemault, der stand in dem Alter mehr auf Vehikel, Feuerwehr, Krad mit Beiwagen und dergleichen. Davon abgesehen sind mir rosa Elefanten und Rehe lieber als Raketen.«

Dem Trägheitsgesetz gehorchend, schritten wir eine Budengasse nach der anderen ab, scherten nicht aus, wenn das Ende erreicht war, sondern bogen umgehend in die nächste ein. Als wäre man in einem Würfelspiel gefangen und verpflichtet, die stupide Parallelität der vorgezeichneten Wege einzuhalten, bis man am Ausgang angelangt ist, am Rande wieder zu sich kommt.

Bombastisch wie ein Fürstenzelt aus der Zeit der Türkenkriege ragte die Erscheinung an der Stirnseite des Platzes auf, tauchte aus dem Flockenfall und zeigte sich im Schmuck ihrer grellen handgemalten Szenen, ihrer Spiegel und palmsonnigen Landschaften rund um das Dach. Ein solches Mirakel hatte man nicht direkt aufs Pflaster gesetzt wie das Ringelspiel für die Kleinen. Es thronte auf einem ziemlich hohen Unterbau.

Denn wenn es auch nur Bretterstufen sind, wichtig ist das ehrerbietige Sich-Nähern von unten her. Mit dem Betreten der Plattform beginnt das Vorglück. Man geht die Doppelreihen der Pferde entlang, deren Mähnen im Wehen des Galopps erstarrt sind. Eine Wahl treffen heißt eins vor den anderen bevorzugen. Heller Schiffsglockenalarm fährt den Unschlüssigen durch Mark und Bein. Rappen und Schimmel sind längst in fremdem Besitz, die sind immer zuerst weg. Noch ist ein Fuchs frei, allerdings genau auf der anderen Seite. Die Musik dröhnt los ohne Warnung, und der hölzerne Genius, mit dem Rücken ans Orchestrion geschmiedet, macht mit dem Taktstock gleichbleibend müde Segensgesten, nichts geht mehr, als man, in letzter Sekunde, den Steigbügel eines Apfelschimmels erwischt. Kalt und glatt schlüpft der Sattel unter den zu kurzen Karorock. Ein Störenfried verzögert die Geschwindigkeit; der kann einen wahnsinnig machen mit seiner Einsammelei! (Ich halte ihm, mit abgewendetem Kopf, meinen Bon hin.)

»Woher hattest du damals eigentlich das Geld für die vielen Fahrten?« fragte Siemen. »Das hätte ich zu gern mal gewußt.«

»Geld? Ich hatte kein Geld. Wir hatten doch nie welches.«

Eben drum. Das war es ja, was ihm so befremdlich vorgekommen sei. Nachmittag für Nachmittag! Eine Runde nach der anderen! »Mir was abzugeben ist dir, scheint's, nicht eingefallen. Ich hab dich genau beobachtet, du alte Heimlichtuerin. Kein Sterbenswort hast du mir darüber erzählt, nicht mal abends im Bett.«

»Hättest mich ja von dir aus darauf ansprechen können.«

»Lieber hätte ich mir die Zunge abgebissen! Da steht tagelang ein Karussell auf dem Pausenhof unserer Schule, und meine Schwester läßt kaum mal eine Fahrt aus, wechselt die Pferde nach Belieben, Geld spielt keine Rolle –«

»Wie oft soll ich das noch beteuern, ich hatte keins«, unterbrach ich ihn. Aber er war nicht zu bremsen.

»– und ich, der Bruder, stehe daneben, die Hosentaschen nach außen gestülpt, und verzehre mich nach wenigstens einer Tour, lasse kein Auge von dir, bettle stumm aus der Ferne. Damals bin ich an der Welt irre geworden.«

Das Schaustellermädchen war ausgerechnet an dem Tag zu uns in die Klasse gekommen, als meine Banknachbarin fehlte. (Sie mußte sich ihre Kopfläuse abtöten lassen, und es stellte sich bald heraus, daß auch ich welche hatte.) Sie wurde neben mich gesetzt, weil dort der einzige freie Platz war. Ich hatte noch nie ein so umgängliches und weltgewandtes Kind kennengelernt. Vom ersten Tag an war sie in der Klasse daheim und in ihrem blutroten Kleid aus Matratzenstoff nicht zu übersehen. Ich, die dieses Kleid nun täglich für Stunden neben mir hatte, verlor häufiger als sonst den Faden des Unterrichts, abgelenkt durch das Muster, das die Augen magisch auf sich zog, eingewirkte große Blumen, für deren Umrisse helleres, beinah silbriges Garn verwendet worden war. Dem Kleid entsprach der Name, niemand in Podgoritza hieß so: Rita. Rita Brettschneider.

Daß sie neben mir sitzen blieb, obwohl es genügend Versuche gab, sie abzuwerben – ein regelrechter Ringtausch sollte ihretwegen stattfinden –, verstand keiner. Ich begriff es selbst nicht. Natürlich bot ich Rita für solche Treue schrankenlose Einsicht in meine Hefte an und verfolgte mit Genugtuung, wie sie mit ihrer stark nach links kippenden Schrift von mir abschrieb.

Als Frau Dünkers aus heiterem Himmel Blätter von Kunstkalendern verteilte, Vierfarbdrucke auf satiniertem Papier, vorm Krieg gesammelt, und wir Bildbeschreibungen anfertigen sollten, verfaßte ich zuerst eine für Rita, ehe ich an meine eigene ging. Nimm den Strauß, hatte ich ihr geraten; Blumenstilleben auf Altholländisch, das würde ich im Handumdrehen erledigt haben: Rosen, Tulpen, Nelken, alle Blumen welken, aus, fertig. Aber dann konnte ich doch nicht aus meiner Haut und erfand eine richtige Geschichte, angelehnt an *Die Blumen der kleinen Ida*, so daß die Zeit knapp wurde und ich mit meiner eigenen Arbeit (Der Geldwechsler und seine Frau) ins Hintertreffen geriet. Gerade mal auf die Atmosphäre einzugehen hatte ich geschafft, indem ich sie mit einer ganz ähnlichen, mir bestens bekannten verglich, nämlich mit dem Anblick der Eltern einer Mitschülerin, wie sie bei Stromsperre, zwei Kerzen zwischen sich, im Hinterzimmer zwischen Backstube und Laden hockten und die eingenommenen Lebensmittelmarken auf Bögen klebten. Alles andere, über das ich mich hatte auslassen wollen, mußte unerwähnt bleiben.

Die holländischen Blumen brachten Rita zwei glatte Einser ein (Ausführung und Sprache), ein Eins bis Zwei (Inhalt) und eine Zwei für Schrift. Bei mir hatte es nur zu

Vieren gereicht und einem feuerroten »Schade« mit Ausrufungszeichen. Kleinlaut bot Rita an, Frau Dünkers alles zu offenbaren. Ich mußte sie beinah anflehen, es nicht zu tun. »Bist du verrückt? Weißt du, was dann los ist?«

Was mich insgeheim aber doch kränkte, komischerweise viel mehr als die miesen Noten, war, daß Frau Dünkers meinen Stil in Ritas Arbeit nicht erkannt hatte.

In der großen Pause verschwand Rita im Wohnwagen und schob mir später, unter der Bank, einen Abreißblock mit Karussellbons in die Hand. Ich mußte schwören, unter keinen Umständen zu verraten, von wem ich sie hatte. Ich hätte sie gekauft, sollte ich sagen oder besser noch darüber schweigen. Ach Rita, Rita Brettschneider!

Nachmittags, zur Hochzeit des Betriebs, hielt Rita sich gern auf dem Podest in der Nähe des Kassenverschlags auf. Sie plauderte mit ihrer Mutter, band ihre Haarschleifen neu und machte ab und zu ein paar Steppschritte auf dem Bretterboden. Die aus unserer Klasse hatten das Vorrecht, sie beim Namen rufen zu dürfen, die Mädchen winkten zutunlich. Alle anderen, die Jungen vor allem, beteten sie nur mit den Augen an. Rita ging aber auf niemanden besonders ein. Sie mußte auf sich halten. Sie war ja die Tochter des durch eine Laune des Glücks zu uns gekommenen Göttervergnügens, schon von Geburt an bevorzugt. Nur ihr immerwährendes Augenstrahlen und die verbindlichen Mundwinkel bestätigten aller Welt, wie gut sie es hatte und daß sie das wußte.

Hin und wieder, wenn sich unsere Blicke trafen, schnitt sie aus ihrem schattigen Hintergrund heraus eine mahnende Grimasse. Ich sollte lieber mal eine Runde aussetzen, hieß das. Sie hatte Angst, es könnte auffallen, daß ich nie an die Kasse ging, um zu bezahlen, aber trotzdem immer einen Bon vorwies, wenn ihr Vater zu mir kam. War er mit der Kontrolle fertig, zerriß ein imaginäres Startband, und ich hetzte mich ins Fieber des Galopps. Ich blieb in den Steigbügeln stehen, denn nur so konnte man die schweren Gäule zum Wippen bringen. Dicht unter den Ohren ragten Griffe heraus, an denen riß ich mein Pferd vor und zurück. Der ganze Körper war an dieser Anstrengung beteiligt. An den ersten Abenden litt ich unter Muskelkater. Später, mit dem ganzen Dünkel meiner erworbenen rohen Kraft, hielt ich volle Nachmittage aus, ohne mich setzen zu müssen, und wußte mich beobachtet in meiner berserkerhaften Ausdauer.

Nach Empfang der Bons war es keine Frage gewesen, das mir in den Schoß gefallene Geschenk zu halbieren. Am Abend hatte ich damit herausrücken wollen; zwei oder drei Runden für mich allein, nur so zum Vorkosten, konnte Siemen nicht als Egoismus auslegen. Bis dahin war ich nie auf irgend etwas geritten, nicht daß ich wüßte. Es gab auch keine ungestillten Sehnsüchte in dieser Richtung. Im Gegenteil, Pferde waren mir suspekt, allein schon durch ihre ungeschlachte Körperlichkeit, die peitschende Unruhe ihrer Schweife, das unleidliche Stampfen der gamaschenartig behaarten Hufe, dazu die fetten Trauben von Schmeißfliegen rund um ihre Augen. Das hitzige Verausgaben auf dem Brettschneider-Karussell aber war die Wiederholung eines Glücks. Alles, was ich dabei empfand, hatte ich schon einmal empfunden: den Rausch und im Rausch das Aussetzen aller Gedanken. Gleich nach dem Lospreschen spürte ich, wie diese Rücksichtslosigkeit durch Körper und Seele fuhr. Ich wußte nichts mehr davon, daß ich normalerweise linkisch war und zaghaft, ich wollte nichts als über meine Steppe dahinjagen, von rasender Freude erfüllt. (Keine Ahnung, warum es ausgerechnet Steppe sein sollte, als Vegetationstypus mir gänzlich unbekannt, und weshalb ich meiner Sache so sicher war, daß nichts anderes in Frage kam. Ich erinnerte mich ja bloß. Die Erinnerung und die Verzückung gehörten zusammen.)

Und Siemen war dadurch an der Welt irre geworden.

Es täte mir leid, sagte ich, die Lippen taub vom eisigen Wind. »Tut mir wirklich leid. Ich weiß beim besten Willen nicht, was damals in mich gefahren ist. Muß wohl so eine Art Dämon gewesen sein. Vor allem, weil es nur mit diesem einen Karussell zusammenhing. Wie lange hast du mir das übelgenommen?«

Übelgenommen sei das falsche Wort. Mit den neuen Lederhandschuhen klopfte er sich angehäuften Schnee von Schultern und Brust. Es ließ auf sich warten, das richtige Wort. In meinen Fingerkuppen begann es zu stechen. Kälte drang durch die Sohlen der auf sonnigen französischen Herbst eingestellten Schuhe. Das Karussell machte leere Fahrt. Für die Kleinen waren die Pferde viel zu hoch, die hätten auch nie im Leben den Reitmechanismus bewältigt, und größere Kinder zeigten sich nicht interessiert. Dessenungeachtet spielte die Musik. Einer von diesen alten Ländlern im Dreivierteltakt, die man sofort mitleiert, der Text lag mir auf der Zunge, ah ja: Schlaf in himmlischer Ruu-huu, schlaa-haf in himmlischer Ruh'.

Endlich kam's, aus der Deckung des Kaschmirschals heraus.

»Ich sag's mal so: Mein Urvertrauen war in Trümmer gegangen. Ich wußte nicht, was ich davon halten sollte, also kam nur das Schlimmste in Frage. Du hattest dich eindeutig von mir abgekehrt. Ich kam mir vor wie ... wie im Walde ausgesetzt.«

»Und du bist nie auf den Gedanken gekommen, vielleicht mal nachzufragen?« Liebe Güte, ich war neuneinhalb gewesen.

Neuneinhalb von heute aus gesehen, stellte Siemen richtig. »Ich war damals auch erst elf, vergiß das nicht.« Eine völlig andere Proportion. Und überhaupt: Hatten wir nicht so zueinander gestanden, daß schon der Anschein eines Verrats – (ich machte Na na na) –, jawohl eines Verrats, weil an sich undenkbar, eine verheerende Wirkung hinterließ. »Mir blieb praktisch nur die Alternative, die du ja kennst.«

Worauf er sich bis an die Nasenlöcher wieder ins Gewinde des Schals zurückzog.

»Willst du damit sagen, deine plötzliche Affinität gegenüber Heisterbach und daß du auf einmal so auf deine Stimmausbildung fixiert warst, war in erster Linie die Rache der beleidigten Leberwurst? Kann es sein, daß du mich deshalb abgeschrieben hast? Wegen der paar lumpigen Runden Karussell bist du übergelaufen zu diesem Schnorrer, diesem Schleimer mit seinem Dauergrinsen und seinen naßkalten Fingern?«

Siemen nannte meine Beurteilung ungerecht. Und meine Abneigung kindisch und verbohrt. Von »guten Seiten« war die Rede, ich traute meinen Ohren nicht, gute Seiten, die Heisterbach angeblich besessen hatte, »auch wenn du das partout nicht wahrhaben willst.« Wir hätten ihn falsch eingeschätzt, als wir ihn am Anfang so verteufelten.

Na schön, eine einzige gute Seite wollte ich ihm zugestehen, sagte ich, und es gebe zumindest eine mir bekannte Person, die begeistert davon profitiert habe, jedenfalls eine Zeitlang. »Bis er sie nach und nach immer kürzerhielt. Das dürfte dir neu sein. Dachte ich mir. Den Söhnen erzählt man so was nicht. Davon abgesehen aber war Gernot Heisterbach die Verkörperung alles dessen, was wir nicht brauchten.«

Vorübergehende beschneite Leute drehten sich nach uns um. Nach dem älteren Paar, das seinen offensichtlichen Ehekrach vor den Stufen eines leerlaufenden Karussells austrug und sich weiße gefrorene Luft ins Gesicht fauchte. Bis der Mann den Arm der Frau packte, ihn energisch unter seinen Arm klemmte und mitsamt Anhang auf die Arkaden zusteuerte. Auch ich hatte bereits mit dem Café geliebäugelt. Unsere nonverbale Verständigung funktionierte noch. Ungeachtet aller Dispute und Beschuldigungen.

Drinnen beschlugen meine Brillengläser auf der Stelle. In Erwartung frei werdender Plätze irrten vermummte Gestalten durch die schmalen Gänge zwischen den Stühlen und Tischchen, kaum daß die Servierdamen vorbeikamen. Es wäre angebracht gewesen, gleich auf die Suche nach einem ordentlichen Mittagessenlokal zu gehen, statt sich den Hunger durch eine Portion Kuchen zu verderben.

Blind stehengeblieben, quälte ich mich mit dem Ausziehen der feuchten Wollhandschuhe ab (war das überhaupt Wolle?), zum Absetzen der Brille brauchte ich bloße Hände.

»Vorsicht bitte!« (die geschäftsmäßig schnatternde Stimme einer Bedienung hinter mir; Geschirr klirrte) Inzwischen hatte Siemen Glück gehabt (dieses Findige, Flinke, mit Augenkontakt arbeiten war Bernhards Sache nie gewesen; lieber war er hungrig wieder rausgegangen). Siemen machte mir Zeichen, lockte mit dem gekrümmten Finger.

»Eierschecke, und du?«

»Eierschecke, Eierschecke.«

An den Tischen um uns wurde ausschließlich Stollen gegessen. (Wieso eigentlich wurde die Eierscheckengrenze nie überschritten, wohingegen der nach Dresden genannte Stollen einem an jeder popligen Bäckertheke nachgeworfen wurde?)

Der Lieblingskuchen von Gernot Heisterbach war Zitronensandkuchen gewesen.

Kurz nachdem Onkel Taupalt abgeholt worden war, siebenundvierzig, Ende März, hatte eines Sonntagnachmittags ein unbekannter rothaariger Mann unten im Hof die Ziehklingel gezogen. Meine Mutter hatte aus dem Flurfenster gerufen, er solle heraufkommen, die Haustür sei offen. Sie war herumgeflattert wie das sprichwörtliche Huhn und hatte Anzeichen einer nervösen, bebenden, aber auch freudigen Erregung erkennen lassen. Der Fremde kam, daran gab es keinen Zweifel, auf ihre ausdrückliche Einladung hin. Er kam von nun an regelmäßig, und schon bald wurde die Einladung aufs Abendbrot ausgedehnt.

Während Siemen und ich nebenan im Schlafzimmer noch lange lasen, in meiner Ehebetthälfte, wo es eine Nachttischlampe gab, eng beieinander wie zwei Sardinen, hörten wir jenseits der Tür die gedämpften trägen Stimmen, Heisterbachs meckerndes Lachen und das entzückte Echo meiner Mutter. Sie wurden aber nie laut dabei. Manchmal blieb es zeitweise auch ganz still. Wir hatten strikte Anweisung, an solchen Besuchsabenden nicht mehr herauszukommen und im Notfall den Nachttopf zu benutzen.

Im Umgang mit Gästen ohne jede Erfahrung, machte meine Mutter mit ihren Willkommensvorbereitungen, wie Oma Bertha es ausdrückte, »das ganze Treiben verrückt«. Vor allem, daß sie den Besuch so für sich behielt, stieß auf Unverständnis. Es handelte sich ja nicht bloß um die Kaffeestunde, zu der nur wir Kinder zugelassen waren, vielmehr beordert wurden, um einen netten familiären Kreis zu schaffen, aus dem Oma Bertha jedoch von Anbeginn herausgehalten wurde. (Die so Übergangene sagte nichts. Nur einmal hörte ich, wie sie sich Tante Taupalt anvertraute: »Ich hätte mir selbstverständlich meine Zwiebäcke mit rübergebracht. Die Geste ist es, Elli, die Geste!«) Allein hockte sie fortan in ihrer Stube vor der rosenbemalten Sammeltasse, den Blick auf das Radio gerichtet wie auf ein plauderndes Gegenüber, und brockte Zwieback auf Zwieback in die schwarze bittere Lorke, bis der Pegel den Rand der Tasse erreichte, überschwappte und sich in der Untertasse ein Fußbad bildete mit schwimmenden aufgeweichten Krumen.

Nein – daß da ein Mann, noch dazu ein keineswegs alter, stundenlang sich unterm selben Dach befand, ohne daß einem die geringste Fühlungnahme erlaubt wurde, erboste allgemein. Klengel-Gretjen äußerte sich offen über diesen Affront und stellte fest, daß das einfach kein Benehmen sei. Egoistisch bis dorthinaus, typisch Valeska. »Denkt sie, wir könnten ihn ihr abspenstig machen oder vergraulen oder was?« Die anderen beschränkten sich auf pikierte, mehr lapidare Bemerkungen, in ihrer Art freilich ebenso deutlich.

Armgart hielt sich raus; sie stand der glücklichen Gewinnerin im Alter am nächsten und mochte manches nachfühlen. Ja, womöglich war ihr Interesse an »Valeskas Herrn« heftiger, weil legitimer als die gutmütige, unverhohlene Neugier der älteren Frauen und als Onkel Taupalts Hoffnung auf ein Gespräch mit einem gebildeten Menschen.

Da Heisterbach immer zur bestimmten Stunde eintraf – meine Mutter verlangte Pünktlichkeit, schon wegen ihrer Arrangements zu Ehren des Gastes –, legten sie es darauf an, »den Herrn« auf dem Korridor abzufangen. Er war noch im Treppenhaus, da wurde oben bereits die Wohnungstür aufgerissen; alle standen auf Posten und lächelten entgegenkommend. Launige Bemerkungen über das Wetter, das er »mitbrachte«, wurden gemacht. Klengel-Gretjen schaffte es einmal sogar, Heisterbach beim Ablegen seiner Sachen behilflich zu sein (umgearbeiteter Uniformmantel, Schal, Krimmerschiffchen), bevor meine Mutter wie ein Stoßvogel dazwischenfuhr, ihr das Eroberte wieder entriß und selbst aufhängte.

Ich hatte den Eindruck, als ob Heisterbach gerade das gefiel – von soviel weiblicher Sympathie umworben zu werden bis zum Kleinkrieg der spitzen Bemerkungen, denn er ließ sich nicht aus der Ruhe bringen, wenn er vorm Flurspiegel die fuchsige Scheitelfrisur überkämmte. Er stieg auf die Wetterscherzchen ein, immer sonnig, immer gewinnend, mit seiner nicht besonders sonoren, dafür sanften und höflichen Stimme. Und mochte seine Eigenart, aus den Augenwinkeln die oder jene bedeutsam ins Visier zu nehmen, auch etwas von einem Filou haben, eine Anlage fürs Frivole war da, rutschte ihm doch nie eine Anzüglichkeit durch. Übrigens auch später nicht, als er anerkanntermaßen zur Familie gehörte, Hausfreund schon über Jahre hin. Da sein Benehmen und seine Wortwahl bewiesen, daß er mit Damen rechnete, unterdrückten die Heisterbachverrückten in Gegenwart ihres Schwarms die Verrohung der letzten acht Jahre (so wie sie im gegenteiligen Fall hemmungslos gequietscht und gekreischt hätten, über die schlüpfrigste Anekdote, den zweideutigsten Witz, zum Beweis, daß sie mit allen Wassern gewaschen seien, Frauen mit Erfahrung).

Einmal war auch Onkel Taupalt aus seinem Zimmer gewatschelt – ohne Stock ging nun nichts mehr –, hatte sich bekannt gemacht und war gleich zur Sache gekommen: »Spielen Sie vielleicht Schach, junger Mann?« Und als Heisterbach heiter bejahte: »Dann bringen Sie doch das nächste Mal Ihr Brett und Ihre Figuren mit. Meine sind leider beim Angriff verbrannt wie auch meine Bibliothek; viertausend Bände.« (Sekundenlange Pause, damit der geworfene Stein seine Kreise ausbreiten konnte; aber Heisterbach machte nur Ach ... ?, teilnahmsvoll, doch ohne den Verlust zu kommentieren) »Also, wenn Sie mal Lust auf eine Partie haben, ich bin immer zu Hause. Merken Sie sich diese Tür.«

Als meine Mutter solche Belästigung ihres Besuchs beenden wollte und eine sacht schiebende Hand auf Heisterbachs Oberarm legte – »kommst du? –, wagte der Onkel Unerhörtes. Griff er doch von der anderen Seite zu, hielt fest, und als Heisterbach verlegen stehenblieb (aufziehendes Gewitter auf der Stirn meiner Mutter), sprudelte Onkel Taupalt das Eigentliche hervor; die Erkundigung nach dem Schachspielen war wohl nur vorausgegangen, um das Terrain zu sondieren. »Und wie steht's mit anspruchsvoller Lektüre?«

Er mußte schlimm auf dem trockenen sitzen, der Ärmste. Im ersten Jahr hatte er noch so dies und das aus dem Reutherschen Bestand herausgepickt, den *Grünen Heinrich* zum Beispiel hatte er sehr genossen und Roda Roda abends immer wieder vorlesen wollen, bis er das Pointenerklären leid war. Was er jedoch am meisten schätzte – Tagebücher, Memoiren, Monographien, Lyrikausgaben –, fand er dort nicht; er hatte es oft genug beklagt.

Mit gerecktem Kopf und gestrafftem Truthahnlappen, um dem Besucher in die Augen schauen zu können, mühte der Onkel sich, nicht gar zu bittstellerisch zu wirken. Ich kannte ihn lange genug und wußte, wenn er so den Forschen herauskehrte, einen Gesprächspartner fast gönnerhaft examinierte, verschoß er in Wahrheit letztes Pulver und rechnete nicht eigentlich mit einem positven Ergebnis; es sollte nur niemand merken.

Heisterbach bedauerte. Nicht rundheraus, nicht mit abschlägigem Kopfschütteln; er lehnte nun mal nicht gern Gefälligkeiten ab, und vielleicht überlegte er in den Sekunden des Zögerns tatsächlich, wie er den Wunsch erfüllen konnte. »Ich selbst werde da kaum dienen können«, meinte er, ohne weiter zu präzisieren, ob er überhaupt Bücher besaß. Immerhin nannte er die Namen von zwei, drei Antiquariaten, die seines Wissens noch existierten, umgezogen waren in Keller oder private Etagenwohnungen. Wenn der Onkel ihm eine Liste machen wollte? Irgendwann würde ihn sein Weg schon am einen oder anderen vorbeiführen.

Bei dem Wort Antiquariat hatte es kurz aufgeleuchtet in Onkel Taupalts halbverhängten Augen; der Klang des Jagdhorns. Mochte er auch aus den Reihen potentieller Jäger gestrichen sein, im Herzen würde er bis zum Schluß dazugehören. Er setzte an, vor dem Besucher ein bißchen mit früheren Trophäen zu prahlen, wenigstens das, Sprechen über Bücher zu einem Menschen, der augenscheinlich kein Banause war, als meine Mutter die Geduld verlor.

»Jetzt komm aber! Oder willst du deinen Kaffee kalt trinken?!« Gefolgt von einem halblauten Beiseite, daß es immer schlimmer »mit denen« werde, die reinste Wegelagerei. Heisterbach fügte sich. Zwar lächelte er über die Schulter, als sei alles im Grunde doch nur eine Komödie, ließ sich indes widerstandslos abschleppen, dahin, wo die Öffentlichkeit keinen Zutritt hatte.

Klengel-Gretjen behielt das letzte Wort, hinterherrufend: »Weißt du was, Valeska? Das nächstemal verbindest du deinem Gast am besten gleich an der Haustür die Augen und schleust ihn dann ohne Halt durch bis in dein Zimmer! Modell Polnischer Korridor!«

Zum Zeitpunkt von Onkel Taupalts Verhaftung, Ende März, hatte das Winterwetter begonnen umzuschlagen. Die überstürzte Schneeschmelze brachte Hochwasser und verstopfte Schleusen, tagelang waren die Straßen Rutschbahnen und Wildbäche in einem, und wenn wir kurz vor acht mit dem Ranzen das Haus verließen, traten wir nicht selten in dichten Nebel hinaus. Nach dem Verschwinden der Schneedecke schossen die frühen Zwiebelgewächse aus den nassen Beeten, und ab Mitte April ging es wahllos durcheinander, alles blühte auf einmal, wuchs und sproß und entfaltete sich Hals über Kopf, während man zusah. Über Nacht waren im Garten ganze Stellen szyllablau. Veilchen kamen zu sich, rund um die Verandapfosten, verkrumpelt, als hätte sie jemand zu lange in der geschlossenen Faust aufbewahrt. Am Südhang der Siedlung umhüllten sich zarte Bäumchen mit rosa Blust.

Heisterbach kam eines Sonntags ohne sein Krimmerschiffchen an, statt dessen mit Filzhut, und nahm die Komplimente seines Empfangskomitees entgegen. Als sei in seiner Person der Frühling unter unser Dach getreten, so führten sie sich auf. Sogar Armgart ging diesmal aus sich heraus und schmetterte, über das Geschäker der alten Frauen hinweg, die erste Zeile eines Kanons. Ohne an ihre entstellende Zahnlücke zu denken. Wenn der Frühling kommt und von den Bergen schaut, wenn der Schnee im Tal und von den Hügeln taut. Es mußte ganz plötzlich über sie gekommen sein. Laut, ungeniert und glockenhell. Die anderen setzten pünktlich ein. Liolio-la, liolio-la ging der Kehrreim.

Siemen und ich lungerten an der Küchentür, von der Macht vorsorglich an die Kaffeestunde erinnert (»Daß ihr mir ja nicht etwa abhaut.«). Siemen, dieser Idiot, was mußte er mitsingen, unaufgefordert! Seit wann sangen wir für Heisterbach. Als meine Mutter auf der Bildfläche erschien, sämtliche dort Versammelten ignorierend außer einem – »Ach, bist du schon da? Wieso bleibst du denn auf dem zugigen Flur stehen?« –, fiel der Kanon kläglich in sich zusammen. Einzig Siemens Knabensopran hielt für Sekunden noch die Melodie: Wenn die Finken schlagen und zu Neste tragen. Bis auch er verstummte und den letzten hohen klaren Ton im Raum stehen ließ.

»Wieso kriegst du denn so eine rote Birne«, sagte ich. Es sah wirklich beängstigend aus. Die Ohren glühten in der Farbe von Rote-Bete-Stücken. Blutwellen bis zu den Haaren hinauf. Nicht mal beim gemeinsamen Sitzen im heißen Badewasser war sein Gesicht je so erhitzt gewesen.

»Nanu, nanu, was haben wir denn da für eine Nachtigall unter uns«, sagte Heisterbach und blickte dabei in die falsche Richtung, denn hätte das nicht Armgart gebührt, dem ersten Sopran des ehemaligen Bach-Chors. Er hatte einen ganz besonderen Tonfall für uns Kinder, lieblich, ölig; Siemen konnte den gut parodieren.

»Bist du im Schulchor?« – Kopfschütteln.

»Möchtest du gerne zu den Kruzianern?« – Energisches Kopfschütteln.

»Kannst du wenigstens Noten lesen?« – Kopfschütteln.

Schließlich gab Heisterbach es auf, Siemen zuzusetzen.

»Was seid ihr denn so mucksch heute?« wurde getadelt. Nicht von Heisterbach; so was überließ er meiner Mutter. Aber sie hakte nicht weiter nach. Kinder und Kinderstimmchen als Mittelpunkt eines Gesprächs, das war nicht nach ihrem Geschmack. Die Aufmerksamkeit ihres Gastes gehörte einzig ihr allein. Denn erfuhr er nicht durch sie Verwöhnung, rannte und organisierte sie sich nicht die Seele aus dem Leib, ihm zuliebe? Aß er nicht jedes Wochenende auf ihre Kosten, die noch zwei unmündige Kinder zu ernähren hatte? Er sorgte denn auch gleich wieder für gutes Wetter. Übergangslos schwamm sie wieder im Glück.

Heisterbachs Schwäche für Zitronensandkuchen wurde erst später entdeckt, als das »Toscana« wieder aufgemacht hatte, ein lange brach gelegenes Vorkriegscafé mit Meriten. Nachdem diese Vorliebe sich ihr einmal eingeprägt hatte, kaufte meine Mutter ihm nie mehr etwas anderes. Immer diese eine Scheibe Zitronensandkuchen zum Sonntagskaffee. Durch und durch Gewohnheitsmensch, setzte sie auch bei ihrem – ich zögere vor dem Wort Liebsten, aber damals war er es wohl noch – ewig gleichbleibendes Verlangen voraus; bei ihren Kindern sowieso.

»Wollen wir noch vor zur Aussicht? Dann aber gleich, sonst ist die Sonne weg.« Promenaden im Garten, eingeschoben zwischen Kaffeetrinken und Abendbrot, waren fester Programmpunkt des Paares. Mit übergehängtem Mantel zwar noch, aber theoretisch konnte mit der Aufnahme des Lebens im Grünen nun wöchentlich gerechnet werden.

Onkel Taupalt hatte seinen traditionellen Platz auf der Veranda bereits wieder in Besitz genommen, zerrte seinen Korbstuhl gegen Mittag raus in Sonne und Wind und später wieder rein. Wer wollte es ihm verdenken nach dem zweiten Winter nun zwischen den Wänden des Schlauchzimmers, das er nur verließ, um schräg über den Flur zum Abort zu schlurfen oder um sich zur abendlichen Runde in Oma Berthas Zimmer einzufinden. Seine Abwesenheit hatte übrigens ganze drei Wochen gedauert.

Wir befanden uns auf dem Heimweg, Siemen und ich, als uns aus der Schmiede eine Frau zurief: »Euer alter Mann ist wieder da! Eben die Gasse hoch gegangen!«

Er mußte kurz vor uns angelangt sein, denn er war noch nicht zum Hinsetzen gekommen, stand noch im Korridor, wacklig und breitbeinig, mit seinen Kräften sichtlich am Ende. (Wo war Tante Taupalt? In der Erinnerung fehlt sie auf der Szene wie auch alle, die arbeiten gingen. Stand sie in irgendeiner Schlange unten im Ort?) Als wir, ich vorneweg, die Wohnungstür aufrissen, ließ er polternd seinen Stock fallen und streckte uns die Arme entgegen. Zittrig. Nicht sehr hoch. Ich prallte wie ein Geschoß an seine Brust, unmittelbar darauf Siemen. Der Onkel taumelte rückwärts und hielt uns dabei an sich gedrückt. Das Gesicht war mit schlohweißen Stoppeln übersät. Sein Kinn arbeitete heftig, als kaute er seine Rührung. Ich schielte nach oben und erwartete ein breites Lächeln, das seinem kleinen Gelichter galt. Seinen Spinnifexen. Statt dessen weinte er, die Augen blutunterlaufen und voll Jammer. Träne auf Träne verschwand im Fell der unrasierten Wangen, ich verstand das nicht, war er denn nicht froh, wieder frei zu sein. Er ließ uns nicht los. Und wir hielten still. Bis jemand kam – Oma Bertha – und einen Schrei ausstieß. »Moritz! Haben sie dich gehen lassen? Vorgestern erst waren Elli und Valeska wieder auf der Kommandantur, deinetwegen.«

Hätte man ihnen dort nicht ein paar knappe Auskünfte geben können: Soundso stehen die Aktien? Denn während ihn jeder längst in Sibirien vermutete, hatte Onkel Taupalt in einem Einzelkabäuschen auf der russischen Kommandantur gesessen, seiner Hosenträger und der Schnürsenkel beraubt, war aber sonst in keiner Weise schikaniert worden, wenn man von wiederholten Verhören absah und daß er zum Essen kein Besteck erhielt. »Alles nur mit dem Löffel. Nicht schlecht sonst, ein paarmal gab's sogar ›Beffsteck‹.«

»Also, das hätte ich ohne weiteres mit den Fingern gegessen«, sagte Klengel-Gretjen. »Pfeif aufs Messer.« Fleisch für die Gefangenen, wer hätte das gedacht. Zu dumm aber auch, daß der Onkel das nicht ausgenützt hatte. »Tat mir leid, aber ich konnte einfach nichts bei mir behalten.«

Ja und die Verhöre: Er hatte ihnen nur immer wieder dasselbe sagen können. Daß er zu diesen beiden Neffen und deren Mutter, seiner angeheirateten Schwägerin, gar keinen persönlichen Kontakt gehabt habe, wenn man von den üblichen Grußkarten zu Weihnachten absah. »Die mußte ich zugeben, denn wahrscheinlich haben sie die bei der Hausdurchsuchung gefunden.«

Was genau man den dreien zur Last legte, war ihm nie direkt mitgeteilt worden, aber er konnte sich das meiste aus der Art der Fragen zusammenreimen. Beide junge Männer hatten für die Amerikaner spioniert und auch ihre Mutter mit hineingezogen. (»Die hat doch noch nie bis drei zählen können«, kommentierte Tante Taupalt giftig. »Wenn die bei so was mitgemischt hat, mußte das ja schiefgehen.«) Und im Zuge dieser durch Erna aufgeflogenen Kundschafterei hatten die Russen sich eben alle männlichen Mitglieder der Taupaltschen Verwandtschaft vorgeknöpft.

Am ersten Mai schleppten meine Mutter und Armgart alle verfügbaren Gartenmöbel über die Bodentreppe nach unten. Kissenveteranen kamen ans Licht, Tischtuchklammern meldeten sich zurück. Waren die Kletterrosen auch nicht erfroren? Oma Bertha rutschte auf Knien und steckte einen magischen Zirkel aus Feuerbohnen um die Veranda; bald würde sie uns in einen Käfig mürber, stinkender Bindfäden einspinnen, das Gerippe der zukünftigen Bohnenlaube. Zeremonien, Rituale. Aber während denen der vorweihnachtlichen Zeit etwas Angelerntes anhaftete, protestantischer Klimbim, gekoppelt mit einem troglodytischen Trieb zum Ausrüsten der Höhle, stand hinter dem Verlagern der Häuslichkeit ins Freie ganz und gar heidnische Lust.

In der ersten großen Freude liebte man sogar das Klageweibergeheul der Schweizerhaustauben, das zu den weißen Kirschbäumen zu gehören schien, zur Blütenepidemie in allen Gärten entlang der Elbe und die Hänge hinauf. Schon ab der zweiten Maiwoche wurde aus dem verspäteten Frühlingsblau Hochsommerblau, das überraschende Hitze brachte, mittags bis zu fünfundzwanzig Grad. Dependancen des Hauptbiwaks auf der Veranda entstanden auf altbewährten Plätzen, in der Forsythianische, beim Flieder. Meine Mutter wies Siemen außerdem an, ein Rohrtischchen in den hintersten Gartenwinkel zu tragen, und nahm vom Forsythia und vom Flieder ohne Skrupel Stühle fort. Neben der Aussichtsterrasse, unter den Nußzweigen, wurde ein ausschließlich Reutherscher Sitzplatz eingerichtet. Oma Bertha stemmte die Arme in die Seiten. »Was soll das denn nun wieder heißen. So weit weg vom Haus! Willst du von deinem Gast jedesmal einen Dauerlauf verlangen, wenn er mal ... oder wenn du was vergessen hast?«

»Ach Gott, Mutter. Was du schon verstehst.«

In den beiden Sommern davor hatte es keine Unterschiede gegeben zwischen Alltag und Sonntag, was die Kleiderordnung im Grünen betraf. Bei Temperaturen, wie sie der siebenundvierziger Frühling bereithielt, kamen nur ärmellose Kittelschürzen in Frage. Weder meiner Mutter noch Oma Bertha wäre es eingefallen, die Sommerkleider im Garten aufzutragen, geschweige den Klengels oder

Tante Taupalt, deren Sommergarderobe jeweils aus einem einzigen Fähnchen bestand, der Volksspendenaktion zu verdanken.

Heisterbachs Auftreten warf diese vernünftige und bequeme Regelung durcheinander. Daß er kam und ging, daß er vorbeimußte, während man stopfte, Zeitung las, sich kalten Kräutertee einschenkte oder einfach nur alle Fünfe grade sein ließ, bedeutete das Ende des ungezwungenen Weiberparadieses. (Onkel Taupalt hatte in dieser Hinsicht nie gezählt.)

Jeden Sonntag, ab Viertel vor vier, verschwand eine nach der anderen im Haus, plätscherte mit Waschwasser und kam im Kleid wieder zum Vorschein, nahm, als sei nichts gewesen, die alte Stellung wieder ein, die liegengelassene Beschäftigung wieder auf. Sie hätten für ein Tschechow-Stück posieren können, denn ihr gemimtes Laissez-faire überzeugte keinen Augenblick lang; zu offensichtlich saßen sie auf einer Bühne, die der Hauptdarsteller noch nicht betreten hatte. Sie fingen Bühnengespräche an, deren ausschließlicher Zweck es war, die Stimmung zu erzeugen, in der sie sich dem Besucher zu zeigen wünschten: angeregt und lachlustig. Doch nach einer Weile in der lauen parfümierten Luft, in der friedlichen Gartenstille mußten sie ankämpfen gegen Gähnen und Einnicken, das doch nicht sein durfte.

Trat der Erwartete aus dem Hausinnern, begann er mit dem Dienern auf der Veranda bei Onkel Taupalt. Die Frauen ließen ihn nicht aus den Augen, von der Forsythia, vom Flieder her. Sie zogen die bloßen Füße unter die Liegestühle und Rohrsessel oder scharrten nervös mit den gekrümmten Zehen auf der Erde herum, versteckten, daß sie barfuß waren zwischen den hohen Gräsern. Heisterbach schritt die Stationen ab, betrat den Rasen, ging auf dem kleinen Seitenweg zur Forsythia hin, schüttelte Hände und ließ sich Zeit.

Wie sie hinaufstrahlten zu den dunklen Gläsern im Horngestell, hinter denen doch nur die ziegenwimprigen Augen Gernot Heisterbachs blinzelten. Unter sich nannten sie ihn bereits beim Vornamen. Nicht mit der besitzanzeigenden Beiläufigkeit meiner Mutter (Gernot findet das auch), das nun doch nicht; sie tarnten ihre brennende Anteilnahme, indem sie auf Ironie auswichen, spöttelnde Töne verwendeten und sich gegenseitig mit ihm aufzogen. Nur Armgart machte dabei nie mit. Und erwähnte sie »den Gernot« doch einmal, dann niemals losgelöst von Valeska, der Gewinnerin, und schon gar nicht trieb sie mit seinem Namen Scherz wie die anderen, die es leicht hatten in ihrem narrenfreien Niemandsland, bereits alt und grau und lang genug Ehefrauen gewesen.

Trotz der Hitze hatte meine Mutter Kaffee gekocht. Sie selbst übernahm das Tablett mit dem Meißner Geschirr, wir alles übrige. »Siemen, bring mal noch zwei Kissen von der Couch mit!«

Als Gruppe »Herrin mit zwei jungen Dienern« rauschten wir den Hauptweg entlang, zwischen Hausfront und Rasen. Onkel Taupalt pfiff den Anfang von *Die Sonne geht auf*, und alle Köpfe drehten sich der Sonne zu, der türkisblauen Flamme Valeska. Eisvogelblau. Gletscherblau. Niemand hatte dieses Kleid vorher an ihr gesehen. Wie sie an den Stoff gekommen war, blieb ihr Geheimnis. Der legale Weg schied aus (Seide auf Bezugschein?!). Sie hatte sich die Honanseide als *Deux-pièces* schneidern lassen, der Rock wadenlang mit gesteppten Scheinfalten, die Bluse kasackartig darüber zu tragen, mit Bindegürtel und Brusttaschen; ähnliche Schnitte sah ich später in Filmen an den Gefährtinnen von Großwildjägern. Dazu ihre zehn Jahre alten Pumps aus Nubukleder. Ohne Strümpfe natürlich. Als wäre sie auf Absätzen geboren und der Stöckelschritt tägliche Gewohnheit, bewegte sie sich. Strauchelte nicht ein einziges Mal auf dem sandigen Boden.

»Siemen, bringst du Onkel Gernot mit hinter zur Terrasse?« Als handle es sich um ein weiteres Sitzkissen.

Solange wir zu sehen waren, machte keine der anderen Frauen Anstalten, sich zu erheben. Sie saßen wie angenagelt. Wahrscheinlich ahnten sie, daß neben dem Paradegang der Königin der Blumensäle sie sich wie Meerweibchen zu Lande ausnehmen würden, auf plumpen Entenfüßen tappend. Nur Füße in Schuhen waren schön.

Später wurde dem Gast die Übersiedlung in den Liegestuhl nahegelegt, oben auf der Aussichtsterrasse bereits aufgestellt und mit Kissen versehen. Mißfällig erwähnte meine Mutter, daß die beiden anderen Liegestühle leider von Mutter und Tochter Klengel okkupiert seien. Eigentlich eine Frechheit. »Wie schön könnten wir sonst nebeneinanderliegen.«

Die Hände hinterm Kopf verschränkt, bot Heisterbach scheinheilig an zu verzichten.

»Nein, nein, kommt überhaupt nicht in Frage. Ich muß sowieso erst das gute Geschirr wegbringen. Die Kinder leisten dir inzwischen Gesellschaft.«

Wir hatten uns gerade ohne Aufsehen verdrücken wollen.

Ich war von Anfang an für klaren Terror gewesen, wollte die Taktik »schreckliche Kinder« angewandt wissen und hatte mich Siemen nur ungern gefügt, der seine eigene Art der Ablehnung vertrat: sofort nach Ende der Anwesenheitspflicht sich in Luft auflösen. Seiner Meinung nach konnte sich die Sache höchstens ein paar Wochen halten. Dann müßte unsere Mutter, überwältigt von Heisterbachs Unvermögen, den hübschen Mann auf dem Photo im Wohnzimmer zu ersetzen, von ihm die Nase voll haben.

»Schon wie der lacht!« Und er machte es nach, dieses Meckern kompletter Idiotie. Was mich schließlich, eher noch als Siemens Prophezeiung, vom baldigen Ende der Beziehung überzeugt hatte. Das Ereignis trat indes weder nach der gesetzten Frist ein, noch wiesen Anzeichen darauf hin. Langsam wurde es bedenklich. Denn hatten wir seine Gegenwart im Haus noch irgendwie dulden können, bedeutete, ihn im Garten zu haben, weit mehr als eine bloße Störung. Sobald Heisterbach den Fuß in den Garten setzte, befand er sich in Feindesland. Selbst die Luft hier mißgönnte ich ihm, gesüßt von Buschrosen, Bestandteil der phäakischen Atmosphäre, eine rein weibliche Luft in unseren Diensten.

Vordem konnten wir uns darauf verlassen, im hintersten Garten ungestört zu sein. Sonntags vor allem (denn unter der Woche hatte jeder nach Schulschluß eine Latte aufsässiger Gefühle abzubauen, war laut, zerstreut und für Stunden verdorben). Sonntags hingegen hatten wir nichts vor. Wir begnügten uns damit, auf erhitzten Mauersteinen zu sitzen, mit blankem Hintern, Blättchen zu zerreiben und an den Fingern zu riechen, kleine emsige Tiere zu beobachten und sie über die eigene Haut krabbeln zu lassen. Lehnte man sich hintenüber, ließ sich der Blick nur schwer wieder zurückholen, hypnotisiert vom Licht, das durchs Sieb der Nußbaumblätter sickerte. Die Vögel schwiegen. Warme Dunstschwaden standen in der Luft: Lindenblüte, Wicken, wilde Kamille.

In diesen sengenden Stunden zwischen Mittagessen und

spätem Nachmittag kam niemand auf die Idee herumzuwandern. Matt von der harten Woche dösten sie alle in Hausnähe im Schatten und rührten sich nicht von ihren jeweiligen Kolonien fort. Bis die Kaffeelust sie hochscheuchte an den Verandatisch. Erst lange danach mußte man mit dem Auftauchen der einen oder anderen rechnen, deren Ziel das Aussichtsplateau war. Aber wie bedächtig kamen sie angewandelt, so daß wir nie überrascht wurden.

Manchmal kauerte sich meine Mutter in die Beete und machte sich ans Jäten und rief nach uns, weil wir ihr helfen sollten, was wir gelegentlich auch taten. Seltsamerweise erlosch ihr Mißtrauen unserem Tun und Treiben gegenüber, sobald sich unser Leben von drinnen nach draußen verlagert hatte. Hätte sie uns im Haus im Handumdrehen aufgestöbert, reichte es ihr im Garten, uns in der Nähe zu wissen, als Garantie, daß alles »in Ordnung« war. Gern freilich stellten wir uns zur Verfügung, wenn das Besprengen losging. Der Garten war dann schon weitgehend in seine Schlafstarre versunken. Nur die Amselhähnchen machten einander noch lange die Grenzen ihrer Reviere deutlich, von Dachrinnen und obersten Zweigen aus. Das große Gießkannengeschwader, an dem sich auch die Klengelschen beteiligten, rückte aus wie ein Abendsegen und schwenkte Regenglocken über Möhren und Rhabarber, über Erdbeeren und angepflockten Tomaten.

Die Anwesenheit der Ausgebombten im Garten, nun schon den dritten Sommer und obwohl sie zu viert waren, hatte kaum eine Beeinträchtigung unserer Gewohnheiten nach sich gezogen. Zum einen beschränkten sie sich auf die Nähe zum Haus und bewahrten stets ein gewisses Demutsverhalten, eine Schüchternheit im Auftreten, wenn sie sich in die Obst-und-Gemüse-Region vorwagten, um die berühmte Fernsicht zu genießen. Zum anderen waren wir, Siemen und ich, zweien von ihnen doch sehr zugetan und mußten, was wir ihnen vergönnten, wohl oder übel auch den dazugehörigen beiden anderen hingehen lassen.

Heisterbach aber aalte sich an unseren heiligsten Plätzen und unterbrach, wofür es keine Worte gab, Zusammengehörigkeit vielleicht oder Ströme. Denn solange er im Garten war, konnten wir nichts anfangen und sahen uns nur mehr einer Nutzfläche gegenüber, langweilig, L-förmig; nichts, gar nichts wagte dann mit uns anzubändeln wie sonst, wenn wir als Alleinherrscher auftraten. Und selbstverständlich konnte man nun nicht mehr einfach hinter die Hortensien treten, sondern mußte jedesmal ins Haus.

Im Trauermarschtempo stiegen wir die Treppe zur Terrasse hinauf. Heisterbach sah uns zu, während wir, wie befohlen, »Gesellschaft leisteten«, erst auf den Geländerstangen wippten und dann rittlings auf der Mauer saßen, alles von der Macht verboten.

»Na, freut ihr euch schon auf die großen Ferien?«

Zurückhaltendes Brummen. (Vier Wochen Kühlungsborn; eine Kiste mit Kartoffeln würde vorausgeschickt werden ans Quartier. Nicht daß meine Mutter die Absicht hatte, dort zu kochen; die Leute hatten ihr geschrieben, ohne abgegebene Naturalien bekäme man nirgendwo einen Mittagstisch.) Seit wir wußten, daß Heisterbach nicht mitkam, freuten wir uns tatsächlich.

Als er sich jetzt aufrichtete, glotzten wir überrascht zu ihm hinüber. Denn Heisterbach zog sein Hemd aus und hängte es über das Kopfteil des Liegestuhls. Schmalbrüstig, im Unterhemd, beugte er sich vor, wobei sich in der Mitte seines Rückens die Rippen zum Buckel formten, um sich die Schuhe aufzuschnüren und von den Füßen zu streifen und dann auch die Socken noch zu entfernen, formlose Beutel in Graubraun. Er spreizte die befreiten Zehen, auf denen orange flammende winzige Borstenbüschel sprossen, und zupfte an den Bügelfalten seiner Hose, bis die Aufschläge in Kniehöhe gerutscht waren.

Was wir fasziniert registrierten: Seine Schienbeine, seine Arme, der vom Unterhemd ausgesparte Brustlatz, der rosageschwitzte Nacken waren vollständig mit goldgelbem Kükenflaum überzogen. Einzig die Schultern, haarlos und grießweiß, störten den Gesamteindruck.

Gegen meine in den Nachbargarten baumelnde Wade wurde Alarm getreten. Kuck dir das an, siehst du das. Und ich wußte, es war wieder mal ein neuer Name fällig. Einer unserer Spitznamen für Heisterbach hieß »Fischzahn«. Ein anderer »der Schleimbeutel«. Sie lösten einander ab, denn sie verloren ziemlich schnell ihren Biß und verschlissen durch den häufigen Gebrauch, gerieten sogar in Gefahr, eine liebevolle Note anzunehmen. Jetzt war er »die Hummel« geworden, bald schon verknappt zum gehässigen Summton.

Wieder langgeräkelt, grinste er anbiedernd mit seinen schlechten Zähnen. Ernste und indifferente Mienen antworteten ihm. Hatten wir doch die Briefe.

Päckchenweise dem Nachttisch meiner Mutter entnommen, wurden sie Unterrichtsmaterial. Um die Position der »Hummel« zu erschüttern, brauchten wir dringend eine Gegenfigur. Brauchten Zeugnisse ihrer Lebendigkeit. Brauchten Beweise ihrer haushohen Überlegenheit. Die Lesung – eine Art Akademie, eine Vater-Akademie, auf der Veranda – endete jeweils, kurz bevor meine Mutter nach Hause kam. Wenn sie es jetzt auch mit Heisterbach hatte, wollten wir doch lieber nichts riskieren.

Wie recht wir mit solcher Vorsicht hatten, bewies die Tatsache, daß sie sich, Heisterbach hin, Heisterbach her, nie von der Schublade voll Papier getrennt hat. Als wir Podgoritza verließen, gehörten die Briefstapel zu ihrem persönlichen Fluchtgepäck. Anderes, ebenso unersetzlich, darunter die Photoalben, war uns von Oma Bertha nachgeschickt worden, nachdem wir eine feste Adresse hatten. Aber eben doch alles auf gut Glück. Man mußte mit Einbußen rechnen im interzonalen Postverkehr. Drei Pakete gingen denn auch verloren.

Im einen war der Brockhaus-Atlas gewesen, mit dessen Hilfe meine Mutter die Standorte ihres jungen Ehemannes aufgesucht hatte, mit dem Finger den Feldzügen folgend und Lesezeichen an jenen Stellen hinterlassend (die betreffenden Orte mit Bleistift umkringelt), wo er mit ihr zusammen noch einmal hatte hinfahren wollen, »wenn das alles endlich vorbei ist«. So etwas wie ein Zauberspiegel muß dieser Atlas für sie gewesen sein, indem er ihr mittels kartographischer Bilder ein Dabeisein vorgegaukelt hatte; er schlug sich bei bestimmten Seiten ganz von selbst auf, von der Last darauf ruhender Arme daran gewöhnt. Der Verlust war ihr seinerzeit recht nahegegangen. Den Atlas durch einen neuen zu ersetzen stand nie zur Debatte. Von den Briefen sich auch nur vorübergehend zu trennen muß ihr dagegen als wahrhaftes Gottversuchen erschienen sein, nicht mal im Traum erwogen.

Manchmal dachte ich, Onkel Taupalt sei nur deswegen der sibirischen Verbannung entgangen und habe nur deshalb seine mysteriöse amphibische Krankheit lange genug aufgehalten, um uns diesen Dienst zu erweisen: das Vorlesen der Feldpostbriefe des Obergefreiten Frerich Reuther. (Wir hatten einsehen müssen, daß wir allein mit der Schrift nicht zu Rande kamen, und uns entschlossen, die einzige Vertrauensperson, die wir kannten, mit hineinzuziehen.)

Die Briefe waren mit Tintenstift auf DIN A 5-Zettel geschrieben. Alle steckten noch im grauen Originalumschlag. Zettel und Umschläge rissen an den Faltstellen bereits ein, so behutsam der Onkel sie auch auseinanderfaltete.

»Faßt sich an wie Wespennester.« Und er schüttelte den Kopf, schüttelte ihn lange, von einer Traurigkeit gepackt, die im miserablen Briefpapier der Landser das Elend der Welt beklagte. »Die müßte man luftdicht verlöten. Wenn ihr sie bewahren wollt, heißt das. Die Schublade ist nicht das Richtige.«

Er hatte übrigens keinerlei Schwierigkeit, die Schrift zu entziffern. Freilich sei sie arg blaß, aber hier draußen, in der grellen Sonne, kein Problem. Was für gerade Zeilen, wurde auch gelobt. Das sollten wir uns mal angucken. Wenn man bedachte, unter welchen Umständen die Briefe entstanden waren. Auf der Erde hockend mit dem Gasmaskendeckel als Tisch. In einen rüttelnden Armeelastwagen gepfercht, wo durch einen Planenschlitz etwas Licht ins Innere fiel. Bei einem Kerzenstümpfchen im Unterstand, womöglich mit erfrorenen Fingern. Zwischen zwei fürchterlichen Schlachten, seit sechs Nächten nicht zum Schlafen gekommen, mit dem Rücken an den Beiwagen seiner Maschine gelehnt. Wir glaubten ihm aufs Wort, zogen nicht das geringste in Zweifel, auch wenn es nicht seine Feldzüge gewesen waren, nicht seine Schlachten und nicht seine Nächte ohne Schlaf. Das gehörte einfach zur männlichen Grundkenntnis zu wissen, wie es zuging im Kriege.

Vielleicht lag es am Sonnenglanz, am fast schon afrikanischen Lebensgefühl über Tage und Wochen hin, abgelenkt zudem vom Kratzen an verschorften kleinen Wunden, dazwischen das beständige hektische Flattern der Schweizerhaustauben (als schlüge man mit der flachen Hand in eine Schüssel Wasser), daß ich, obwohl ich konzentriert zuzuhören mir Mühe gab, von den dreiundvierzig letzten Monaten unseres Vaters ein verhältnismäßig einseitiges Bild empfing. Ich war ja erst achteinhalb. Dazu kam, daß ich seit zwei Jahren unablässig las, unterm Einfluß namhafter, unverwüstlicher Helden stand und vom Inhalt der Briefe vor allem das behielt, was den Soldatenvater, wie mir scheinen wollte, in deren engere Verwandtschaft rückte. Die ständig sich wiederholenden militärischen Details rauschten an meinem Ohr vorbei. Bereits nach den ersten Lesungen schälte sich aus dem Wust der Mitteilungen eine Persönlichkeit heraus, halb Schwabscher Odysseus, halb Robinson im Krieg mit den Eingeborenen. Manches war überraschend, nichts jedoch erstaunte. Wahrscheinlich hätte nicht einmal das Auftauchen des tatsächlichen Briefschreibers diese Sagengestalt ersetzen können, deren Existenz ohne Beispiel war.

Nichts schien selbstverständlicher als das Glück, mit dem er an Ruhr und Typhus vorbeischlitterte, und es kostete allenfalls einen kurzen Schauder, zu hören, daß er, in seinem letzten russischen Sommer, nach langer Nachtfahrt schlafend im Gras liegend, von einem voll beladenen Wagen überrollt worden war. Denn war er nicht, dank seines *schweinemäßigen Dusels* mit dem Leben davongekommen, auch weiterhin *verwendungsfähig* geblieben, *voraussichtlich ohne bleibende Schäden.* Wie sollten wir nicht an seine Unverwundbarkeit glauben, wo er den Glauben doch mit eigenen Worten immer wieder aufrechterhielt, *durch stärksten Beschuß* mit seinem Motorrad in die vorderste Frontlinie vordrang, um Essen und Post zu verteilen, und zuverlässig wie ein Bumerang zum Ausgangsort zurückkehrte, mit zerschossenem Tank, ohne Helm, selbst nur gestreift.

Oder das Bedürfnis, sich proper zu halten – und unter

wie grotesken Umständen oft! –; wie lachten wir, weil unser pfiffiger Soldatenvater darauf verfallen war, die Unterwäsche über Nacht ins Freie zu legen, damit die Läuse erfroren bei vierzig Grad Kälte.

Wer außer ihm konnte Sätze prägen, bei denen man tiefer Luft holte in Bewunderung einer Haltung, die wir für Unerschütterlichkeit nahmen angesichts des Schlimmstmöglichen. »Davor gibt es kein Ausreißen. Entweder man hat Glück oder kein Glück.« Solche Sätze gab es mehrere im allerletzten Stapel, der mit dem Namen einer bestimmten Stadt verknüpft war, Stalingrad, ein braunes Kartoffelsackwort, bereits vom Klang her abstoßend. Eine merkwürdige Stadt, die unserem Vater nur Erdlöcher anbot zum Wohnen und Schlafen, nicht daß er sich beschwert hätte; eher war es eine Bemerkung am Rande, und das Gewicht lag auf der Tatsache des Schlafens an sich, als handle es sich um eine Vergünstigung.

Während er durch den Mund von Onkel Taupalt sprach, sofort nach der Anrede (in der wir nie vorkamen), war sein Gesicht in der Nähe. Das von den vergrößerten Photos im Wohnzimmer, mit der Lächelvertiefung in der Wange rechts, dessen Züge ich später wiederzuerkennen meinte bei einigen Gentlemanpiraten der Leinwand und bei manchen Charakterspielern der »guten Seite«, die für den Helden die Kastanien aus dem Feuer holten. Oft kam mir sogar deren Haarbeschaffenheit vertraut vor, denn hatte er es nicht auf noch früheren Aufnahmen ebenso getragen: reichlich, lockig, bei Wind und engagierter Bewegung schon mal in die Augen fallend, nicht das getrimmte Haar der ganz späten Schnappschüsse, das zwar über der Stirn üppig ansetzte, der Krone eines Pudels vergleichbar, über den Ohren jedoch und bis weit hinter die Schläfen abrasiert war wegen des Ungeziefers.

Im ersten Päckchen fanden sich auffallend selten Erkundigungen nach Siemen und mir. Höchstens, daß wir im Abspann des einen oder anderen Briefes erwähnt wurden als »hoffentlich folgsam« oder gelegentlich in die Grußlitanei mit hineingerieten, als letzte in einer Reihe aufgelisteter Namen. Offenbar rangierten wir weit hinter jenen Verwandten und Bekannten, für die Danksagungen und Grüße aufgetragen wurden, hatten sie ihm doch Zigaretten zukommen lassen (nie fehlte die präzise Anzahl; als ob meine Mutter zu Hause ein Dankbarkeitskonto führte, dessen Pluspunkte später mal abzugelten wären). Auch die Spender von Rätsel- und Motorradzeitschriften oder gesammelten Illustrierten waren es wert, namentlich genannt zu werden.

Bis Siemen eines Nachmittags, wir hatten gerade den Frankreichfeldzug vorgenommen, anstatt wie sonst den von Onkel Taupalt fertig gelesenen Brief ins Kuvert zurückzustecken, die letzte Seite selber noch einmal studierte. Absuchte.

»Na du Spinnifex? Traust mir wohl nicht?« Der Onkel nützte die Pause, um seine Blechschachtel mit dem Kippentabak zu öffnen und sich eine Zigarette zu drehen. Siemen griente ertappt und stopfte das Blättchen mit den Tintenstiftzeilen hastig in den Umschlag. Des Onkels Daumen zwirnte am Rädchen seines gefährlich aussehenden Feuerzeugs, achtmal, neunmal, ehe die Flamme ansprang. Er las nicht gleich weiter. Wir sollten mal einen Moment warten. Wie leicht konnten glühende Tabakkrümel auf den Brief fallen. »Das Papier ist doch der reine Zunder.« Er rückte mit dem Stuhl ein Stück vom Tisch ab und wandte den Blick von uns fort. Als könne er nicht genug kriegen von den grünen Baumkronen und den weiß blühenden Ästen, von fliegenden Schwalben und überhaupt dem ganzen schönen Tag, starrte er ins Weite. Zwischendurch immer mal ein tiefer Lungenzug.

»So, dann wollen wir mal wieder. Dritter Juni vierzig … Sailyse. Sailyse? Soll wohl Saint-Lys heißen. Sicher nach dem Gehör hingeschrieben. Seid ihr soweit?

Mein Allerliebstes, dies ist der letzte Tag der Ruhe. Gestern hab ich mich in einem Dörfchen in einem *estaminet* lange mit einem Franzosen unterhalten. Er meinte, ich würde ein korrektes Französisch sprechen. Er will nach dem Krieg mit mir in Briefverbindung treten, wir haben unsere Adressen getauscht. Es tut gut, wenn man mal durch einen Ort kommt, der vom Krieg unberührt ist, und man die Einwohner vor ihren Türen sitzen sieht, staunend. Die Landschaft wirkt fast erzgebirgisch, die Dörfchen, die kleinen Kirchen. Wir kampieren in einem großen Gutshof, wo alles scheußlich voller Federn liegt, die Vorgänger haben sich hier ihre Hühner gerupft. Auch in den Räumen ist wie von Räubern gehaust worden, in der Küche z. B. steht die Wasser-und-Wein-Brühe fünf Zentimeter hoch, das Radio auf dem Boden zerschmettert, da kein Strom, Schubladen einfach ausgekippt. Ziegen, Rinder und Karnickel rennen ratlos herum. Morgen soll die Scheiße wieder weitergehen. Am meisten graut mir vor der feindlichen Artillerie. Wenn die Geschosse kommen – schschschßßßzz-plautz! –, das ist ein grausiges Gefühl. Wie ich mich nach meinem Zuhause sehne! Leben eigentlich meine Kakteen noch?«

Dann, unmittelbar nach den Kakteen (in der gesamten Wohnung hatten wir nirgendwo einen einzigen Kaktus stehen), noch vor dem üblichen Gezärtel, allein an das »Hasel«, die »Gute«, die »Allerliebste« gerichtet, dankte er für »das Photo von den zwei Lütten«, das ihm »Trost und große

Freude« sei, und verband es mit dem Auftrag, uns zu küssen (»gib ihnen ein dickes Bussi von mir«).

Küsse! Aus den Augenwinkeln schielte einer zum andern hin. Ob man sich nicht vielleicht verhört hatte. Küsse, ich puffte Siemen, Küsse, und er puffte zurück. Onkel Taupalt blickte weihnachtsmännisch auf uns.

Irgend etwas mußte in Frankreich mit unserem Vater vorgegangen sein, mit diesem dritten Juni hatte es angefangen. Die Heimkehr wurde nicht mehr nur beschworen, sondern ins Auge gefaßt. Immer häufiger fand er Parallelen: Die Saône wurde als »etwa so breit wie die Elbe« befunden, Lyon erinnerte ihn »der Größe nach an Dresden«, auch Ähnlichkeiten mit dem Erzgebirge rührten ihn jedesmal sehr. Andererseits, vor allem nachdem die Kämpfe aufgehört hatten und mit ihnen die Angst, brach etwas Jugendliches hervor, eine neue Dimension. Nunmehr war in jedem Brief DAS LEBEN die Hauptsache. Schwärmerische Erwähnung der Schlösser zwischen hohen Bergen, der Datteln (für zehn Pfennig), des reinwollenen Badeanzugs *fait en Paris* (drei RM), um in der Saône zu baden. Überhaupt die Saône im Mondschein! (Wasserrosen, Fledermäuse) Lyon »könnte das Paradies sein«, Straßen und Cafés »voller Menschen, wie in Friedenszeiten«, die Mädchen und Frauen »groß, schlank, brünett«, obendrein »gepflegt« und »alle geschminkt«, was bei ihm höchstem Lob gleichkam; er hatte viel übrig fürs Zurechtmachen, und sein Idol war die Filmschauspielerin Kirsten Heiberg gewesen (groß, schlank, brünett), das wußten wir von meiner Mutter; er hatte sie gern mit jener verglichen.

Es ist, als liefe ihm mit einemmal das Herz über, er kann sich »überall unterhalten« und tut das offenbar mit wahrer Wonne. Den ganzen gesparten Sold gibt er aus: »Einen kleinen Brillantring aus Platin für meine Gute, kam 660 Fr., es war der letzte; die Leutnants und Offiziere kaufen wie verrückt.« Dort, damals, muß er auch unsere Kaninchenfellmäntel aufgetrieben haben, die rosa Decke, das Bracelet mit den Miniaturen, und den durchbrochenen Sommermantel. Und dort, damals, begann es sich einzuspielen, daß vor dem Zimt, dem überschwenglichen (»Meine Liebste, ich umschlinge dich im Geist und küsse dich schwach«, was wir uns mit »nur ein bißchen« übersetzten, mit »obenhin«), regelmäßig auch wir unser Teil abbekamen. Nicht mehr als zwei, drei Sätze freilich.

Wie schnell und gierig gewöhnten wir uns daran, sein »ein und alles« zu sein (aus Dimokury), »dicke Schmätze« einzuheimsen (aus Shitomir) oder Ostereier zu suchen, die in Bihac »zu gern« für uns versteckt worden wären. Denn die Heimkehr hatten sie sich in die Haare schmieren müssen. Erst im August zweiundvierzig war er auf eine Woche nach Hause gelassen worden. Zu dumm, daß ich mich daran überhaupt nicht erinnern konnte. (Oma Bertha: »Ich seh ihn noch die Gasse runtergehen, früh um fünf, so schleppend, hat sich nicht mal mehr umgeguckt. Am Tag vorher hatten wir seinen 32. Geburtstag gefeiert.«)

Ungefähr ab Mariupol begann sich etwas Trockenes, fast Stereotypes in unsere gutgehende Liebesbeziehung einzuschleichen. Hatte sich das Interesse am Tun und Lassen der »Lütten« nach und nach erschöpft? War die Anstrengung, ständig neue Abschiedssätze für uns auszudenken, unter den gegebenen Umständen zuviel verlangt? Selbst die Schrift schien an den bewußten Stellen nachlässiger zu werden; Onkel Taupalt geriet jetzt beim Ablesen wiederholt ins Schwitzen, hantierte viel mit dem Taschentuch, während er grübelte, was das denn nun wieder heißen konnte. War die

Klippe überwunden, las er den Rest der letzten Seite, der sich allein an meine Mutter wandte, flott und ohne sichtliche Behinderung vom Blatt. (»Ach, mein Hase, es ist entsetzlich ...«)

Nach der Nachricht aus einem Ort, der Karpowka hieß, war dann nichts mehr gekommen.

Gleich noch mal von vorn zu beginnen mit Vorlesen, wozu wir ihn drängten – »wenigstens ab Frankreich, ab Saint-Lys! Bitte!« –, schlug uns Onkel Taupalt rundheraus ab.

Siemen, neu beflügelt, betrieb die Inventur sämtlicher Vaterdinge mit dem Eifer eines Tempeldieners. Sie ideell aus dem ehelichen Gemeinschaftsbesitz herauszulösen, Schlipse durch die Finger gleiten zu lassen, an Zigarettenspitzen zu lutschen, lange an eingetrockneten Bayrumflakons zu riechen war Teil des Kults. Siemen trug ganz offen an seinen dünnen nackten Oberarmen die Gummibänder der Ärmelraffer. Nur mit den Motorradsachen, den Reliquien verflossener Fahrten zu zweit, gingen wir doch lieber auf den Dachboden; ein bißchen Rücksicht schadete ja nichts.

Neben den Briefen und Habseligkeiten gab es noch eine dritte Quelle, um an Informationen zu gelangen. Wir mußten die Macht zum Reden bringen. Gehörte nicht alles, was sie noch wußte, von Rechts wegen auch uns? Wie eine Fliege kam Siemen immer wieder auf dasselbe zurück, solange ihm die erhaltene Auskunft nicht genügte, und drehte aus der Antwort umgehend die nächste Frage.

Vor allem an den Sonntagen legte er es darauf an, Charakterzüge und Lebensweise unseres Vaters zum mahlzeitfüllenden Tischthema zu strecken, und Gernot Heisterbach mußte sich anhören, was es mit den Abneigungen und Vorlieben Frerich Reuthers auf sich hatte. Mußte alles erfahren über Frerich Reuthers Geschmack und seine Gewohnheiten.

Sonderbarerweise hielt sein Dabeisitzen meine Mutter nicht davon ab, auf Siemens Bohren hin in Anekdoten zu schwelgen. Wie unser Vater gezischt hatte, sobald Siemen, dreijährig, nach dem abknöpfbaren Aschenbecher über der Armlehne des »Rauchsessels« griff. Und wie Siemen ein Spiel daraus gemacht hatte, allein des Zischens halber. Oder das Abkommen, noch während der Verlobungszeit geschlossen: Sie hatte sich ihm zuliebe die Haare wachsen lassen – sie sei ein spanischer Typ, hatte er behauptet, und müsse unbedingt einen Nackenknoten tragen –, und er selbst hatte sich, ihrer Bedingung gehorchend, daraufhin den Moustache stehen lassen.

Inständige Blicke, entzücktes Lachen ihrer Kinder. Der Vierte am Tisch muckste sich nicht. Unserer Meinung nach konnte Heisterbach nicht länger daran vorbeisehen, wie sein Rivale, der rechtmäßige Mann der Familie, an Präsenz gewann. Wie er – schön, gewandt, lustig und von allen geliebt – sich übergroß ausbreitete, um seine Frau und seine Kinder gegen die »Hummel« zu verteidigen. Zwischen Abend und Mitternacht jedoch gewann Heisterbach allen verlorenen Boden wieder zurück.

Als wir aus dem Windschutz der Arkaden heraustraten, wußten wir eigentlich nicht recht, wohin nun und wie die Zeit totschlagen. Kurz nach eins erst. Am liebsten hätte ich vorgeschlagen, die Stunden bis morgen früh mit Ruhe und Abwarten zu verbringen. Keine Zerstreuungen mehr. So ähnlich wie das Nüchternbleiben vor gewissen heiligen Symbolhandlungen; bei den Katholiken, glaube ich, war das Vorschrift gewesen. Dazu kam, nach der Wärme im Café, unkontrollierbares Schlottern und Zittern.

Fest eingehakt rannten wir in ungeschickter Hast über die Fahrbahn. Blinzelndes Gucken nach rechts und links, ob nicht im Schneetreiben eine Straßenbahn heranraste; die Autos, viele schon mit Licht, in langer Kette, schlichen, um ja niemanden zu überfahren. Der unter Böen und Flockenwirbeln zappelnde Schirm nahm einem das letzte bißchen Sicht.

»Treppe ...«, sagte Siemen vor einem steil ansteigenden Schneehang. Wir kamen auf der Terrasse heraus, traten an die Balustrade über der Elbe, außer uns keine Menschenseele, und starrten frierend auf das dahinströmende Wasser unter uns. Die Schiffsanleger verödet bis auf einen. Das Schiff hatte weder Radkasten noch den typischen zigarettenförmigen Schornstein der zu unserer Zeit üblichen Dampfer; vielleicht war es nur eine Attrappe. Aber dann fielen uns Leute auf, die eben dieses Schiff betraten, ganz normal über die Laufplanke. Wir hatten sie gar nicht kommen sehen, die Uferstraße war unseren Blicken entzogen. Das Schiff schien sie erwartet zu haben. Denn plötzlich waren die Fenster des Salons illuminiert, ein Lampenschirmchen am anderen.

Die ganze Länge der Terrasse mit einer einsamen Spur versehend, stiegen wir über die große Freitreppe ab, hinunter zur Uferstraße, und machten uns gegenseitig den Mund wäßrig. Gänsebraten. Kleine gelbe Kartöffelchen drum herum. Apfelrotkohl. Sauce im Kännchen. Alles auf weißem Tafeltuch angerichtet, die Servietten zu Bischofsmützen gefaltet.

Nach Passieren der Schwingtür strich ich die Tafeltücher. Dafür gab es Adventsgestecke, auf jedem Tisch das gleiche, die Schleifen starr und metallisch, mit eingestanztem Lochmuster. Die Gäste saßen zu sechst an Vierertischen, Sympathiegemeinschaften offensichtlich, wie beim Schulausflug. Alle redeten halblaut, Rudelstimmung herrschte; die Frauen waren weit in der Überzahl. Wir, als zuletzt Gekommene, wurden neugierig gemustert, als müßte man uns eigentlich schon mal gesehen haben, bloß wo? Daß wir uns nirgends dazusetzten, sondern an einen Tisch für uns allein, machte aus diesem Rätsel etwas erst recht Unwägbares. Schon schossen sich die ersten Blicke auf latente Feindseligkeit ein.

Doch dann fegte die Bedienung um die Kombüsenecke, immer drei Menüplatten aufs Mal balancierend. Sie mußte alles allein bewältigen und tat das im Sturmschritt. Zack, zack, zack landeten die vollen Teller vor den entsprechenden Nasen. Das Interesse der Sechsertische an uns flaute ab. Die Essensberge rauchten noch, und der Dampf legte sich als Haut auf die Fensterscheiben.

Komisch, wie undurchsichtige Fenster einen sofort nervös machen; als ob man was Wichtiges verpassen könnte, das sich unterdessen draußen ereignet. Und wenn es nur das Einfallen der Winterdämmerung ist. Mit zwei gekrümmten Fingern wischte ich ein Guckloch frei. Ehe ich es jedoch benutzen konnte, war die Bedienung überraschend aus ihrer Servierbahn ausgeschert und hatte eine Extraschleife beschrieben mit Zwischenhalt an unserem Tisch.

»Sie haben noch kein Getränk.«

Erst mal was Heißes. Dann, zum Essen, ein schöner Wein. Sie stob davon, wollte mehr nicht wissen, die hinterhergerufene Bitte nach der Speisekarte wurde mit einem Blick über die Schulter abgetan. Witzbolde, sagte der Blick. Ein zweiter Anlauf, das Angebot der Küche zu erfahren, als sie uns die Gläser mit den Teebeuteln hinstellte, fiel glücklicher aus.

»Alle kriegen dasselbe. So war's ausgemacht. Putensteak mit Rosenkohl und Kroketten.«

Ein paar Tische entfernt stand eine Frau auf – »lassen Sie mich bitte mal durch« –, etliche Esser mußten raustreten ihretwegen, vielmehr unsertwegen, denn sie pflanzte sich neben der Bedienung auf. Stramm und fest, mit ihrem erdrutschartigen Busen zwischen den offenstehenden Flügeltüren einer festlichen Weste aus Brokatstoff. Auch ihr Gesichtsausdruck war ganz auf frohe Festlichkeit eingestellt. Gütig erhitzt vom heißen Essen und gewillt, an diesem vergnügten Tag auch nicht das leiseste Wölkchen am Horizont zu dulden, nannte sie erst einmal ihren Namen – er war Buttgereit –, gewissermaßen als die gute Nachricht. Als Zusicherung, daß wir damit unter ihrem Schutz standen, ehe sie mit der schlechten Nachricht herausplatzte.

»Wissen Sie, wir sind nämlich alle mit Scheeps hier.«

Scheeps-Fahrten aus Emsdetten. Das Schiff war eigens für sie gechartert worden, denn normalerweise verkehrten die Elbdampfer im Winter nicht. Heute hatte der berühmte Striezelmarkt auf dem Programm gestanden, und morgen sollte es ins Spielzeugdorf Seiffen gehen.

»Leider hab ich Sie zu spät bemerkt, ich sitze etwas ungünstig. Ich wurde erst durch Ihre Frage nach der Speisekarte hellhörig.«

Es war ein bißchen, wie aus dem Strandkorb exmittiert zu werden, wenn die Besitzer anrückten: Man nahm's sportlich, raffte seine Plünnen an sich und wechselte, um das Gesicht zu wahren, noch ein paar Worte mit den Rechtmäßigen.

»Sie jagen uns also wieder hinaus in Schnee und Kälte«, sagte Siemen. Er tat, als zwinge man ihn, im Stehen den brühheißen Tee auszutrinken. Mit zwei Fingern hielt er den tropfenden Teebeutel am Bändel.

Nein, nein (sie schlang die Hände ineinander; korpulente Sängerinnen bevorzugen diese Geste beim Vortrag, die Ellenbogen dabei angehoben), um Himmels willen nein! Selbstverständlich dürften wir uns hier drinnen im Salon aufhalten. »Wir sind doch keine Barbaren. Und es ist ja auch Platz da.«

»Lizzi, dein Essen wird kalt«, wurde aus dem Hintergrund gerufen. Sie ignorierte es. Außer Oma Bertha – und das war lange her – hatte ich nie jemanden die Hände ringen sehen. Nicht in solcher Unschuld und Aufrichtigkeit. Nicht mit derartiger Seelenqual und Hoffnung gleichzeitig, alles wiedergutzumachen. »Wie können wir Ihnen bloß helfen. Es tut mir ja so leid.«

Die Schuld liege ganz bei uns, sagte Siemen. »Kleiner Irrtum; kann schon mal passieren. Aber doch keine Katastrophe.« Und sie sollte sich ruhig wieder ihrem Essen widmen. Er zog das Portemonnaie.

»Hast du zufällig einen Fünfer passend?« Wir fuhren in die Mäntel. Siemen reichte mir meine schneeklamme Baskenmütze vom Haken herunter.

An den Sechsertischen ruhte wie auf Kommando das Gewurstel Ellenbogen an Ellenbogen. Man verfolgte unseren Aufbruch. So mußten die alten Römer in der Arena gelauert haben: Gleich würde der Löwe freigelassen, mal sehen, wie das Pärchen Christen sich benahm, wenn es merkte, daß nichts mehr zu machen war. Doch sie hatten nicht mit Lizzi Buttgereit gerechnet. In ihrer weißblusigen Stattlichkeit verstellte sie uns den Weg und legte Siemen und mir je eine rundliche Hand auf, nur die Andeutung eines Zugriffs, immerhin aber so nah bei Leibe, daß wir vom Dunstkreis eines brötchenwarmen französischen Dufts erfaßt wurden.

»Ja, wo wollen Sie denn jetzt hin?«

Die Bedienung nahm es auf sich, uns reinen Wein einzuschenken. Ein Verlassen des Schiffs war erst wieder in Bad Schandau möglich.

»Wir fahren schon eine ganze Weile. Haben Sie das denn nicht mitgekriegt?« Achduscheiße. Und ein Absetzen unterwegs? In Loschwitz beispielsweise oder in Pillnitz?

Resolutes Kopfschütteln. War nicht drin. Undurchführbar.

»Und wie lange dauert das, ich meine, bis wir in Bad Schandau sind?« Siemen richtete seine Fragen ausschließlich an die Bedienung. Unsere Beschützerin überging er; nicht mal mit einem Blick bezog er sie ein. Denn Frau Buttgereit (die Gute – wie sie unser verspätetes Begreifen der Gefangenschaft gleich noch einmal mitbegriff und, ganz Weh und Ach, über die eigene Seele laufen ließ!), Frau Buttgereit gehörte eindeutig zur Spezies der Mitleidshyänen. Goldene Gemüter soweit und im Fall der Not biblischer Opfertaten durchaus fähig, hingegen absolut die falsche Adresse, wenn einem an nüchternen Auskünften gelegen war.

Sechs Stunden, schätzte die Bedienung, vielleicht auch sechseinhalb. Kam drauf an. In Bad Schandau könnten wir uns dann in den Nahverkehr setzen und spätestens zweiundzwanzig Uhr wieder in Dresden sein.

Wir starrten uns in die Augen, Siemen und ich. Gleichzeitig kippten unsere Köpfe nach hinten. (Ich hatte das bei den Lachmöwen in Bulgarien beobachtet, wie sie früh um drei auf den Dachfirsten saßen und genau so, mit gespannten Hälsen, zum Himmel hinauf geierten.) Wer Siemen zum erstenmal lachen hörte, reagierte fast immer frappiert. Männer vor allem. Sein spitz angesetzter Primadonnenschrei, übergehend in Koloratur der Soubrettenlage – von einem der Ihren ausgestoßen, mußte das wohl an Okkultes rühren. Sie sprachen dann, wenn sie wieder Worte fanden, mit tieferer Stimme als gewöhnlich.

Auf Frau Buttgereit jedenfalls wirkte das Lachmöwenduett Wunder. Augenblicklich hatte die Festfreude an der Kaffeefahrt auf der Elbe wieder Oberwasser, und Weihnachten war wieder ganz nah. Sie nahm mir den Mantel fast mit Gewalt ab, glücklich über unsere Einbürgerung in die Scheeps-Familie.

»Sie werden sehen, so schlimm ist es gar nicht. Die Zeit vergeht im Handumdrehen, und nachher gibt es noch künstlerische Darbietungen. Da dürfen alle mitsingen, und die Kerzen werden angezündet.« Vor allem aber knöpfte sie sich die Bedienung vor. Zwei unangemeldete Essensportionen, was die Küche dazu meinte.

An Kroketten und Rosenkohl ließe sich eventuell was abzweigen, wurde gesagt. Die Putensteaks seien leider genau abgezählt gewesen.

»Der Herr kann die Hälfte von meinem haben«, sagte Frau Buttgereit herzlich. Sie strahlte Siemen an. »Männer wollen immer Fleisch, stimmt's oder hab ich recht? So, Mädchen, laßt mich mal wieder rein ...«

Der Rosenkohl schmeckte dumpfig. Über die Kroketten schwieg man besser. Von Hand zu Hand weitergereicht, traf eine Untertasse bei Siemen ein, darauf das kalt gewordene halbe Putensteak. Demonstrativ schob er den Teller zu mir hinüber, worauf ich ihn wieder zurückschob; es fing an kindisch zu werden. Etwas verspätet deutete er eine Verbeugung zur Spenderin hin an und erhielt ein niedliches Winken.

»Du brichst die Herzen der stolzesten Frau'n«, sagte ich.

»Verstehst du nicht? Wenn ich das esse, bin ich verpflichtet, bis Bad Schandau Helena in ihr zu sehen. *Zecca fetente!*«

Wir müßten noch weit Schlimmeres aushalten, bis wir in Bad Schandau wären, sagte ich.

Einer der älteren Herren war gerade dabei, ein Keyboard zusammenzubasteln. Vielmehr bastelten zwei Helfer für ihn, der Künstler selber knetete an seinen Händen herum, krallte sie zur Faust und spannte sie wieder, Last-minute-Gymnastik. Die Gesichtszüge von der auf ihm lastenden Frohsinnsverantwortung versteinert. Eine der Scheeps-Damen, vermutlich die Künstlergattin, zerrte drei Schaumgummisitzpolster aus einer Plastiktüte. »Probier mal, ob das hoch genug ist, Siegfried.«

Zwei weitere Frauen hatten ihm unterdessen, seine ungnädigen Armbewegungen richtig interpretierend, das Jackett ausgezogen. Befreites Schulterrollen des Maestro, ja so konnte es gehen. Langes Brüten dann über dem mitgebrachten Heft, Vor- und Zurückblättern mit angelecktem Daumen. Register eintippen. Plazieren der gezückten Solofinger auf den entsprechenden Tasten. Und los.

So wie er spielte, mußten auf seiner Vorlage ausschließlich ganze Noten stehen. Punktierte ganze Noten. Jeder Marche funèbre war daneben ein Schnellwalzer. Noch durfte nicht mitgesungen werden. Die Gattin bremste einige voreilige Lerchen mit auf den Mund weisendem Pst-Finger. »Erst mal muß er sich einspielen.« Doch bald wurde wieder schüchtern gesummt, und der Maestro drückte, gewährend nun, einmal kurz die Augen zu. Die Gattin übersetzte: »Jetzt dürft ihr.«

» ... daß es treu mich la-heite an de-er lieben Hand.« Begeistert schleppten die Scheeps-Kehlen mächtige Vorräte an Innigkeit von Takt zu Takt. Ich klebte alle naselang an meinem Guckloch. Noch nicht so weit. Zwanzig Minuten vielleicht noch. Elbaufwärts, das dauerte. Das zog sich hin.

Wir hatten Vogelbeerschnaps bestellt und drehten die kurzen Gläser zwischen den Fingern, unablässig

»Was machst du an Heiligabend? ... Caspar kommt doch sicher zu dir, oder? ...«

»Ja klar.« Dazu Nicken, bekräftigend. Pause. »Wenn du Lust hast? ... Im Arbeitszimmer is 'ne Couch.« Aber er hätte wahrscheinlich andere Verpflichtungen. »Für Arturo den *babbo Natale* spielen und dergleichen.«

»Umgekehrt.« Siemens Blick erhielt Stütze und Flamme zurück, schwiemelte nicht mehr, um mein Weihnachten besorgt. »Er ist derjenige, der sich verkleidet.« Als Befana nämlich; eine Art Weihnachtsfrau sei das. Die Signora, bekam ich zu wissen, hatte alle Roben ihrer großen Zeit aufgehoben, Bodenlanges, Knöchellanges, Mode der Fünfziger und Sechziger, samt den dazugehörigen Handtaschen und Slingpumps, den Haarteilen und goldbroschierten Abendhauben. »Du würdest schreien, er ist einfach umwerfend als Befana! Wenn er so die Wangen nach innen zieht« – er machte es mir vor, zeigte mir, wie Arturo Marlene Dietrich imitierte –, »die Oberlippe fürchterlich übermalt, Augenbrauen irgendwo auf der Stirn.« Letztes Jahr sei er in einem Sackkleid aus Silberlamé aufgetreten, dazu weiße Pelzstola und weiße Marabutoque. Und die Geschenke habe er aus einer Hutschachtel herausgeholt.

Das hieß also, er hatte keine Lust. Auch gut. Dann eben wie gehabt.

Ich wußte nie, wann Caspar kommen würde. Zwar ließ ich ihn den Zeitpunkt selber wählen, nie bestimmte ich die Stunde, trotzdem saß ich jedes Jahr wie auf Kohlen, rief die Zeitansage an und hatte ein Auge auf die Straße. Der Bus ab Bahnhof verkehrte nach Feiertagsplan, das hieß nur noch zweimal die Stunde. Es kam auch vor, daß ihn seine jeweilige Freundin, unterwegs zu ihren eigenen Eltern, bei mir absetzte; die hatten alle einen Wagen, im Gegensatz zu ihm. Einmal hatte ich den Fehler begangen, in seiner Wohnung anzurufen. Bereits anderthalb Stunden über die vereinbarte Zeit. Nach dem siebten Läuten hatte er sich gemeldet, die Stimme schlaftrunken.

»Wo bleibst du denn?«

Stöhnen und Gähnen, unterbrochen von zärtlicher Katerschelte (der Kater, ein Siammischling, haßte es, wenn Caspar telefonierte, versuchte sich immer dazwischenzudrängeln; ich hörte ihn durch die Leitung schnurren). »Ich bin erst um fünf nach Hause gekommen. Was hast du denn, was ist denn los, wieso bist du so wütend? Natürlich hab ich's nicht vergessen.« Daß er sich auf eine bestimmte Uhrzeit festgelegt hätte, wurde als absurd hingestellt, Besuche nach der Stechuhr, also wirklich.

Ich steigerte mich in die Rolle des dummen August hinein, der sich vom Weißclown seine völlig überholten, total spießigen Ansichten vorhalten lassen muß. Denn während Caspar ganz Herr der Lage blieb, leicht gönnerhaft, mit ironischen Tönen, sah ich zuletzt ein, wenn sich hier einer zu entschuldigen hatte, daß ich das war.

Nach dem Klingeln und nachdem ich auf den Haustüröffner gedrückt habe, warte ich oben im Treppenhaus. Die behenden Schritte, zwei Stufen auf einmal, Eilbotenschritte, denen man die Flügel an den Fußknöcheln glaubt. Im letzten Augenblick trete ich dann schnell in die Wohnung zurück, mache mir zu schaffen. Das Aneinanderstoßen der Bügel beim Jackeaufhängen; die Spirale des Schals wird vom Hals gewunden.

Heiter beschäftigt tuend, wende ich mich endlich um und erschrecke ein bißchen, wie jedes Jahr, über seine

Größe. Über die Magerkeit seines Gesichts, das Hervortreten der Backenknochen, auffälliger als früher. Über den blasser und trockener gewordenen Mund. Ganz ohne mein Zutun verstellt sich mein Bild von Caspar von einem Besuch zum nächsten. Der Erinnerungsmechanismus spult volle Kraft zurück und bleibt automatisch bei neunzehn stehen. Sagen wir bei neunzehn bis zweiundzwanzig. Immer wieder gelöscht werden die vorerst minimalen Zeichen, die vielleicht wirklich nur Merkmale für Übermüdung gewesen waren, sich nun aber hartnäckig halten und vertiefen und mir bei jedem neuen Sehen so nahegehen, daß ich sie lieber auf eine kürzliche Krankheit oder Sorgen schieben möchte.

Sobald ich mich wieder eine Weile daran gewöhnt hatte, erschien Caspars sachte Veränderung, die Tatsache, daß auch er alterte, durchaus reparabel. Na gut, das Haar hatte wieder einen Zentimeter gegen die Stirn verloren. Wellige Antennen wippelten rund um den Kopf, Überbleibsel jener strotzenden, fast ordinären Botticelliburschen-Phase. Aber es roch gut. Nicht direkt parfümiert; »reinlich«. Die ganze Region – Haar, Hals, Ohr, Wange – roch reinlich, man schmiegte sich gern dahinein (ich stand dabei auf den Zehen, während er sich vornüber neigte mit krummem Rücken).

Nach dem Essen legt er sich aufs Sofa, die Beine über die Lehne gehängt, und dämmert weg. Das hatte schon Tradition. Ich lasse die Schuhe in der Küche, »husche« nur. Setze Tassen in Zeitlupe auf Untertassen. Bremse das Auf und Zu von Schubladen. Unterbinde den Glöckchenton von Kaffeelöffeln auf Porzellan. Der Cannabisduft seiner Verdauungszigarette zergeht langsam. Die Uhr tickt langsam. Wehrlos, offen, geringelt liegt sein Haar auf dem Sofakissen.

Erfahrungsgemäß dauerte Caspars Siesta ungefähr eine Stunde. Hinter den Fenstern wird es erst dämmrig, dann dunkel. Die lange dünne Gestalt auf dem Sofa verschmilzt mit Lehne und Polstern, und da man sie nicht atmen hört vom anderen Ende des Zimmers her, verschwindet gelegentlich sogar das Bewußtsein einer Gegenwart. Daß einmal mit dem Datum Glanz und Tumult verbunden gewesen waren. Wichtigkeit von Abfolgen. Vibrierende Nerven, als stünde die Familie (und mit ihr die Welt) unmittelbar vor einem Entscheidungsspiel. War das nun besser gewesen? So oder so?

Der Moment, in dem ich vom Sinnieren die Nase voll hatte, kam immer plötzlich. Fast explosiv. Degradiert zur Koch-Urschel saß man da. Wurde nichts gefragt, bekam nichts erzählt. Es brodelte nur so; »gerechter Volkszorn«. Ab sofort wurden Geräusche wieder zugelassen. Zuerst das Ratschen des angerissenen Streichholzes, um die Kerzen auf dem Kaffeetisch anzustecken, dann das Knistern von Papier, das Schnarf-Schnarf der Schere. Auf einer freigemachten Tischecke verpacke ich Caspars Geschenk für Bernhard. (»Kannst du mir das nachher mal bißchen nett herrichten, ich war zu sehr in Eile, als ich wegging.«) Auch das hatte Tradition.

In der knappen Stunde, die uns noch bleibt, ehe Caspar von seinem Vater abgeholt werden würde, in dieser letzten Stunde verlangt es mich nach Bestätigung unauflöslicher Gemeinsamkeiten. Von sich aus kommt Caspar niemals auf sein Leben als Kind zu sprechen.

Weihnachten vor zwei Jahren hatte ich ihn direkt gefragt: sein schönstes Kindheitserlebnis, was das gewesen wäre.

»O Gott, Miezie, mußt du einem so die Pistole auf die Brust setzen ...« (vor lauter Ablehnung und Geniertsein kam ihm der alte Spitzname in die Quere). Doch er hatte sich bemüht, immerhin, sich redlich gequält und nachgedacht mit gerunzelter Stirn.

Ich wollte ihm absichtlich keine Hilfestellung geben, wennschon ich mehrere Begebenheiten auf Anhieb hätte aufzählen können, für deren nachhaltigen Eindruck ich die Hand ins Feuer gelegt hätte. Allem voran der Vormittag im Rhododendronpark. Der Zeichnung zufolge, die er anschließend gemalt hat, muß er zwischen fünf und sechs Jahren alt gewesen sein. Denn kürzlich erst in die Kunst des Schnürsenkelbindens eingeweiht, versah er damals die Schuhe einer jeden Figur mit enormen Schmetterlingsschleifen, eine Marotte, die sich ab sechs wieder verlor.

Durch Zufall hatte ich von den drei Bänken in eben jenem Park erfahren, ein ganz bestimmter Winkel, versteckt und ruhig, wo immer Rentner säßen und mit manischem Futterstreuen große Zutraulichkeit erreicht hätten, angeblich. Ich hatte Caspar nichts vorher erzählt. Die Sache konnte sich ja auch als bloßes Gerücht erweisen, zumal wir den Fleck leer und verlassen vorfanden. Ich hatte die Taschen voller Nüsse. Zerbröselte Walnußkerne auf der Handfläche, stand Caspar mitten auf dem Weg – »spaßeshalber«, hatte ich ihn ermuntert und »manchmal klappt's« gesagt –, die Hand so hoch und weit von sich gestreckt, wie es sich machen ließ. Als hätten sie auf die Geste gewartet, war im Nu ein Gestöber von Blaumeisen um die Hand. Picken, Auffliegen, schwirrend in der Luft Sich-Halten, verdrängt von anderen, und Zurückkommen auf die Hand. Caspars Arm zitterte. Ich glaube, er hielt den Atem an. Er wußte ja nichts von der jahrelangen Vorarbeit der Rentner.

Es mußte ihm wieder eingefallen sein, denn er lachte auch jetzt, in der Erinnerung, wie er damals gelacht hatte und sich so, lachend, gemalt hatte: eine Gestalt in der Bildmitte, einen Vogel auf der Hand, ein Kind mit dem Profil einer Nachtschwalbe, kinnlos, dafür mit bis zum Genick aufklappendem Lachen. Das heißt, eigentlich war es nichts weiter als amüsiertes Schnauben jetzt. Ein Luftausstoßen und Lufteinziehen; der Mund blieb geschlossen dabei.

Sein schönstes Kindheitserlebnis, sagte Caspar, sei eine Entdeckung gewesen. »Und zwar, als ich herausfand, wie Onanieren geht.« Nur eins sei noch schöner gewesen: das Begreifen, daß sich die Empfindung wiederholen ließ. Nach Belieben. Sooft man lustig war. Wie ein Geschenk des Himmels sei ihm das vorgekommen. Als eine ihm allein zugedachte Überraschung oder besondere Begabung. »Kindisch, wie ich war, hab ich das geglaubt. War fast eine kleine Enttäuschung, als ich mitbekam, daß andere das auch beherrschten.«

»Jetzt«, sagte Siemen, und ich sagte ja, höchste Zeit. Wir standen auf und zogen die Mäntel über. Die Mützen ließen wir hängen. »Ist ja bloß für 'n Moment.« Zur singenden Frau Buttgereit hin wurde eine erklärende Pantomime gemacht: Luft zufächeln. Die war sonst imstande und rannte hinter einem her: Sie reißen doch nicht etwa aus? Mögen Sie keine Weihnachtslieder, ach singen Sie doch einfach mit, geben Sie sich einen Ruck etc. etc.

Über steile Treppchen gelangten wir aufs Oberdeck. Frischwaschener Wintergeruch. Fahrtwind. Überhitzt von der Temperatur unter Deck, spürte ich den Schneefall im Gesicht nur wie Daunenfedern. Was davon im Haar landete, taute bald. Die Sitzflächen der Bänke waren bereits zugeweht.

Wir standen eingehakt. Arm in Arm. Den Rücken dem

flachen, uninteressanten Ufer zugekehrt. Vor Augen weiße Hänge. Weiße Hänge und ineinander übergehende Vororte. Die Sicht war nicht besonders gut. Alles lag wie hinter Mullgardinen. Falls mir gelegentlich ein Haus entlang der Strecke halbwegs bekannt vorkommen wollte – Erinnerung an einstige Straßenbahnhaltestellen –, vereitelte das Schneetreiben ein zuverlässiges Bestimmen. Mit den alten Villen auf den Hängen erging es mir nicht besser. Hatte ich sie seinerzeit denn je anders wahrgenommen als durch die Fenster der Linie Vierzehn, gedankenlos, während es einen von Station zu Station schaukelte auf abenteuerlichen Schienen.

Auf den Höhenrücken hatten sie einen Fernsehturm hingepflanzt. Stand sicher schon Jahrzehnte da, aber wir hatten nichts davon gewußt und starrten darauf hin wie auf eine Verwüstung. Es riß den Blick an sich, dieses Minarett, dessen Spitze sich in hin und her schwingenden Schneeschleiern verlor.

Dann zog Podgoritza an uns vorbei im gemächlichen Stromauf-Tempo. Eine Ansammlung weißer Sattel- und Walmdächer, die, da das Ufer sich ab hier verbreiterte, vom Fluß ab- und zum Fuß des Berges hinrückte, dem Namen gemäß. Pod goritze. Unterm Berg.

Ich wollte es zuerst nicht wahrhaben. Aber der Eindruck war nicht wegzuleugnen. Was ich sah, erinnerte mich an den Rhein vom Zug aus. Dreiundvierzig Jahre lang hatte ich mir beim Anblick des Rheins mit seiner losen Kette von Ortschaften die Elbe vorgestellt. Hibbelig allein schon durch das Erlebnis des großen Strömens, neben dem man entlangfuhr, hatte ich es nicht so genau genommen mit der Ähnlichkeit und mich der vorgespiegelten Heimkehr mehr pauschal hingegeben. Es hatte genügt, die gröbsten Widersprüche – die schmaleren Ufer, die schrofferen Hänge – in Gedanken mit alten bekannten und geliebten Ansichten zu überlagern.

Demgegenüber das echte Wiedersehen, die Erfüllung zahlloser Tagträume – sonderbar kaltblütig nahm man das hin. Wenn ich Pech hatte, erstreckte sich die Ernüchterung womöglich auch auf die katalytische Wirkung des Rheins, und ich würde nun auch dort vergeblich warten, daß sich das automatische Aufflammen von Gefühlen einstellte.

Siemen hob die Nase aus seinem Schal. »Wollen wir uns morgen vormittag ein Taxi leisten? Großnoblig? Die Frau im Fahrkartenhäuschen sagte, wir müßten sonst mitten auf der Strecke von Bahn auf Bus umsteigen. Die Vierzehn ist eingestellt, schon ewig. Halbe-halbe kann das so teuer doch nicht sein. Oder wie denkst du.«

»Ja ja. Gute Idee.«

War das etwa der Nußbaum? (diese gipsbestreute Vogelkralle?) Wenn das das Schweizerhaus war, was ich dafür hielt, am umlaufenden Balkon eigentlich unverkennbar, dann war auch er es. Links daneben. Ob sie die Aussichtsterrasse stehengelassen hatten?

Also, er ginge dann mal wieder runter ins Warme, sagte Siemen. Rieb sich demonstrativ die Hände. »Kommst du nicht mit? Na schön, wie du willst. Aber mach's kurz. Wenn wir Pillnitz passiert haben, hörst du auf, in Schnee und Wind rumzustehen. *Capisce?* Morgen sehen wir ja alles von nahem.« Kurzes Schulterklopfen. Dann tauchte er im Treppenschacht nach unten weg.

Das Wasserfahrgefühl. Um es auszukosten, um überhaupt einen Begriff davon zu kriegen, ist alles, was über einen Elbdampfer hinausgeht, das Falsche. Und vor allem kein Meer. Viel zu gewaltig, zu exaltiert. Es braucht Ufer zu beiden Seiten, damit das Vorwärtskommen beglaubigt wird; nicht zu flache; wenigstens auf einer Seite sollten Hügel sein, Hänge, bis obenhin bewachsen und hier und da Häuser. Es dauert freilich, bis einem die Ungeduld abhanden kommt, denn mit welcher aufreizenden Ruhe wird eine Aussicht gegen die andere ausgetauscht. Die einzige Entsprechung, die mir einfällt, sind alte Panoramen. Nur sie, deren Bilder wechseln wie halb im Schlaf, sind auf solche Bedachtsamkeit eingestellt.

Podgoritza selbst besaß keine Anlegestelle für Dampfer. Auf unserer Seite war die Elbe seicht, Kieselbänke wanderten träge unter der Strömung. In besonders trockenen Hochsommern konnte einer, ohne schwimmen zu müssen, fast bis an die Fahrtrinne der Zillen herangelangen und sich dann auf den Bauch werfen, sekundenlang vom ondulierten Wasser geschaukelt, während auf der sich rasch und rauschend entfernenden Zille ein Spitz kläffte und die fächerartig beiden Ufern zustrebenen Wellchen schließlich dort ankamen und bereits erwartet wurden, eine Ahnung der »wilden See«.

Siemen und ich sowie meine Mutter und Heisterbach waren einmal, ein einziges Mal gemeinsam zu viert mit dem Schiff gefahren, elbaufwärts und wieder zurück.

Vieles war außerordentlich gewesen an dieser Unternehmung. Schon der späte Aufbruch, nach dem Abendbrot, der uns als Überraschung präsentiert wurde: Sonderfahrt! Musikdampfer! Heimkehr gegen Mitternacht. Die Wahl der Stunde sah meiner Mutter so gar nicht ähnlich. Lag ihr doch sonst daran, uns spätestens ab sechs im Stall zu wissen, verwahrt und aufgehoben. Es wurde so hingestellt, als habe man sich dazu durchgerungen, uns ein Geschenk zu machen trotz der Tatsache, daß wir dergleichen nicht verdient hatten. Man konnte den Eindruck gewinnen, sie wären dazu erpreßt worden. Denn keiner der vollzählig anwesenden Hausgenossen gab sich Mühe, eine Spur von Mitfreude zu heucheln. Die Stimmung war eher gedrückt. Ich fing Verschwörerblicke auf, in denen wichtigtuerische Pietät hin und her ging.

Kurz bevor wir abmarschierten, in unseren besten Sachen – meine Mutter im honanseidenen *Deux-pièces*, unsere Strickjacken unterm Arm gegen die nächtliche Kühle auf dem Wasser –, und alle sich ein Lächeln abzwangen beim Viel-Spaß-Rufen, hatte es noch ein unnötiges Aufhalten gegeben, verursacht durch Onkel Taupalt.

Er war den ganzen Tag nicht aus dem Zimmer gekommen. Nur Tante Taupalt hatte Waschwasser rein und raus geschleppt, sich zudem Oma Berthas Schere ausgeliehen. »Jemand muß ihm vorher noch mal die Haare schneiden, er sieht ja schon aus wie Franz Liszt.« Erst gegen Abend war er zu seinem Korbsessel auf der Veranda mehr gekrochen als gegangen, rechts auf den Stock, links auf Tante Taupalt gestützt. Dort saß er nun, herausgeputzt wie damals, als ihn die Russen abholten und er ihnen als Herr gegenübertreten wollte. Gestärkter Kragen ans Hemd geknöpft, Fliege und Weste angelegt, das Jackett griffbereit über die Stuhllehne gehängt. Sogar in seine rissigen Schuhe hatte er sich gezwängt, obwohl er doch gar nicht mitging.

Er hatte meiner Mutter und Heisterbach mit leutselig erhobener Hand zugewinkt und irgendwas von Flußgöttern gesagt, mit denen nicht zu spaßen sei, und die Hummel hatte versprochen, ein Auge auf uns alle zu haben. Dann: »Kinder, Siemen, äh ... äh Nona, ach kommt doch noch mal her.«

Wir hatten sein Abschiedswinken auf uns mit bezogen

und begriffen nicht, weshalb unser Krötenalter in letzter Minute solche Fisimatenten machte. Als wir ungehalten Folge leisteten – tänzelnd auf den Spitzen unserer Holzsandalen, verrückt vor lauter Wegwollen –, wurden wir mit einem Griff um die Hüften näher herangezogen. Bis wir zwischen seinen weitgeöffneten Knien standen. Jeder wurde einzeln umarmt, erst Siemen, dann ich, und an die Brust gedrückt. Ehe er uns losließ, streichelte er jedem noch die Wange, linkisch, mit der Außenseite der Finger. »Mein kleines Gelichter.«

Nie vorher hatte er sich derart angestellt. Wir machten uns steif, strebten von dem beißenden Altmännergeruch fort. Ich bog den Kopf weg von seiner Hand und wies ihn zurecht: »Ich heiß nicht Ä-ä-Nona. Merk dir das endlich mal.«

Statt mit einem seiner üblichen Witzchen zu parieren, entschuldigte der Onkel sich, beinah demütig. Noch nie hatte ein Erwachsener sich bei mir entschuldigt. Ohne die Entschuldigung anzunehmen, riß ich mich los und trampelte davon, den anderen hinterher, die längst unten auf der Gasse waren.

Unser Schiff hieß »Diesbar«.

Man hörte die Musik schon von weitem. Bevor der Dampfer selbst in der Flußbiegung auftauchte, kündete tritonenhaftes Schmettern an, daß hier das Vergnügen kam. Vergnügen – darunter verstand sich im Podgoritzer Sprachgebrauch eine speziell für Erwachsene ausgerichtete Belustigung; zum Vergnügen gehen bedeutete das Versprechen von Fez und Remmidemmi. Klengel-Gretjen, wenn sie sich verklärt frühere Vergnügen in Erinnerung rief, vergaß nie zu erwähnen:« ... und jedesmal eine Bombenstimmung!«, womit sie einen bestimmten Grad exklusiver Ausgelassenheit meinte, nicht, wie ich zuerst geglaubt hatte, die Schrekkensstarre zur Zeit der Angriffe. Sie wäre zufrieden gewesen mit der Stimmung auf der »Diesbar«.

Nach Sonnenuntergang sollte im Salon getanzt werden.

Als sich herausstellte, daß wir mit zwei Klapphockern auf dem Oberdeck vorliebnehmen mußten, erlosch das herausfordernde Schönsein meiner Mutter. Ostseebräune und türkisblaue Honanseide – alles für die Katz, wenn sie die Fahrt hier oben, auf dem gesellschaftlichen Abstellgleis, überdauern sollte. Das sei was für »Unentwegte«, herrschte sie uns an. (So hießen bei ihr Leute, die sich aus Abhärtungsgründen viel im Freien aufhielten und sich nichts daraus machten, wenn es zog und windete und einem die Haare flatterten.) Ihr stand ein Platz im Salon zu. Andernfalls würden wir in Pillnitz wieder aussteigen.

Ehe sie uns endgültig zu Leidtragenden ihrer Enttäuschung machen konnte, verschwanden wir. Mit dem Vorsatz, den Abend und die anschließende Nacht selbst in die Hand zu nehmen. Da auch Heisterbach sich entfernte, von ihr harsch weggeschickt, um sich gefälligst zu »kümmern«, blieb sie allein zurück, zwei böse Falten über der Nasenwurzel, der Mund ein einziger Gram, und warf scheele Blicke auf die anderen Passagiere. Daß die so dümmlich genügsam und heiter in der Abendsonne saßen, mit dem Finger sich dies und das im Vorüberfahren zeigten. Lauter Unentwegte.

Um aus Zugestiegenen so schnell wie möglich zu Eingeweihten zu werden, liefen wir im Trab die Decks ab, das obere, das untere, zuletzt die eisernen Stufen zu den Salons hinunter.

Rauchschleier hingen unter der niedrigen Decke wie schwere Spinnweben. Sechs Männer, alle in den gleichen weinroten Jacken, Manegendienern im Zirkus ähnlich – das also war die berühmte Combo Zavadil. Ihretwegen nur machten viele die Fahrt mit, und sie wußten das, plinkerten sich zu, holten mit kleinen frivolen Aufwiegeleien Juchzer aus dem Publikum. Wie sie immer wieder ihre Instrumente in den Raum hinein schwenkten, die Saxophone wie Rüssel hoben aus lauter Übermut! Die Leute an den Tischen hatten sich ganz in ihre Gewalt gegeben, sie wiegten die Wonnegesichter zur Musik und schienen die Töne auf der Nase zu balancieren, man mußte dabei an dressierte Seelöwen denken mit ihren federleichten Bällen.

Auf solchen Konzertfahrten konnte man nichts essen. Es gab nur Bier und Brause und Schnäpse.

Mittschiffs, auf halber Höhe zwischen Salon und Hauptdeck, stießen wir auf drei Kinder. Bisher hatten wir keine gesehen auf diesem Schiff voller Erwachsener, deren puppenlustiges Quietschen einen verfolgte, wohin man auch kam. Ein Mädchen und zwei Jungen. Sie lungerten um das Geländer, das den Schacht umschloß, der zum Maschinenraum hinunterführte. Wortlos machten sie Platz, damit auch wir uns über die Messingstangen lehnen konnten. Zu fünft beobachteten wir das taktmäßige Stampfen der Kolben im Bauch der »Diesbar«.

Der eine Junge war noch ein Baby, vier oder fünf höchstens, und gehörte zu dem Mädchen, das ihn ohne großes Aufhebens hinten bei den Hosenträgern packte, wenn er gar zu waghalsig am Geländer turnte: »Kurti, laß das.« Der größere Junge war wohl ebenso zufällig hier hängengeblieben wie wir.

Als es zu dunkel geworden war, um dem monotonen Wälzen und Pumpern länger zuzuschauen – direkt über dem Schacht glomm nur eine schwache Birne in einem Maulkorb –, rissen wir uns, ungern, vom inzwischen vertrauten Ort los. Im Salon war der Tanz in vollem Gange. Die Masse der Paare schwappte bis an die Schwingtür. Viele Frauen tanzten miteinander.

»Jede Wette, daß sie da drin sind«, sagte Siemen zu mir. In Pillnitz seien Leute ausgestiegen; bestimmt hätte die Hummel deren Plätze ergattert. Im Ergattern war er gut. Also strichen wir den Salon als möglichen Aufenthaltsort. Auch von den drei anderen zeigte keiner Neigung, die eigenen Angehörigen aufzusuchen. Um nicht getrennt zu werden, faßten wir einander an Ärmeln und Jackenzipfeln und drängten und schoben uns, ernst wie ein Grüppchen verirrter Eremiten, durch Sodom und Gomorrha. Meine fixe Idee war, es sei wichtig, daß sie nur Augen füreinander behielten, diese nicht mehr nüchternen Erwachsenen. Denn, so bildete ich mir ein, da wir so sehr abstachen von ihnen, könnte das eventuell zur Aufmerksamkeit reizen, zu gräßlichen mutwilligen Scherzen, bei denen ich unweigerlich in Tränen ausbrechen würde.

Vorm Damenabort, dessen Tür sich wegen des Andrangs nicht schließen ließ, hatte sich eine Art Kontakthof gebildet. Mehrere ältere Frauen, zur Sichel gekrümmt, preßten die Knie zusammen und winselten nach Erleichterung. Andere vertrieben sich die Wartezeit, indem sie mit spitzen Fingern den Stoff unterm Arm wegzupften, wo sich Flecken abzeichneten. Besonders Fröhliche wedelten mit ihren Röcken auf und ab – das ventilierte, und man sah ihre Strumpfhalter –, dem Schwof und der Musik so hingegeben noch, daß sie den aus der Tür nebenan heraustretenden Männern laut ins Gesicht sangen. Du, du, du, laß mein kleines Herz in Ruh.

Manche Männer blieben stehen, zündeten sich Zigaretten an und gingen auf den Vorschlag ein, sich die umgeschlagenen Hemdsärmel »mal richtig ordentlich« hochkrempeln zu lassen. Obwohl ich nur kurz jeweils aufblickte, fielen mir ihre merkwürdig verbeulten Schädel auf, an denen die naß gekämmten Haare klebten. Und daß sie beständig nach ihrem Hosenbund griffen, um den rutschenden Hosen wieder Sitz zu geben. Aber es half ja nie etwas, so daß sie nach wenigen Schritten erneut am Hochziehen waren und mit sich schlenkerten, um forsches Gebaren vorzutäuschen. Eben alles *Hänflinge, Kriewatsche, Backenbirnmänneln.* Mit wie beim Strohhalmsaugen nach innen fallenden Wangen. Mit Rundrücken.

Auf dem Oberdeck knieten wir uns, alle fünf in einer Reihe, auf die umlaufende Relingbank. Über die Reling gelümmelt, starrten wir ins vorbeigleitende Dunkel der Ufer und zu schwach funkelnden Pünktchen anonymer Orte hinüber. Oder einfach nur aufs Wasser hinaus, das jetzt, zur Nacht, zu doppelter Breite angeschwollen schien, wußte man doch nicht mehr, wo es zu Ende war. Und nicht die Schaufelräder der »Diesbar« waren es, die die Elbe aufwühlten, vielmehr schlürfte und schmatzte der Fluß am Rumpf des Dampfers entlang wie nach einem schwimmenden Happen. Wir waren nahezu allein; von den Unentwegten waren nur zwei ältere Paare übriggeblieben. Sie saßen in der Nähe des Schornsteins, gegen den Fahrtwind abgeschirmt, schweigsam, in friedlichem Erbauen. Und hier oben verlor auch der Lärm den Eindruck des Rabiaten. Daß wir zur watteweichen Stille über dem Wasser die Töne des Saxophons, des Kornetts, des Schlagzeugs dazubekamen, gereinigt von den Nebengeräuschen des Vergnügens, wie aus einem Radio im Nachbarhaus nur hörbar noch, steigerte im Gegenteil das Gefühl, so etwas wie Peterchens

Mondfahrt zu erleben, nur eben im ganzen viel mondäner. Durch die Nacht zu reisen mit Musik. Vom Ufer aus beneidet. Weithin sichtbar der von Lämpchengirlanden gezogene Umriß, beinah wie ein Zirkuszelt, Pracht, die rings um den Schiffsleib auch den Fluß mit einbezog, ein Schleppnetz aus Lichtreflexen.

Irgendwann wendete die »Diesbar« mitten im Strom, und nun kamen wir auf einmal viel rascher voran, beinah wie im Fluge. Kurti schlief, auf der Bank eingerollt wie ein Engerling, Fäuste vorm Gesicht. Wenn man ihn aufwecken mußte, später, würde er nichts wissen von den Besuchern des Oberdecks.

Paarweise kamen sie aus der Treppenluke gekrochen und zerstreuten sich in schlecht beleuchtete Winkel. Zweistimmig lachend, mit zwei Stimmen tuschelnd. Sie machten einen nervös, als hätte man mit einemmal Ungeziefer um sich herum, rennende, raschelnde Schaben. Denn wir waren empfindlich, das merkten wir jetzt, eine im gemeinsamen Schweigen einige Familie, die Unentwegten eingeschlossen, und hofften mit böser Aufmerksamkeit zu erreichen, daß die Besucher sich geniert fühlten und wieder gingen. Aber die kümmerten sich so wenig um das Geräusper und halblaute Räsonieren der alten Leute, wie sie sich vom Ruf »Ficksäue« stören ließen. Er kam von dem größeren Jungen. Wir drei anderen wiederholten ihn im Sprechchor. Ich ahnte in der Zusammensetzung eine bisher unbekannte unerhörte Beleidigung, und indem wir sie über das Deck hinweg riefen (in immer melodischer werdender Intonation, bis es fast wie »Liebstöckel« klang), ohne den geringsten Erfolg riefen und nach und nach verstummten, hing das Wort doch weiter in der Luft und in den Gedankengängen. Statt dem Fluß zugewandt zu dösen wie bisher, Kopf auf den Händen, in sprachloser Verschworenheit, wurde nun blöde gelacht und auf Geräusche gehorcht. Auf das Schnalzen von Küssen beispielsweise oder auf komisches Raunzen und Ächzen, das übertrieben nachzumachen unser einziger Zeitvertreib blieb, bis wir endlich wieder anlegten, wo wir eingestiegen waren, und Heisterbach von unten unsere Namen schrie, inzwischen nach Mitternacht.

Daß wir unseren Krötenalten an jenem Abend zum letzten Mal gesehen hatten, wußten wir noch nicht gleich. Als am Tag drauf sein Rohrsessel auf der Veranda leer blieb – und dabei war es so warm, beinah sommerlich noch, und ein Lüftchen krisselte im abgeernteten Bohnenlaub rings um den Sitzplatz –, glaubten wir an eine überraschende Besserung; immerhin deutete sein Anhübschen am Vortag auf wiedererwachte Lust zum Ausgehen hin. Gegen sechs fehlte er noch immer, und Siemen argwöhnte nun das Gegenteil: Bettlägerigkeit. Wir lauschten vor der Tür. Siemen pochte an und öffnete, als keiner Herein rief. Aber niemand saß auf dem Gobelinhocker, lesend, breitbeinig. Niemand lag im Bett.

»Weit kann er jedenfalls nicht sein«, sagte Siemen und deutete zum Fensterbrett. Dort, neben des Onkels Bücherstapeln und dem kleinen Zigarettendrehapparat und der Blechschachtel mit den gehorteten Kippen lag etwas, das normalerweise seinen festen Platz in des Onkels Hosentasche hatte. Sein Zigarettenetui. Durch dieses Indiz ließen wir uns trügen. Bis die Heimkehr Tante Taupalts die Wahrheit ans Licht brachte, entnommen ihren wirren und tränenreichen Berichten.

Es sei sein ausdrücklicher Wunsch gewesen, daß wir »aus dem Weg« waren, wenn der Krankenwagen ihn abholen käme. »Eure Mutter fand ja, er sollte es verschieben bis zum nächsten Tag, dann wärt ihr sowieso in der Schule gewesen. Aber er konnte es nicht mehr aushalten. Keine Nacht länger.« Der gute Gernot sei heimlich zur Telephonzelle gegangen und habe sich um den Krankenwagen gekümmert.

»Moritz wollte auf keinen Fall, daß ihr davon Wind bekämt. Wie hat er euch immer genannt? Irgendwas mit Spinnen ...«

Ihr verknautschtes Jammergesicht bettelte. Wollte das Wort unbedingt haben. Doch Siemen ging nicht darauf ein. So zuckte auch ich nur die Achseln.

Im Laufe der nächsten Woche schnappten wir dies und das auf von einer Operation, die angeblich »gelungen« war, aber es sei eben doch viel zu spät gewesen. Zudem habe der Onkel »keine Reserven« aufzuweisen gehabt, um »mit dem Eingriff fertig zu werden«. Über die Details wurde nur gewispert. Wußten sie denn nicht mehr, daß wir alles gesehen hatten, im letzten Winter?

Die Tränen saßen Tante Taupalt jetzt sehr locker. Kaum richtete einer das Wort an sie, wurde der nasse Taschentuchknäuel aus dem Ärmel geholt. »Er hat ja nie auf mich hören wollen. Immer bloß den Kopf in den Sand gesteckt. Und jetzt kann ich sehen, wie ich zurechtkomme.« Sie wußte nichts mit sich anzufangen, suchte dauernd jemandes Nähe, klebte an Oma Bertha oder, war die vom Ziegelputzen zurück, an Klengel-Gretjen, die ihr auf den Rücken klopfte und während der Jeremiaden ihre Abendsuppe aufsetzte.

»Du hast dir nichts vorzuwerfen, Elli. Warst du schon in der Reinigung?«

»Ja, gleich als erstes.« Das ging in Ordnung. Dort hatten

sie ihr versichert, daß Schwarzfärben immer express erledigt würde. Zwei Tage höchstens.

Wir fragten keinen, um die Endgültigkeit der Antwort nicht hören zu müssen.

Mit banausischer Hast wurde für die Entfernung der Bücher auf dem Fensterbrett gesorgt. Der bestellte Antiquar drehte und wendete die Ware und schichtete sie in einen mitgebrachten Karton.

»Ist das alles?«

Ich meinte, die Bücher müßten in seiner Hand noch schwache Lebenszeichen von sich geben und er müßte diese auffangen, wenn er wirklich was von Büchern verstand, müßte reagieren auf sichtbare Spuren eines engen Treueverhältnisses. Offenbar aber hatte des Onkels kleine Bibliothek zugleich mit ihm eine Art Todesschock erlitten und ihre Fähigkeit, zu bezaubern, zu fesseln und unschätzbar zu sein, gänzlich eingebüßt. So, wie der Antiquar die einzelnen Bände überflog und mit leerer Miene eins zum anderen warf.

»Ist das alles?«

Jedenfalls habe es ausgereicht, um ihren Mann unter die Erde zu bringen, sagte Tante Taupalt und erzählte noch einmal die Sache mit dem verfluchten Bücherkoffer, nach dem Angriff von der Ammonstraße bis hierher geschleppt. »Konnte er nicht einen von den anderen erwischen? Den mit dem Silber oder den mit meinen Kostümen?« Der Händler (der im grauen Arbeitskittel gekommen war und eher wie ein Hausmeister aussah) blinzelte hinter seinen starken Brillengläsern vor Ungeduld und füllte mit Tintenstift eine Quittung aus.

»Wie – mehr nicht?« Enttäuscht murmelte die Tante etwas von Erstausgaben, vage Erinnerungen an frühere Bemerkungen des Onkels wurden schnell noch auf die Waagschale geworfen. Daß die Sargnägel, deren Gewicht das Ableben ihres Mannes beschleunigt hatte, nun so gar nichts wert sein sollten – in dieser Hinsicht wenigstens hatte sie dem Onkel vertraut, denn wozu packte einer Bücher ins Notgepäck, wenn nicht unter gewissen Gesichtspunkten –, das anzufechten versuchte sie in kläglichem Ton.

Es handle sich leider um die falschen Ausgaben, wurde ihr mitgeteilt. Und indem er tat, als traue er ihr das rechte Verständnis zu, blätterte der Aufkäufer vor den nichts begreifenden Blicken der Tante zwei, drei Bände auf und zeigte ihr Verlagsangaben, Jahreszahlen, erwähnte das Fehlen von Illustrationen, die die Ausgaben zu »richtigen« gemacht hätten, bis sie nur mehr trübe nickte. »Wenn Sie's sagen, wird's schon stimmen.«

Wieder unter Deck, glaubte ich anfangs an eine Sinnestäuschung. In diesem doch viel später gebauten Schiff schien der Geist der »Diesbar« umzugehen. Denn fest stand: Weihnachtslieder waren das nicht. Hörte sich eher nach Rosenmontag an. Ich blieb zwischen Tür und Angel stehen und schüttelte mir den Schnee aus den Haaren. Dampfende Paare hotteten zwischen den Tischen mit den noch immer brennenden Adventskerzen. Die Gesichter apfelbäckig gehöht, glücklich, wie aus langem Schlaf erlöst. Am Keyboard saß Siemen. In Weste und Hemdsärmeln.

Er brachte das Kunststück fertig, gleichzeitig bescheiden und arglos draufloszuklimpern und die Frechheit des Thronräubers auszuspielen. *Am Sonntag will mein Süßer mit mir segeln gehn, sofern die Winde wehn.* Direkt hinter ihm stand der Maestro, seine Leibwächter (drei der Damen, angeführt von der Ehefrau) um sich geschart. Mit feierlich steifer Unterlippe gab er sich vorläufig noch als Gewährender. So wie man ein aufdringliches Kind, das von törichten Eltern auch noch ermuntert wird, an kostbare Werkzeuge heranläßt, in leiser Schadenfreude hoffend, es werde sich gehörig blamieren und auf vielseitigen Wunsch wieder entfernt werden. Um so süßer würde der allgemeine Ruf nach seiner Rückkehr sein.

Noch war ihm nicht aufgegangen, daß er aus dem Rennen war. Daß die Scheeps-Gemeinde, die eben noch, fromm singend, ihm aus der Hand gefressen hatte, übergelaufen war zu diesem blinden Passagier, dessen Virtuosität ganz offen an niedrigste Instinkte appellierte. Denn mußte nicht einer, der auf die Heiligkeit von Notenheften pfiff und »nach Gehör« spielte – eine Art und Weise, die zur geschmacklosen Wahl seines Repertoires paßte –, mußte der nicht von den guten Kräften auf das entschiedenste verwiesen werden?!

Seine Blicke wanderten zur Schieber tanzenden Frau Buttgereit: Ob die nicht endlich der vulgären Pauseneinlage den Hahn abdrehte? Ach nein, von ihr (diese Anmut der Beleibten beim Tanzen! So busenrammelig, so führungssicher, so nimmermüde!) hatte er nichts zu hoffen. Und wohl auch von niemandem sonst. Denn war nicht selbst in den Gesichtern seiner drei Getreuen die Loyalitätsmauer am Abbröckeln; halb verführt lugten sie zum Tanz hinüber, junge Dinger plötzlich, Zaungäste, gleich würden sie sich anschubsen und gegenseitig Mut machen und auf einmal mitten drin sein. *Souvenirs, Souvenirs.* Zweierlei ist nicht aus dem Blut zu vertreiben: alte Liebe und Musik, mit der man jung gewesen ist.

»Du bist ein Aas, weißt du das?« sagte ich und hockte mich auf die Tischkante neben Siemen. Er feixte in sich hinein und pfiff tonlos ein paar Takte mit, auf jene provozierende Art, die Onkel Taupalt manches Mal angewandt hatte, um Klagen und Vorwürfe seiner Elli in der Luft hängen zu lassen.

»Eigentlich korrigiere ich bloß den Schluß eines Buches«, sagte er dann. Ein Bier wurde in Reichweite gestellt; die Bedienung wies mit dem Kopf ins Gewurrle der Tanzenden. »Kommt von Scheeps.«

»Hast du mal die Erzählung *Die grüne Jacke* gelesen, von Mario Soldati?« Er tat einen langen Zug und machte weiter, locker und wie nebenbei, noch immer *Souvenirs, Souvenirs.* »Aber den Film kennst du bestimmt – Charles Aznavour und Malcolm McDowell. Beide sind Ende zweiundvierzig in einem Kloster in den Abruzzen untergekrochen und warten auf die Ankunft der Amerikaner. Aznavour gibt sich als berühmter Kapellmeister aus Mailand aus, die Mönche nennen ihn Maestro, er wird verwöhnt und bevorzugt. McDowell – er tritt unter falschem Namen auf, als Bankbeamter aus Bologna, dabei ist er eigentlich Dirigent – durchschaut die Camouflage sofort, tut aber so, als verstünde er nichts von Musik, gibt sich unterwürfig, geht mit lauernder Bereitwilligkeit auf das Katz-und-Maus-Spiel ein. So hilft er zum Beispiel dem Stümper, sich an eine angeblich von diesem komponierte Kantate zu ›erinnern‹, indem er ihm, Note für Note, den Weihnachtschor aus Massenets *Werther* anbietet. Die Aufführung der vermeintlichen ›Komposition‹ durch die Mädchen des Dorfes wird zum Triumph des falschen Maestro. Es hat mich schon immer gewurmt, daß Aznavour beziehungsweise Romualdi, wie er im Buch heißt, so davonkommt mit seiner Anmaßung von Künstlerschaft. Daß er Liebe und Verehrung einheimst im guten Glauben, sie seien verdient. Schön, im Film gibt es zum Schluß eine

Andeutung, daß ihm was aufgegangen ist, letzten Endes jedoch wird einem eine Nase gedreht: keine Genugtuung, ätsch! Dabei scheinen beide, Buch und Film, von Anfang an auf nichts anderes hinzuarbeiten als auf eine fürchterliche Entlarvung. Wenn du so willst, hole ich nur einen Akt der Gerechtigkeit nach.«

Ich entsann mich dunkel; der Film war vor Jahren mal im Fernsehen gesendet worden. Mehr als an die Handlung erinnerte ich mich daran, daß ich Aznavour sympathischer gefunden hatte als McDowell, es war auch die bei weitem dankbarere Rolle gewesen.

Drei Schlußakkorde. Ohne Aplomb aber, als habe er nur mal aus Spaß den Flohwalzer zum besten gegeben. Einige Frauen enteilten, sichtlich darauf bedacht, umgehend wieder da zu sein, die anderen rührten sich nicht vom Fleck. Man applaudierte stehend. Und auch Siemen stand nun auf, verlegen, schmunzelnd, ein Knabenlächeln über einen Knabensieg. Sich zum Eigentümer des Keyboards umwendend, bot er ihm pantomimisch die Zurücknahme von Platz und Instrument an. Jener schien nicht abgeneigt, zögerte jedoch aus einem gewissen Stolz heraus. Denn noch fehlte ja das Wichtigste. Das warme Zureden der Allgemeinheit. Das Wiedereinsetzen in allen Ehren. Er wartete, indes die Sekunden verstrichen, da auch die andere Seite wartete, stur ausharrte auf dem »Parkett«, mit hoch atmender Brust.

Bis Frau Buttgereits Stimme, hell, eifrig, den Ruf vorgab, der umgehend aufgegriffen wurde: »Weitermachen! Weitermachen! Bit-te! Bit-te!« Dazu Klatschen, taktmäßig. Es war wie beim Wetterhäuschen: einer raus, einer rein; Siemen, das lag auf der Hand, verkörperte die Schönwetterfrau. Den Liebling.

Doch da Lieblinge, kapriziös, wie sie sind, gern ihren

Charme auf die einzige ihnen widerstehende Person verschwenden, als ertrügen sie deren Animosität nicht, suchte Siemen den Verlierer unbedingt in ein schwesterliches Verhältnis zu verstricken. Er färbte ihn gewissermaßen ein als zweiten Liebling, schmeichelte ihm durch Zuzwinkern und »genervtes« Augenverdrehen. Und wie er ihn animierte, sich gemeinsam mit ihm lustig zu machen über diesen Haufen brüllender Anbeter! Es hatte schon ziemlich viel von einer Kokotte. Bis er dem bettelnden Volk durch Kopfschütteln zu verstehen gab, daß auf ihn nicht mehr zu rechnen sei. Nein und nein und nimmermehr.

Mit weiter kollegialer Armgebärde holte Siemen den Abspieler weihnachtlicher Liednoten wieder ins Rampenlicht zurück: Hier habt ihr ihn! Armer Romualdi. Nicht mal den Trost, die Scheeps-Gesellschaft habe die Einlage zugelassen als Good-will-Geste gegenüber dem unfreiwillig zum Mitfahren gezwungenen Fremden, insgeheim aber wünsche man sich nichts sehnlicher, als daß er wieder übernähme, durfte er behalten. Undankbar und verhetzt, machte die Menge deutlich, daß das Blättchen sich gewendet hatte.

»Bit-te! Bit- te!«

Sie gaben nicht eher Ruhe, als bis Siemen sich erneut auf den drei Schaumgummikissen niederließ. *Marina, Marina, Marina. Spanish eyes. Butterfly, my butterfly.*

Statt Bier wurde ihm nunmehr Radebeuler Schaumwein spendiert. Die Bedienung wies eigens darauf hin – »Radebeuler Schaumwein«. Wie sie sich denn ganz als Götterbotin empfand und in Ton und Miene ausdrückte, für den Besten sei das Beste gerade gut genug. »Geht auf Scheeps.«

Zwischendurch kam immer mal Frau Buttgereit, um Siemen an Schulter oder Rücken zart zu berühren wie einen glückbringenden Schornsteinfeger: Konnte er noch? War es ihm nicht zuviel, nein? Die Vorderteile ihres Brokatmieders klafften weit, frohlockend geöffnet wie die Türchen der Vierundzwanzig am Heiligabend. Dann schmiegte sie ihr weißseidenes Busengewicht in Siemens Nacken.

»Können Sie auch *On the rivers of Babylon*?«

Im Nahverkehr von Bad Schandau nach Dresden sackte der große Entertainer in eine Fensterecke und war nicht mehr ansprechbar. Ein blödes Schaumweinlächeln noch, und schon schlief er. Der letzte Akt war wohl ein bißchen viel gewesen. Beim lärmenden Auseinandergehen nach Verlassen des Schiffs hatte es ihn durch die Handschüttelstanze gedreht. Ein paar Frauen waren ihm sogar um den Hals gefallen. Und Frau Buttgereit hatte sich aufgereckt zu etwas, das sie wahrscheinlich »Küßchen« nannte.

Seit Stunden hatten wir nicht mehr miteinander geredet. Kein Wort über den ersten Blick von weitem gegen fünfzehn Uhr zwanzig. Kein Entwarnungsgeplauder hinsichtlich dessen, was morgen auf uns zukäme. Wie die Untoten auf dem Gespensterschiff trug es uns den gleichen Weg wieder zurück, den hinter uns zu bringen wir einen halben Tag gebraucht hatten.

Im Sommer, abends, wenn wir die Gartenfenster des Schlafzimmers aufgemacht hatten, war manches Mal der Pfiff eines Zuges über weite Entfernungen zu hören gewesen, gellend und molltönig jenseits der Elbe, während es draußen schon dunkel war. Wehte die Luft auch Räderrollen mit herüber, wußte man, daß das Wetter umschlagen würde, und beides, das Aufgehobensein im Bett und das grüßende Tü-hüüt, das geisterhaft deutliche Rollen im Dienst eines weltläufigen Fahrplans, der die Nacht zum Tage machte, flossen ineinander, bis es einen zwischen Sehnsucht und Zufriedenheit schier zerriß.

Der Schnee vom Vortag war verschwunden, ohne Reste zu hinterlassen. An die Stelle des tiefen Winters war eine Jahreszeit getreten, die alles sein konnte, zeitiges Frühjahr, später Herbst, grüne Weihnachten. Hatte das binnen weniger Stunden, denn letzte Nacht war noch alles weiß gewesen, so spurlos im Boden versickern können, fragte man sich. Der Dämmerung nach hätte es statt halb elf ohne weiteres schon fünf am Nachmittag sein können. Ein Stillstand zwischen Zwielicht und Finsternis. Und, als wäre das nicht genug, um sich dem ersten vorbeikommenden Lemmingstrom Richtung Klippe anzuschließen, kam dazu noch Siemens merkwürdig aufgekratztes Zerstreutsein. Seit wir aus dem Bett waren, ging das so. Kleinmädchengeträller (ganz was Neues!), und das nicht nur im Bad. Dazu beständig so ein Katzenlächeln, heimlichstillundleise, das, sobald er sich von mir beobachtet sah, um Treuherzigkeit bemüht war.

Mit der gewöhnlichen Morgenstimmung der letzten Wochen hatte das nichts zu tun. Auch konnte es kaum mit der bevorstehenden Fahrt nach Podgoritza zusammenhängen, vielmehr schien es seine Absicht, sie hinauszuzögern. Denn hatte er das Frühstück nicht künstlich in die Länge gezogen, war dreimal zum Büffet gegangen, quasselte zwischen jedem Bissen, während er fuchtelte und temperamentvolle Gesten vollführte mit Messer hier und Brötchen da, was das Ablesen der vergehenden Minuten am Handgelenk im diskreten Drüberhinschweifen erleichterte. Die Themen, über die er sich verbreitete, kreisten selbstverständlich um unser Ziel aller Ziele, allerdings mit starker Einfärbung nach Commedia dell'arte hin. Vielleicht suchte er bloß einen plausiblen Grund, lachen zu dürfen. Ablachen als Bedürfnis. (Ich kaute stumm und verbiestert.) Zum Beispiel lachte er über die Erinnerung an unsere Abortgrube: Als hätte man eine längst lästig gewordene Heilige Quelle mitten in der Wohnung gehabt, vor der Pietät zu heucheln keinem mehr einfiel, zu der alle dennoch regelmäßig pilgerten, ihrer Abscheulichkeit zum Trotz. Oder er hatte sich auf die kleinste meiner Bemerkungen gestürzt mit schmeichlerischem Interesse, wo ich ihm doch an den Augen ablesen konnte, wie ihm das alles vorbeirauschte und hinter dem vorgetäuscht intensiven Blick so was wie »süße Aufregung« brannte.

Und anschließend, statt endlich den Mantel anzuziehen und nach dem Interbrigaden-Barett zu greifen, dieses fahrige Herumtändeln. Zum zweitenmal Zähne geputzt. Bad abgeriegelt (die Glaubwürdigkeit einer Sitzung zu der Zeit war stark anzuzweifeln). Er brach denn auch wie ein wilder Eber aus dem Busch, als das Telefon schrillte, mußte nichts »in Ordnung bringen«, vergaß das Pro-forma-Ziehen.

Fast erstickte Stimme beim »*Pronto?* Äh ... bitte?« Aufgerissene Augen (»bis zum letzten Gewinde« hatten wir früher dazu gesagt), als hinge wunder was ab von gerade diesem Anruf. Dann ein Schrei. Irrwitziges Giggeln. Siemen ließ sich aufs Bett plumpsen, wie gefällt von übermächtigem Freudentaumel, und schaukelte mit angezogenen Beinen, einer umgekippten Schildkröte ähnlich, hin und her.

»*Davvero? Qui in questo luogo?! Ma sei scemo? Dai i numeri?*« Gelächter; überwältigt, entzückt. »*Che ti fulmini un lampo! Vado matto per te, sega nervi, stronzo!*«

Gelaber, Gewieher. Wieso hatte er dem Vitellone aus Ischia-Ponte überhaupt die Nummer des Hotels geben müssen. Reichte es nicht, daß er gestern, gleich nach unserer Ankunft hier, mit ihm geredet hatte? Ach ja – Paris nicht zu vergessen; das kam noch dazu. Die Arme verschränkt, die

Schuhspitze rhythmisch auf den Boden stoßend, lehnte ich am Fenster, unmittelbar neben dem älteren Herrn, der sich im ungemachten Bett wälzte und langsam ruhiger wurde. Die Ausbrüche falsettierenden Jubels gingen in lüsternes Hecheln über, als werde er gekitzelt. Wange in die Hörermulde geschmiegt, linke Hand auf der Brust mit selbstvergessen streichelndem Mittelfinger: kleine konzentrische Kreise rund um die Brustwarze.

»Bello . . . è impossibile. Assoluto . . .«

Der Wunsch, auf ihn einzuprügeln, kam jäh, aber keineswegs hitzig. Im Gegenteil, kaum jemals war mir frostiger zumute gewesen. Wie von selber wuchs mir der achtzig Zentimeter lange Schuhanzieher in der Faust, Utensil meines einstigen Haushalts mit Bernhard; im unteren Teil war eine Stahlfeder eingebaut gewesen; Caspar hatte manchmal Florett damit gespielt. Einen Hieb nach dem anderen zog ich Siemen damit über. Wie er sich zusammenrollte, ganz Raupe, den Körper zum Ring eingekringelt, unbeirrt weiterschwatzend und ohne den bitterlichen Ernst meiner Wut im geringsten zu beachten.

Ich ginge schon mal runter, das Taxi bestellen, sagte ich und trat mit dem Absatz gegen die Verkleidung der Heizung; es schepperte lange nach.

»Falls du in zehn Minuten nicht unten bist, fahre ich alleine raus.« Sekundenlange Pause. »Hast du mich verstanden?« Denn ein Blinder konnte sehen, daß Siemen meine Gegenwart nicht recht bewältigte und sich die Mitteilung erst übersetzen mußte. Schon gestern auf dem Schiff hatte ich Anflüge solch frechen Glücks an ihm festgestellt (die schmunzelnde Miene einer einstimmig wiedergewählten Siegesgöttin, deren Position für die nächsten vier Jahre gesichert ist) und es auf den Vogelbeerschnaps zurückgeführt.

Was auch vor Siemens Abreise nach Frankreich zwischen ihm und Arturo Andreini vorgefallen sein mochte, vielleicht war es ja nur Überdruß gewesen – die Wochen der Trennung schienen es ausgeräumt zu haben. Oder Altes neu angefacht. Zwei Telefonate binnen achtundvierzig Stunden, drei, wenn man das hier mitzählte, hatten offensichtlich mehr als ausgereicht, zumindest die Hälfte des Pärchens, die ich vor mir hatte, in einen mit grünen Federn beschwänzelten Narren zu verwandeln. Dem nichts als Pa-pa-pa-paa, Pa-pa-pa-paa aus dem Munde kam.

Er duckte sich, guckte dumm, als ihm sein Mantel an den Kopf flog, die Mütze, hinterhergepfeffert, auf der Leselampe landete. Ich warf die Zimmertür ins Schloß (viel zu geräuscharm für mein Empfinden) und stand dann lange vor den Fahrstühlen. Unten runkste es; waren wohl gerade im Keller. Über zwei Minuten; in der Zeit hätte Siemen mit etwas gutem Willen das Gespräch beenden und mich einholen können.

Zur Rezeption, fast rennend: »Rufen Sie mir bitte ein Taxi.« *Mir.* So schnell konnte man das Paargefühl wieder loswerden

Fünf oder sechs rote Sessel, für wartende Gäste gedacht, waren im Halbkreis gruppiert, und ich fläzte mich in den erstbesten, in Gesellschaft einiger Kübelbäumchen, denen der Hausmeister, als Konzession an die Jahreszeit, elektrische Lichterketten durch die schütteren Blattschöpfe geflochten hatte. Genau in meinem Blickfeld, neben dem Durchgang zum Flur mit den Aufzügen, befand sich eine Telefonmuschel an der Wand. So eine Haube aus Plexiglas oder woraus immer, jedenfalls durchsichtig. Ein Mann im offenen Mantel telefonierte in fremder Sprache. Außer ihm und der jungen Frau hinterm Tresen (die freilich momentan nicht anwesend war) und mir war kein Mensch zu sehen. Längst hatten die Serviermädchen ihr Eindecken-und-Tassen-Umdrehen für morgen früh erledigt.

Als spüre er meinen Blick im Kreuz, drehte der Mann sich um und faßte meine Person ins Auge, während er abwechselnd lebhaft schwatzte oder ebenso lebhaft lauschte, das heißt einen Katalog an Grimassen abzog, die, da sein Gesprächspartner sie ja nicht mitkriegte, eindeutig für mich bestimmt waren.

Es hatte mich nie gestört, wenn ein Mann mit Ach und Krach zehn Zentimeter mehr als ich in der Länge maß. Eher im Gegenteil. Ich hatte auch einssechzig noch akzeptiert. Die dadurch gegebene Nähe der Gesichter hatte allerhand für sich. Davon abgesehen gab es zwei Grundtypen, und hier machte ich aus Aversion und Neigung keinen Hehl. Dem einen entsprachen die Zierlichen, Zarten, oft geradezu Schmächtigen mit den grazilen Lenden von Rhesusäffchen und dem Nacken eines Klassenbesten (so eine edle Rinne zwischen zwei Muskelsträngen, beinah wie eine Sprungschanze, eigentlich rührend, aber wer will schon gerührt werden, ausgenommen es handelt sich ums eigene Kind), kurz: das *Backenbirnmännel* mit der klassischen rutschenden Hose und den nässenden Fingern. Ich hatte ausschließlich den zweiten Typ bevorzugt. Stämmig, stramm, fleischig, doch keineswegs fett. Schaltete man die Sitzriesen aus und die mit den verbumfeiten Extremitäten (etwa stummelhaften Armen, wo die Spitzen der Finger gerade bis zum Schritt reichten), wurde man immer wieder überrascht durch Geschmeidigkeit, ja Grazie, außerdem hielten kleinere Männer sich meist sehr aufrecht und hatten einen Hang zu possierlicher Würde.

Der da zungenfertig telefonierte, von der gläsernen Haube überwölbt – mit einem Blumenbuschen zu Füßen hätte er das Bildstöckl eines feschen Heiligen abgegeben –, war schwierig zu schätzen. Sein Haar, noch dicht, war stark grau meliert. Der muntere Blick hatte was von der schwarzäugigen Munterkeit eines gesunden wohlgenährten Tierchens, das sich daran gewöhnt hat, in Menschennähe zu leben, eines Eichkaters oder einer Elster.

»... impermeabile? E una giacca verde? Verde alla fieno? Calzoni grigio?« Er glitt über mich hin und machte Bestandsaufnahme meiner Garderobe, besagter Blick; durchtrieben und wohlwollend.

»Ist das Taxi für Sie?« Von der Schwelle des Eingangs her, einen Fuß draußen, einen drinnen, mahnte der Fahrer (war wohl gewöhnt, daß die Leute im Augenblick seines Stopps am Bordstein aufsprangen wie elektrisiert).

Ich hievte mich aus dem Sessel. Zögernd. So alt wie der Thüringer Wald, wenn nicht noch älter. Was erwartete ich denn noch. Vermutlich war's bloß nicht ganz astreine Neugier.

Er kicherte über etwas, der propere kleine Mann. Kicherte mit den von seiner Mamma bezahlten weißen Zähnen. Obgleich er mich nicht aus den Augen ließ – ich ging rückwärts, daß ich an die Stufen dachte, war purer Zufall –, hatte das Gespräch jetzt nichts mehr mit mir zu tun. *»Cosa facciamo stasera?«*

Was machen wir heute abend. Aber es mußten Skrupel auf der anderen Seite der Leitung vorgebracht worden sein, denn er verlegte sich aufs Schmachten. Er baggerte. *»Sei la mia morte, tu!«*

Bester Laune winkte er mir. Ich sah es durch zweierlei Scheiben hindurch, als ich hinten im Taxi Platz genommen hatte.

Ich ließ mich zur Gemäldegalerie fahren.